संस्कृत साहित्य
का
समालोचनात्मक इतिहास

डॉ॰ रामविलास चौधरी
अध्यक्ष, संस्कृत विभाग
बिहार नेशनल कॉलेज, पटना
पटना विश्वविद्यालय

मोतीलाल बनारसीदास
दिल्ली, मुम्बई, चेन्नई, कोलकाता
बंगलूरू, वाराणसी, पटना

तृतीय पुनर्मुद्रण: दिल्ली, 2018
प्रथम संस्करण : 1998

ISBN: 978-81-208-2878-0

मोतीलाल बनारसीदास

41 यू.ए. बंग्लो रोड, जवाहर नगर, दिल्ली 110 007
236, नाइंथ मेन, III ब्लॉक, जयनगर, बंगलूरू 560 011
1-बी, ज्योति स्टुडियो कम्पाउन्ड, केन्नेडी ब्रिज, नाना चौक, मुम्बई 400 007
203 रायपेट्टा हाई रोड, मैलापोर, चेन्नई 600 004
8 कैमेक स्ट्रीट, कोलकाता 700 017
अशोक राजपथ, पटना 800 004
चौक, वाराणसी 221 001

आर.पी. जैन के द्वारा एन ए बी प्रिंटिंग यूनिट,
ए-44, नारायणा, फेज़-1, नई दिल्ली 110 028 में मुद्रित
एवं जे.पी. जैन द्वारा मोतीलाल बनारसीदास
41 यू.ए., बंगलो रोड, जवाहर नगर, दिल्ली-110 007 के लिए प्रकाशित

आशीर्वचन

जब मैं कामेश्वर सिंह दरभंगा संस्कृत विश्वविद्यालय का कुलपति था तभी से मैं डा० रामविलास चौधरी की प्रभविष्णुतापूर्ण विद्वत्ता एवं प्रतिभा से उत्तरोत्तर अधिकाधिक प्रभावित होता रहा हूँ।

ये अपने सहज विद्या व्यवसाय, अध्यापन कौशल, वाग्मिता तथा आत्मगुणों से संस्कृत परम्परा की श्रीवृद्धि करते रहे हैं। इनके वैदुष्यपूर्ण प्रकाशन भी इनकी मौलिक उद्भावनाओं एवं शास्त्रीय ज्ञान-विज्ञान की नवनवोन्मेषशालिनी स्थापनाओं से संस्कृत परम्परा के चतुर्दिक् प्रचार-प्रसार में अत्यन्त महत्त्वपूर्ण भूमिका निभाते रहे हैं।

उसी शृंखला में प्रस्तुत 'संस्कृत साहित्य का समालोचनात्मक इतिहास' भी आता है। इसके प्रत्येक पृष्ठ में लेखक का सर्वाङ्गीण वैदुष्य मूर्त्त रूप में परिलक्षित होता है।

इस ग्रन्थरत्न के प्रकाशन के लिए लेखक और प्रकाशक दोनों को शत-शत हार्दिक बधाई।

रामकरणशर्मा
पूर्व कुलपति
कामेश्वर सिंह संस्कृत विश्वविद्यालय, दरभंगा
एवम्
सम्पूर्णानन्द संस्कृत विश्वविद्यालय, वाराणसी

५.३.९८

प्ररोचना

महादेवो देव्या विकचनयनं स्मेरवदनं
समालोक्यापृच्छत् किमिति घटितं चित्रजनितम्।
प्रगे दृष्टं स्वप्ने श्रयति वृषभो हर्म्ययुगलं
तदालापप्रीतो हरतु हर नोऽज्ञानतिमिरम्॥

संस्कृत साहित्य की महनीयता और विशालता विश्व-विश्रुत है। इसे दो भागों में विभाजित किया जाता है—वैदिक साहित्य और लौकिक साहित्य। वैदिक साहित्य का प्रथम ग्रन्थ ऋग्वेद न केवल भारतीय वाङ्मय में, अपितु संसार के प्राचीन साहित्य में भी अधिमानित है। वैदिक साहित्य का विस्तृत विवेचन गत वर्ष प्रकाशित 'वैदिक साहित्य का समालोचनात्मक इतिहास' नामक पुस्तक में किया जा चुका है।

अतः प्रकृत में लौकिक संस्कृत साहित्य के विवेचन का सत्प्रयास है। वैदिक साहित्य और लौकिक साहित्य का सेतु पुराणसाहित्य है। उस पर भी इसी भाग में प्रकाश डाला गया है।

संस्कृत साहित्य के इतिहास-लेखन के बारे में पाश्चात्य चिन्तकों का मत है कि प्राचीन संस्कृत मनीषियों की रुचि ही इस विषय में नहीं थी। इस मत के पूर्वपक्ष और उत्तर पक्ष पर चतुर्थ प्रलम्ब में बहुत विस्तार से विचार किया गया है। यहाँ केवल इतना ही कहना पर्याप्त होगा कि इतिहास की चर्चा ऋग्वेद में भी हुई है।[१] उपनिषद् में इतिहास और पुराण को पञ्चम वेद कहा गया है।[२] निरुक्तकार यास्क ने अपने निरुक्त में ब्राह्मण ग्रन्थ तथा प्राचीन आचार्यों की कथाओं को **'इतिहास माचक्षते'** ऐसा कहकर उद्धृत किया है। वेद के व्याख्याकारों के विभिन्न सम्प्रदायों में ऐतिहासिकों का एक अलग सम्प्रदाय ही था। निरुक्त में स्थान स्थान पर पठित है—**'इति ऐतिहासिकाः।'** इतिहास का शब्दार्थ इस रूप में किया गया है—इति ह आस—इस तरह से निश्चय ही था।

प्राचीन भारतीय सभ्यता, संस्कृति, समाज, राज्य, आदर्श, व्यवहार, अध्यात्म, धर्म नीति, आदि के समुज्ज्वल प्रकाशस्तम्भ होने के कारण 'रामायण' और 'महाभारत' को इतिहास माना जाता है। परम्परानुसार 'रामायण' को आदिकाव्य माना जाता है, किन्तु वैदिक धर्म का व्यावहारिक स्वरूप इसमें दृष्टिगत होने से, इसे भी इतिहास मानना संगत है। राजशेखर का मत है कि इतिहास दो प्रकार का होता है—परिक्रिया और पुराकल्प। परिक्रिया का नायक एक ही व्यक्ति होता है, जैसे—

---

१. तत्र ब्रह्मेतिहासमिश्रमृङ्मिश्रं गाथामिश्रं भवति–निरुक्त ४।६

२. ऋग्वेदं भगवोऽध्येमि यजुर्वेदं सामवेदमथर्वणम् इतिहासपुराणं पञ्चमं वेदानां वेदम्–छान्दोग्य ७।१

'रामायण'। पुराकल्प में अनेक नायक होते हैं; जैसे 'महाभारत'। इस प्रकार राजशेखर के अनुसार 'रामायण' और 'महाभारत' दोनों ही इतिहास ग्रन्थ हैं। उनका कथन है—

''परिक्रिया पुराकल्पः इतिहास-गतिर्द्विधा
स्यादेकनायका पूर्वा द्वितीया बहुनायका।''

यह भी यथार्थ है कि आधुनिक परिवेश में इतिहास के लिए जो मापदण्ड हैं, उनपर 'रामायण' और 'महाभारत' खरे नहीं उतरते हैं। वास्तव में, संस्कृत साहित्य के इतिहास का लेखन पाश्चात्य चिन्तकों ने आरम्भ किया, ऐसा मानने में कोई आपत्ति नहीं होनी चाहिए। उसी दिशा में आगे चलकर भारतीय मनीषियों ने भी संस्कृत साहित्य के इतिहास की रचना विस्तार से की। इस सन्दर्भ में आचार्य बलदेव उपाध्याय का अवदान सर्वाधिक स्तुत्य है। इस प्रसंग में हिन्दी में रचित एवम् उपलब्ध अन्य उल्लेखनीय ग्रन्थ हैं—

स्व० पं० चन्द्रशेखर पाण्डेय द्वारा रचित—'संस्कृत साहित्य की रूप रेखा', डा० सूर्यकान्त की पुस्तक है—'संस्कृत वाङ्मय का विवेचनात्मक इतिहास', डा० वचनदेव कुमार प्रणीत है—'संस्कृत साहित्य का इतिहास'। संस्कृत में रचित पुस्तकें हैं—हंसराज अग्रवाल द्वारा प्रस्तुत—'संस्कृत साहित्येतिहासः' तथा आचार्य रामचन्द्र मिश्र द्वारा निर्मित 'संस्कृतसाहित्येतिहासः'। डा० भोलाशंकर व्यास रचित 'संस्कृत कवि-दर्शन' भी इस दृष्टि से बहुत उपयोगी है।

इन सभी ग्रन्थों का अवलोकन कर उनसे यथोचित साहाय्य लेते हुए प्रकृत ग्रन्थ का निर्माण किया गया है। इसमें अनेक विशेषताओं के स्वयं आधान का भरपूर प्रयास किया गया है, जिनका निर्णय सुधी पाठक स्वयं करें, तो बेहतर होगा। पूर्वरचित ग्रन्थों से प्राप्त सहायता का उल्लेख आवश्यकतानुसार इस पुस्तक में जहाँ-तहाँ किया गया है। उनके सारस्वत अवदान का अधमर्ण मैं निश्चित रूप से हूँ।

प्रस्तुत पुस्तक एकादश प्रलम्बों में रचित है। उनमें पुराण, उपजीव्यकाव्य (रामायण एवं महाभारत), महाकाव्य, ऐतिहासिक काव्य, नाट्य साहित्य, गद्य साहित्य, गीतिकाव्य, स्तोत्रसाहित्य, कथा साहित्य, चम्पूकाव्य तथा अलङ्कारशास्त्र का विस्तृत विवेचन है। संक्षिप्त परिचय के जिज्ञासुओं के लिए प्रत्येक प्रलम्ब के अन्त में उसका सार थोड़े में दे दिया गया है। आशा है, यह पुस्तक प्रज्ञों, जिज्ञासुओं तथा विद्याधन छात्रों के लिए अधिक उपयोगी होगी।

विदुषां वशंवदः
रामविलास चौधरी

विजयादशमी
२०५४ वि०

अनुक्रम

प्रथम प्रलम्ब

पुराण

द्वितीय प्रलम्ब

उपजीव्यकाव्य

तृतीय प्रलम्ब

महाकाव्य

चतुर्थ प्रलम्ब

ऐतिहासिक काव्य

पञ्चम प्रलम्ब

नाट्यसाहित्य

षष्ठ प्रलम्ब

गद्य साहित्य

सप्तम प्रलम्ब

गीतिकाव्य

अष्टम प्रलम्ब

स्तोत्र साहित्य

नवम प्रलम्ब

आख्यान या कथा-साहित्य

दशम प्रलम्ब

चम्पूकाव्य

एकादश प्रलम्ब

अलङ्कारशास्त्र

□

प्रथम प्रलम्ब

पुराण

इतिहासपुराणाभ्यां वेदं समुपबृंहयेत्।
विभेत्यल्पश्रुताद्वेदो मामयं प्रहरिष्यति॥

संस्कृत वाङ्मय को दो भागों में विभक्त किया जाता है—वैदिक साहित्य और लौकिक साहित्य। इन दोनों को जोड़ने की कड़ी है—पुराण साहित्य। जब वेदों के अर्थ सामान्य जन के लिए दुर्बोध होने लगे, तब वेदों के सुलभ अर्थ-ज्ञान के लिए वेदाङ्गों एवं पुराणों की रचना की जाने लगी।

भारतीय साहित्य में वेदों के समान ही पुराणों को भी प्राचीन बताया गया है। अथर्वसंहिता के अनुसार ऋक्, साम, छन्द, पुराण और यजुः सब एक साथ आविर्भूत हुए।[1] 'शतपथ' ब्राह्मण और 'बृहदारण्यक' उपनिषद में कहा गया है कि जैसे गीली लकड़ी की आग से धुआँ निकलता है, उसी प्रकार इस महाभूत से ऋग्वेद, यजुर्वेद, सामवेद, अथर्वाङ्गिरस, इतिहास, पुराण, विद्या, उपनिषद्, श्लोक, सूत्र, अनुव्याख्यान और व्याख्यान निःश्वास रूप में उद्भूत हुए।[2]

ब्रह्माण्डपुराण में यहाँ तक कहा गया है कि सर्वप्रथम ब्रह्मा ने पुराणों का स्मरण किया। इसकी घोषणा है कि सांगोपांग वेद का अध्ययन करने पर भी जो पुराणों के ज्ञान से रहित है, वह तत्त्वज्ञ नहीं कहा जा सकता, क्योंकि वेद का वास्तविक स्वरूप पुराणों में ही वर्णित है।[3]

ब्रह्माण्डपुराण के उपर्युक्त तथ्य का उल्लेख करते हुए म० म० गिरिधरशर्मा चतुर्वेदी 'पुराणों की अनादिता' इस निबन्ध शीर्षक में लिखते हैं कि कलियुग के आरम्भ में मनुष्यों की स्मृति और विचार-बुद्धि की दुर्बलता को देखकर भगवान् वेद व्यास ने जहाँ वेद को चार संहिताओं में विभाजित किया, वहीं पुराणों को भी संक्षिप्त कर अठारह विद्याओं में बाँट दिया।[4]

इतिहास-पुराण में अन्तर

पुराण ग्रन्थों में इतिवृत्तों की अधिकता के कारण उनको इतिहास ही समझा जाता है, किन्तु ये दोनों स्वतन्त्र विषय के रूप में कहीं-कहीं वर्णित हैं। बृहदारण्यक उपनिषद् के शाङ्कर भाष्य

---

१. ऋचः सामानि छन्दांसि पुराणं यजुषा सह। अथर्व० ११।७।२४

२. स यथाऽऽर्द्रैधाग्नेरभ्याहितस्य पृथग्धूमा विनिश्चरन्त्येवं वा अरेऽस्य महतो भूतस्य निःश्वसितमेतद् यदृग्वेदो यजुर्वेद सामवेदोऽथर्वाङ्गिरस इतिहासः पुराणं विद्या उपनिषदः श्लोकाः·····सर्वाणि च भूतानि अस्यैवैतानि सर्वाणि निःश्वसितानि। बृहदा० ४।५।११

३. ब्रह्माण्ड पुराण १।५६;१।५८

४. साप्ताहिक हिन्दुस्तान २२ जुलाई १९५६ ई०

में लिखा है कि वेदों में वर्णित देवासुरसंग्राम तथा उर्वशी-पुरुरवा का संवाद आदि इतिहास हैं। 'उर्वशी ह्यप्सराः' इत्यादि ब्राह्मण ही इतिहास है। "आरम्भ में यह असत् ही था—" इत्यादि वाक्य पुराण है।[१] सायण भी कहते है कि—जगत् की प्रथमावस्था से लेकर सृष्टि प्रक्रिया का विकास उपस्थित करने वाले अंश पुराण हैं।[२]

पुराणों के लक्षण

भारतीय वाङ्मय में पुराणों का गौरवपूर्ण स्थान है। 'पुराण' शब्द की व्युत्पत्ति अनेक प्रकार से दी गई है। निरुक्तकार यास्क कहते हैं—

पुराणं कस्मात् ? पुरा नवं भवति।

अर्थात् अतीत काल में यह नया होता है।

वायुपुराण में कहा है—

यस्मात् पुरा हि अनति इदं पुराणम्।

'पुराण' शब्द की एक व्युत्पत्ति **'पुरणात् पुराणम्'** भी है। इसका अभिप्राय है कि वेदार्थ के पूरण करने के कारण ही इन ग्रन्थों को 'पुराण' कहा गया। इसी व्युत्पत्ति के आधार पर जीव गोस्वामी पुराण को वेद के समान अपौरुषेय बताते हैं।

पुराणों का लक्षण इस प्रकार किया गया है—

सर्गश्च प्रतिसर्गश्च वंशो मन्वन्तराणि च।
वंशानुचरितञ्चैव पुराणं पञ्च लक्षणम्।

अर्थात् पुराणों में पाँच बातों का वर्णन होना चाहिए—सृष्टि की उत्पत्ति, सृष्टि का संहार, सृष्टि की आदि वंशावली, मन्वन्तर अर्थात् विविध मनुओं की कालावधि तथा वंशानुचरित (सूर्य तथा चन्द्र वंशों का इतिहास)

इस समय उपलब्ध पुराणों में इन दिषयों के अतिरिक्त बहुत से अन्यान्य विषय—स्तुति, उपवास, उत्सव, पर्व एवं तीर्थ आदि का अत्यन्त विस्तृत वर्णन पाया जाता है। केवल 'विष्णु पुराण' में ही ये सभी लक्षण घटित दीख पड़ते हैं। इससे यह समझा जाता है कि प्राचीन काल में सभी पुराणों में उपर्युक्त तथ्य दृष्टिगत होते थे, किन्तु कालान्तर में ऐसे विषय भी उनमें जोड़ दिए गए जिनका उनसे कोई सम्बन्ध नहीं है।

भारतीय परम्परा में पुराणों की संख्या निर्विवाद रूप से अठारह है।[३] इन सभी के रचयिता

---

१. 'इतिहास इत्युर्वशीपुरुरवसोः संवादादिः—उर्वशी ह्यप्सराः इत्यादि ब्राह्मणमेव। पुराणम्-असद्वा इदमग्र आसीत्।'
बृहदा० २।४।१०

२. "जगतः प्रागवस्थामनुक्रम्य सर्गप्रतिपादक वाक्यजातं पुराणम्"। –ऐतरेय ब्राह्मण की अनुक्रमणिका

३. मद्वयं भद्वयं चैव ब्रत्रयं वचतुष्टयम्।
अनापल्लिंग-कूस्कानि पुराणानि प्रचक्षते।।

महामुनि व्यास हैं। ये पुराण हैं—**मार्कण्डेय, मत्स्य, भविष्य, भागवत, ब्रह्माण्ड, ब्रह्म, ब्रह्मवैवर्त, वामन, वराह, विष्णु, वायु (शिव), अग्नि, नारद, पद्म, लिङ्ग, गरुड़, कूर्म** तथा **स्कन्द**।

इन पुराणों के अतिरिक्त अठारह उपपुराण भी हैं, जिनके नाम गरुड़ पुराण के आधार पर इस प्रकार हैं—सनत्कुमार, नारसिंह, स्कन्द, शिवधर्म, आश्चर्य, नारदीय, कापिल, वामन, औशनस, ब्रह्माण्ड, वारुण, कालिका, माहेश्वर, साम्ब, सौर, पराशर, मारीच और भार्गव।

पुराणों का संक्षिप्त परिचय

(१) **ब्रह्मपुराण**—अष्टादश पुराणों में ब्रह्मपुराण सर्वाधिक प्राचीन है, क्योंकि प्राचीन माने जाने वाले सभी पुराणों में इसका उल्लेख है। इसे आदि पुराण भी कहते हैं, क्योंकि मान्यता के अनुसार व्यास ने यह पुराण सर्वप्रथम लिखा था। इसमें उड़ीसा के तीर्थों का विस्तृत वर्णन है। इसमें सूर्य और शिव में अभेद बताया गया है तथा उनकी महत्ता का वर्णन किया गया है। इसका एक परिशिष्ट है जिसे सौरपुराण कहते हैं। इसमें पुरी के समीप कोणार्क में १२४१ ई० के बाद निर्मित सूर्यमन्दिर का उल्लेख है।

बम्बई से प्रकाशित ब्रह्मपुराण में १३७८७ श्लोक हैं।

(२) **पद्मपुराण**—यह पाँच खण्डों में विभक्त है—सृष्टिखण्ड, भूमिखण्ड, स्वर्गखण्ड, पातालखण्ड और उत्तरखण्ड। इस पुराण का नाम 'पद्म' शब्द से पड़ा है जिससे ब्रह्मा की उत्पत्ति हुई है। इसमें ब्रह्मा, विष्णु तथा शिव इस त्रिमूर्ति के एकत्व की उद्भावना की गई है। कृष्ण की पत्नी के रूप में राधा का उल्लेख यहाँ है। इसकी अनेक कथाओं में शकुन्तला तथा राम की कथाएँ भी हैं।

इसकी श्लोक संख्या ५५००० है।

(३) **विष्णु पुराण**—यह एकमात्र पुराण है जिसमें पुराण के लक्षण पूर्णतः घटित हैं। अवतारों के माध्यम से इसमें विष्णु की स्तुति की गई है, किन्तु विष्णु भक्तों के व्रत, उत्सव तथा मन्दिर आदि का वर्णन कहीं नहीं है। इसमें मौर्यवंशी राजाओं का भी वर्णन है।

विष्णुपुराण के बम्बई से प्रकाशित संस्करण में इसके श्लोकों की संख्या १६००० है जबकि अन्य पुराणों में यह संख्या २३००० बताई गई है।

(४) **वायु पुराण**—इसे शिव पुराण भी कहते हैं। इसमें सात खण्ड हैं। सृष्टि आदि के अतिरिक्त बहुत से अन्य विषय यहाँ वर्णित हैं, किन्तु प्रधान उद्देश्य शिव की स्तुति है, फिर भी इसके दो अध्याय विष्णुपरक हैं, इसमें गुप्त साम्राज्य का वर्णन है। बाण भट्ट ने भी इसका उल्लेख कादम्बरी में किया है—

'पुराणेषु वायुप्रलपितम्'।

इसमें अष्टादश पुराणों की श्लोक संख्या का निर्देश १०४वें अध्याय में है। उसके अनुसार इसमें २३००० श्लोक हैं।

(५) **भागवत पुराण**—पुराणों में सर्वाधिक प्रसिद्ध एवं लोकप्रिय यह पुराण है। भगवत् (श्रीकृष्ण) के गुणगान में समर्पित होने के कारण ही इसका नाम भागवत हुआ है। वैष्णव धर्म के अनुयायी इसे 'पञ्चम वेद' कहते हैं। इसमें बारह स्कन्धों में श्रीकृष्ण का चरित विस्तार से वर्णित है। इसका दशम स्कन्ध श्रीकृष्ण की लीला या पराक्रम वर्णन के कारण बहु प्रसिद्ध है। गौतमबुद्ध तथा कपिल मुनि को विष्णु का अवतार इसमें बताया गया है। यह ग्रन्थ वैदुष्य की कसौटी के रूप में चर्चित है—

'विद्यावतां भागवते परीक्षा।'

इसमें अठारह हजार श्लोक हैं।

(६) **नारद पुराण**—इसे बृहन्नारदीय पुराण भी कहते हैं। इसमें विष्णु की महिमा तथा विष्णु भक्ति का वर्णन है। पुराणों के प्रतिपाद्य सृष्टि, प्रलय आदि की चर्चा तक इसमें नहीं है। इसमें दो खण्ड हैं। पूर्व खण्ड में १२५ और उत्तर में २८ अध्याय है। विष्णु की भक्ति को मोक्षप्राप्ति का एकमात्र मार्ग कहा गया है।

इसमें २५००० श्लोक संख्या का निर्देश ग्रन्थ के अन्त में है।

(७) **अग्नि पुराण**—पुराणों में सर्वाधिक महत्त्वपूर्ण यह पुराण माना जाता है। विषय-वैविध्य के कारण इसका वर्णन विश्वकोष के रूप में है तथा यह अग्नि के द्वारा वशिष्ठ को बताया गया है। इसमें अष्टादश विद्याओं के वर्णन के साथ रामायण, महाभारत, हरिवंश आदि ग्रन्थों का सार निगदित है। काव्य, दर्शन, कोष आदि का भी विशिष्ट वर्णन यहाँ द्रष्टव्य है।

इसमें १५००० श्लोक हैं।

(८) **ब्रह्मवैवर्त पुराण**—यह वैष्णव पुराण है। इसका मत है कि सम्पूर्ण सृष्टि ब्रह्म की माया (विवर्त) मात्र है। अतः इसका नाम वैवर्त है। इसमें चार खण्ड हैं—ब्रह्मखण्ड, प्रकृतिखण्ड, गणेशखण्ड और कृष्णजन्मखण्ड। ब्रह्मखण्ड में सृष्टिवर्णन है। प्रकृतिखण्ड के अनुसार कृष्ण के आदेश से प्रकृति दुर्गा, लक्ष्मी, सरस्वती, सावित्री और राधा के रूप में परिवर्तित होती है। गणेशखण्ड में गणेश को कृष्ण के अवतार रूप में वर्णित किया गया है। अन्तिम खण्ड में कृष्ण के जन्म, युद्ध तथा रासलीला का वर्णन है।

इसमें १८००० श्लोक हैं।

(९) **वाराह पुराण**—इसमें विष्णु के वराह अवतार का वर्णन होने से यह वैष्णव पुराण है। इसमें सृष्टि तथा वंशानुक्रम का वर्णन होने पर भी पुराण के लक्षणों पर यह खरा नहीं उतरता। इसमें शिव, दुर्गा तथा गणेश की स्तुतियों के अतिरिक्त श्राद्ध, प्रायश्चित्त तथा देवमूर्ति की प्रतिष्ठापना का भी वर्णन है।

इसके एशियाटिक सोसायटी, बंगाल के संस्करण में लगभग १५००० श्लोक हैं।

(१०) **स्कन्द पुराण**—यह अष्टादश पुराणों में सर्वाधिक बृहत्काय ग्रन्थ है। यह मूलतः शैवपुराण है। इसमें शिवभक्ति, योग, वर्णाश्रम धर्म, मोक्ष तथा वैदिक कर्मकाण्ड का वर्णन है। विभिन्न तीर्थ स्थानों का वर्णन होने के कारण भौगोलिक दृष्टि से इसका बहुत महत्त्व है।

इसके वेंकटेश्वर प्रेस संस्करण में ८१००० श्लोक हैं।

(११) **मार्कण्डेयपुराण**—इसमें मार्कण्डेय मुनि द्वारा महाभारत के पात्रों के सन्दर्भ में अनेक प्रश्नों का समाधान किए जाने से इसका मार्कण्डेय नाम पड़ा है। उदाहरण के लिए एक प्रश्न यह है कि कृष्ण मानव कैसे बन गए ? इसमें इन्द्र, ब्रह्मा, अग्नि और सूर्य की प्रमुखता है। इसमें दुर्गा के महिमा-वर्णन में 'देवी-माहात्मय' है। 'दुर्गासप्तशती' इसी का भाग है।

इसमें ६९०० श्लोक मिलते हैं।

(१२) **वामन पुराण**—इसमें विष्णु के वामन अवतार का वर्णन है। इसमें ९५ अध्याय हैं, जिनमें लिङ्गपूजा का प्रतिपादन और शिवपार्वती के विवाह का भी वर्णन है।

इसमें १०००० श्लोक हैं।

(१३) **कूर्मपुराण**—इसमें विष्णु के विभिन्न अवतारों का वर्णन सामान्य रूप से तथा कूर्म अवतार का वर्णन विशेष रूप से है। शिव के अवतारों का भी वर्णन इसमें है। यहाँ विष्णु और शिव तथा लक्ष्मी और देवी को परस्पर अभिन्न बताया गया है।

सम्प्रति उपलब्ध कूर्मपुराण में ६००० श्लोक हैं।

(१४) **मत्स्यपुराण**—इसमें सुविख्यात जलप्लावन की कथा है, जिसके अनुसार मत्स्य का रूप धारण कर विष्णु ने जलप्रलय के समय मनु को बचाया था। इसमें वैष्णवों के धार्मिक कृत्यों के साथ शैवों के कृत्य भी वर्णित हैं। भवन निर्माण, दक्षिण भारतीय वास्तुकला तथा मूर्तिकला का बड़ा मनोरम वर्णन इसमें है।

इसमें १४००० श्लोक हैं।

(१५) **गरुड़ पुराण**—यह वैष्णव पुराण है। विष्णु ने इसे कश्यप को सुनाया था। पौराणिक विषयों के साथ इसमें विष्णु भक्ति, वैष्णव धार्मिक कृत्य तथा प्रायश्चित आदि का विवरण है। इसमें गणित और फलित ज्योतिष, औषधियाँ, रत्न तथा व्याकरण विषय का वर्णन हैं, जिसका पुराण के लक्षण और उद्देश्य से कोई सम्बन्ध नहीं है। इसका उत्तरखण्ड प्रेतकल्प कहा जाता है जिसमें मृत्यु के बाद आत्मा की स्थिति, यममार्ग, प्रेतों की गति, पुनर्जन्म तथा उससे मुक्ति एवं मृतक के निमित्त क्रियाकलाप आदि वर्णित हैं। श्राद्ध के अवसर पर इसका पाठ भी किया जाता है।

इसमें १८००० श्लोक हैं।

(१६) **ब्रह्माण्ड पुराण**—यह उपाख्यानों और तीर्थ-माहात्म्यों तथा स्तोत्रों का संग्रह है, जो पुराण कम लगता है। इसके सात खण्डों में 'आध्यात्म रामायण' है। इसका कथन है कि अद्वैत-भावना और राम भक्ति से मोक्ष मिलती है।

इसमें १२००० श्लोक हैं।

(१७) **लिङ्ग पुराण**—इसमें शिव की भक्ति तथा विशेषकर लिङ्गपूजा का वर्णन है। इसमें शिव के २८ अवतारों का विवरण है। इस पुराण में कर्मकाण्ड का प्रतिपादन मुख्य रूप से है।

इसकी श्लोक संख्या ११००० है।

(१८) **भविष्य पुराण**—इसमें भविष्य के लिए भविष्यवाणियाँ की गई हैं। इसमें चारों वर्णों के कर्त्तव्यों तथा सूर्य, अग्नि एवं नागदेवों की पूजा का विवरण है। इसके अनेक सर्पाख्यानों में नागपञ्चमी व्रत के अन्तर्गत सर्पदैत्यों की गणना है।

इसमें नारदपुराण के अनुसार १४००० श्लोक हैं।

पुराणों का महत्त्व

अथर्ववेद में पुराणों का उल्लेख होने से इसकी प्राचीनता स्वतः सिद्ध है। पुराण की गणना अष्टादश विद्याओं में की गई है। पुराणों का वास्तविक उद्देश्य वेदों के जटिल एवं दार्शनिक उपदेशों को ऐतिहासिक तथ्यों और आख्यानों के माध्यम से लोकप्रिय बनाना था। अतः इसमें आर्यधर्म का पूर्ण विकसित रूप प्रतिबिम्बित हुआ है। आर्यों के लिए 'हिन्दू' शब्द का प्रयोग यहाँ देखा जाता है।

धार्मिक दृष्टि से पुराणों का महत्त्व सर्वाधिक है। वैदिक धर्म का उपबृंहण पुराणों के द्वारा किया गया है। वैदिक धर्म में इष्ट (यज्ञ) की प्रमुखता है तो पौराणिक धर्म में पूर्त (वापी, तडाग, धर्मशाला आदि के निर्माण) का आग्रह है। सनातन धर्म दोनों के सम्मिलन इष्टापूर्त पर श्रद्धा रखता है। इनमें प्रस्तुत विविध देवी देवताओं की स्तुति आज भी भारतीय समाज में सादर ग्राह्य है। अवतारवाद पुराणों की विशेष धरोहर है। धर्म की हानि होने पर सर्वशक्तिमान देव विविध रूपों में अवतार लेकर पृथ्वी का भार-हरण करते हैं। अवतारों की संख्या पुराणों में चौबीस बताई गई है, किन्तु प्रधान दस हैं। इन अवतारों में राम और कृष्ण के लोकोत्तर शौर्य एवं सौन्दर्य के प्रति पुराणों की पूरी निष्ठा है। भक्ति के प्रचार में पुराण सर्वथा कृतकार्य हैं।

पुराणों में बहुदेवतावाद का विस्तृत विवरण है। किन्तु ब्रह्मा, विष्णु, महेश तथा सूर्य और गणेश—इन पंचदेवों की उपासना पर अधिक बल दिया गया है। ये सभी वैदिक देवता हैं, किन्तु इनके स्वरूप में काफी विस्तार पुराणों में देखा जाता है। यहाँ देवताओं की स्तुतियों और महात्म्य-वर्णन में अतिशयोक्ति का बाहुल्य देखने को मिलता है।

ऐतिहासिक दृष्टि से पुराणों का पर्याप्त महत्त्व है क्योंकि उनमें प्राप्त सामग्री के द्वारा प्राचीन भारत के इतिहास की जानकारी सुलभ होती है। उनमें शिशुनाग, नन्द, मौर्य, गुप्त आदि प्रमुख राजवंशों का वर्णन मिलता है। इनमें प्रत्येक राजवंश के लिए निर्दिष्ट समय में समुचित अन्तर करने पर वास्तविक काल-निर्णय हो सकता है। कलिवंशीय राजाओं का यथार्थ वर्णन हमें पुराणों में ही प्राप्त होता है जिसकी पुष्टि मुद्रा, शिलालेख तथा ताम्रपत्र से होती है। डा० स्मिथ के अनुसार 'विष्णुपुराण' का मौर्यवंश से सम्बद्ध विवरण अत्यन्त महत्त्व का है। उन्होंने यह भी प्रमाणित किया है कि 'मत्स्यपुराण' में उपनिबद्ध आंध्रवंश का विवरण विश्वसनीय एवं त्रुटिरहित है।[1] 'वायुपुराण' में वर्णित गुप्तवंश के राजाओं के विवरण ऐतिहासिक माने जाते हैं। ऐतिहासिक तथ्यों के संग्रह

१. संस्कृत वाङ्मय का इतिहास; डॉ० सूर्यकान्त, पृ० १३६

में प्रख्यात इतिहासवेत्ता स्मिथ, अल्तेकर, भाण्डारकर तथा मजुमदार आदि ने पुराणों से पर्याप्त मदद ली है।

भौगोलिक दृष्टि से पुराणों की प्रचुर उपयोगिता है। पुराणों में पृथ्वी को चतुर्द्वीपा वसुमती तथा सप्तद्वीपा वसुमती कहा गया है। तात्पर्य है कि यहाँ चारद्वीप तथा सात द्वीप हैं। इस प्रकार पृथ्वी समुद्रों से घिरी हुई है। इनमें जम्बूद्वीव तो यही भारत है और शाकद्वीप में शकों का निवास था। पुराणों में वर्णित पाताल ही आजकल मेक्सिको तथा दक्षिण अमेरिका है। इस प्रकार पुराणों का भूगोल काल्पनिक नहीं होकर ठोस धरातल पर आधारित है। इसमें सकारात्मक दृष्टि से अनुसंधान की आवश्यकता है।

साहित्यिक दृष्टि से पुराणों का महत्त्व इसलिए ज्यादा है कि भारतीय काव्य ग्रन्थों के लिए यह उपजीव्य है। तात्पर्य यह है कि बहुसंख्यक भारतीय काव्य-ग्रन्थों का निर्माण पुराण से कथावस्तु को लेकर हुआ है। भारतीय भाषाओं में काव्य-रचना करने वाला शायद ही कोई प्रख्यात कवि है, जिसने पौराणिक इतिवृत्त को अपने काव्य में स्थान नहीं दिया है। अग्नि पुराण से काव्य-शास्त्र के विषयों की भी जानकारी होती है।

प्राचीन भारत के विविध ज्ञान और विज्ञान, पशुपक्षि-विज्ञान, वनस्पति विज्ञान तथा आयुर्वेद आदि सभी का एकत्र विवरण पुराणों में द्रष्टव्य है। यहाँ व्याकरण, ज्योतिष, छन्द तथा धर्मशास्त्र आदि विषयों के मूल तथ्यों का वर्णन बड़ी सुगमता के साथ प्रस्तुत किया गया है। अग्नि, नारद तथा गरुड़ पुराण इस दृष्टि से विशेष उल्लेखनीय हैं। इस प्रकार पुराण विश्वविद्या का कोष है।

●

द्वितीय प्रलम्ब

उपजीव्य काव्य

प्रत्येक साहित्य में विलक्षण प्रतिभा-सम्पन्न कुछ ऐसे रचनाकार हुआ करते हैं जिनकी लेखनी से प्रसूत ग्रन्थों से स्फूर्ति एवं प्रेरणा पाकर परवर्ती रचनाकार अपनी कृतियों का निर्माण करते हैं। संस्कृत काव्य-जगत् में ऐसी रचनाओं को 'उपजीव्य काव्य' कहते हैं। यहाँ ये संख्या में तीन हैं—(१) 'पुराण' (२) 'रामायण' और (३) 'महाभारत'।

पुराणसाहित्य पर विचार हो चुका है। अतः यहाँ अवसर प्राप्त 'रामायण' पर हम विचार करेंगे।

रामायण

'रामायण' वह पुण्यप्रदा भागीरथी है जिसमें अवगाहन कर कवि तथा पाठक अपने आपको पवित्र ही नहीं मानते, अपितु उसकी रसमयी काव्यशैली का आस्वादन कर अपने को धन्य समझते हैं। काव्य तथा नाटकों को अपनी चिरन्तन यात्रा के लिए पाथेय प्रदान करने में यह अप्रतिम धरोहर है।

रामायण भारतवर्ष का ऐतिहासिक महाकाव्य है। इसके रचयिता महर्षि वाल्मीकि हैं। प्रसिद्धि है कि चिरकाल तक समाधि में लीन रहने के कारण इस मुनि के शरीर पर दीमकों ने वल्मीक (बाँबी) बना लिया था। समाधि के बाद वल्मीक से निकलने के कारण इनका नाम वाल्मीकि पड़ा।

आदि-काव्य रामायण—संस्कृत साहित्य में 'रामायण' आदि काव्य के रूप में विख्यात है और उसके प्रणेता महर्षि वाल्मीकि 'आदिकवि' के रूप में बहुविश्रुत है, क्योंकि इससे पूर्व भारतीय भाषा में रचित कोई भी काव्य रचना सम्प्रति उपलब्ध नहीं है। इसका काव्य सौन्दर्य पाठकों को सहसा आकृष्ट कर लेता है। ऐतिहासिक काल के अरुणोदय में रचित होने पर भी यह ग्रन्थ विलक्षण तथा अद्वितीय है। भारतीय साहित्य के इतिहास में वह दिन कितना शुभ था और वह घड़ी कितनी मङ्गलमयी थी जब तमसा नदी के तट पर अकस्मात् ही महर्षि वाल्मीकि के कण्ठ से यह करुणामयी वाग्धारा फूट पड़ी थी—

मा निषाद प्रतिष्ठां त्वमगमः शाश्वतीः समाः।
यत्क्रौञ्चमिथुनादेकमवधीः काममोहितम्॥

कथा प्रचलित है कि एक दिन महर्षि वाल्मीकि अपने आश्रम के निकट बहने वाली तमसा नदी में स्नान के लिए दोपहर के समय जा रहे थे। रास्ते में उन्होंने देखा कि एक व्याध के द्वारा

क्रौंच पक्षी के मारे जाने के कारण अपने प्रिय पति के वियोग में क्रौंची बहुत दुःखी होकर आर्त्तनाद कर रही थी, जिसे सुनकर वाल्मीकि ऋषि का हृदय अत्यन्त द्रवित हो उठा और उनके मुख से सहसा काव्यमयी वाणी **'मा निषाद'** के रूप में निकल पड़ी। उपर्युक्त पद्य का आशय है कि हे निषाद, तुमने काम भावना से अत्यन्त मोहित इस क्रौंच पक्षी का वध किया है, अतः तुम सदा के लिए प्रतिष्ठा प्राप्त नहीं करो।

अपने मुख से अकस्मात् निःसृत इस काव्यमयी वाणी से स्वयं महर्षि भी चकित हो उठे क्योंकि अबतक छन्दोमयी वाणी का प्रयोग वेद में ही देखा जाता था। इससे पूर्व लौकिक छन्द का अवतार ही नहीं हुआ था—**'आम्नायादन्यत्र नूतनश्छन्दसामवतारः।'** महर्षि को चकित जानकर स्वयं ब्रह्मा उनके सामने उपस्थित हुए और उन्हें सम्बोधित करते हुए बोले—हे महर्षि, आश्चर्यचकित होने की आवश्यकता नहीं है। तुम्हारे द्वारा एक महान् कार्य का सम्पादन होना है। इसलिए ऐसा हुआ है। महर्षि को उत्कण्ठित देखकर ब्रह्मा ने रामचरित लिखने के लिए उन्हें प्रेरित किया। फिर नारदमुनि से रामचरित की पूरी जानकारी प्राप्त कर वाल्मीकि ने रामायण की रचना की। इसमें राम के आदर्श चरित का काव्यमय वर्णन अत्यन्त भव्य रूप में प्रस्तुत है। मानव-जीवन के चूड़ान्त आदर्श की स्थापना के लिए ही वाल्मीकि मुनि ने इस काव्य की रचना की है।

'रामायण' संस्कृत वाङ्मय का आदिम काव्य होने के साथ महाकाव्य के सभी लक्षणों से संवलित है। इसमें सर्गबन्धता, विषय की उदात्तता, नायक का उदार चरित, घटनाओं का वैचित्र्यपूर्ण विन्यास और भाषा का सौष्ठव अत्यन्त रमणीय है। इसकी रचना शैली, विचारों की उत्कृष्टता तथा रमणीय दृश्यों के चित्रण के कारण नैसर्गिक शैली के काव्यों में 'रामायण' को प्रथम स्थान प्राप्त है। यह कहने की जरूरत नहीं है कि आदिकाव्य रामायण में महाकाव्य के सभी लक्षण पूर्णतः विद्यमान है, बल्कि यह कहना ज्यादा संगत है कि रामायण में वर्णित तथ्यों के आधार पर परवर्ती काव्यशास्त्रकारों ने महाकाव्य के लक्षण लिखे हैं।

इस आदिकाव्य में मानवीय अन्तः प्रकृति का जैसा स्वाभाविक सूक्ष्म एवं मनोहर चित्रण हुआ है, वैसा ही बाह्य प्रकृति के दृश्यों का भी यथार्थ और सजीव रूपाङ्कन हुआ है। मानव मनोभावनाओं का जैसा व्यापक और विमुग्धकारी निरूपण इस ग्रन्थ में हुआ है, वैसा अन्यत्र दुर्लभ है। भारतीय सभ्यता और संस्कृति का यह सार्वकालिक आदर्श ग्रन्थ है।

रामायण का वर्ण्य विषय

रामायण प्राचीन भारत की सामाजिक अवस्था का विशद एवं काव्यात्मक वर्णन प्रस्तुत करनेवाला आदिम ग्रन्थ है। इसमें रामकथा के माध्यम से वाल्मीकि ने राम और सीता के उदात्त जीवन का चित्रण किया है। इसमें चौबीस हजार श्लोक हैं। अतः इसे 'चतुर्विंशतिसाहस्रीसंहिता' भी कहते हैं। 'गायत्री' मन्त्र में भी चौबीस अक्षर हैं। रामायण के प्रत्येक हजार श्लेक का पहला अक्षर गायत्री मन्त्र के ही अक्षर से क्रमशः आरम्भ होता है, यह विद्वानों का कथन है, किन्तु वाल्मीकि ने इसे काव्य, आख्यान, गीता और संहिता नाम से उल्लिखित किया है।

रामायण में सात काण्ड हैं। प्रथमतः बालकाण्ड में राम के बाल जीवन की घटनाएँ, विश्वामित्र

के साथ उनके आश्रम में जाकर यज्ञ की रक्षा तथा उस क्रम में राक्षसों का वध एवं जनकपुर जाकर सीता के साथ विवाह वर्णित है। अयोध्याकाण्ड में अयोध्या के राजमहल की घटनाएँ, राम के राज्याभिषेक की तैयारी, कैकेयी द्वारा राम के वनवास एवं भरत के राज्याभिषेक के लिए दशरथ से वर मांगना, राम का वनगमन, रामवियोग में दशरथ का शरीर त्याग तथा भरत के द्वारा राम को अयोध्या लौटा लाने का असफल प्रयास आदि का विवरण है। अरण्यकाण्ड में राम का दण्डकारण्य में निवास, विराध आदि राक्षसों का वध, पंचवटी में रावण की बहन शूर्पणखा का नाक-कान काटा जाना, खर एवं दूषण का वध तथा रावण के द्वारा सीता का अपहरण और उसके वियोग में राम का करुण क्रन्दन वर्णित है। किष्किन्धाकाण्ड में राम-सुग्रीव-मैत्री, बालि का बध तथा वानरों के साथ हनुमान का सीता-खोज में निकलने का विवरण है। सुन्दरकाण्ड में हनुमान के लंकागमन, लंकाद्वीप एवं उसमें रावण के राजप्रासाद के वर्णन के बाद हनुमान द्वारा सीता को सान्त्वना प्रदान, लंकादहन और उनका वापस आना वर्णित है। 'रामायण' के सबसे बड़े काण्ड-युद्धकाण्ड में विभीषण का राम से मिलन, समुद्रसेतु का निर्माण और लङ्कायुद्ध में रावण पर राम की विजय के बाद अयोध्या लौटने पर राम का राज्याभिषेक वर्णित है। उत्तरकाण्ड में रावण आदि राक्षसों के जन्म एवं उनके पराक्रम, हनुमान जी के जन्म एवं उन्हें वर प्रदान, सीता के परित्याग तथा लवकुश के राज्याधिरोहण के बाद अयोध्यावासियों के साथ राम के परलोक-गमन का वर्णन है।

रामायण में रामकथा के साथ ही अनेक रोचक उपकथाएँ भी सन्निहित हैं। इनका सन्निवेश विशेषकर बालकाण्ड तथा उत्तरकाण्ड में है। इनमें प्रमुख हैं—राजा सगर के पुत्रों की उत्पत्ति तथा अश्वमेध यज्ञ का आयोजन (१।३८) समुद्र मन्थन और विविध रत्नों की प्राप्ति (१।४५), त्रिशंकु के यज्ञ की तैयारी एवं उसे शाप (१।५८), मेनका द्वारा विश्वामित्र का तपो भंग (१।६३), राजा नृग का शाप (७।५४), ययाति को अपने पुत्र से यौवन-प्राप्ति, शम्बूकवध (७।७६), बुध और इला से पुरुरवा की उत्पत्ति आदि।

रामायण में प्रक्षिप्त अंश

पाश्चात्य मत के समर्थक विद्वानों का मानना है कि वाल्मीकि ने बालकाण्ड के उत्तरार्द्ध या केवल अन्तिम भाग से लेकर युद्धकाण्ड के अन्त तक ही 'रामायण' की रचना की थी अथवा वाल्मीकि रचित बालकाण्ड के आरम्भिक अधिकांश भाग और पूरे उत्तरकाण्ड कालक्रम से नष्ट हो गए। बाद में किसी कवि ने उन भागों को स्वयं लिखकर उसमें जोड़ दिया।

इस सन्दर्भ में उनके तर्क इस प्रकार हैं—

(१) रामायण के आदिकाण्ड और अन्तिम काण्ड में अनेकानेक उपकथाएँ हैं, जिनका विवरण ऊपर है, उनका मुख्य कथा से कोई सम्बन्ध नहीं है। अतः किसी अन्य लेखक ने इसकी रचना कर इन्हें पीछे से जोड़ दिया है।

(२) बालकाण्ड में दो विषय-सूचियाँ हैं। प्रथम सूची में युद्धकाण्ड तक की घटना ही वर्णित है। अतः वाल्मीकि की रचना यहीं तक रही होगी। युद्धकाण्ड के अन्त में प्रस्तुत स्तुति श्लोक भी इस तथ्य की पुष्टि करते हैं।

(३) वाल्मीकि राम को मनुष्य रूप में चित्रित करते हैं, जबकि बालकाण्ड और उत्तरकाण्ड में उन्हें अवतार माना गया है। अतः ये दोनों काण्ड बाद की रचना हैं।

इन तर्कों के खण्डन में भी कई तथ्य प्रस्तुत किए जाते हैं—जहाँ तक उपकथाओं को जोड़ने की बात है, वे उपकथाएँ हनुमान् तथा रावण आदि से सम्बद्ध हैं और इन व्यक्तियों का रामायण में महत्त्वपूर्ण स्थान है। मुख्य भाग में उनका जीवनवृत्त नहीं देकर बाद में दिया जाना अनुचित नहीं है। समुद्रमन्थन तथा ययाति आदि की कथाएँ विश्वामित्र ने राम एवं लक्ष्मण को प्रसंग विशेष में सुनाई है। कथावार्ता में अवान्तर घटनाओं की चर्चा स्वाभाविक रूप से आ जाती है, जिसे नकारा नहीं जा सकता। विषय सूची में अन्तर होने में यह कारण है कि प्रथम सूची वह है जो नारद से वाल्मीकि ने सुनी थी। दूसरी सूची रामायण में वर्णन के लिए वाल्मीकि द्वारा चिन्तित विषयों की है। सुने हुए और सोचे हुए विषयों में अन्तर होना स्वाभाविक है। युद्धकाण्ड के अन्त में स्तुतिश्लोक इसलिए है कि जो भक्त लौकिक सुख-समृद्धि हेतु रामायण का पारायण करना चाहते हैं, वे यहाँ तक करें, क्योंकि इसकी समाप्ति सुखान्त है। उत्तरकाण्ड का अवसान दुःखान्त है। अतः उसका पारायण वांछित नहीं होगा। जहाँ तक राम को अवतार मानने की बात है तो ऐसा केवल बालकाण्ड और उत्तरकाण्ड में ही नहीं है। अयोध्याकाण्ड और किष्किन्धाकाण्ड में अकेले राम के द्वारा खर तथा दूषण सहित चौदह हजार राक्षसों का नाश और अतुलित बलशाली बालि के बध की घटनाएँ उन्हें दिव्य गुणों से निश्चय ही युक्त सिद्ध करती है। सामान्य मनुष्य के वश की बातें ये नहीं थीं। फिर भी रामायण में प्रक्षिप्त अंशों के सन्निवेश से इनकार नहीं किया जा सकता, इतना मानने में कोई आपत्ति नहीं होनी चाहिए।

यहाँ ध्यातव्य है कि रामायण भारतीय परम्परा का ऐतिहासिक ग्रन्थ होते हुए भी काव्य कृति है। इसकी महती ख्याति उत्कृष्ट काव्यतत्त्व और सांस्कृतिक महत्त्व एवं धार्मिक परिवेश के कारण है। रचनाकाल से ही इसे असाधारण यश प्राप्त है। वाल्मीकि ने इसके बारे में भविष्य वाणी की थी जब तक भूतल पर पर्वत और नदियाँ हैं तब तक रामायण की कथा संसार में प्रचलित रहेगी—

यावत्स्थास्यन्ति गिरयः सरितश्च महीतले।
तावत् रामायणकथा लोकेषु प्रचरिष्यति ॥१।२॥३७

रामायण के संस्करण

रामायण का प्रचार न केवल भारत में अपितु विश्व भर में है, किन्तु उसमें पाठ-भेद बहुत मिलता है। उनमें एक-दूसरे से श्लोकों का ही अन्तर नहीं है, किन्तु कहीं-कहीं सर्ग के सर्ग भिन्न दीखते हैं। इसके अनेक पाठों में तीन पाठ प्रमुख माने जाते हैं—(१) दाक्षिणात्य पाठ, जिनमें बम्बई और मद्रास से प्रकाशित रामायण। (२) गौडीय पाठ—गौरेसियो (पेरिस) तथा कलकत्ता से प्रकाशित रामायण। (३) होशियारपुर से प्रकाशित पश्चिमोत्तरीय पाठ। इनमें दाक्षिणात्य पाठ अपेक्षाकृत मौलिक एवं प्राचीन माना जाता है। आजकल गीता प्रेस से प्रकाशित 'रामायण' ही सर्वाधिक सुलभ एवं लोकप्रिय है। इस पाठ भेद का प्रधान कारण है कि आरम्भ में 'रामायण' लिखित रूप में नहीं थी। रामायण की कथा को स्तुतिपाठकगण कंठाग्र ही सुनाते थे। लम्बे समय तक और विभिन्न स्थानों में ऐसी परम्परा रहने के कारण श्लोकों के क्रम में परिवर्तन हो जाना स्वाभाविक है। अतः

उसे लिपिबद्ध करने के समय भिन्न-भिन्न प्रान्तों में प्रचलित अलग-अलग पाठ उसी रूप में लिखे गए जिससे उसमें अनेकरूपता आ गई, फिर भी मुख्य कथानक समान ही है।

रामायण का काल

भारतीय परम्परा के अनुसार राम त्रेता युग में हुए और रामायण के आधार पर वाल्मीकि मुनि उनके समकालीन थे। वाल्मीकि ने अपनी रामायण की रचना उनके राज्यकाल में ही कर ली थी। अतः रामायण का समय त्रेता युग के अन्त अर्थात् ईसा से ८६७-१००० वर्ष पूर्व मानना उचित है, किन्तु रामायण का समय इतना पहले मानने के पक्ष में न तो पाश्चात्य विद्वान हैं और न भारतीय आलोचक ही।

मेक्डोनल के साथ कुछ अन्य पाश्चात्य विद्वान रामायण के बालकाण्ड और उत्तरकाण्ड को प्रक्षिप्त मानते हैं। अर्थात् ये दोनों काण्ड वाल्मीकि रचित नहीं हैं। उनके मत में शेष काण्डों की रचना ५०० ई० पूर्व में हुई थी, जबकि इसका वर्तमान स्वरूप २०० ई० पूर्व का है। याकोवी ने मूल रामायण की रचना ५००-८०० ई० पूर्व के बीच मानी है। डॉ० काशीप्रसाद जायसबाल महोदय मेक्डोनल के मत के समर्थक हैं।

इस सन्दर्भ में महाभारत एवं गौतमबुद्ध को प्रधान रूप से आधार मानकर समालोचकों ने अपने मत की स्थापना की है। इनका विवरण अग्रलिखित है—

(१) महाभारत में रामायण की कथा के आधार पर 'रामोपाख्यान' है तथा वहाँ वाल्मीकि का उल्लेख एक पौराणिक मुनि के रूप में हुआ है; जबकि महाभारत की घटना या उसके किसी पात्र का उल्लेख 'रामायण' में नहीं है।

'महाभारत' का समय ४०० ई० पूर्व माना जाता है। अतः रामायण उससे पहले अर्थात् ५०० ई० पू० में रची गई।

(२) पाटलिपुत्र नगर की स्थापना मगध नरेश अजातशत्रु ने ५०० ई० पूर्व में की थी। रामायण में गंगा और सोन के संगम से होकर राम के जाने का वर्णन है, किन्तु इस नगर का उल्लेख नहीं है। अतः इससे सिद्ध है कि रामायण ५०० ई० पूर्व से पहले की रचना है।

(३) रामायण में कोशल जनपद की राजधानी अयोध्या बताई गई है, परन्तु बौद्धसाहित्य में वह अयोध्या के स्थान पर साकेत नाम से प्रसिद्ध है। बुद्ध के समय (ई० पू० ५६३-५८३) कोशल के राजा प्रसेनजित की राजधानी श्रावस्ती थी। अतः बुद्ध से पूर्व रामायण की रचना हो चुकी थी।

(४) रामायण में मिथिला और विशाला दोनों स्वतन्त्र राज्य के रूप में निर्दिष्ट हैं। बुद्ध के समय में ये दोनों राज्य वैशाली नाम से प्रचलित हो गए थे और वहाँ गणतन्त्र शासन व्यवस्था थी। अतः रामायण बुद्ध से प्राचीन है।

(५) याकोवी महोदय भाषा विज्ञान के आधार पर रामायण को बुद्ध से पहले की रचना मानते हैं।

(६) रामायण से प्राप्त विवरण के अनुसार उत्तरी भारत कोशल, कान्यकुब्ज, अंग, मिथिला, मगध आदि अनेक छोटे-छोटे राज्यों में बँटा था। यह राजनीतिक स्थिति बुद्ध से पूर्व ही थी।

(७) बौद्ध त्रिपिटकों में रामचरित-सम्बन्धी वह प्राचीनतम रूप विद्यमान है जिसे चारणों ने पहले पहल गाकर प्रचारित किया था।

(८) रामायण बौद्धधर्म और ग्रीक प्रभावों से सर्वथा अछूती है। इसके विपरीत बौद्ध धर्म पर ही रामायण का प्रभाव स्पष्ट परिलक्षित होता है। 'दशरथजातक' इत्यादि इसके प्रमाण हैं।

उपर्युक्त प्रमाणों के आधार पर यह निष्कर्ष निकाला जाता है कि रामायण की रचना बुद्ध के आविर्भाव से पहले हुई थी। इस प्रकार रामायण को ५०० ई० पू० से पहले की कृति मानना सर्वथा समीचीन है।

रामायण की समीक्षा एवम् उसका सांस्कृतिक महत्त्व

प्रत्येक साहित्य में वे ही ग्रन्थ सार्वत्रिक, सार्वकालिक और सार्वजनीन होते हैं जिनमें जीवन के शाश्वत मूल्यों का निरूपण होता है। रामायण के स्थायी प्रभाव और लोकप्रियता में ये ही प्रमुख हेतु हैं। भारतीय काव्य साहित्य के विकास में आदिम ग्रन्थ होने पर भी रामायण समस्त मानवता के लिए नितान्त उपादेय है। इसकी अमृतमयी वाणी में सौन्दर्य सृष्टि का चरम उत्कर्ष है और विलक्षण काव्य-कमनीयता का भव्य निदर्शन है। जीवन को ओजस्वी तथा उदात्त बनाने के लिए जिन आदर्शों को रामायण में चित्रित किया गया है, वे भारतवर्ष के लिए ही ग्राह्य एवम् उपादेय नहीं हैं, अपितु वे विश्व मानव-समुदाय को उच्च नैतिक भावना और स्पृहणीय औदार्य की प्रेरणा देते हैं। मानव जीवन के स्थायी मूल्यवान् तत्त्वों को लेकर निर्मित होने वाले काव्य ही शाश्वत काव्य कहे जाते हैं।

रामायण के आरम्भ में ही राम को धर्मज्ञ, कृतज्ञ, सत्यवादी, सर्वप्राणियों के रक्षक, प्रजावत्सल, जितेन्द्रिय, बुद्धिमान, नीतिमान तथा सकल शास्त्रों का वेत्ता कहा गया है। श्रीराम का नाम सुनते ही आज्ञाकारी पुत्र, स्नेहिल भ्राता, आपद्ग्रस्त मित्रों के सहयोगी तथा प्रजानुरंजक राजा का चित्र सामने उपस्थित हो जाता है। इसी प्रकार सीता पातिव्रत की प्रतिमूर्ति के रूप में हमारे मानस पटल पर विराजती है। उनके शील-सौन्दर्य की कमनीयता सम्पूर्ण नारी वर्ग के लिए वांछनीय है। वह अपने पति के अतिरिक्त किसी का गात्र स्पर्श भी स्वेच्छा से नहीं करना चाहती।[१]

कलापक्ष की दृष्टि से रामायण में अलङ्कारों का सन्निवेश अत्यन्त रुचिकर है। उपमा, रूपक तथा उत्प्रेक्षा का सुन्दर प्रयोग हृदयावर्जक है। उनकी उपमा अपने औचित्य तथा रसानुकूल के वैशिष्ट्य के कारण आलोचकों का ध्यान सहसा खींचती है।[२]

रामायण का अङ्गीरस करुण है। रामायण का आरम्भ ही क्रौञ्चवधवियोगजन्य महर्षि के शोक से होता है, जिसे आनन्दवर्धन ने **'क्रौञ्चद्वन्द्ववियोगोत्थः शोकः श्लोकत्वमागतः'** कहा है। इसके अङ्ग रस के रूप में शृंगार, वीर आदि हैं।

भारतीय गार्हस्थ्य-जीवन का विस्तृत चित्रण रामायण का मुख्य लक्ष्य है। आदर्श पिता, आदर्श माता, आदर्श भ्राता, आदर्श पति, आदर्श पत्नी आदि जितने आदर्शों को इस महाकाव्य में

---

१. रामायण, ५. ३७-६२

२. " ५. १५-३८

प्रतिष्ठापित किया गया है, वे सभी गृहस्थ धर्म पर आधारित हैं। रामायण भारतीय सभ्यता की अभिव्यक्ति की प्रतीक है और उसकी भावभूमि गार्हस्थ्य जीवन है।

रामायण में तत्कालीन सामाजिक, धार्मिक, नैतिक एवं राजनैतिक स्थितियों का चित्रण नितान्त सजीव है। उस समय आर्य तथा अन्य जाति के लोगों के भोजन, वस्त्र, आवास व्यवस्था, शासन-व्यवस्था, युद्धसंचालन, अस्त्र-शस्त्र-निर्माण, कलाकौशल, यातायात के साधन, मनोरंजन के साधन तथा सामाजिक संगठन आदि का विवरण हमें रामायण में सर्वत्र उपलब्ध होता है। समाज में स्त्रियों की स्थिति, विवाह और प्रेम का आदर्श, जीवन के प्रति लोगों के दृष्टिकोण तथा लौकिक और पारलौकिक आकांक्षा आदि की जानकारी के लिए रामायण का अध्ययन अत्यन्त रोचक, हृदयावर्जक और ज्ञानवर्द्धक होगा।

कूजन्तं राम रामेति मधुरं मधुराक्षरम्।
आरूह्य कविताशाखां वन्दे वाल्मीकिकोकिलम्।।

महाभारत

संस्कृत साहित्य के उपजीव्य ग्रन्थों में रामायण के बाद महाभारत का नाम आता है। इससे कथावस्तु लेकर परवर्ती असंख्य कवियों ने काव्य, नाटक, चम्पू, कथा, आख्यायिका आदि की रचना की है। विश्व साहित्य में महाभारत बृहत्तम ग्रन्थ है। भारतीय साहित्य का सर्वश्रेष्ठ ग्रन्थ 'भगवद्गीता' इसी का एक अंश है। इसके अतिरिक्त विष्णुसहस्रनाम, अनुगीता, भीष्मस्तवराज तथा गजेन्द्र मोक्ष जैसे आध्यात्मिक और भक्तिपूर्ण ग्रन्थ इसी के अंश हैं। इन्हीं पाँच ग्रन्थों को 'पञ्चरत्न' कहते हैं। इन्हीं गुणों के कारण महाभारत 'पञ्चमवेद' के नाम से प्रसिद्ध है।

महाभारत में कौरवों और पाण्डवों की कथा वर्णित है, किन्तु इसके अतिरिक्त इसमें सृष्टि की उत्पत्ति, देवों की वंशावली, नीति, धर्म, दर्शन तथा अध्यात्म का अत्यन्त विस्तृत वर्णन है। यह मनुष्य जीवन के उद्देश्य-स्वरूप धर्म, अर्थ, काम और मोक्ष—इस चतुर्वर्ग की प्राप्ति की शिक्षा देता है। यह ग्रन्थ भारतीय संस्कृति को समग्र रूप में प्रस्तुत करता है। इसी कारण इस ग्रन्थ के बारे में यह कथन नितान्त समीचीन है कि धर्म, अर्थ, काम और मोक्ष में जो विवेचन यहाँ है, वही अन्यत्र भी है और जो यहाँ नहीं है, वह कहीं नहीं है—

धर्मे ह्यर्थे च कामे च मोक्षे च भरतर्षभ।
यदिहास्ति तदन्यत्र यन्नेहास्ति न तत्क्वचित्।। —'महाभारत'

महाभारत के कर्ता

इस महनीय ग्रन्थ 'महाभारत' के रचयिता महर्षि व्यास हैं। इनका प्रथम नाम कृष्णद्वैयापन था; क्योंकि ये एक द्वीप में उत्पन्न हुए थे और इनका रंग कृष्ण था। ये पराशर ऋषि के पुत्र थे। इनकी माता का नाम सत्यवती था। धृतराष्ट्र, पाण्डु और विदुर इन्हीं से नियोग द्वारा उत्पन्न हुए थे। वेद को यज्ञीय दृष्टि से ऋग्, यजुः, साम और अथर्व—इन चार भागों या संहिताओं में विभक्त करने के कारण इनका नाम वेदव्यास पड़ा—

विव्यास वेदान् यस्मात् स तस्माद् व्यास इति स्मृतः

अठारह पुराणों के रचयिता भी व्यास ही थे। अतः पाश्चात्य विद्वानों की धारणा है कि 'व्यास' एक व्यक्ति का नाम नहीं, बल्कि उपाधि या उपनाम था क्योंकि वेदों का चार भागों में विभाजन, १८ पुराणों का निर्माण और विशालकाय महाभारत की रचना ये सभी कार्य एक व्यक्ति से ही संभव नहीं है।

महाभारत का विकासक्रम

सम्प्रति उपलब्ध 'महाभारत' में एक लाख श्लोक विद्यमान हैं। इसी कारण इसे 'शतसाहस्त्री-संहिता' भी कहते हैं। गुप्तकालीन शिलालेखों में 'शतसाहस्त्रीसंहिता' का उल्लेख है।

महाभारत का वर्तमान स्वरूप तीन विकास क्रमों का परिणाम है। आरम्भ में व्यास ने पाण्डवों और कौरवों की कथा के रूप में जो ग्रन्थ लिखा उसका नाम **जय** था। वे इसे इतिहास कहते हैं—

जयो नामेतिहासोऽयं श्रोतव्यो विजिगीषुणा।[1]

महाभारत के मङ्गल श्लेक में नारायण, नर और सरस्वती को नमस्कार करके कवि के द्वारा 'जय' के निर्माण का उल्लेख है—

नारायणं नमस्कृत्य नरञ्चैव नरोत्तमम्।
देवीं सरस्वतीं वन्दे ततो जयमुदीरयेत्॥[2]

यही 'जय' महाभारत का मूल प्रतीत होता है। कौरवों पर पाण्डवों की विजय के वर्णन के कारण ही इस ग्रन्थ का ऐसा नामकरण किया गया है। इसमें ८८०० श्लोक थे—

अष्टौ श्लोकसहस्त्राणि अष्टौ श्लोकशतानि च।

भारत—जय के विकसित रूप का नाम 'भारत' पड़ा। अर्जुन के पौत्र परीक्षित की मृत्यु साँप के काटने से हुई थी। अतः पिता की मृत्यु का बदला लेने के लिए जनमेजय ने साँपों को नष्ट करने के लिए नागयज्ञ किया। इस अवसर पर उपस्थित महर्षि व्यास से कौरवों और पाण्डवों के युद्ध का वर्णन सुनाने के लिए जनमेजय ने प्रार्थना की। व्यास ने अपने शिष्य वैशम्पायन को 'जय' महाकाव्य सुनाने का आदेश दिया। जनमेजय ने इसके श्रवण-क्रम में विभिन्न स्थलों पर बहुत से प्रश्न किए जिनका उत्तर वैशपयायन ने दिया। इन प्रश्नों और उत्तरों को मिलाने पर 'जय' का कलेवर बहुत विस्तृत हो गया और इसका नाम 'भारत' पड़ा। अब इसमें २४ हजार श्लोक हो गए, किन्तु इसमें उपाख्यान नहीं थे—

चतुर्विंशतिसाहस्त्रीं चक्रे भारतसंहिताम्।
उपाख्यानैर्विना तावद् भारतं प्रोच्यते बुधैः॥[3]

---

१. महाभारत, आदिपर्व ६२,२२

२. महाभारत, मङ्गलश्लोक

३. महाभारत, आदि० १-७८

महाभारत—'जय' के तीसरे विकसित स्वरूप का नाम 'महाभारत' पड़ा। जनमेजय के नागयज्ञ के कुछ समय बाद शौनक ऋषि ने नैमिषारण्य में १२ वर्षों तक चलने वाला यज्ञ किया। इस अवसर पर उपस्थित बहुत से ऋषियों में रोमहर्षण ऋषि के पुत्र सौति ऋषि भी थे। सौति ने जनमेजय के नागयज्ञ के अवसर पर वैशम्पायन के द्वारा कथित कौरवों और पाण्डवों के युद्ध वर्णन रूप जय की कथा और जनमेजय तथा वैशम्पायन के सम्वाद को भी सुना था। उस 'भारत' की कथा को सौति ने शौनक ऋषि के आग्रह पर उसी रूप में सुनाया। शौनक ने बीच-बीच में बहुत से प्रश्न किए, जिनका उत्तर विस्तार से देते हुए सौति ने अनेक आख्यान भी सुनाए। सौति के इस वर्णन में हरिवंश भी सम्मिलित है। अब इसका स्वरूप महनीय हो गया। अतः इसे 'महाभारत' कहने लगे। इसमें आदि, सभा,उद्योग, भीष्मादि १८ पर्व हैं जिनमें नीति,धर्म, आचार, राजनीति, अध्यात्म आादि विविध विषयों पर मनोरम तथा विस्तृत विवेचन है। इसमें अब १ लाख श्लोक हो गए। इसलिए कहा है—

'महत्त्वाद् भारवत्वाच्च महाभारतमुच्यते।[1]

इस प्रकार महाभारत के विकासक्रम की उपरि वर्णित तीन अवस्थाएँ हैं।

महाभारत का काल

महर्षि व्यास द्वारा मूल रूप में रचित 'जय' कब 'महाभारत' बन गया, इस विषय में आज तक समालोचकों में ऐकमत्य नहीं हो पाया है। भारतीय परम्परा के अनुसार कौरव-पाण्डवों का युद्ध द्वापर के अन्त में अर्थात् कलियुग के आरम्भ होने से पूर्व में हुआ था, ऐसी ही मान्यता है। कलियुग का आरम्भ ३१०१ ई० पू० में हुआ था। अतः इसके कुछ बाद, यानी, ३००० ई० पू० महाभारत का समय माना जाना चाहिए।

आधुनिक विद्वान् महाभारत का समय इतना पूर्व मानने के पक्ष में नहीं हैं। अतः आभ्यन्तर एवं बाह्य प्रमाणों के आधार पर इस सन्दर्भ में तथ्य उपस्थापित किए जा रहे हैं—

(१) संस्कृत साहित्य के कवियों में अश्वघोष का काल प्रथम शताब्दी मान्य है, क्योंकि वे राजा कनिष्क (७८ ई०) के गुरु और आश्रित कवि थे। अश्वघोष ने अपने ग्रन्थ 'वज्रसूची उपनिषद्' में महाभारत के शान्तिपर्व तथा हरिवंश से अनेक पद्य उद्धृत किए हैं। अतः उनसे पूर्व महाभारत की रचना हुई।

(२) संस्कृत-साहित्य में महाकवि भास प्राचीनतम नाटककार माने जाते हैं। महाभारत से कथावस्तु लेकर उन्होंने दूतवाक्य, दूतघटोत्कच तथा कर्णभार आदि सात नाटक लिखे हैं। टी० गणपति शास्त्री से सहमत होते हुए अनेक विद्वान् भास का काल तृतीय शती ई० पू० निश्चित करते हैं। अतः इससे पूर्व महाभारत रचा गया।

(३) चन्द्रगुप्त मौर्य (३२३ ई० पू०) के दरबार में आनेवाला यूनानी राजदूत मेगास्थनीज ने

१. महाभारत आदि १-३००

अपने भारत-विषयक ग्रन्थ में मथुरावासियों के द्वारा हिरेक्लीज के सम्मान एवं पूजा किए जाने का उल्लेख किया है। विद्वानों ने हिरेक्लीज को कृष्ण से अभिन्न माना है। अतः चन्द्रगुप्त मौर्य से पहले महाभारत की रचना हुई।

(४) सीरिया भाषा में प्राप्त महाभारत के शान्तिपर्व के तीन अध्यायों के विवरण के आधार पर हर्टल महोदय प्रमाणित करते हैं कि प्रचलित महाभारत ई० पू० पाँचवीं शती में रचित महाभारत से भिन्न नहीं है।

(५) बौधायन धर्मसूत्र (२।२।२६) में महाभारत के ययाति उपाख्यान का एक श्लोक (आदि ७८।१०) मिलता है। बौधायन गृह्यसूत्र में 'विष्णुसहस्रनाम' का उल्लेख है। गीता का 'पत्रं पुष्पं फलं तोयम् (९।२६) यह पद्य भी वहाँ उद्धृत है। डॉ० बूलर ने बौधायन का काल ई० पू० ४०० वर्ष प्रमाणित किया है।

(६) महर्षि पाणिनि (ई० पू० ५००) ने अपनी रचना 'अष्टाध्यायी' में युधिष्ठिर[1], विदुर[2] तथा महाभारत[3]—इन शब्दों की निष्पत्ति के लिए सूत्र लिखे हैं। अतः पाणिनि से पूर्व महाभारत रचा गया।

(७) महाभारत के शान्तिपर्व में विष्णु के दशावतार का वर्णन है, किन्तु उनमें बुद्ध का नाम नहीं है। कृष्णावतार के बाद कल्कि-अवतार का वर्णन है। फलतः बुद्ध से अपरिचित महाभारत निश्चय ही बुद्ध से पहले की रचना है।

(८) ज्योतिषशास्त्र के प्रमाणों से भी महाभारत की रचना ५०० ई० पू० की सिद्ध होती है।

अतः उपर्युक्त प्रमाणों के आधार पर महाभारत का रचनाकाल ५०० ई० पू० सिद्ध होता है।

रामायण और महाभारत में तुलना

'रामायण' और 'महाभारत' दोनों ही भारतीय काव्य-परम्परा के उपजीव्य ग्रन्थ हैं। अब तक इन दोनों से कथावस्तु लेकर अगणित काव्य-रचनाएँ भारत की विभिन्न भाषाओं में प्रकाशित हो चुकी हैं। इन दोनों रचनाओं में अनेक साम्य एवं वैषम्य हैं।

दोनों का प्रारम्भ राजसभा से होता है और उसके बाद लगभग समान अवधि के लिए वनवास का वर्णन मिलता है। वनवास के समय दोनों की मित्रता एक प्रदेश के राजा से होती है जिनके सहयोग से दोनों में युद्ध होता है। दोनों में धर्मपथ पर चलनेवाले पक्ष के राजकुमार कुछ समय के लिए परेशानी में रहते हैं, परन्तु अन्त में विजय उनकी ही होती है। दोनों में अधर्म पथ पर चलने वालों को अपना हठ छोड़कर सन्धि कर लेने के लिए दूत भेजा जाता है, किन्तु वे मूढ

१. गवियुधिभ्यां स्थिरः।८।३।९५

२. विदिभिदिच्छिदेः कुरच्।३।२।१६२

३. महान्व्रीह्यपराह्णगृष्टीष्वासजावाल भारभारतहैलि०।६।२।३८

उनका परिहास करते हैं और फलतः युद्ध में कुल सहित विनष्ट होते हैं। दोनों ग्रन्थों में युद्ध के लिए स्त्री ही कारण हैं। दोनों में उन स्त्रियों का अपहरण होता है। उन दोनों स्त्रियों का विवाह भी स्वयम्वर में राजकुमारों द्वारा धनुर्विद्या के कौशल प्रदर्शन के बाद होता है। दोनों ग्रन्थों के रचयिता उनके पात्रों के समसामयिक हैं और उनका उनसे सम्बन्ध भी है। दोनों ही ग्रन्थ अपने प्रणेताओं के शिष्यों द्वारा अश्वमेध और राजसूय यज्ञ के अवसर पर गाकर सुनाए गए हैं। दोनों दुःखान्त रचनाएँ हैं।

रामायण और महाभारत में वैषम्य भी अनेक हैं। रामायण में एक नायक और एक प्रतिनायक है, तो महाभारत में अनेक नायक और प्रतिनायक हैं। रामायण के पात्र उच्च आदर्श के पालक हैं, जबकि महाभारत के पात्र प्रतिक्रियावादी हैं। रामायण में आदर्श भाई और आदर्श पुत्र का वर्णन है, तो महाभारत में उनके विरोध का स्वर मुखर है। रामायण में वानर और राक्षस अपनी मायाशक्ति का प्रयोग करते हुए युद्ध करते हैं, तो महाभारत में घटोत्कच को छोड़कर सभी मनुष्य ही युद्ध में प्रवृत्त होते हैं। रामायण में लंका के अतिरिक्त अन्य किसी विदेश का वर्णन नहीं है, किन्तु महाभारत में अन्य कई देशों का विवरण हैं। रामायण में विदेशियों का प्रभाव परिलक्षित नहीं होता है, किन्तु महाभारत में वैसा दृष्टिगत होता है।

इस प्रकार इन दोनों रचनाओं मे अनेक साम्य एवं वैषम्य दीख पड़ते हैं।

रामायण और महाभारत में पौर्वापर्य

'रामायण' और 'महाभारत' दोनों ही भारत की प्राचीन सभ्यता और संस्कृति की जानकारी के लिए अप्रतिम ग्रन्थ हैं। रामायण आदिकाव्य है तो महाभारत इतिहास माना जाता है। प्रकृत में इस बात पर विचार करना है कि इन दोनों में पहले किसकी रचना हुई?

पाश्चात्य विद्वान वेबर के सुर में अपना सुर मिलाते हुए अनेक भारतीय विद्वान भी रामायण के मञ्जुलपदविन्यास, अलंकारों के प्रचुर सन्निवेश और सुबोध रचना को देखकर उसे महाभारत से अर्वाचीनतर सिद्ध करना चाहते हैं, किन्तु भारतीय परम्परा उक्त मत के प्रतिकूल है, क्योंकि वाल्मीकि आदि कवि के रूप में विख्यात हैं, जबकि व्यास दूसरे कवि है। युग की दृष्टि से भी रामायण पूर्ववर्ती सिद्ध होती हैं, क्योकि राम त्रेता युग में हुए थे, जबकि पाण्डव द्वापर में थे। दोनों ग्रन्थों के अनुशीलन से भी इनके पौर्वापर्य का पता चलता है। इस सन्दर्भ में ध्यातव्य बिन्दु अग्रलिखित हैं—

(१) रामायण की घटनाएँ अव्यावहारिक होने के कारण अविश्वसनीय जैसी लगती है। यथा—पुत्रेष्टि याग द्वारा पुत्र की उत्पत्ति, वानरों से मित्रता, शिलाओं का समुद्र में तैरना, रावण का दश सिर होना आदि।

महाभारत की घटनाएँ व्यावहारिक लगती है। जैसे—जुआ खेलना और उसमें अपना सर्वस्व हार जाना, युद्ध में कपट करना, छल से या निहत्थे योद्धा पर प्रहार कर उसे मार देना आदि।

(२) रामायण का युद्ध युद्धकला के अविकसित अवस्था का परिचायक है। अतः इसमें पत्थरों और वृक्षों के प्रहार से लड़ाई होती है।

महाभारतकाल का युद्ध अधिक विकसित दशा को व्यक्त करता है। व्यूह की रचना तथा युद्ध का सेनापति एक व्यक्ति का होना अधिक विकास का द्योतक है।

(३) रामायण में धनुष को उठाकर चढ़ा देना ही वीरता की कसौटी है, किन्तु महाभारत में तेल की परछाई में मछली की आँख को नीचे देखकर ऊपर उसकी आँख में बाण-वेधन वीरता का प्रतिमान है।

(४) रामायण में आर्य सभ्यता शुद्ध रूप में चित्रित है, कहीं भी यवनों या म्लेच्छों की चर्चा नहीं है।

महाभारत में दुर्योधन का मित्र एवं लाक्षागृह का निर्माता पुरोचन म्लेच्छ ही था। उस समय विदुर आदि बहुत लोग म्लेच्छ भाषा भी जानते थे। इसी भाषा में विदुर ने युधिष्ठिर को लाख के घर की सूचना पहले ही सभा में दे दी थी जिसे अन्य सभासद नहीं समझ पाए।

(५) रामायण में वर्णित दक्षिण भारत में अनार्य-जंगली जातियों का निवास था। आर्य सभ्यता विन्ध्य पर्वत तक ही फैली थी।

महाभारत में वर्णित दक्षिण भारत सुव्यवस्थित तथा सभ्य है। युधिष्ठिर के राजसूय यज्ञ में दक्षिण भारत के राजा उपहार लेकर आते हैं।

(६) रामायण का समाज आदर्श है। राम आदर्श पुत्र हैं तो लक्ष्मण आदर्श भाई। सीता आदर्श पत्नी हैं तो सुग्रीव मित्रता की कसौटी हैं।

महाभारत के समाज में आदर्शवाद के लिए स्थान नहीं है। दुर्योधन के सामने धृतराष्ट्र की वाणी नहीं खुलती है। पितृतुल्य भ्राता युधिष्ठिर के सन्धि प्रस्ताव का विरोध भीम खुलकर करते हैं। द्रौपदी भी युधिष्ठिर की सत्यनिष्ठता के लिए उन्हें ताना देती है।

(७) रामायण में नैतिक भावना उत्कर्ष पर है। मैथिली हनुमान के पीठ पर बैठकर राम के पास जाने में इसलिए इनकार करती है कि उसे परपुरुष के स्पर्श से परहेज है। रावणवध के बाद सीता की अग्नि परीक्षा होने पर वह शुद्ध एवं पवित्र मानी जाती है।

महाभारत में धृतराष्ट्र एवं पाण्डु का जन्म नियोगविधि से होता है। द्रौपदी का अपहरण कर जयद्रथ उसे दूर वन में ले जाता है, किन्तु उसके चरित्र पर कोई सन्देह नहीं किया जाता है।

(८) रामायण में युद्ध के लिए अनुशासन एवं निश्चित नियमों का पालन देखा जाता है। सूर्यास्त के बाद युद्ध समाप्त हो जाता है तथा निहत्थे पर वार नहीं किया जाता है। पीठ पीछे से आक्रमण नहीं होता है।

महाभारत में युद्ध जीतने के लिए कुछ भी करना अनुचित नहीं समझा जाता है। निहत्थे भीष्म और द्रोण पर उनके आत्मीय पौत्र एवं शिष्य बाण चलाने में कुछ भी संकोच नहीं करते। छल से अभिमन्यु को शस्त्ररहित बनाकर पीछे से उस पर प्रहार किया जाता है। अश्वत्थामा रात में सोये हुए पाण्डवों का सिर काट लेने में चतुराई समझते हैं।

(९) रामायण में महाभारत की घटनाओं तथा पात्रों की कहीं चर्चा नहीं है, किन्तु महाभारत में वन पर्व में रामोपाख्यान है, जिसमें राम की कथा वर्णित है।

इतना ही नहीं, महाभारत में रामायण के पद्य बिल्कुल उसी रूप में उल्लिखित हैं। यथा—

न हन्तव्याः स्त्रिय इति यद् ब्रवीषि प्लवंगम।
पीडाकरणममित्राणां यत्तु कर्त्तव्यमेव तत्॥

—वा० रा० युद्ध० ८१-२८

अतिचायं पुरा गीतो श्लोको वाल्मीकिना भुवि।
न हन्तव्याः स्त्रिय इति यद् ब्रवीषि प्लवंगम॥
सर्वकालं मनुष्येण व्यवसायवता सदा।
पीडाकरणममित्राणां यत् स्यात् कर्त्तव्यमेव तत्॥ —महाभारत

उपर्युक्त विवेचन के आधार पर रामायण को महाभारत की अपेक्षा पूर्वतर (पहले) रचित मानने में किसी भी आलोचक को आपत्ति नहीं होनी चाहिए।

●

तृतीय प्रलम्ब

महाकाव्य

संस्कृत वाङ्मय का काव्य-भाग अत्यन्त रमणीय है। इसकी रसस्यन्दिनी मधुर धारा में अवगाहन करते हुए सहृदयरसिक कभी अघाते नहीं। रसास्वादन की दृष्टि से इसके दो भेद हैं—दृश्य और श्रव्य। दृश्यकाव्य के अन्तर्गत नाटक एवं प्रकरण आदि आते हैं जिन्हें देखकर अधिक आनन्द प्राप्त किया जाता है। श्रव्य काव्य के तीन उपभेद हैं—पद्य, गद्य और गद्यपद्यमिश्रित चम्पू। पद्यकाव्य के पुनः तीन उपभेद हैं—महाकाव्य और खण्डकाव्य तथा मुक्तक काव्य। यहाँ महाकाव्यों का विवेचन प्रस्तुत है।

महाकाव्य की उत्पत्ति एवं विकास

भारत की हर परम्परा का उत्स वेद में खोजने के संस्कार होने के कारण काव्यों के मूलस्थान के अन्वेषण की दृष्टि से वेदों के अध्ययन करने पर हम पाते हैं कि ऋग्वेद में अनेक ऐसे मंत्र हैं जिनमें ऋषियों की कवित्व-प्रतिभा विलक्षण रूप में व्यक्त हुई है। वहाँ उषा के वर्णन में रमणीय काव्यत्व अभिव्यंजित होता है। ब्राह्मण ग्रन्थों में भी काव्य-प्रतिभा परिलक्षित होती है, परन्तु वस्तुतः संस्कृत का आदि महाकाव्य वाल्मीकि रचित 'रामायण' ही है। यही वह कवित्व गङ्गोत्री है जिससे काव्य जाह्नवी की अनन्त धाराएँ निःसृत होकर भास, कालिदास, अश्वघोष, भवभूति, भारवि आदि महाकवियों की रसमयी उर्वर भूमि को सींचती हैं।

'रामायण' से प्रेरणा एवं कथावस्तु लेकर अगणित कवियों ने काव्यसाधना की है। 'रामायण' की तरह 'महाभारत' में भी काव्य-शैली के दर्शन यत्र-तत्र होते हैं, किन्तु उसका प्रधान विषय काव्य नहीं, इतिहास है।

अनेक प्रमाणों से यह ज्ञात होता है कि वाल्मीकि से पूर्व भी अनेक विद्वानों ने काव्य रचना की थी। इनमें महावैयाकरण पाणिनि द्वारा रचित 'जाम्बवतीजय' का उल्लेख राजशेखर करते हैं—

''नमो पाणिनये तस्मै यस्मादाविर्भूदिह।
आदौ व्याकरणं काव्यमनुजाम्बवतीजयम्॥''

इस 'जाम्बवतीजय' का दूसरा नाम 'पाताल विजय' है। सम्भवतः संस्कृत साहित्य में यह प्रथम महाकाव्य रचा गया, किन्तु आज वह अप्राप्य है फिर भी उसके अनेक रसात्मक पद्य अब भी प्राप्त होते हैं। उदाहरणार्थ यह रमणीय पद्य द्रष्टव्य है—

उपोढरागेण विलोलतारकं तथा गृहीतं शशिना निशामुखम्।
यथा समस्तं तिमिरांशुकं तथा पुरोऽपि रागाद् गलितं न लक्षितम्।।

महान् वैयाकरण पतञ्जलि (१५० ई० पू०) अपने 'महाभाष्य' में कंसबन्ध' और 'बलिबन्ध' नामक नाटकों का उल्लेख करते हुए वररुचि द्वारा रचित काव्य 'वाररुचं काव्यम्' का संकेत करते हैं। इन शास्त्रकारों की परीक्षा पाटलिपुत्र में हुई थी। राजशेखर ने लिखा है—

श्रूयते च पाटलिपुत्रे शास्त्रकारपरीक्षा—

अत्रोपवर्षवर्षाविह पाणिनिपिङ्गलाविह व्याडिः।
वररुचिपतञ्जली इह परीक्षिताः ख्यातिमुपजग्मुः ।।[१]

उन्होंने 'वासवदत्ता' और 'भैमरथी' नामक आख्यायिकाओं का भी उल्लेख किया है। इससे स्पष्ट है कि ई० पू० दूसरी शताब्दी से पहले विविध विधात्मक काव्यों का पूर्ण प्रसार हो चुका था।

शिलालेखों में अलंकृत काव्य—प्राचीन काल के राजाओं के शिलालेखों में भी रमणीय काव्य के दर्शन होते हैं। इस दृष्टि से रूद्रदामन का गिरनार शिलालेख (१५० ई०) अलंकृत काव्य शैली का निदर्शन है। अनुप्रास की छटा यहाँ दर्शनीय है—

'अभ्यस्तदाम्नो रूद्रनाम्नो।'

इसी प्रकार—'स्फुट-लघु-मधुर-चित्र-कान्त-शब्द-समयोदारालंकृत-गद्य-पद्य'—इस सन्दर्भ में विविध अलंकारों तथा काव्यगुणों में कवि की गहरी पैठ का पता चलता है। प्रायः इनके समकालीन पुलुमायी के नासिक वाले प्राकृत शिलालेख तथा प्रयाग के अशोक स्तम्भ पर अंकित हरिषेण रचित समुद्रगुप्त की प्रशस्ति की शैली से विदित होता है कि उनसे पूर्व अनेक काव्य रचे जा चुके थे।

महाकाव्य के लक्षण

अलंकारशास्त्र के विवेचन में प्रवृत्त विश्वनाथ भट्ट ने 'साहित्यदर्पण' में, जो, महाकाव्य का लक्षण लिखा है उसके अनुसार महाकाव्य सर्गों में निबद्ध होता है। इन सर्गों की संख्या आठ से अधिक होती है। इसका नायक कोई देवता या धीरोदात्तगुण-सम्पन्न और सद्वंश में उत्पन्न क्षत्रिय होता है। कहीं एकवंश के सत्कुलीन अनेक राजा भी नायक होते हैं। शृंगार, वीर और शान्त में से कोई एक रस अङ्गी या प्रधान होता है तथा अन्य हास्य, वीभत्सादि अङ्ग या गौण रूप में रहते हैं। सभी नाटक सन्धियाँ होती हैं। कथावस्तु ऐतिहासिक या सज्जनाश्रित एवं लोकप्रसिद्ध होती है। धर्म, अर्थ, काम और मोक्ष इस चतुर्वर्ग में से कोई एक उसका फल होता है। आरम्भ में आशीर्वाद, नमस्कार या वर्ण्य विषय का निर्देश रहता है। कहीं खलों की निन्दा और सज्जनों का गुणगान होता है। प्रत्येक सर्ग में एक ही छन्द होता है तथा सर्गान्त में दूसरे छन्द होते हैं। कहीं-कहीं अनेक छन्द भी देखे जाते हैं, सर्ग के अन्त में भावी कथा की सूचना दी जाती है। सन्ध्या, सूर्य, चन्द्रमा, रात्रि, सायम्, अन्धकार, दिन, प्रातःकाल, मध्याह्न, मृगया (शिकार), पर्वत, ऋतु, वन, समुद्र, संयोग, वियोग, मुनि, स्वर्ग, नगर, यज्ञ, संग्राम, यात्रा, विवाह, मन्त्र, पुत्र तथा

१. काव्यमीमांसा, दशम अध्याय, पृ० १२०

अभ्युदय आदि का यथासंभव सांगोपांग वर्णन होना चाहिए। इसका नाम कवि के नाम से (जैसे माघ), या कथावस्तु के आधार पर (जानकी हरण) या नायक के नाम पर (किरातार्जुनीय) तथा कहीं इनसे भिन्न भी नाम (भट्टि) होता है। सर्ग की वर्णनीय कथा के आधार पर सर्ग का नाम रखा जाता है।[1]

यहाँ ध्यातव्य है कि महाकाव्य के ये लक्षण तब लिखे गये जब संस्कृत में अनेक महाकाव्यों की रचना हो चुकी थी, क्योंकि लक्ष्यग्रन्थों के निर्माण के बाद उनके आलोक में ही लक्षण-ग्रन्थों का निर्माण होता है। बाद में उन लक्षणों को ध्यान में रखकर लक्ष्य-ग्रन्थ रचे जाते हैं। यह भी स्मरणीय है कि महाकाव्य के ये लक्षण सामान्य रूप से निर्दिष्ट हैं। इनका अक्षरशः पालन सभी महाकाव्यों में सहज संभव नहीं है।

यहाँ संस्कृत के प्रमुख कवियों एवं उनके द्वारा रचित महाकाव्यों का विश्लेषण प्रस्तुत है—

महाकवि कालिदास

संस्कृत महाकाव्यों के प्रणेताओं में महाकवि कालिदास का नाम अग्रगण्य है। काव्य रचना की चारुता हो या नाट्यकला की रमणीयता हो अथवा गीतिकाव्य की सरसता हो—सभी दृष्टियों से कालिदास की प्रतिभा सर्वातिशायिनी है। इसी कारण किसी आलोचक ने कहा है—

पुरा कवीनां गणनाप्रसङ्गे कनिष्ठिकाधिष्ठितकालिदासः।
अद्यापि तत्तुल्यकवेरभावादनामिका सार्थवती बभूव॥

अर्थात् प्राचीन कवियों की गणना के प्रसङ्ग में कालिदास को कनिष्ठा अंगुली पर अधिष्ठित किया गया, किन्तु आज भी उनके समान कवियों के अभाव से अनामिका नामवाली दूसरी अंगुली सार्थवती हुई। अर्थात् दूसरा कोई नाम आया ही नहीं जिससे कालिदास की तुलना हो सकती थी।

जन्मस्थान

कालिदास के काव्यों की जितनी अधिक ख्याति है, उनका जीवन और काल उतना ही अज्ञात है। उनके काव्यों में उज्जयिनी के विस्तृत वर्णन को देखकर कुल लोग उज्जयिनी को ही उनकी

---

१. सर्गबन्धो महाकाव्यं तत्रैको नायकः सुरः।
सद्वंशः क्षत्रियो वापि धीरोदात्त गुणान्वितः। एकवंशभवा भूपा कुलजा बहवोऽपि वा।
शृंगारवीरशान्तानामेकोंऽङ्गी रस इष्यते। अङ्गानि सर्वेऽपि रसाः सर्वे नाटकसन्धयः॥
इतिहासोद्भवं वृत्तमन्यद्वा सज्जनाश्रयम्। चत्वारस्तस्य वर्गाः स्युस्तेष्वेकं च फलं भवेत्॥
आदौ नमस्क्रियाशीर्वा वस्तुनिर्देश एव वा। क्वचिन्निन्दा खलादीनां सतां च गुणकीर्तनम्।
एकवृत्तमयैः पद्यैरवसानेऽन्यवृत्तकैः। नाति स्वल्पा नातिदीर्घाः सर्गा अष्टाधिका इह॥
नानावृत्तमयैः क्वापि सर्गः कश्चन दृश्यते। सर्गान्ते भाविसर्गस्य कथायाः सूचनं भवेत्॥
सन्ध्यासूर्येन्दुरजनीप्रदोषध्वान्तवासराः। प्रातर्मध्याह्नमृगयाशैलर्तुवनसागराः॥
संभोगविप्रलम्भौ च मुनिस्वर्गपुराध्वराः। रणप्रयाणोपयममन्त्रपुत्रो दयादयः॥
वर्णनीया यथायोगं साङ्गोपाङ्गा अमी इह। कवेर्वृत्तस्य वा नाम्ना नायक स्येतरस्य वा
नामास्य सर्गोपादेयकथया सर्गनाम तु। —साहित्यदर्पण ६-३१५ से ३२४

जन्मभूमि मानते हैं, किन्तु गंभीरता से विचार करने पर यह तथ्य सामने आता है कि कवि ने उज्जयिनी की ललनाओं के उद्दाम यौवन एवं चंचल चितवन का जैसा घोर शृंगारिक वर्णन किया है[1] कोई सभ्य शिष्ट व्यक्ति अपने जन्म स्थान की नवयुवतियों के बारे में वैसा वर्णन नहीं करता, क्योंकि उनसे स्वसा (बहन) या दुहिता (बेटी) जैसा सम्बन्ध रहता है। हाँ, श्वसुरालय (ससुराल) की सुन्दरियों की विलासपूर्ण कटाक्ष-जनित भावनाओं के रम्य वर्णन में रसिक व्यक्ति स्वभावतः रुचि लेता है। फिर कालिदास जैसे सौन्दर्यप्रिय कवि के लिए ससुराल में निवास करना और वहाँ की रमणियों के साथ अन्य वस्तुओं से भी प्रगाढ़ परिचय प्राप्त करना असंभावित नहीं लगता है, क्योंकि ससुराल को ही संसार में सार कहा गया है।[2]

किम्वदन्ती है कि भारवि ने ससुराल में रहकर ही 'किरातार्जुनीयम्' की रचना की थी। अतः उज्जयिनी को कालिदास का जन्मस्थान मानने की अपेक्षा श्वसुरस्थान मानना ज्यादा संगत लगता है। हाँ, उनका जन्मस्थान भी वहीं कहीं आसपास में हो, तो असम्भव नहीं।

कालिदास का काल

संस्कृत-भारती के अन्य प्राचीन कवियों की भाँति कालिदास भी अपने काल एवं व्यक्तित्व आदि के उल्लेख के प्रति उदासीन हैं। भारतीय जनश्रुति के अनुसार वे महाराज विक्रमादित्य के नवरत्नों[3] में थे। कालिदास के नाटकों से भी इस बात की पुष्टि होती है। 'अभिज्ञानशाकुन्तलम्' की प्रस्तावना से ज्ञात होता है कि इस नाटक का अभिनय-प्रदर्शन कालिदास की सभा में ही हुआ था। दूसरे नाटक 'विक्रमोर्वशीय' के नाम तथा उसकी अनेक उक्तियों[4] के द्वारा कालिदास निश्चय ही अपने आश्रयदाता सम्राट् विक्रमादित्य को व्यञ्जित करते हैं। अतः कालिदास का समय सम्राट् विक्रमादित्य के समय से पूर्णतः सम्बद्ध है।

इस प्रकार ऐतिहासिक व्यक्ति विक्रमादित्य का काल निश्चित रूप से ज्ञात होने पर कालिदास का भी वही समय मान लेने में किसी को आपत्ति नहीं होगी, किन्तु विक्रमादित्य नाम से अनेक सम्राट् भारतीय इतिहास में हो चुके हैं। अतः विभिन्न कालखण्डों में अलग-अलग विक्रमादित्य होने के कारण उसी आधार पर कालिदास के स्थितिकाल के विषय में प्रमुखतया तीन मत हैं—

---

१. विद्युद्दामस्फुरित चकितैस्तत्र पौराङ्गनानां
लोलापाङ्गैर्यदि न रमसे लोचनैर्वञ्चितोऽसि। पूर्वमेघ २९

× × ×

यत्र स्त्रीणां हरति सुरतग्लानिमङ्गानुकूलः
शिप्रावातः प्रियतम इव प्रार्थनाचाटुकारः। पूर्वमेघ ३३

२. असारे खलु संसारे सारं श्वसुरमन्दिरम्।
हरो हिमालये शेते विष्णुः शेते महोदधौ।

३. धन्वन्तरिक्षपणकामरसिंहशंकुवैतालभट्टघटकर्परकालिदासाः।
ख्यातो वराहमिहिरो नृपतेः सभायां रत्नानि वै वररुचिर्नवविक्रमस्य॥

४. दिष्ट्या महेन्द्रोपकारपर्याप्तेन विक्रममहिम्ना वर्धते भवान्, अनुत्सेकः खलु विक्रमालङ्कारः।

(क) षष्ठ शतक में कालिदास—डॉ० फर्ग्यूसन और डॉ० हार्नली प्रभृति विद्वानों के अनुसार कालिदास मालवाधीश यशोधर्मन् के समकालीन थे, जिसने ५४४ ई० में शकों को कहरूर के युद्ध में पराजित कर 'विक्रमादित्य' की उपाधि धारण की तथा इस विजय के उपलक्ष्य में विक्रम सम्वत् चलाया। इस सम्वत् को प्राचीन और चिरस्मरणीय बनाने के लिए उसने उसे 600 वर्ष पूर्व से चलाकर उसका आरम्भ ५७ ई० पू० में घोषित किया। इस मत के पक्ष में रघुवंश के चतुर्थ सर्ग में रघु-दिग्विजय में हूणों के वर्णन को उपस्थापित किया जाता है। इसी प्रकार उनके ग्रन्थों में उल्लिखित यवन, पल्लव आदि को भी प्रमाण माना जाता है।

इस मत का खण्डन—इतिहास विदित है कि कालिदास के आश्रयदाता विक्रमादित्य ने शकों को हराया था। इसलिए वे 'शकारि' कहे गए हैं, 'हुणारि' नहीं। दूसरे, यशोधर्मन् के शिलालेखों में नवीन सम्वत् के स्थापन का उल्लेख कहीं नहीं है। इसके अतिरिक्त ५४४ ई० से पूर्व मालव-सम्वत् ५२९ तथा विक्रम-सम्वत् ४३० के प्रयोग मिलते हैं। तीसरे, डॉ० फ्लीट के अनुसन्धान से यह प्रमाणित हो चुका है कि यशोधर्मन् ने 'विक्रमादित्य' की उपाधि धारण नहीं की थी। चौथे, ४७३ ई० को मन्दसोर वाली वत्स भट्टि रचित प्रशस्ति में कालिदास के 'ऋतुसंहार' और 'मेघदूत' के अनेक पद्यों की झलक साफ दीखती है। इन स्थितियों में कालिदास को षष्ठ शतक में मानना नितान्त असंगत है।

(ख) गुप्तकाल में कालिदास—अनेक विदेशी और कई भारतीय विद्वानों का मत है कि कालिदास गुप्तकाल में हुए थे। उनके आश्रयदाता का नाम चन्द्रगुप्त द्वितीय था, जिसने 'विक्रमादित्य' की उपाधि धारण की थी। इन्होंने ३७५ ई० से ४१३ ई० तक शासन किया था। इनके पुत्र का नाम कुमारगुप्त और पौत्र का नाम स्कन्दगुप्त था। इस मत के समर्थन में अग्रलिखित तर्क हैं—

(१) गुप्तकाल भारतीय इतिहास में स्वर्णयुग के नाम से प्रसिद्ध है। कालिदास के साहित्य में ऐश्वर्य एवं समृद्धि का वर्णन ऐसे ही समय में संभव था जब राज्य में सर्वत्र सुख-शान्ति एवं सर्वाभिमुख उन्नति की स्थिति हो।

(२) कालिदास के 'विक्रमोर्वशीय' रूपक का नामकरण चन्द्रगुप्त विक्रमादित्य की ओर संकेत करता है तथा 'कुमारसम्भव' की रचना कुमारगुप्त के जन्म पर की गई प्रतीत होती है।

(३) चन्द्रगुप्त के पिता समुद्रगुप्त थे। उन्होंने अपने राज्य विस्तार के क्रम में शत्रुओं से घोर युद्ध किया था। कालिदास के 'रघुवंश' में वर्णित रघुदिग्विजय समुद्रगुप्त की दिग्विजय से पूरी समानता रखती है।

(४) कालिदास की कृतियों में 'जामित्र' आदि शब्दों का प्रयोग भारतीय ज्योतिष पर यवनों के प्रभाव को सूचित करता है।

किन्तु इन तर्कों का खण्डन भी आसानी से हो जाता है—

(१) गुप्तकाल से पूर्व भी भारत में सुख-शान्ति का वातावरण था जिस काल में बहुसंख्यक उत्कृष्ट रचनाएँ हुई हैं।

(२) कालिदास यदि चन्द्रगुप्त विक्रमादित्य के सभापण्डित होते तो 'अभिज्ञानशाकुन्तलम्' की प्रस्तावना में असली नाम छोड़कर केवल उपाधि (विक्रमादित्य) उल्लेख नहीं करते क्योंकि केवल उपाधि के उल्लेख की परम्परा प्राचीन काल में नहीं थी।

(३) 'कुमार' शब्द राजपुत्र के लिए बहुत पहले से प्रयुक्त होता था। अतः उस आधार पर उन्हें कुमारगुप्त का समकालीन सिद्ध नहीं किया जा सकता।

(४) कालिदास और गुप्त सम्राटों की प्रवृत्तियों में कोई समता नहीं थी। कालिदास परम शैव थे, जबकि गुप्त सम्राट् शुद्ध वैष्णव थे। कालिदास अपनी रचनाओं में शिव का स्तवन एवं वर्णन विस्तार से करते हैं, जबकि गुप्त राजाओं ने वैष्णव धर्म प्रचार के लिए अनेक कदम उठाए।

अतः इन खण्डनों को ध्यान में रखने पर कालिदास को गुप्तकालीन नहीं माना जा सकता।

(ग) प्रथम शती में कालिदास—भारतीय परम्परा में यह प्रसिद्धि है कि उज्जयिनी के महाराज विक्रमादित्य परम दानी होने के साथ अत्यन्त वीर थे। उन्होंने शकों को परास्त कर अपनी विजय के उपलक्ष्य में ५७ ई० पू० के आसपास विक्रमीय सम्वत् का प्रवर्तन किया। 'कथासरित्सागर', जो प्रथम शताब्दी ई० की गुणाढ्य-कृत 'बृहत्कथा' पर आधारित है, के अनुसार उज्जयिनी के राजा विक्रमादित्य परमार वंशी उज्जयिनी नरेश महेन्द्रादित्य के पुत्र थे। इन्हीं विक्रमादित्य ने शकों को पराजित कर वैदिक धर्म का पुनरुत्थान किया था। वे शिव के भक्त एवं उज्जैन के महाकाल मन्दिर के निर्माता थे। कथासरित्सागर का वृत्तान्त ऐतिहासिक और प्रामाणिक माना जाता है, क्योंकि उसके मूल लेखक गुणाढ्य विक्रमादित्य के समय के बहुत निकट थे।

कालिदास के प्रथम शताब्दी में होने के अन्य प्रमाण भी द्रष्टव्य हैं।

(१) रघुवंश के चतुर्थ एवं षष्ठ सर्ग में पाण्ड्य देश के राजा का वर्णन है। उनकी राजधानी वहाँ 'उरगपुर' बताई गयी है जो 'उरियाउर' का संस्कृत नाम है। ऐतिहासिक प्रमाणों के अनुसार पाण्ड्यों का राज्य प्रथम शती में था, किन्तु चतुर्थ शताब्दी में समाप्त हो चुका था।

(२) 'अभिज्ञानशाकुन्तलम्' के अध्ययन से ज्ञात होता है कि उस समय बौद्धों का प्रभाव क्षीण होने से ब्राह्मण धर्म के प्रति लोगों की श्रद्धा बढ़ रही थी। यह स्थिति ब्राह्मणवंशी शुंग नरेशों (द्वितीय शतक विक्रम पूर्व) के कुछ ही पीछे की है। इस ग्रन्थ की 'नान्दी' में कवि ने 'प्रत्यक्षाभिः' शब्द का प्रयोग कर बौद्धों द्वारा दुष्प्रचारित देवता विषयक मत को चुनौती दी है। इसी तरह छठे अंक में कुल परम्परागत हिंसा युत यज्ञों के सम्पादन का समर्थन किया गया है।

(३) बौद्ध कवि अश्वघोष ५७ ई० में सिंहासनारूढ़ होने वाले कुषाण नरेश कनिष्क के सभा पण्डित थे। इनके तथा कालिदास के काव्यों में बहुत समानता है। तुलना करने पर कालिदास के पद्यों का अनुकरण अश्वघोष के पद्यों में परिलक्षित होता है।

इस प्रकार उपर्युक्त विवेचन से स्पष्ट है कि कालिदास का स्थिति-काल ई० पू० प्रथम शताब्दी मानना अधिक समीचीन है।

कालिदास के महाकाव्य

महाकवि कालिदास ने दो महाकाव्यों की रचना की। वे हैं—'कुमारसम्भव' और 'रघुवंश'।

कुमारसम्भव—कुमारसम्भव के १७ सर्गों में शिव-पार्वती के विवाह, कुमार—कार्तिकेय के जन्म और तारकासुर के वध का वृत्तान्त वर्णित है। कुछ लोगों की धारणा है कि इस ग्रन्थ के अष्टम सर्ग में शिव-पार्वती के सम्भोग वर्णन के कारण समकालीन लोगों ने कटु आलेचना की जिसके कारण इस रचना को वहीं रोक देना पड़ा। बाद में किसी कवि ने इस ग्रन्थ को अपूर्ण देखकर ९ सर्गों में कुमार की उत्पत्ति तथा तारक विजय का वर्णन करके इसे पूर्ण करने का प्रयास किया। प्रसिद्ध टीकाकार मल्लिनाथ द्वारा इन ९ सर्गों पर टीका नहीं लिखा जाना भी उपर्युक्त कथन की पुष्टि करता है।

इसके प्रथम सर्ग में हिमालय-वर्णन के बाद पार्वती का जन्म, दूसरे में तारकासुर से पीड़ित देवताओं द्वारा ब्रह्मा से प्रार्थना, तीसरे में शंकरजी को तपस्या से विरत करने के प्रयत्न में कामदेव का दहन, चौथे में पति के निधन से शोकाकुल रति का विलाप, पाँचवें में शिव को वर रूप में प्राप्त करने के लिए पार्वती-तपस्या का वर्णन एवं शिव-पार्वती संवाद, छठे में सप्तर्षियों द्वारा शिव के लिए हिमालय से उसकी पुत्री की याचना एवं हिमालय की स्वीकृति, सातवें में शिव-पार्वती-विवाह, आठवें में दोनों का सुरत लीला वर्णन, नवमें में पार्वती के साथ शिव का कैलाश गमन, दसवें में कुमार की उत्पत्ति, ग्यारहवें में कुमार की बाल लीला, बारहवें में कुमार को सेनापति बनाने के लिए शिव का आदेश, तेरहवें में कुमार का सेनापति पद पर अभिषेक, चौदहवें में तारकासुर से युद्ध के लिए देव सेना का प्रयाण, पन्द्रहवें में देव और असुरों की सेना के बीच युद्ध आरम्भ, सोलहवें में दोनों सेनाओं में भयंकर युद्ध तथा सत्रहवें में तारकासुर का वध वर्णित है।

'कुमारसम्भव' कालिदास की कला की सुन्दर सृष्टि है। इसमें देवाधिदेव महादेव तथा महाशक्ति भवानी का गार्हस्थ्य जीवन वर्णित है। शिव-पार्वती का विवाह केवल रति-सुख के लिए नहीं हुआ था, उसके पीछे विश्व-मंगल की भावना निहित थी। उनके समागम से तारकासुर का संहार करने वाले परम तेजस्वी कार्तिकेय का जन्म हुआ था। उन दोनों का प्रेम और विवाह गार्हस्थ्य धर्म का प्रति रूप है जो वंश की वृद्धि एवं घर की समृद्धि के लिए आवश्यक है। वज्रादपि कठोर शंकर और कुसुमादपि कोमल पार्वती का प्रणय एवं परिणय भारतीय मर्यादा एवं संस्कृति के उच्चादर्श हैं। कालिदास की सभी रचनाएँ शृंगार प्रधान हैं, किन्तु वे कभी उच्छृंखल प्रेम को बढ़ावा नहीं देते। परम रूपवती पार्वती अपने उद्दाम यौवन के मद से शिव को अपने वश में करने की अपेक्षा तपस्या द्वारा ही उन्हें अपनाना पसन्द करती है। वह उनकी प्राप्ति के लिए अत्यन्त कठिन साधना करती है। उसकी तपस्या से वशीभूत शंकर जब उसे वरण करना चाहते हैं तो पार्वती चिरप्रतीक्षित एवं मनोऽभिलषित आराध्य को अनुकूल देखकर भी सुध-बुध खोकर उनसे लिपट नहीं जाती, किन्तु संयोग-स्थापना के लिए पिता के निर्णय को प्रमाण बताकर धैर्य और संयम की सीमा को रेखांकित करती है।[1] काम वासनाओं को विना जलाए सच्चा

---

१. अथ विश्वात्मने गौरी संदिदेश मिथः सखीम्।
दाता मे भूभृतां नाथ प्रमाणीक्रियतामिति॥ ६।१

स्नेह प्रस्फुटित नहीं होता तथा तपस्या के विना स्नेह कभी परिनिष्ठित नहीं होता—यही 'कुमारसम्भव' का अमर सन्देश है।

इसी तथ्य को ध्यान में रखते हुए महर्षि अरविन्द ने कहा है कि 'कुमारसम्भव' में दैविक और लौकिक, स्वर्गलोक और मर्त्यलोक, त्याग और भोग तथा तपस्या और विलास का अपूर्व सामंजस्य हुआ है।

रघुवंश—कालिदास के काव्यों में ही नहीं, अपितु सम्पूर्ण संस्कृत साहित्य में वागर्थ सम्पृक्त 'रघुवंश' एक उत्कृष्ट महाकाव्य के रूप में बहुमान्य है। कुछ विद्वान् इसे ही कालिदास की अन्तिम तथा सर्वश्रेष्ठ कृति मानते हैं। इसके १९ सर्गों में दिलीप से लेकर अग्निवर्ण तक रघुकुल के २९ राजाओं का वर्णन है। इस ग्रन्थ के प्रथम दो सर्गों में दिलीप का, तीसरे, चौथे और पाँचवें के आधे भाग में रघु का, पाँचवें के आधे भाग तथा छठे, सातवें और आठवें सर्ग में अज का, नवमें में दशरथ का तथा दसवें से पन्द्रहवें सर्ग तक राम का चरित वर्णित है। सोलहवें में कुश तथा सत्रहवें में कुशपुत्र अतिथि का वर्णन है। अठारहवें में निषध तथा नल एवं नभ आदि इक्कीस राजाओं के वर्णन के बाद उन्नीसवाँ सर्ग अतिशय विलासी राजा अग्निवर्ण के दुःखद अवसान के साथ समाप्त होता है।

महाकवि के उपर्युक्त दोनों ग्रन्थों में महाकाव्य के सम्पूर्ण लक्षण पूर्णतः घटित होते हैं। कहना तो यह चाहिए कि इन्हीं दोनों रचनाओं के आधार पर आलङ्कारिकों ने बाद में महाकाव्य के लक्षण निर्मित किए हैं। 'कुमारसम्भव' की रचना प्रेम के परम प्रकर्ष को प्रकाशित करने के लिए की गई, तो 'रघुवंश' का प्रणयन मानवजीवन के संपूर्ण एवं सर्वाङ्ग चित्रण उपस्थापित करने हेतु किया गया।

'रघुवंश' की रचना में महाकवि ने अपनी सर्वातिशयिनी प्रतिभा का सर्वोत्तम उपयोग किया है। उनकी अन्य कृतियाँ श्रृंगाररसपूर्ण हैं, जबकि रघुवंश में प्रायः सभी मुख्य रसों का मनोरम परिपाक देखा जाता है। रघु, अज और राम के युद्ध वर्णन में वीर रस, अज विलाप में करुणरस, वशिष्ठ और वाल्मीकि के आश्रम में शान्तरस तथा अग्निवर्ण के विलास-वैभव में शृंगार का प्राधान्य दर्शनीय है।

'रघुवंश' के नरपतियों की वीरता, धीरता, यज्ञ निरंतता एवं दानशीलता की यशोगाथा देवलोक में भी गायी जाती थी। वे राजागण जीवनपर्यन्त उच्च संस्कारों से सम्पन्न होने के कारण समुद्र पर्यन्त पृथ्वी के एकच्छत्र शासक, रथ पर आरूढ होकर स्वर्गलोक तक प्रयाता, विधानपूर्वक यज्ञहवन आदि के कर्ता, याचकों के अभीष्ट प्रदाता तथा अपराधियों के दण्डविधाता एवं समयानुसार कार्यसम्पादयिता थे। वे लोग दान देने के लिए ही धनसंग्रह करते थे, सत्यपालन के लिए कम बोलते थे, यश बढ़ाने के लिए ही दिग्विजय करते थे, सन्तानोत्पत्ति के लिए विवाह करते थे। वे बाल्यावस्था में विद्याओं का अभ्यास करते थे, युवावस्था में भोगों का आनन्द लेते थे, वृद्धावस्था में मुनियों की भाँति तपस्या करते थे एवम् अन्त में योगसाधना करते हुए शरीर त्यागते थे—

त्यागाय सम्भृतार्थानां सत्याय मितभाषिणाम्।
यशसे विजिगीषूणां प्रजायै गृहमेधिनाम्॥
शैशवेऽभ्यस्तविद्यानां यौवने विषयैषिणाम्।
वार्धक्ये मुनिवृत्तीनां योगेनान्ते तनुत्यजाम्॥[1]

कालिदास के काव्यों में भावपक्ष एवं कलापक्ष—दोनों का मणिकाञ्चन योग विलक्षण है। दिलीप द्वारा नन्दिनी की सेवा, सिंह-दिलीप-संवाद, रघु-दिग्विजय, इन्दुमती-स्वयंवर, अज-विलाप, राम एवं सीता की विमानयात्रा, निर्वासित सीता द्वारा राम के प्रति प्रेषित सन्देश, कुश द्वारा परित्यक्ता अयोध्या का कुश के स्वप्न में विलाप आदि प्रमुख घटनाओं के वर्णन में कवि की भावव्यञ्जना एवं कला-कमनीयता किसी भी सहृदय को मुग्ध बना देती है।

गुरु वशिष्ठ के आदेशानुसार नन्दिनी की सेवा में तत्पर दिलीप नन्दिनी के खड़े होने पर खुद खड़े हो जाते थे। जब नन्दिनी चलने को पग बढ़ाती तो वे भी चल पड़ते। वह बैठती तो ये भी बैठ जाते और जब वह जल पीने की इच्छा करती तो राजा को भी प्यास लग जाती। इस प्रकार वे छाया के समान ही उसके पीछे-पीछे चल रहे थे—

स्थितः स्थितामुच्चलितः प्रयातां निषेदुषीमासनबन्धधीरः।
जलाभिलाषी जलमाददानां छायेव तां भूपतिरन्वगच्छत्॥[2]

सिंह-दिलीप-संवाद के सन्दर्भ में नन्दिनी के बदले अपना शरीर सिंह के आहार के लिए अर्पित करने को इच्छुक दिलीप से वह सिंह कहता है—हे राजन्, तुम्हारा एक-छत्र राज्य है, तुम संसार के स्वामी हो, नई जवानी और यह सुन्दर शरीर है, फिर अल्प लाभ (गाय) के हेतु बहुमूल्य (शरीर) को छोड़ने के इच्छुक तुम (दिलीप) सम्यक् विचार करने में असमर्थ या मूढ़ मालूम पड़ते हो—

एकातपत्रं जगतः प्रभुत्वं नवं वयः कान्तमिदं वपुश्च।
अल्पस्य हेतोर्बहु हातुमिच्छन् विचारमूढः प्रतिभासि मे त्वम्॥[3]

कितना सारवान है यह कथन ? इसे सहृदय व्यक्ति ही समझ पाता है। इसका उत्तरार्द्ध तो विद्वानों के बीच सूक्ति के रूप में असंस्कृतज्ञों द्वारा भी प्रयुक्त होता है।

कालिदास ने अपने काव्यों में विभिन्न क्षेत्रों के अस्पृष्ट अप्रस्तुतों का सटीक सन्निवेश किया है। इन्दुमती जब स्वयम्वर के समय समुपस्थित राजाओं को छोड़कर आगे बढ़ जाती है तो उनका मुख उसी तरह विवर्ण (उदास) हो जाता है जैसे चलन्त दीपशिखा द्वारा प्रकाशित राज भवन उस दीपशिखा के आगे बढ़ जाने पर दीप्तिहीन हो जाता है—

१. रघुवंश १।७-८

२. वही, २, ६

३. वही, २, ४७

सञ्चारिणी दीपशिखेव रात्रौ यं यं व्यतीयाय पतिंवरा सा।
नरेन्द्रमार्गाट्ट इव प्रपेदे विवर्णभावं स स भूमिपालः ॥[१]

पग बढ़ाती हुई इन्दुमती की तुलना सञ्चारिणी दीपशिखा के साथ अत्यन्त सटीक है। इसी पद्य के कारण कालिदास 'दीपशिखा' की उपाधि से विभूषित हुए हैं।

नारी के सौन्दर्य वर्णन में कवि ने काफी कौशल दिखाया है। स्वयम्वर के लिए मंच पर आई हुई इन्दुमती का वर्णन करते हुए कवि कहते हैं कि विधाता के श्रेष्ठ-रचना कौशल के अनुरूप उस कन्या पर सैकड़ों आँखों की टकटकी लग गई। उसके सौन्दर्य से आकृष्ट सभी राजाओं के मन तो उसके पास जा पहुँचे, केवल शरीर से वे मञ्च पर स्थित थे—

तस्मिन्विधानातिशये विधातुः कन्यामये नेत्रशतैकलक्ष्ये।
निपेतुरन्तः करणैर्नरेन्द्रा देहैः स्थिताः केवलमासनेषु ॥[२]

नारी-सौन्दर्य-चित्रण में निपुण कवि न केवल उसके बाह्य-लावण्य का वर्णन करते हैं, अपितु उसके सगर्व स्वाभिमान को भी रूपायित करते हैं। राम के द्वारा परित्यक्ता सीता लक्ष्मण से स्पष्ट रूप में कहती है—

वाच्यस्त्वया मद्वचनात्स राजा वह्नौ विशुद्धामपि यत्समक्षम्।
मां लोकवादश्रवणादहासीः श्रुतस्य किं तत्सदृशं कुलस्य ॥[३]

अर्थात् मेरी ओर से तुम राजा से कहना—आपने अपने सामने मुझे अग्नि में शुद्ध कराया था, किन्तु लोकापवाद के भय से आपने मुझे छोड़ दिया है, वह क्या आपके उस प्रसिद्ध कुल के अनुरूप है ?

यहाँ वह राम को पति या प्रियतम नहीं कह कर 'राजा' शब्द का व्यवहार करती है। कितना चुभने वाला व्यंग्य है? यह सन्देश कितना भावपूर्ण, गम्भीर तथा मर्मस्पर्शी है। सीता के चरित्र के आदर्श तथा उदारता का प्रमाण है कि इतनी विषम परिस्थिति में आकर भी राम के लिए वह एक भी कुत्सित या अनुचित शब्द का प्रयोग नहीं करती, किन्तु अपने ही भाग्य को दोष देती है।

लक्ष्मण लौटकर जब सीता का संदेश राम को सुनाते हैं तो उनकी आँखों से आँसू सहज ही निकल पड़ते हैं। कितनी भावुकतापूर्ण स्थिति है—

बभूव रामः सहसा सवाष्पस्तुषारवर्षीव सहस्य-चन्द्रः।
कौलीन भीतेन गृहान्निरस्ता न तेन वैदहसुता मनस्तः ॥[४]

---

१. रघुवंश, ६।६७

२. वही, ६।११

३. वही, १४।६१

४. वही, १४।८४

अर्थात् उन बातों को सुनकर ओस बरसाने वाले पूस मास के चन्द्रमा के समान राम की आँखों से आँसू टपकने लगे, क्योंकि उन्होंने सीता को लोकापवाद के कारण घर से निकाला था, मन से नहीं।

यहाँ राजभाव पर मानवीय भावना की विजय है।

कालिदास की शैली

कालिदास की सर्वाभिमुखी प्रतिभा विश्वसाहित्य में उन्हें अद्वितीय महत्त्व प्रदान करती है। संसार में शायद ही कोई ऐसा महान् कवि है, जो श्रव्यकाव्य (खण्डकाव्य, गीतिकाव्य, महाकाव्य) तथा दृश्यकाव्य (नाटक) की रचना में समान रूप से निपुण एवं ख्यातनामा हो। उनकी रचनाओं की उत्कृष्टता और लोकप्रियता का प्रधान कारण है—उनकी विलक्षण वर्णन शैली। अपनी इस विलक्षणता के कारण वे नीरस और बहुप्रसिद्ध कथानक को भी अत्यन्त रुचिकर और मनोमुग्धकारी बना देते हैं।

कालिदास ने अपने सभी काव्य वैदर्भी रीति में लिखे हैं। आचार्य वामन वैदर्भी रीति को समग्र गुणों से संवलित बताते हैं—'समग्रगुणा वैदर्भी।[1] आचार्य विश्वनाथ वैदर्भी का लक्षण इस प्रकार देते हैं—

माधुर्यव्यञ्जकैर्वर्णै रचना ललितात्मिका।
अवृत्तिरल्पवृत्तिर्वा वैदर्भी रीतिरिष्यते॥[2]

अर्थात् माधुर्य व्यञ्जक—ञ, म, ङ, ण आदि वर्णों से युक्त एवं समासरहित अथवा छोटे समासों से युक्त मनोहर रचना को वैदर्भी रीति कहते हैं।

इस दृष्टि से विचार करने पर कालिदास की रचनाओं में सर्वत्र ललित एवं मनोहर पदविन्यास के सन्निवेश तथा क्लिष्ट एवं कृत्रिम पदयोजना के परिहार से सहज, सुबोध एवं मनोरम शैली पाठकों के चित्त को आह्लादित कर देती है। दण्डी ने वैदर्भी शैली की सर्वप्रथम उद्भावना कालिदास के काव्यों में बतायी है।[3]

भावों के चित्रण में कालिदास की अनूठी शैली की झाँकी जगह-जगह हम देखते हैं। अपरिमेय ब्रह्म की तुलना वे समुद्र से करते हैं। समुद्र दश दिशाओं को व्याप्त करके अवस्थित है। वह अलग-अलग समय में विभिन्न अवस्थाओं को ग्रहण करता है। इस कारण उसके रूप एवं परिमाण ज्ञात नहीं होते है। इसी भाँति भगवान विष्णु ने भी नाना स्थावर जङ्गमका रूप धारण कर अपनी महिमा से सम्पूर्ण जगत को व्याप्त कर लिया है। ज्ञात नहीं होता कि उसका स्वरूप किस प्रकार का है (ईदृक्तया) एवं वह कितना बड़ा (इयत्तया) है—

१. काव्यालंकारसूत्रवृत्ति १।२।११

२. साहित्यदर्पण ९।२

३. लिप्ता मधुद्रवेणासन् यस्य निर्विवशा गिरः।
तेनेदं वर्त्म वैदर्भं कालिदासेन शोधितम्॥

तां तामवस्थां प्रतिपद्यमानं स्थितं दश व्याप्य दिशो महिम्ना।
विष्णोरिवास्यानवधारणीयमीदृक्तया रूपमियत्तया वा।।[१]

ललित, कोमल एवं सुकुमार भावों की अभिव्यंजना में कालिदास की शैली अनुपम है। इसी कारण महाकवि जयदेव ने प्रसन्नराघव में कालिदास को कविताकामिनी का विलास कहा है।[२] शृंगाररस के दोनों पक्षों—सम्भोग एवं विप्रलम्भ का जैसा सूक्ष्म एवं मार्मिक तथा मनोरम वर्णन कालिदास ने किया है, वैसा अन्य कवियों की रचना में दुर्लभ है। इसका विस्तृत विवेचन आगे करेंगे। करुण एवं शान्त रस के वर्णन में भी कवि अत्यन्त सफल हुए हैं। 'कुमारसम्भव' के रतिविलाप तथा 'रघुवंश' के 'अजविलाप' में करुण रस का चित्रण अत्यन्त मार्मिक है।

इन्दुमती के मृत शरीर को देखकर विलाप करते हुए अज कहते हैं—तुम मेरे घर को सम्भालने वाली गृहिणी थी, परामर्श देनेवाली मित्र भी थी, एकान्त की सखी भी थी तथा गानविद्या आदि ललित-कलाओं में प्रियशिष्या भी थी। तुम्हीं कहो, तुम्हें छीन कर निष्ठुर विधाता ने मेरा क्या नहीं छीन लिया—

गृहिणी सचिवः सखी मिथः प्रियशिष्या ललिते कलाविधौ।
करुणाविमुखेन मृत्युना हरता त्वां वद किं न मे हृतम्।।[३]

वैदर्भी रीति का यह सुन्दर उदाहरण है। वास्तव में वैदर्भी रीति में कालिदास का विशिष्ट स्थान है—**वैदर्भीरीतिसन्दर्भे कालिदासो विशिष्यते।**

अलंकारों के प्रयोग में कवि अत्यन्त सहज भाव रखते हैं। उनकी कविताकामिनी अधिक, किन्तु अनावश्यक अलंकारों के भार से मन्थर गति से कदम बढ़ाने वाली नहीं है, बल्कि '**स्फुटचन्द्रतारका** विभावरी' की भाँति अपनी नैसर्गिक रमणीयता से सहृदयों के चित्त को आह्लादित करती है। उनके काव्य में अनुप्रास की छटा अनायास ही प्रतिभासित होती है। जैसे—

'स पिता पितरस्तासाम्।[४]

× × ×

प्रजाः प्रजानाथ पितेव पासि।[५]

× × ×

शस्त्रेण रक्ष्यं यदशक्यरक्षं न तद्यशः शस्त्रभृतां क्षिणोति।[६]

इसमें अनुप्रास के साथ अर्थान्तरन्यास भी है यमक अलंकार से रसभङ्ग की सम्भावना के कारण कवि ने उसका प्रयोग कम ही किया है। जैसे—

१. रघुवंश १३।५
२. कविकुलगुरुः कालिदासो विलासः।
३. रघुवंश ८।६७
४. रघुवंश १।२४
५. रघुवंश २।४८
६. रघुवंश २।४०

ततो मृगेन्द्रस्य मृगेन्द्रगामी वधाय वध्यस्य शरं शरण्यः।[1]

क्लिष्टता से बचने के लिए श्लेष का भी प्रयोग कम ही किया गया है। शब्दालंकारों की अपेक्षा अर्थालङ्कारों के प्रयोग में कवि की रुचि अधिक है। उपमा, उत्प्रेक्षा, दृष्टान्त, स्वभावोक्ति, निदर्शना तथा अर्थान्तरन्यास आदि अलंकारों के सन्निवेश में उनका स्वारस्य देखते ही बनता है। यहाँ यह उल्लेखनीय है कि कालिदास ने उन्हीं अलंकारों को अपनी रचना में स्थान दिया है जिनसे यथार्थतः रस का अलंकरण या परिपाक होता है, शब्दचमत्कार मात्र उन्हें कभी रुचता नहीं है।

उपमा कालिदासस्य

काव्य में सौन्दर्याधायक अलङ्कारों के प्रयोग में महाकवि कालिदास की विदग्धता विश्वविश्रुत है, किन्तु उपमा के नैपुण्य में तो वे अद्वितीय ही हैं। उनकी उपमाओं में रसानुकूलता, सन्दर्भ अनुरूपता एवम् अभिनव मनोहरता सर्वत्र दर्शनीय है। उनमें लिङ्ग, वचन तथा विभक्ति के व्यतिक्रम का सर्वथा अभाव है। 'रघुवंश' में गोचारण के बाद आश्रम में लौटने पर नन्दिनी के पीछे खड़े राजा दिलीप और आगे स्वागत के लिए सुदक्षिणा के स्थित होने से मालूम पड़ता था कि दिन और रात के बीच सन्ध्या विराजमान हो—

पुरस्कृता वर्त्मनि पार्थिवेन प्रत्युद्‌गता पार्थिवधर्मपत्न्या।
तदन्तरे सा विरराज धेनुर्दिनक्षपामध्यगतेव सन्ध्या॥[2]

यहाँ दिन और रात तथा उनके मध्य स्थित सन्ध्या उपमान हैं और दिलीप एवं सुदक्षिणा तथा उनके बीच शोभायमान नन्दिनी उपमेय हैं। विराजमान होना साधारण धर्म है और 'इव' उपमा वाचक शब्द है। इस प्रकार यहाँ मनोहारी पूर्णोपमालंकार है।

राम के द्वारा निर्मित सेतु से दो भागों में विभक्त और फेन से भरा हुआ समुद्र आकाश गङ्गा के उगने से दो भागों में विभाजित होने पर सुन्दर ताराओं से युक्त अम्बर के समान सुशोभित हो रहा है—

वैदेहि पश्यामलयाद्विभक्तं मत्सेतुना फेनिलमम्बुराशिम्।
छायापथेनेव शरत्प्रसन्नमाकाशमाविष्कृतचारुतारम्॥[3]

यहाँ पुल से विभाजित और फेन से युक्त समुद्र की तुलना आकाश गङ्गा से विभक्त और तारों से युक्त गगन से की गई है।

कालिदास की उपमाएँ रमणीय होने के साथ वास्तविक भी हैं। स्वयम्वर के समय इन्दुमती द्वारा छोड़े जाने से उदास राजागण रात में दीपशिखा के आगे बढ़ जाने से अन्धकार में डूबे राज भवन के समान वर्णित है।[4]

---

१. रघुवंश २।३०
२. रघुवंश २।२०
३. रघुवंश १३।२
४. रघुवंश ६।६७

शास्त्रीय उपमाएँ भी जहाँ तहाँ दृष्टिगत होती हैं। ब्राह्म सरोवर से निकलने वाली सरयू नदी की उपमा अव्यक्त से उत्पन्न होने वाली बुद्धि से दी गई है—

ब्राह्मं सरः कारणमाप्तवाचो बुद्धेरिवाव्यक्तमुदाहरन्ति।[१]

कहीं-कहीं आध्यात्मिक उपमाएँ भी हैं। नन्दिनी के पीछे चलने वाले दिलीप की तुलना श्रुति का अनुसरण करनेवाली स्मृति से दी गई है—

श्रुतेरिवार्थं स्मृतिरन्वगच्छत्।[२]

'अभिज्ञानशाकुन्तलम्' में शकुन्तला को पतिगृह भेजने के बाद महर्षि कण्व की तुलना किसी की धरोहर लौटा कर चिन्तामुक्त व्यक्ति से की गई है, क्योंकि कन्या तो पराई सम्पत्ति होती है—

अर्थो हि कन्या परकीय एव तामद्य सम्प्रेष्य परिग्रहीतुः।
जातो ममायं विशदः प्रकामं प्रत्यर्पितन्यास इवान्तरात्मा॥[३]

यह उपमा अत्यन्त व्यावहारिक और अनुभव के आधार पर गढ़ी हुई लगती है।

शृंगाररसपूर्ण उपमा देने में कालिदास का मन काफी रमता है। कैलास पर्वत पर विराजमान गंगा की उपमा प्रियतम की गोद में बैठी हुई प्रियतमा से दी गई है और गंगा की बिखरी धारा को कवि कामिनी के शरीर पर से सरकी हुई साड़ी के समान बताते हैं तथा वर्षा के दिनों में वहाँ के भवनों पर छाये बादलों की तुलना कामिनी के सिर पर मोती गुथे हुए जूड़े से की गई है।

तस्योत्सङ्गे प्रणयिन इव स्रस्तगङ्गादुकूलां
न त्वं दृष्ट्वा न पुनरलकां ज्ञास्यसे कामचारिन्।
या वः काले वहति सलिलोद्‌गारमुच्चैर्विमाना
मुक्ताजालग्रथितमलकं कामिनीवाभ्रवृन्दम्॥[४]

उपमान के रूप में नदियों और पहाड़ों को बिल्कुल सटीक रूप में रखते हुए कालिदास की उपमा कुतूहल उत्पन्न कर देती है। ब्रह्मचारी के मुख से शिव की निन्दा सुनकर पार्वती क्रोध से जब अन्यत्र जाने के लिए कदम बढ़ाती है, तो सामने शिव को देखकर वह उसी तरह न आगे बढ़ पाती है और न पीछे हट पाती है, जैसे धारा के बीच में पहाड़ के आ जाने पर नदी न तो आगे बढ़ती है और न पीछे जाती है। यहाँ नदी से पार्वती की तुलना और पहाड़ से शिव की तुलना अत्यन्त ही उपयुक्त है—

तं वीक्ष्य वेपथुमती सरसाङ्गयष्टि
निर्क्षेपणाय पदमुद्‌धृतमुद्वहन्ती।
मार्गाचलव्यतिकराकुलितेव सिन्धुः
शैलाधिराजतनया न ययौ न तस्थौ॥[५]

---

१. रघुवंश १३।६
२. रघुवंश २।८
३. अभिज्ञानशाकुन्तलम् ४।२२
४. पूर्वमेघ, ६७
५. कुमारसम्भव ५।८५

इस प्रकार हम देखते हैं कि उपमा के प्रयोग में सचमुच कालिदास काव्य जगत् में अपनी सानी नहीं रखते। अतः 'उपमा कालिदासस्य' यह उक्ति नितान्त संगत है।

महाकवि कालिदास अपनी अनुपम कल्पनाशक्ति के कारण शब्द चित्रों को रूपायित करने में अत्यन्त पटु हैं। वे मानव हृदय की कोमल भावनाओं तथा उसकी उत्सुकता एवं विह्वलता के चित्रण में बहुत ही निपुण हैं।

कालिदास की सरस मधुर सूक्तियों को बाणभट्ट आम्रमंजरी के समान सब के लिए अत्यन्त प्रीतिकर बताते हैं—

निर्गतासु न वा कस्य कालिदासस्य सूक्तिषु।
प्रीतिर्मधुरसान्द्रासु मञ्जरीष्विव जायते।।[1]

श्रीकृष्ण कवि ने कालिदास की कविता के बारे में कहा है—कमलिनी की भाँति अस्पृष्ट दोष वाली, मुक्ताहार की तरह गुणसमूहयुक्त एवं प्रिया की गोद के समान विमर्द या संवाहन से आह्लादकारिणी भाषा कालिदास के अतिरिक्त और किसी कवि की नहीं हो सकती—

अस्पृष्टदोषा नलिनीव दृष्टा हारावलीव ग्रथिता गुणौघैः।
प्रियाङ्कपालीव विमर्दहृद्या न कालिदासादपरस्य वाणी।।[2]

कालिदास की कविता के महान् मर्मज्ञ एवं टीकाकार शिरोमणि मल्लिनाथ के अनुसार कालिदास के काव्य के स्वारस्य को तीन ही व्यक्ति जान सके हैं—स्वयं कालिदास, वाणी की देवी सरस्वती और चतुर्मुख ब्रह्मा। अन्य अल्पज्ञ (मल्लिनाथ आदि) उनके काव्य मर्म को नहीं जान पाए—

कालिदासगिरां सारं कालिदासः सरस्वती।
चतुर्मुखोऽथवा ब्रह्मा विदुर्नान्ये च मादृशाः।।

अश्वघोष : सौन्दरनन्द और बुद्धचरित

संस्कृत-काव्य-भण्डार की श्रीवृद्धि में बौद्धधर्मावलम्बी कवियों का महान योगदान रहा है। उन्होंने बौद्धधर्म के प्रचार हेतु संस्कृत काव्य-रचना का मार्ग अपनाया था। ऐसे बौद्ध कवियों में अश्वघोष का नाम सर्वप्रमुख है। वे जाति से ब्राह्मण थे और सनातन-परम्परा के संस्कारों से सम्पन्न होने के कारण वेद एवम् उपनिषद् आदि के श्रेष्ठ ज्ञाता थे। उनका जन्म भी वैष्णव धर्म के प्रतिष्ठापक मर्यादा पुरुषोत्तम श्रीराम की जन्मभूमि अयोध्या में हुआ था, किन्तु कालान्तर में बौद्धधर्म ग्रहण कर लेने के कारण उन्होंने अपनी सम्पूर्ण मेधा एवं शक्ति को बौद्धधर्म के प्रचार में लगा दिया। वे पहले सर्वास्तिवादी बौद्ध सम्प्रदाय के अनुयायी थे, परन्तु बाद में महायान सम्प्रदाय के प्रवर्तकों में प्रधान हो गए। इनकी माता का नाम सुवर्णाक्षी था।

अश्वघोष का स्थितिकाल बहुत विवादास्पद नहीं है। वे सम्राट कनिष्क (७८ ई०) के गुरु

१. हर्षचरितम्, श्लोक सं० १६

२. भरतचरित के आरम्भ में

एवं सभा पण्डित थे। अतः ईशा की प्रथम शताब्दी उनका काल निश्चित है। कनिष्क काल के एक अभिलेख में अश्वघोष राजा का उल्लेख मिलता है, जिसे कवि अश्वघोष से अभिन्न माना जाता है। पाश्चात्य विद्वानों ने अश्वघोष को ही संस्कृत का सर्वप्रथम महाकवि माना है।

सुना जाता है कि अश्वघोष पहले मगध नरेश के राजकवि थे। महाराज कनिष्क ने पाटलिपुत्र पर आक्रमण करके उसे जीत लिया, किन्तु उन्हें दो शर्तों पर छोड़ दिया। पहली शर्त थी भगवान् बुद्ध के भिक्षापात्र की प्राप्ति और दूसरी थी अश्वघोष का पुरुषपुर में निवास का वचन। मगधनरेश ने इन दोनों शर्तों को मानकर अपना राज्य बचाया। यह भी प्रसिद्धि है कि ये कवि बहुत सुरीली आवाज में गाते थे। उनके घोष (मधुर स्वर) को सुनने के लिए अश्व भी अपना आहार छोड़ देते थे। अतः उनका नाम अश्वघोष पड़ा।

अश्वघोष के ग्रन्थ

अश्वघोष की रचनाओं के रूप में अग्रलिखित ग्रन्थों के नाम गिनाए जाते हैं—

(क) **सूत्रालंकार**—यह रचना अपने मूल संस्कृत रूप में उपलब्ध नहीं है। ४०५ ई० में कुमारजीव ने चीनी भाषा में इसका अनुवाद किया था। इसमें प्राचीन पवित्र कथाओं का संग्रह है और इसकी शैली जातकों तथा अवदानों की शैली है।

(ख) **महायानश्रद्धोत्पाद संग्रह**—इसकी एक प्रति चीनी भाषा में उपलब्ध है। यह महायान सम्प्रदाय का प्रतिपादक दार्शनिक ग्रन्थ है। इसके दो अंग्रेजी अनुवाद ती० सुजुकी और रिचर्डस ने किए हैं।

(ग) **वज्रसूचिकोपनिषद**—इसका चीनी अनुवाद दसवीं सदी के आसपास हुआ। इसमें वर्ण व्यवस्था की कटु आलोचना की गई है। समस्त प्राणियों को समान अधिकार प्राप्त होने सम्बन्धी सार्वभौम तथ्यों पर इसमें जोर दिया गया है।

(घ) **गण्डीस्तोत्रगाथा**—स्रग्धरा छन्द में लिखी गई २९ गाथाओं से युक्त यह रचना एक गीतिकाव्य है। जैसा कि नाम से ही स्पष्ट है—इसमें 'गण्डी' की प्रशंसा की गई है। 'गण्डी' उस सुडौल काष्ठखण्ड को कहते थे जिसे पीटकर लोगों को आकृष्ट करने के लिए शब्द उत्पन्न किया जाता था। इसे मठों में रखा जाता था।

उपर्युक्त चारों रचनाओं को अश्वघोषकृत मानने के सन्दर्भ में विद्वानों में काफी मतभेद है। अधिकांश विद्वान् इन्हें अश्वघोष की कृति नहीं मानते हैं। अश्वघोष की जिन रचनाओं के बारे में विवाद नहीं है, ये संख्या में तीन हैं—(क) बुद्धचरित, (ख) सौन्दरनन्द और (ग) शारिपुत्रप्रकरण। इनमें प्रथम दो महाकाव्य हैं तथा अन्तिम नाटक है। यहाँ इनका हम विवेचन करेंगे।

बुद्धचरित—यह २८ सर्गों में रचित महाकाव्य है। इसका अनुवाद तिब्बती, चीनी एवं अंग्रेजी भाषा में हुआ है। इस महाकाव्य का आरम्भ बुद्ध के गर्भाधान से होता है। प्रथम सर्ग में सिद्धार्थ का जन्म, दूसरे में अन्तःपुर विहार, तीसरे में संवेग, चौथे में स्त्री निवारण, पाँचवें में उनका अभिनिष्क्रमण, छठे में छन्दक का निर्वर्तन, सातवें में सिद्धार्थ का तपोवनप्रवेश, आठवें में अन्तःपुर

विलाप, नवें में सिद्धार्थ के लिए खोज, दसवें में विम्बसार का आगमन, ग्यारहवें में कामदेव की भर्त्सना, बारहवें में अकाऊ ऋषि के दर्शन, तेरहवें में काम पर विजय और चौदहवें में बुद्धत्वप्राप्ति का वर्णन है। शेष सर्गों में बुद्ध का काशीगमन, शिष्यों को दीक्षादान, पिता-पुत्र-मिलन, प्रव्रज्यामार्ग, आम्रपाली के उपवन में आयुनिर्णय, महानिर्वाण, निर्वाणप्रशंसा तथा अस्थिविभाजन वर्णित है।

'बुद्धचरित' के प्रथम पाँच सर्ग, आठवाँ सर्ग तथा तेरहवें सर्ग के मार विजय का कुछ अंश काव्य की दृष्टि से रोचक एवं महत्त्वपूर्ण हैं। शेषभाग में काव्यत्व की अपेक्षा धार्मिक एवं दार्शनिक सिद्धांतों का प्राबल्य है।

सौन्दरनन्द—यह ग्रन्थ १८ सर्गों में निबद्ध महाकाव्य है। इसमें बुद्ध के सौतेले भाई नन्द और उसकी पत्नी सुन्दरी की कथा वर्णित है। नन्द तथा सुन्दरी एक दूसरे पर चकवा-चकवी की भाँति अनुरक्त हैं, किन्तु तथागत के उपदेशों से मोहरहित होकर नन्द अपनी सुन्दर पत्नी एवं सांसारिक सुखों को त्यागकर बौद्धधर्म ग्रहण कर लेते हैं। जिस प्रकार श्रीकृष्ण ने मोहग्रस्त अर्जुन को १८ अध्यायों में गीता का उपदेश देकर मोहमुक्त किया था उसी प्रकार बुद्ध ने १८ सर्गों के इस महाकाव्य के उपदेश द्वारा नन्द को प्रव्रजित किया।

इसके प्रारम्भिक ८ सर्गों में काव्य सौन्दर्य एवम् शेष १० सर्गों में दर्शनगाम्भीर्य कवियों एवं दार्शनिकों को मुग्ध कर देते हैं। मूलतः दार्शनिक होकर भी अश्वघोष ने अपनी विलक्षण कवित्व-प्रतिभा के द्वारा रसाप्लावित इन दोनों महाकाव्यों की सर्जना की।

शारिपुत्रप्रकरण—यह तीसरी काव्य रचना ९ अङ्कों में रचित एक महनीय प्रकरण है। इसके अन्तर्गत बौद्धधर्म में शारिपुत्र की दीक्षा का वृत्तान्त वर्णित है। इसमें मध्यम वर्ग के गुण्डे, चोर, जुआरी, शराबी एवं वेश्याओं के चरित चित्रित हैं। यह ग्रन्थ अब उपलब्ध नहीं है।

समीक्षा

अश्वघोष की विविध कृतियों के बावजूद उनकी कीर्ति के मूलाधार दोनों महाकाव्य हैं। इनमें कवित्व की रमणीयता एवं दार्शनिक प्रौढ़ता का मणि-काञ्चन योग है। यहाँ यह तथ्य उल्लेखनीय है कि इन काव्य-रचनाओं के माध्यम से कवि ने बौद्धधर्म के दार्शनिक-सिद्धान्तों के प्रति लोगों की अभिरुचि जगाने का प्रयास किया है। जैसा कि सौन्दरनन्द के अन्त में कवि ने स्वयं कहा है। जिस प्रकार कड़वी दवा को स्वादु बनाने के लिए उसे मधु से युक्त किया जाता है, उसी प्रकार पाठकों को मोक्षमार्ग में प्रवेश कराने के लिए बौद्धधर्म के तत्त्व काव्य के द्वारा बताए गए हैं—

इत्येषा व्युपशान्तये न रतये मोक्षार्थगर्भा कृतिः
श्रोतॄणां ग्रहणार्थमन्यमनसां काव्योपचारात् कृता।
यन्मोक्षात् कृतमन्यदत्र हि मया तत्काव्यधर्मात्कृतं
पातुं तिक्तमिवौषधं मधुयुतं हृद्यं कथं स्यादिति॥[1]

---

१. सौन्दरनन्द १८।६३

अश्वघोष ने स्पष्ट रूप से लिखा है कि यदि तुम्हारी अभिलाषा रमण करने की (रिरंसा) हो, तो अध्यात्म में मन को लगाओ। अध्यात्म के समान शान्त एवं दोषरहित रति अन्य कोई नहीं है। उस रति के आनन्द के लिए न तो वाद्य की आवश्यकता है, न स्त्रियों की और न आभूषणों की। जहाँ तहाँ अकेले में उस अध्यात्मरति के साथ रमण करोगे—

रिरंसा यदि ते तस्मादध्यात्मे धीयतां मनः।
प्रशान्ता चानवद्या च नास्त्यध्यात्मसमा रतिः।
न तत्र कार्यं तूर्यैस्तैर्न स्त्रीभिर्न विभूषणैः।
एकस्त्वं यत्रतत्रस्थस्तया रत्याभिरंस्यसे ॥[१]

इस प्रकार इन महाकाव्यों में शान्तरस की प्रधानता है, किन्तु शृंगार के वर्णन में भी कवि की महती निपुणता पाठकों का मन मोह लेती है। सरल भाषा एवं कोमल भाव तथा सजीव वर्णन के माध्यम से अश्वघोष का वियोग वर्णन अत्यन्त मनोरम है। यहाँ सुन्दरी और नन्द के वियोग की तुलना रात्रि और चन्द्रमा के वियोग से की गई है—

तां सुन्दरीं चेन्न लभेत नन्दः, सा वा निषेवेत न तं नतभ्रूः।
द्वन्द्वं ध्रुवं तद्विकलं न शोभेतान्योऽन्यहीनाविव रात्रिचन्द्रौ ॥[२]

सुन्दरी की विह्वलता का चित्रण कवि ने अत्यन्त आकर्षक रूप में किया है, जहाँ लिट् लकार के १२ पदों से युक्त कारक दीपक अलंकार सन्निविष्ट है—

रुरोद मम्लौ विरुराव जग्लौ बभ्राम तस्थौ विललाप दध्यौ।
चकार रोषं विचकार माल्यं चकर्त वक्त्रं विचकर्ष वस्त्रम् ॥[३]

अश्वघोष विविध शास्त्रों के प्रौढ़ ज्ञान से मण्डित थे। काव्य, व्याकरण एवं दर्शनशास्त्र में पारंगत होने के साथ पुराण, धर्मशास्त्र तथा ज्योतिष के भी वे अच्छे ज्ञाता थे। बौद्धधर्म में दीक्षित होने के बाबजूद वे साम्प्रदायिक सद्भाव के पक्षधर थे। उनके महाकाव्यों में कहीं भी ब्राह्मणत्व की निन्दा नहीं की गई है।

शैली

अश्वघोष की रचना शैली वैदर्भी है। माधुर्य और प्रसाद गुणों से युक्त उनकी कविता पाठकों को अत्यन्त आकृष्ट करती है। अश्वघोष दार्शनिक कटु सत्य को मधुर भाषा में घरेलू एवं सामान्य दृष्टान्तों द्वारा उपस्थापित करते हैं। युक्तियों की दृढ़ता, उदाहरणों की अनुकूलता, भावों की मोहकता तथा भाषा की सरलता—इन सब गुणों के कारण उनके काव्य आकर्षक और मनोरम लगते हैं—

ऋतुर्व्यतीतः परिवर्तते पुनः क्षयं प्रयातः पुनरेति चन्द्रमाः।
गतं गतं नैव तु सन्निवर्तते जलं नदीनां च नृणां च यौवनम् ॥[४]

---

१. सौन्दरनन्द ११।३४, ३५
२. सौन्दरनन्द ४।७
३. सौन्दरनन्द ६।३४
४. " ९।२८

जीवन की अनित्यता सरल शब्दों में वर्णित है।

अलंकारों के प्रयोग भी नितान्त नैसर्गिक रूप में हैं। उनके प्रिय अलंकारों में उपमा, रूपक तथा दृष्टान्त एवम् अर्थान्तरन्यास हैं, किन्तु उपमा-प्रयोग में उनकी तुलना कालिदास से की जा सकती है। कहीं-कहीं कालिदास और अश्वघोष के वर्णन में अत्यन्त साम्य दीखता है। जैसे—

तं वीक्ष्य वेपथुमती सरसाङ्गयष्टिर्निक्षेपणाय पदमुद्धृतमुद्वहन्ती।
मार्गाचलव्यतिकराकुलितेव सिन्धुः शैलाधिराजतनया न ययौ न तस्थौ ॥[1]

इसकी स्पष्ट छाया अधोलिखित पद्य में द्रष्टव्य है—

तं गौरवं बुद्धगतं चकर्ष प्रियानुरागः पुनराचकर्ष।
सोऽनिश्चयान्नैव ययौ न तस्थौ तरंस्तरंगेष्विव राजहंसः ॥[2]

दोनों कवियों में साम्य की दृष्टि से अग्रलिखित पद्य भी द्रष्टव्य है—

कस्यात्यन्तं सुखमुपनतं दुःखमेकान्ततो वा
नीचैर्गच्छत्युपरि च दशा चक्रनेमिक्रमेण।[3]

इसकी स्पष्ट छाया यहाँ है—

अतोऽपि नैकान्तसुखोऽस्ति कश्चि—
न्नैकान्तदुःखः पुरुषः पृथिव्याम् ॥[4]

इस प्रकार हम देखते हैं कि महाकवि अश्वघोष ब्राह्मण कुल में जन्म लेने पर भी बौद्धधर्म में दीक्षित होकर उसके प्रचार के लिए अपनी सम्पूर्ण मेधा का उपयोग करते हैं, किन्तु बौद्धों की पारम्परिक भाषा पालि में अपनी रचना प्रस्तुत नहीं करते, अपितु तत्कालीन समाज में समादृत संस्कृत को ही माध्यम बनाते हैं। सरल एवं ललित शैली में कवित्व पूर्ण रचना द्वारा गम्भीर दार्शनिक विषयों के वर्णन में अश्वघोष की निपुणता अनुपमेय है।

कालिदासोत्तर काव्य

कालिदास एवं भवभूति के पश्चात् अनेक शताब्दियों तक कोई प्रसिद्ध महाकवि नहीं हुआ। इस बीच निर्मित अनेक शिलालेख काव्यधारा को गतिमान रखते दीखते हैं। जूनागढ़ राज्य के गिरनार नामक स्थान में रुद्रदामन् राजा द्वारा १५० ई० में लिखित शिलालेख प्राप्त होता है। इसमें राजा द्वारा सुदर्शन नामक झील के पुनरुद्धार का वर्णन गद्यात्मक शैली में है। गुप्तकाल के दो प्रमुख शिलालेख हैं। प्रथम शिलालेख ३४५ ई० में समुद्रगुप्त की प्रशंसा में इलाहाबाद के अशोक स्तम्भ पर लिखित है। इसके रचयिता समुद्र गुप्त के आश्रित कवि हरिषेण हैं। इसके प्रारम्भ में ८ श्लोक हैं। उसके बाद लम्बा गद्य भाग है और अन्त में एक श्लोक है। इसकी रचनाशैली वैदर्भी

१. कुमारसम्भव ५।८५
२. सौन्दरनन्द ४।४२
३. उत्तरमेघ ४।८
४. बुद्धचरित ११।४३

है। दूसरा शिलालेख चन्द्रगुप्त द्वितीय की प्रशंसा में उसके मन्त्री वीरसेन द्वारा रचित है।

इस काल की प्रमुख रचना वात्स्यायन का **कामसूत्र** है। इस ग्रन्थ में सातवाहन या आन्ध्र भृत्य वंश के राजा का उल्लेख है। आन्ध्रवंश का राज्य लगभग २१८ ई० में समाप्त हो गया। वात्स्यायन का भी यही काल माना जाता है। काम-वृत्तियों के वर्णन की उच्च भावना-भूमि में यह ग्रन्थ भारतीय वाङ्मय में आधार-स्तम्भ माना जाता है।

अनेक सदियों के बाद जब महाकाव्यों का लेखन आरम्भ हुआ तो उनमें आलंकारिक शैली का प्राबल्य हो गया। अब तक वाल्मीकि, कालिदास तथा अश्वघोष ने नैसर्गिक या सरल शैली में अपने महाकाव्य रचे थे। उनमें क्लिष्टता या पाण्डित्य-प्रदर्शन की कहीं झलक नहीं मिलती है, किन्तु अब कवियों का लक्ष्य पाण्डित्य प्रदर्शन तथा अलंकार कौशल का सन्निवेश हो गया। फलतः उनकी भाषा क्लिष्ट, लम्बे समासों से युक्त और अलंकारों से बोझिल होने के कारण दुर्बोध बन गई। काव्य का विषय गौण हो गया और भाषा एवं शैली को अलंकृत करने की प्रवृत्ति प्रधान हो गई। भाव पक्ष शिथिल हो गया और कला पक्ष प्रबल हो उठा।

इस काल के कवियों को अलंकारशास्त्र के नियमों के पालन में गहरी रुचि के कारण रामायण या महाभारत के छोटे से इतिवृत्ति को लेकर उसे अपनी प्रखर कल्पना-शक्ति के द्वारा लम्बा वितान देने में गरिमा एवं महिमा नजर आने लगी। उन नियमों की शृंखला में आबद्ध होकर वे काव्य के प्रमुख प्रयोजन—रस की अभिव्यक्ति से दूर चले गए और शास्त्रीय सिद्धान्तों की प्रधानता ने उन्हें अपनी स्वतन्त्र उद्भावना शक्ति के प्रति अतिरिक्त सावधान बना दिया।

इन कवियों में कलापक्ष की प्रधानता के कारण कामशास्त्र के प्रति आकर्षण बढ़ा। वात्स्यायन के 'कामसूत्र' से कवियों को नायक और नायिका का आदर्श प्राप्त हुआ। 'कामसूत्र' में वर्णित नायक-नायिका के आहार-विहार, हाव-भाव, कटाक्ष, भ्रू-विलास आदि समस्त शृंगारिक विषय इन कवियों के काव्य-पाथेय बन गए। इनका वर्णन इस काल के महाकाव्यों में पूरे सर्ग में देखा जा सकता है। इस अलंकृत शैली के तीन महाकाव्य प्रमुख है, जो बृहत्त्रयी के नाम से जाने जाते हैं। वे हैं—'किरातार्जुनीय', 'शिशुपालवध' और 'नैषधीयचरित'। इनका विवेचन आगे है—

भारवि : किरातार्जुनीय

अलंकृत शैली की प्रथम प्रौढ रचना के रूप में महाकवि भारवि का 'किरातार्जुनीयम्' प्रख्यात है। अलंकारशास्त्र के सभी महाकाव्यगत लक्षण इसमें पूर्णतः घटित होते हैं। पूर्व के महाकवियों की भाँति भारवि ने भी अपने इस महाकाव्य में स्वयम् कोई परिचय नहीं दिया है, किन्तु दक्षिण में ऐहोल (बीजापुर) के ६३४ ई० के शिलालेख में चालुक्यवंशी राजा पुलकेशिन् द्वितीय की प्रशस्ति है, जिसमें भारवि का नाम उल्लिखित हैं—

'येनायोजि न वेश्म स्थिरमर्थविधौ विवेकिना जिनवेश्म।
स विजयतां रविकीर्तिः कविताश्रितकालिदासभारविकीर्तिः॥

इस उल्लेख से ज्ञात होता है भारवि ६३४ ई० से पूर्व दक्षिण भारत में प्रसिद्ध हो चुके थे।

'अवन्तिसुन्दरीकथा' के अनुसार भारवि दक्षिण भारत के निवासी थे और पुलकेशी द्वितीय के अनुज विष्णुवर्धन के सभापण्डित थे। कुछ समालोचक उन्हें त्रावणकोर प्रदेश का निवासी बताते हैं। विष्णुवर्धन का शासनकाल ६१५ ई० के आसपास था। अतः भारवि का समय ६०० ई० के लगभग मान्य है। 'किरातार्जुनीयम्' के आधार पर वे शैवधर्मावलम्बी प्रतीत होते हैं। राजशेखर ने लिखा है कि कालिदास एवं भर्तृमेण्ठ की भाँति भारवि की भी परीक्षा उज्जयिनी में ली गई थी, जिसमें उत्तीर्ण होने पर इनकी ख्याति बढ़ गई—

श्रूयते चोज्ञयिन्यां काव्यकारपरीक्षा—
इह कालिदासमेण्ठावत्रामररूपसूर भारवयः।
हरिश्चन्द्रचन्द्रगुप्तौ परीक्षिताविह विशालायाम्॥[1]

महाकवि भारवि की एकमात्र रचना 'किरातार्जुनीय' की कथावस्तु 'महाभारत' के वनपर्व से ली गई है। द्यूतक्रीड़ा में पराजित पाण्डव द्वैतवन में रहते थे। उनका एक गुप्तचर वहाँ आकर दुर्योधन की सुव्यवस्थित शासनपद्धति का वर्णन करता है। इस बात की जानकारी होने पर द्रौपदी और भीम युधिष्ठिर को युद्ध के लिए उत्तेजित करते हैं, किन्तु युधिष्ठिर प्रतिज्ञापालन के लिए समय की प्रतीक्षा करने की सलाह देते हैं। महर्षि वेदव्यास भी युधिष्ठिर के कथन का अनुमोदन करते हुए युद्ध के लिए तैयारी करने की प्रेरणा देते हैं। उनके परामर्श से अर्जुन पाशुपत अस्त्र की प्राप्ति के लिए इन्द्रकील पर्वत पर जाकर कठोर तपस्या करते हैं। सुरांगनाएँ भी उनकी तपस्या को भंग नहीं कर पातीं। अन्त में मुनिगणों के कहने पर शंकर किरात का वेष धारण कर एक शूकर के शिकार के लिए अर्जुन के साथ युद्ध करते हैं। दोनों में मल्लयुद्ध भी होता है। अर्जुन की युद्ध विद्या और बाहुबल से प्रसन्न होकर शंकर अपना रूप दिखाते हैं तथा उसे अपना अमोघ पाशुपत अस्त्र प्रदान करते हैं।

इस छोटे से कथासार को कवि ने १८ सर्गों का वितान दिया है। इसमें महाकाव्य के लक्षणानुसार ऋतु, पर्वत, सूर्यास्त एवं जलक्रीड़ा आदि का विस्तृत वर्णन है। महाकाव्य का आरम्भ 'श्री' शब्द (श्रियः कुरुणामधिपस्य पालिनीम्) से होता है तथा प्रत्येक सर्ग के अन्तिम पद्य में 'लक्ष्मी' शब्द का प्रयोग है। किरात और अर्जुन की युद्धकथा से सम्बद्ध होने के कारण इसका नाम 'किरातार्जुनीयम्' पड़ा है। इन दोनों के बीच युद्ध के विशद वर्णन के कारण इस महाकाव्य का प्रधान रसवीर है तथा शृंगार एवम् अन्य रस भी गौण रूप से वर्णित हैं।

भारवि की वर्णन-शक्ति अपूर्व है। उनके सभी वर्णनों में चमत्कार भरा पड़ा है। कथोपकथन के क्षेत्र में भारवि अन्य कवियों को पीछे छोड़ जाते हैं। 'किरातार्जुनीयम्' में कथोपकथन की बहुलता है। द्रौपदी-भीम-युधिष्ठिर-संवाद (प्रथम एवं द्वितीय सर्ग), इन्द्र और अर्जुन का संवाद (ग्यारहवाँ सर्ग) तथा पशुपतिदूत-अर्जुन संवाद अत्यन्त मनोरम हैं। द्रौपदी युधिष्ठिर के सम्मुख अपनी और सभी पाण्डवों की दीन-हीन दशा का चित्र खींचती हुई इसके लिए उत्तरदायी युधिष्ठिर को मानती है और अपनी वचन-चातुरी से उनपर ऐसी गहरी-मीठी चोटें करती है जो शरीर के

---

१. काव्यमीमांसा, दशम अध्याय, पृ० १२०

साथ मन और आत्मा को भी झकझोड़ देती है। वह कहती है—

गुणानुरक्तामनुरक्तसाधनः कुलाभिमानी कुलजां नराधिपः।
परैस्त्वदन्यः क इवापहारयेन्मनोरमामात्मवधूमिव श्रियम्॥[१]

गुणों पर अनुरक्त तथा कुलक्रमागत लक्ष्मी को तुम्हारे अतिरिक्त कौन-सा कुलाभिमानी एवं साधन सम्पन्न राजा अपनी पत्नी की भाँति (लक्ष्मी को) दुश्मनों के हाथ जाने देगा ?

वह आगे कहती है—

द्विषन्निमित्ता यदियं दशा ततः समूलमुन्मूलयतीव मे मनः।
परैरपर्यासितवनीर्यसम्पदां पराभवोऽप्युत्सव एव मानिनाम्॥[२]

आपकी जो यह दशा शत्रु के कारण हुई है, वह मेरे अन्तःकरण को मानो जड़ से उखाड़ रही है। जिनके बल और पौरुष को शत्रु भी तिरस्कृत नहीं कर सकते, ऐसे मानियों का पराभव भी उत्साहवर्द्धक ही होता है।

कितनी तीव्र मनोवेदना द्रौपदी के मन को साल रही है? इस स्थिति में भीम बोल उठते हैं—

मदसिक्तमुखैर्मृगाधिपः करिभिर्वर्तयते स्वयं हस्तैः।
लंघयन् खलु तेजसा जगन्न महानिच्छति भूतिमन्यतः॥[३]

सिंह हाथियों को अपने हाथों मार कर अपना पेट भरता है। अपने तेज से दुनिया को नीचा दिखाने वाले महान् पुरुष दूसरों से प्राप्त विभूतियों को नहीं अपनाते।

भीमसेन का सारा भाषण शूरता का संदीपक है। वह मुर्दे में भी जान डाल देने वाला है, किन्तु इसके बाद जब धर्मराज अपनी बात कहते हैं तो सारा वातावरण ही बदल जाता है—

शुचि भूषयति श्रुतं वपुः प्रशमस्तस्य भवत्यलंक्रिया।
प्रशमाभरणं पराक्रमः स नयापादितसिद्धि भूषणः॥[४]

पवित्र वेदाध्ययन देह का आभूषण है, उसका भूषण शान्ति है, शान्ति का भूषण पराक्रम है और पराक्रम का भूषण नीति द्वारा प्राप्त की गई विजय है।

युधिष्ठिर के सारवचनों से सभी निरुत्तर हो जाते हैं। ऐसी उक्तियों से किरातार्जुनीय भरा पड़ा है। ग्यारहवें सर्ग के इन्द्र और अर्जुन के संवाद में लगता है स्वयं ब्राह्म और क्षात्र तेज देह धारण कर एक-दूसरे को समझा रहे हैं।

भारवि की शैली

भारवि की भाषा उदात्त और शैली बहुत प्रौढ है। वह कोमल तथा कठोर भावों को व्यक्त करने में समान रूप से समर्थ है। भाषा तथा शैली के विषय में भारवि ने अपनी मान्यता अर्जुन

१. किरातार्जुनीय १–३१
२. वही १–४१
३. वही २–१८
४. वही २।३२

के मुख से इस पद्य में व्यक्त की है—

विविक्तवर्णाभरणा सुखश्रुतिः प्रसादयन्ती हृदयान्यपि द्विषाम्।
प्रवर्तते नाकृतपुण्यकर्मणां प्रसन्नगम्भीरपदा सरस्वती ।।[१]

पुण्यशाली व्यक्तियों की सरस्वती प्रसन्न एवं गम्भीर पदों से युक्त होती है। उसके वर्ण सुस्पष्ट और कानों के लिए सुखद होते हैं। शत्रुओं के हृदयों को भी वह प्रसन्न करती है। 'प्रसन्न' का तात्पर्य शाब्दी सुष्ठुता तथा 'गम्भीर' से अर्थ की गम्भीरता अभिप्रेत है। भारवि का यही आदर्श था और वे अपने इस आदर्श पर सदा कायम हैं। भारवि की काव्य-शैली के उदाहरण रूप में यह पद्य द्रष्टव्य है—

मुखैरसौ विद्रुमभङ्गलोहितैः शिखाः पिशङ्गीः कलमस्य बिभ्रती।
शुकावलिर्व्यक्तशिरीषकोमला धनुः श्रियं गोत्रभिदोऽनुगच्छति ।।[२]

शरद् ऋतु का मनोरम समय है। शिरीष पुष्प की भाँति कोमल हरे शुकों की पंक्तियाँ मूंगे के टुकड़ों के समान लाल-लाल चोचों में धान की पीली बालियों को लेकर आकाश में उड़ रही हैं। शुकों का हरा शरीर, उनकी लाल चोंचें और उन चोचों में पीली बालियाँ—इनके रंगों के सम्मिश्रण से प्रतीत होता है कि आकाश में इन्द्र धनुष उगा हो। इस गत्यात्मक वर्ण-बिम्ब के लिए भारवि की जितनी प्रशंसा की जाए, कम होगा। प्रकृति-चित्रण का एक और उदाहरण देखें—

उत्फुल्ल स्थलनलिनीवनादमुष्मादुद्धूतः सरसिजसम्भवः परागः।
वात्याभिर्वियति विवर्तितः समन्तादाधत्ते कनकमयातपत्रलक्ष्मीम् ।।[३]

स्थलकमलों के वन से पराग उड़कर आकाश में हवा के झोंके से फैल रहा है। आकाश में परिव्याप्त वह पराग सोने के बने पीले छाते की तरह सुशोभित हो रहा है। यह अप्रस्तुत विधान अत्यन्त उपयुक्त एवम् आकर्षक है। यह भाव इतना अनूठा है कि इसके आधार पर किसी आलोचक ने भारवि को 'आतपत्र भारवि' की उपाधि दे डाली।

अलंकृत शैली के कवि होने के कारण भारवि ने अपने काव्य को अलंकारों से विभूषित करने में काफी रुचि दिखाई है। उपमा, श्लेष, उत्प्रेक्षा, अर्थान्तरन्यास आदि अलंकारों का बहुल प्रयोग है। चित्रकाव्य लिखने में अपनी चातुरी दिखाने के लिए उन्होंने एक सम्पूर्ण सर्ग–पंचदश ही लिख डाला है। यहाँ सर्वतो भद्र, यमक तथा विलोम आदि के प्रयोग से अर्थ दुर्बोध हो गया है। एक अक्षर वाला श्लोक भी इसमें है, जहाँ केवल 'न' वर्ण का ही प्रयोग हुआ है—

ननोनन्नुनो नुन्नोनो नाना नानाननानानु।
नुन्नोऽनुन्नोननुन्नेनो नाने नानुन्ननुन्ननुत् ।।[४]

ऐसे स्थलों में काव्य बहुत कठिन हो गया है। इसी कारण प्रख्यात टीकाकार मल्लिनाथ ने

---

१. वही १४।३

२. वही ४।३६

३. वही ५।३९

४. किरातार्जुनीय १५।१४

भारवि के काव्य को नारिकेल फल के समान कहा है, जिसका बाह्य रूप रूक्ष तथा विषम है, किन्तु अन्दर में काव्य का मधुर रस निहित है—

नारिकेल फलसम्मितं वचो भारवेः सपदि यद् विभज्यते।
स्वादयन्तु रसगर्भनिर्भरं सारमस्य रसिका यथेप्सितम्॥

भारवेरर्थगौरवम्

संस्कृत काव्य जगत् में कालिदास मनोरम उपमाओं के लिए प्रसिद्ध हैं, तो महाकवि भारवि अर्थगौरव के लिए। कम-से-कम शब्दों में अधिक-से-अधिक अर्थों की अभिव्यक्ति को अर्थगौरव की कसौटी माना जाता है। भारवि का अर्थ गौरव उनकी गम्भीर अभिव्यंजना शैली का प्रतिफल है। इसमें शब्द तथा अर्थ दोनों के चमत्कार-वैचित्र्य पर कवि का ध्यान है। उनका काव्य सम्बन्धी सिद्धान्त सम्भवतः वही है, जिसका निर्देश भीम के भाषण की प्रशंसा में युधिष्ठिर के द्वारा किया गया है—

स्फुटता न पदैरपाकृता न च न स्वीकृतमर्थगौरवम्।
रचिता पृथगर्थता गिरां न च सामर्थ्यमपोहितं क्वचित्॥[१]

इसमें भारवि सत्काव्य के लिए इन बातों को आवश्यक मानते हैं—पदों की स्पष्टता, अर्थगौरव पर खास ध्यान, अर्थों की पृथक्ता (भिन्न-भिन्न अर्थों को बताना) तथा सामर्थ्य-सम्पत्ति (पदों के द्वारा अभीष्ट अर्थ की अभिव्यक्ति)। ये शोभन गुण उनकी कविता के विषय में अक्षरशः चरितार्थ होते हैं। इस कसौटी को लेकर भारवि के सोने की परख करेंगे, तो वह खरा उतरेगा।

'किरातार्जुनीय' में कहीं-कहीं कवि का पाण्डित्य उनके कवित्व पर हावी हो जाता है। ऐसा होने से नैसर्गिक अर्थबोध में कठिनाई भले ही हो, किन्तु काव्यसौन्दर्य के लिए वह भूषण ही है, दूषण नहीं। उसमें अर्थ-गाम्भीर्य के साथ रुचिर एवं परिष्कृत पदावली का प्रयोग मणिकांचन-संयोग का आदर्श उपस्थित करता है।

भारवि अपनी कविता में व्यावहारिक बातों का काफी ध्यान रखते हैं। किसी व्यक्ति को मधुर वचन कहना तो अच्छी बात है, लेकिन यदि कर्मचारी या पदाधिकारी उत्कृष्ट कार्य करता है, तो उसे मधुर वचन के साथ दान भी दिया जाए, वह दान भी सत्कार के साथ हो और वह सत्कार गुणानुरोध के विना नहीं हो। ऐसा आचारण वाला राजा ही नहीं, अन्य सांसारिक व्यक्ति भी जीवन में सफलता हासिल करता है। भारवि ने कितने स्पष्ट रूप में इस तथ्य को अंकित किया है—

निरत्ययं साम न दानवर्जितं न भूरि दानं विरहय्य सत्क्रियाम्।
प्रवर्तते तस्य विशेषशालिनी गुणानुरोधेन विना न सत्क्रिया॥[२]

श्लेषानुप्राणित उपमा से युक्त यह प्रसिद्ध श्लोक अर्थ गौरव का चमत्कारी दृष्टान्त प्रस्तुत करता है—

कथाप्रसंगेन जनैरुदाहृतादनुस्मृताखण्डलसूनुविक्रमः।
तवाभिधानाद् व्यथते नताननः सुदुःसहान्मन्त्रपदादिवोरगः॥[३]

---

१. किरातार्जुनीय २।२७

२. वही १।१२

३. वही १।२४

गरुड़ और वासुकि के नामों से युक्त होने से दुःसह मन्त्रपदों का उच्चारण विषवैद्य के द्वारा किये जाने पर जैसे साँप गुरुड़ के पराक्रम का स्मरण कर नतमस्तक हो जाता है, वैसे ही कथा प्रसंग में लोगों के द्वारा आप (युधिष्ठिर) का नाम लिए जाने पर दुर्योधन इन्द्र पुत्र अर्जुन के पराक्रम का स्मरण कर अपना सिर झुका लेता है।

इस श्लोक के अनेक श्लिष्ट पद अर्थगौरव की दृष्टि से महत्त्वपूर्ण है—(१) तव = तुम्हारा, त = तार्क्ष्य, व = वासुकि। (२) आखण्डलसूनुविक्रमः = इन्द्र के सूनु (पुत्र = अर्जुन) के विक्रम = पराक्रम, इन्द्र के सूनु (अनुज = विष्णु) के वि (पक्षी = गरुड़) के क्रम (पादविक्षेप)। यहाँ सभंग श्लेष के कारण कम-से-कम शब्दों में अधिक-से-अधिक अर्थों के सन्निवेश होने से यह पद्य अर्थगौरव से मण्डित है।

भारवि दक्षिण के शासक विष्णुवर्धन के सभापण्डित होने के कारण राजनीति के प्रौढ़ ज्ञाता थे। शासन या राजनीति में पराक्रम का महत्त्व होता है, क्षमा कोई बड़ा गुण नहीं होता। अपनी क्षमाशीलता के कारण अनेक राजाओं ने महान् कष्ट भोगे हैं। द्रौपदी क्षमाशील युधिष्ठिर पर व्यंग्य-वचन-बाणों का प्रहार तीखे रूप में करती है—

अथ क्षमामेव निरस्तविक्रमश्चिराय पर्येषि सुखस्य साधनम्।
विहाय लक्ष्मीपतिलक्ष्मकार्मुकं जटाधरः सञ्जुहुधीह पावकम् ॥[1]

पराक्रम को तिलांजलि देकर यदि तुम चिरकालीन क्षमा को ही सुख का साधन मानते हो तो राजा के चिह्न स्वरूप धनुष को त्याग कर और जटा बढ़ाकर यहीं बैठे अग्नि में हवन करते रहो।

यहाँ युधिष्ठिर के प्रति राजकीय भाव-पराक्रम के प्रदर्शन के लिए द्रौपदी का वचन अत्यन्त अर्थगौरव से ओतप्रोत है। मुकुटधारी राजा विरक्त या निःस्पृह नहीं हो सकता।

एक और उदाहरण देखें—

परिणामसुखे गरीयसि व्यथकेऽस्मिन् वयसि क्षतौजसाम्।
अतिवीर्यवतीव भेषजे बहुरल्पीयसि दृश्यते गुणः ॥[2]

जिस प्रकार परिणाम में सुखकर, श्रेष्ठ, क्षीण बल वाले रोगियों के लिए अपाच्य और सामान्य जन के लिए अत्यन्त वीर्यवर्धक थोड़े से रसायन में अनेक गुण रहते हैं, उसी तरह परिणाम में हितकर, सारगर्भित, पराक्रम हीन व्यक्तियों के व्यथाकारी, अत्यन्त ओजपूर्ण तथा अल्पाक्षर इस (द्रौपदी) के वचन में अनेक गुण देखे जाते हैं। रसायन के गुण के समान द्रौपदी के वचन में अनेक विशिष्टताओं के प्रतिपादक इस पद्य में अर्थगौरव अत्यन्त गम्भीर एवं विशद हैं।

इस प्रकार 'किरातार्जुनीयम्' में कवि के कामशास्त्र, अलंकारशास्त्र, व्याकरणशास्त्र एवम् आयुर्वेद तथा अन्य विविध शास्त्रों के प्रकाण्ड ज्ञान का प्रभाव स्पष्ट दृष्टिगोचर होता है। महाकाव्यों

---

१. किरातार्जुनीय १।४४

२. वही २।४

के इतिहास में भारवि अलंकृत काव्यशैली के प्रवर्तक हैं और उनकी रचना परवर्ती कवियों के लिए सत् पथ प्रदीपिका है। जैसा कि कृष्ण कवि ने कहा है—

> प्रदेशवृत्त्यायि महान्तमर्थं प्रदर्शयन्ती रसमादधाना।
> सा भारवेः सत्पथदीपिकेव रम्या कृतिः कैरिव नोपजीव्या॥

भट्टि : भट्टिकाव्य

'रामायण' से कथावस्तु लेकर काव्य रचना करने वाले कवियों में भट्टि प्रमुख हैं। उनका काव्य ग्रन्थ 'भट्टिकाव्य' अथवा 'रावणवध', महाकाव्य के लक्षणों से युक्त होने पर भी 'सद्यः परनिवृत्तये' नहीं होकर 'उपदेशयुजे' ही है। प्रयोजन विशेष को ध्यान में रखकर काव्यनिर्माण की जिस परम्परा का प्रारम्भ महाकवि अश्वघोष ने किया था उसी की अगली कड़ी के रूप में हम भट्टि को पाते हैं। अन्तर इतना है कि अश्वघोष के काव्य निर्माण का लक्ष्य बौद्धधर्म के सिद्धान्तों का काव्यमार्ग के द्वारा प्रतिपादन करना था, तो भट्टि का लक्ष्य व्याकरण ज्ञान का बोध कराना था।

भट्टिकाव्य के एक पद्य के आधार पर इस महाकाव्य की रचना श्रीधरसेन के राज्यकाल में सौराष्ट्र की वलभी नगरी में हुई थी।[1] अतः श्रीधरसेन का काल ही भट्टिकाव्य का निर्माणकाल है, किन्तु शिलालेखों में इस नाम के चार राजाओं का उल्लेख पाया जाता है। प्रथम श्रीधरसेन का समय ५०२ ई० और अन्तिम राजा का समय ६४१ ई० है। श्रीधरसेन द्वितीय के ६१० ई० के शिलालेख में किसी भट्टि नामक विद्वान् को कुछ भूमि देने का उल्लेख है। अतएव भट्टि का काल ६१० ई० के आसपास ठहरता है।

व्याकरण विषयक नियमों के उदाहरण प्रस्तुत करने के उद्देश्य से निर्मित भट्टिकाव्य विश्वसाहित्य में अकेला महाकाव्य है। इस महाकाव्य में मर्यादा पुरुषोत्तम राम के जीवन की घटनाएँ वर्णित हैं। इसमें २२ सर्ग और १६२४ पद्य हैं जो चार काण्डों में विभाजित हैं—प्रकीर्ण, अधिकार, सुबन्त और तिङन्त। प्रकीर्ण काण्ड के अन्तर्गत आरम्भिक पाँच सर्ग हैं जिनमें विभिन्न प्रसंगों के सामान्य सूत्रों के उदाहरण हैं। अधिकार काण्ड के अन्तर्गत षष्ठ से नवम सर्ग तक में विशेष सूत्रों के उदारण हैं। प्रसन्न काण्ड में दश से त्रयोदश तक सर्ग हैं जिनमें अलंकार और गुण के उदाहरण हैं। सम्पूर्ण त्रयोदश सर्ग भाषा सम का उदारण है जिसमें ऐसी भाषा का प्रयोग है जो संस्कृत और प्राकृत दोनों हैं। तिङन्त काण्ड चौदह से बाईस सर्ग तक है। इन नौ सर्गों में नौ अलंकारों का विवेचन है।

भट्टि ने रामकाव्य का उपयोग व्याकरण बोध के लिए किया है, लेकिन उनका अभिमत है कि व्याकरण जानने वालों के लिए यह ग्रन्थ दीपक की भाँति प्रकाशस्वरूप है, पर व्याकरण ज्ञान से शून्य व्यक्ति के लिए यह अन्धे के हाथ में रखे दीपक के समान व्यर्थ है—

---

१. काव्यमिदं विहितं मया वलभ्यां श्रीधरसेननरेन्द्रपालितायाम्।
कीर्तिरतो भवतान्नृपस्य तस्य क्षेमकरः क्षितिपो मतः प्रजानाम्॥

दीपतुल्यः प्रबन्धोऽयं शब्दलक्षणचक्षुषाम्।
हस्तादर्श इवान्धानां भवेद् व्याकरणादृते ॥[१]

इस ग्रन्थ में व्याकरण के जटिल नियमों के उदाहरण के साथ कवि ने काव्यगत सरसता, रोचकता एवं मधुरता का समुचित सन्निवेश किया है। एक पद्य में एक लकार के अनेक प्रयोग व्याकरण-विचक्षणता के साथ पदरचना की रमणीयता को भी व्यक्त करते हैं। एक उदाहरण देखें—

बलिर्बबन्धे जलधिर्ममन्थे जहेऽमृतं दैत्यकुलं विजिग्ये।
कल्पान्तदुःस्था वसुधा तथोहे येनैष भारोऽतिगुरुर्नतस्य॥

तुमने बलि को बाँधा था, समुद्र का मन्थन किया था, अमृत का हरण किया था, दैत्यकुल को जीत लिया था और प्रलय के कारण दुःखित पृथ्वी को धारण किया था। अतः तुम्हारे द्वारा राक्षसों को जीत लेना कोई बड़ा भार नहीं।

यहाँ √बन्ध, √मन्थ, √हृ, √वह तथा वि पूर्वक √जि धातु के कर्मवाच्य के परोक्ष भूते लिट् के क्रमशः बबन्धे, ममन्थे, जहे, ऊहे तथा विजिग्ये रूप प्रयुक्त हैं।

काव्य की चारुता में अलंकारों की महत्ता से भलीभाँति परिचित भट्टि उनके प्रयोग में अत्यन्त निपुण हैं। निदर्शन के लिए एक मञ्जुल प्राञ्जल यमकावलि प्रस्तुत है—

न गजा नगजा दयिता दयिता विगतं विगतं ललितं ललितम्।
प्रमदा प्रमदा महता महता, मरणं मरणं समयात् समयात्॥[२]

पर्वतों में उत्पन्न हाथी रक्षित नहीं हुए। पक्षियों का लीलपूर्वक गमन खत्म हो गया। स्त्रियों का मद नष्ट हो गया है तथा वे आमय (रोग) से पीड़ित हैं। समय के कारण बिना युद्ध के ही योद्धाओं का मरण काल आ पहुँचा है।

भट्टिकाव्य के वस्तुविन्यास में प्रबन्धात्मक प्रौढ़ता की न्यूनता रहने पर भी उसकी भाषा में प्रसाद और प्राञ्जलता है। शरद् ऋतु के वर्णन में एकावली अलंकार से युक्त एवं ध्वन्यर्थव्यञ्जना से मण्डित यह मनेरम पद्य दर्शनीय है—

न तज्जलं यन्न सुचारु पङ्कजं न पङ्कजं तद्यदलीनषट्पदम्।
न षट्पदोऽसौ न जुगुञ्ज यः कलं न गुञ्जितं तन्न जहार यन्मनः॥[३]

अर्थात् ऐसा जल नहीं जिसमें सुन्दर कमल न हों, ऐसा कमल नहीं जिस पर भौरे न हों, ऐसा भौरा नहीं जो गुंजार नहीं करे, ऐसा कोई गुंजार नहीं जो मन को नहीं हर ले।

कुमारदास : जानकीहरण

रामायण से कथावस्तु लेकर महाकाव्य लिखने वालों में कुमारदास की बहुत ख्याति है। इनका

---

१. भट्टिकाव्य १०।९

२. भट्टिकाव्य १०।९

३. भट्टिकाव्य २।१९

महाकाव्य 'जानकीहरण' बीस सर्गों में निबद्ध है। इसके नाम से केवल जानकी के हरण के घटना-वर्णन की प्रतीति होती है, किन्तु कवि ने इसमें सम्पूर्ण रामायणी कथा को लिया है।

'जानकीहरण' के अन्तिम चार पद्यों के अनुसार लंकाधिपति कुमारमणि के सेनानी थे–मानित और मानित के पुत्र थे कुमारदास। युद्ध भूमि में मानित की वीरगति होने के कारण मेघ और अग्रबोधि नामक उनके मातुल ने बचपन से उन्हें पाला पोसा। उन दोनों मातुलों की सहायता और प्रेरणा से कुमारदास ने इस महाकाव्य को लिखा।

एक जनश्रुति के अनुसार लंकाधिपति कुमारदास की मैत्री कालिदास से थी और लंकानरेश के बुलावे पर कालिदास लंका गए थे। वहीं एक वेश्या ने कालिदास की हत्या कर दी। मित्र का वियोग सहन नहीं करने के कारण कुमारदास ने कालिदास की चिता पर ही आत्मघात कर लिया। लंका के दक्षिण प्रांत में कालिदास का समाधिस्थल आज भी है।

'जानकीहरण' में पाणिनि व्याकरण की टीका 'काशिकावृत्ति' (६५० ई०) का उल्लेख है तथा रीतिवादी आचार्य वामन (८०० ई०) अपने ग्रन्थ में 'जानकीहरण' के पद्यों को उद्धत करते हैं। अतः कुमारदास का समय ६५० ई० से ७५० ई० के बीच माना जा सकता है।

रामायण के पुराने कथानक को 'जानकीहरण' में नवीन कलेवर प्रदान करने का प्रयास कवि ने किया है। इसका प्रधान रस शृंगार है। प्रसाद और सुकुमारता कुमारदास की कविता के विशेष गुण हैं। कवि का प्रिय अलंकार अनुप्रास है।

रमणी के रूप वर्णन में कुमारदास की विशेष अभिरुचि है। कौशल्या के सौन्दर्य का निरूपण करते हुए कवि कहते हैं—

पश्यन् हतो मन्मथबाणपातैः शक्तो विधातुं न निमील्य चक्षुः।
ऊरु विधात्रा हि कृतौ कथं तावित्यास तस्यां सुमतेर्वितर्कः॥[1]

अर्थात् बुद्धिमान लोग उसके बारे में तर्क-वितर्क कर रहे थे कि ब्रह्मा ने उस कौशल्या की दोनों जंघाओं को कैसे बनाया? यदि आँखें खोलकर बनाते तो उनकी आँखें कामदेव के बाणों से बिद्ध हो जातीं तथा आँखें बन्द कर बना कैसे सकते थे?

राजशेखर (९०० ई०) ने कुमारदास की प्रशंसा करते हुए लिखा है कि रघुवंश के मौजूद रहते जानकीहरण करने की क्षमता या तो रावण में थी या कवि कुमारदास में—

जानकीहरणं कर्तुं रघुवंशे स्थिते सति।
कविः कुमारदासश्च रावणश्च यदि क्षमः॥[2]

माघ : शिशुपालवध

अलंकृत शैली का जो स्वरूप भारवि ने अपने 'किरातार्जुनीयम्' में निरूपित किया उसे अधिक अलंकृत और प्रौढ़तर बनाने की दिशा में महाकवि माघ अपने ग्रन्थ 'शिशुपालवध' में प्रवृत्त दीखते हैं। 'किरातार्जुनीयम्' की अपेक्षा 'शिशुपालवध' को श्रेष्ठतर सिद्ध करने में वे प्रयत्नशील प्रतीत

---

१. जानकीहरण १।२९

२. काममीमांसा, पृ० ८७

होते हैं। सम्भवतः इसी आधार पर डा० याकोवी ने यह मत व्यक्त किया था कि 'भारवि' ने अपनी प्रतिभा की प्रखरता सूचित करने के लिए अपना नाम 'भा-रवि' (सूर्य का तेज) रखा था, तो उनसे अपने को प्रखरतर सिद्ध करने के लिए शिशुपालवध के अज्ञातनामा कर्ता ने अपना नाम 'माघ' रखा, क्योंकि माघ मास में सूर्य की किरणें तीक्ष्ण नहीं रह पाती हैं।

विचार करने पर यह मत कल्पित ही समझा जाता है, क्योंकि 'शिशुपालवध' के कर्ता का व्यक्ति-नाम ही 'माघ' है, उपाधि नहीं। 'शिशुपालवध' के अन्त में उन्होंने जो अपना थोड़ा परिचय दिया है, उसके आधार पर वे गुजरात प्रदेश के शासक वर्मलात के मन्त्री सुप्रभदेव के पौत्र एवम् दत्तक सर्वाश्रय के पुत्र थे। 'भोजप्रबन्ध' और 'प्रबन्धचिन्तामणि' से भी माघ के बारे में जानकारी होती है।

माघ का काल

'शिशुपालवध' में माघ के काल के सन्दर्भ में कोई उल्लेख नहीं होने से इस हेतु हमें बहिरङ्ग प्रमाणों का आश्रयण करना पड़ता है। सोमदेव ने अपने 'यशस्तिलकचम्पू (९५९ ई०) में माघ का स्मरण किया है। इसी प्रकार आनन्दवर्धन (८५० ई०) ने अपने 'ध्वन्यालोक' में 'शिशुपालवध' के दो श्लोकों—'रम्या इति प्राप्तवतीः पताकाः' (३।५३) और 'तथा त्रासाकुलः परिपतन्' (५।२६) को उद्धृत किया है। इसके आधार पर माघ नवम शताब्दी के पूर्व में ठहरते हैं।

डा० किलहार्न को राजपुताने के वसन्तगढ़ नामक स्थान से 'वर्मलात' राजा का एक शिलालेख प्राप्त हुआ है। उस शिलालेख का समय संवत ६८२, अर्थात् ६२५ ई० है। अतः वर्मलात के मन्त्री सुप्रभदेव का यही समय होने से उनके पौत्र माघ का काल लगभग ६२५ ई० से लेकर ७०० ई० के बीच आता है।

माघ का काल निर्धारित करने में एक अन्तरङ्ग प्रमाण भी सहायक होता है। 'शिशुपालवध' के 'अनुत्सूत्रपदन्यासा' (२।११२) पद्य में 'न्यास' का उल्लेख है। जिनेन्द्रबुद्धि ने वामनजयादित्य (६५० ई०) की रचना 'काशिका' के ऊपर 'न्यास' नामक टीका लिखी थी। जिनेन्द्रबुद्धि का समय ७०० ई० के आसपास है तो माघ का समय इसके बाद आता है। किन्तु कुछ विद्वानों को इस पर आपत्ति है। उनका कहना है कि जिनेन्द्रबुद्धि से पहले भी 'न्यास' नामक ग्रन्थों की रचना हो चुकी थी। काणे महोदय ने बताया है कि बाण (६२० ई०) ने अपने 'हर्षचरित' में 'न्यास' का उल्लेख किया है—'कृतगुरुपदन्यासा लोक इव व्याकरणेऽपि'। अतः माघ का समय जिनेन्द्र बुद्धि से पीछे नहीं माना जाना चाहिए।

इन आधारों पर माघ का समय सातवीं सदी के उत्तरार्द्ध में मानना समुचित प्रतीत होता है।

समीक्षा

'शिशुपालवध' २० सर्गों में रचित महाकाव्य है, जिसकी गणना बृहत्त्रयी में होती है। 'शिशुपालवध' के अतिरिक्त माघ की कोई और रचना उपलब्ध नहीं है, किन्तु सूक्ति ग्रन्थों में माघ द्वारा रचित एक पद्य[1] का उल्लेख है, जो 'शिशुपाल वध' में दृष्टिगत नहीं है। सम्भव है कि माघ की कोई अन्य रचना भी रही हो, जो कालक्रम से विलुप्त हो गई।

---

१. बुभुक्षितैर्व्याकरणं न भुज्यते पिपासितैः काव्यरसो न पीयते।
न विद्यया केनचिदर्जितं कुलं हिरण्यमेवार्जय निष्फलाः कलाः।। (औचित्यविचारचर्चा से उद्धृत)

महाभारत के सभापर्व के बत्तीसवें से पैतालिसवें तक अर्थात् चौदह अध्यायों में वर्णित कथा को लेकर माघ ने अपने ग्रन्थ का प्रणयन किया है। श्रीमद्भागवत पुराण के चौदहवें अध्याय में भी यह कथा वर्णित है। मुख्यतः यही माघ का प्रेरणास्रोत है। किन्तु उसे महाकाव्यत्व प्रदान करने के लिए उसमें अनेक परिवर्तन एवं परिवर्धन किए गए हैं। इनमें पर्वत, ऋतु, वन विहार, जलक्रीड़ा, सूर्यास्त एवं प्रभात आदि का एक-एक सर्ग में विस्तृत वर्णन ग्रन्थ के कलेवर को अतिदीर्घ बना देता है।

शिशुपालवध का कथासार

प्रथम सर्ग में देवर्षि नारद श्रीकृष्ण के पास आकर इन्द्र के संदेश के अनुसार शिशुपाल के वध के लिए उनको प्रेरित करते हैं। द्वितीय सर्ग में शिशुपाल के वध के लिए प्रस्तुत श्रीकृष्ण युधिष्ठिर के राजसूय यज्ञ में सम्मिलित होने का निमन्त्रण पाकर दो कार्य एक साथ आ जाने पर बलराम और उद्धव से सलाह माँगते हैं। बलराम तुरत युद्ध छेड़ने की सलाह देते हैं, किन्तु उद्धव का अभिमत युधिष्ठिर के यज्ञ में जाने के पक्ष में होता है। तृतीय सर्ग में श्रीकृष्ण अपनी सेना के साथ इन्द्रप्रस्थ के लिए प्रयाण करते हैं। चौथे में रैवतक पर्वत का, पाँचवें में उस पर पड़ाव का, छठे में षड् ऋतुओं का, सातवें में वनविहार का, आठवे में जलक्रीड़ा का, नवम में सूर्यास्त एवं चन्द्रोदय का, दसवें में मधुपान एवं सुरत का, ग्यारहवें में प्रभात का, बारहवें में प्रातःकालीन अभियान का तथा तेरहवें सर्ग में पाण्डवों से मिलन एवं राजसभा में प्रवेश का वर्णन है। चौदहवें में राजसूययाग एवं दान का विवरण है तो पन्द्रहवें में शिशुपाल के विद्रोह का। सोलहवें में दूतों की उक्ति-प्रत्युक्ति, सतरहवें में सभासदों का क्षोभ एवं युद्ध के लिए कवच धारण, अठारहवें तथा उन्नीसवें में युद्ध और बीसवें में श्रीकृष्ण के द्वारा शिशुपाल का वध वर्णित है। इस ग्रन्थ में श्रीकृष्ण एवं शिशुपाल के बीच युद्ध तथा शिशुपाल के वध के वर्णन की प्रधानता होने से इसका प्रधान रस वीर है, किन्तु गौण रूप से श्रृंगार एवं रौद्र तथा अद्भुत रस के वर्णन में भी कवि को उत्कृष्ट सफलता मिली है। इस महाकाव्य के नायक श्रीकृष्ण, न केवल ईश्वर या चमत्कारी पुरुष हैं, किन्तु एक सफल शासक भी हैं। यहाँ श्रीकृष्ण में पुरुषोत्तम की पूर्णता का आभास स्थान-स्थान पर दीख पड़ता है। श्रीकृष्ण के ऐसे स्वरूप का वर्णन करने के कारण ही माघ को श्रीकृष्ण का भक्त या वैष्णव कवि कहा जाता है। इस काव्य को पढ़ने से श्रीकृष्ण में भक्ति जगती है। मुरारि कवि के 'अनर्घराघव' जैसे कठिन काव्य में प्रवेश पाने के लिए माघकाव्य का अध्ययन आवश्यक माना गया है। इसलिए एक आलोचक ने श्लेष के माध्यम से कहा है—

मुरारिपदचिन्ता चेत्तदा माघे रतिं कुरु।
मुरारिपदचिन्ता चेत्तदा माऽघे रतिं कुरु॥

मुरारि कवि के पद यानी कविता की चिन्ता (भावना) करनी हो तो माघ कवि के पद यानी कविता की चिन्ता (भावना) करो। मुरारि (श्रीकृष्ण) के पद (चरण) की चिन्ता (भक्ति) करनी हो तो माघ (माघ की रचना शिशुपालवध या मा + अघ = पाप में नहीं) में ध्यान लगाओ।

माघ में श्रीकृष्ण के प्रति भक्ति का भाव अवश्य है, किन्तु हैं वे वस्तुतः शुद्ध कलावादी कवि। उनमें कवित्व एवं पाण्डित्य का मणिकाञ्चन योग है। उनकी बहुश्रुतता एवं बहुज्ञता के प्रमाण इस ग्रन्थ में स्थान-स्थान पर बिखरे पड़े हैं। उनकी राजनैतिक ज्ञान-गरिमा की अमिट कसौटी

है 'शिशुपालवध' का द्वितीय सर्ग। इसके अग्रलिखित पद्य में कवि के प्रौढ़ राजनीति ज्ञान और गम्भीर व्याकरण ज्ञान का परिचय एक साथ मिलता है—

अनुत्सूत्रपदन्यासा सद्वृत्तिः सन्निबन्धना।
शब्दविद्येव नो भाति राजनीतिरपस्पशा॥[1]

अर्थात् नीतिशास्त्र के विरुद्ध एक भी कदम नहीं रखने का निर्देश देनेवाली राजनीति गुप्तचरों के बिना उसी प्रकार नहीं शोभती है, जिस प्रकार सूत्र के अविरुद्ध पद तथा न्यास वाली, सुन्दर वृत्ति (वार्तिक या व्याख्या) से युक्त तथा श्रेष्ठ निबन्धन से सम्पन्न भी शब्द विद्या पस्पश (महाभाष्य के प्रथम आह्निक का नाम 'पस्पश' है, जिसमें व्याकरण के प्रयोजन बताए गए हैं) के बिना नहीं शोभती है।

आदर्श राजा के स्वरूप का यह विवरण अत्यन्त समुचित एवं चमत्कारी है—

बुद्धिशस्त्रः प्रकृत्यङ्गो धनसंवृतिकञ्चुकः।
चारेक्षणो दूतमुखः पुरुषः कोऽपि पार्थिवः॥[2]

अर्थात् शस्त्र जिसकी बुद्धि है, प्रकृति (प्रजा), स्वामी, अमात्य आदि अङ्ग है, दुर्वेद्य मन्त्र ही सुरक्षा कवच है, गुप्तचर नेत्र हैं और सन्देशवाहक दूत मुख है—ऐसा राजा सामान्य जन नहीं होकर अलौकिक पुरुष होता है।

माघ का पौराणिक ज्ञान अत्यन्त विपुल है। शिशुपालवध के पन्द्रहवें सर्ग में ययाति, पूतना, केशी, चानूर, वामन आदि की कथाएँ मिलती हैं। इसके साथ व्याकरणशास्त्र २।४७, २।९५, न्यायशास्त्र २।९१, आयुर्वेद २।५४, २।८४, संगीतशास्त्र १।१०, १।११, बौद्धदर्शन २।२८, योगदर्शन ४।४५, सांख्यदर्शन १४।१९ आदि बहुसंख्य शास्त्रों का उन्हें सूक्ष्म ज्ञान था।

अलंकारशास्त्र में तो वे पारंगत ही हैं। वे सत्कवि उसी को मानते हैं जो शब्द और अर्थ दोनों के प्रयोग में निपुण हो। उसी तरह उनकी दृष्टि में विद्वान् या व्यावहारिक व्यक्ति वही है जो भाग्य और पुरुषार्थ दोनों का महत्त्व समान रूप में समझता है—

नालम्बते दैष्टिकतां न निषीदति पौरुषे।
शब्दार्थौ सत्कविरिव द्वयं विद्वानपेक्षते॥[3]

माघ की इसी विलक्षणता के कारण किसी विचक्षण ने अपना जीवन ही इनके अध्ययन में लगा दिया। कहा भी है—"मेघे माघे गतं वयः।"

माघ के वर्णन बड़े सजीव और सालंकार हैं। उनकी प्रकृति-निरीक्षण-क्षमता अद्भुत एवं प्रभावपूर्ण है। प्रकृति के शब्द चित्र अत्यन्त मनोरम हैं। रैवतक पर्वत का वर्णन एक विशाल हाथी के रूप में बहुत आकर्षक है—

---

१. शिशुपालवध २।११२

२. वही २।८२

३. वही २।८६

उदयति विततोर्ध्वरश्मिरज्जावहिमचौ हिमधाम्नि याति चास्तम्।
वहति गिरिरयं विलम्बिघण्टाद्वयपरिवारितवारणेन्द्रलीलाम्।।[१]

ऊपर फैली हुई रज्जुरूपी किरणों से युक्त सूर्य एक ओर उदित हो रहा है, तो दूसरी ओर चन्द्रमा अस्त होने जा रहा है। इस प्रकार यह रैवतक उस गजेन्द्र की शोभा धारण कर रहा है, जिसके दोनों ओर दो ज्योतिर्मय घण्टे लटक रहे हों।

घण्टे की ऐसी विलक्षण कल्पना के कारण माघ को 'घण्टामाघ' की उपाधि दी गयी।

माघ के पदविन्यास की धीर और गम्भीर गति उनके चित्र में एक नूतन सौन्दर्य का आविष्कार करती है। उनके वीर रस का मनोहर और प्रभावोत्पादक चित्रण अग्रलिखित पद्य में दर्शनीय है—

रणेषु तस्य प्रहिताः प्रचेतसा सरोषहुङ्कारपराङ्मुखीकृताः।
प्रहर्तुरेवोरगराजरज्जवो जवेन कण्ठं सभयाः प्रपेदिरे।।[२]

रावण से युद्ध करते समय वरुण के द्वारा फेके गए नागपाश रावण के क्रोधपूर्वक हुंकार से भय के कारण जल्दी से लौट जाते हैं और प्रहार करने वाले वरुण के ही गले में जाकर लिपट जाते हैं।

वीररस के प्रौढ़ तथा भुजा फरकाने वाले वर्णन अठारहवें सर्ग में बहुलतया उपलब्ध हैं, किन्तु माघ का मन वीररस से कहीं अधिक शृङ्गार रस के वर्णन में रमता है। प्रातःकालीन निद्रा के आनन्द लेने में मस्त एवं प्रणयासक्त युवादम्पती के मन में गुदगुदाहट पैदा कर देने वाला वर्णन अत्यन्त रमणीय है—

चिररतिपरिखेदप्राप्तनिद्रासखानां चरममपि शयित्वा पूर्वमेव प्रबुद्धाः।
अपरिचलितगात्राः कुर्वते न प्रियाणामशिथिल भुजचक्राश्लेष भेदं तरुण्यः।।[३]

अत्यधिक रति-क्रीड़ा के कारण थककर सुख की नींद सोये हुए दम्पतियों में नायिकाएँ बाद में भी सोकर पहले जग गई हैं, किन्तु फिर भी वे अपने अङ्गों को इसलिए नहीं हिलाती डुलाती हैं कि उनकी भुजा हटा लेने से प्रियतम की निद्रा भंग न हो जाय। सम्भवतः वे स्वयं भी आश्लेषजनित सुख से वंचित नहीं होना चाहती हैं।

माघ के शृङ्गार का विस्तृत विवेचन करने पर मालूम पड़ता है कि वे शृङ्गार के आलम्बन विभाव तथा अनुभाव के चित्रण में अनुपम सफलता हासिल करते हैं।

"माघे सन्ति त्रयो गुणाः।"

उत्कृष्ट एवं हृदयावर्जक काव्य-रमणीयता के लिए आलोचकों ने उपमा-सौन्दर्य, अर्थगौरव-वैशिष्ट्य एवम् पदलालित्य-नैपुण्य को आवश्यक बताते हुए इनके लिए क्रमशः प्रथित एवं विशेषज्ञ महाकवियों के रूप में कालिदास, भारवि तथा दण्डी के नाम अलग-अलग गिनाए हैं, किन्तु माघ में ये तीनों विशिष्टताएँ समवेत रूप में हैं। इनका विवेचन यहाँ प्रस्तुत है—

---

१. शिशुपालवध ४।१०

२. वही १।५६

३. वही ११।१३

(क) उपमासौन्दर्य—काव्य में रमणीयता लाने में उपमा अलंकार बहुत उपयोगी होता है। माघ ने मनोरम उपमाओं का प्रयोग अपने काव्य में बहुल रूप से किया है। प्रथम सर्ग में नये मेघ के समान श्रीकृष्ण के सुवर्ण सिंहासन पर विराजमान होनेपर उस सिंहासन की तुलना उस सुमेरु पर्वत की चोटी से की गई है जिस पर जामुन के फले हुए वृक्ष हों—

स काञ्चने यत्र मुनेरनुज्ञया नवाम्बुदश्यामवपुर्न्यविक्षत।
जिगाय जम्बूजनितश्रियः श्रियं सुमेरुशृङ्गस्य तदा तदासनम्॥[१]

एकादश सर्ग में प्रातःकाल के वर्णन में पूर्व समुद्र से निकलते हुए सूर्य की तुलना जल में डूबे हुए कलश के निकाले जाने से की गई है—

विततपृथुवरत्रा तुल्यरूपैर्मयूखैः कलश इव गरीयान् दिग्भिराकृष्यमाणः।
कृतचपलविहङ्गालापकोलाहलाभिर्जलनिधिजलमध्यादेष उत्तार्यतेऽर्कः॥[२]

चञ्चल पक्षियों के कलरव रूपी कोलाहल करती हुई (स्त्री रूपिणी) दिशाएँ फैली हुई बड़ी-बड़ी रस्सियों के समान किरणों से विशाल कलश की भाँति इस सूर्य को समुद्रजल के भीतर से निकाल रही हैं। चारों ओर किरणें फैलाने वाले बालसूर्य का यह मनोरम वर्णन है।

(ख) अर्थगौरव—अर्थगौरव से काव्य की गरिमा बढ़ती है। भारवि की भाँति माघ में भी अर्थगौरव की विशिष्टता दीख पड़ती है। अर्थ की गम्भीरता माघकाव्य में प्रचुर रूप में है। प्रथम सर्ग में सांख्य दर्शन के तथ्यों का सार कवि ने इस श्लोक में प्रस्तुत किया है—

उदासितारं निगृहीतमानसैर्गृहीतमध्यात्मदृशा कथञ्चन।
बहिर्विकारं प्रकृतेः पृथग्विदुः पुरातनं त्वां पुरुषं पुराविदः॥[३]

पूर्वकाल के कपिल आदि महर्षिगण आपको चित्तवृत्तियों को एकाग्र करने वाले योगियों के द्वारा अध्यात्मदृष्टि से किसी-किसी प्रकार ग्रहण किए हुए, सुख-दुःख से उदासीन, महदादि विकारों से भिन्न और प्रकृति से अलग पुरातन पुरुष के रूप में जानते हैं।

माघ का द्वितीय सर्ग राजनीति के गूढ़ तत्त्वों से भरा हुआ है। उसमें अर्थगौरवयुक्त बहुसंख्यक पद्य हैं। राजनीति और बौद्धदर्शन—इन दोनों में सभी सन्धि-विग्रह आदि या चिन्तन-मनन आदि कार्यों में पञ्चस्कन्ध का महत्त्व बताते हुए कवि कहते हैं—

सर्वकार्यशरीरेषु मुक्त्वाङ्गस्कन्धपञ्चकम्।
सौगतानामिवात्मान्यो नास्ति मन्त्रो महीभृताम्॥[४]

राजनीति में सभी सन्धि-विग्रह आदि कार्यों में पञ्च अङ्गों—कर्मों के आरम्भ के उपाय, पुरुषद्रव्यसम्पत्, देशकालवि भाग, विपत्तिप्रतीकार और कार्यसिद्धि का महत्त्व है। इनके अतिरिक्त राजा का और कोई अन्य मन्त्र नहीं होता है। उसी प्रकार बौद्ध दर्शन में—रूप, वेदना, विज्ञान,

---

१. शिशुपालवध १।१९

२. वही ११।४४

३. वही १।३३

४. वही २।२८

संज्ञा और संस्कार ये पाँच स्कन्ध ही शरीर के सभी कार्यों का सम्पादन करते हैं। इनसे भिन्न आत्मा नाम का कोई पदार्थ नहीं होता है।

(ग) **पदलालित्य**—काव्य में ध्वनि, वक्रोक्ति आदि की महिमा होती ही है, किन्तु उसमें ललित-कान्त पदावली भी शोभा-वृद्धि में सहायिका होती है। माघ के काव्य में न केवल ललितपदविन्यास की निपुणता है, अपितु नित-नूतन-श्रुतिमधुर पदावली की कमनीयता भी है। वसन्त की सुषमा रमणीय शाब्दी-ध्वनि द्वारा मनोहर रूप में अभिव्यक्त होती है—

मधुरया मधुबोधितमाधवी-मधु-समृद्धसमेधितमेधया।
मधुकराङ्गनया मुहुरुन्मदध्वनिभृता निभृताक्षरमुज्जगे॥[1]

सरस-वर्णों के उच्चारण से सहज ही संगीतमयता आ जाती है। अत्यन्त मधुर पदावली कर्ण-कुहरों में अमृत रस घोलती-सी मालूम पड़ती है। इसी प्रकार दूसरा पद्य भी रमणीय है—

नवपलाशपलाशवनं पुरः स्फुटपरागपरागतपङ्कजम्।
मृदुलतान्तलतान्तमलोकयत् स सुरभिं सुरभिं सुमनो भरैः॥[2]

इस प्रकार माघ में उपमा, अर्थगौरव तथा पदलालित्य की त्रिवेणी प्रवाहित होने के कारण यह उक्ति नितान्त संगत है—**'माघे सन्ति त्रयो गुणाः।'**

भारवि और माघ में तुलना

माघ के 'शिशुपालवध' के अध्ययन से ज्ञात होता है कि उन्होंने भारवि के 'किरातार्जुनीय' को अपना आदर्श मानकर काव्य-रचना की थी, किन्तु उससे अपनी कृति को श्रेष्ठतर सिद्ध करने में वे प्रयत्नशील दीख पड़ते हैं तथा इसमें वे सफल भी हुए हैं।

भारवि ने अठारह सर्गों में महाकाव्य लिखा तो माघ की रचना में बीस सर्ग हैं। भारवि शिव के भक्त हैं तो माघ विष्णु के। विस्तृत विवेचन के लिए दोनों में साम्य एवं वैषम्य के विवरण यहाँ प्रस्तुत हैं—

(१) दोनों महाकाव्यों के कथावृत्त महाभारत से गृहीत है।

(२) दोनों का आरम्भ 'श्री' शब्द से होता है। 'किरात' के आरम्भ में 'श्रियः कुरुणामधिपस्य' है तो माघ में 'श्रियः पतिः श्रीमति शासितुम्' है।

(३) दोनों के प्रथम सर्ग में संदेश कथन है, किरात में वनेचर के द्वारा युधिष्ठिर के प्रति, तो माघ में नारद के द्वारा श्रीकृष्ण के प्रति।

(४) किरात के द्वितीय सर्ग में युधिष्ठिर, भीम और द्रौपदी के बीच राजनीतिक-मन्त्रणा होती है, तो माघ के द्वितीय सर्ग में श्रीकृष्ण, बलराम और उद्धव आगे की राजनीतिक गतिविधि निर्धारित करते हैं।

(५) दोनों के नायक तृतीय सर्ग में अपनी कार्यसिद्धि के लिए प्रयाण करते हैं। किरातार्जुनीय में अर्जुन हिमालय की ओर प्रस्थान करते हैं, तो शिशुपालवध में श्रीकृष्ण इन्द्रप्रस्थ के लिए निकलते हैं।

---

१. शिशुपालवध ६।२०

२. वही ६।२

(६) 'किरात' में महर्षि व्यास अर्जुन की इष्टसिद्धि का उपाय बताते हैं तो माघ में देवर्षि नारद श्रीकृष्ण को प्रेरित करते हैं।

(७) 'किरात' में अर्जुन इन्द्रकील पर्वत पर जाते हैं तो माघ में श्रीकृष्ण रैवतक पर पड़ाव डालते हैं।

(८) किरात में हिमालय का यमकालंकारों के माध्यम से वर्णन है तो माघ में ऐसा ही वर्णन रैवतक का है।

(९) दोनों में अप्सराओं के विहार का सुन्दर वर्णन है।

(१०) 'किरात' में किरात रूप में शंकर अपने दूत को अर्जुन का अपमान करने के लिए भेजते हैं, तो माघ में शिशुपाल इसी हेतु कृष्ण के पास दूत भेजता है।

(११) 'किरात' के तेरहवें और चौदहवें सर्ग में अर्जुन तथा किरातवेशधारी शंकर में वाद-विवाद होता है तो माघ के सोलहवें सर्ग में शिशुपाल के दूत और सात्यकिं में विवाद होता है।

(१२) किरात के पन्द्रहवें तथा माघ के उन्नीसवें सर्ग में चित्रबन्धों द्वारा युद्ध-वर्णन है।

(१३) दोनों काव्यों में नायकों के द्वन्द्व युद्ध के पूर्व विपक्षियों की सेनाओं में युद्ध होता है।

(१४) 'किरात' के प्रत्येक सर्ग के अन्तिम पद्य में 'लक्ष्मी' शब्द का प्रयोग है तो माघ में इसी प्रकार 'श्री' शब्द प्रयुक्त है।

(१५) दोनों में सन्ध्या, रात्रि, चन्द्रोदय, वन, ऋतुओं और यात्रा का वर्णन है।

(१६) दोनों के वर्णन-क्रम भी समान हैं।

आलोचकों ने भारवि और माघ में तुलना करते हुए माघ को श्रेष्ठतर सिद्ध किया है। राजशेखर का कथन है—भारवि की कविता सूर्य किरणों की भाँति समग्र ज्ञान को प्रकाशित करने वाली है, किन्तु माघ मास के समान माघ कवि का नाम सुनते ही किस कवि को कँपकँपी नहीं होने लगती—

कृत्स्नप्रबोधकृद्वाणी भारवेरिव भारवेः।
माघेनेव च माघेन कम्पः कस्य न जायते॥

इसी प्रकार धनपाल भी कहते हैं कि जैसे माघ के जाड़े से ठण्ढ़े उत्साह वाले बन्दर सूर्य का स्मरण कर उछल कूद नहीं करते, वैसे ही माघ का स्मरण आते ही पद योजना करने में कवियों का उत्साह ठण्ढा पड़ जाता है, चाहे वे भारवि के पदों का कितना भी स्मरण करें—

माघेन विघ्नोत्साहा नोत्सहन्ते पदक्रमे।
स्मरन्तो भारवेरेव कवयः कपयो यथा॥

इसी तरह एक आलोचक ने कहा है—भारवि की आभा तभी तक थी, जब तक माघ का आविर्भाव नहीं हुआ था—

तावद् भा भारवेर्भाति यावन्माघस्य नोदयः॥

माघ में प्रयुक्त नये-नये शब्दों के प्रयोग पर एक आलोचक की टिप्पणी है कि माघ के नौ सर्गों के अध्ययन कर लेने पर कोई नया शब्द नहीं बच जाता है—

'नवसर्गगते माघे नवशब्दो न विद्यते।'

रत्नाकर : हरविजय

संस्कृत जगत् में बृहत्तम महाकाव्य 'हरविजय' की रचना करने का श्रेय कश्मीरी कवि रत्नाकर को जाता है। इनके पिता का नाम अमृतभानु था। ये 'बाल बृहस्पति' की उपाधि धारण करने वाले कश्मीर नरेश चिप्पट जयापीड (७७९–८१३ ई०) के सभा पण्डित थे। जैसा कि 'हरविजय' के प्रत्येक सर्ग की पुष्पिका में उन्होंने अपने को 'बाल बृहस्पति' का 'अनुजीवी' कहा है—''इति बाल-बृहस्पत्यनुजीविनो राजानकरत्नाकरस्य कृतौ……।'' बालबृहस्पति की उपाधि जयापीड की ही थी। जैसा कि कल्हण ने कहा है—

श्रीचिप्पटजयापीडो बृहस्पत्यपराभिधः।
ललितापीडजो राजा शिशु देश्यस्ततोऽ भवत्॥[1]

कल्हण ने यह भी लिखा है कि जयापीड के उत्तराधिकारी अवन्तिवर्मा (८५५-८८४ ई०) के शासन काल में इनकी महती ख्याति हुई थी—

मुक्ताकणः शिवस्वामी कविरानन्दवर्धनः।
प्रथां रत्नाकरश्चागात् साम्राज्येऽवन्तिवर्मणः॥[2]

अवन्तिवर्मा के साम्राज्य में मुक्ताकण, शिवस्वामी, कवि आनन्दवर्धन और रत्नाकर ख्यात हुए। इस प्रकार रत्नाकर का काल नवमी शती का मध्यभाग मानना संगत है।

रत्नाकर की दो और कृतियाँ हैं—**'वक्रोक्तिपंचाशिका'** तथा **'ध्वनिगाथापञ्जिका।'** फिर भी उनकी महती कीर्ति का आधार 'हरविजय' ही है।

'हरविजय' में अन्धकासुर के वध की एक छोटी-सी पौराणिक कथा को कवि ने ५० सर्गों का वितत वितान प्रदान किया है। इसका कथासार इस प्रकार है—क्रीड़ासक्त पार्वती ने शंकर के तीनों नेत्रों को अपने हाथों से बन्द कर दिया। इसलिए शिव से उत्पन्न शिशु दृष्टिविहीन होने के कारण 'अन्धक' नाम से अभिहित हुआ। बाद में शिव की तपस्या करके उसने नेत्र-ज्योति पाई और उन्मत्त होकर वह तीनों लोकों का स्वामी बन गया। 'असुर' बने उस अत्याचारी से संसार को पीड़ित देखकर शिव ने उसका संहार किया। इस स्वल्प कथानक को कवि ने अपनी प्रखर प्रतिभा से इतना विस्तृत किया है। प्रथम सर्ग में शिव की नगरी, द्वितीय में ताण्डव नृत्य, तीसरे में ऋतुओं तथा चौथे-पाँचवें सर्गों में मन्दराचल का सुन्दर वर्णन है। छः से सोलह अर्थात् ग्यारह सर्गों में शिव के मन्त्रियों की मन्त्रणा एवं सत्रह से उन्तीसवें तक अर्थात् तेरह सर्गों में शिवगणों का विहार वर्णित है। इन सर्गों में सूर्योदय, सूर्यास्त, सागर तथा कामचेष्टाओं का वर्णन है। बाद के दो सर्गों में दूत के स्वर्ग-प्रवेश के अनन्तर एकतीस से सैंतिस सर्गों में शिव के दूत एवं अन्धकासुर के बीच संवाद चलता है। चार सर्गों में युद्ध के लिए शिवसेना की तैयारी होती है। सैंतालिसवें सर्ग में चण्डिकास्तुति और युद्ध के बाद पचासवें सर्ग में अंधकासुर का वध वर्णित है।

रत्नाकर पर माघ का प्रभाव देखा जाता है। इस काव्य के प्रत्येक सर्ग के अन्तिम पद्य में

---

१. राजतरङ्गिणी ४।६८०

२. वही ५।३९

माघ के 'श्री' शब्द की भाँति 'रत्न' शब्द का प्रयोग है। माघ ने अपने काव्य को 'लक्ष्मीपतेश्चरितकीर्तनमात्रचारु' कहा है तो रत्नाकर ने अपने काव्य को 'चन्द्रार्धचूड़चरिताश्रयचारु' बताया है। रत्नाकर ने बाण का अनुकरण करने का भी दावा किया है।

'हरविजय' में कवि के शैवदर्शन, नीतिशास्त्र, इतिहास-पुराण और कामसूत्र के विस्तृत ज्ञान का परिचय मिलता है। कवि ने अपनी काव्य-शैली के विषय में लिखा हैं कि वह ललित, मधुर, सालंकार, प्रसाद, मनोहर, विकट, यमक एवं श्लेष से युक्त तथा बेजोड़ है जिसे सुनकर न केवल राजा के, किन्तु बृहस्पति के चित्त में भी शंका हो जाती है—

ललितमधुराः सालंकाराः प्रसादमनोहराः
विकटयमकश्लेषोद्‌गारप्रबन्धनिरर्गलाः।
असदृशगतीश्चित्रमार्गे ममोद्‌गिरतो गिरो
न खलु नृपतेश्चेतो वाचस्पतेरपि शङ्कते॥

कुछ आलोचकों ने रत्नाकर के उस उद्‌घोष पर मुहर लगायी है कि 'हरविजय' को पढ़कर शिशु कवि हो सकता है तथा कवि महाकवि हो सकता है—

हरविजयमहाकवेः प्रतिज्ञां शृणुत कृतप्रणयो मम प्रबन्धे।
अपि शिशुरकविः कविः प्रभावात् भवति कविश्च महाकविः क्रमेण॥

समर भूमि में एक हाथी का वर्णन करते हुए कवि कहते हैं कि एक विशाल हाथी विपक्षी हाथी की ओर रोष से दौड़ा। प्रतिपक्षी हाथी की टूटी हुई ध्वजा का वस्त्र गिर गया, जिससे लगने लगा कि उसने मानो लज्जित होकर एक बड़े परदे से अपना मुँह ढँक लिया हो—

युधि धावतः प्रतिगजाभिमुखं पुनरप्यधस्ताद् गजपतेः सरुषः।
दलिताश्रयः सपदि केतुपटः पतितो मुखे पृथुमुखच्छदताम्॥[१]

'अलंकार विमर्श' में रत्नाकर की प्रशंसा इन शब्दों में की गई है—

माघः शिशुपालवधं विदधत् कविमदवधं विदधे।
रत्नाकरः स्वविजयं हरविजयं वर्णयन् व्यवृणोत्॥

क्षेमेन्द्र ने रत्नाकर के वसन्ततिलका छन्द की प्रशंसा इन शब्दों में की है—

वसन्ततिलका रुढा वाग्वल्ली गाढसंगिनी।
रत्नाकरस्योत्कलिका चकास्त्याननकानने॥

राजशेखर ने रत्नाकर की प्रशंसा में यहाँ तक कहा कि विधाता ने चार रत्नाकरों (समुद्रों) को पर्याप्त नहीं समझकर इस पाँचवे रत्नाकर (कवि) को उत्पन्न किया—

मा स्म सन्तु हि चत्वारः प्रायो रत्नाकरा इमे।
इतीव सत्कृतो धात्रा कवी रत्नाकरोऽ परः॥[२]

---

१. हरविजय ४२।११

२. काव्यमीमांसा, पृ० ८९

हरिश्चन्द्र : धर्मशर्माभ्युदय

बौद्धकवियों की भाँति जैनकवियों ने भी तीर्थंकरों के जन्म से सम्बन्धित कथानक को लेकर संस्कृत में महाकाव्यों की रचना की है। ऐसे कवियों में हरिश्चन्द्र का नाम अग्रगण्य है। उन्होंने इक्कीस सर्गों में 'धर्मशर्माभ्युदय' नामक महाकाव्य पन्द्रहवें तीर्थंकर धर्मनाथ के जन्म से मृत्युपर्यन्त के कथानक को लेकर लिखा है।

हरिश्चन्द्र का काल निश्चित रूप से नहीं बताया जा सकता। इनका जन्म 'नोमक' वंश में हुआ था और ये जाति से कायस्थ थे। इनके पिता का नाम आर्द्रदेव तथा माता का नाम रथ्यादेवी था। बाणभट्ट ने 'हर्षचरित' में जिन भट्टार हरिश्चन्द्र का उल्लेख किया है, उनसे ये भिन्न हैं, क्योंकि भट्टार हरिश्चन्द्र गद्य के लेखक थे, महाकाव्य के नहीं। इनके 'धर्मशर्माभ्युदय' का प्रभाव वाग्भट्ट के 'नेमि निर्वाण' काव्य पर परिलक्षित होता है जिसकी रचना १२०० ई० के आसपास मानी जाती है। श्रीहर्ष के 'नैषधचरित' के अनेक पद्यों का प्रभाव 'धर्मशर्माभ्युदय' की रचना पर स्पष्ट देखा जाता है। अतः इसका समय बारहवीं सदी मानना संगत है।

'धर्मशर्माभ्युदय' महाकाव्य के समस्त लक्षणों से युक्त है। धर्म तथा शर्म (कल्याण) उभय के अभ्युदय के साधक होने से इस काव्य का यह अन्वर्थक नाम है। 'उत्तरपुराण' से गृहीत कथावस्तु को सरस तथा महाकाव्योचित स्वरूप प्रदान करने के लिए कवि ने विन्ध्याचल, षड्ऋतु, जलक्रीडा, सन्ध्या, चन्द्रोदय आदि का वर्णन इसमें किया है। जैनधर्म के उपयोगी तात्त्विक विषयों के वर्णन के कारण यह काव्य शान्तरस के गौरव से मण्डित है।

हरिश्चन्द्र को अपने काव्य की उत्कृष्टता पर पूर्ण विश्वास था। इसलिए उन्होंने लिखा है कि उनका काव्य कर्णकुहरों में अमृतरस प्रवाहित करता है तथा रसध्वनि का सार्थवाह है—

स कर्णपीयूषरसप्रवाहं रसध्वनेरध्वनि सार्थवाहः।
श्रीधर्मशर्माभ्युदयाभिधानं महाकविः काव्यमिदं विधत्ते॥

हरिश्चन्द्र की कविता प्रसादगुणमयी है और वेदर्भी रीति में निबद्ध है। उनके काव्य में रसपेशल और चमत्कारी भावों की अभिव्यञ्जना के लिए अग्रलिखित पद्य द्रष्टव्य है—

काञ्चीव रत्नोच्चयगुम्फिता क्षितेर्दिवश्च्युतेवामलमौक्तिकावलिः।
कृष्टा सशब्दं पुरुहूतदन्तिनो विराजते राजतशृंखलेव॥

गंगा का वर्णन करते हुए कवि कहते हैं—यह नदी ऐसी सुशोभित होती है, मानों रत्नों के पुंज से खचित पृथ्वी की करधनी हो, अथवा आकाश से गिरी हुई निर्मल मोतियों की माला हो, अथवा शब्द के साथ खींची गई ऐरावत हाथी की चाँदी की बनी जंजीर हो।

'सदुक्तिकर्णामृत' में उन्हें महाकवियों की श्रेणी में गिना गया है। इससे उनका महत्त्व रेखाङ्कित होता है—

सुबन्धौ भक्तिर्नः क इह रघुकारे न रमते
धृतिर्दाक्षीपुत्रे हरति हरिचन्द्रोऽपि हृदयम्।
विशुद्धोक्तिः सूरः प्रकृतिमधुरा भारविगिरः
तथाप्यन्तर्मोदं कमपि भव भूतिर्वितनुते॥

क्षेमेन्द्र : दशावतारचरित

क्षेमेन्द्र संस्कृत के उन महाकवियों की श्रेणी में प्रतिष्ठापित हैं जिन्होंने साहित्य के विभिन्न क्षेत्रों में अपनी प्रतिभा विखेरी है। ये कश्मीर के निवासी थे। कश्मीर के शासकद्वय—अनन्त (१०२८-१०६३ ई०) तथा कलश (१०६३-१०८९) के राज्यकाल में क्षमेन्द्र विद्यमान थे। अपने ग्रन्थ 'दशावतारचरित' का रचनाकाल १०६६ ई० स्वयं क्षेमेन्द्र ने लिखा है। अतः उनका जन्म १००० ई० के आसपास मानना उचित होगा।

क्षेमेन्द्र की रचनाओं में रामायण, महाभारत और गुणाढ्य की 'बृहत्कथा' का संक्षिप्त काव्यरूप क्रमशः 'रामायणमञ्जरी', 'भारतमञ्जरी', तथा बृहत्कथामञ्जरी ग्रन्थ हैं। 'दशावचरित' महाकाव्य है, जिसमें विष्णु के दस अवतारों का सुन्दर वर्णन है। इसकी भाषा बड़ी ही मीठी सरस तथा सुबोध है, पदावली इतनी स्निग्ध है कि कहीं भी अनमेल शब्दों का प्रयोग नहीं दीखता। अरण्यवास के आनन्द का वर्णन करते हुए कवि कहते हैं—जिन लोगों का हृदय दमितजनों के वियोग के उद्वेग रूपी रोग से आक्रान्त है और धन के नाश से उत्पन्न होने वाली दीनता के कारण जिनका मुख फीका पड़ गया है, उनके हृदय में गड़े हुए बाण को दूर हटाने में अरण्यवास ही समर्थ है उससे चित्त में निराशा के कारण संसार का क्लेश नष्ट हो जाता है और शान्ति के बाद आनन्द की अनुभूति होती है—

दयितजन वियोगोद्वेगरोगातुराणां
विभवविरहदैन्यम्लानमानाननानाम्।
शमयति शितशल्यं हन्त नैराश्यनश्यद्
भवपरि भवतान्तिः शान्तिरन्ते वनान्ते॥

क्षेमेन्द्र के काव्य-निर्माण का मुख्य उद्देश्य जनजीवन को उदात्त, चरित्रसम्पन्न और शीलवान बनाना था। इसी हेतु रामायण एवं महाभारत से कथावस्तु लेकर उन्होंने अन्य काव्य-ग्रन्थों की रचना की थी। अपने युग के असन्तोष, षड्यन्त्र, नैराश्य तथा रक्तपात के वातावरण को सुधारने के लिए कवि ने श्लाघनीय प्रयत्न किए और इसमें उन्हें सफलता भी मिली।

क्षेमेन्द्र ने साहित्य-विद्या का अध्ययन आचार्य अभिनवगुप्त से किया था। इस विषय में उनकी तीन रचनाएँ हैं—कविकण्ठा भरण, औचित्य-विचारचर्चा और सुवृत्ततिलक।

मङ्खक : श्रीकण्ठचरित

कश्मीरवासी मङ्खक क्षेमेन्द्र के समकालीन थे। ये प्रसिद्ध आलंकारिक रूय्यक के शिष्य थे। दोनों गुरुशिष्य कश्मीर नरेश जयसिंह (११२९-११५० ई०) के सभा पण्डित थे।

मङ्खक ने पचीस सर्गों में 'श्रीकण्ठचरित' नामक महाकाव्य लिखा। इसमें भगवान् शंकर और त्रिपुरासुर के युद्ध का मनोरम वर्णन है। मूल कथानक तो छोटा है, किन्तु महाकाव्यत्व प्रदान करने के लिए इसमें दोला, जलक्रीड़ा, सन्ध्या तथा प्रभात आदि का विस्तृत वर्णन है। पदों का सुन्दर विन्यास एवं अर्थों की हृदयस्पर्शी कल्पना इनकी अपनी विशिष्टता है। द्वितीय सर्ग में कवि

और काव्य का विश्लेषण सुन्दर है। रमणीय उक्तियों में दोष तुरत मालूम पड़ जाता है जैसे— धुले हुए कपड़े में थोड़ा भी धब्बा–

सूक्तौ शुचावेव परे कवीनां सद्यः प्रमादस्खलितं लभन्ते।
अधौतवस्त्रे चतुरं कथं वा विभाव्यते कज्जलबिन्दुपातः॥[१]

कविराज : राघवपाण्डवीय

संस्कृत महाकाव्य जगत् में कविराज ने एक नूतन शैली को जन्म दिया। इनके महाकाव्य 'राघवपाण्डवीय' के प्रत्येक पद्य में श्लेष द्वारा 'रामायण' और 'महाभारत' की कथा का साथ-साथ वर्णन किया गया है।

'राघवपाण्डवीय' के कर्ता का वास्तविक नाम माधव भट्ट था और कविराज सूरि, पण्डित आदि उनकी उपाधियाँ थीं। ये जयन्तपुरी के कदम्ब राजा कामदेव (११८२-८७ ई०) के सभा-पण्डित थे।

'राघवपाण्डवीय में तेरह सर्ग हैं। कवि ने पाठकों के कौतूहलोत्पादन तथा मानसिक व्यायाम के लिए इसकी रचना की है। उदाहरण के लिए अग्रलिखित पद्य द्रष्टव्य है। जिसमें एक अर्थ राम से सम्बद्ध है तो दूसरा युधिष्ठिर से—

नृपेण कन्यां जनकेत दित्सामयोनिजां लम्भयितुं स्वयम्वरे।
द्विजप्रकर्षेण स धर्मनन्दनः सहानुजस्तां भुवमप्यनीयत॥

रामायण के अनुसार राम के पक्ष में अर्थ है—(राम), जिन्होंने धर्म को आनन्दित किया था, अपने भाइयों के साथ ऋषिश्रेष्ठ (विश्वामित्र) द्वारा स्वयम्वर स्थान (मिथिला) को ले जाए गए, जिससे वे राजा जनक की विवाह योग्य अयोनिजा कन्या (सीता) को प्राप्त कर सके।

महाभारत के अनुसार युधिष्ठिर के पक्ष में अर्थ है—धर्म के पुत्र (युधिष्ठिर) अपने भाइयों के साथ मुनिश्रेष्ठ (व्यास) की आज्ञा से स्वयम्वर-स्थान (पाञ्चाल) को गए, जिससे वे राजा-पिता (द्रुपद) की विवाह योग्य अयोनिजा कन्या (द्रौपदी) को प्राप्त कर सकें।

कविराज की इस रचना से अनेक कवि प्रभावित हुए और इसके अनुकरण पर कई काव्य लिखे गए। हरिदत्तसूरि (१८वीं शताब्दी) के 'राघवनैषधीय' में नल और राम की तथा चिदम्बरकृत 'राघव-पाण्डवीय-यादवीय' में 'रामायण' एवं 'महाभारत' तथा 'भागवत' की कथा श्लेष के माध्यम से एक साथ वर्णित हैं। विद्यामाधव लिखित 'पार्वती-रुक्मिणीय' में पार्वती और रुक्मिणी की कथा उपस्थापित है। इन सभी से आगे बढ़कर एक-दूसरे चिदम्बर कवि ने 'पञ्चकल्याण चम्पू' में श्लेष के द्वारा एक साथ विष्णु, राम, कृष्ण, शिव और सुब्रह्मण्य–इन पाँचों के विवाह का वर्णन किया है।

इन अनेकार्थक काव्यों में एक-दूसरे प्रकार का भी काव्य है जिसे विलोम काव्य कहते हैं। इसमें आरम्भ से पढ़ने पर एक अर्थ निकलता है तो दूसरी ओर से पढ़ने पर दूसरा अर्थ। ऐसे 'विलोम' काव्यों में वेंकटाध्वरि (१६वीं शताब्दी) का तीस पद्यों में रचित 'यादवराघवीय' विशेष

१. श्रीकण्ठचरित २।२९

रूप से उल्लेखनीय है, जिसमें सीधे पढ़ने पर राम की कथा तथा उलट कर पढ़ने पर कृष्ण की कथा बोधित होती है। इस प्रकार का शाब्दिक चमत्कारपूर्ण कुतूहल संस्कृत के अतिरिक्त संसार की अन्य किसी भाषा में नहीं उपलब्ध होता है।

श्रीहर्ष : नैषधीयचरित

संस्कृत-काव्य-धारा में जिस अलंकृत शैली का आरम्भ महाकवि भारवि के 'किरातार्जुनीय' में पाया जाता है उसकी चरम परिणति श्रीहर्ष के 'नैषधीयचरित' में देखी जाती है। अपने ग्रन्थ में उन्होंने जो परिचय दिया है, उससे उनके बारे में काफी जानकारी मिलती है। 'नैषधीयचरित' के प्रत्येक सर्ग के अन्त में उन्होंने अपने माता-पिता का तथा कहीं-कहीं अपने अन्य ग्रन्थों का उल्लेख किया है। उसके अनुसार पिता का नाम श्रीहीर और माता का मामल्लदेवी था।[१] उनकी अन्य रचनाएँ हैं— 'खण्डनखण्डखाद्य', 'स्थैर्यविचारप्रकरण', 'विजयप्रशस्ति', 'छिन्दप्रशस्ति', 'गोडोर्वीशकुलप्रशस्ति', 'अर्णववर्णन' और 'शिवशक्तिसिद्धि' तथा 'नवसाहसाङ्कचरितचम्पू'। वे कन्नौज के राजा जयचन्द्र के सभा पण्डित थे। 'कान्य कुब्जेश्वर महाराज जयचन्द्र उन्हें स्वयं पान के दो बीड़े और आसन दिया करते थे—**'ताम्बूलद्वयमासनं च लभते यः कान्यकुब्जेश्वरात्।'** जयचन्द्र का शासनकाल ११६९-९३ ई० था। अतः श्रीहर्ष का समय बारहवीं शताब्दी का उत्तरार्द्ध माना जाता है।

'नैषधीयचरित' में बाईस सर्गों में नल-दमयन्ती के प्रेम और विवाह की कथा सरस एवं मनोरम शैली में वर्णित है। उन दोनों के प्रथम-मिलन की रात्रि के रम्य वर्णन के साथ ग्रन्थ समाप्त होता है। इस प्रकार यह महाकाव्य बृहत्त्रयी में बृहत्तम है। प्रेम एवं विवाह का वर्णन होने से इसका प्रधान रस शृंगार है।

इस महाकाव्य का कथानक महाभारत के वनपर्व से गृहीत है। इस ग्रन्थ के आरम्भ में नल का परिचय, मृगया विहार और हंस के साथ उसका संवाद वर्णित है। नल का दमयन्ती विषयक अनुराग जानकर हंस दमयन्ती के पास जाता है और नल के ऐश्वर्य तथा सौन्दर्य का वर्णन कर उस युवति के मन में उसके प्रति प्रेम उत्पन्न करता है। इसके बाद दमयन्ती का पूर्वराग वर्णित है। विवाह योग्य जानकर दमयन्ती के स्वयंवर का आयोजन राजा भीम करते हैं। इन्द्र, वरुण, अग्नि और यम के दबाव पर नल उनका दूत बनकर दमयन्ती के पास जाता है और उन देवताओं के ऐश्वर्य का वर्णन कर उनके साथ विवाह करने का प्रस्ताव उस सुन्दरी से करता है, किन्तु दमयन्ती के हृदय में नल के अतिरिक्त किसी के लिए जगह ही नहीं है।

स्वयंवर आरम्भ होने पर वहाँ पाँच नलों को देखकर दमयन्ती स्तब्ध रह जाती है। असली नल को पहचानने के लिए उसे व्याकुल देखकर देवगण अपना रूप प्रकट कर देते हैं। नल के साथ दमयन्ती का विवाह होता है। कुछ समय बाद नल पुष्कर नामक राजकुमार से जुए में सब कुछ हार जाता है। नल दमयन्ती पर बहुत विपत्तियाँ आती हैं। अंत में संकट टलने पर दोनों का पुनर्मिलन होता है।

---

१. श्रीहर्षं कविराजराजिमुकुटालङ्कारहीरः सुतं
श्रीहीरः सुषुवे जितेन्द्रियचयं मामल्लदेवी च यम्।

श्रीहर्ष ने अपने महाकाव्य को 'शृङ्गारामृतशीतगुः', अर्थात् शृंगार रूपी अमृत का चन्द्रमा कहा है। रमणी के सौन्दर्य वर्णन में और शृंगार-रस की मधुर व्यञ्जना में कवि ने विलक्षण प्रतिभा का परिचय दिया है। दमयन्ती के अलौकिक सौन्दर्य का वर्णन करते हुए कवि कहते हैं—जान पड़ता है, दमयन्ती के मुख का निर्माण करने के लिए ब्रह्मा ने चन्द्रमा का सारतत्त्व खींच लिया है। इसी कारण बीच में छिद्र हो जाने से उसके उस पार आकाश की नीलिमा दिखाई पड़ती है—

हृतसारमिवेन्दुमण्डलं दमयन्तीवदनाय वेधसा।
कृतमध्यविलं विलोक्यते धृतगम्भीरखनीखनीलिम ॥[१]

दमयन्ती के उरोजों को दो कुम्भों के रूप में वर्णित करते हुए कवि कहते हैं—सौन्दर्य के झरनों से अथाह बने दमयन्ती के शरीर पर संचरण करते हुए कामदेव और यौवन को डूबने के भय से तैरने के लिए दो उरोज रूपी कलश मिल गए हैं—

अपि तद्वपुषि प्रसर्पतो गमिते कान्ति झरैरगाधताम्।
स्मरयौवनयोः खलु द्वयोः प्लवकुम्भौ भवतः कुचावुभौ ॥[२]

तृतीय सर्ग में हंस-दमयन्ती-संवाद के प्रसंग में हंस जब नल के प्रति दमयन्ती के अनुराग की जानकारी लेना चाहता है, तो नल को वरण करने की इच्छा दमयन्ती कितने चमत्कारपूर्ण ढंग से व्यक्त करती है—

मनस्तु यं नोज्झति जातु यातु मनोरथः कण्ठपथं कथं सः।
का नाम बाला द्विजराजपाणिग्रहाभिलाषं कथयेदभिज्ञा ॥[३]

जिस मनोरथ को मन नहीं छोड़ता है वह मनोरथ (राजा नल से पाणिग्रहण की अभिलाषा) मेरे कण्ठपथ में कैसे आवे? कौन विवेकवती कुलांगना बाला द्विजराज = चन्द्रमा, (पक्ष में राजा नल) को हाथ से पकड़ने (विवाह करने) की अभिलाषा को अपने मुख से कहे?

नल के साथ दमयन्ती के विवाह की उत्कट इच्छा को जानने के लिए हंस कहता है कि तुम नल को प्राप्त कर सकती हो, किन्तु छोड़ो उसे। उसके बदले यदि तुम लंका को भी पाना चाहो तो उसे मैं हस्तगत करा सकता हूँ—

पर्यङ्कतापन्नसरस्वदङ्कां लङ्कापुरीमप्यभिलाषि चित्तम्।
कुत्रापि चेद्वस्तुनि ते प्रयाति तदप्यवेहि स्वशयेशयालु ॥[४]

इसके बाद दमयन्ती की प्रतिक्रिया और उसके श्लिष्ट कथन से रसिकों का मन आनन्द सरिता में हिलोड़े लेने लगता है। कवि कहते हैं—

---

१. नैषधीयचरित १।२५

२. वही ५।३१

३. वही ३।५९

४. वही ३।६६

इतीरिता पत्ररथेन तेन ह्रणा च हृष्टा च बभाण भैमी।
चेतो नलं कामयते मदीयं नान्यत्र कुत्रापि च साभिलाषम्।।[१]

हंस के द्वारा ऐसा कहे जाने पर प्रसन्न और लज्जित होती हुई दमयन्ती बोली। दमयन्ती के कथन में श्लेष द्वारा तीन अर्थ व्यक्त होते हैं—

(१) मेरा चित्त लंका में नहीं जाता है (चेतो न लंकाम् अयते) और न दूसरी कोई इच्छा है।

(२) मेरा चित्त नल को चाहता है (चेतो नलं कामयते) दूसरी कोई अभिलाषा नहीं है।

(३) नल के नहीं मिलने पर चित्त अनल (= आग को, उसमें जल जाने के लिए) की कामना करता है। दूसरी कोई चाहत नहीं है।

श्रीहर्ष ने शृंगार के दोनों पक्षों—संयोग और वियोग का रमणीय वर्णन किया है, किन्तु संयोग पक्ष में जितनी दक्षता व्यक्त होती है, उतनी वियोग में नहीं। वियोग वर्णन में कलाबाजी अधिक है, हृदय को छूने वाली बातें कम ही हैं। उससे मस्तिष्क का पोषण भले ही होता है, मन का परितोषण नहीं। अग्रलिखित पद्य में बड़ी अनूठी कल्पना है, जिसका आधार श्लेष है, किन्तु दमयन्ती के विरह की सरस वेदना हृदय को नहीं स्पर्श कर पाती—

निविशते यदि शूकशिखा पदे सृजति सा कियतीमिव न व्यथाम्।
मृदु तनोर्वितनोतु कथं न तामवनिभृत्तु प्रविश्य हृदि स्थितः।।[२]

किसी के पैर में यदि छोटा-सा तिनका भी घुस जाय, तो वह कितना दर्द करता है? कोमल शरीरवाली दमयन्ती के हृदय में तो पहाड़ (राजा नल) घुस गया फिर उसे व्यथा कैसे नहीं होगी?

यहाँ सारा चमत्कार 'अवनिभृत्' के द्वयर्थक प्रयोग तक ही है, काव्य का भावपक्ष अछूता ही है।

शृंगार के अन्तर्गत श्रीहर्ष का विशेष ध्यान नखशिख वर्णन पर टिकता है, जो अत्यधिक विलासमय है और मर्यादा का उल्लंघन कर देता है। ज्योनार के समय वरयात्रिकों की अश्लील हरकतें बड़ी भद्दी लगती हैं।[३]

श्रीहर्ष में कवित्व और पाण्डित्य—दोनों ही उत्कृष्ट कोटि का है। उनके कवित्व की ऊँचाई का निदर्शन 'नैषधीयचरित' है तो दार्शनिक-ज्ञान-गाम्भीर्य का निकष है—'खण्डनखण्डखाद्य।' इस ग्रन्थ के बारे में भोला शंकर व्यास की टिप्पणी बड़ी रोचक है—"कहने को तो यह ग्रन्थ 'मिश्री का खाद्य' है, पर दर्शन, विशेषतः दर्शन की नैयायिक शैली, को न जानने वालों के लिये मिश्री के टुकड़े बड़े मँहगे हैं, जो अनभ्यस्त खानेवाले के दाँत भी तोड़ सकते हैं।[४] यह ग्रन्थ अद्वैत वेदान्त का मूर्धन्य ग्रन्थ है। उनका मत है कि सब मतों में अद्वैत तत्त्व ही श्रेष्ठतर एवं सत्यतर है। अद्वैत वेदान्त ही नहीं, न्यायं, मीमांसा, आदि आस्तिक दर्शन एवं चार्वाक तथा बौद्ध आदि नास्तिक दर्शन और व्याकरण आदि सभी शास्त्रों का प्रगाढ़ पाण्डित्य उनके काव्य में यत्र-तत्र परिलक्षित होता है।

---

१. नैषधीयचरित ३।६७

२. वही ४।११

३. घृतण्लुते भोजन भाजने पुरः स्फुरत्पुरंध्रिप्रतिबिम्बिताकृतेः।
युवा निधायोरसि लड्डुकद्वयं नखैर्लिलेखाथ ममर्द निर्दयम्।। १६।१०३

४. संस्कृतकविदर्शन, पृ० १८७

श्रीहर्ष को अपनी विद्वता पर अतिशय गर्व था। अपने विषय में उनकी उक्ति है कि जो कान्यकुब्ज-नरेश से सम्मानपूर्वक दो पान तथा आसन पाता है जो समाधिस्थ होकर अनिर्वचनीय ब्रह्मानन्द का साक्षात्कार करता है, जिसका काव्य मधु के समान मधुर है, जिसकी तर्क-सम्बन्धिनी उक्तियाँ प्रतिपक्षी को परास्त कर देती हैं, उस श्रीहर्ष कवि की यह कृति पुण्यवानों के लिए आनन्दप्रद हो—

ताम्बूलद्वयमासनं च लभते यः कान्यकुब्जेश्वरात्
यः साक्षात्कुरुते समाधिषु परं ब्रह्म प्रमोदार्णवम्।
यत्काव्यं मधुवर्षि धर्षितपरास्तर्केषु यस्योक्तयः
श्रीश्रीहर्षकवेः कृतिः कृतिमुदे तस्याभ्युदीयादियम्।।[१]

श्रीहर्ष प्रतिभा के बहुत धनी थे। प्रतिभावान् के लिए साहित्य जैसा सुकुमार विषय हो या तर्कप्रधान, ग्रहग्रन्थिल दर्शनशास्त्र—दोनों में समान अधिकार उनका है। इस बात को बड़े मनोरञ्जक उदाहरण के द्वारा कहते हैं कि पति-पत्नी में यदि आत्मीय भावना हो, तो विछावन चाहे मुलयम गद्दे वाला हो, या कुश की कटीली भूमि हो, समान ही आनन्द होता है—

साहित्ये सुकुमारवस्तुनि दृढ़न्यायग्रहग्रन्थिले
तर्के वा मयि संविधातरि समं लीलायते भारती।
शय्या वास्तु मृदूत्तरच्छदवती दर्भाङ्कुरैरास्तृता
भूमिर्वा हृदयङ्गमो यदि पतिस्तुल्या रतिर्योषिताम्।।

कवि पर युग की प्रवृत्ति का प्रभाव पड़ना स्वाभाविक होता है। श्रीहर्ष का युग पाण्डित्य-प्रदर्शन का युग था और इसका उद्घोष उन्होंने छाती ठोक कर किया है। उनका काव्य 'सहृदयमनः प्रीतये' नहीं है। काव्य को जानबूझ कर क्लिष्ट बनाना उनका लक्ष्य ही था। काव्य-रस का शौक फरमाने वाले या अपने को मर्मज्ञ होने का अहंकार पालने वाले के प्रति श्रीहर्ष की स्पष्ट चेतावनी है—अपने को पण्डित मानने वाला कोई दुःशील व्यक्ति इस काव्य के मर्म को खेल-खेल में समझने का उत्साह न दिखावे। इसलिए हमने प्रयत्नपूर्वक इस ग्रन्थ में कहीं-कहीं ग्रन्थियाँ डाल दी हैं। जो सज्जन श्रद्धापूर्वक गुरु की आराधना से इन गूढ़ ग्रन्थियों को सुलझा लेंगे, वे ही इस काव्य के रस की लहरों में हिलोरें ले सकेंगे—

ग्रन्थग्रन्थिरिह क्वचित्क्वचिदपि न्यासि प्रयत्नान्मया
प्राज्ञं मन्यमना हठेन पठिती मास्मिन् खलः खेलतु।
श्रद्धाराद्धगुरुश्लथीकृतदृढग्रन्थिः समासादय—
त्वेतत् काव्यरसोर्मिमज्जनसुखव्यासज्जनं सज्जनः।।[२]

पाण्डित्य प्रदर्शन और पण्डितों के बोध के लिए रचित होने के कारण ही इसके बारे में यह उक्ति प्रचलित है—'नैषधं विद्वदौषधम्।' विविध शास्त्रों के ज्ञान का उपयोग वे जहाँ-तहाँ मधुर,

---

१. नैषधीयचरित २२।१५५

२. २२।१५२

व्यङ्ग्य एवं मजेदार फबतियाँ कसने में करते हैं। पाणिनि पर मार्मिक व्यङ्ग्य करते हुए श्रीहर्ष कहते हैं—दोनों प्रकृति अर्थात् स्त्री और पुरुष काम में ही आसक्त रहा करें, अपवर्ग (मोक्ष) तो केवल तृतीय प्रकृति (नपुंसकों) के लिए है। पाणिनि ने भी 'अपवर्गे तृतीया' सूत्र कहकर इस बात को स्वीकार किया है—

उभयी प्रकृतिः कामे सज्जेदिति मुनेर्मतः।
अपवर्गे तृतीयेति भणतः पाणिनेरपि ॥१७।७०

इसी प्रकार वैशेषिक दर्शन के प्रवर्तक आचार्य को 'उलूक' एवं न्याय दर्शन के आचार्य को 'गोतम' (सबसे बड़ा बैल) कहकर उनकी खिल्ली उड़ाते हैं, क्योंकि न्याय दर्शन में चेतन प्राणियों को मुक्त दशा में विशेष गुण से हीन बताकर पत्थर के समान उसकी निर्जीव स्थिति मानी गयी है—

मुक्तये यः शिलात्वाय शास्त्रमूचे सचेतसाम्।
गोतमं तमवेक्ष्यैव यथा वित्थ तथैव सः ॥[1]

अलंकृत शैली की धारा के अनुसार श्रीहर्ष ने अलंकारों को काव्य में प्रयत्नपूर्वक सन्निविष्ट किया है। वे अनुप्रास, यमक, अर्थान्तरन्यास और श्लेष के विशेष शौकीन हैं। श्लेष की पराकाष्ठा वहाँ दीखती है, जहाँ एक ही पद्य में पञ्चनली का पृथक् वर्णन एकाकार शब्दावली में किया है।[2] इन अलंकारों की शोभा से कविता बहुत रम्य बन गई है। ये वैदर्भी रीति के कवि हैं, जिसकी प्रशंसा उन्होंने स्वयं ही इन शब्दों में की है—

'धन्यासि वैदर्भि गुणैरुदारैर्यया समाकृष्यत नैषधोऽपि।[3]

श्रीहर्ष की कवित्व-प्रतिभा अत्यन्त विलक्षण एवम् ऊँचे दर्जे की है, किन्तु उसमें वाल्मीकि और कालिदास जैसी रसपेशलता एवं प्रासादिकता नहीं है। अदि से अन्त तक काव्य विलक्षण अत्युक्तियों और दुरुह कल्पनाओं से जटिल हो गया है। इसी कारण पश्चिमी आलोचक डा० कीथ उन्हें द्वितीय श्रेणी के महाकाव्य कर्त्ता कवियों की कोटि में रखते हैं। किंवदन्ती है कि 'काव्यप्रकाश' के लेखक मम्मट ने 'नैषध' पर यह टिप्पणी की थी कि 'काव्यप्रकाश' के सप्तम (दोष) उल्लास को लिखने से पहले ही यदि यह ग्रन्थ नैषधीचरित उन्हें मिल गया होता, तो काव्य दोषों के उदाहरण ढूँढ़ने में उन्हें इतना प्रयास नहीं करना पड़ता, क्योंकि काव्य के सारे दोषों के उदाहरण इसी में एकत्र मिल गए होते। इस आलोचना में अत्युक्ति भले ही हो, किन्तु यह कहना अनुपयुक्त नहीं होगा कि 'नैषध' एक आदर्श महाकाव्य नहीं माना जा सकता। कारण यह है कि उनके वर्णन में भावपक्ष का प्राधान्य नहीं है। उनका कथानक मानजीवन की समग्रता को अंकित नहीं करता। उसमें शृंगार का एकदेशीय चित्रण है, और वह भी कहीं-कहीं अश्लीलता की सीमा तक है। मौलिक भावों की विपुलता के अभाव में एक ही भाव दो पद्यों में भिन्न शब्दों द्वारा व्यक्त किया गया है। उदारणार्थ, 'नैषध' के प्रथम पद्य के भाव की दूसरे पद्य में प्रकारान्तर से पुनरुक्ति है।

---

१. १७।७५

२. वही १३।२४

३. वही ३।११६

इतना होने पर भी 'नैषध' के काव्योत्कर्ष का सम्यग् विचार करने पर हम देखते हैं कि श्रीहर्ष की कविता संस्कृत साहित्य की अनुपम वस्तु है। मधुर-पद-विन्यास और कल्पना की ऊँची उड़ान और प्रकृति के सजीव चित्रण में यह महाकाव्य काव्यजगत् में अपनी सानी नहीं रखता। श्रीहर्ष की अलोकसामान्य प्रतिभा से जाज्वल्यमान 'नैषध' रूपी हीरक के सामने 'किरातार्जुनीय' तथा 'शिशुपालवध' काव्यों की आभा फीकी पड़ जाती है। अतः ठीक ही कहा है—

'उदते नैषधे काव्ये क्व माघः क्व च भारविः।'

कालिदासोत्तर अप्रमुख महाकाव्य

उपर्युक्त महाकाव्यों के अतिरिक्त भी संस्कृत में बहुसंख्य कवियों ने अपने महाकाव्यों की रचना की है, किन्तु वे ख्यातिप्राप्त नहीं हो सके। बुद्ध घोष ने (पाँचवीं ई० शताब्दी) दस सर्गों में **'पद्मचूडामणि'** की रचना की, जिसमें मार की पराजय पर्यन्त बुद्ध के जीवन का वर्णन है। मातृगुप्त के आश्रित कवि भर्तृमेण्ठ (षष्ठ शती ई०) ने **'हयग्रीववध'** महाकाव्य लिखा था, जो अब उपलब्ध नहीं है। सप्तम शतीके जैनकवि रविषेण ने **'पद्मपुराण'** में प्रथम तीर्थंकर ऋषभदेव का चरित लिखा है। जिनसेन तथा गुण भद्र ने नवम शती में **'महापुराण'** महाकाव्य की रचना की। जिनसेन ने अपने ग्रन्थ **'हरिवंशपुराण'** में अड़सठ सर्गों में महाभारत कथा को जैनधर्म के अनुसार वर्णित किया है। उनका **'पार्श्वाभ्युदय'** नामक काव्य पार्श्वनाथ की कथा पर आधारित है।

भौमक कवि द्वारा भट्टि के 'रावणवध' की शैली के अनुकरण पर सत्ताइस सर्गों में **'रावणार्जुनीय'** या **'आर्जुनरावणीय'** महाकाव्य लिखा गया, जिसमें कार्तवीर्य सहस्रार्जुन और रावण के बीच युद्ध का निरूपण है। अवन्तिवर्मा (नवमी शती) के शासनकाल में शिवस्वामी नामक बौद्ध भिक्षु ने **'अवदानशतक'** की एक कथा पर आधारित **'धर्मामृतम्'** या **'कप्फिणाभ्युदय'** नामक महाकाव्य बीस सर्गों में लिखा है। इसमें राजा कप्फिण के बुद्धशरण में जाने का वर्णन है।

तार्किक जयन्त भट्ट (दशम शती ई०) ने अपने काव्य **'कादम्बरी कथासार'** में बाणभट्ट की 'कादम्बरी' की कथा को आठ सर्गों में निबद्ध किया है। हलायुध (दशम शती) ने भट्टि की शैली के आधार पर **'कविरहस्य'** काव्य की रचना की, जिसमें राष्ट्रकूट द्वारा कृष्ण की स्तुति की गई है। ग्यारहवीं शती के **लोलिम्बराज** ने पाँच सर्गों में कृष्ण कथा पर आधारित **'हरिविलास'** नामक काव्य लिखा। वादिराज ने **'यशोधरचरित'** काव्य में राजा यशोधर की कथा चार सर्गों में वर्णित की है। बारहवीं शती में जैनाचार्य हेमचन्द्र ने **'त्रिषष्टि-शलाका-पुरुषचरित'** नामक जैन रामायण की रचना की। इसमें जैनधर्म के महापुरुषों का चरित अंकित है। इसी काल के जैन काव्यशास्त्री वाग्भट्ट ने पन्द्रह सर्गों में **'नेमिनिर्वाण'** महाकाव्य लिखा।

तेरहवीं शती के देवप्रभसूरि ने **'पाण्डवचरित्र'** और **'मृगावतीचरित्र'** नामक दो महाकाव्यों की रचना की। पाण्डवचरित्र में अठारह सर्ग हैं। इसी शती के अमरचन्द्र ने 'महाभारत' की कथा को **'बाल भारत'** नामक महाकाव्य में निरूपित किया है। इस काल के जैन कवि भावसूरि ने तीर्थंकर पार्श्वनाथ के चरित्र को **'पार्श्वनाथचरित'** महाकाव्य में वर्णित किया है। इसी समय में श्रीमद्वेदान्तदेशिक ने **'यादवाभ्युदय'** नामक कृष्णकाव्य की रचना की।

चौदहवीं शती के वामन भट्टबाण ने **'नलाभ्युदय'** नामक ग्रन्थ में राजा नल की कथा को आठ सर्गों में निबद्ध किया है। इसी काल के कवि कृष्णानन्द ने अपने पन्द्रह सर्गों के **'सहृदयानन्द'** महाकाव्य में नल की कथा का मनोरम वर्णन किया है। पन्द्रहवीं शती में सकल कीर्ति तथा उनके शिष्य जिनदास ने **'हरिवंश'** नामक महाकाव्य की रचना की।

सोलहवीं शती में जैनाचार्य शुभचन्द्र ने **'पाण्डवपुराण'** महाकाव्य की रचना की, जिसे जैन महाभारत के रूप में जाना जाता है। इसी समय रामचन्द्र ने **'रसिकाञ्जन'** काव्य में प्रेम और वैराग्य के दो विभिन्न भावों को श्लेष के माध्यम से एक साथ प्रस्तुत किया है। सत्रहवीं शती में आगरा निवासी जैन महाकवि राजमल्ल ने **'जम्बूस्वामीचरित'** महाकाव्य लिखा, जिसमें तेरह सर्गों में जम्बू स्वामी का चरित वर्णित है।

इस प्रकार कालिदास से लेकर आज तक नवनवोन्मेषशालिनी प्रतिभा से सम्पन्न महाकवियों की रचनाओं में महाकाव्यों की परम्परा निरन्तर गतिशील रही है।

बीसवीं शती के महाकाव्य

इस शती में संस्कृत के प्रति लोगों की बढ़ती अभिरुचि के कारण महाकाव्यों के निर्माणक्रम में काफी बढ़ोतरी हुई। इनमें वे रचनाएँ भी शामिल हैं, जिनमें भारतीय-स्वतंत्रता-संग्राम में युवकों को देश की आजादी के लिए तन-मन-धन अर्पित करने हेतु आह्वान करते हुए कवि ने स्वातन्त्र्य प्रेमी नायकों के चरित वर्णित किए हैं।

प्रसिद्ध विद्वान् डॉ० एस० रंगनाथ ने अपने ग्रन्थ 'Post Independence Sanskrit Epics', जो दिल्ली से १९९६ ई० में प्रकाशित है, में आधुनिक सन्दर्भ में स्वतन्त्रता-प्राप्ति के बाद रचित संस्कृत महाकाव्यों का विस्तृत विवरण दिया है। पुस्तक के अन्त में एक नवरचित महाकाव्यों की सूची भी संलग्न है। उसे यहाँ अविकल रूप में उपस्थापित किया जा रहा है—

	रचनाकार	रचना	प्रकाशन स्थान	वर्ष
१.	जे० सी० झाला	श्रद्धाञ्जलिः		१९४८
२.	क्षमाराव	तुकारामचरितम्	बम्बई	१९५०
३.	विडास कैरणी	गिलरैयचरितम्	बम्बई	१९५०
४.	श्रीधर बेंकटेश	साहेन्दुविलासः	तंजाबूर	१९५२
५.	श्रीनारायणनायर	कण्णक्कीकोवलम्	सेलम्	१९५५
६.	कुञ्चन्नंपूतिरि	गङ्गावतरङ्गिणी	त्रिपुन्नीतुरा	१९५६
७.	काशीलक्ष्मणशास्त्री	गुरुवंशकाव्यम्	श्रीरङ्गम्	१९६६
८.	विष्णुदत्तशुक्ला	सौलोचनीयगङ्गा	कानपुर	१९५७
		गङ्गासागरीयम्	कानपुर	१९६४
९.	रायसनहीदास	जानकीचरितामृतम्	फैजाबाद	१९५५
१०.	उमापति द्विवेदी	पारिजातहरणम्	वाराणसी	१९५७

	रचनाकार	रचना	प्रकाशन स्थान	वर्ष
११.	पाण्डुरङ्गशास्त्री डिंग्वेकर	कुरुक्षेत्रमहाकाव्यम्		१९५६
१२.	प्रो० सत्यव्रत शास्त्री	बोधिसत्त्वचरितम्	दिल्ली	१९६०
		इन्दिरागाँधिचरितम्	दिल्ली	१९७१
		रामकीर्तिमहाकाव्यम्	थाईलैण्ड	१९९०
१३.	रामबालकशुक्ल	जयदेवकीर्तिलतामहाकाव्यम्	इलाहाबाद	१९६१
१४.	आत्मारामशास्त्री	सावित्रीचरितम्	मुम्बापुरी	१९६१
१५.	बैकुण्ठनाथतर्कतीर्थ	श्रीकृष्णलीलामृतम्	वाराणसी	१९९१
१६.	एम० रामकृष्ण भट्ट	शिवानन्द विलासः		१९६३
१७.	पुल्यउमामहेश्वरशास्त्री	नवशंकरविजयार्यसहस्रम्	दिल्ली	१९६१
१८.	श्री भैरवगिरि	उत्तरनैषधीयम्	मुजफ्फरपुर	१९५७
१९.	काशीनाथ द्विवेदी	रुक्मणीपरिणयम्	वाराणसी	१९६४
२०.	सूर्यनारायण शास्त्री	नन्दचरितम्	हैदराबाद	१९६४
२१.	ताडेपाहिलवेंकटप्परयशास्त्री	श्रीशैलतीर सारः	तेनालि	१९५७
२२.	के० एल० बी० शास्त्री	महात्मा विजयः		१९४९
२३.	नारायण नायर	महात्मनिर्वाणम्		१९५४
२४.	बच्चूसुब्बाराय गुप्त	अभिनवसीतारावणसंवाद	कर्नूल	१९६६
२५.	प्रभुदत्त शास्त्री	गणपतिसम्भवम्	नागपुर	१९६८
२६.	ब्रह्मचिन्मुनि	सद्गुरु श्रीकबीरचरितम्		१९६०
२७.	जग्गूबकुलभूषण	अद्भुतदूतम्	बेंगलूर	१९६८
२८.	श्रीबदरीनाथ झा	राधापरिणयम्	मुजफ्फरपुर	१९४९
२९.	श्रीविद्याधरशास्त्री	हरनामामृतम्	बिकानेर	१९५८
३०.	श्रीधरभास्करवर्णेकर	शिवराज्योदयम्	पूना	१९७६
३१.	के० बलराम पणिकर	श्रीनारायणविजयम्	त्रिवेन्द्रम्	१९७३
३२.	अणे	तिलकयशोऽर्णवः	पूना	१९७१
३३.	भवानीदत्तशर्मा	सौमित्रिसुन्दरीचरितम्	मुजफ्फरपुर	१९५८
३४.	श्रीविद्याधरशास्त्री	हरनामामृतम्	बिकानेर	१९५८
३५.	नारायणशुक्लः	उर्मिलीयम्	देवरिया	१९७३
३६.	प्रो० रेवाप्रसाद द्विवेदी	सीताचरितम्	वाराणसी	१९७३
३७.	बुद्धराजुरामराज	प्रकाशचरितम्	विजयनरम्	१९७४
३८.	रसिकबिहारीजोशी	मोहभङ्गम्	दिल्ली	१९७६

	रचनाकार	रचना	प्रकाशन स्थान	वर्ष
३९.	वसवराज शास्त्री	श्रीसिद्धलिङ्गविजयमहाकाव्यम्	धारवाड़	१९७१
४०.	कनराडी विट्ठलोपाध्याय	ध्रुवचरितम्	कुन्दापुर	१९७६
४१.	रामसेवकमालवीय	भामिनीविभ्रमम्	फैजावाद	१९७०
४२.	द्विजेन्द्रनाथ विद्यामार्तण्ड	स्वराज्यविजयम्	उत्तरप्रदेश	१९७१
४३.	कृष्णप्रसादशर्माधिमरे	श्रीकृष्णचरितामृतम्	नेपाल	१९७१
४४.	रामसुब्रमण्य अय्यर	धनञ्जयविजयम्	मद्रास	१९७४
४५.	स्वयंप्रकाशशास्त्री	अमृतमन्थनम्	दिल्ली	१९७५
४६.	चन्दनमुनि	अभिनिष्क्रमणम्	बम्बे	१९७१
४७.	श्रीकृष्णचन्द्रचतुर्वेद	प्रेमपात्रम्	मथुरा	१९७६
४८.	ब्रह्मानन्दशुक्ल	श्रीनेहरूचरितम्	मुजफ्फरनगरम्	१९७५
४९.	केशवलालशुक्ला	नवोपहारकाव्यम्	कानपुर	१९६८
५०.	अम्बक आत्मारामभण्डारकर	पाश्चात्यदर्शनम्	वाराणसी	१९७६
		श्रीरामकृष्णगीता	वाराणसी	१९७३
५१.	केशवपिल्ले	केशवीयम्	त्रिचूर	१९७२
५२.	आगेटि परीक्षित शर्मा	यशोधरामहाकाव्यम्	पूना	१९७६
		श्रीमत्प्रतापराणायनम्	पूना	१९८९
५३.	वासुदेवद्विवेदीशास्त्री	संस्कृतगौरवगानम्	वाराणसी	१९७८
५४.	पद्माशास्त्री	लेनिननामामृतम्		१९७६
५५.	प्रो० पशुपति झा	नेपालसाम्राज्योदयम्	होशियारपुर	१९८०
५६.	पि० के० नारायण पिल्ले	विश्व भानु	होशियारपुर	१९७७
५७.	मतुकुलम श्रीधर	नव भारतम्		१९७८
५८.	प्रकाश शर्मा	अमृतमन्थनम्	मरिट	१९७५
५९.	एन० सुन्दरम्	मीनाक्षी सुन्दरेश्वरम्	तिरुवनन्तपुरम्	१९८२
६०.	रूपलालकपूर	नवरससामंजस्यम्	तमिलनाडु	१९८३
६१.	सुबोधचन्द्रपन्त	झाँसीश्वरीचरितम्	प्रयाग	१९७९
६२.	बसन्तत्र्यम्बकशंवडे	बिन्ध्यवसिनीविजयमहाकाव्यम्	वाराणसी	१९८३
६३.	रामकिशोर मिश्रा	विद्योत्तोमाकालिदासीयम्	मरिट	१९८४
६४.	विश्वनाथसिंह देव	सङ्गीतरघुनन्दनम्	अलहाबाद	१९८४
६५.	द्विजेन्द्रलाल	महीमहमम्	जयपुरम्	१९८५

	रचनाकार	रचना	प्रकाशन स्थान	वर्ष
६६.	डा० अर्कसोमयाजी	सीतारामाञ्जनेयम्	तिरुपति	१९८४
६७.	कालिकाप्रसाद शुक्ला	राधाचरितकाव्यम्	वाराणसी	१९८५
६८.	लक्ष्मणाध्वरि	सीतारामविहारम्	हैदराबाद	१९६२
६९.	रमेशचन्द्रशुक्ला	श्रीकृष्णचरितम्	दिल्ली	१९८३
७०.	परमानन्दशास्त्री	जनविजयम्	अलीगढ़	१९७८
		चीरहरणम्	अलीगढ़	१९८३
७१.	दिगम्बर महापात्र	सुरेन्द्र चरितमहाकाव्यम्	वाराणसी	१९८७
७२.	हेय० वि० नारायण शास्त्री	श्रीशैलजगद्गुरुचरितम्	वेंगलूर	१९५३
७३.	नारायणपिशारटि	केशवीयम्	जयपुर	१९९१
७४.	प्रभुदत्तस्वामी	मौर्यचन्द्रोदयम्	मीरट	१९८५
७५.	मुल्लपुडीनारायणशास्त्री	पुत्रसञ्जीवनम्	तिरुपति	१९८६
७६	पल्लैपूर्णप्रज्ञाचार्य	श्रीगान्धीकथा	नरसरावपेट	१९८५
७७.	के० एस० भास्करभट्ट	श्रीगुरुकृपातरंगिणी		१९८९
७८.	प्रो० हरिनारायण दीक्षित	भीष्मचरितम्	दिल्ली	१९९१
७९.	कृष्णदत्तशर्माशास्त्री	शिवचरितम्	मेरठ	१९९२
८०.	होसकेरेनागप्पशास्त्री	श्रीमद्बुद्धभागवतम्	बाम्बे	१९९०
८१.	शिवप्रसाद भारद्वाज	लौहपुरुषावदानम्		१९९०
८२.	शान्तिभिक्षुशास्त्री	बुद्धविजयकाव्यम्	श्रीलंका	१९७४
८३.	श्रीकान्ताचार्य	सीमातिक्रमणम्	दिल्ली	१९९१
८४.	अभिराजराजेन्द्रमिश्र	जानकीजीवनम्	एलाहाबाद	१९९४
८५.	कुण्टिमद्दिशेषशर्मा	विष्णुचिन्तनीयम्	नेल्लुरु	१९८९
८६.	वनमालीदासशास्त्री	हरिप्रेष्ठमहाराज्यम्	मथुरा	१९७९
८७.	डा० वी० राघवन्	श्रीमुत्तुस्वामिदीक्षितचरितम्	मद्रास	१९८०
८८.	वि० वि० तकेदार	स्वातन्त्र्यवीरगाथा	पुणे	१९९२
		माहात्मायनम्	पुणे	१९९१
८९.	पन्तमडैसुब्रह्मणशास्त्री	प्रणामरामायणम्	श्रीरङ्गम्	१९७०
९०.	शामवर्णद्विवेदी	विशाल भारतम्	गोरखपुर	१९६७
९१.	सुब्रह्मण्य अय्यर	धनञ्जयविजयम्	मद्रास	१९७४
९२.	सदानन्दडवराल	नरनारायणमहाकाव्यम्	ऋषिकेश	१९९३

इनके अतिरिक्त कुछ और महाकाव्यों का विवरण अग्रलिखित हैं—

	रचनाकार	रचना	प्रकाशन स्थान	वर्ष
१.	डा० इच्छाराम द्विवेदी प्रणवः	वामनचरितमहाकाव्यम्	दिल्ली	१९९७
२.	डा० कपिलदेव द्विवेदी	आत्मविज्ञानं महाकाव्यम्	वाराणसी	
३.	डा० रामाशीष पाण्डेय	कृष्णोदयम्	राँची	१९९६
४.	म० म० के० एस० कृष्णमूर्ति	सतीचरितम्		
५.	के० एस० नागराजन्	लवलीपरिणयम्	मैसूर	१९७५
६.	वासुदेवकृष्ण चतुर्वेदी	द्वारकाधीशमहाकाव्यम्		१९८०
७.	पं० क्षेमधारिसिंह	सुरथचरितम्	मधुबनी	१९६७
८.	विश्वनाथकेशव छत्रे	सुभाषचरितम्	कल्याण	१९६३
९.	पण्डितरामावतारमिश्र	श्रीदेवीचरितम्	राँची	२०४० सम्वत्
१०.	,, ,, ,,	श्रीरुक्मिणीमङ्गलम्	राँची	२०४६ सम्वत्
११.	पं० शिवकुमारशास्त्री	श्रीवीरकुमारसिंहचरित	पटना	२०५१ सम्वत्

महाकाव्य के उद्भव एवं विकास का संक्षिप्त परिचय

भारतीय काव्य के बीज ऋग्वेद में उपलब्ध होते हैं। वहाँ ऋषियों की कवित्व-प्रतिभा विलक्षण रूप में व्यक्त हुई है। उषा के वर्णन में रमणीय काव्यत्व दर्शनीय है। ब्राह्मण ग्रंथों में भी काव्य-सुषमा परिलक्षित है, परन्तु यथार्थ में संस्कृत का आदि महाकाव्य वाल्मीकि-रचित 'रामायण' ही है। परवर्ती अधिकांश काव्य इसी पर आधारित हैं।

'रामायण' में आदिकवि वाल्मीकि ने सात काण्डों के २४ हजार श्लोकों के माध्यम से राम और सीता के उदात्त जीवन का चित्रण किया है। अतः इसे 'चतुर्विंशतिसाहस्त्रीसंहिता' भी कहते है। इसमें रामकथा के साथ अनेक उपकथाएँ भी सन्निहित हैं। इसका प्रधान रस करुण है। ध्वनिकार ने कहा है—

'क्रौञ्चद्वन्द्ववियोगोत्थः शोकः श्लोकत्वमागतः।'

'रामयण' में सन्निहित उत्कृष्ट काव्यतत्त्व के कारण इसकी महती ख्याति है। किं बहुना, इसकी विशिष्टता को ध्यान में रखकर ही परवर्ती आचार्यों ने इसके आधार पर महाकाव्य का लक्षण बनाया है। अनेक प्रमाणों के आधार पर इसका रचना-काल ई० पू० ५वीं शती से पहले है।

'रामायण' की भाँति **'महाभारत'** में भी काव्यात्मक वर्णन बहुल रूप में पाया जाता है, किन्तु उसका मुख्य विषय काव्य नहीं, बल्कि इतिहास है। रुद्रटकृत 'काव्यालंकार' की टीका में नमिसाधु ने **पाणिनि** (५०० ई० पू०) के **'पाताल विजय'** या **'जाम्बवती जय'** नामक महाकाव्य का उल्लेख किया है, किन्तु वह आज उपलब्ध नहीं है।

महाकाव्य का प्रमुख लक्षण है—उसमें ८ या उससे अधिक सर्ग हों। उसका नायक देवता

या सद्वंश में उत्पन्न क्षत्रिय धीरोदात्त कोटि का हो। शृंगार, वीर और शान्त में से कोई एक रस प्रधान होता है, अन्य रस गौण होते हैं। उसकी कथा ऐतिहासिक या सज्जनाश्रित होती है। आरम्भ में नमस्कार, आशीर्वाद या कथावस्तु का निर्देश होता है। वन, गिरि, प्रातः आदि प्रकृति का वर्णन उसमें होता है।

इन गुणों से युक्त संस्कृत के महाकाव्यों का विवरण यहाँ रचनाकारों के उल्लेख द्वारा प्रस्तुत है—

कालिदास—संस्कृत-महाकाव्य-निर्माताओं में कालिदास का नाम अग्रगण्य है। इनके दो महाकाव्य हैं—**'कुमारसम्भव'** और **'रघुवंश'**। प्रथम में १७ सर्गों में पार्वती का शिव के प्रति प्रेम और विवाह तथा उन दोनों से उत्पन्न कुमार (कार्तिकेय) द्वारा तारकासुर के वध का वर्णन है। प्रारम्भिक रचना होने से इसमें प्रौढ़ प्रतिभा की रमणीयता नहीं है।

'रघुवंश' में राजा दिलीप के पुत्र रघु से लेकर रघुकुल के २९ राजाओं का वर्णन १९ सर्गों में है। इसकी रचना में कवि ने अपनी सर्वातिशायिनी प्रतिभा का सर्वोत्तम उपयोग किया है। शृंगार और वीर दोनों रसों का अत्यन्त मनोरम चित्रण है।

अश्वघोष—बौद्धधर्म के सिद्धान्तों का उपदेश काव्य के द्वारा देने के लिए अश्वघोष ने संस्कृत में दो महाकाव्यों का निर्माण किया—**बुद्धचरित** और **सौन्दरनन्द**। प्रथम में २८ सर्गों में सिद्धार्थ के जन्म, उनकी बुद्धत्व प्राप्ति और उपदेश-कथन का वर्णन है, जबकि दूसरे में १८ सर्गों में उनके सौतेले भाई नन्द, जो अपनी प्रियतमा सुन्दरी से बेहद प्रेम करता था, को बौद्धधर्म में दीक्षित करने की कथा अत्यन्त मनोरम रूप में निरूपित है। दोनों रचनाएँ शान्तरस प्रधान हैं। कनिष्क (५८ ई०) के सभारत्न होने से अश्वघोष का काल प्रथम शती है।

भारवि—अलंकृत शैली के प्रथम कवि के रूप में प्रख्यात भारवि (६०० ई० के आसपास) ने महाभारत की कथा पर आधारित **किरातार्जुनीयम्'** को १८ सर्गों में लिखा। इसमें अर्जुन द्वारा अपने पराक्रम और युद्ध से किरातवेषधारी शंकर को प्रसन्न कर पाशुपत-अस्त्र प्राप्त करने का वर्णन है। अतः इसमें प्रधान रस वीर है। इनके पद्यों में अर्थगौरव की महिमा है। कवि शिव के भक्त थे।

भट्टि—काव्यमार्ग के द्वारा व्याकरणशास्त्र का ज्ञान पाठकों को कराने के लक्ष्य को ध्यान में रखकर कवि भट्टि (७वीं शती) ने २२ सर्गों में **भट्टिकाव्य'** या **'रावणवध महाकाव्य'** की रचना की। इसमें **'रामायण'** की कथा वर्णित है। व्याकरणज्ञान के विना इसे समझना कठिन है।

कुमारदास—सम्पूर्ण रामायण की कथा-वस्तु को आधार बनाकर लंका-नरेश कुमारदास (७वीं शती) ने **'जानकीहरण'** की रचना २० सर्गों में की। रमणी के रूप-वर्णन में कवि की अधिक रुचि होने से इस ग्रन्थ का प्रधान रस शृंगार है।

माघ—भारवि की अपेक्षा अपनी रचना को प्रौढ़त्तर रूप में उपस्थापित करने के लिए महाकवि माघ (६५० ई०) ने 'महाभारत' की कथा पर आधारित **'शिशुपालवध'** की रचना २० सर्गों में की। इसमें पाण्डव-यज्ञ के समय कृष्ण के द्वारा युद्ध में शिशुपाल के वध की कथा वर्णित होने से इसका प्रधान रस वीर है। कृष्ण की महिमा एवं भक्ति का वर्णन इस काव्य में होने से कवि

का वैष्णव होना सिद्ध है। पर्वत, ऋतु तथा प्रभात आदि के वर्णन में कवि ने शृंगाररस को विस्तृत आयाम दिया है। इस रचना में कवित्व और पाण्डित्य का मणिकाञ्चन योग है।

रत्नाकर—कश्मीरी कवि रत्नाकर (नवम शतक) ने संस्कृत के बृहत्तम महाकाव्य के रूप में **'हरविजय'** की रचना ५० सर्गों में की। इसमें दुराचारी अन्धकासुर पर हर (शिव) की विजय तथा उस असुर के वध का वर्णन है। अतः इसका प्रधान रस वीर है। इसमें कवि के शैवदर्शन, नीतिशास्त्र और कामसूत्र के विस्तृत ज्ञान का परिचय मिलता है।

हरिश्चन्द्र—बौद्ध कवि अश्वघोष के अनुकरण में जैन कवि हरिश्चन्द्र (१२वीं शती) ने जैनधर्म के सिद्धान्तों को प्रतिपादित करने के लिए **'धर्मशर्माभ्युदय'** नामक महाकाव्य की रचना २१ सर्गों में की। इसका प्रधान रस शान्त है।

कविराज—महाकाव्य जगत में एक नूतन रचना शैली का आविष्कार करते हुए कविराज (१२वीं शती) ने १३ सर्गों में **'राघवपाण्डवीय'** की रचना की। इसके प्रत्येक पद्य में श्लेष द्वारा रामायण और महाभारत की कथा का साथ-साथ वर्णन है।

श्रीहर्ष—भारवि द्वारा आविष्कृत अलंकृत शैली को चरम रूप में प्रस्तुत करने का श्रेय कान्यकुब्ज-नरेश जयचन्द्र के सभारत्न श्रीहर्ष (१२वीं शती) को जाता है। उन्होंने पुराण-वर्णित नल और दमयन्ती के प्रेम और विवाह की कथा को अपने ग्रन्थ **'नैषधीय चरित'** में २२ सर्गों में अत्यन्त सरस और प्रौढ़ शैली में चित्रित किया है। अतः इसका प्रधान रस शृंगार है। रमणी के सौन्दर्य वर्णन और शृंगार की मधुर व्यंजना में कवि ने विलक्षण प्रतिभा का परिचय दिया है। कवित्व और पाण्डित्य में इनके सामने भारवि और माघ बिल्कुल हल्के पड़ जाते हैं। अतः कहा है—

'उदिते नैषधे काव्ये क्व माघः क्व च भारविः।'

इनके बाद भी महाकाव्यों की रचना होती रही। विशिष्ट मौलिक प्रतिभा के अभाव में परवर्ती कवियों द्वारा प्रस्तुत कृतियों में अश्वघोष, भट्टि, कविराज तथा हरिश्चन्द्र आदि के अनुकरण स्पष्ट दृष्टिगत होते हैं। २०वीं शती में भारतीय स्वतंत्रता संग्राम के सेनानियों के चरित को लक्ष्य कर अनेक महाकाव्य लिखे गए, जिनमें **गाँधिचरितम्, सुभाषचरितम्**, प्रतापराणायनम्, झाँसीश्वरी चरितम्, लौहपुरुषावदानम् तथा वीरकुमारसिंहचरितम् आदि उल्लेखनीय हैं।

●

चतुर्थ प्रलम्ब

ऐतिहासिक काव्य

ऐतिहासिक काव्य से तात्पर्य

ऐतिहासिक-काव्य से तात्पर्य उन काव्य ग्रन्थों से है, जिनकी कथा-वस्तु इतिहास की घटनाओं पर आधारित होती है, किन्तु इतिहास के बारे में ही पाश्चात्य एवं भारतीय विद्वानों की धारणा अलग-अलग रही है। पाश्चात्य समालोचकों की यह मान्यता है कि संस्कृत साहित्य में वास्तविक इतिहास ग्रन्थों की रचना ही नहीं हुई है, क्योंकि जिन्हें भारतीय परम्परानुसार ऐतिहासिक काव्य माना जाता है उनमें तिथि और घटनाओं के रूप में ठोस ऐतिहासिक सामग्री का अभाव है। इस अर्थ में भारतवर्ष में इतिहास की रचना सचमुच स्वल्प है। जो ऐतिहासिक काव्य कहे भी जाते हैं, उनमें तिथियों एवं तथ्यों का अतिरंजित रूप ही देखा जाता है।

दूसरी ओर भारतीय आदर्श के अनुसार इतिहास का उद्देश्य मात्र राजनैतिक घटनावलियों और उनकी तिथियों का विवरण देना नहीं, बल्कि जीवन के शाश्वत सिद्धान्तों और नैतिक मूल्यों को महापुरुषों के जीवन में चरितार्थ करते हुए राष्ट्र के सांस्कृतिक उत्थान में योगदान देना है। हमारे पुराण, रामायण और महाभारत इसी अर्थ में इतिहास कहे जाते हैं। भारतीय चिन्तकों ने इनके स्थितिकाल के विवेचन को महत्त्व न देकर जीवन में इनके शाश्वत आदर्शों पर ही ध्यान केन्द्रित रखा है जिससे विभिन्न देशों में इनका सम्मान है। इन्हीं कारणों से इतिहास के सन्दर्भ में भारतीय और पाश्चात्य धारणाएँ दो भिन्न बिन्दुओं का संकेत करती हैं।

आधुनिक दृष्टि से जिन्हें इतिहास कहते हैं, उनकी रचनाओं की ओर प्राचीन भारतीय मनीषियों की उदासीनता के भी अनेक कारण हैं—भारतीय चिन्तकों में लौकिकता के प्रति अनास्था और पारलौकिकता के प्रति दृढ़ आस्था, भौतिक उन्नति की उपेक्षा और आध्यात्मिक उन्नति की अधिक अपेक्षा तथा कर्म सिद्धान्त के अनुसार संचित कर्मों के आधार पर फल-प्राप्ति होने से उनके विवरण की अनावश्यकता आदि।

फिर भी इन बातों का यह निष्कर्ष नहीं है कि संस्कृत में लौकिक घटनाओं से सम्बद्ध इतिहासों की रचना हुई ही नहीं। पुराणों में तत्कालीन राजनैतिक, धार्मिक, सामाजिक और सांस्कृतिक स्थिति का विशद विवरण उपलब्ध होता है। बौद्धों और जैनों के ग्रन्थों में भी ऐतिहासिक वृत्त एवं व्यक्तियों का उल्लेख मिलता है। प्राचीन राजाओं की प्रशस्तियों में ऐतिहासिक तथ्य प्राप्त होते हैं। यह बात अलग है कि इनमें अतिरंजनाओं के विस्तार से इनकार नहीं किया जा सकता। इनके अतिरिक्त संस्कृत में अनेक ऐतिहासिक महाकाव्यों की भी रचना हुई, जिनसे भारत के मध्यकालीन इतिहास पर बहुत प्रकाश पड़ता है।

यह भी ध्यातव्य है कि आयुर्वेद, ज्योतिष, स्थापत्य आदि वैज्ञानिक विषयों और काम भाव तथा चौर्य आदि के व्यावहारिक पक्षों पर भी अपनी पैनी दृष्टि डालने वाले संस्कृत पण्डितों के लिए इतिहास का क्षेत्र बिल्कुल दुर्गम था, ऐसा मान लेना बिल्कुल सहज नहीं है। यह भी सम्भावित है कि इतिहास पर ग्रन्थ लिखे गए हों जिनमें प्रशस्तियाँ और शिलालेख भी रहे हों, किन्तु चाटुकारिता और परमुखापेक्षिता के अवर युग में प्रशस्तियाँ और शिलालेख तो प्रचलन में रहने के कारण बचे रहे परन्तु विशुद्ध ऐतिहासिक ग्रन्थों या भागों के प्रति लोगों का आकर्षण नहीं रहने से वे उपेक्षित होकर काल-कवलित हो गए। बचे हुए अंश विधर्मियों के विध्वंस कार्यों के भेंट चढ़ हो गए हों।

ऐतिहासिक काव्यों का उद्भव एवं विकास

भारतीय इतिहास का आरम्भिक स्वरूप पुराणों में देखा जाता है। पुराणों में धार्मिक और सामाजिक विवरणों में राजवंशों के वर्णन प्राप्त होते हैं, जिनके बहुत अंश आधुनिक ऐतिहासिक विवरण के अनुरूप हैं। ये ही भारतीय इतिहास के बीज हैं। बाद में ऐतिहसिक वृत्त का आधार लेकर काव्य लिखे जाने लगे, जिन्हें ऐतिहासिक काव्य कहते हैं। इनका विवरण अग्रलिखित हैं—

अश्वघोष

संस्कृत के ऐतिहासिक काव्यों में अवघोष-रचित **'बुद्धचरित'** का अपना विशिष्ट स्थान है। अनेक प्रमाणों के आधार पर अश्वघोष को सम्राट् कनिष्क का सभापडित माना गया है। ये प्रसिद्ध बौद्ध दार्शनिक नागार्जुन के पूर्ववर्ती थे। नागार्जुन इनके शिष्य थे और उन्होंने **'श्रद्धोत्पादशास्त्र'** के अपने भाष्य में अश्वघोष की चर्चा की है।

'बुद्धचरित' महाकाव्य है जिसके नायक गौतम बुद्ध ऐतिहासिक व्यक्ति हैं और उनका निर्वाण-काल भारतीय इतिहास में घटना-क्रम की तिथिगणना में प्रमाण-बिन्दु है। आधुनिक दृष्टिकोण से भारत का व्यवस्थित राजनैतिक इतिहास बुद्ध-काल से ही आरम्भ होता है।

'बुद्धचरित' में कपिलवस्तु के राजा शुद्धोदन के पुत्र रूप में सिद्धार्थ की उत्पत्ति, उनकी तपस्या और बुद्धत्व-प्राप्ति तथा बौद्धधर्म के प्रचार की घटनाएँ काव्यात्मक रूप में वर्णित होने पर भी ऐतिहासिक तथ्यों पर आधारित हैं।

अश्वघोष के दूसरे महाकाव्य 'सौन्दरनन्द' में भी गौतमबुद्ध द्वारा अपने छोटे भाई नन्द को बौद्धधर्म के उपदेश देने का वर्णन है।

बाणभट्ट

ऐतिहासिक गद्यकाव्य की प्रथम रचना होने का श्रेय महाकवि बाणभट्ट रचित **'हर्षचरित'** को प्राप्त है। इसमें इतिहास-प्रसिद्ध वर्धनवंश के शासक प्रभाकरवर्धन तथा उनके पुत्र राज्यवर्धन और हर्षवर्धन एवं पुत्री राज्यश्री के जीवन-वृत्त वर्णित हैं। हर्षवर्धन का शासनकाल ६०६ ई० से ६४८ ई० पर्यन्त होने से बाण का स्थितिकाल सप्तम शती सिद्ध है।

'हर्षचरित' का मूल कथानक ऐतिहासिक घटना पर आधारित है। अतः यह रचना संस्कृत साहित्य का प्रथम आख्यायिका ग्रन्थ है। इसके प्रथम तीन उच्छ्वासों में बाण ने अपने जीवन-वृत्त का वर्णन किया है। शेष पाँच उच्छवासों में वर्धनवंश के शासकों का काव्यात्मक विवरण है, किन्तु किसी घटना की तिथि का उल्लेख नहीं है। इसमें कवि 'एवमतिकामत्सु दिवसेषु' तथा 'अथ कदाचित् कतिपयदिवसापगमे' इत्यादि का प्रयोग करके ही संतोष कर लेते हैं। हर ऐतिहासिक पात्र का नामाल्लेख भी वे आवश्यक नहीं मानते हैं। 'हर्षचरित' में राज्यवर्धन की हत्या करनेवाले गौड़नरेश का नाम भी नहीं निर्दिष्ट है। इससे इसका ऐतिहासिक महत्त्व कुछ कम-सा लगता है।

दूसरी ओर 'हर्षचरित' में जिन 'ऐतिहासिक घटनाओं का वर्णन है, वे प्रसिद्ध चीनी यात्री ह्वेनसांग के यात्रा विवरण से काफी समान हैं। 'हर्षचरित' का ऐतिहासिक वृत्तान्त तत्कालीन इतिहास की अनेक गुत्थियों को सुलझाता है।

संस्कृत साहित्य के इतिहास की दृष्टि से भी 'हर्षचरित' बहुत महत्त्वपूर्ण है। इसके आरम्भ में **'वासवदत्ता'** एवं **'बृहत्कथा'** नामक ग्रन्थों एवं भास, कालिदास, प्रवरसेन, भट्टारहरिचन्द तथा आढ्यराज आदि कवियों की प्रशंसा की गई है। अतः इनके काल निर्धारण में हर्षचरित से बड़ी सहायता मिलती है।

वाक्पतिराज : गउडवहो

'गउडवहो' (गौड़वध) की रचना वाक्पति राज ने महाराष्ट्री प्राकृत में की है। प्राकृत में रचित होने पर भी यह ग्रन्थ संस्कृत महाकाव्यों की ही वर्णन-रीति का अनुसरण करता है। सम्भव है, इसकी रचना करने में वाक्पतिराज को प्रवरसेन के प्राकृतकाव्य 'रावणवहो' (सेतुबन्ध) से प्रेरणा मिली हो। वाक्पतिराज कन्नौज के राजा यशोवर्मा के आश्रित और भवभूति के समकालीन थे।[१] इनके पिता का नाम हर्षदेव था। 'गउडवहो' में एक गौड़ देश के राजा पर यशोवर्मा की विजय का वर्णन है। कवि ने उस गौड़-नरेश के नाम का उल्लेख नहीं किया है। बाद में यशोवर्मा कश्मीर के राजा ललितादित्य द्वारा युद्ध में मारे गए। डा० स्टीन के मतानुसार यह घटना ७३६ ई० के आसपास की है। यदि 'गउडवहो' को यशोवर्मा की मृत्यु के बाद की कृति माना जाय तो इसका रचनाकाल ७४० ई० के लगभग होना चाहिए।

'गउडवहो' में महत्वपूर्ण ऐतिहासिक तथ्यों का विवरण कम ही है। ग्राम्य-जीवन तथा कालीदेवी के मन्दिर आदि का अत्यन्त विशद एवं सजीव वर्णन इसमें मिलता है।

पद्मगुप्तपरिमल : नवसाहसांकचरित

पद्मगुप्तपरिमल धारानरेश मुञ्ज और उनके पुत्र सिन्धुराज (नवसाहसांक) के राजकवि थे। उन्होंने १००५ ई० के लगभग 'नवसाहसांकचरित' की रचना की। इसमें नागों के शत्रु वज्रांकुश को पराजित कर नागराज शंखपाल की पुत्री शशिप्रभा के साथ सिन्धुराज के विवाह का मनोरम

१. कविवाक्पतिराजश्रीभवभूत्यादिसेवितः।
जितो ययौ यशोवर्मा तद्गुणस्तुतिवन्दिताम्॥ –राजतरंगिणी ४।१४४

वर्णन है। यद्यपि यह काव्य मुख्य रूप से एक प्रशस्तिमात्र है, फिर भी इसमें तत्कालीन इतिहास के अनेक ऐसे तथ्य उपलब्ध होते हैं जिनकी पुष्टि शिलालेखों से होती है। 'नवसाहसांकचरित' (१०।१४२) में सिन्धुराज द्वारा विजित जिन राजाओं का उल्लेख हुआ है, उनकी ऐतिहासिकता प्रमाणित है। इसके बारहवें सर्ग में सिन्धुराज से पूर्व के सभी परमारवंशी राजाओं का कालक्रम से वर्णन है, जिसकी पुष्टि शिललेखों से हो चुकी है। इस प्रकार यह काव्य परमारवंश के इतिहास के लिए उपयोगी है।

इस काव्य में १८ सर्गों में १८ प्रकार के छन्द हैं। इसकी रचना वैदर्भी शैली में हुई है। आचार्य मम्मट ने अपने 'काव्य प्रकाश' में एकावली, पर्याय तथा विषम अलंकार के उदाहरण में इस काव्य से पद्य उद्धृत किए हैं। इनके अतिरिक्त भोज के **'सरस्वतीकण्ठाभरण'**, क्षेमेन्द्र की **'औचित्यविचारचर्या'** और वर्धमान के **'गणरत्नमहोदधि'** में भी पद्मगुप्त का उल्लेख है।

बिल्हण : विक्रमांकदेवचरित

कश्मीरी कवि बिल्हण ने अपने काव्यग्रन्थ **'विक्रमांकदेवचरित'** की रचना १०८५ ई० के लगभग की थी। अपने इस काव्य के दसवें सर्ग में उन्होंने अपना जीवनवृत्त दिया है। उसके अनुसार बिल्हण का जन्म कश्मीर की तत्कालीन राजधानी प्रवरपुर के निकट खोनपुर गाँव में एक ब्राह्मण परिवार में हुआ था। उनके पिता का नाम ज्येष्ठकलश और माता का नाम नागादेवी था। विद्याध्ययन के बाद वे मथुरा, कन्नौज, काशी, प्रयाग आदि तीर्थों का भ्रमण करते हुए कल्याण के चालुक्य नरेश छठे विक्रमादित्य (१०७६-११२६ ई०) की सभा में पहुँचे। राजा ने इन्हें अपना राजकवि बनाकर 'विद्यापति' की उपाधि प्रदान की।

'विक्रमांकदेवचरित' एक महाकाव्य है, जिसमें चालुक्यवंशी राजा विक्रमादित्य का चरित १८ सर्गों में निबद्ध है। इसमें कवि ने अपने आश्रयदाता नरेश के पिता आहवमल्ल की मृत्यु, राजकुमारी चन्द्रलेखा से विवाह, उनके दो भाइयों तथा चोलों की पराजय आदि घटनाओं का कवित्वमय वर्णन किया है। कल्याण के चालुक्यवंशी राजाओं के जो शिलालेख मिले हैं, उनसे बिल्हण द्वारा वर्णित घटनाओं की पुष्टि होती है। बिल्हण ने अपने देशाटन का जो वर्णन किया है, उससे उस समय की भारतीय सामाजिक स्थिति का ज्ञान होता है।

इस ऐतिहासिक महाकाव्य का प्रधान रसवीर है। कवि का मुख्य लक्ष्य काव्य सौन्दर्य का चमत्कार उत्पन्न करना प्रतीत होता है, ऐतिहासिक विवेचन गौण है। इसमें घटनाओं की तिथियाँ अंकित नहीं है। कवि ने अपने चरितनायक का अतिरंजित चित्रण किया है, फिर भी कवित्व की दृष्टि से बिल्हण की रचना रमणीय है। उन्होंने सरल और प्रसादपूर्ण वैदर्भी शैली को अपनाया है। भावों की मञ्जुलता, पदविन्यास की सुकुमारता, अर्थ की सरसता एवं दृष्टान्तों की अनुरूपता— ये सभी उनके काव्य की खास विशेषताएँ हैं। उनका यह पद्य अवलोकनीय है—

> कर्णामृतं सूक्तिरसं विमुच्य दोषे प्रयत्नः सुमहान् खलानाम्।
> निरीक्षते केलिवनं प्रविष्टः क्रमेलकः कण्टकजालमेव।।१।२९

दुर्जन कानों में अमृत घोलने वाली सूक्तियों के रस-माधुर्य को छोड़कर केवल दोष ढूँढ़ने में

अत्यन्त प्रयत्न करते हैं। सच है, क्रीड़ा उपवन में प्रवेश करने पर भी ऊँट बबूल के कँटीले झाड़ों को ही खोजता है। सोमेश्वर ने बिल्हण की प्रशंसा इस प्रकार की है—

बिल्हणस्य कवेः प्राप्तप्रसादैव सरस्वती।
नीयते खलु कालुष्यं दुर्जनैर्न घनैरपि।।

कल्हण : राजतरंगिणी

संस्कृत-काव्य-परम्परा में इतिहास लेखन के लिए प्रवृत्त कवियों के मध्य कश्मीरी कवि कल्हण निर्विवाद रूप से सर्वप्रमुख हैं। उनकी रचना 'राजतरङ्गिणी' संस्कृत साहित्य में ऐतिहासिक घटनाओं के क्रमबद्ध इतिहास लेखन का प्रथम और उत्कृष्ट प्रयास है। कल्हण के पिता चणपक आढ्य ब्राह्मण वंश में उत्पन्न हुए थे और तत्कालीन काश्मीरी शासक हर्षदेव (१०८९-११०१) के प्रधानामात्य थे। हर्ष की मृत्यु के बाद सम्भवतः चणपक ने राजनीति से संन्यास ले लिया। तत्कालीन राजनैतिक संघर्ष और परिवर्तन के युग में कल्हण अपने को अधिकार पद से अलग रखकर राजदरबारों का वृत्तान्त लिखने में लग गए। उन्होंने एक निष्पक्ष द्रष्टा की भाँति उन घटनाओं को देखा और अपनी रचना में अंकित किया। इन्होंने 'राजतरङ्गिणी' की रचना राजा सुस्सल के पुत्र जयसिंह (११२७-११५९ ई०) के शासन-काल में की। सन् ११४८ ई० में कल्हण ने इसका लेखन आरम्भ किया और दो वर्षों के भीतर ११५० ई० में इसे पूरा कर दिया।

'राजतरङ्गिणी' में आठ खण्डों (तरङ्गों) में विभक्त ७८२६ पद्यों में आदि काल से लेकर सन् ११५० ई० के आरम्भ तक के कश्मीर के प्रत्येक शासक के राज्य-काल की घटनाओं का यथाक्रम विवरण दिया गया है। इसमें सर्वप्रथम निर्दिष्ट तिथि ८१३-१४ ई० है। यहाँ से आरम्भ कर ३३६ वर्षों का इतिहास नितान्त पूर्ण, विशेष प्रामाणिक तथा एकान्त वैज्ञानिक प्रतीत होता है, क्योंकि यह सर्वतः आधुनिक ऐतिहासिक शैली पर निर्मित हुआ है।

राजतरङ्गिणी के प्रथम तरङ्ग में गोनद प्रथम (विक्रम पूर्व द्वादश शती) से लेकर अन्ध युधिष्ठिर तक के ७५ राजाओं के शासन का संक्षिप्त वर्णन है। द्वितीय तरंग में ६ राजाओं के १९२ वर्षों का शासन वर्णित है। तृतीय में गोनद वंश के अन्तिम शासक आतादित्य तक के १० नरेशों के ५३६ वर्ष के राज्यकाल का विवरण दिया गया है। चतुर्थ में ककोटक वंश के प्रथम राजा दुर्लभ-वर्धन से लेकर २६० वर्षों तक शासन करने वाले १७ राजाओं का वर्णन है। पंचम में अवन्तिवर्मा के राज्याभिषेक के साथ उत्पल वंश का इतिहास आरम्भ होता है। अवन्तिवर्मा का शासनकाल ८३६ ई० से ८८३ ई० तक है। इसके बाद कल्पपाल वंश के संकटवर्मा, सुगन्धादेवी और शंकरवर्धन का शासन निरूपित है। षष्ठ में ९३६ ई० से १००३ ई० तक के १० शासकों का राज्यकाल वर्णित है। सप्तम में १००३ ई० से ११०१ ई० तक के राजाओं का विवरण है। अष्टम में सातवाहन वंश के उच्चल, सुस्सल, भिक्षाचर और जयसिंह आदि नरेशों का जीवन-वृत्त वर्णित है। इस तरंग की घटनाएँ कवि के साक्षात् अवलोकन तथा विपुल अनुभव पर आधारित होने से विशेषतः प्रामाणिक है।

कवि ने इस ग्रन्थ की रचना में प्राचीन इतिहास सम्बन्धी ११ ग्रन्थों तथा 'नीलमतपुराण' एवम् अधिकारपत्रों, दानपत्रों, शिलालेखों, प्रशस्तियों, मुद्राओं और हस्तलिखित ग्रन्थों से सहायता ली है। उनके द्वारा दिये गये लेखकों के नामों तथा ग्रन्थों के उल्लेख से कश्मीर में इतिहास-लेखन की प्रथा बहुत पहले से प्रचलित होने की जानकारी मिलती है। कल्हण ने इन सामग्रियों का उपयोग अपने ग्रन्थ में पर्याप्त परीक्षण के बाद ही किया है। आधुनिक इतिहास-वेत्ता की भाँति उनकी ऐतिहासिक दृष्टि नितान्त शोधपरक थी। सच्चे इतिहासकार की भाँति उन्होंने जीवन के प्रत्येक अंग पर नजर रखी है। इस दृष्टि से 'राजतरङ्गिणी' को कश्मीर का तत्कालीन विश्वकोष कहा जाय तो अत्युक्ति नहीं होगी। संस्कृत के प्राचीन ऐतिहासिक महाकाव्यों में यही एकमात्र ऐसी कृति है, जिसमें तिथियों का निर्देश किया गया है।

एक तटस्थ इतिहास लेखक के रूप में कल्हण ने कश्मीर की राजनीतिक, सामाजिक, धार्मिक एवं सांस्कृतिक स्थितियों का निष्पक्ष भाव से विवरण दिया है। शैव होने पर भी उन्होंने कश्मीर घाटी में विपुल रूप में प्रचलित बौद्धधर्म का विस्तार से उल्लेख किया है। कश्मीर नरेशों के द्वारा बौद्ध मन्दिरों और विहारों के निर्माण का उल्लेख उन्होंने प्रशंसात्मक शब्दों में किया है। कश्मीरी होने पर भी कल्हण कश्मीरियों की भीरुता, क्षुद्रता, युद्ध से पलायनवृत्ति, परस्पर कलह, विद्रोह आदि का विवरण देने में हिचकते नहीं। ब्राह्मण होने पर भी वे ब्राह्मणों के दोषों को गिनाने एवं निकालने में चूकते नहीं। वे कश्मीरी सैनिकों की भीरुता एवं दगाबाजी की निन्दा करते हैं, किन्तु अन्य प्रान्तीय राजपूत सिपाहियों की वीरता की प्रशंसा करते हैं। वे अपने आदर्श की ओर संकेत करते हुए कहते हैं—

श्लाघ्यः स एव गुणवान् रागद्वेषवहिष्कृता।
भूतार्थकथने यस्य स्थेयस्येव सरस्वती॥

प्रशंसा का पात्र वही गुणवान् पुरुष होता है, उचित न्याय करने वाले न्यायाधीश की भाँति वास्तविक अर्थ एवं घटना के कथन में जिसकी वाणी दृढ़ रहती है और वह वाणी न किसी के साथ पक्षपात करती है और न किसी से द्वेष रखती है।

कल्हण ने इस आदर्श का पालन अपने इतिहास में पूर्ण रूप से किया है। इसी कारण राजतरङ्गिणी मानव-हृदय को स्पन्दित करने, अतीत को पूर्ण प्रत्यक्ष बनाने तथा इतिहास की मार्मिक घटनाओं से उपयोगी शिक्षा देने में आज भी एक महत्त्वपूर्ण ग्रन्थ-रत्न है। इस प्रकार यह संस्कृत की एक अमूल्य ऐतिहासिक कृति है।

ऐतिहासिक रचना होने पर भी 'राजतरङ्गिणी' काव्यात्मक गुणों से सम्पन्न है। इसमें कवि-कल्पना, आह्लादक भाव, रस तथा अलंकारों का मञ्जुल समन्वय हुआ है। इसके सम्वाद मनोरम तथा ओजः पूरित हैं। इनकी मृदुल शैली का निदर्शन इस पद्य में देखा जा सकता है, जहाँ वे कहते हैं कि अटल भवितव्यता मनुष्य के भागने पर भी उसका पीछा नहीं छोड़ती, जैसे किसी पक्षी की पूँछ में लगी आग उसके साथ ही रहती है—

पलायनैर्नापयाति निश्चला भवितव्यता।
देहिनः पुच्छसंलीना वह्निज्वालेव पक्षिणः॥

कल्हण की एक मार्मिक उक्ति द्रष्टव्य है—

क्षुत्क्षामस्तनयो वधूः परगृहप्रेष्यावसन्नः सुहृत्
दुग्धा गौरशनाद्यभावविवशा हम्बारवोद्गारिणी।
निष्पथ्यौ पितरावदूरमरणौ स्वामी द्विषन्निर्जितो
दृष्टो येन परं न तस्य निरये प्राप्तव्यमस्त्यप्रियम्।।

जिसने भूख से विलखते पुत्र को, दूसरे के घर सेवा करने वाली अपनी स्त्री को, विपत्ति में पड़े हुए मित्र को, दुही गई किन्तु चारा न मिलने के कारण रम्भाती हुई गाय को, पथ्य के अभाव में रोगशय्या पर मरणासन्न माता-पिता को तथा दुश्मन से पराजित अपने स्वामी को देख लिया, उसे मरने के बाद नरक में भी इससे अधिक अप्रिय दृश्य देखने को क्या मिलेगा ?

हेमचन्द्र : कुमारपालचरितम्

प्रसिद्ध जैनाचार्य हेमचन्द्र (१०८९ ई० ११७३ ई०) ने गुर्जरदेश के अन्तर्गत अणहिलपाटन के चालुक्यवंशी राजाओं के इतिहास का वर्णन करने के लिए 'कुमारपालचरित' की रचना की। इस ग्रन्थ को 'द्वयाश्रयकाव्य' भी कहते हैं, क्योंकि इसके आरम्भ से २० सर्गों तक संस्कृत में तथा शेष ८ सर्ग प्राकृत में निबद्ध है। दूसरी बात यह भी है कि इस काव्य का उद्देश्य ऐतिहासिक संकेतन के साथ व्याकरण का ज्ञान कराना भी था। अपने व्याकरण विषयक ग्रन्थ 'हेमचन्द्रानुशासन' में निबद्ध नियमों को उदाहरण में ढालकर दिखाने के प्रयोजन से कवि ने उदाहरणों की मनोरम घटा इस काव्य में बाँधी है।

महाकाव्य की दृष्टि से इस ग्रन्थ का महत्त्व अधिक नहीं है, किन्तु गुजरात के चालुक्यवंशी राजाओं का यह बहुमूल्य प्रामाणिक इतिहास है। हेमचन्द्र इस ग्रन्थ के कथानायक कुमारपाल के गुरु थे। ११४४ ई० में कुमारपाल का राज्यरोहण हुआ और ११५२ ई० में इन्हें हेमचन्द्र ने जैनधर्म में दीक्षित किया। अपने ग्रन्थ के अन्तिम पाँच सर्गों में कवि ने कुमारपाल के जीवनचरित का मनोरम वर्णन किया है।

अन्य ऐतिहासिक काव्य

हेमचन्द्र के बाद लिखे गए ऐतिहासिक काव्यों में अधोनिर्दिष्ट कृतियाँ उल्लेखनीय हैं—

दिल्ली के अन्तिम हिन्दू सम्राट् पृथ्वीराज चौहान के आश्रित कवि जयानक ने **'पृथ्वीराज विजय'** (१२०० ई०) की रचना की। इसमें पृथ्वीराज के जीवनचरित के साथ इस चौहान राजा के द्वारा शहाबुद्दीन गोरी पर ११९१ ई० में प्राप्त विजय का वर्णन है। गुजरात के सोमेश्वरदत्त (११७९-१२६२ ई०) ने **'कीर्तिकौमुदी'** नामक काव्य लिखा, जिसमें गुजरात के शासक वीरधवल और वीसलदेव के मन्त्री वस्तुपाल तेजपाल की कीर्ति का वर्णन है। सोमेश्वर दत्त की दूसरी रचना **'सुरथोत्सव'** है। इसमें कवि ने बाण के समान अपने वंश का भी परिचय दिया है। वस्तुपाल तेजपाल की तीर्थयात्रा और धार्मिक कृत्य आदि के वर्णन में अरिसिंह ने **'सुकृतसंकीर्तन'** नामक ऐतिहासिक काव्य की रचना ११ सर्गों में की। इसके एक शतक बाद सर्वानन्द ने १२५६-५८ ई० में गुजरात

में आये अकाल से पीड़ित लोगों की सहायता करने वाले जैन मुनि की प्रशस्ति में **'जगडूचरित'** का प्रणयन किया। चौदहवीं शती में नयचन्द्रसूरि ने चौदह सर्गों में रचित 'हम्मीर महाकाव्य' में चौहान वंशी राजा हम्मीर के चरित एवं अल्लाउद्दीन खिलजी के साथ उनके युद्ध का वर्णन किया है। चौदहवें शतक में ही विजयनगर साम्राज्य के आरम्भिक काल से सम्बद्ध घटनाओं का वर्णन कवयित्री गंगा देवी ने अपने काव्य ग्रन्थ **'मधुराविजय'** अथवा **'वीरकम्परायचरित'** में किया है। उन्होंने इस काव्य में अपने पति कम्पराय की विजयों का सजीव चित्र खींचा है। सन्ध्या करनन्दिन ने बंगाल के पालवंशीय शासक रामपाल (१०८४-११३० ई०) के वीर-कृत्यों का वर्णन अपनी रचना **'रामपालचरित'** में श्लिष्ट पद्यों के माध्यम से किया है। कश्मीर के प्रख्यात कवि शम्भु (१२वें शतक का पूर्वार्द्ध) ने कश्मीर के राजा हर्षदेव की प्रशस्ति में **'राजेन्द्रकर्णपूर'** नामक काव्य लिखा है।

सन् १९२५ ई० में टी० गणपतिशास्त्री ने **आर्यमञ्जुश्रीकल्प'** नामक एक ऐतिहासिक ग्रन्थ को प्राप्त किया। इसकी रचना ८०० ई० के आसपास हुई थी। यह महायान बौद्ध-सम्प्रदाय का ग्रन्थ है। इसमें लगभग ७०० ई० पू० से लगातार ७७० ई० तक के भारतीय इतिहास का वर्णन है। प्रभाचन्द द्वारा रचित **'प्रभावकरचरित'** (१३वें शतक) में २२ जैन आचार्यों के जीवनचरित निरूपित हैं। १४वें शतक के मेरुतुंगाचार्य द्वारा रचित **'प्रबन्धचिन्तामणि'** एक अर्ध-ऐतिहासिक चरित-काव्य है। इसी काल में मैथिल कवि विद्यापति द्वारा लिखित **'कीर्तिलता'** नामक काव्य में मिथिला के तत्कालीन महाराज कीर्ति सिंह और महाराज शिव सिंह के राज्यकाल का इतिहास वर्णित है। मुसलमान शासक के विरुद्ध उनके विजय-अभियान का मनोरम वर्णन इसमें है। उन्नीसवीं शती के अन्त में प० अम्बिकादत्तव्यास ने मराठा केसरी वीर शिवाजी के चरितवर्णन हेतु 'शिवराजविजय' की रचना १२ निःश्वाक्षों में की।

भारतीय-स्वतन्त्रता-प्राप्ति के बाद २०वीं शती के नवमें दशक में विद्वन्मूर्धन्य काशी-निवासी आचार्य रेवाप्रसाद द्विवेदी द्वारा रचित विभिन्न काव्य ग्रन्थों में 'स्वातन्त्र्यसम्भवम्' ऐतिहासिक काव्य है। इसमें १८५७ ई० से लेकर १९८४ ई० तक अर्थात् झाँसी की रानी लक्ष्मीबाई से आरम्भकर प्रियदर्शिनी इन्दिरा गाँधी के बलिदान पर्यन्त भारतवर्ष की महत्त्वपूर्ण राजनीतिक घटनाओं का काव्यात्मक वर्णन है। पटना विश्वविद्यालय के संस्कृतविभागाध्यक्षचर डॉ० काशीनाथमिश्र ने 'कार्णाटराजतरङ्गिणी' नामक ऐतिहासिक काव्य लिखा, जो १९९४ ई० में प्रकाशित हुआ। इसमें १०९७ ई० से लेकर १३२४ ई० तक मिथिला में शासन करने वाले कार्णाट राजाओं का शासनकाल मुख्य रूप से वर्णित है। यह काव्य कल्हण की 'राजतरङ्गिणी' का अनुगामी है।

ऐतिहासिक काव्यों का संक्षिप्त परिचय

भारतीय इतिहास का आरम्भिक रूप पुराणों में वर्णित है। वहाँ राजवंशों के वर्णन बहुत कुछ आधुनिक ऐतिहासिक वृत्त के अनुरूप हैं। ये ही भारतीय इतिहास के बीज हैं। बाद में ऐतिहासिक घटनाओं को लेकर काव्य लिखे जाने लगे, जिन्हें ऐतिहासिक काव्य कहते हैं। इनका विवरण काव्य प्रणेताओं के उल्लेख के माध्यम से प्रस्तुत है—

अश्वघोष—संस्कृत के ऐतिहासिक काव्यों में अश्वघोष-रचित **'बुद्धचरित'** का विशेष महत्त्व है। इस महाकाव्य के नायक गौतमबुद्ध ऐतिहासिक व्यक्ति हैं और उनका निर्वाणकाल भारतीय

इतिहास में घटनाक्रम की तिथि-गणना में प्रमाण-बिन्दु है। 'बुद्धचरित' में उनके जन्म, बुद्धत्वप्राप्ति तथा धर्मप्रचार का वर्णन ऐतिहासिक तथ्यों पर आधारित है। अश्वघोष सम्राट् कनिष्क (५८ ई०) के सभारत्न थे। अतः उनका समय प्रथम शती सिद्ध है।

बाणभट्ट—हर्षवर्धन (६०६-४८ ई०) के सभापण्डित बाणभट्ट द्वारा रचित **'हर्षचरित'** ऐतिहासिक गद्यकाव्य की प्रथम रचना है। इसमें हर्षवर्धन तथा उसके पिता, भाई एवं बहन के जीवन चरित का काव्यात्मक वर्णन अत्यन्त मनोरम है, यद्यपि इसमें किसी घटना की तिथि उल्लिखित नहीं है।

पद्मगुप्तपरिमल—परमारवंशी राजाओं का वर्णन करने के लिए कवि पद्मगुप्तपरिमल ने **'नवसाहसांकचरित'** महाकाव्य की रचना १८ सर्गों में की है। पद्मगुप्त धाराधिपति मुञ्ज तथा उनके पुत्र सिन्धुराज (नवसाहसांक) के राजकवि थे। उन्होंने १००५ ई० के लगभग इस ग्रन्थ की रचना की थी। इसमें सिन्धुराज द्वारा नागराज शंखपाल की राजकुमारी शशिप्रभा से विवाह का कवित्वपूर्ण वर्णन है। यह मुख्यतः प्रशस्ति काव्य है, फिर भी तत्कालीन इतिहास के अनेक तथ्य इसमें उल्लिखित हैं। इसमें सिन्धुराज से पूर्व के सभी परमारवंशी राजाओं का कालक्रम से जो वर्णन है, उसकी ऐतिहासिकता की पुष्टि शिलालेखों से हो चुकी है।

विल्हण—कश्मीरी कवि विल्हण ने निज आश्रयदाता चालुक्य नरेश छठे विक्रमादित्य (१०७६-११२६ ई०) के चरित का वर्णन अपने महाकाव्य **'विक्रमांकदेवचरित'** में १८ सर्गों में किया है। इसमें छठे विक्रमादित्य के पिता आह्वमल्ल की मृत्यु, राजकुमार चन्द्रलेखा से विवाह तथा चोलों की पराजय का कवित्वपूर्ण चित्रण है। इन घटनाओं की ऐतिहासिकता की पुष्टि कल्याण के चालुक्यवंशी राजाओं के सन्दर्भ में प्राप्त शिलालेखों से होती है।

कल्हण—कश्मीरी कवि कल्हण-कृत **'राजतरङ्गिणी'** (११४८-५१) ऐतिहासिक काव्यों में सर्वाधिक महत्त्व की रचना है। संस्कृत साहित्य में ऐतिहासिक घटनाओं के क्रमबद्ध इतिहास के रूप में यह रचना प्रथम प्रयास है। इसमें आरम्भिक काल से लेकर सन् ११५१ ई० तक के कश्मीर के प्रत्येक राजा के शासनकाल की घटनाओं का यथाक्रम विवरण काव्यात्मक सौन्दर्य के साथ है। तत्कालीन कश्मीर में व्याप्त अनाचार, अत्याचार, षड्यन्त्र तथा रक्तपात आदि का निरूपण कवि ने एक निष्पक्ष इतिहासकार के रूप में किया है।

'राजतरङ्गिणी' में ८ तरङ्गों (खण्डों) में गोनद प्रथम (विक्रम पूर्व द्वादशती) से लेकर उच्चल, सुस्सल, और जयसिंह आदि राजाओं (११५१ ई० तक) का चरित तिथिक्रमानुसार वर्णित है। जयसिंह के समय ही 'राजतरङ्गिणी' लिखी गई। संस्कृत के प्राचीन ऐतिहासिक महाकाव्यों में 'राजतरङ्गिणी' एक मात्र ऐसी कृति है, जिसमें यथाक्रम तिथियों का निर्देश है।

हेमचन्द्र—प्रसिद्ध जैनाचार्य हेमचन्द्र (१०८९-११७३ ई०) ने गुर्जर देश के चालुक्यवंशी राजाओं के इतिहास का वर्णन करने के लिए **'कुमारपालचरित'** की रचना की। इस काव्य का उद्देश्य ऐतिहासिक-संकेतन के साथ व्याकरण का ज्ञान कराना भी था। इस ग्रन्थ के आरम्भिक २० सर्ग संस्कृत में और शेष ८ सर्ग प्राकृत में निबद्ध हैं। अतः इसे द्वयाश्रयकाव्य भी कहते हैं। इस ग्रन्थ का नायक कुमारपाल है, जिसका राज्यारोहण ११४४ ई० में हुआ था।

अन्य ऐतिहासिक काव्य—हेमचन्द के बाद भी एतिहासिक काव्य लिखे गए, जिनमें उल्लेखनीय रचनाओं का विवरण अग्रलिखित है—

दिल्ली के अन्तिम हिन्दू सम्राट् पृथ्वीराज चौहान के आश्रित कवि **जयानक** ने अपने काव्य **'पृथ्वीराज विजय'** (१२०० ई०) में पृथ्वीराज के जीवन चरित के वर्णन के साथ ११९१ ई० में शहाबुद्दीन गोरी पर प्राप्त विजय का भी निरूपण किया है। चौदहवीं शती में **नयनचन्द्रसूरि** ने अपने **'हम्मीरमहाकाव्य'** में चौहानवंशी राजा हम्मीर के चरित एवम् अल्लाउद्दीन खिलजी के साथ उनके युद्ध का वर्णन १४ सर्गों में किया है। इसी शतक में कवयित्री **गंगादेवी** ने विजयनगर साम्राज्य के ऐतिहासिक वर्णन के क्रम में अपने पति कम्पराय की विजयों का सजीव चित्रण **'कम्पराय चरित'** में प्रस्तुत किया है। इसी समय मैथिल कवि **विद्यापति** ने **'कीर्तिलता'** नामक काव्य में मिथिला के तत्कालीन महाराज कीर्तिसिंह और शिवसिंह का ऐतिहासिक वर्णन प्रस्तुत किया है।

इनके बाद भी ऐतिहासिक काव्यों की रचना का क्रम जारी है। भारतीय स्वतन्त्रता संग्राम के समय 'शिवराजविजय' तथा अन्य बहुत से ऐतिहासिक काव्य लिखे गए।

पञ्चम प्रलम्ब

नाट्यसाहित्य

नाटक की उत्पत्ति का सिद्धान्त

अलङ्कारशास्त्र में 'नाटक' दृश्यकाव्य के अन्तर्गत आता है, क्योंकि इसका आनन्द मुख्य रूप से देखकर लिया जाता है। दृश्य काव्य को रूपक[१] भी कहते हैं, क्योंकि इसमें नट आदि में 'राम' आदि का आरोप होता है। रूपक के दस भेदों[२] में नाटक प्रथम एवं सर्वोत्कृष्ट है। भरत मुनि का कहना है कि कोई भी ज्ञान, शिल्प, विद्या, योग अथवा कर्म ऐसा नहीं है, जो इस नाट्य में नहीं दिखलाई पड़ता।[३]

नाटकों की अतिशय महत्ता एवं लोकप्रियता के बावजूद इसकी उत्पत्ति के विषय में एकमत नहीं होकर विभिन्न सिद्धान्त प्रचलित हैं। उनका विवरण यहाँ उपस्थापित किया जा रहा है—

(१) **वीरपूजा सिद्धान्त**—पाश्चात्य विद्वान् डा० रिजवे नाटक की उत्पत्ति 'वीरपूजा' से सम्बद्ध मानते हैं। उनका मत है कि नाटक का जन्म मृत वीर पुरुषों के प्रति सम्मान प्रदर्शन की भावना से हुआ है। इसका उदाहरण उन्होंने यूनानी दुःखान्तिकता के रूप में प्रस्तुत किया है। रामलीला तथा कृष्णलीला इस मत को पुष्ट करने वाले आधुनिक उज्ज्वल दृष्टान्त हैं, किन्तु यह मत यूरोपियन विद्वानों को भी स्वीकार्य नहीं है।

(२) **प्रकृति परिवर्तन सिद्धान्त**—डा० कीथ के अनुसार प्राकृतिक परिवर्तनों को जनसाधारण के सामने मूर्त रूप से दिखलाने की अभिलाषा से ही नाटकों का जन्म हुआ है। महाभाष्य में निर्दिष्ट 'कंसवधनाटक' के अभिनय से इस मत की पुष्टि होती है।

बाद में स्वयं कीथ को भी यह सिद्धान्त संगत नहीं लगा। भारतीय ग्रंथों में इसके प्रति संकेत भी कहीं नहीं है।

(३) **पुत्तलिकानृत्य सिद्धान्त**—जर्मन विद्वान् डा० पिशेल नाटक की उत्पत्ति पुत्तलिका नृत्य (पपेट शो) से बताते हैं। इस नृत्य की उत्पत्ति भारत में हुई थी। 'सूत्रधार' तथा 'स्थापक' आदि शब्दों का मूल अर्थ इस मत की पुष्टि करता है।

---

१. अवस्थानुकृतिर्नाट्यं रूपं दृश्यतयोच्यते।
रूपकं तत्समारोपाद् दशधैव रसाश्रयम्॥ –दशरूपक १।७

२. नाटकं सप्रकरणं भाणः पहसनं डिमः।
व्यायोगसमवकारौ वीथ्यङ्केहामृगा इति॥ –दशरूपक १।८

३. न तद् ज्ञानं न तच्छिल्पं न सा विद्या न सा कला।
न स योगो न तत्कर्म नाट्येऽस्मिन्यन्न दृश्यते॥ –नाट्यशास्त्र १।११४

इस सामान्य नृत्य से रसभाव-संवलित नाटक की उत्पत्ति मानना निराधार एवं प्रमाणरहित है।

(४) **छायानाटक सिद्धान्त**—डा० पिशेल नाटकों की उत्पत्ति छाया नाटकों से मानते हैं। छाया नाटक में पर्दे के भीतर से अभिनेताओं का अभिनय दिखाया जाता था। संस्कृत में 'दूतांगद' ऐसा ही नाटक है।

किन्तु दूतांगद न तो प्राचीन है और न महत्त्वपूर्ण ही। अतः यह मत चल नहीं सका।

(५) **मे-पोल नृत्य सिद्धान्त**—कुछ पाश्चात्य विद्वान् नाटक की उत्पत्ति 'मे-पोल' नृत्य से मानते हैं। कुछ देशों में मई के महीने में वसन्तोत्सव मनाने के लिए एक बाँस गाड़कर उसके चारों ओर स्त्री-पुरुष उल्लास मग्न होकर नृत्य करते हैं। भारतीय इन्द्रध्वज उत्सव भी कुछ ऐसा ही होता था। किन्तु पाश्चात्य देशों में वसन्तोत्सव बसन्तागम पर होता था तो भारत में इन्द्रध्वज पर्व वर्षा ऋतु के अन्त में। अन्तः इन्हें बेमेल देखकर विद्वानों ने इस मत की भी उपेक्षा की है।

(६) **संवादसूक्तवाद**—मैक्समूलर ने ऋग्वेद में अनेकानेक संवादसूक्तों को देखकर इन्हें ही नाटक का मूल स्रोत बताया है। इस मत का समर्थन लेवी, श्रोएडर तथा हर्टल आदि ने किया है। ऐसे संवाद सूक्तों में इन्द्र-मरुत् संवाद, पुरुरवा-उर्वशी-संवाद, यम-यमी-संवाद आदि प्रमुख हैं।

(७) **भारतीय परम्परावादी भरत मत**—आचार्य भरत ने अपने ग्रन्थ 'नाट्यशास्त्र' में आख्यानात्मक ढंग से नाटकोत्पत्ति का विवेचन किया है। उसके अनुसार देवताओं की प्रार्थना पर ब्रह्मा ने सभी वर्णों के मनोविनोद के हेतु ऋग्वेद से पाठ्य (कथावस्तु), सामवेद से गान, यजुर्वेद से अभिनय और अथर्ववेद से रस लेकर 'नाट्यवेद' नामक पंचम वेद की रचना की—

'जग्राह पाठ्यमृग्वेदात् सामभ्यो गीतिमेव च।
यजुर्वेदादभिनयान् रसानाथर्वणादपि।।[1]

इसके बाद ब्रह्मा के आदेशानुसार भरत मुनि ने अपने पुत्रों को अभिनय की शिक्षा दी। शिव ने इसमें ताण्डव तथा पार्वती ने लास्य नृत्य से नाटक के आनन्द को बढ़ाया। इस प्रकार भारत-भूमि पर इन्द्रध्वज महोत्सव के अवसर पर नाटक का सर्वप्रथम अभिनय आरम्भ हुआ।[2]

नाटकों की उत्पत्ति के सन्दर्भ में यह मत भारतीय-भावना के अधिक अनुकूल है। आचार्य भरत प्रथम आलंकारिक हैं, जिन्होंने नाटक की उत्पत्ति के विषय में विस्तार से विवेचन किया है। चार वेदों से विभिन्न तत्त्वों को लेकर पाँचवें वेद की रचना, जिसका आनन्द स्त्री और शूद्र भी उठा सकें, सचमुच विस्मयकारी है।

(८) **नाट्योत्पत्ति की विकासवादी अवधारणा**—नाटकों की उत्पत्ति के सन्दर्भ में निरूपित उपर्युक्त मतों की समीक्षा से भरत का मत भारतीय दृष्टि से अधिक अनुकूल लगता है। वैदिक साहित्य में नाटक के मूल तत्त्व सन्निहित हैं और इस रूप में यह कहा जाता है कि संस्कृत नाटक की उत्पत्ति वैदिक काल में हुई, किन्तु यथार्थतः नाटक का विकसित रूप वेदों में कहीं लक्षित नहीं होता है।

वैदिक साहित्य में सन्निहित नाटकीय-बीज परवर्ती काल में विकसित होते हुए दीख पड़ते हैं। 'रामायण' में 'नट', 'नर्तक', 'नाटक' एवं 'रंग' अर्थात् रंगमंच का वर्णन अनेक स्थानों पर

---

१. नाट्यशास्त्र १।१७

२. नाटक की उत्पत्ति के विस्तृत विवरण के लिए इस पुस्तक के लेखक द्वारा प्रणीत अद्भुतपाणिग्रहणम् नामक संस्कृत नाटक की 'अवतारणा' देखें।

मिलता है। उसमें 'कुशीलव' शब्द भी 'नट' या 'नेता' के अर्थ में प्रयुक्त है। महाभारत में 'रङ्गशाला' का उल्लेख है। 'हरिवंश' में 'रामायण' की कथा पर आधारित एक नाटक के मंचन का उल्लेख है।

अष्टाध्यायी में पाणिनि (ई० पू० पाँचवीं शती) ने अपने 'पाराशर्यशिलालिभ्यां भिक्षुनटसूत्रयोः' (४।३।११०) इस सूत्र में नटसूत्र अर्थात् नाट्यशास्त्र का उल्लेख किया है। इससे स्पष्ट है कि पाणिनि के समय या उनसे पूर्व ही नाटक लिखे जा रहे थे, तभी नटसूत्रों का निर्माण हुआ, क्योंकि लक्षण-ग्रन्थ का निर्माण लक्ष्य-ग्रन्थों के बाद ही होता है।

इस प्रकार उपर्युक्त तथ्यों के विवेचन से यह निष्कर्ष निकलता है कि संस्कृत नाटक ने अपने क्रमिक विकास में कुछ तत्त्व वैदिक साहित्य से लिए, कुछ इतिहास-पुराणों से तथा कुछ लोकगीतों से एवं कुछ धार्मिक उत्सवों से भी ग्रहण करते हुए अपने उत्कर्ष को प्राप्त किए हैं। इसका पूर्ण विकसित रूप कई शताब्दियों की जीवन यात्रा का प्रतिफल है।

जवनिका

संस्कृत नाटकों में रंगमंच के परदा के लिए लिए कहीं-कहीं प्रयुक्त 'यवनिका' शब्द को देखकर डा० वेबर एवं प्रो० कोणो आदि पाश्चात्य विद्वानों ने संस्कृत नाटकों की उत्पत्ति में यूनानी प्रभाव का अनुमान लगाया है, किन्तु यह अनुमान कल्पना मात्र है, क्योंकि यूनानी नाटक खुले मैदान में होते थे और वहाँ कोई परदा भी नहीं होता था। दूसरी बात कि परदा के लिए 'जवनिका' अथवा 'यवनिका' शब्द का प्रयोग बहुत प्राचीन है। श्रीमद्भागवत में भी आया है—

मायायवनिकाच्छन्नमज्ञाधोक्षजमव्ययम्।
न लक्ष्यसे मूढदृशा नटो नाट्यधरो यथा॥ १।८।१९

इन तथ्यों के बाद भी यदि संस्कृत नाटकों पर इस्लामी प्रभाव मानने का हठ ही कोई करे तो इससे बढ़कर गजनिमीलिका क्या हो सकती है?

संस्कृत नाटकों की विशेषताएँ

भारतीय मिट्टी, पानी एवं हवा के सहारे संस्कृत नाटकों के बीज अंकुरित तथा परिवर्धित होते हुए भरत के काल तक एक विशाल वृक्ष का रूप ले लेते हैं जिसके हर फूल एवं फल में हम भारतीयता की पहचान कर सकते हैं। इस रूप में संस्कृत नाटकों की कुछ अपनी विशेषताएँ हैं, जो अग्रलिखित हैं—

(१) संस्कृत नाटक रस-प्रधान होते हैं। अलंकार शास्त्र के अनुसार शृंगार, वीर अथवा शान्त में से कोई एक रस प्रधान होता है।

(२) अन्य रस-हास्य, रौद्र, अद्भुत आदि गौण रूप से वर्णित होते हैं।

(३) इनमें नेता अदि उच्च वर्ग के पात्र संस्कृत में भाषण करते हैं, किन्तु शकार एवं विदूषक आदि निम्न वर्ग के पात्र तथा स्त्रीवर्ग के पात्र प्राकृत बोलते हैं।

(४) इनमें हास्य उत्पन्न करने वाला एक पात्र विदूषक होता है, जो नायक के कार्य (नायिका से मिलन आदि) में सहायता करता है।

(५) संस्कृत नाटकों का परिमाण दूसरे साहित्य के नाटकों से बृहत्तर होता है। मृच्छकटिक की बराबरी में कोई पाश्चात्य नाटक आकार में बड़ा नहीं है।

(६) इनमें धर्म तथा नैतिकता का प्राधान्य होता है।
(७) कोरस का अभाव संस्कृत नाटकों में देखा जाता है।
(८) इसमें ५ से लेकर १० तक अंक होते हैं।
(९) इसमें प्रकृति की रमणीयता वर्णित होती है।
(१०) नाटक का आरम्भ प्रस्तावना से होता है।
(११) संस्कृत नाटकों में अन्वितित्रय (कालान्विति, स्थानान्विति और कार्यान्विति) का अनुपालन नहीं होता है।
(१२) संस्कृत नाटक सुखान्त होते हैं।
(१३) प्रथम अंक के आरम्भ में या दो अंकों के बीच विष्कम्भक होता है।
(१४) नाटक के अन्त में 'भरतवाक्य' के द्वारा देश एवं समाज की उन्नति की मंगलकामना की जाती है।
(१५) भरत ने नाटक को दुःखी, परिश्रम से आर्त अथवा शोकाकुल लोगों के लिए विनोद का साधन बताया है—

दुःखार्तानां श्रमार्तानां शोकार्तानां तपस्विनाम्।
विनोद (विश्रान्ति) जननं लोके नाट्यमेतद् भविष्यति।।

भास : संस्कृत के प्रथम नाटककार

संस्कृत साहित्य में कविता-कामिनी के हास महाकवि **भास** प्रथम नाटककार के रूप में विख्यात हैं। कविकुलगुरु कालिदास ने अपने नाटक 'मालविकाग्निमित्र' के आरम्भ में भास, सौमिल्ल तथा कविपुत्र आदि के प्रबन्धों का उल्लेख किया है,[१] किन्तु इनकी रचनाएँ इस शताब्दी के आरम्भ तक उपलब्ध नहीं थी। केरल के विद्वान् टी० गणपतिशास्त्री ने १९१२ ई० में 'स्वप्नवासवदत्तम्' आदि तेरह नाटकों को त्रावणकोर में प्राप्त किया और अनन्तशयन ग्रन्थमाला में प्रकाशित कर उन्हें भास की कृतियों के रूप में विज्ञापित किया।

तेरह नाटकों के कर्ता भास—ये सभी तेरह नाटक एक ही व्यक्ति की रचनाएँ हैं, इनमें अग्रलिखित प्रमाण हैं—

(१) इन सभी का आरम्भ इस पंक्ति से होता है—

"नान्द्यन्ते ततः प्रविशति सूत्रधारः।"

(२) इनमें आरम्भिक भूमिका को 'प्रस्तावना' न कहकर 'स्थापना' कहा गया है।
(३) 'स्थापना' के अन्तर्गत इसके कर्ता और कृति का नाम नहीं है, जबकि अन्य नाटककारों की रचना में कर्ता एवं कृति का नाम उल्लिखित देखा जाता है।
(४) इनके आदि तथा अन्त प्रायः एक समान हैं। अनेक नाटकों में आदिम पद्य में मुद्रालंकार के माध्यम से पात्रों का नाम सूचित होता है तथा भरत वाक्य में **'इमामपि महीं कृत्स्नां राजसिंहः प्रशास्तु नः'** यह वाक्य रहता है, अथवा इसी भाव का अन्य वाक्य होता है।

---

१. प्रथितयशसां भाससौमिल्लकविपुत्रादीनां प्रबन्धानतिक्रम्य कथं वर्तमानस्य कवेः कालिदासस्य कृतौ बहुमानः।

(५) भास के नाटकों में 'प्ररोचना' नहीं रहती है।

(६) प्रायः सभी नाटकों में 'स्थापना' के अन्तर्गत **'आर्यमिश्रान् विज्ञापयामि'** यह वाक्य देखा जाता है।

(७) सभी नाटक लघु आकार के हैं तथा उनकी भाषा और शैली समान रूप से सरल एवं प्रांजल है।

(८) सभी नाटकों में 'नाट्यशास्त्र' में वर्जित दृश्य—वध आदि रंगमंच पर दिखाये जाते हैं।

(९) सभी में अपाणिनीय तथा आर्ष प्रयोग पाए जाते हैं।

(१०) सभी की प्राकृतों में समानता है तथा पात्रों के नामों में भी अनुरूपता है।

(११) इनमें प्रयुक्त पदों तथा वाक्यों में एकरूपता देखी जाती है। डा० सुक्थङ्कर के अनुसार इन सभी नाटकों में एक सौ से अधिक वाक्य बिल्कुल समान हैं।

इस प्रकार ये सभी तेरह नाटक एक ही कवि की रचनाएँ हैं। ये सभी एक ही व्यक्ति अर्थात् भास द्वारा रचित हैं, इस पक्ष में अधोलिखित प्रमाण हैं—

(१) आलंकारिक भामह ने 'प्रतिज्ञायौगन्धरायण' नाटक की विस्तृत आलोचना ही नहीं की, अपितु उसके एक प्राकृत पद्य को भी संस्कृत रूप से उद्धृत किया है। दण्डी ने 'लिम्पतीव तमोऽङ्गानि' पद्य में अलङ्कार की विवेचना पाण्डित्य पूर्वक की है। यह पद्य 'बालचरित' तथा 'दरिद्रचारुदत्त' दोनों नाटकों में है। अतः ये सभी भासकृत हैं।

(२) अपनी रचना 'गउडवहो' में वाक्पतिराज (७५० ई०) ने भास को जलणमित्त (ज्वलनमित्र)—अग्नि का मित्र कहा है। भास ने अपने अनेक नाटकों में अग्निदाह की घटना वर्णित की है। अतः उनका उपर्युक्त विशेषण संगत ही है।

(३) राजशेखर (नवमी सदी) ने 'स्वप्नवासवदत्तम्' को भास का सर्वोत्तम नाटक बताया है।[१] अतः इस नाटक से समता धारण करने वाले अन्य सभी नाटक भी भास-कृत हैं।

(४) 'प्रसन्नराघव' के कर्ता जयदेव (१२०० ई०) ने भास को 'कविता-कामिनी का हास' कहा है। उन तेरह नाटकों में हास्यरस का सुन्दर चित्रण हुआ है। अतः इन सभी का कर्ता भास को मानना ठीक है।

(५) महाकवि दण्डी[२] तथा बाण[३] एवं वामन आदि ने अपनी रचनाओं में भास द्वारा अनेक नाटक लिखे जाने का संकेत किया है। इसलिए त्रावणकोर में उपलब्ध सभी तेरह नाटक भास द्वारा रचित माने जाते हैं।

---

१. भासनाटकचक्रेऽपि छेकैः क्षिप्ते परीक्षितुम्।
स्वप्नवासवदत्तस्य दाहकोऽभून्न पावकः॥

२. सुविभक्तमुखाद्यङ्गैर्व्यक्तलक्षणवृत्तिभिः।
परेतोऽपि स्थितो भासः शरीरैरिव नाटकैः॥ –अवन्तिसुन्दरी कथा

३. सूत्रधारकृतारम्भैर्नाटकैर्बहुभूमिकैः।
सपताकैर्यशो लेभे भासो देवकुलैरिव॥ –हर्षचरित, १५

भास का काल

संस्कृत के अन्य रचनाकारों के समान ही महाकवि भास का काल भी विवाद से परे नहीं है, किन्तु इतना तो निश्चित है कि ये कालिदास से पहले हुए थे, क्योंकि अपने 'मालविकाग्निमित्र' नाटक में कालिदास ने भास का उल्लेख किया है। अतः कालिदास का समय ई० पू० प्रथम शताब्दी मान्य है तो उनसे एक सौ वर्ष, प्रसिद्ध होने में लगने वाला समय, पहले अर्थात् द्वितीय शताब्दी ई० पू० में भास का समय माना जाना चाहिए। दूसरी ओर यूरोपीय एवं कुछ भारतीय विद्वान्, जो कालिदास को गुप्तकाल में मानते हैं, भास का समय तीसरी या चौथी शताब्दी निर्धारित करते हैं।

भास के काल-निर्धारण में अन्तरङ्ग तथा बहिरङ्ग प्रमाणों पर यहाँ विचार उपस्थापित किए जाते हैं—

अन्तरङ्ग प्रमाण

(१) भास के नाटकों की कथावस्तु रामायण, महाभारत तथा लोककथाओं पर आधारित है। महाभारत का काल ई० पू० पाँचवीं शताब्दी मान्य हैं। अतः उसके कुछ बाद भास का काल निश्चित होता है।

(२) भास ने अपने नाटकों में बृहस्पति के अर्थशास्त्र का उल्लेख किया है, किन्तु कौटिल्य के अर्थशास्त्र का नहीं। इससे विदित होता है कि भास के समय कौटिल्य-अर्थशास्त्र प्रचलन में नहीं था। कौटिल्य चन्द्रगुप्त के गुरु थे। चन्द्रगुप्त ३२३ ई० पू० में सिंहासनारूढ हुआ था। अतः भास का समय ई० पू० चौथी शताब्दी मानना उचित है।

(३) भास के नाटकों में वर्णित सामाजिक स्थिति छठी से चौथी शताब्दी ई० पू० के भारत की दशा को व्यक्त करती है।

(४) भास के ग्रन्थों के भरत वाक्यों से नन्दवंश के किसी राजा की ओर संकेत होता है। ये राजा ई० पू० चौथी शताब्दी में शासन करते थे।

बहिरङ्ग प्रमाण

(१) बाणभट्ट (सातवीं शताब्दी) ने अपने 'हर्षचरित' में भास के नाटकचक्र की चर्चा की है।

(२) शूद्रक (चौथी शताब्दी) ने अपने नाटक 'मृच्छकटिक' की रचना भास के 'चारुदत्तम्' नाटक के आधार पर की है। दोनों में काफी समानता है।

(३) अश्वघोष (प्रथम शताब्दी) के 'बुद्धचरित'[1] में यह पद्य मिलता है—

काष्ठं हि मथ्नन् लभते हुताशं भूमिं खनन् विन्दति चापि तोयम्।
निर्बन्धिनः किञ्चन नास्त्यसाध्यं न्यायेन युक्तं च कृतं च सर्वम्॥

भास के प्रतिज्ञायौगन्धरायण[2] के निम्नलिखित पद्य की स्पष्ट छाया अश्वघोष के पद्य पर है—

काष्ठादग्निर्जायते मथ्यमानाद् भूमिस्तोयं खन्यमाना ददाति।
सोत्साहानां नास्त्यसाध्यं नराणां मार्गारब्धाः सर्वयत्नाः फलन्ति॥

---

१. १२।६०
२. १।१८

(४) भास के प्रतिज्ञायौगन्धरायण में वीरों को युद्ध के लिए प्रेरित करते हुए कहा गया है—

नवं शरावं सलिलैः सुपूर्णं सुसंस्कृतं दर्भकृतोत्तरीयम्।
तत्तस्य मा भून्नरकं च गच्छेद् यो भर्तृपिण्डस्य कृते न युध्येत॥

कौटिल्य ने अपने अर्थशास्त्र (१०।३) में इस पद्य को इसी रूप में उद्धृत किया है।

इन उपर्युक्त अन्तरङ्ग एवं बहिरङ्ग प्रमाणों के आधार पर भास का काल ई० पू० चतुर्थ शताब्दी निर्धारित होता है। टी० गणपतिशास्त्री उनका काल तृतीय शताब्दी ई० पू० मानते हैं।

भास के नाटकचक्र का विवरण

संस्कृत काव्य-कृतियों के उपजीव्यग्रन्थ के रूप में रामायण, महाभारत और पुराणसाहित्य विशेष उल्लेखनीय हैं। इनके अतिरिक्त उदयन कथा पर आधारित कुछ रचनाएँ हैं तथा कुछ काव्यों की कथावस्तु कल्पित हैं। भास ने अपने नाटकों में इन सभी स्रोतों से कथानक लिए हैं। इनका विवरण इस प्रकार है—

(क) **रामकथाश्रित**	(१) प्रतिमा नाटक	(२) अभिषेक नाटक
(ख) **महाभारताश्रित**	(३) पञ्चरात्र,	(४) मध्यमव्यायोग
	(५) दूतघटोत्कच	(६) कर्णभार
	(७) दूतवाक्य	(८) उरुभंग
(ग) **पुराणकथाश्रित**	(९) बालचरित।	
(घ) **उदयनकथाश्रित**	(१०) प्रतिज्ञायौगन्धरायण	(११) स्वप्नवासवदत्त
(ङ) **कल्पित रूपक**	(१२) अविमारक	(१३) चारुदत्त

इन रूपकों का संक्षिप्त परिचय यहाँ क्रमशः प्रस्तुत किया जाता है।

(१) **प्रतिमानाटक**—इस नाटक में सात अंकों में राम के वनवास से लेकर रावणवध तक की कथा वर्णित है। अयोध्या के दिवंगत राजाओं की प्रतिमाएँ देवकुल में स्थापित की जाती थीं। ननिहाल से आते समय भरत ने अयोध्या के समीप देवकुल में स्थापित दशरथ की प्रतिमा को देखकर ही उनके निधन की बात जान ली थी। इसी कारण इस रचना का नाम 'प्रतिमानाटक' पड़ा।

(२) **अभिषेकनाटक**—इसमें छः अंकों में किष्किन्धाकाण्ड से युद्धकाण्ड तक की सम्पूर्ण कथा एवं राम के राज्याभिषेक का वर्णन है।

(३) **पञ्चरात्र**—इसमें तीन अंक हैं। यज्ञ की दक्षिणा के रूप में द्रोण ने दुर्योधन से पाण्डवों को आधा राज्य देने को कहा। शकुनि की सलाह पर दुर्योधन ने शर्त रखी कि यदि पाँच रातों में पाण्डव मिल जायेंगे तो मैं राज्य दे दूँगा। द्रोण के प्रयत्न करने पर पाण्डव मिल गए और उन्हें आधा राज्य प्राप्त हो गया। यह घटना कल्पित है और महाभारत में नहीं मिलती है।

(४) **मध्यमव्यायोग**—यह एकांकी रूपक है तथा व्यायोग है। मध्यम पाण्डव भीम द्वारा घटोत्कच से एक ब्राह्मणकुमार की रक्षा एवं पुत्र के रूप में घटोत्कच की पहचान और उसके माध्यम से पत्नी हिडिम्बा के मिलन का वर्णन है।

(५) **दूतघटोत्कच**—यह एकांकी रुपक है। अभिमन्यु वध के बाद श्रीकृष्ण घटोत्कच को दूत के रूप में धृतराष्ट्र और दुर्योधन के पास भेजते हैं और कहलवाते हैं कि पुत्र निधन से जो दशा पाण्डवों की हुई है, वही तुम्हारी भी होगी।

(६) **कर्णभार**—यह भी एकांकी है। इसमें कर्ण ब्राह्मण वेषधारी इन्द्र को कवच-कुण्डल का दान देकर महादानी होने का यश प्राप्त करता है।

(७) **दूतवाक्य**—यह भी एकांकी है। इसमें महाभारत के युद्ध से पहले पाण्डवों का दूत बनकर कौरवों के पास कृष्ण का जाना वर्णित है।

(८) **उरुभंग**—यह भी एकांकी है। भीम और दुर्योधन के गदायुद्ध तथा भीम के द्वारा दुर्योधन की जंघा के भंग करने का वर्णन इस कृति में है। सम्पूर्ण संस्कृत नाट्यसाहित्य में एकमात्र यही नाटक दुःखान्त है।

(९) **बालचरित**—इसमें पाँच अंकों में श्रीकृष्ण के जन्म से लेकर कंस के वध तक का वृत्तान्त निरूपित है।

(१०) **प्रतिज्ञायौगन्धरायण**—यह चार अंकों का नाटक है। इसमें कौशाम्बी के राजा उदयन कृत्रिम हाथी के छल से उज्जयिनी नरेश महासेन द्वारा पकड़ लिए जाते हैं। उदयन का मंत्री यौगन्धरायण दृढ़ प्रतिज्ञा करके न केवल उदयन को बन्धन से छुड़ाता है, अपितु कुमारी वासवदत्ता का भी हरण करा देता है।

(११) **स्वप्नवासवदत्त**—यह छः अंकों का नाटक है और 'प्रतिज्ञायौगन्धरायण' का उत्तरार्द्ध है तथा भास की नाट्यकला का चूड़ान्त निदर्शन है। इसमें मन्त्री यौगन्धरायण वासवदत्ता के जलने की अफवाह फैलाकर उसे छद्म वेष में पद्मावती के पास रख देता है। कालान्तर में पद्मावती का विवाह उदयन से होता है। कुछ दिनों बाद उदयन स्वप्न में वासवदत्ता को देखकर उसे जीवित समझने लगता है और उसे प्राप्त करने की अभिलाषा करता है। इसी कारण इस नाटक का नाम 'स्वप्नवासवदत्त' है। वत्सदेश पर उदयन की विजय के बाद वासवदत्ता उसे प्राप्त हो जाती है।

(१२) **अविमारक**—छः अंकों के इस नाटक में राजकुमार अविमारक तथा राजकुमारी कुरङ्गी के बीच प्रणय एवं परिणय का वर्णन है।

(१३) **चारुदत्त**—इसमें चार अंक हैं। यहाँ निर्धन, किन्तु उदारचेता ब्राह्मण चारुदत्त और गुणग्राहिणी वारांगना वसन्तसेना का आदर्श प्रेम चित्रित है। 'मृच्छकटिक' रूपक इसी पर आधृत है।

यह नाटक अपूर्ण है। इसमें भरत वाक्य भी नहीं है। सम्भवतः यह नाटक महाकवि भास. की अन्तिम कृति है, जिसे वे मृत्युपर्यन्त पूरा नहीं कर सके।

डॉ० ए० डी० पुसालकर ने भास के नाटकों का रचनाक्रम इस प्रकार निर्धारित किया है— प्रतिज्ञायौगन्धरायण, स्वप्नवासवदत्त, उरु भङ्ग, दूतवाक्य, पञ्चरात्र, बालचरित, दूतघटोत्कच, कर्णभार, मध्यमव्यायोग, प्रतिमानाटक, अभिषेक नाटक अविमारक और चारुदत्त।

भास की नाट्यकला

भास के नाटकों की बहुलता और उनके कथास्रोतों की विविधता से भास की मौलिकता एवं नाट्य-कला-दक्षता का पता चलता है। यद्यपि नाट्यशास्त्र के नियमों का सम्यक् परिपालन उनके रूपकों में नहीं देखा जाता है, फिर भी उनके रूपक श्रेष्ठ और आकर्षक हैं। 'महाभारत' की कथा से सम्बद्ध नाटकों को भास ने अपनी कल्पना-शक्ति से अत्यन्त मनोरंजक बना दिया है। पञ्चरात्र, मध्यमव्यायोग और दूतघटोत्कच—इन तीनों नाटकों की कथावस्तु कल्पित है, यद्यपि इनके पात्र महाभारत से लिए गए हैं। अन्य सभी नाटकों में मौलिक संयोजनों अथवा रोपणों के द्वारा वृत्तों को सर्वथा 'प्रख्यात' नहीं रहने दिया गया है। साथ ही वृत्तोद्घाटन में भास की नाट्यकला का उत्कर्ष यत्र-तत्र सर्वत्र दीख पड़ता है।

भास के कुछ नाटक, जैसे स्वप्नवासवदत्त तथा प्रतिज्ञायौगन्धरायण आदि पूर्ण विकसित नाटक हैं, किन्तु मध्यम व्यायोग, कर्ण भार, दूतवाक्य तथा दूतघटोत्कच एवम् ऊरुभंग केवल एक अंक के रूपक होने के कारण 'एकांकी' हैं। भास के नाटकों की सबसे बड़ी विशेषता है—अभिनेयता। जहाँ संस्कृत के अधिकांश नाटक अभिनय के लिए प्रायः अनुपयुक्त प्रतीत होते हैं, वहाँ भास के सभी नाटक रंगमंच के सर्वथा उपयुक्त हैं। इसका कारण यह है कि इन रूपकों में न तो कहीं वर्णन की अधिकता है, जो रूपक की अभिनेयता को बाधित करती है, और न कहीं कथावस्तु का ही अनावश्यक विस्तार है, जो कार्यान्विति में रुकावट डालता है। उनके सभी रूपक नाटकीय दृष्टि से चुस्त-दुरुस्त एवं सुसंगठित हैं।

भास की सभी रचनाएँ नाटकीय दृष्टि से अत्यन्त सफल हैं। उनके कथानक घटनाप्रधान और अन्तर्द्वन्द्व से युक्त हैं। प्रत्येक नाटक की घटनाएँ तेजी से आगे बढ़ती हैं। इस तीव्र गतिशीलता में घटनाओं की नवीनता देखते ही बनती है। अपने वर्णन-चातुर्य एवं नाट्य-नैपुण्य द्वारा भास अनुपस्थित पात्रों या परोक्ष घटनाओं को भी रंगमंच पर उपस्थित या घटित किये बिना ही दर्शकों के मन में उनका ऐसा आभास करा देते हैं, मानो उनका प्रत्यक्ष चित्रण हो रहा है। जैसा कि प्रतिज्ञायौगन्धरायण' में उदयन और वासवदत्ता रंगमंच पर कभी नहीं आते, किन्त सामाजिकों को उनकी उपस्थिति की बराबर प्रतीति होती रहती है।

भास के नाटकीय-संवाद भी बड़े रोचक हैं। उनके पात्र समुचित बातें थोड़े से चुने हुए शब्दों में करते हैं। किसी प्रश्न का सटीक उत्तर देने में उनके पात्र बड़े कुशल हैं। यहाँ 'दूतवाक्यम्' का एक सन्दर्भ द्रष्टव्य है—कौरवों की सभा में दूत बनकर गए श्रीकृष्ण से दुर्योधन पाण्डवों का कुशल उनके पिता के नाम के साथ पूछता है तो श्रीकृष्ण दुर्योधन की माँ का नाम लेकर उत्तर देते हैं—

दुयोधनः—भो दूत।

धर्मात्मजो वायुसुतश्च भीमो भ्रातार्जुनो मे त्रिदशेन्द्रसूनुः।
यमौ च तावदश्विसुतौ विनीतौ सर्वे सभृत्याःकुशलोपपन्नाः॥[1]

वासुदेवः—सदृशमेतद् गान्धारीपुत्रस्य।

---

१. दूतवाक्य पद्य संख्या १९

इसी प्रकार जब श्रीकृष्ण दुर्योधन से पाण्डावों का दायाद्य (पिता के धन का हिस्सा) देने को कहते हैं तो दुर्योधन कह उठता है—कैसा दायाद्य ? मेरे चाचा पाण्डु शिकार के समय कुछ अपराध करने के कारण मुनि से शापित हो गए और तब से वे स्त्री सम्भोग के विरक्त हो गए, तो दूसरे पुरुषों से उत्पन्न हुए पुत्र को पिता के धन का भागी कैसे माना जा सकता है—

दुर्योधनः—कथं कथं दायाद्यमिति ?
वने पितृव्यो मृगयाप्रसङ्गतः कृतापराधो मुनिशापमाप्तवान्।
तदा प्रभृत्येव स दारनिःस्पृहः परात्मजानां पितृतां कथं व्रजेत्॥[1]

इसके उत्तर में वासुदेव कहते हैं—आप इतिहासज्ञों से मैं पूछता हूँ—अति विषयासक्त तुम्हारा पितामह विचित्रवीर्य क्षयरोग से मृत्यु को प्राप्त हुआ, पुनः अम्बिका में व्यास के द्वारा उत्पन्न धृतराष्ट्र तुम्हारा पिता राज्य का उत्तराधिकारी कैसे हुआ—

वासुदेवः-पुराविदं भवन्तं पृच्छामि।
विचित्रवीर्यो विषयी विपत्तिं क्षयेण जातः पुनरम्बिकायाम्।
व्यासेन जातो धृतराष्ट्र एष लभेत राज्यं जनकः कथं ते॥[2]

ऐसे संवाद भास के नाटकों में बड़े चुस्त, संक्षिप्त तथा नाटकीय ढंग से प्रभावोत्पादक हैं। पद्यों का आश्रय लेकर अपने पात्रों में संवाद कराने का भास का ढंग निराला है। शीघ्र उत्तर-प्रत्युत्तर तथा चुभते हुए संवादों के लिए ऐसे प्रयोग नितान्त सफल एवं चमत्कारक हैं।

पात्रों के चरित्र-चित्रण में भी भास बहुत निपुण हैं। अपने पौरोणिक पात्रों को उन्होंने वास्तविकता, मनोवैज्ञानिकता और मार्मिकता के साथ चित्रित कर उन्हें सर्वथा नवीन और प्रभावोत्पादक बना दिया है।

अपने नाटकों के प्रमुख पात्रों का नामोल्लेख मंगलाचरण के श्लोकों में ही कर देना (जिसे मुद्रालंकार कहते हैं) भास को विशेष रुचता है। 'पताकास्थानक' का स्थल-स्थल पर उपयोग कर वे अपने नाटकों में चमत्कार उत्पन्न कर देते हैं। शिष्ट एवं परिष्कृत हास्य के पुट के कारण ही **'भासो हासः'** की उक्ति उनके विषय में प्रचलित है। भास उत्कृष्ट कोटि के कवि भी हैं, किन्तु अपने कवित्व को वे अपनी नाटकीयता पर कभी हावी नहीं होने देते।

इस प्रकार भास के नाटकों में घटना की गतिशीलता, चरित्रचित्रण की सजीवता, अभिनय की प्रभावोत्पादकता, संवाद की चमत्कारिता और रसों की आह्लादक निष्पत्ति पाठकों तथा दर्शकों को मुग्ध कर देने में अत्यन्त सफल हैं। इन्हीं कारणों से उनके सभी नाटक आज भी रङ्गमञ्च पर सफलता के साथ खेले जाते हैं। भास की नाट्यकला की उत्कृष्टता इसी में सन्निहित है।

भास की शैली

भास अपने नाटकों की कथावस्तु के लिए ही वाल्मीकि एवं व्यास के ऋणी नहीं है, किन्तु नैसर्गिक रचना शैली की दृष्टि से भी उनके अनुगामी हैं। भास की कृतियों में स्वाभाविक पदविन्यास

१. दूतवाक्य पद्य संख्या २१
२. वही, पद्य संख्या, २२

के साथ भाव-सौष्ठव और कथा-प्रवाह भी मनोरंजक हैं। विकटबन्ध, क्लिष्ट कल्पना और समासबहुलता का उनमें अभाव है। माधुर्य एवं प्रसाद भास की शैली के विशेष गुण हैं। रसानुबोध के समय अवसर के अनुकूल वे अपनी शैली में भी परिवर्तन कर देते हैं। वाग्विस्तार करने के स्थान पर वे शब्दों के परिमित प्रयोग द्वारा अपने भावों की मार्मिक व्यंजना प्रस्तुत करते हैं। प्रतिमानाटक में '**अनुक्त्वैव वनं गताः**। (२।१७) जैसे संक्षिप्त उक्ति द्वारा उन्होंने राम-लक्ष्मण-सीता के अकथनीय हृद्गत भावों का अत्यन्त हृदयस्पर्शी चित्र प्रस्तुत किया है।

भास का प्रकृति-चित्रण भी सरस, स्वाभाविक और मनोरम है, उन्होंने बाह्य प्रकृति को भी अन्तःप्रकृति के अनुरूप ही चित्रित किया है। अपनी प्रियतमा से पुनः मिलन न होने की सम्भावना से निराश राजकुमार अविमारक को पृथ्वी जलती हुई, वृक्ष छायारहित, पर्वत चीखते हुए और संसार दग्ध होकर मूर्च्छित जान पड़ते हैं।[1] प्रकृति के प्रति अत्यन्त प्रेम के कारण भास अपनी उपमाओं के लिए प्रकृति से ही प्रायः उपादान लेते हैं—

सूर्य इव गतो रामः सूर्य दिवस इव लक्ष्मणोऽनुगतः।
सूर्यदिवासावसाने छायेव न दृश्यते सीता॥[2]

अपनी सरल, बोधगम्य तथा मार्मिक उपमाओं के द्वारा भास सांसारिक प्राणियों के गमनागमन जैसे कठोर सत्य का प्रतिपादन सहजता से करते हैं—

कः कं शक्तो रक्षितुं मृत्युकाले रज्जुच्छेदे के घटं धारयन्ति।
एवं लोकस्तुल्यधर्मो वनानां काले काले छिद्यते रुह्यते च॥[3]

मृत्यु के समय कौन किसे बचा सकता है ? रस्सी के टूटने पर घड़े को कौन धारण करते हैं या गिरने से बचाते हैं ? इसी तरह मनुष्य वृक्षों के समान धर्मवाला है जो कि (वृक्ष), समय-समय पर काटा जाता है और उत्पन्न भी होता है।

भास के नाटकों में अलंकार का बहुल प्रयोग देखा जाता है, किन्तु वे अलंकार कभी बोझिल या घटना-प्रवाह के अवरोधक नहीं लगते। उनके अलंकारों में उपमा, रूपक, उत्प्रेक्षा तथा अर्थान्तरन्यास आदि विशेष रूप से प्रयुक्त हैं। अर्थान्तरन्यास के निदर्शन रूप में अग्रलिखित पद्य अत्यन्त लोकप्रिय है—

पूर्वं त्वयाप्यभिमतं गतमेवमासी–
च्छ्लाघ्यं गमिष्यसि पुनर्विजयेन भर्तुः।
कालक्रमेण जगतः परिवर्तमाना
चक्रारपंक्तिरिव गच्छति भाग्यपंक्तिः॥[4]

भास के नाटकों में मनोरम हृद्गत भावों के चित्रण के साथ मनोवैज्ञानिक-संवेदनाओं का भी सुन्दर विश्लेषण है—

---

१. अविमारक ४।४
२. प्रतिमानाटक २।७
३. स्वप्नवासवदत्त ६।१०
४. स्वप्नवासवदत्त १।४

स्मृत्वा स्मृत्वा याति दुःखं नवत्वम्।[1]

× × ×

प्रद्वेषो बहुमानो वा सङ्कल्पादुपजायते।[2]

× × ×

शरीरेऽरिः प्रहरति हृदये स्वजनस्तथा॥[3]

इन पद्यों में भाव-वर्णन के साथ-ही-साथ मनोवैज्ञानिकता का कितना उत्कृष्ट निदर्शन मिलता है इस बात को विदेशी विद्वान् भी स्वीकार करते हैं।

भास की भाषा अत्यन्त सरल एवं प्रवाहपूर्ण तथा घटना-प्रवर्तन के अनुरूप है। इसलिए उनके नाटक सर्वप्रिय हैं। समयानुकूल रसानुभूति युक्त पद्यों का समावेश उन्होंने अपने नाटकों में किया है। शृंगार रस के वर्णन में कोमल कान्त पदावलियों के प्रयोग हैं तो वीर रस के वर्णन में कर्कश शब्द भी देखे जाते हैं, किन्तु भास की स्वाभाविक रुचि शब्दों की सरलता और ऋजुता में ही है।

इस प्रकार संस्कृत साहित्य के प्रथम नाटककार होते हुए भी भास ने अपनी उत्कृष्ट नाट्यकला और अनुपम रचना शैली के माध्यम से अक्षय कीर्ति हासिल की है।

कालिदास

नाट्य रचना परम्परा में भास के बाद कालिदास का नाम आता है। कुछ विद्वान् कालिदास से पहले 'मृच्छकटिक' के कर्ता शूद्रक का स्थितिकाल मानते हैं, किन्तु अधिकांश विद्वान् कालिदास को ही पूर्ववर्ती मानते हैं। इस पर पीछे विचार हो चुका है।

कविकुलगुरु कालिदास संस्कृत साहित्य के सर्वोत्तम कवि ही नहीं, अपितु सर्वोत्कृष्ट नाटककार भी हैं। उनका स्थितिकाल, जैसा कि पिछले अध्याय में समालोचित है, प्रथम शताब्दी ई० पू० में उज्जयिनी के परमार-वंशी सम्राट् विक्रमादित्य के शासनकाल में माना जाता है।

कालिदास के नाटक

कालिदास की तीन नाट्य-कृतियाँ हैं—**मालविकाग्निमित्र, विक्रमोर्वशीय** और **अभिज्ञानशाकुन्तल**। भारतीय नाट्य-साहित्य का पूर्ण परिपाक कालिदास की कृतियों में ही सर्वप्रथम देखा जाता है। अपनी अनुपम कल्पना-शक्ति और विलक्षण नाट्य-नैपुण्य के कारण कालिदास समस्त विश्व के नाटककारों में अग्रगण्य माने जाते हैं। वे अलौकिक एवं सर्वतोमुखी प्रतिभा से सम्पन्न थे। अतः जितनी सरसता और आह्लादकता उनके महाकाव्यों में है, उतनी ही मौलिक और अनुपम कल्पनाशक्ति उनके मेघदूत में विकसित है, तथा वैसी ही अद्भुत और अप्रतिम रचना-चातुरी उनके नाटकों में मनोमुग्धकारिणी है। उनकी सभी विधाएँ एक से बढ़कर एक हैं। उनका नाटक 'अभिज्ञानशाकुन्तल' विश्व-साहित्य का एक अमूल्य रत्न है।

---

१. स्वप्नवासवदत्त ४।६

२. ,, ,, १।७

३. प्रतिमानाटक १।१२

कालिदास के सभी नाटकों की कथावस्तु प्रेममूलक है, किन्तु उनमें प्रेम की अलग-अलग अवस्थाएँ मनोवैज्ञानिक ढंग से वर्णित हैं। 'मालविकाग्निमित्र' में प्रतिकूल परिस्थिति में अन्तःपुर में प्रस्फुटित यौवनसुलभ प्रेम का वर्णन है, तो 'विक्रमोर्वशीय' में प्रेमिका के विरह में प्रेमी को पागल बना देने वाली उद्दाम वासना से उत्पन्न प्रेम का चित्रण है। 'अभिज्ञानशाकुन्तल' में वासनाजन्य प्रेम विरह की कठोर ज्वाला में तपकर विशुद्ध एवम् अभिनन्दनीय स्वरूप को प्राप्त करता है। इन तीनों नाटकों की कथावस्तु इस प्रकार है—

१. **मालविकाग्निमित्र**—इसमें पाँच अंकों में शुङ्गवंशीय राजा अग्निमित्र तथा मालविका के प्रणय एवं परिणय का वर्णन है। राजमहिषी धारिणी की परिचारिका मालविका अपने अप्रतिम लावण्य से राजा के चित्त को आकृष्ट करती है। राजा उससे मिलने के लिए बहुत प्रयास करता है। रानी उन दोनों पर कड़ी नजर रखती है। अन्त में मालविका को राजकुमारी जानने पर रानी उन दोनों का विवाह करा देती है।

रचनाक्रम के अनुसार यह कालिदास का प्रथम नाटक है, फिर भी नाट्यकला की दृष्टि से एक अच्छी कृति है। कथानक की विभिन्न घटनाएँ बड़े कौशल से रूपायित है। नाटक में काव्य-सौन्दर्य भले ही कम हो, पर नाटकीय क्रियाशीलता प्रचुर मात्रा में दृष्टिगत है। नाटक के संवाद बड़ी चतुराई से रचे गये हैं और प्रेक्षकों की रुचि को बनाये रखते हैं। इसकी भाषा प्रासादिक और मनोरम है।

२. **विक्रमोर्वशीय**—यह पाँच अंकों का एक त्रोटक (उपरूपक) है। इसमें राजा पुरुरवा तथा अप्सरा उर्वशी की प्रणयकथा निरूपित है। पुरुरवा केशी नामक दैत्य से उर्वशी का उद्धार करते हैं। उर्वशी अपने त्राता की प्रेम-बन्दिनी बन जाती है और राजा भी उसके सौन्दर्य पर उन्मत्त हो जाते हैं। महारानी की अनुमति से दोनों में प्रेम व्यापार चलने लगता है। इसी बीच उर्वशी अभिनय के लिए स्वर्ग में बुला ली जाती है। वहाँ अभिनय में लक्ष्मी की भूमिका करती हुई उर्वशी वाग्दान (सगाई) के समय विष्णु के बदले पुरुरवा का नाम ले लेती है। अतः मुनि भरत से शापित होकर भूतल पर उसे आना पड़ता है। अब वह राजा के साथ रहने लगती है। एक बार राजा से रुठ कर वह गन्धमादन उपवन में चली जाती है। जहाँ वह कार्तिकेय के नियमानुसार लता के रूप में परिणत हो जाती है। राजा उसके विरह में जंगल-जंगल भटकते और विलाप-प्रलाप करते हैं। संगमनीय मणि के प्रभाव से उर्वशी पुनः अपने पूर्व रूप में आ जाती है। दोनों राजधानी लौटते हैं। उर्वशी के गर्भ से उत्पन्न कुमार को राजा द्वारा देखे जाने पर उर्वशी इन्द्र के आज्ञानुसार स्वर्ग लौटना चाहती है। राजा भी पुत्र का राज्याभिषेक कर वन में जाने का निश्चय करते हैं। इतने में नारद वहाँ आकर यह सूचित करते हैं कि इन्द्र ने पुरुरवा और उर्वशी को सदा साथ रहने की अनुमति दे दी है।

इसमें पुरुरवा और उर्वशी के प्राचीन वैदिक आख्यान को कवि ने भाव, भाषा और शैली की मौलिकता से अत्यन्त मनोरम रूप दिया है। कवि की कल्पना-शक्ति इसमें खूब प्रस्फुटित हुई है। भरत मुनि का शाप, कार्तिकेय का नियम, उर्वशी का रूप परिवर्तन, पुरुरवा का उन्मत्त प्रलाप आदि प्रसंग और पूरा पाँचवाँ अंक—ये सभी कालिदास की कल्पना शक्ति की उपज हैं। इसमें संयोग और वियोग शृंगार का अत्यन्त मर्मस्पर्शी निरूपण हुआ है।

अभिज्ञानशाकुन्तलम्—यह महाकवि कालिदास का अथवा सम्पूर्ण संस्कृत साहित्य का सर्वोत्कृष्ट नाटक है। इसके सात अंकों में शकुन्तला एवं दुष्यन्त के प्रणय, वियोग तथा पुनर्मिलन की कथा वर्णित है। हस्तिनापुर के राजा दुष्यन्त मृगया के क्रम में कण्व मुनि के आश्रम में जाने पर वृक्ष सेचन करती हुई शकुन्तला को देखकर उसकी ओर आकृष्ट होते हैं। वह भी उनपर मुग्ध हो जाती है। दोनों में गान्धर्व विवाह होता है। कुछ समय बाद शकुन्तला को शीघ्र ही बुला लेने का वचन देकर दुष्यन्त स्वनामांकित अंगूठी उसे पहनाते हैं और राजधानी लौट जाते हैं।

राजा के विरह में खोयी हुई सी शकुन्तला द्वार पर आए दुर्वासा मुनि का स्वागत नहीं करने के कारण पति द्वारा नहीं पहचाने जाने के शाप का भागी बनती है, किन्तु इसका भी पता उसे नहीं होता है। शकुन्तला की सखियों की प्रार्थना पर मुनि अभिज्ञान द्वारा पहचानने की बात कहकर अपने शाप में संशोधन करते हैं।

तीर्थयात्रा से लौटने पर मुनि कण्व शकुन्तला को गर्भवती जानकर उसे पतिगृह भेजने का आयोजन करते हैं। शकुन्तला अपने बचपन के सहचर लता, वृक्ष, पशु-पक्षी एवं सखियों से स्नेहपूर्वक विदा होकर हस्तिनापुर के लिए प्रस्थान करती है। मार्ग में शकुन्तला के हाथ से अँगूठी गिर जाती है। राजदरबार में पहुँचने पर याद दिलाने पर भी राजा उसे नहीं पहचानते हैं। तब विलाप करती हुई शकुन्तला को एक दिव्य ज्योति उठा ले जाती है। महर्षि मारीच के आश्रम में अपनी माता मेनका के साथ वह वियोग के दिन काटती है। इधर एक धीवर को राजा की वह नामांकित अंगूठी एक मछली के पेट से मिलती है। उस धीवर से प्राप्त अंगूठी को देखते ही राजा को शकुन्तला के साथ अपने प्रेम व्यापार का स्मरण हो आता है, और वे शकुन्तला से मिलने के लिए व्याकुल हो जाते हैं। अन्त में इन्द्र की सहायता कर स्वर्ग से लौटते समय दुष्यन्त का मारीच-आश्रम में अपने पुत्र सर्वदमन और पत्नी शकुन्तला से पुनर्मिलन होता है। वहाँ से वे सभी राजधानी लौटते हैं।

मूल कथानक में परिवर्तन—'अभिज्ञानशाकुन्तलम्' का मूल कथानक महाभारत के आदि पर्व में वर्णित शकुन्तलोपाख्यान से गृहीत है, किन्तु उस सामान्य कथा को कालिदास ने अपनी अद्भुत कवित्वशक्ति के द्वारा अनुपम नाटकीय स्वरूप प्रदान किया है। 'महाभारत' की शकुन्तला प्रगल्भ, स्पष्ट भाषिणी और निर्भीक तरुणी है। वह अपने जन्म की कथा दुष्यन्त से स्वयं कहती है तथा राजा के साथ विवाह करने से पूर्व शर्त रखती है—

मयि जायेत यः पुत्रः स भवेत्त्वदनन्तरम्।
युवराजो महाराज सत्यमेतद् ब्रवीमि ते॥

कालिदास की शकुन्तला एक लज्जाशील, प्रेमपरायण और मुग्ध बालिका है। उसके जन्म की कथा दोनों सखियाँ—प्रियंवदा और अनुसूया कहती हैं। दुष्यन्त के साथ अपने प्रेम का संकेत करती हुई शकुन्तला सखियों से कहती है—

"तद्यदि वामनुमतं तथा वर्तेथा यथा तस्य राजर्षेरनुकम्पनीया भवामि।"

'महाभारत' के कण्व दुष्यन्त के आश्रम में आने से पूर्व फल-मूलादि लाने हेतु वन में जाते हैं, किन्तु 'अभिज्ञानशाकुन्तल' के कण्व शकुन्तला के भावी अनिष्ट की शान्ति के लिए सोमतीर्थ गए हुए हैं। आश्रम में दीर्घ काल तक कण्व की अनुपस्थिति के कारण अनेक घटनाओं की स्वाभाविक पृष्ठभूमि

कवि ने तैयार की है। कण्व की अनुपस्थिति के कारण तपस्वी जन आश्रम में यज्ञ की रक्षा के लिए ठहरने हेतु दुष्यन्त से प्रार्थना करते हैं। इससे दुष्यन्त और शकुन्तला के बीच प्रेम व्यापार में प्रगाढ़ता और उसकी परिणति तथा दुर्वासा के शाप की घटनाएँ सम्भव हो सकीं हैं। उस शाप के शमन में भी कण्व द्वारा सोमतीर्थ में किए गए उपचार ही कारण भूत थे। इस प्रकार कण्व के सोमतीर्थ-गमन की नई कल्पना कर कवि ने अनेक नाटकीय घटनाओं की सृष्टि की है।

'महाभारत' में शकुन्तला के गर्भ से आश्रम में ही पुत्र उत्पन्न होता है और उस बालक के छः वर्ष के हो जाने पर शकुन्तला पतिगृह जाती है। कालिदास ने भारतीय मर्यादा एवं परम्परा के अनुसार शकुन्तला को प्रसव से पूर्व ही पतिगृह भेज दिया है।

'महाभारत' का दुष्यन्त कामुक, भीरु, स्वार्थी और मिथ्याभाषी है। वह शकुन्तला को देखते ही उस पर आसक्त हो जाता है तथा विवाह का प्रस्ताव कर देता है। विवाह के बाद वह उसे छोड़ देता है तथा राजसभा में, गान्धर्व विवाह की बात याद रहने पर भी लोकापवाद के भय से, उसको पहचानने से इनकार करता है। बाद में 'भरस्व पुत्रं दौष्यन्ति सत्यमाह शकुन्तला' इस प्रकार की आकाशवाणी होने पर उसे स्वीकार करता है।

कालिदास का दुष्यन्त आश्रम में बहुत दिनों तक रहने के बावजूद शकुन्तला से विवाह की बात एकाएक स्वयं नहीं कर पाता है, किन्तु शकुन्तला की सखियाँ उसे प्रेरित करती हैं। राजधानी आने पर उसे भूल जाने में दुर्वासा का शाप ही कारण है और इसी से राजसभा में भी वह शकुन्तला को नहीं पहचान पाता है, परन्तु अंगूठी की प्राप्ति होते ही सारी बातें उसके ध्यान में आ जाती हैं और वह अपने को धिक्कारता है तथा अपने किए पर पश्चात्ताप करते हुए वियोग की ज्वाला में जलने लगता है।

इस प्रकार यह दुष्यन्त एक अत्यन्त परिष्कृत रुचिसम्पन्न, सच्चा प्रेमी, निर्भीक, सत्यवादी और दृढ़व्रत धीरोदात्त नायक है। उसके चरित्र के विकास में दुर्वासा के शाप और अंगूठी की कल्पना की महत्त्वपूर्ण भूमिका है। यह अंगूँठी शकुन्तला की स्मृति एवं प्राप्ति में अभिज्ञान (पहचान) होने से नाटकीय घटना को फलागम तक पहुँचाने में अत्यन्त सहायक होती है। अतः इस नाटक का नामकरण इसी आधार पर 'अभिज्ञानशाकुन्तल' हुआ है।

'पद्मपुराण' की कथा 'अभिज्ञानशाकुन्तल' के कथानक से बहुत निकट है और विन्टरनित्ज[१] तथा हरदत्तशर्मा[२] की धारणा है कि कालिदास ने अपना कथानक इसी से लिया है, किन्तु यह पुराण निश्चित रूप से कालिदास के बाद का है और इसका विवरण कालिदास के कथानक का ही पुनः सृजन मात्र है। पद्मपुराण में अनेक स्थानों पर 'अभिज्ञानशाकुन्तल' की पदावली यथावत् उद्धृत है।

'अभिज्ञानशाकुन्तल' कालिदास की अनुपम कृति है और इसमें कवि की नाट्यकला अपने पूर्ण विकास को प्राप्त कर चुकी है। शकुन्तला के मुग्ध मानस में प्रेम के प्रथम प्रस्फुटन से लेकर चरम परिणति तक का चित्रण कवि ने जिस कौशल से किया है, वह विश्व साहित्य में अनूठा है। शकुन्तला के नैसर्गिक अतुलित लावण्य को देखते ही दुष्यन्त उस पर अपना हृदय न्योछावर कर देता है, किन्तु इस कामासक्ति की स्थिति में भी उस सुन्दरी के कल के बारे में जानना आवश्यक

---

१. History of Indian literature, Vol. III, p. 215

२. Kalidas and Padma Purana (Calcutta, 1725)

समझता है, क्योंकि तत्कालीन सामाजिक एवं धार्मिक मर्यादा के अनुसार किसी क्षत्रिय पुरुष का विवाह ब्राह्मणी कन्या से होना वर्जित था। इसके प्रति दुष्यन्त सजग है। शकुन्तला को क्षत्रिय कन्या जानकर ही दुष्यन्त उससे अपने विवाह को संभावित मानता है। यहाँ शकुन्तला का परिचय उसकी दोनों सखियाँ देती हैं; जिसके कारण शकुन्तला मुग्धा नायिका के रूप में वर्णित है। शकुन्तला अपनी दोनों सखियों और राजा की बातचीत में खुलकर हिस्सा तो नहीं लेती, किन्तु किसी बहाने उनकी बातें सुनती है और छिपे तौर पर दुष्यन्त की सुन्दर आकृति को निहारती रहती है। उसके निर्विकार हृदय में काम-भावना की उत्पत्ति से वहाँ दुष्यन्त का वास हो जाता है। उसके रूप पर शकुन्तला इतनी मुग्ध हो जाती है कि गजों के भय से पर्णकुटी में जाते समय वह दुष्यन्त को कुछ अधिक क्षणों तक देख लेने के लोभ के कारण ही पैर में कांटा गड़ने और पेड़ की डाल में वल्कल फँसने का बहाना बनाती है। उसकी चाहत के अनुसार ही गान्धर्व विवाह होता है। यहाँ तक तीन अंकों में काम का राज्य है, वासना की प्रबलता है। कामासक्त शकुन्तला पर स्वेच्छाचारिणी होने का आरोप लगता है तथा वासना के वश में होने से राजा का पतन होता है। इसी कारण रवीन्द्रनाथ टैगोर ने दुष्यन्त को एक ऐसा पाप कीट कहा है जो आश्रम की पवित्रता और शान्ति को नष्ट कर डालता है।

चतुर्थ अङ्क का वैशिष्ट्य

महाकवि कालिदास के श्रेष्ठतम नाटक अभिज्ञानशाकुन्तलम् के सात अंकों में चतुर्थ अंक सर्वोत्कृष्ट समझा जाता है। इस अंक में कालिदास की विलक्षण एवं नूतन उद्भावना की अभिव्यक्ति हुई है। वासना के वशीभूत दुष्यन्त के चरित में उत्थान के लिए तथा ऋषि कन्या शकुन्तला की कामासक्ति के कलुष को तपस्या की अग्नि में जलाकर कुन्दन की भाँति उद्दीप्त करने के लिए कवि ने चतुर्थ अङ्क में ही दुर्वासा के शाप की उद्भावना की है। सम्पूर्ण 'अभिज्ञान शाकुन्तल' में यह अंक अपनी अनेक विशिष्टताओं के कारण सर्वाधिक रमणीय है। आरम्भ में ही आश्रम के द्वार पर 'अयमहं भोः' की ऊँची पुकार लगाने वाले तथा पवित्र जीवन के लिए आह्वान करने वाले दुर्वासा ऋषि सादा जीवन और तपश्चरण के प्रतीक हैं। बिना गुरूजनों की अनुमति के दुष्यन्त को अपना तन-मन दे डालने वाली और उसके विरह में खोई रहने वाली शकुन्तला के लिए ऐसे ऋषि के सत्कार रूप पुनीत कर्तव्य से विमुख होना कथमपि क्षम्य नहीं था। कालिदास ने यहाँ दिखलाया है कि जो असंयत प्रेम व्यक्ति को अधिकार-प्रमत्त या कर्त्तव्यच्युत कर देता है, जिस निर्बन्ध प्रेम के कारण प्रेमी जन अपने प्रियतम के अतिरिक्त किसी के सम्मान एवं शालीनता का विचार नहीं करता, वह प्रेम नहीं, वासना मात्र होने से कदर्थित एवं कलुषित है। उसे साधना की वह्नि में तप कर अपनी परिशुद्धि का परिचय देना ही होगा। अतः ऋषि उसे शाप देते हैं कि जिसके ध्यान में मग्न होकर तू मुझ जैसे तपस्वी की सुध नहीं ले रही हो। वह स्मरण दिलाने पर भी तुझे उसी प्रकार भूल जाएगा जैसे पागल व्यक्ति अपनी पिछली बातें भूल जाता है—

"विचिन्तयन्ती यमनन्यमानसा तपोधनं वेत्सि न मामुपस्थितम्।
स्मरिष्यति त्वां न स बोधितोऽपिसन् कथां प्रमत्तः प्रथमं कृतामिव॥"[1]

---

१. अभि० ४।१

शकुन्तला को इस अपराध के लिए क्षमा कर देने की प्रार्थना उसकी सखी द्वारा किए जाने पर ऋषि कहते हैं कि पहचान का आभूषण दिखला देने पर शाप छूट जाएगा। इससे ऋषि के वचन की अव्यर्थता तथा उनकी दयालुता व्यक्त होती है। यहाँ एक ओर 'अभिज्ञान' तथा दूसरी ओर अङ्गुलीयक की महत्ता का भी संकेत किया गया है।

विष्कम्भक के बाद कण्व का शिष्य अरुणोदय का वर्णन करता है, जिसमें आश्रम छोड़कर शकुन्तला के जाने का संकेत है—

यात्येकतोऽस्तशिखरं पतिरोषधीना–
माविष्कृतोऽरुण पुरस्सर एकतोऽ र्कः।
तेजोद्वयस्य युगपद्व्यसनोदयाभ्यां
लोको नियम्यत इवात्मदशान्तरेषु ॥[१]

एक ओर ओषधियों के स्वामी चन्द्रमा अस्ताचल को जा रहे हैं, और दूसरी ओर अपने सारथी अरुण को आगे किए हुए सूर्य उदित हो रहे हैं। इन दो तेजस्वियों के एक साथ उदय और अस्त के द्वारा दुःख और सुख के जाते और आते रहने की शिक्षा लोगों को दी जाती है।

वह शिष्य आगे कहता है—

अन्तर्हिते शशिनि सैव कुमद्वती मे
दष्टिं न नन्दयति संस्मरणीयशोभा।
इष्टप्रवासजनितान्यबलाजनेन
दुःखानि नूनमति मात्रसुदुःसहानि ॥[२]

चन्द्रमा के अस्त हो जाने पर अब कुमुदिनी आँखों को आनन्दित नहीं करती। उसकी शोभा केवल स्मरणीय रह गई है। वास्तव में, प्रियतम (दुष्यन्त) के प्रवास के कारण अबला (शकुन्तला) के वियोग दुःख अत्यन्त असह्य हो जाते हैं।

यहाँ प्रोषित भर्तृका शकुन्तला की दशा का प्रकृति के साथ अत्यन्त मार्मिक सम्बन्ध निरूपित है। इसके बाद से नाटक का सम्पूर्ण क्रम कष्टों के बीच उसके चरित्र का रूपान्तरण बन जाता है। मेनका से उत्पन्न होने के बाद से ही उसके द्वारा परित्यक्त होने पर शकुन्त (पक्षी) के द्वारा लालित पालित होने के कारण (शकुन्तेन लालिता-पालितेति) उसका नाम शकुन्तल पड़ा था। बाद में कण्व को वह मिली और उनके आश्रम में उसका पोषण एवं सम्वर्धन हुआ। अतः कण्व उसके धर्म पिता थे।

ऋषि कण्व, जो दुष्यन्त के आगमन के समय सोमतीर्थ गए थे, लौटने पर सारी घटना का विवरण हर्ष और विषाद की मिश्रित भावना के साथ सुनते हैं। उन्हें इस बात की प्रसन्नता है कि उनकी पालिता पुत्री को एक सुयोग्य पति मिल गया। वे उसे गले लगाकर कहते हैं—"आँखों

---

१. अभि० ४।२

२. ,, ४।३

में धुआँ भर जाने पर भी सौभाग्य से यजमान की आहुति आग में ही पड़ी। योग्य शिष्य को दी गई विद्या के समान तुम भी अशोचनीय हो।"[1] उसको उसी दिन पतिगृह भेजने की घोषणा भी वे कर देते हैं।

वृद्ध ऋषि उसके भावी वियोग के कारण अत्यन्त दुःखी भी हैं। वे भारी आवाज में कहते हैं—"शकुन्तला आज चली जाएगी, यह सोचते ही व्याकुलता से मेरा हृदय बैठा जा रहा है। आँसुओं के रोकने से गला रूँध गया है। चिन्ता से नजर भी धुँधली पड़ गई है। स्नेह के कारण जब मुझ जैसे वनवासी को इतनी व्यथा हो रही है तब गृहस्थों को पुत्री की पहली विदाई से कितना कष्ट होता होगा"—

> यास्यत्यद्य शकुन्तलेति हृदयं संस्पृष्टमुत्कण्ठया
> कण्ठः स्तम्भितबाष्पवृत्तिकलुषश्चिन्ताजडं दर्शनम्।
> वैक्लव्यं मम तावदीदृशमिदं स्नेहादरण्यौकसः
> पीड्यन्ते गृहिणः कथं न जनयाविश्लेषदुःखैर्नवैः ।।[2]

यह पद्य सम्पूर्ण अभिज्ञान शाकुन्तल में सर्वश्रेष्ठ समझा जाता है। महर्षि ने अपनी पूरी भावुकता यहाँ व्यक्त कर दी है। कुछ आलोचकों ने इस पद्य में करुण रस की अभिव्यञ्जना बतायी है, किन्तु मुझे वैसा नहीं लगता। इस पर आगे विचार करेंगे।

शकुन्तला की विदाई की वेला में तपोवन के वृक्षों के साथ उसकी आत्मीयता का उल्लेख करते हुए ऋषि कहते हैं—हे वनदेवताओं से भरे वन के वृक्षों! जो शकुन्तला पहले तुम्हें पिलाए बिना स्वयं जल नहीं पीती थी, जो आभूषणप्रिया होने पर भी स्नेह के कारण तुम्हारे कोमल पत्तों को नहीं तोड़ती थी, जो तुम्हारे पुष्पित होने का समय आने पर उत्सव मनाती थी, वही शकुन्तला अपने पति के घर जा रही है। तुम सब मिलकर इसे विदा दो—

> पातुं न प्रथमं व्यवस्यति जलं युष्मास्वपीतेषु या
> नादत्ते प्रियमण्डनापि भवतां स्नेहेन या पल्लवम्।
> आद्ये वः कुसुमप्रसूति समये यस्या भवत्युत्सवः
> सेयं याति शकुन्तला पतिगृहं सर्वैरनुज्ञायताम्।।[3]

यहाँ प्रकृति का मानवीकरण ही नहीं, दैवीकरण भी किया गया है। देवताओं के समान वनवृक्षों से शकुन्तला के गमन की अनुमति माँगी गई है तथा उन वनस्पतियों से शकुन्तला का प्रेम एवं तादात्म्य दिखाया गया है। वे वनवृक्ष भी निर्जीव एवं जड़ नहीं है। वे कोकिल की कूक के माध्यम से उसे जाने की आज्ञा देते हैं।[4] इतना ही नहीं, उसके वियोगजन्य दुःख के कारण

---

१. दिष्ट्या धूमाकुलितदृष्टेरपि यजमानस्य पावक एवाहुतिः पतिता।
वत्से, सुशिष्यपरिदत्ता विद्येवाशोचनीया संवृत्ता। अभि० ४।३ के बाद

२. अभि० ४।६

३. वही ४।९

४. वही ४।१०

हरिणियों ने चबाए हुए कुश के कौर उगल दिए हैं, मोरों ने नाचना छोड़ दिया है और लताएँ पीले पत्तों को गिराकर मानो आँसू वहा रही हैं।[1]

महर्षि कण्व के द्वारा अपने शिष्य के माध्यम से राजा दुष्यन्त को दिए जाने वाले संदेश में कितनी व्यापकता और उदारता है। वे कहते हैं—हे राजन् ! हमलोगों को अच्छी तरह से तपोधन और अपने को ऊँचे कुल का महाधन समझकर तथा शकुन्तला के बान्धवजनों के पहल के बिना इससे अपने प्रणय और परिणय को ध्यान में रखकर अपनी अनेक पत्नियों में सामान्य भाव से इसे आप देखेंगे। इससे अधिक जो इसके भाग्य में होगा, इसे प्राप्त होगा। उस बारे में इससे ज्यादा कन्या के बान्धवजन को कुछ नहीं कहना चाहिए—

अस्मान् साधु विचिन्त्य संयमधनानुच्चैः कुलं चात्मन-
स्त्वय्यस्याः कथमप्यबान्धवकृतां स्नेहप्रवृत्तिं च ताम्।
सामान्यप्रतिपत्तिपूर्वकमियं दारेषु दृश्या त्वया
भाग्यायत्तमतः परं न खलु तद्वाच्यं वधूबन्धुभिः ॥[2]

यहाँ कण्व का अभिप्राय है कि मैं तपस्वी हूँ, धनवान नहीं, जो बहुत धनधान्य दहेज में दे सकूँ, फिर तुम भी राजा हो जिसके पास इन वस्तुओं का अभाव नहीं है। इसके बाद भी बिना हमलोगों के पहल के तुमने शकुन्तला से प्रेम और फिर विवाह किया। अतः दहेज देने का कोई प्रश्न नहीं उठता। वे शकुन्तला को अन्य पत्नियों के समान ही रखने की बात दुष्यन्त से कहते हैं, क्योंकि वे जानते हैं कि कुछ दिनों बाद ही शकुन्तला चक्रवर्ती पुत्र उत्पन्न करेगी जिससे निःसन्तान दुष्यन्त के परिवार में इसका सम्मान स्वयं ही बढ़ जाएगा। अतः उस बारे में कुछ नहीं कहना ही वे बेहतर समझते हैं। प्रेम विवाह और दहेज के सन्दर्भ में आज भी यह पद्य नितान्त प्रासंगिक है।

महर्षि कण्व जामाता दुष्यन्त को ही संदेश नहीं देते, अपितु पुत्री शकुन्तला को भी अच्छी वधू बनने का उपदेश देते हुए कहते हैं कि अपने पति के घर पहुँचकर सभी बड़े-बूढ़ों की सेवा करना। अपनी सौतों से सखियों जैसा व्यवहार करना। पति अपमानित भी करे तो क्रोध में उनसे झगड़ा मत करना। दास-दासियों पर अनुकूल दानशील रहना तथा अपने सौ भाग्य पर घमण्ड मत करना। इस प्रकार आचरण करने वाली युवतियाँ सद्गृहिणी होती हैं और इनके विपरीत व्यवहार करने वाली पति कुल एवं पितृ कुल दोनों के लिए मानसिक व्यथा का कारण बन जाती हैं।

शुश्रूषस्व गुरुन्कुरु प्रियसखीवृत्तिं सपत्नीजने
पत्युर्विप्रकृतापि रोषणतया मा स्म प्रतीपं गमः।
भूयिष्ठं भव दक्षिणा परिजने भाग्येष्वनुत्सेकिनी
यान्त्येवं गृहिणीपदं युवतयो वामाः कुलस्याधयः।[3]

---

१. अभि० ४।१२

२. वही ४।१७

३. अभि० ४।१८

आदर्श पिता का पुत्री के प्रति यह उपदेश आज के तनावपूर्ण वातावरण में और अधिक प्रासंगिक हो रहा है। संन्यस्त ऋषि के ये वचन उपयोगिता की दृष्टि से सार्वकालिक एवं सार्वदेशिक होने से शाश्वत महत्त्व के हैं तथा सद् गृहस्थ की भावना से जुड़े हुए हैं।

उपर्युक्त चारों पद्य (श्लोक संख्या ६, १०, १७, १८) इस नाटक के उत्कृष्टतम पद्य माने जाते हैं (तत्र श्लोकचतुष्टयम्)।

पिता से बिछुड़ती हुई शकुन्तला जब पूछती है कि आप से अलग मैं कैसे रह सकूँगी तो कण्व का उत्तर कितना व्यावहारिक है—"उच्च कुलीन पति की पटरानी बनकर घर के कामों में प्रति क्षण व्यस्त-व्यस्त रहोगी। फिर सूर्य के समान तेजस्वी पुत्र को उत्पन्न कर उसके पालन-पोषण में लग जाने पर मेरे लिए विरह-शोक का तुझे समय मिलेगा ही नहीं।[१] हर पुत्री की तरह शकुन्तला जब पूछती है कि पुनः आश्रम के दर्शन कब होंगे तब कण्व भारतीय प्राचीन सामाजिक व्यवस्था की ओर संकेत कर उसे व्यवहार में उतारने की सलाह देते हुए कहते हैं कि बहुत दिनों तक पृथ्वी की सौत बनकर राज्य सुख भोगने के बाद अपने अद्वितीय पुत्र को राज्य तथा कुटुम्ब का भार अर्पित कर अपने पति के साथ आकर संन्यास की स्थिति में इस आश्रम में रहोगी।[२] अंक के अन्त में उसके चले जाने पर कण्व चिन्तामुक्त की अवस्था में सोचते हैं—कन्या सचमुच पराई सम्पत्ति होती है। आज उसे पति के घर भेजकर मेरा मन वैसे ही निश्चिन्त हो गया है, जैसे किसी की धरोहर लौटाने पर होता है।[३]

इस प्रकार चतुर्थ अङ्क नाटक की प्राण भूत घटना—दुर्वासा के शाप, प्रभातवर्णन, शकुन्तला की विदाई, प्रकृति के साथ उसका आत्मीय सम्बन्ध, महर्षि कण्व की पितृ भावना, दुष्यन्त के लिए संदेश एवं शकुन्तला के प्रति उपदेश आदि अमूल्य देन के कारण सर्वोत्कृष्ट अंश के रूप में पाठकों एवं दर्शकों के लिए सर्वाधिक मनोरम है। नाटक के पुरोधा कण्व ऋषि के पावन दर्शन भी हमें मात्र इसी अंक में होते हैं। इसलिए प्रसिद्धि है—

"तत्रापि चतुर्थोऽङ्कस्तत्र श्लोक चतुष्टयम्।"

दुर्वासा के शाप का नाटकीय महत्त्व

संस्कृत काव्य-कानन को निज मनोहर कृतिकुसुमों से सुरम्य बना देने वाले महाकवि कालिदास के 'आदित्य' का भास्वर 'विक्रम' अपनी अप्रतिम आभा से अन्य सभी कवि-नक्षत्रों की कान्ति को तेजोविहीन कर देता है। कवि ने काव्य की सभी विधाओं—खण्डकाव्य, गीतिकाव्य, महाकाव्य और दृश्यकाव्य (नाटक) को अपनी लेखनी का वरदान दिया, फिर भी उनकी विश्व-ख्याति का मूल कारण 'अभिज्ञानशाकुन्तल' कवित्व एवं नाट्यकला की चरम परिणति है। इसे पढ़ते ही जर्मन विद्वान गेटे अत्यन्त चमत्कृत हो उठे थे।

महाभारत और पद्म पुराण में वर्णित दुष्यन्त एवं शकुन्तला की सामान्य कथा को लेकर कवि ने उसे जिस नाटकीय उत्कर्ष से सजाया है, वह वास्तव में अनुपम और नितान्त मनोरम है। मूल

१. वही ४।१९
२. वही ४।२०
३. वही ४।२२

कथानक को सहृदय-हृदय-हारी तथा सर्वजनसंवेद्य एवं शृंगाररसाप्लावित बनाने के लिए कवि ने उसमें अनेक मौलिक उद्भावनाएँ की हैं। उन्हीं उद्भावनाओं में अत्यन्त रमणीय है—दुर्वासा के शाप की परिकल्पना।

मूल कथानक के अनुसार शिकार के लिए वन में पहुँचे राजा दुष्यन्त कण्वाश्रम में शकुन्तला के अनुपम रूप लावण्य का अवलोकन करने पर उसकी प्रेम पिपासा से आतुर होकर उससे गान्धर्व विवाह कर लेते हैं। कुछ दिनों तक उसके साथ रहने के बाद अपनी राजधानी में उसे शीघ्र बुला लेने का आश्वासन देकर वहाँ से प्रस्थान कर जाते हैं, किन्तु अपयश के भय से उसे बुलाते नहीं हैं।

बाद में गर्भवती शकुन्तला कण्व शिष्य के साथ दुष्यन्त के दरबार में आती है। राजा उसे पहचानने से इनकार कर देता है और मिथ्या भाषण करता है कि मैंने तुमसे कभी प्रेम या विवाह नहीं किया, किन्तु आकाशवाणी द्वारा विवाह की पुष्टि होने पर दुष्यन्त कहता है कि मुझे तो सब स्मरण था, किन्तु पुरवासियों के भय से मैंने मिथ्या-भाषण किया था।

ऐसा मिथ्याभाषी और भीरु व्यक्ति सच्चा प्रेमी एवं धीरोदात्त कोटि का नायक नहीं हो सकता है। उसे तो निर्भय, सत्यवादी और स्थिरप्रकृति होना चाहिए। इन गुणों को दुष्यन्त के चरित में समाविष्ट करने के लिए ही कवि ने अपने नाटक में दुर्वासा के शाप की परिकल्पना की है।

'अभिज्ञानशाकुन्तलम्' के अनुसार कण्वाश्रम में राजा दुष्यन्त मुनि कन्या शकुन्तला के साथ गान्धर्व विवाह करके कुछ दिनों के सहवास के बाद राजधानी चला जाता है। उसके वियोग में चिन्ताकुल शकुन्तला आश्रम में अन्यमनस्क रहने के कारण वहाँ आकर **'अयंमहं भोः'** की आवाज लगाने वाले कोपसुलभ ऋषि दुर्वासा का स्वागत नहीं कर पाती है। फलतः वे ऋषि उसे पति द्वारा विस्मृत हो जाने का शाप इस रूप में देते हैं—

विचिन्तयन्ती यमनन्यमानसा
तपोधनं वेत्सि न मामुपस्थितम्।
स्मरिष्यति त्वां न स बोधितोऽपि सन्
कथां प्रमत्तः प्रथमं कृतामिव॥

उनके इस शाप की जानकारी भी शकुन्तला को नहीं होती है। बाद में सोमतीर्थ से लौटे कण्व राजा दुष्यन्त और शकुन्तला के विवाह-वृत्तान्त को योगबल से जान लेने पर शकुन्तला को अपने शिष्यों के साथ दुष्यन्त के पास भेज देते हैं।

दुर्वासा के शाप के कारण दुष्यन्त शकुन्तला को पहचान नहीं पाते हैं और उसे अपने पास रखने से इनकार कर देते हैं, यद्यपि उसके अप्रतिम लवण्य के प्रति आकृष्ट हुए बिना नहीं रहते हैं।

यहाँ दुष्यन्त न तो प्रजा के भय से और न अपयश की आशंका से ही शकुन्तला को अस्वीकार करता है या मिथ्या भाषण करता है, अपितु दुर्वासा का शाप ही शकुन्तला के त्याग का कारण बनता है। बाद में अंगुलीयक की प्राप्ति होने पर दुष्यन्त सच्चे प्रेमी की भाँति उसके वियोग में आठ-आठ आँसू बहाता है तथा वसन्तोत्सव को रोक देता है और शकुन्तला के प्रति किए गए कठोर व्यवहार के लिए अपने-आप को धिक्कारता है।

इस प्रकार 'अभिज्ञानशाकुन्तल' के दुष्यन्त को धीरोदात्त नायक के रूप में चित्रित करने के

लिए महाकवि कालिदास ने उसे सत्य भाषी, अभीरु और सच्चा प्रेमी के गुणों से मंडित करने हेतु दुर्वासा के शाप की उद्भावना की है, जो दुष्यन्त के उत्कर्षपूर्ण चरित में चार चाँद लगा देता है। इस दृष्टि से इस नाटक में दुर्वासा का शाप अत्यन्त उपयोगी, महत्त्वपूर्ण और प्रभावोत्पादक है।

चरित्र-चित्रण—नाटकों में पात्रों के चरित्र-चित्रण से नाटकीय कौशल का पता चलता है। कालिदास का चरित्र-चित्रण आदर्शोन्मुख होकर भी सर्वथा स्वाभाविक और सजीव है। 'मालविकाग्निमित्र' में मालविका, अग्निमित्र, रानी धारिणी आदि के चरित्र बड़ी निपुणता से निरूपित हुए हैं। विक्रमोर्वशीय'' में पुरुरवा और उर्वशी का चरित्र कवि की अलौकिक प्रतिभा की देन है। चरित्र-चित्रण की यह कला 'अभिज्ञानशाकुन्तल' में चरमोत्कर्ष पर है। नाटक के नायक और नायिका कवि की लेखनी का स्पर्श पाकर भास्वर और वरेण्य बन गए हैं। कुछ पात्रों के चरित यहाँ चित्रित हैं—

दुष्यन्त—महाकवि कालिदास के सर्वश्रेष्ठ नाटक 'अभिज्ञानशाकुन्तलम्' के प्रधान पात्र दुष्यन्त धीरोदात्त नायक हैं। उनकी आकृति मनोहर तथा गम्भीर है। वे प्रभाववान् तथा मधुर भाषी हैं— **'चतुरगम्भीराकृतिश्चतुरं प्रियमालपन् प्रभाववानिव लक्ष्यते''** वे बलिष्ठ एवं पराक्रमशाली हैं। वे अपने धनुष के टंकार से ही राक्षसों के विघ्न को दूर कर देते हैं—

'का कथा बाणसन्धाने ज्याशब्देनैव दूरतः।
हुंकारेणैव धनुषः स हि विघ्नानपोहति।।'

वे ललित कलाओं के मर्मज्ञ हैं। हंसपादिका के संगीत को सुनकर वे कहते हैं—**'अहो रागवाहिनी गीतिः।'** इससे उनकी कलाभिज्ञता व्यक्त होती है। ऋषि मुनियों तथा आश्रमों के प्रति उनके हृदय में अगाध सम्मान है। उनकी धारणा है—**विनीतवेषेण प्रवेष्टव्यानि तपोवनानि नाम।'** वे अपना आभूषण एवं धनुष उतारकर ही आश्रम में प्रवेश करते हैं। तृतीय अंक में वे सेनापति से कहते हैं—सैनिकों को समझा दो कि ऐसा कोई काम न करें जिससे तपोवन के काम में बाधा हो। शार्ङ्गरव की कटूक्तियों से भी उनकी गम्भीरता स्खलित नहीं होती।

दुष्यन्त का बाह्य रूप जैसा मनोरम है, वैसा ही स्निग्ध, ललित एवं सुसंस्कृत स्वभाव भी है। शकुन्तला के साथ प्रणय सम्भाषण में भी यह बात प्रकट होती है। 'आश्रमललामभूता' शकुन्तला के अनुपम रूप-लवण्य को देखकर उसकी ओर आकृष्ट होना स्वाभाविक था, किन्तु एक भद्र पुरुष की भाँति वे यह जान लेना आश्यक समझते हैं कि शकुन्तला किसकी बेटी है, उसका विवाह होगा या नहीं, उसके साथ उनका प्रेम एवं विवाह धर्मसंगत है या नहीं ? सभी स्थितियों को अनुकूल जान लेने पर ही वे उसके प्रति अनुरक्त होते हैं। वे बहुपत्नीक हैं, किन्तु शकुन्तला के प्रति उनका प्रेम वास्तविक और निश्छल है।

इतना होने पर भी दुष्यन्त एक मनुष्य हैं और मानवोचित दुर्बलताएँ भी उनमें हैं। नाटक के पहले भाग (अंक १-३) में उनका पतन हुआ है, द्वितीय भाग (४-५) में उठने की चेष्टा और तृतीय भाग में (६-७) उनका उत्थान हुआ है। दुष्यन्त के चरित्र की महत्ता इसी पतन और उत्थान में है। शिकार के क्रम में आश्रम में आने पर शकुन्तला को देखने के बाद, जहाँ तक सम्भव था, उनका पतन हुआ। लुक-छिप कर युवतियों की विनोद भरी क्रीड़ाएँ देखना, अपना मिथ्या

परिचय देना, देखते ही शकुन्तला को भोग्या समझ लेना, माता की आज्ञा का पालन नहीं करना, बहाने बनाकर विदूषक को राजधानी भेज देना और उससे असत्य बोलना तथा गान्धर्व विवाह करना और कण्व मुनि के आने से पहले ही हस्तिनापुर चले जाना आदि उनके ऐसे कार्य हैं जो उनकी मानवोचित दुर्बलताओं के परिचायक हैं। राजधानी में आकर शकुन्तला को भूल जाना उनके चरित्र के पतन की चरम सीमा है।

किन्तु इसके बाद कवि ने बड़े कौशल से उनके चरित्र को ऊपर उठाया है। किसी भी सुन्दर स्त्री को देखकर मोहित हो जाने की मधुकरवृत्ति उनमें नहीं है—**'अनिर्वर्णनीयं परकलत्रम्,' अनार्यः परदारव्यवहारः'**। उनके चरित्र को असाधारण दृढ़ता का परिचय पाँचवें अंक में मिलता है। एक अपूर्व सुन्दरी उनसे पत्नी-भाव की भिक्षा माँग रही है। एक ओर अलौकिक रूप है, ऋषि का क्रोध है, नारी का अनुनय विनय है तो दूसरी ओर चरित्र और धर्म की मर्यादा है। राजा के इस दृढ़ व्रत को देखकर कंचुकी विस्मय के साथ कहता है—**'अहो धर्मापेक्षिता भर्तुः। ईदृशं नाम सुखोपनतं रूपं प्रेक्ष्य कोऽन्यो विचारयति॥**

छठे अंक में हम देखते हैं कि शकुन्तला के साथ प्रणय एवं परिणय का वृत्तान्त याद आते ही वह शकुन्तला को दरबार में तिरस्कृत करने के कारण अपने को कोशते हैं, धिक्कारते हैं तथा पछताते हैं। दुखी होकर राज्य भर में वसन्तोत्सव बन्द करवा देते हैं। सुन्दर वस्तुएँ उन्हें नहीं भातीं। इतना शोक होने पर भी वे अपने कर्त्तव्य को नहीं भूलते हैं। न्याय और धर्म के अनुसार वे राज्य कार्य में संलग्न हैं। उनकी स्पष्ट घोषणा है—पापियों को छोड़कर कुटुम्बियों से रहित जनों का कुटुम्बी दुष्यन्त है—

येन येन वियुज्यन्ते प्रजाः स्निग्धेन बन्धुना।
स स पापादृते तासां दुष्यन्त इति घुष्यताम्॥[1]

राजा की इस आज्ञा में उनके शोक, धर्म, ज्ञान, कर्त्तव्य तथा स्नेह का अपूर्व संयोग है।

सातवें अंक में राजा के चरित में और निखार आता है। हेमकूट पर्वत पर उनकी पुत्रवत्सलता देखते ही बनती है, जब बालक सर्वदमन को गोद में लेकर 'पुत्र' कहते हुए पुकारते हैं। मैले कपड़े पहनी तथा वियोग के दिनों में तपस्या करने से कृश बनी हुई शकुन्तला को देखकर दुष्यन्त का सिर सम्मान से उसके प्रति झुक जाता है। उसके पैरों पर गिरकर वे अपने अनुचित व्यवहार के लिए क्षमायाचना करते हैं।

इस प्रकार दुष्यन्त कोरे कामुक नहीं होकर सच्चे प्रेमी हैं, पुत्र वत्सल हैं, कवि हैं, चित्रकार हैं, और कर्त्तव्यपरायण हैं। उनका चरित्र महान् एवं सुन्दर है।

शकुन्तला—'अभिज्ञानशाकुन्तल' की नायिका महर्षि कण्व के आश्रम की साक्षात् वनश्री है। उसके चरित्रचित्रण में कवि ने अपनी सम्पूर्ण प्रतिभा को उड़ेल दिया है। उसका अनुपम सौन्दर्य मोहक होने के साथ नैसर्गिक भी है—**अव्याजमनोहरं वपुः**। उसका मधुर चरित्र अरण्य की छाया और माधवी लता की पुष्पमंजरी के साथ व्याप्त और विकसित हुआ है। प्रकृति की गोद में पलकर उसकी हृदयलतिका ने चेतन-अचेतन सभी को स्नेह के ललित बन्धन में बाँध दिया है। पिता कण्व

---

१. अभि० ६।२३

के प्रति उसके हृदय में निस्सीम श्रद्धा है। प्रियम्वदा और अनुसूया उसके मन-प्राणों में घुल-मिल गई हैं। वे दोनों उसकी हितसाधना में लगी रहती हैं। वह काम विकारों से सर्वथा अनभिज्ञ थी, किन्तु दुष्यन्त की मनोरम आकृति, मधुर भाषण और असामान्य पराक्रम देखकर उसके मन में प्रेम विकार उत्पन्न हो जाता है—**'किं नु खलु इमं जनं प्रेक्ष्य तपोवन विरोधिनो विकारस्य गमनीयास्मि संवृत्ता'**।

स्वाभाविक लज्जा के कारण उसने अपना प्रेम विकार सखियों पर प्रकट नहीं किया। उनके बहुत आग्रह करने पर ही उसने अपनी मदन व्यथा उनसे व्यक्त की। अपने प्रिय के सम्मुख भी वह लज्जा का परित्याग नहीं करती। वह दुष्यन्त से कहती है—**'पौरव, रक्ष विनयम्। मदनसंतप्तापि न खल्वात्मनः प्रभवामि'**।

इससे उसका स्वात्माभिमान और गुरुजनों के प्रति आदर की भावना व्यक्त होती है।

दुष्यन्त की भाँति उसके चरित्र का महत्त्व उसके पतन और उत्थान में है। उसका प्रायश्चित उसके प्रत्याख्यान से आरम्भ होता है और विरह व्रत से पूर्ण होता है। उसका प्रथम प्रेम उद्दाम और वासनात्मक था, जिसे पञ्चम अंक में गहरा धक्का लगता है। यहाँ शकुन्तला के नारीत्व का प्रदीप्त रूप सामने आता है। दुष्यन्त ने सारी स्त्री जाति पर 'अशिक्षितपटुत्व' का आरोप लगाया तो चोट खाकर शकुन्तला का गर्व जाग उठा। तिलमिलाकर उसने राजा को खड़ी खोटी बातें सुनाई—**'अनार्य आत्मनो हृदयानुमानेन प्रेक्षसे। क इदानीमन्यो धर्मकञ्चुकप्रवेशिनः तृणच्छन्नकूपोपमस्य तवानुकृतिं प्रपित्स्यते।'**

शकुन्तला के आत्मविश्वास पूर्ण वचन के कारण राजा को उसमें विश्वास करने की इच्छा होने लगती है।

सातवें अंक में शकुन्तला विरहिणी के रूप में दीख पड़ती है। प्रत्याख्यान किए जाने पर वह मारीच आश्रम में तपस्या करती हुई सदा पति के चिन्तन में लगी रहती है। उस समय उसका सारा स्नेह पुत्र में संचित हो गया है। दुष्यन्त द्वारा पहचाने जाने पर शकुन्तला रूँधे कण्ठ से **जयत्वार्यपुत्रः**' कहती हैं। इस पर बालक पूछता है—**'मातः क एषः'**। तब शकुन्तला कहती है—**वत्स ते भागधेयानि पृच्छ**। इस उत्तर में पुत्रस्नेह, पति का अन्याय, दैव का अत्याचार सब कुछ निहित है। दुष्यन्त पर क्रोध करने के बदले वह अपने भाग्य को ही दोष देती है। उसका बड़प्पन देखकर दुष्यन्त उसके पैरों पर गिरकर अपने द्वारा किए गए अपराध के लिए क्षमा-याचना करते हैं।

इस प्रकार कालिदास की शकुन्तला प्रेमिका से देवी का पद प्राप्त करती है। स्नेह, सौहार्द, लज्जा, तेज और करुणा की वह एक मनोहर मूर्ति है तथा भारतीय नारी का आदर्श रूप है।

रसव्यञ्जना—कालिदास रससिद्ध कवियों में अग्रगण्य हैं। इनके सभी तीनों नाटक सुखान्त हैं और उनका प्रतिपाद्य विषय शृंगार है, किन्तु अन्य रसों के निरूपण में भी वे पटु हैं। 'अभिज्ञान-शाकुन्तलम् के आरम्भ में दुष्यन्त और शकुन्तला एक दूसरे को देखते ही मदन-बाण से विद्ध हो जाते हैं। शकुन्तला के ओठ लता की कोपलों जैसे लगते हैं, दोनों भुजाएँ कोमल शाखाओं जैसी जान पड़ती हैं और इसके अंगों में खिला हुआ नया यौवन लुभावने फूल के समान दिखाई पड़ता है—

''अधरः किसलयरागः कोमलविटपानुकारिणौ बाहू।
कुसुममिव लोभनीयं यौवनमङ्गेषु संनद्धम्॥'' १।२०

कालिदास शृंगार के दोनों भेदों–संयोग और वियोग के वर्णन में सिद्धहस्त हैं। संयोग शृंगार की अभिव्यक्ति में यह पद्य द्रष्टव्य है—

चलापांगां दृष्टिं स्पृशसि बहुशो वेपथुमतीं
रहस्याख्यायीव स्वनसि मृदु कर्णान्तिक चरः।
करौ व्याधुन्वत्याः पिबसि रतिसर्वस्वमधरं
वयं तत्त्वान्वेषान्मधुकर हतास्त्वं खलु कृती ॥ (१।२२)

हे भ्रमर! शकुन्तला की चञ्चल कनखियों वाली कम्पित दृष्टि को तुम स्पर्श कर रहे हो, उसके कानों के पास जाकर धीरे-धीरे गुनगुनाए जा रहे हो, मानो कोई भेद की बात कह रहे हो। हाथों को फटकारती हुई नायिका के रतिसर्वस्व अधर का पान कर रहे हो। हम तो उसके जन्मादि के वृत्तान्त को जानने में ही मारे गए और तुम एक रसिक की भाँति कृतकार्य हो गए।

वियोग के विना संयोग की पुष्टि नहीं होती। अतः हर शृंगारिक कवि वियोग का वर्णन भी करता ही है। कालिदास इसके चित्रण में भी अत्यन्त निपुण हैं। उदाहरण के लिए अग्रलिखित पद्य दर्शनीय है।

"तव कुसुमशरत्वं शीतरश्मित्वमिन्दोर्द्वयमिदमयथार्थं दृश्यते मद्विधेषु।
विसृजति हिमगर्भैरग्निमिन्दुर्मयूखैस्त्वमपि कुसुमबाणान् वज्रसारी करोषि।" ३।३

हे कामदेव, तुम्हारा बाण फूल का है और चन्द्रमा की किरणें ठण्ढी हैं, ये दोनों बातें मुझ जैसे विरहियों को तो झूठी ही जान पड़ती हैं, क्योंकि उधर चन्द्रमा अपनी किरणों से आग बरसाता है और तुम भी अपने फूलों के बाणों को वज्र के समान कठोर बना रहे हो।

इस नाटक का चतुर्थ अंक सर्वोत्कृष्ट समझा जाता है। इसमें शकुन्तला की विदाई का दृश्य अत्यन्त भावुकतापूर्ण हो गया है। महर्षि कण्व **'यास्यत्यद्य शकुन्तलेति'** इस पद्य में अत्यन्त भावविह्वल दीख पड़ते हैं।

कुछ आलोचक इस श्लोक में करुण रस की अवतारणा मानते हैं। उस करुण का स्थायी भाव शोक है, जो इष्ट के नाश या अनिष्ट की प्राप्ति से उत्पन्न होता है। विनष्ट बन्धु आदि शोचनीय व्यक्ति आलम्बन विभाव होते हैं तथा उनका दाहकर्म आदि उद्दीपन होता है। प्राब्ध की निन्दा, भूमिपतन एवं प्रलाप आदि अनुभाव होते हैं। निर्वेद, मोह, ग्लानि, जड़ता, उन्माद तथा चिन्ता आदि इसके व्यभिचारी हैं। इन सबों के संयोग से करुण[१] रस व्यक्त होता है।

---

१. इष्टनाशादनिष्टाप्तेः करुणाख्यो रसो भवेत्।
धीरैः कपोतवर्णोऽयं कथितो यमदैवतः ॥
शोकोऽत्र स्थायि भावः स्याच्छोच्यमालम्बनं मतम्।
तस्य दाहादिकावस्था भवेदुद्दीपनं पुनः ॥
अनुभावा दैवनिन्दा भूपातक्रन्दितादयः।
वैवर्ण्योच्छ्वासनिः श्वासस्तम्भप्रलपनानि च ॥
निर्वेदमोहापस्मार व्याधिग्लानिस्मृतिश्रमाः।
विषाद जडतोन्मादचिन्ताद्या व्यभिचारिणः ॥ –साहित्यदर्पण ३।२२२-२२५

यहाँ यह विचारणीय है कि क्या शकुन्तला के पतिगृह जाने से कण्व के इष्टनाश या अनिष्ट प्राप्ति की स्थिति यहाँ है? उत्तर नकारात्मक होगा। हर कन्या-पिता की भाँति महर्षि कण्व शकुन्तला को पतिगृह भेजने में प्रसन्नता के कारण उसके लिए तत्पर है। यहाँ आलम्बन विभाव शकुन्तला है जो प्रस्थान करने को उत्सुक है। कण्व की उत्कण्ठा से हृदय का उच्छ्वसित होना, आँसुओं के अवरोध से कण्ठ गद्गद् होना, चिन्ता से दृष्टि शिथिल होना—ये सभी उद्दीपन विभाव हैं। कण्व द्वारा अपनी विह्वलता तथा गृहस्थों की स्थिति का आकलन—ये अनुभाव हैं। मोह, अनिष्ट की आशंका, हर्ष तथा चिन्ता आदि व्यभिचारी भाव हैं। शकुन्तला के प्रति वात्सल्य स्नेह ही मुनि का प्रधान भाव है। अतः वात्सल्य स्थायी भाव है। इस प्रकार इन सबों के संयोग से यहाँ वत्सल रस है। वत्सल रस का विश्लेषण विश्वनाथ ने अपने ग्रन्थ में किया है।[1]

करुणरस के वर्णन में कालिदास की निपुणता के लिए कुमारसम्भव में रतिविलाप (चतुर्थ सर्ग) द्रष्टव्य है। भयानक का मार्मिक उदाहरण दुष्यन्त के बाण के डर से भागते हिरण के चित्र के रूप में देखा जा सकता है। आगे हिरन दौड़ता जा रहा है, किन्तु पीछे आते हुए रथ को देखने के लिए वह गरदन को पीछे मोड़ने से सुन्दर लग रहा है। बाण लगने के भय से शरीर के पिछले भाग को अगले भाग में समेट रहा है। थकावट के कारण खुले मुँह से आधा चबाए कुश के गिरने से मार्ग व्याप्त हो गया है। ऊपर उछलकर चौकड़ी भरने के कारण आकाश में ज्यादा और जमीन पर कम चल रहा है—

ग्रीवाभङ्गाभिरामं मुहुरनुपतति स्यन्दने बद्धदृष्टिः
पश्चार्धेन प्रविष्टः शरपतनभयाद् भूयसा पूर्वकायम्।
दर्भैरर्द्धावलीढैःश्रमविवृतमुखभ्रंशिभिः कीर्णवर्त्मा
पश्योदग्रप्लुतत्वाद्वियति बहुतरं स्तोकमुर्व्यां प्रयाति॥ (१।७)

हास्यरस की अभिव्यञ्जना कालिदास ने विदूषक के द्वारा बड़ी सफलता से की है। उनके तीनों नाटकों में विदूषक का स्वभाव प्रायः समान ही है। वह राजा का नर्म सचिव, विश्वासपात्र तथा हँसोड़ पात्र है, जो व्यंग्य तथा हास्य पूर्ण उक्ति से लोगों को प्रसन्न करता है। वह बदसूरत ब्राह्मण होता है, जो पेटूपन के लिए प्रसिद्ध है, किन्तु उसमें बुद्धिमत्ता तथा बेवकूफी जैसे दो विरोधी गुणों का समावेश है। वह व्यंग्य तथा हास्यपूर्ण उक्तियों के प्रयोग में बहुत दक्ष है। उर्वशी के भूर्जपत्र लेख के पकड़े जाने पर बचाने के लिए राजा द्वारा कहे जाने पर उसकी उक्ति सुन्दर है—**लोप्त्रेण सूचितस्य कुम्भीरकस्य अस्ति वा प्रतिवचनम्** (चुराई गई वस्तु के साथ पकड़ा गया चोर क्या जबाव दे सकता है?)। मातलि द्वारा दबोचा गया विदूषक कहता है—**विडालगृहीत मूषिक इव**

---

१. स्फुटं चमत्कारितया वत्सलं च रसं विदुः।
स्थायी वत्सलतास्नेहः पुत्राद्यालम्बनं मतम्॥
उद्दीपनानि तच्चेष्टा विद्याशौर्यदयादयः।
आलिंगनांगसंस्पर्शशिरश्चुम्बनमीक्षणम्॥
पुलकानन्दबाष्पाद्या अनुभावा प्रकीर्तिताः।
संचारिणोऽनिष्टशङ्काहर्षगर्वादयो मताः॥
पद्मगर्भच्छविर्वर्णो दैवतं लोकमातरः। साहित्य दर्पण ३।२५१-२५३

निराशोऽस्मि जीवने संवृत्तः (विलाड़ द्वारा पकड़े गए चूहे की भाँति मैं जीवन से आशा छोड़ चुका हूँ)। शकुन्तला के प्रति दुष्यन्त के प्रेम को वह पिण्डखजूर से अघाए हुए व्यक्ति की इमली खाने की इच्छा बताता है।

इस प्रकार विदूषक की उक्तियाँ लोकोक्ति, व्यंग्य तथा हास्य-व्यञ्जक उपमाओं से भरी पड़ी हैं।

अमर संदेश—काव्य के विभिन्न प्रयोजनों में दो प्रयोजन बहुत प्रमुख है, या कहें तो अन्य प्रयोजन भी उन्हीं में समाहित है, वे हैं—आनन्द और उपदेश (संदेश)। पाश्चात्य सभ्यता आनन्द को ही प्रबल मानती है जबकि भारतीय परम्परा में उपदेश की महत्ता है। फिर, कालिदास जैसे महान् कवि के काव्यों में अमर संदेश की अपेक्षा अनिवार्य रूप से की जाती है।

'अभिज्ञानशाकुन्तल' में दुष्यन्त और शकुन्तला प्रणय के प्रथम आवेश में विवाह कर लेते हैं, जिसका आधार वासना है। सच्चा प्रेम कठिन तपस्या के पहले उद्भूत नहीं होता और वासना वांछनीय नहीं होती। अतः कवि को उन्हें एक पाठ पढ़ाना था—

अतः परीक्ष्य कर्तव्यं विशेषात्सङ्गतं रहः।
अज्ञातहृदयेष्वेवं वैरी भवति सौहृदम्॥

एकान्त की संगति बहुत विचार कर करनी चाहिए। नहीं तो जिसके हृदय को अच्छी तरह नहीं पहचाना, उसके प्रेम की परिणति वैर में होती है। प्रेमी-प्रेमिका को पश्चाताप और वियोग की करालाग्नि में हृदय शुद्धि करनी पड़ती है, तब कहीं वे सच्चे स्नेह की सरिता तक पहुँचते हैं—

'न विना विप्रलम्भेन सम्भोगः पुष्टिमश्नुते।'

प्रत्याख्यान किए जाने पर शकुन्तला शान्त मन से मारीच के आश्रम में तपस्या में तल्लीन होती है और दुष्यन्त स्वयं पश्चाताप तथा वियोग की भीषण वडवाग्नि में अपने को प्रतप्त कर शुद्ध करता है। इस प्रकार कालिदास ने दुष्यन्त और शकुन्तला के बाह्य मिलन को कण्टकाकीर्ण मार्ग में ले जाकर आभ्यन्तरिक मिलन से सार्थक कर दिया है।

दुष्यन्त के प्रति कण्व के संदेश में भी प्रेम विवाह करने वाले वर को कन्यापक्ष से दहेज आदि की सीमित अपेक्षा तथा अन्य प्रकार के विवाहों में कन्यापक्ष वालों को वरपक्ष से परिमित अभ्यर्थना का उपदेश है। इसी तरह शकुन्तला को दिए गए उपदेश में भारतीय परम्परा तथा मर्यादा के अनुकूल आदर्श सद्गृहिणी बनने का संदेश समस्त नारी जाति के लिए अप्रतिम धरोहर है। भारतीय गृहिणी की इस उच्च भूमिका के कारण आज विदेशों में भी भारतीय परिवेश की कन्याओं को गृहिणी बनाने की कामना रहती है।

इस प्रकार कालिदास की इस अनुपम कृति में उनकी नाट्य प्रतिभा, कल्पना प्रचुरता, मनोरम रसपरिपाक तथा मानव मनोविकारों के मार्मिक विश्लेषण और समस्त सामाजिक जनों के लिए अमर संदेश सन्निहित हैं। भारतीय समालोचकों की सम्मति में यह संस्कृत साहित्य का सर्वोत्तम नाटक है—

''काव्येषु नाटकं रम्यं तत्र रम्या शकुन्तला।
तत्रापि च चतुर्थोऽङ्कस्तत्र श्लोकचतुष्टयम्॥''

स्वयं कालिदास के ग्रन्थों में भी यह सर्वश्रेष्ठ है—

'कालिदासस्य सर्वस्वमभिज्ञानशाकुन्तलम्' ॥

'अभिज्ञानशाकुन्तलम्' के सर्वप्रथम आंग्ल-अनुवादक विलियम जोन्स ने 'the lost tring' की भूमिका में कालिदास को भारत का शेक्सपियर कहा है। जर्मन कवि गेटे ने अपने विश्वविख्यात नाट्यकाव्य 'फाउस्ट' में 'अभिज्ञानशाकुन्तलम्' की प्रशंसा में अपने जो विचार व्यक्त किए हैं, वे समुचित एवं सटीक होने के साथ नितान्त आकर्षक हैं—यदि तुम तरुण वसन्त के कुसुम और प्रौढ़ ग्रीष्म का मधुर फल-परिपाक एकत्र देखना चाहते हो, यदि अन्तःकरण को अमृत के समान संतृप्त एवं मुग्ध करने वाली वस्तु का अवलोकन करना चाहते हो, अथवा स्वर्गिक सुषमा एवं पार्थिव ऐश्वर्य के सम्मिलन की अपूर्व झाँकी देखना चाहते हो तो एक बार 'अभिज्ञानशाकुन्तल' का अनुशीलन करो।

महामहोपाध्याय वासुदेव कृष्ण मिराशी ने उपर्युक्त कथन का संस्कृत-पद्य में इस प्रकार रूपान्तरण किया है—

वासन्तं कुसुमं फलं च युगपद् ग्रीष्मस्य सर्वं च यद्
यच्चान्यन्मनसो रसायनमतः सन्तर्पणं मोहनम्।
एकीभूतमभूतपूर्वमथवा स्वर्लोकभूलोकयो-
रैश्वर्यं यदि वाञ्छसि सखे शाकुन्तलं सेव्यताम्॥

शूद्रक : मृच्छकटिक

मृच्छकटिक का कर्तृत्व—संस्कृत साहित्य में मध्यम वर्ग के पात्रों को लेकर लिखा जाने वाला प्रथम उपलब्ध रूपक **'मृच्छकटिक'** है। इसके रचयिता **शूद्रक** का कुछ परिचय ग्रन्थ के आरम्भ में दिया गया है (१।४, १५)। इसके अनुसार शूद्रक विविध वेदों तथा विद्याओं और कलाओं के ज्ञाता थे। भगवान् शंकर की कृपा से उन्हें ज्ञान प्राप्त हुआ था। अपने पुत्र को राज्य देने के बाद उन्होंने बड़े आयोजन के साथ अश्वमेघ यज्ञ किया और सौ वर्ष दस दिन की आयु प्राप्त कर अन्त में अग्नि में प्रवेश किया। वे युद्ध के प्रेमी, प्रमादरहित, तपस्वी और हाथियों के साथ बाहु-युद्ध के शौकीन थे—

ऋग्वेदं सामवेदं गणितमथ कलां वैशिकीं हस्तिशिक्षां
ज्ञात्वा शर्वप्रसादाद् व्यपगततिमिरे चक्षुषी चोपलभ्य।
राजानं वीक्ष्य पुत्रं परमसमुदयेनाश्वमेधेन चेष्ट्वा
लब्ध्वा चायुः शताब्दं दशदिनसहितं शूद्रकोऽग्निं प्रविष्टः॥
समरव्यसनी प्रमादशून्यः ककुदो वेदविदां तपोधनश्च।
परवारणबाहुयुद्धलुब्धः क्षितिपालः किल शूद्रको बभूव॥[१]

यहाँ 'अग्निं प्रविष्टः' तथा 'बभूव' ये दोनों भूतकालिक क्रियाएँ इस प्रश्न को जन्म देती हैं कि अग्नि में प्रविष्ट हो जाने के बाद और परोक्ष भूत में होने वाले राजा ने ग्रन्थ-रचना कैसे की?

---

१. १।४ एवं ५

इस सन्दर्भ में कीथ[1] का मत है कि किसी अज्ञात कवि—रामिल या सौमिल्ल या दोनों—ने भास के 'चारुदत्त' नाटक को सम्बर्द्धित कर उसे 'मृच्छकटिक' नाम दिया और प्रसिद्ध राजा शूद्रक के नाम से उसे प्रचारित किया। राजशेखर के अनुसार रामिल और सौमिल कवियों ने शूद्रककथा पर ग्रन्थ लिखा था।[2] दूसरी बात यह हो सकती है कि शूद्रक नाम के किसी व्यक्ति ने 'मृच्छकटिक' की रचना करके, प्रसिद्धि के लिए प्रख्यात राजा शूद्रक के साथ जोड़ दिया हो और इन पद्यों से पैदा होने वाली कठिनाइयों का ध्यान नहीं रखा हो। अन्य सम्भावना यह हो सकती है कि किसी प्रगतिशील विचार के व्यक्ति ने परम्परा के विरुद्ध समाज के मध्यमवर्गीय पात्रों को लेकर इस रूपक की रचना की हो, किन्तु बाद में सामाजिक विरोध के भय से उसने अपना नाम ग्रन्थकार के रूप में न देकर कोई कल्पित या निन्दित नाम (शूद्रक) दे दिया हो, जो प्रसिद्ध राजा रह चुके थे। यह भी सम्भव है कि यह रचना शूद्रक राजा की हो, जिसमें प्रस्तावना नहीं रही हो या ये पद्य नहीं हों और बाद में किसी ने इन्हें जोड़ दिया हो।

उपर्युक्त मत विवाद्य भले हों, किन्तु इतना तो मानना ही होगा कि 'मृच्छकटिक' का लेखक भास के 'चारुदत्त' से परिचित और कोई राजा या राजमन्त्री अथवा राजा के निकट सम्पर्क का व्यक्ति अवश्य रहा होगा, क्योंकि इस ग्रन्थ का वातावरण राजप्रासाद का है, अभिजात समाज का है, जहाँ वेश्यावृत्ति को घृणित दृष्टि से नहीं देखा जाता है, जहाँ एक ब्राह्मण एक वेश्या के साथ निकटता रखने पर भी ब्राह्मण बना रहता है, कहीं निन्दित या बहिष्कृत नहीं होता है।

संस्कृत साहित्य में विक्रमादित्य की भाँति शूद्रक की भी चर्चा बहुल रूप से है। 'कादम्बरी' में विदिशा नगरी में, 'कथा सरित्सागर' में शोभावती में तथा 'वेतालपञ्चविंशति' में वर्धमान नामक नगर में शूद्रक के शासन का उल्लेख है। 'हर्षचरित' के अनुसार शूद्रक चकोर के राजा चन्द्रकेतु का शत्रु था। 'राजतरङ्गिणी' में स्थिर निश्चलता के लिए शूद्रक का स्मरण किया गया है। स्कन्द पुराण में वर्णित है कि विक्रमादित्य के सत्ताइस वर्ष पूर्व शूद्रक राज्य कर रहा था। इस प्रकार शूद्रक की काफी चर्चा पाई जाती है।

काल—संस्कृत के अन्य कवियों एवं नाटककारों के समान 'मृच्छकटिक' के कर्ता शूद्रक के काल के सन्दर्भ में समालोचकों में मत-भिन्नता है। निस्सन्दिग्ध रूप से 'मृच्छकटिक' की कथावस्तु का मूल आधार भास का नाटक 'चारुदत्त' है। अतः 'मृच्छकटिक के कर्ता भास के परवर्ती हैं। भास का समय ई० पू० तीसरी-चौथी शताब्दी है। अतः इसके बाद शूद्रक का काल आता है। दूसरी ओर, वामनाचार्य (आठवीं शताब्दी) तथा उनके पूर्व आचार्य दण्डी (सप्तम शतक) के क्रमशः 'काव्यालंकारसूत्रवृत्ति' और 'काव्यादर्श' में क्रमानुसार 'द्यूतं हि नाम पुरुषस्यासिंहासनं राज्यम्' तथा 'लिम्पतीव तमोऽङ्गानि' इत्यादि पद्य 'मृच्छकटिक' से उद्धृत हैं। अतः सप्तम शताब्दी से पूर्व 'मृच्छकटिक' का रचना काल निश्चित है।

'मृच्छकटिक' के कालनिरूपण में इसके अन्तरङ्ग प्रमाणों से भी सहायता मिलती है। नवम

---

१. Sanskrit Drama, p. 131

२. तौ शूद्रक कथाकारौ रम्यौ रामिलसोमिलौ।
काव्यं ययोर्द्वयोरासीदर्धनारीनरोपमम्॥

अंक में चारुदत्त की हत्या के अभियोग में दण्ड सुनाते हुए धर्माधिकारी मनु की दण्डव्यवस्था का उल्लेख करता है—

> अयं हि पातकी विप्रो न वध्यो मनुरब्रवीत्।
> राष्ट्रादस्मात्तु निर्वास्यो विभवैरक्षतैः सह ।।[१]

'मनुस्मृति' में भी कहा गया है—

> न जातु ब्राह्मणं हन्यात् सर्वपापेष्वपि स्थितम्।
> राष्ट्रादेनं वहिः कुर्यात् समग्रधनमक्षतम् ।।[२]

इसी कारण अपराधी होने पर भी ब्राह्मण होने के कारण चारुदत्त को फाँसी की सजा नहीं दी जाती, किन्तु धन सम्पत्ति के साथ देश से निकल जाने का दण्ड उसे दिया जाता है।

अनेक विद्वान् मनु का समय तीसरी शताब्दी मानते हैं। अतः इसके बाद 'मृच्छकटिक' का काल है।

इस समय बौद्ध धर्म की स्थिति अधोमुखी थी। बौद्ध भिक्षुओं का चारित्रिक पतन नहीं हुआ था, किन्तु उन्हें शंकित दृष्टि से देखा जाता था। वैदिक ब्राह्मणधर्म ही राजधर्म था। शैवों तथा शाक्तों का भी उत्थान हो रहा था। 'मृच्छकटिक' का कर्ता शैव ही था, क्योंकि इसके आरम्भिक दो मङ्गल श्लोकों में शिव की आराधना की गई है।

उस समय राजनीतिक स्थिति अस्तव्यस्त थी और शासनतन्त्र बिल्कुल ढीला पड़ चुका था। नगर की रक्षा व्यवस्था बिगड़ी हुई थी। शाम होते ही भले घर की बहू बेटी बाहर निकलने का साहस नहीं करती थी। इस समय विट, वेश्याएँ तथा जुआरी सड़क पर अपराध कर्म के लिए आ जाते थे।

उस काल में ब्राह्मण-क्षत्रिय सभी का अधःपतन हो चला था। ब्राह्मण, चोर जुआरी और चापलूस दिखाए गए हैं तो क्षत्रिय क्रूर और व्यभिचारी। राजा नीच जाति की स्त्रियों को रखैल के रूप में रखता था। न्याय समाप्त हो चुका था। राजा की इच्छा पर ही न्याय होता था।

भारत की उपर्युक्त दशा गुप्त युग के बाद तथा हर्षवर्धन के पहले थी। इतिहास इस बात का साक्षी है कि गुप्त राजाओं के बाद तथा हर्षवर्धन के पूर्व कोई सार्वभौम राजा उत्पन्न नहीं हुआ। अतः उस काल में भारत की सामाजिक, धार्मिक तथा राजनीतिक दशा शोचनीय हो गई थी। अतः यही समय 'मृच्छकटिक' के निर्माण का है।

'मृच्छकटिक' में प्रयुक्त प्राकृत भाषा भी इसके निर्माण काल पर प्रकाश डालती है। इसमें शौरसेनी, महाराष्ट्री, मागधी, अर्धमागधी, शकारी, चाण्डाली और ढक्की—इन सात प्रकार के प्राकृतों का प्रयोग है। ढक्की, जो अपभ्रंश का ही एक रूप है, का प्रयोग माथुर ने किया है। 'मृच्छकाटिक' के टीकाकार सम्भवतः अपभ्रंश को ही उकारबहुल ढक्की कहते हैं। प्राकृत की इतनी विभाषाओं का प्रचलन कालिदास के बाद तथा हर्षवर्धन के पूर्व के नाटकों में देखा जाता है।

---

१. मृच्छकटिक ९।३९

२. मनुस्मृति ८।३८०

'मृच्छकटिक' के नवम अंक में कवि ने बृहस्पति को अंगारक (मंगल) का विरोधी बताया है—

अंगारकविरुद्धस्य प्रक्षीणस्य बृहस्पतेः।
ग्रहोऽयमपरः पार्श्वे धूमकेतुरिवोत्थितः॥[१]

वराहमिहिर ने इन दोनों ग्रहों को मित्र माना है तथा वराहमिहिर के परवर्ती ज्योतिषियों ने उन्हीं के मत का अनुगमन किया है। आजकल भी ऐसा ही माना जाता है। अतः 'मृच्छकटिक' का रचनाकाल वराहमिहिर से पूर्व मानना उचित है। वराहमिहिर का देहावसान ५८९ ई० में हुआ था।

इस प्रकार उपर्युक्त सभी प्रमाणों के आलोक में 'मृच्छकटिक' को पाँचवीं शती के उत्तरार्द्ध या छठी शती के पूर्वार्द्ध की रचना मानना संगत है।

मृच्छकटिक की कथा

मृच्छकटिक १० अंकों का एक प्रकरण है। उसके कथानक का संक्षिप्त सार इस प्रकार है—

प्रथम अङ्क में शकार, विट और चेट उज्ज्ञयिनी की प्रसिद्ध वेश्या वसन्तसेना को अपने वश में करने के लिए अंधेरे में पीछा करते हैं, किन्तु वसन्तसेना उन्हें चकमा देकर चारुदत्त के घर में घुस जाती है। वह चारुदत्त से प्रेम करती है। अतः चोरों के भय का बहाना करके अपना आभूषण वहीं रख देती है। **द्वितीय** अंक में वसन्तसेना द्वारा स्वर्ण मुद्रा देकर जुआरियों के चंगुल से बचाया गया संवाहक बौद्ध-भिक्षु बन जाता है, किन्तु हाथी के चपेट में आ जाता है। अब वसन्तसेना का सेवक कर्णपूरक उसे छुड़ाता है। कर्णपूरक के पराक्रम से प्रसन्न चारुदत्त उसे पुरस्कार में अपना दुशाला देता है। **तीसरे** अंक में वसन्तसेना की दासी मदनिका को मुक्त कराने के लिए उसका प्रेमी शर्विलक चारुदत्त के घर में सेंध लगाकर वसन्तसेना के उन्हीं आभूषणों को चुरा लेता है। **चतुर्थ** अंक में शर्विलक चुराये गए आभूषणों से मदनिका को मुक्त करा लेता है, किन्तु अपने मित्र आर्यक के बन्दी बनाए जाने का समाचार सुनकर उसकी सहायता के लिए चला जाता है। उधर चारुदत्त की पतिव्रता पत्नी-धूता वसन्तसेना के लिए अपनी रत्नावली चारुदत्त को दे देती है। विदूषक वसन्तसेना के घर जाकर उसे रत्नावली देता है। **पंचम** अंक में भारी वर्षा के मौसम में वसन्तसेना का चारुदत्त के साथ अभिसरण होता है। **षष्ठ** अंक में सोने की गाड़ी के लिए मचलते हुए चारुदत्त के पुत्र रोहसेन की मिट्टी की गाड़ी को वसन्तसेना अपने आभूषणों से भरकर इनसे सोने की गाड़ी खरीद लेने के लिए कहती है। 'मृच्छकटिक' (मिट्टी की गाड़ी) यह नाम इसी घटना से सम्बन्ध रखता है। चारुदत्त से मिलने के लिए वसन्तसेना पुष्पकरंजक उद्यान जाने के क्रम में भूल से चारुदत्त की गाड़ी में नहीं बैठकर शकार की गाड़ी में चढ़ जाती है। इसी समय पालक द्वारा बन्दी बनाया गया आर्यक छिपने के लिए चारुदत्त की गाड़ी में सवार हो जाता है। रास्ते में पहचान लिए जाने पर आर्यक भाग जाता है। **सप्तम** अंक में चारुदत्त शरणागत आर्यक की रक्षा करता है। **अष्टम** अंक में उद्यान में पहुँचने पर शकार वसन्तसेना के सामने प्रणय प्रस्ताव रखता है, किन्तु वसन्तसेना के अस्वीकार करने पर शकार उसका गला घोंट कर पत्तों में छिपा देता है। वसन्तसेना द्वारा उपकृत भिक्षु उसकी जान बचाता है। **नवम** अंक

---

१. मृच्छकटिक ९।३३

में शकार चारुदत्त पर वसन्त सेना की हत्या का अभियोग लगाता है। दुर्भाग्यवश वह अभियोग सिद्ध हो जाता है और चारुदत्त को मृत्यु-दण्ड सुनाया जाता है। **दशम** अंक में चाण्डाल चारुदत्त को श्मशान ले जाते हैं। यहीं बौद्ध भिक्षु वसन्त सेना के साथ उपस्थित होता है। चारुदत्त अपराध मुक्त होता है। इसी समय पालक को मारकर आर्यक राजा बन जाता है। चारुदत्त के बदले शकार को फाँसी देने की आवाज जनता उठाती है, किन्तु चारुदत्त उसे क्षमा कर देता है। वसन्तसेना और चारुदत्त का विवाह हो जाता है।

इस प्रकरण की कथावस्तु दो भागों में है—प्रथम भाग में चारुदत्त एवं वसन्तसेना के प्रेम का वर्णन है तो दूसरे में आर्यक की राज्यप्राप्ति का विवरण है। प्रथम भाग भास के 'चारुदत्तम्' से गृहीत है और राजनीतिक भाग कवि की अपनी कल्पना है।

प्रकरण के रूप में मृच्छकटिक

अलंकारशास्त्र में रूपक के दस भेद किए गए हैं। उनमें नाटक के बाद प्रकरण का नाम आता है। प्रकरण की कथावस्तु कविकल्पना पर आधारित होती है। इसका प्रधान रस शृंगार होता है। इसका नायक ब्राह्मण, मन्त्री अथवा वैश्य होता है। वह नायक विघ्नपूर्ण धर्म, अर्थ और काम में तत्पर धीरप्रशान्त कोटि का होता है।[1]

'मृच्छकटिकम्' की कथावस्तु ऐतिहासिक न होकर कविकल्पना-प्रसूत है। चारुदत्त एवं वसन्तसेना के प्रेम और विवाह का वर्णन होने से इसका प्रधान रस शृंगार है। इस रूपक का नायक चारुदत्त जात्या ब्राह्मण है। वह मानवीय गुणों से युक्त होने के कारण धीरप्रशान्त कोटि का नायक है तथा विघ्नपूर्ण काम भावना में तत्पर है। इस प्रकार इसमें 'प्रकरण' के सभी लक्षण विद्यमान हैं।

संस्कृत रूपकों में 'मृच्छकटिक' अपने ढंग का अनुपम रूपक है। इसमें ग्रन्थकार ने बड़ी चतुराई से प्रेम के कथानक को राजनीतिक घटनाओं से जोड़ दिया है। संस्कृत के अन्य नाटकों की भाँति इसमें समाज के उच्चवर्ग का ही चित्रण नहीं हुआ है, अपितु चोर, जुआरी, धूर्त, वेश्या, व्यभिचारी, क्रान्तिकारी तथा राजा एवं ब्राह्मण आदि सभी प्रकार के सामाजिक पात्र निरूपित हैं।

सामाजिक दशा—'मृच्छकटिक' में तत्कालीन सामाजिक जीवन का विविध एवं वास्तविक चित्रण उपस्थापित किया गया है। यहाँ तत्कालीन हिन्दू-समाज का यथार्थ वर्णन देखने को मिलता है। ब्राह्मणों का काम केवल अध्ययन-अध्यापन ही नहीं था, अपितु वे व्यापार भी करते थे। चारुदत्त को 'द्विजसार्थवाहः' कहा गया है। उसके पितामह एक बड़े सेठ थे। ब्राह्मण यज्ञ करते थे और सन्ध्यावदन, बलि-प्रदान तथा मन्दिरों में देवपूजा का आयोजन होता था। ब्राह्मणधर्म के प्रति लोगों की निष्ठा थी, किन्तु संसार से दुःखी प्राणी बौद्धधर्म भी ग्रहण करते थे। भिक्षुगण चैत्य एवं बिहार में रहा करते थे, जहाँ रोगियों की शुश्रूषा भी की जाती थी। श्रमण का दर्शन शुभ नहीं माना जाता था।

---

१. भवेत्प्रकरणे वृत्तं लौकिकं कविकल्पितम्।
शृंगारोऽङ्गी नायकस्तु विप्रोऽमात्योऽथवा वणिक्।
सापायधर्मकामार्थपरो धीरप्रशान्तकः। –साहित्यदर्पण ३।१२४, १२५

समाज में कुछ लोग बहुत सम्पन्न होते थे—वसन्तसेना के महल में राजसी वैभव था। वेश्यागमन निन्दनीय नहीं माना जाता था। वेश्या पर सबलोग अपना अधिकार मानते थे, क्योंकि वह 'पण्यजीवा' होती थी। उसे लोग पर्याप्त धन देने को तत्पर होते थे, फिर भी वसन्तसेना जैसी गणिका दुराचारियों के प्रणय-निवेदन को ठुकरा देती थी। समृद्धि के कारण अनेक बुराइयाँ भी समाज में फैली हुई थीं। वेश्यागमन एवं जुआ का प्रचलन था। जुआ में छल-कपट का बोलबाला था। सन्ध्या होते ही लफंगे-बदमाश सड़क पर घूमने लगते थे। अपने अपकर्मों में विघ्न डालने वाले सिपाहियों का वध कर देना उनके लिए आसान काम था।

राजा का प्रभुत्व अधिक था, किन्तु अपने मन्त्रियों की सहायता से वह राज्य संचालन किया करता था। 'मनुस्मृति' के अनुसार मुकदमों का फैसला हुआ करता था। मनु की प्रामाणिकता सर्वमान्य थी। आधिकरणिक (जज) की सहायता के लिए 'असेसर' हुआ करते थे, जो ब्राह्मण तथा वणिक भी होते थे। राजशक्ति दुर्बल थी। प्रशासन बहुत कमजोर था। शाम होते ही बड़े घर की बहू-बेटियाँ इज्जत लूटे जाने के भय से बाहर नहीं निकलती थीं। पुलिस व्यवस्था सुदृढ़ नहीं थी। राजपरिवर्तन की सम्भावना सदा बनी रहती थी।

कुछ ब्राह्मण अपने धर्म एवं कर्म के प्रति लापरवाह भी थे। शर्विलक ऐसा ही ब्राह्मण है, जो अपनी प्रेमिका के लिए चोरी करने हेतु सेंध लगाता है। वह ऐसे मौके पर अपने जनेऊ की भी हँसी उड़ाने से बाज नहीं आता। दासप्रथा प्रचलित थी, किन्तु दासों की दशा अच्छी थी। उनके साथ मालिक का व्यवहार सौहार्दपूर्ण था। इस प्रकार समाज के सभी वर्गों को प्रतिनिधित्व देनेवाला यह एक मात्र रूपक प्राचीन संस्कृत साहित्य में उपलब्ध है। चरित्रचित्रण की दृष्टि से यह नाटक अपनी सानी नहीं रखता है।

'मृच्छकटिक में दरिद्रता का वर्णन अत्यन्त विस्तृत, सजीव एवं सटीक है। दरिद्रता के कारण पुरुष को समाज में घोर उपेक्षा झेलनी पड़ती है। उसके अपने भी पराये हो जाते हैं। आपत्तियों का ताँता लग जाता है। उसके शीलरूपी चन्द्रमा की कान्ति मलिन पड़ जाती है तथा दूसरे के द्वारा किए गए अपराधों का दोष दरिद्र पुरुष के मत्थे मढ़ दिया जाता है—

दारिद्र्यात् पुरुषस्य बान्धवजनो वाक्ये न सन्तिष्ठते
सुस्निग्धा विमुखी भवन्ति सुहृदः स्फारी भवन्त्यापदः।
सत्त्वं ह्रासमुपैति शीलशशिनः कान्तिः परिम्लायते
पापं कर्म च यत्परैरपि कृतं तत्तस्य सम्भाव्यते॥[1]

कवि ने चौर्य कर्म का वर्णन भी विस्तार से किया है। तृतीय अंक में ब्राह्मण शर्विलक चोरी के बारे में कहता है कि लोग भले ही चोरी को नीच कर्म कहे, क्योंकि यह सो जाने पर की जाती है तथा विश्वस्त लोगों को ठगने के कारण इससे अपमान भी झेलना पड़ता है। अतः चौर्य कभी शौर्य नहीं हो सकता, किन्तु इसमें किसी की अधीनता नहीं होती तथा किसी के सामने हाथ नहीं जोड़ना पड़ता। अतः यह निन्दित काम भी अच्छा है। यह रास्ता तो पहले ही राजा (पाण्डव) के सोये हुए (पुत्रों) की हत्या में द्रोणाचार्य के पुत्र (अश्वत्थामा) ने दिखा दिया है—

१. मृ. १।३६

कामं नीचमिदं वदन्तु पुरुषाः स्वप्ने च यद्वर्धते
विश्वस्तेषु च वञ्चनापरिभवश्चौर्यं न शौर्यं हि तत्।
स्वाधीना वचनीयतापि हि वरं बद्धो न सेवाञ्जलि-
र्मार्गो ह्येष नरेन्द्रसौप्तिकवधे पूर्वं कृतो द्रौणिना॥[१]

'मृच्छकटिक' में रचना-शैली की सरलता एवं स्पष्टता होने से इसकी रोचकता और अधिक हो जाती है। नये-नये भाव स्थान-स्थान पर मिलते हैं। कथोपकथन भी बड़े मनोहर हैं। प्राकृत के प्रयोग में भी शूद्रक समस्त संस्कृत साहित्य में अपना विशेष अधिकार रखते हैं। मृच्छकटिक के टीकाकार पृथ्वीधर के अनुसार इस प्रकरण में शौरसेनी, मागधी, अवन्तिका, प्राच्या, शकारी, चाण्डाली तथा ढक्की इन सात प्राकृतों का प्रयोग है। इनमें प्रथम चार को वे 'भाषा' कहते हैं तथा अन्तिम तीन को 'विभाषा'।

इस प्रकार अपने विविध वैशिष्ट्य के कारण प्राचीन संस्कृत साहित्य का अकेला यह यथर्थवादी नाटक सामाजिकों में अत्यन्त लोकप्रिय है। इस नाटक को दूरदर्शन पर भी धारावाहिक रूप में दिखाया गया है।

हर्षवर्धन : रूपकत्रय

भारत के प्राचीन विद्या-व्यसनी शासकों में सम्राट् हर्षवर्धन (६०६-६४८) का नाम बहु-प्रसिद्ध है। उन्होंने अपनी रचनाओं से संस्कृत-साहित्य की श्रीवृद्धि की है। उनकी तीन कृतियाँ हैं—**रत्नावली, प्रियदर्शिका** और **नागानन्द**। प्रथम दो रचनाएँ नाटिका हैं जबकि अन्तिम रचना नाटक है। इन रचनाओं के बारे में कुछ आलोचकों का कथन है कि इनके प्रणेता स्वयं हर्षवर्धन नहीं थे, अपितु उन्होंने अपने किसी आश्रित कवि (बाण या धावक) द्वारा उन्हें लिखवाकर अपने नाम से प्रकाशित करा दिया। इतना तो निश्चित है कि उक्त सभी रचनाएँ एक ही कवि द्वारा लिखित है। इस कथन में अनेक प्रमाण हैं—

१. इन तीनों कृतियों की प्रस्तावना में एक ही कर्ता (हर्ष) का उल्लेख है।

२. 'प्रियदर्शिका' और 'नागानन्द' में दो श्लोक समान हैं तथा एक पद्य 'प्रियदर्शिका' और 'रत्नावली' समान है।

३. इन सभी रचनाओं की शैली में भी समानता है। अब विचारणीय है कि इन सभी रचनाओं का वास्तविक रचयिता कौम है। मम्मट ने अपने 'काव्य प्रकाश' में धन प्राप्ति को काव्य का प्रयोजन बताते हुए उदाहरण रूप में लिखा है—**'श्रीहर्षादेर्धावकादीनामिव धनम्'**। इस पंक्ति का अभिप्राय कुछ आलोचक यह बताते हैं कि धावक नामक कवि ने 'रत्नावली' आदि की रचना हर्ष के नाम से करके बहुत धन प्राप्त किया था, किन्तु इस धारणा के पक्ष में कोई प्रबल प्रमाण नहीं मिलता। इत्सिंग (६७१-६९५ ई०) ने अपने यात्रा वृतान्त में 'नागानन्द' नाटक का निर्माता महाराज हर्ष को बताया है। दामोदरगुप्त (८०० ई०) ने अपने **'कुट्टिनीमत'** में 'रत्नावली' का रचयिता किसी राजा को बताया है। ये राजा हर्ष के अतिरिक्त कोई दूसरे नहीं हो सकते, क्योंकि उस काल में कोई ऐसा विद्या-व्यसनी

१. मृ. ३।११

अन्य राजा नहीं हुआ था। राजा हर्ष एक अच्छे कवि के रूप में प्रख्यात हैं। गद्य सम्राट बाण भट्ट ने अपने 'हर्षचरित'[१] में तथा कवि जयदेव ने 'प्रसन्नराघव'[२] में उनकी काव्य-कुशलता की भरपूर प्रशंसा की है। अतः इन तीनों कृतियों का प्रणेता श्रीहर्ष को मानना बिल्कुल संगत है।

रचनाक्रम के अनुसार हर्ष की प्रथम रचना 'प्रियदर्शिका' है, क्योंकि अन्य दोनों रचनाओं की अपेक्षा इसकी नाट्यकला कम परिष्कृत है। हर्ष की दूसरी रचना 'रत्नावली' है। इसमें 'नाट्यशास्त्र' के नियमों का पालन पूरे ध्यान से किया गया है। 'नागानन्द' नाटक 'रत्नावली' के समान प्रौढ़ एवं परिमार्जित नहीं है, फिर भी इसमें हर्ष के उत्तरार्द्ध जीवन के बौद्ध आदर्शों का निरूपण होने से इसे हर्ष की अन्तिम रचना माना जाता है।

'प्रियदर्शिका' चार अंकों की नाटिका है। इसमें राजा वत्स के अन्तःपुर की प्रणय कथा वर्णित है। महाराज दृढ़वर्मा की पुत्री प्रियदर्शिका एक दुर्घटना के कारण वत्सराज के अन्तःपुर में आ जाती है। वहाँ वह 'आरण्यका' नाम से रानी की दासी के रूप में रहती है। वत्स उससे प्रेम करने लगते हैं। अन्तःपुर के रंगमंच पर वत्स और वासवदत्ता के विवाह का अभिनय होता है। उसमें वत्स स्वयं वत्स हैं तो आरण्यका वासवदत्ता बन जाती है। यह प्रेम का अभिनय नहीं होकर वास्तविक बन जाता है। इससे क्रुद्ध रानी राजा की दृष्टि से दूर हटाकर आरण्यका को बन्दी गृह में डाल देती है। अन्त में राजकुमारी के रूप में ज्ञात होने पर प्रियदर्शिका एवं वत्स के विवाह की अनुमति रानी स्वयं दे देती है।

'रत्नावली' भी चार अंकों की नाटिका है। इसमें वत्सराज उदयन और उनकी रानी वासवदत्ता की सेविका सारिका का मनोरम प्रेम प्रसंग वर्णित है। सारिका वास्तव में सिंहल देश की राजकुमारी रत्नावली है, जो दुर्घटनावश वासवदत्ता की सेवा में नियुक्त होती है। राजा के रमणीय रूप को देखकर वह उससे प्रेम करने लगती है। इस बात की जानकारी होने पर वासवदत्ता उसे कारागार में डाल देती है। बाद में उसके पिता के मन्त्री बाभ्रव्य द्वारा विदूषक के गले में लटकनेवाली 'रत्नावली' की सहायता से पहचान लिए जाने के कारण वासवदत्ता अपनी भगिनी रत्नावली से राजा का विवाह करा देती है।

प्रेम एवं विवाह का वर्णन होने से 'रत्नावली' का प्रधान रस शृंगार है तथा नायक धीरललित कोटि का है। इसका कथानक कौतूहलपूर्ण है और घटनाएँ नाटकीय ढंग से घटित होती हैं। वेष-विपर्यय का दृश्य बड़ा रोचक बन गया है। काव्य सौन्दर्य के साथ-साथ इसमें चरित्र-चित्रण भी विशद एवं मनोरम है जिसके कारण अभिनय की दृष्टि से यह सफल रचना है। नाट्यशास्त्र के नियमों का इसमें पूर्णतया पालन हुआ है। नाट्यतत्त्वों के विवेचन में धनञ्जय ने अपने 'दशरूपक' में रत्नावली से अनेक पद्य उदाहरण रूप में उद्धृत किए हैं। इस नाटक में प्रणय का विलासमय चित्रण किया गया है, फिर भी भारतीय मर्यादा का अतिक्रमण नहीं किया गया है।

---

१. 'काव्यकथास्वपीतामृतमुद्वमन्तं' 'विमलकपोलप्रतिबिम्बितां चामरग्राहिणीं विग्रहिणीमिव मुखवासिनीं सरस्वती-मादधानम्', 'अपि चास्य प्रज्ञायाः शास्त्राणि कवित्वस्य वाचः न पर्याप्तो विषयः। –पृ० ७१, ७४, ७८

२. हर्षो हर्षो हृदयवसतिः पञ्चबाणस्तु बाणः।
केषां नैषा कथय कविताकामिनी कौतुकाय॥ १।२२

'रत्नावली' में कवि की वर्णन-विदग्धता एवं काव्य-प्रतिभा के चमत्कार सर्वत्र देखने को मिलते हैं। इसकी शैली सरस एवं प्रसादपूर्ण है। कठिन शब्दों तथा लम्बे समासों का प्रायः अभाव है। उदाहरण के लिए अग्रलिखित पद्य को देखा जा सकता है, जहाँ सूर्य अपनी प्रियतमा कमलिनी से विदा माँग रहे हैं—

यातोऽस्मि पद्मनयने समयो ममैष
सुप्ता मयैव भवती प्रतिबोधनीया।
प्रत्यायनामयमितीव सरोरुहिण्याः
सूर्योऽस्तमस्तक निविष्टकरः करोति॥[१]

कमलिनी के झुके हुए मस्तक पर स्नेहपूर्वक कर (हाथ) फेरते हुए (अथवा, अस्ताचल के शिखर पर अपने कर (किरणें) बिखेरते, हुए सूर्य उसे सान्त्वनायुक्त विश्वास दिला रहे हैं कि हे कमलमुखी, अब मैं जा रहा हूँ, मेरे जाने का समय आ गया है, किन्तु कल प्रातःकाल जब तुम सोई ही रहोगी, मैं आकर तुम्हें जगाऊँगा।

दामोदर गुप्त ने 'रत्नावली' की प्रशंसा में कहा है—

आश्लिष्टसंसिबन्धं सत्पात्रसुवर्णयोजितं सुतराम्।
निपुणपरीक्षकदृष्टं राजति रत्नावलीरत्नम्॥

रत्नावली माला के समान रत्नावली नायिका सुशोभित हो रही है। माला के मनके एक-दूसरे से सटे हुए हैं, श्रेष्ठ वर्ग के हैं, सोने के बने हैं तथा उस सोने की परीक्षा अच्छी तरह से कर ली गई है जबकि नायिका के सन्धिबन्ध अंगों के एक दूसरे से उचित सन्निवेश के साथ हैं। वह नायिका अच्छे कुल की पात्र है और सुन्दर वर्ण से युक्त है। परीक्षकों की दृष्टि से नायिका अत्यन्त निपुण है।

'प्रियदर्शिका' हर्ष की प्रथम रचना मानी जाती है, किन्तु प्रकृष्टता की दृष्टि से इसका स्थान 'रत्नावली' के बाद है। 'प्रियदर्शिका' भी उदयन कथा पर आधारित चार अंकों की नाटिका है। इसके भी नायक उदयन हैं, जो धीरललित कोटि के हैं। इसकी कथावस्तु भी 'रत्नावली' से मिलती-जुलती है। युद्ध में पराजित राजा हठवर्मा की पुत्री प्रियदर्शिका दुर्भाग्यवशात् महाराज उदयन के अन्तःपुर में 'आरण्यका' नाम से रानी की दासी बन जाती है। राजा उसके प्रेम पाश में आबद्ध हो जाते हैं जिससे वह रानी वासवदत्ता के द्वारा कारागृह में डाल दी जाती है। बाद में राजकुमारी के रूप में ज्ञात होने पर रानी की अनुमति से उसका विवाह उदयन के साथ सम्पन्न होता है।

इस कथानक का बीज 'बृहत्कथा' से गृहीत है, किन्तु उसके विकास में कवि ने अपने कवित्व वैभव का यथेष्ट परिचय दिया है। इसकी प्रासादिक शैली तथा वस्तु-रचना की सरलता अत्यन्त रोचक है। तीसरे अंक में गर्भाङ्क का विनिवेश 'प्रियदर्शिका' की उल्लेखनीय विशेषता है। यह दृश्य कवि के नाट्यकौशल का मनोरम निदर्शन है।

हर्षवर्धन का तीसरा नाटक **'नागानन्द'** पाँच अंकों में निबद्ध है। इसका नायक राजकुमार जीमूतवाहन है, जिसका विवाह राजा मित्रावसु की भगिनी मलयवती से होता है। एक दिन टहलते

---

१. रत्नावली ३।६

समय जीमूतवाहन हड्डियों का ढेर देखता है। उसे ज्ञात होता है कि दिव्य पक्षी गरुड़ को प्रतिदिन साँपों की बलि दी जाती है। उन्हीं मृत सर्पों की ये हड्डियाँ हैं। वह इससे द्रवीभूत हो जाता है और शंखचूड़ सर्प के बदले अपना बलिदान करता है। गौरी के प्रभाव से वह पुनर्जीवित हो जाता है तथा अमृत की वर्षा से सभी मृत सर्प भी जीवित हो जाते हैं। गरुड़ नागहत्या से विरत होने की प्रतिज्ञा करता है।

इस प्रकार इस रूपक के पूर्वार्द्ध में जीमूतवाहन और मलयवती की प्रणयकथा वर्णित है और उत्तरार्द्ध में जीमूतवाहन द्वारा गरुड़ के सर्प-भक्षण-त्याग का निरूपण है। यह नाटक हर्ष के बौद्धधर्म-ग्रहण के बाद की रचना है। इसमें प्राणियों के प्रति दया तथा आत्मोत्सर्ग की भावना का हृदयस्पर्शी निदर्शन है। हर्ष की अन्य कृतियों की भाँति इसकी भाषा एवं शैली प्रसादपूर्ण तथा मनोहर है।

इस नाटक का अंगीरस वीर है। अंगरस के रूप में शान्त और शृङ्गार की भी अच्छी निष्पति हुई है। अग्रिम पद्य दयावीर का मनोरम निदर्शन है।

शिरामुखैः स्यन्दत एव रक्तमद्यापि देहे मम मांसमस्ति।
तृप्तिं न पश्यामि तवापि तावत्किं भक्षणात्त्वंविरतो गुरुत्मन्।।[१]

मेरी नाड़ियों के मुख से अब भी रुधिर बह रहा है, मेरे देह में मांस भी शेष है। मैं देख रहा हूँ कि तुम अभी तृप्त नहीं हुए हो। फिर हे गरुड़, तुम मुझे खाने से विरत क्यों हो गए?

भट्टनारायण : वेणीसंहार

नाट्यशास्त्रीय नियमों को ध्यान में रखकर नाटक लिखने वाले कवियों में भट्टनारायण का नाम मूर्धन्य है। आचार्य दण्डी ने भट्टनारायण की तीन रचनाओं का उल्लेख किया है,[२] किन्तु सम्प्रति केवल **'वेणीसंहार'** नाटक ही उपलब्ध है।

भट्टनारायण मूलतः कान्यकुब्ज के निवासी थे। बंगाल के राजा आदि शूर ने वैदिक धर्म को उन्नत करने के लिए कान्यकुब्ज से पाँच ब्राह्मण-परिवारों को बुलाया था। उनमें भट्टनारायण अन्यतम थे। आदिशूर आठवीं शताब्दी के पालवंशी राजाओं से पहले हुए थे। अतः भट्टनारायण और उनके आश्रयदाता का स्थितिकाल आठवीं शताब्दी का पूर्वार्द्ध मानना उचित है। इस तथ्य की पुष्टि बहिरंग प्रमाणों से भी होती है। वामन (८०० ई०), आनन्दवर्धन (८५० ई०), धनञ्जय (१००० ई०) तथा मम्मट ने अपने ग्रन्थों में 'वेणीसंहार' से उद्धरण दिए हैं। अतः भट्टनारायण का समय अष्टम शताब्दी का प्रारम्भ ही होना चाहिए।

यह नाटक 'वेणीसंहार' महाभारत में वर्णित वृत्त—द्रौपदी के द्वारा वेणी (जूड़ा) के संहार (समेटकर बाँधना) के आधार पर छः अंकों में रचित हैं। दुःशासन के घोर अपमान से क्षुब्ध द्रौपदी ने यह प्रतिज्ञा की थी कि दुःशासन का वध होने पर उसके रक्त से रञ्जित हाथों से वह

१. व्याप्तुं पदत्रयेणापि यः शक्तो भुवनत्रयम्।
तस्य काव्यत्रयव्याप्तौ चित्रं नारायणस्य किम्।।

२. नागानन्द ५।१६

अपनी वेणी बाँधेगी। इसी कथा को कवि ने यहाँ बड़े कौशल के साथ उपन्यस्त किया है तथा नाटकीय सौन्दर्य की दृष्टि से उस मूल कथा में पर्याप्त परिवर्तन किया है। इस नाटक के **प्रथम** अंक में सन्धि-प्रस्ताव की बात सुनकर भीम का हृदय क्षुब्ध हो जाता है। द्रौपदी के आगमन पर वह क्षोभ अपनी पराकाष्ठा पर पहुँच जाता है। यह भी समाचार आता है कि सन्धि वार्ता के लिए गए श्रीकृष्ण को दुर्योधन ने बाँधना चाहा। इससे युधिष्ठिर भी उत्तेजित हो गए हैं और युद्ध का नगाड़ा बजने लगता है। **द्वितीय** अंक में दुर्योधन और उसकी पत्नी भानुमती में वार्तालाप होता है। भानुमती अपने स्वप्न से बहुत भयभीत है, जिसमें उसने देखा कि नकुल (नेवला) ने सौ सर्पों को मार डाला है। दुर्योधन स्वप्न को असत्य बताकर रानी को सान्त्वना देता है। जयद्रथ की माँ अर्जुन की प्रतिज्ञा से बहुत घबड़ाहट में अपने पुत्र की रक्षा के लिए दुर्योधन से निवेदन करती है। दुर्योधन उसे आश्वस्त करता है। **तृतीय** अंक में द्रोण का वध सुनकर अश्वत्थामा के शोक वर्णन के बाद कर्ण के साथ उसका वाग्युद्ध चित्रित है। **चतुर्थ** अंक में दुःशासन और कर्ण के पुत्र वृषसेन का निधन होता है। **पंचम** अंक में दुर्योधन के माता-पिता पाण्डवों के साथ सन्धि करने का आग्रह पुत्र से करते हैं, किन्तु वह अस्वीकार कर देता है। **षष्ठ** अंक में भीम और अर्जुन के मारे जाने की बात सुनकर युधिष्ठिर तथा द्रौपदी विलाप करते हैं तथा अग्नि में प्रवेश करने को उद्यत होते हैं। उसी समय दुर्योधन के रक्त से रञ्जित भीमसेन पहुँच कर उस रक्त से द्रौपदी की वेणी बाँधते हैं।

वेणीसंहार में नायक विचार

'वेणीसंहार' के नायकत्व का प्रश्न विवादपूर्ण हैं। इसके लिए युधिष्ठिर, भीम तथा दुर्योधन को अधिकृत किया जाता है। इस युद्ध से प्राप्त राज्य के भोक्ता युधिष्ठिर हैं। वे धीर, अविकत्थन तथा धीरोदात हैं। उनका क्रोध नाटक के आरम्भ में बीज रूप में उपन्यस्त है तथा नाटक का समापन उनके द्वारा उच्चरित भरत वाक्य से होता है। अतः कुछ विद्वान् उन्हें ही इस नाटक का नायक मानते हैं। किन्तु इस मत के विरोध में तर्क है कि इस नाटक में युधिष्ठिर के दर्शन केवल अन्तिम अंक में होते हैं, जबकि नायक प्रधान पात्र होता है और कथावस्तु पर वह छाया रहता है।

कुछ विद्वान् भीम को इस नाटक का नायक मानते हैं, क्योंकि वही इस नाटक की केन्द्रस्थ धुरी है। प्रत्येक अंक के आरम्भ में उसका क्रोधगर्जन सुनाई पड़ता है, किन्तु वह भी रंगमंच पर केवल तीन अंकों (प्रथम, पंचम तथा षष्ठ) में ही दृष्टिगत होता है। साथ ही, उसकी प्रकृति धीरोद्धत कोटि की है। अतः उसे भी नायक मानना संगत नहीं लगता है।

कतिपय समालोचक दुर्योधन को नायक मानने के पक्ष में हैं। उनका तर्क है कि

(१) भट्टनारायण ने दुर्योधन के चरित में उत्कर्ष लाने के लिए मूल कथा में अनेक परिवर्तन किए हैं। 'महाभारत' का दुर्योधन यदि छल एवं द्वेष की प्रतिमूर्ति है तो 'वेणीसंहार' का दुर्योधन वीर एवं स्वाभिमानी है। वह पराजित होकर भी हमारी सहानुभूति का पात्र बनता है। नाटककार ने उसके चरित का परिमार्जन उसे नायक बनाने की दृष्टि से ही किया है।

(२) प्रथम अंक के अतिरिक्त सभी अङ्कों में दुर्योधन रंगमंच पर उपस्थित रहता है, प्रथम अंक में भी उसके कार्यकलाप हमारे ध्यान में रहते हैं।

(३) नाटक की कथा दुर्योधन के कारण ही रोचक एवं आकर्षक है। कौरव पाण्डव के युद्ध का बीजवपनकर्ता भी वही है।

इस प्रकार तीनों पात्रों के पक्ष-विपक्ष में अनेक विचार बिन्दु उपस्थापित किए गए हैं। निष्कर्षतः भारतीय परम्परा की दृष्टि से युद्ध के फल भोक्ता होने के कारण युधिष्ठिर को नायक माना जा सकता है तो कथावस्तु एवं चरित के विचार से दुर्योधन को नायक स्वीकार करने में आपत्ति नहीं होनी चाहिए। पाश्चात्य नाट्यशास्त्र का नायक विषयक अभिमत दुर्योधन के पक्ष में ही है।

रस—'वेणीसंहार' संस्कृत के वीररस प्रधान नाटकों में विशेष लोकप्रिय है। यहाँ वीर रस का प्रवाह आद्यन्त देखा जाता है। गौण रस के रूप में शृंगार, करुण, रौद्र, भयानक तथा शान्त रसों का अच्छा निरूपण हुआ है। इसमें वीररस की एक से एक अनूठी उक्तियाँ भरी पड़ी हैं। अश्वत्थामा के निःशस्त्र पिता का वध करने वाले धृष्टद्युम्न के प्रति उस (अश्वत्थामा) की उक्ति वीर रस से आप्लावित है—

तातं शस्त्रग्रहणविमुखं निश्चयेनोपलभ्य त्यक्त्वा शंकां खलु विदधतः पाणिमस्योत्तमांगे।
अश्वत्थामा करधृतधनुः पाण्डुपाञ्चालसेना तूलोत्क्षेपप्रलयपवनः किं न यातः स्मृतिं ते।।[१]

तुझे निश्चित रूप से ज्ञात था कि मेरे पिता शस्त्रग्रहण नहीं करेंगे, फिर भी निःशंक होकर उनके सिर पर अपना कठोर हाथ रखते हुए तुम्हारी बुद्धि में पाण्डवों तथा पाञ्चालों की सेना रूपी कपास को उड़ा देने में प्रलय कालीन पवन के समान हाथ में धनुष लिए हुए (द्रोण-पुत्र) अश्वत्थामा नहीं आया ?' अश्वत्थामा के प्रति कर्ण की चुभती हुई उक्ति अत्यन्त आकर्षक है।

सूतो वा सूतपुत्रो वा यो वा को वा भवाम्यहम्।
दैवायत्तं कुले जन्म मदायत्तं तु पौरुषम्।।[२]

'मैं सूत होऊँ अथवा सूतपुत्र या जो कोई होऊँ। (किसी) कुल में जन्म लेना भाग्य के अधीन (होता है), किन्तु पुरुषार्थ मेरे अधीन है।' भीष्म एवं द्रोण आदि के निधन के बाद धृतराष्ट्र दुर्योधन को युद्ध समाप्त करने के लिए करुण स्वर में समझाते हैं—

दायादा न ययोर्बलेन गणितास्तौ द्रोणभीष्मौ हतौ
कर्णस्यात्मजमग्रतः शमयते भीतं जगत्फाल्गुनात्।
वत्सानां निधनेन मे त्वयि रिपुः शेषप्रतिज्ञोऽधुना
मानं वैरिषु मुञ्च तात पितरावन्धाविमौ पालय।।[३]

जिन दोनों के अतिशय बल के कारण हिस्सेदार लोग (पाण्डव) कुछ नहीं समझे गए वे दोनों भीष्म और द्रोण मार डाले गए। कर्ण के सामने ही उसके पुत्र का वध करने वाले अर्जुन से सारा संसार डर गया था। (अतः कर्ण का भी भरोसा निरर्थक है)। बच्चों के निधन से शत्रु (भीम)

१. वेणी ३।२३

२. वही ३।३७

३. वही ५।५

तुम्हारे ही विषय में अवशिष्ट प्रतिज्ञा वाला (है)। हे तात, शत्रुओं के प्रति अभिमान को छोड़ दो। अन्धे इन माता-पिता का पालन करो।

शान्त रस का चित्रण अग्रलिखित पद्य में हृदयहारी है—

आत्मारामा विहितरतयो निर्विकल्पे समाधौ
ज्ञानोऽद्रेकाद्विघटिततमो ग्रन्थयः सत्त्वनिष्ठाः।
यं वीक्षन्ते कमपि तमसां ज्योतिषां वा परस्ता-
त्तं मोहान्धः कथमयममुं वेत्तु देवं पुराणम्।[1]

अपनी अन्तरात्मा में ही रमण करनेवाले, निर्विकल्पक समाधि में तल्लीन रहने वाले, ज्ञान की प्रचुरता से अज्ञान को समूल नष्ट करने वाले, सत्त्वगुण में निष्ठा रखने वाले (मुनिजन) जिसे अन्धकार अथवा प्रकाश के परे कोई अनिर्वचनीय समझते हैं, उस सनातन देव को मोह (अज्ञान) से अन्धा यह (दुर्योधन) कैसे जान सकता है ?

'वेणीसंहार' की रचना 'नाट्यशास्त्र' के नियमों के सर्वथा अनुकूल हुई है। यही कारण है कि धनञ्जय ने अपने 'दशरूपक' में इसके अनेक पद्य उदाहरण रूप में उद्धृत किए हैं। इसमें मुख, प्रतिमुख आदि पञ्च सन्धियों तथा पताकास्थानक एवं गण्ड के अनेक उदाहरण मिलते हैं। नाटकीय घटना का ऐसा सुन्दर विन्यास जो भावी घटना का सूचक होता है, 'गण्ड' कहा जाता है। द्वितीय अंक में, जब दुर्योधन अपने ऊरु को प्रियतमा भानुमती के बैठने के लिए उचित स्थान बताता है उसी समय कञ्चुकी 'भग्नं भग्नम्' चिल्लाता है जो बीच में आने से 'रथकेतनम्' से अभीष्ट सम्बन्ध रखने पर भी 'उरुयुग्म' से भी स्वतः सम्बद्ध हों जाता है, अर्थात् दुर्योधन के ऊरु को भीम ने भग्न कर दिया[2]—इस भावी घटना की सूचना मिल जाती है।

अलंकारशास्त्र के अनेक आचार्यों ने द्वितीय अंक में दुर्योधन और भानुमती के सम्भोग शृंगार के वर्णन को अनुचित बताया है। मम्मट ने दुर्योधन को युद्ध भूमि से अलग होकर प्रणय-पाश में आबद्ध होने के वर्णन को 'अकाण्डे प्रथनम्' (अनुचित स्थान में रस विस्तार) दोष के अन्तर्गत रखा है। विश्वनाथ ने भी इस प्रणय दृश्य को असंगत कहा है। कीथ महोदय का भी मत है कि भट्टनारायण ने रूढ़ि का पालन करने के लिए ही इस अनावश्यक दृश्य का समावेश अपने नाटक में किया है।

परन्तु इस सन्दर्भ में विचार करने पर स्पष्ट होता है कि भट्टनारायण का लक्ष्य अपने नायक (दुर्योधन) की दुःखान्त कथा को चित्रित करना और उसके पराभव तथा शोक की तीव्रता से प्रेक्षकों को प्रभावित करना है। इस लक्ष्य की सिद्धि के लिए नाटककार ने एक ओर अपनी प्रियतमा

---

१. वही १।२३

२. पर्याप्तमेव करभोरु ममोरुयुग्मम् (२।२३)
कञ्चुकी–देव, भवनं भग्नम्।
राजा–आः किं प्रलपसि ?
कञ्चुक–भग्नं भीमेन भवतो मरुता रथकेतनम्।
पतितं किङ्किणी-क्वाण-बद्धाक्रन्दमिव क्षितौ।२।२४

के प्रति दुर्योधन के प्रेम प्रदर्शन को चित्रित कर अपने नायक के सुखी दाम्पत्य जीवन की झाँकी दिखाई है, तो दूसरी ओर युद्ध के अन्तिम दिनों में नायक के कष्टमय जीवन के साथ उसका विरोध दिखाया है। इससे उसके पतन की तीव्रता द्विगुणित हो जाती है। इस दृष्टि से वह प्रणय-दृश्य सर्वथा प्रासंगिक और प्रभावोत्पादक है।

इस प्रकार 'वेणीसंहार' काव्य की दृष्टि से नितान्त सुन्दर, शोभन तथा हृदयावर्जक कृति है। भट्टनारायण की गौड़ी रीति और ओजगुण की प्रशंसा किसी कवि ने इस प्रकार व्यक्त की है—

ओजः संसूचकैः शब्दैः युद्धोत्साहप्रकाशकैः।
वेण्यामुज्जृम्भयन् गौडीं भट्टनारायणो बभुः।

विशाखदत्त : मुद्राराक्षस

संस्कृत नाट्य साहित्य में विशाखदत्त रचित **'मुद्राराक्षस'** ऐतिहासिक होने के साथ कूटनीतिपरक होने के कारण अनुपम नाटक है। **'मुद्राराक्षस'** की प्रस्तावना से ज्ञात होता है कि इनके पितामह वटेश्वरदत्त किसी देश के सामन्त थे और पिता भास्करदत्त या पृथु ने महाराज की पदवी धारण की थी। राजनीति, कौटिल्य अर्थशास्त्र, शुक्रनीति, न्याय तथा ज्योतिष के ये प्रकाण्ड पण्डित थे। वैदिक धर्मावलम्बी होने पर भी उनका मत इतना उदार था कि बुद्ध धर्म को वे सम्मान की दृष्टि से देखते थे।

काल—विशाखदत्त के कालनिर्णय का प्रसंग आने पर समालोचकों की दृष्टि 'मुद्राराक्षस' के भरतवाक्य पर जाकर टिकती है, जो इस प्रकार है—

म्लेच्छैरुद्वीज्यमाना भुजयुगमधुना पीवरं राजमूर्तेः।
स श्रीमद्बन्धुभृत्यश्चिरमवतु महीं पार्थिवश्चन्द्रगुप्तः॥

यही 'पार्थिवश्चन्द्रगुप्तः' भिन्न भिनन प्रतियों में भिन्न-भिन्न रूप में है। कहीं 'पार्थिवो दन्तिवर्मा' है तो कहीं 'पार्थिवोऽवन्तिवर्मा'। प्रथम पाठ के आधार पर प्रो० शारदारंजन राय का मानना है कि 'मुद्राराक्षस' में विशाखदत्त ने गुप्त सम्राट् चन्द्रगुप्त द्वितीय विक्रमादित्य (३७५-४१३ ई०) की ओर संकेत किया है। वे अपने नाटक में चन्द्रगुप्त मौर्य के शासन का वर्णन कर प्रकारान्तर से अपने आश्रयदाता चन्द्रगुप्त विक्रमादित्य की प्रशंसा करते हैं। 'मुद्राराक्षस' का घटनास्थल पाटलिपुत्र है, जो उस समय एक समृद्ध नगर था, फाहियान ने पाटलिपुत्र को मगध की राजधानी बताया है। इसके अतिरिक्त 'मुद्राराक्षस' में जो बौद्धधर्म का संकेत (७।५) है, उससे प्रतीत होता है कि उस समय बौद्धधर्म उन्नत स्थिति में था। यह दशा फाहियान के भारत आने के समय था। अतः इन प्रमाणों के आधार पर मुद्राराक्षस को पाँचवीं शताब्दी की रचना माना जाता है।

दूसरे पाठ (पार्थिवो दन्तिवर्मा) के आधार पर 'मुद्राराक्षस' की रचना पल्लव् राजा दन्तिवर्मा (७७९-८३० ई०) के समय में मानी जा सकती है, किन्तु दक्षिण में हूणों का (जिनका स्पष्ट उल्लेख 'मुद्राराक्षस' में है) आतंक नहीं फैला था। अतः यह मत समीचीन प्रतीत नहीं होता।

तीसरे पाठ (पार्थिवोऽवन्तिवर्मा) को तेलंग महोदय प्रामाणिक मानते हैं। अवन्तिवर्मा दो हुए हैं। एक कश्मीर नरेश (८५५-८८३ ई०) और दूसरे कन्नौज नरेश। कन्नौज के राजा मौखरिवंश

के थे। इन्हीं के पुत्र ग्रहवर्मा के साथ थानेश्वर के महाराज प्रभाकरवर्धन की पुत्री राज्यश्री का विवाह हुआ था।

इसी समय हूणों का उपद्रव पश्चिमोत्तर भारत (पंजाब) में विशेष रूप से हो रहा था। इन हूणों को अवन्तिवर्मा ने प्रभाकरवर्धन की सहायता से हराया था। हर्षचरित में प्रभाकरवर्धन को 'हूण-हरिण-केसरी'[१] कहा गया है। यह घटना ५८२ ई० के आसपास घटित हुई थी। इसके अनुसार 'मुद्राराक्षस' की रचना छठी शताब्दी के उत्तरार्द्ध में मानी जाती है। इसका समर्थन मैकडोनल[२], रैप्सन[३] तथा बलदेव उपाध्याय[४] भी करते हैं।

विशाखदत्त की केवल एक ही कृति—'मुद्राराक्षस' सात अंकों में उपलब्ध है, जबकि सुभाषित ग्रन्थों में इनकी रचना के रूप में 'देवी चन्द्रगुप्त' और 'राघवानन्द' का भी उल्लेख है। रामचन्द्र-गुणचन्द्र-कृत नाट्पदर्पण में विशाखदत्त की रचना के रूप में उल्लिखित 'देवीचन्द्रगुप्तम्' के पाँचवें अंक से एक प्राकृत गाथा उद्धृत की गई है। 'देवी चन्द्रगुप्त' शृंगाररस प्रधान नाटक था। इसमें चन्द्रगुप्त विक्रमादित्य और ध्रुवस्वामिनी के प्रेम की तथा रामगुप्त एवं शकराज के वध की कथा रही होगी, जिसे प्रसादजी ने अपने हिन्दी नाटक 'ध्रुवस्वामिनी' का आधार बनाया है।

'मुद्राराक्षस' अपने इतिवृत्त की दृष्टि से संस्कृत नाटकों में अनुपम है। इसकी कथावस्तु अत्यन्त पेचीदी और कूटनीति से भरी है। राजनीति निपुण चाणक्य अपनी प्रतिज्ञा के अनुसार नन्द वंश का नाश कर चन्द्रगुप्त मौर्य को मगध के सिंहासन पर प्रतिष्ठित करता है, किन्तु उस राज्य को स्थायित्व प्रदान करने के लिए विरोधी नन्दवंश के स्वामिभक्त राक्षस को चन्द्रगुप्त का मन्त्री बनाना, उसकी दृष्टि में अत्यावश्यक है। राक्षस इस बात के लिए कभी सहमत नहीं हो सकता। अतः चाणक्य अपनी कूटनीतिक चाल से मुद्रा (मुहर) द्वारा राक्षस को वश में करने की योजना प्रथम अंक में बनाता है। उसका गुप्तचर निपुणक आकर जीवसिद्धि के राजद्रोही होने की सूचना देता है, जो (जीवसिद्धि) चाणक्य का ही आदमी है। शकटदास कायस्थ और चन्दनदास श्रेष्ठी वास्तविक दुश्मन हैं। चन्दनदास के यहाँ राक्षस के परिजन रह रहैं हैं, इस सूचना के आधार पर चाणक्य का दूत वहाँ जाता है। भाग्य से उसे राक्षस की पत्नी के हाथ से गिरी राक्षस की मुद्रा मिल जाती है। इस मुद्रा के सहारे घटनाक्रम तेजी से आगे बढ़ता है और चाणक्य अपनी कूटनीति के द्वारा अपने सभी शत्रुओं को परास्त कर राक्षस को चन्द्रगुप्त का महामात्य पद स्वीकार करने के लिए विवश कर देता है। मुद्रा के द्वारा राक्षस को वश में किए जाने के कारण ही इस नाटक का नाम 'मुद्राराक्षस' पड़ा है।

मुद्राराक्षस का नायकत्व—'मुद्राराक्षस' का नायक कौन है—इस प्रश्न पर विद्वानों में मत भिन्नता है। राज्य-प्राप्ति तथा अमात्य लाभ चन्द्रगुप्त को हुआ है। इस नाटक का फल-भोक्ता भी वही है। अतः भारतीय नाट्शास्त्र की दृष्टि से इस नाटक का नायक चन्द्रगुप्त है। दूसरी ओर नाटक

---

१. हर्षचरित-पंचम उच्छ्वास

२. Sanskrit Literature, p. 365

३. JRAS, 1900 p. 535

४. संस्कृत साहित्य का इतिहास, पृ० ५०६

की सारी क्रियाएँ राक्षस को वशवर्ती बनाने के लिए उसके इर्द-गिर्द घूमती रहती हैं। सभी घटनाओं का केन्द्र बिन्दु वही है। इस नाटक का शीर्षक (मुद्राराक्षस) भी उसी का प्राधान्य सूचित करता है। अतः पाश्चात्य समीक्षकों ने राक्षस को ही इस नाटक का नायक माना है। तीसरा मत चाणक्य को नायक मानने के पक्ष में हैं। इस नाटक में वह सर्वाधिक क्रियाशील पात्र है। उसकी विचारधारा चन्द्रगुप्त के व्यक्तित्व पर छाई हुई है। नाटक की समस्त घटनाओं का प्रधान संचालक वही है। अपने ऊपर उसका अखण्ड विश्वास है। अपनी बुद्धि के सामने वह सैकड़ों सेनाओं की परवाह नहीं करता है। उसका स्पष्ट उद्घोष है—

ये याताः किमपि प्रधार्य हृदये पूर्वं गता एव ते
ये तिष्ठान्ति भवन्तु तेऽपि गमने कामं प्रकामोद्यमाः।
एका केवलमर्थसाधनविद्यौ सेनाशतेभ्योऽधिका
नन्दोन्मूलनदृष्टवीर्यमहिमा बुद्धिस्तु मा गान्मम ॥[1]

जो कोई हृदय में कुछ रखकर गए हैं, वे पहले ही जा चुके हैं। जो लोग ठहरे हैं, वे भी इच्छानुसार जाने के लिए प्रयत्नशील हों। किन्तु प्रयोजनों की सिद्धि में सैकड़ों सेनाओं से अधिक, नन्दों के विनाश में अपने पराक्रम की महिमा को प्रदर्शित कर चुकनेवाली केवल मेरी बुद्धि कहीं न जाए।

इस नाटक के रंगमंच पर सर्वप्रथम चाणक्य उपस्थित होता है। नन्दवंश के विनाश की प्रतिज्ञा में उसे तो सफलता मिली है उसका विस्तार करते हुए वह राक्षस जैसे आरण्यक गज को वशीकृत करने का दृढ़ निश्चय करता है। नाटक के अन्त में इसमें भी वह सफलीभूत होता है। उसकी यह सफलता ही नाटक की फलप्राप्ति है। इसके अतिरिक्त उसे अपने लिए किसी सुख या ऐश्वर्य की अपेक्षा नहीं है। उसे तो, निर्जन वन में एक छोटी-सी कुटी चाहिए जिसका छप्पर समिधाओं के बोझ से झुक गया है तथा दीवार जर्जर हो गई है। इसके बावजूद वह सम्राट चन्द्रगुप्त का बाल बांका करने वाले को धूल चटा देने के लिए कटिबद्ध है। वह चन्द्रगुप्त मौर्य का अभेद्य कवच है। वह व्यवहार कुशल शास्त्रज्ञानी तथा राजनीति विशारद ब्राह्मण है। शास्त्रीय दृष्टि से वह 'धीरोदात्त' नायक है। मुद्राराक्षस की तो बात ही क्या? संस्कृत नाट्यसाहित्य के प्रायः सभी नायकों में वह सर्वाधिक प्रभावोत्पादक चरित है।

मुद्राराक्षस की विशेषताएँ—'मुद्राराक्षस' सम्पूर्ण संस्कृत साहित्य में अपने ढंग का अकेला नाटक है। यद्यपि इसकी रचना नाट्यशास्त्र के नियमों के अनुकूल नहीं हुई है फिर भी अनेक विशिष्टताओं के कारण इसका अनूठापन नितान्त आकर्षक है। संस्कृत नाटकों की रोमानी परम्परा और प्रणय-चित्रण को छोड़कर राजनीति एवं कूटनीति जैसे शुष्क विषय को कथानक बनाना मुद्राराक्षस की पहली विशेषता है। इस नाटक में कोई नायिका नहीं है, न प्रणय का कोमल वातावरण ही। समग्र नाटक में स्त्रीपात्र के रूप में केवल चन्दनदास की पत्नी अन्तिम अंक में मंच पर आती है। विषय की गम्भीरता के कारण हास्य की स्थिति का अभाव होने से विदूषक भी इस नाटक में नहीं है। इस नाटक के वीररस प्रधान होने पर भी यह युद्ध रक्तपातविहीन है। इसमें तलवारों की झनझनाहट तथा कबन्धों का नृत्य या रुधिर की सरिता का वातावरण कहीं नहीं है। अतः चन्द्रगुप्त कहता है कि आर्य चाणक्य ने बिना युद्ध के ही अजेय शत्रु की सेना जीत ली है—

---

१. मुद्राराक्षस १।२६

'विनैव युद्धादार्येण जितं दुर्जयं परबलम्।'

'मुद्राराक्षस' में कार्य की अन्विति का जैसा समुचित निर्वाह हुआ है वैसा संस्कृत के अन्य किसी नाटक में शायद ही मिले। समग्र घटनाओं का एकमात्र उद्देश्य राक्षस को वशीभूत करना है। अतः पाश्चात्य नाट्यशास्त्र की दृष्टि से यह नाटक सर्वाधिक सफल है।

चरित्र-चित्रण—यह घटना प्रधान नाटक है, जिसमें पौरुष, उत्साह तथा ऊर्जस्विता का मनोरम निरूपण है। पात्रों के चरित्र-चित्रण में विशाखदत्त ने विशेष कौशल दिखाया है। नाटक के पात्रों को वे इस तुलनात्मक ढंग से चित्रित करते हैं कि उनकी विशेषताएँ बिल्कुल स्पष्ट हो जाती हैं।

चाणक्य और राक्षस की तुलना—चाणक्य और राक्षस का तुलनात्मक चित्रण नितान्त सटीक एवं हृदयस्पर्शी है। चाणक्य यदि स्थिरचित्त, प्रतिक्षण जागरूक, कठोर, शाठ्यनीति निपुण और दृढ़ व्यक्तित्व का है, तो राक्षस अस्थिरचित्त, विस्मरणशील, उदारहृदय सज्जन और लचीला व्यक्तित्व वाला है। चाणक्य लगातार एक पर एक सफलता प्राप्त करता जाता है, तो राक्षस हर बाजी को हाथ से खिसकता देखते रह जाता है। चाणक्य अपने लक्ष्य-प्राप्ति में सफल होता है तो राक्षस विवश होकर चाणक्य के जाल में स्वयं फँस जाता है।

चन्द्रगुप्त और मलयकेतु की तुलना—चन्द्रगुप्त और मलयकेतु का चित्र भी तुलनात्मक है। चन्द्रगुप्त और मलयकेतु दोनों राजवंश के हैं। दोनों नन्दवंश के उत्तराधिकारी हैं, किन्तु चन्द्रगुप्त राजपद प्राप्त कर लेता है, जबकि मलयकेतु राजपद प्राप्त करने का सपना सँजोए रह जाता है। चन्द्रगुप्त वीर और गुरुभक्त है, तो मलयकेतु अभिमानी और अल्पमति है। इसी प्रकार भागुरायण और सिद्धार्थक, निपुणक और विराधगुप्त, वैहिनरि और जाजलि आदि पात्रों का सुन्दर तुलनात्मक चित्रण इसमें प्रस्तुत किया गया है।

मुद्राराक्षस की शैली—'मुद्राराक्षस' की रचना में कवि ने अपनी उत्कृष्ट नाट्यकला का परिचय दिया है। इसकी शैली प्रवाहपूर्ण, प्रसादयुक्त और ओजमिश्रित एवं गंभीर है। उसमें परवर्ती कवियों की श्रमसाध्य कृत्रिम शैली के दर्शन नहीं होते। इसके वाक्य छोटे-छोटे और मुहावरेदार हैं। दीर्घ-समास-बहुल-पदावली का प्रयोग स्वल्प है। शब्दविन्यास बड़ा ही सशक्त और प्रभावशाली है। पद्य की अपेक्षा उनका गद्य प्रयोग अधिक आकर्षक है। नपे-तुले शब्दों में जोरदार भाषा का प्रयोग मनोरम है—

'अयमपरो गण्डस्योपरि स्फोटः।'

× × ×

'न प्रयोजनमन्तरा चाणक्यः स्वप्नेऽपि चेष्टते।'

× × ×

'तन्मयास्मिन् वस्तुनि न शयानेन स्थीयते।'

× × ×

दैवमविद्वांसः प्रमाणयन्ति। विद्वांसः अविकत्थना भवन्ति।

× × ×

'कीदृशः पुनः तृणानामग्निना सह विरोधः।'

× × ×

ननु वक्तव्यं राक्षस एवास्मदंगुलीप्रणयी संवृत्त इति॥

'मुद्राराक्षस' के गद्य में जहाँ ओजस्विता और सारवत्ता है वहाँ उसके पद्यों में उदात्तता और प्रभावोत्पादकता है। उसकी मनोरम शैली के उदाहरणस्वरूप अग्रलिखित पद्य अवलोकनीय है। जहाँ राक्षस की प्रशंसा में चाणक्य एकान्त में कहता है—

ऐश्वर्यादनपेतमीश्वरमयं लोकोऽर्थतः सेवते
तं गच्छन्त्यनु ये विपत्तिषु पुनस्ते तत्प्रतिष्ठाशया।
भर्तुर्ये प्रलयेऽपि पूर्वसुकृतासंगेन निःसङ्गया
भक्त्या कार्यधुरां वहन्ति कृतिनस्ते दुर्लभास्त्वादृशाः ।। १।१४

'बुद्धिहीन तथा कातर किन्तु स्वामिभक्त सेवक से क्या प्रयोजन ? इसी प्रकार बुद्धिमान एवं प्रतापी परन्तु स्वामिभक्ति से रहित सेवक से भी क्या लाभ ? वास्तविक सेवक तो वे हैं, जिनमें बुद्धि, प्रताप और भक्ति तीनों का समन्वय हो। इनके अतिरिक्त सभी सेवक उस के समान है जिसका पोषण अच्छे और बुरे दिनों में स्वामी को करना ही पड़ता है।'

चाणक्य की राजनीति का वैचित्र्य यहाँ दर्शनीय है—

मुहुर्लक्ष्योद्भेदा मुहुरधिगमा भावगहना
मुहुः सम्पूर्णाङ्गी मुहुरतिकृशा कार्यवशतः।
मुहुर्नश्यद्बीजा मुहुरपि बहुप्रापितफले
त्यहो चित्राकारा नियतिरिव नीतिर्नयविदः ।।५।३।

'कभी अपने लक्ष्य को अंकुर रूप में व्यक्त करने वाली 'मुख सन्धि में जिसका अल्प स्पष्टीकरण है, कभी ज्ञात न होने के कारण अति गंभीर और फिर प्रयोजनवश अति क्षीण हो जाने वाली (प्रतिमुख सन्धि में कभी दृश्य और कभी अदृश्य रहने के कारण अति सूक्ष्म) फिर नष्ट उद्योग वाली (गर्भ सन्धि में विफल होती हुई सी), फिर सम्पूर्ण अङ्गों वाली (विमर्श सन्धि में स्पष्ट रूप से दृश्यमाना, पुनः बहुत सारे फलों को एक साथ प्राप्त करनेवाली (निर्वहण सन्धि में सभी कार्यों का उपसंहार होने के कारण फलवती) भी नीतिज्ञ की नीति नियति के सदृश विभिन्न रूपों को धारण करने वाली है—यह आश्चर्यजनक है।

'मुद्राराक्षस' में सरल पद्यों में शिक्षाप्रद बातें भी मिलती हैं—

शासनमर्हतां प्रतिपद्यध्वं मोहव्याधि वैद्यानाम्।
ये प्रथममात्रकटुकं पश्चात्पथ्यमुपदिशन्ति ।।४।१८

'मोहरूपी रोगों के वैद्य बौद्ध संन्यासियों के उपदेश को ग्रहण करो, जो क्षण भर कटु किन्तु अन्त में हितकर उपदेश देते हैं।'

इस प्रकार विशाखदत्त का 'मुद्राराक्षस' संस्कृत साहित्य का सफल नाटक होने के कारण नाटकीय दृष्टि से प्रथम कोटि में गण्यमान है और विश्वसाहित्य में इसका अपना विशेष स्थान है।

भवभूति : रूपकत्रय

संस्कृत-साहित्य के अन्तर्गत रामकथाश्रित रूपककारों में भवभूति का स्थान अत्यन्त गौरवशाली है। इनके नाटकों में कलापक्ष की अपेक्षा भावपक्ष अधिक हृदयस्पर्शी है। इसी कारण कुछ

समालोचक इनकी कृतियों में कवित्व का प्राधान्य देखकर इन्हें गीति नाट्य (Lyric drama) का प्रणेता मानते हैं। भावपक्ष की अपूर्व तरलता के कारण भवभूति को कालिदास के परवर्ती नाटककारों की पंक्ति में प्रथम स्थान प्राप्त है।

भवभूति ने अपने नाटकों की प्रस्तावना में अपना परिचय दिया है। उसके अनुसार ये विदर्भ (वरार) के पद्मपुर नामक नगर के निवासी तथा उदुम्बर कुल के ब्राह्मण थे। इनके पाँचवें पूर्वज का नाम महाकवि था, जो वाजपेय यज्ञ का आयोजन करने वाले विद्वान थे। इनके पितामह का नाम भट्टगोपाल, पिता का नाम नीलकण्ठ और माता का जातुकर्णी था। इन्होंने अपने को 'पदवाक्यप्रमाणज्ञ' कहा है। इनका दूसरा नाम 'श्रीकण्ठ' भी था।[1] इनका 'भवभूति' नाम क्यों पड़ा, इस विषय में कुछ विद्वानों की मान्यता है कि उन्होंने दो श्लोक लिखे थे जिनमें—

'साम्बा पुनातु भवभूतिपवित्रमूर्तिः।'

अथवा,

'गिरिजायाः कुचौ वन्दे भवभूतिसिताननौ।'

यह पंक्ति थी। इसी आधार पर उनका नाम भवभूति पड़ा। भवभूति के 'मालतीमाधव' की एक प्राचीन हस्तलिखित प्रति में भवभूति को प्रसिद्ध मीमांसक कुमारिल (७०० ई०) का शिष्य बताया गया है तथा छठे अंक की पुष्पिका में उस शिष्य का नाम उम्बेकाचार्य कहा है। उम्बेक ने कुमारिल के श्लोकवार्तिक की टीका लिखी थी। विद्वानों ने 'चित्सुखी' आदि अवान्तर ग्रन्थों के आधार पर भवभूति तथा उम्बेक को एक ही व्यक्ति माना है। इतना तो निश्चित है कि भवभूति अपने समय के प्रकाण्ड पण्डित थे और मीमांसा शास्त्र के मर्मज्ञ थे। इस बात का प्रमाण उनके नाटकों के अध्ययन से मिलता है। उन्हें अपने वैदुष्य पर बहुत अभिमान था। संस्कृत नाट्यसाहित्य में भवभूति के अतिरिक्त शायद ही कोई नाटककार है जिसे अपने प्रौढ़ पाण्डित्य पर तथा प्रखर प्रतिभा पर इतना अधिक आत्मविश्वास हो।

काल—भवभूति के स्थितिकाल के बारे में अनेक निश्चित प्रमाण उपलब्ध हैं, यद्यपि अन्य कवियों की भाँति उन्होंने अपने समय के बारे में कहीं कोई संकेत नहीं किया है। अतः अन्य ग्रन्थकारों द्वारा उनके उल्लेख के आधार पर ही हम किसी निष्कर्ष पर पहुँचने में समर्थ होते हैं। राजशेखर (९०० ई०) अपने को भवभूति का अवतार बताते हैं—

बभूव वल्मीक भवः कविः पुरा ततः प्रपेदे भुवि भर्तृमेण्ठताम्।
स्थितः पुनर्यो भवभूतिरेखया स वर्तते सम्प्रति राजशेखरः॥[2]

वामन (८०० ई०) ने अपने ग्रन्थ 'काव्यालंकार सूत्रवृत्ति' में भवभूति के नाटक 'उत्तररामचरितम्' के 'इयं गेहे लक्ष्मीः' (१।३८) इस पद्य को उद्धृत किया है। अतः भवभूति के स्थितिकाल की निचली सीमा ७५० ई० के आसपास आती है। दूसरी ओर बाणभट्ट के 'हर्षचरितम्' में भास, कालिदास आदि का उल्लेख तो है, किन्तु भवभूति का नाम वहाँ नहीं आता है। अतः

---

१. तत्र भवान् काश्यपः श्रीकण्ठपदलाञ्छनः
पदवाक्यप्रमाणज्ञो भवभूतिर्नाम जातूकर्णीपुत्रः। –उत्तररामचरित की प्रस्तावना।

२. बालरामायण १।९

बाणभट्ट (६०६-४८ ई०) के बाद भवभूति का समय माना जाना उचित है। इस प्रकार भवभूति ६५० से ७५० ई० के बीच हुए होंगे।

कल्हण की 'राजतरंगिणी' (११४८ ई०) के अनुसार वाक्पतिराज और भवभूति दोनों ही कन्नौज के राजा यशोवर्मा के सभापडित थे—

कविर्वाक्पतिराजश्रीः भवभूत्यादिसेवितः।
जितो ययौ यशोवर्मा तद्गुणस्तुतिवन्दिताम्।।[1]

इसके पहले (४।१३४) कल्हण ने बताया है कि कश्मीर के राजा ललितादित्य मुक्तापीड ने इन्हीं यशोवर्मा को हराया था। डा० स्टीन 'राजतरङ्गिणी' के अंग्रेजी अनुवाद में इस घटना को ७३६ ई० से पूर्व की नहीं मानते हैं। भवभूति के समकालीन वाक्पतिराज ने अपने काव्य 'गउडवहो' में एक सूर्यग्रहण का निर्देश किया है। डा० जैकोवी की गणना के अनुसार यह सूर्यग्रहण १४ अगस्त, ७३३ ई० को लगा था। वाक्पतिराज ने भवभूति की प्रशंसा 'गउडवहो' में की है। इस आधार पर यह सिद्ध होता है कि भवभूति ७०० ई० से ७२५ ई० के बीच विद्यमान थे।

रचनाएँ—भवभूति ने तीन नाटकों की रचना की। वे हैं—**महावीर चरित, मालतीमाधव** और **उत्तररामचरित**। इन नाटकों की प्रस्तावना से ज्ञात होता है कि इनका अभिनय भगवान् कालप्रियनाथ के उत्सव पर हुआ था। विद्वानों के अनुसार उज्जयिनी के महाकाल महादेव का ही दूसरा नाम कालप्रियनाथ है। 'महावीरचरित'[2] तथा 'मालतीमाधव'[3] की प्रस्तावना से ज्ञात होता है कि भवभूति को नटों से घनिष्ठता थी। अतः यह स्पष्ट है कि भवभूति के नाटक अभिनय की दृष्टि से लिखे गए थे।

महावीरचरित—यह भवभूति का प्रथम नाटक है। इसके सात अंकों में 'रामायण' के पूर्वार्द्ध–रामविवाह, रामवनवास, सीताहरण और रामराज्याभिषेक की कथा वर्णित है। नाटक के आरम्भ में ही सीता को प्राप्त करने की अभिलाषा रावण प्रकट करता है। सीता के स्वयंवर में रावण सीता की याचना के लिए दूत भेजता है, किन्तु राम द्वारा धनुष तोड़कर सीता से विवाह कर लिए जाने पर रावण के क्रोध का ठिकाना नहीं रहता। राम से बदला लेने के लिए रावण और उसका मन्त्री माल्यवान परशुराम को उकसाते हैं। परशुराम युद्ध में राम से पराजय को प्राप्त करते हैं। इसके बाद मंथरा के वेष में शूर्पणखा मिथिला जाकर कैकेयी का एक पत्र राम को देती है, जिसमें उन्हें चौदह वर्ष का वनवास दिया जाता है। वन में राम से लड़ने के लिए माल्यवान् ही बाली को प्रेरित करता है। रावण और मेघनाद के वध के बाद लंका और अलकापुरी की अधिष्ठात्री देवियाँ परस्पर सम्वेदना व्यक्त करती है। राम पुष्पक विमान से अयोध्या लौटते हैं। वहाँ उनका राज्याभिषेक होता है।

'महावीरचरित' पर भास के 'अभिषेक' नाटक तथा 'बालचरित' का प्रभाव दृष्टिगत होता है। दीर्घ संवादों तथा वर्णनों के कारण नाटकीय गतिशीलता बाधित होती है। पात्रों के चरित्र का

१. राजतरङ्गिणी ४।१४४

२. सूत्रधारः–कविर्मित्रधेयमस्माकम्।

३. निसर्गसौहृदेन भरतेषु वर्तमानः।

उत्तरोत्तर विकास नहीं हो पाता है। भवभूति की वेदनात्मक भावना वीररस-प्रधान वर्णन में रमती नहीं। अतः उनकी नाट्यकला का पूर्ण परिपाक इस कृति में नहीं हुआ है। इसी कारण भण्डारकर महोदय ने इसे 'अरोचक' और 'अपरूप' कहा है।

मालतीमाधव—यह दस अंकों का एक प्रकरण है। अपनी पूर्व रचना 'महावीरचरित' के प्रति लोगों का अपेक्षित रुझान और बहुमान नहीं देखकर रुष्ट भवभूति ने 'मालतीमाधव' की प्रस्तावना में आलोचकों के प्रति कटाक्ष करते हुए लिखा है—

ये नाम केचिदिह प्रथयन्त्यवज्ञां
जानन्ति ते किमपि तान्प्रति नैष यत्नः।
उत्पत्स्यतेऽस्ति मम कोऽपि समानधर्मा
कालो ह्ययं निरवधिर्विपुला च पृथ्वी।१।८

जो कोई मेरे काव्य की अवज्ञा करते हैं, वे कुछ जानते हैं। उन (मूर्खों) के प्रति मेरा यह यत्न नहीं है। मेरे काव्य को समझने वाला कोई मनुष्य पैदा होगा या इसी समय कहीं है, क्योंकि समय की कोई सीमा या अवधि नहीं है और पृथ्वी भी बहुत विस्तृत है।

इस बार भवभूति ने बहुविश्रुत रामकथा को छोड़कर बृहत्कथा के आधार पर कल्पित प्रणयकथायुक्त 'मालतीमाधव' की रचना की, जिसमें पद्मावती-नरेश के मन्त्री की पुत्री मालती और विदर्भपति देवरात के पुत्र माधव के प्रेम एवं विवाह का वर्णन है। इन दोनों के विवाह में अनेक कठिन बाधाएँ आती हैं, बहुविध प्रपञ्च रचे जाते हैं, दोनों एक-दूसरे के साथ भाग निकलते हैं, फिर बिछुड़ जाते हैं, किन्तु अन्त में मिलन होने पर राजा की अनुमति से दोनों का विवाह सम्पन्न होता है।

इसमें यौवन के उन्मादक प्रेम का अत्यन्त मनोहारी वर्णन है। पूरे प्रकरण में प्रेम की उदात्त कल्पना अत्यन्त सजीव है। अतः 'महावीरचरित' की अपेक्षा अधिक रोचक एवं गतिशील होने से आलोचकों में इस प्रकरण का समादर हुआ। पाँचवें अंक का श्मशान वर्णन तथा नवें अंक का वन-वर्णन भवभूति की प्रकृति-चित्रण-चातुरी के श्रेष्ठ उदाहरण हैं। भाषा तथा शैली में भी यथावसर सरलता एवं सजीवता का समावेश मनोरम है। पति-पत्नी के आदर्श दाम्पत्य जीवन का सुन्दर वर्णन यहाँ दर्शनीय है—

प्रेयो मित्रं बन्धुता वा समग्रा सर्वे कामाः शेवधिर्जीवितं वा।
स्त्रीणां भर्ता धर्मदाराश्च पुंसामित्यन्योन्यं वत्सयोर्ज्ञातमस्तु।।

(मालतीमाधव ६-१८)

'वत्स, तुम दोनों को यह ज्ञात हो कि स्त्री के लिए उसका पति और पति के लिए उसकी विवाहिता पत्नी, दोनों एक-दूसरे के लिए परम प्रिय मित्र हैं। यही सबसे बड़ा सम्बन्ध है, सारी इच्छाओं की पूर्णता है, सबसे बड़ी निधि है, अधिक क्या, स्वयं जीवन ही है।

यहाँ यह उल्लेखनीय है कि 'मालतीमाधव' का आरम्भ उन्मुक्त-प्रणय-वर्णन से होता है, किन्तु भवभूति ने उसका लक्ष्य आदर्श-दाम्पत्य-प्रणय ही माना है। धर्म से विरोध करने वाले प्रेम को उन्होंने समाज के लिए हानिकर जानकर उसकी बिल्कुल ही उपेक्षा कर दी है।

उत्तररामचरित—यह भवभूति का अन्तिम और सर्वोत्कृष्ट नाटक है। इसमें सात अंकों में रामराज्याभिषेक के बाद की मर्मस्पर्शी घटनाओं का वर्णन है। अतः इसका नामकरण उन्होंने 'उत्तररामचरित' किया। इसका मूल आधार 'वाल्मीकि रामायण' का उत्तरकाण्ड है, किन्तु 'पद्मपुराण' का प्रभाव भी जहाँ-तहाँ देखा जाता है।

'उत्तररामचरित' के प्रथम अंक में राम के राज्याभिषेक के बाद जनक के चले जाने से सीता उदास हो जाती है। उसके मनोविनोद के लिए राम, सीता और लक्ष्मण के साथ उन चित्रों को देखते हैं, जिनमें उनके पूर्व चरित अंकित हैं। सीता एक बार पुनः वनदर्शन और भागीरथी अवगाहन की अभिलाषा व्यक्त करती है। चित्रदर्शन के श्रम से सीता सो जाती है। इसी समय दुर्मुख नामक गुप्तचर सीता के चरित के विषय में जनापवाद की सूचना राम को देता है। राम को इससे मर्मान्तक पीड़ा होती है, किन्तु कर्त्तव्यपालन के लिए वे सीता का परित्याग करने को तैयार हो जाते हैं। वन-दर्शन-अभिलाषा की पूर्ति के बहाने आसन्नप्रसवा सीता तपोवन में लक्ष्मण के साथ भेज दी जाती है।

बारह वर्ष के बाद दूसरे अंक का आरम्भ होता है। इसमें तपस्विनी आत्रेयी तथा वनदेवता वासन्ती के संवाद से ज्ञात होता है कि सीता के यमज पुत्र वाल्मीकि के आश्रम में शिक्षा प्राप्त कर रहे हैं। शम्बूक नामक तापस को मारने के लिए राम दण्डकवन में आते हैं और पूर्व दृष्ट दृश्यों को देखकर अकेले में दुःखी हो जाते हैं।

तृतीय अंक में राम पंचवटी में आकर सीता के विरह में तीव्र वेदना को नहीं सहन कर पाने पर मूर्च्छित हो जाते हैं। गोदावरी के आशीर्वाद से अदृश्यशक्तिप्राप्ता छाया सीता के करस्पर्श से राम की चेतना लौटती है। सीता के शोक में राम विह्वल होकर करुण विलाप करते हैं। यह अंक इस नाटक का प्राण है।

चतुर्थ अंक में जनक, अरुन्धती तथा कौशल्या के बीच सीता परित्याग से उत्पन्न स्थिति का मर्म भेदी विवेचन है। राम के अश्वमेध के घोड़े को लव यहाँ पकड़ लेता है।

पञ्चम अंक में यज्ञ के अश्व के रक्षक चन्द्रकेतु और लव में दर्पयुक्त कथोपकथन होता है। साथ ही दोनों में परस्पर अनुराग भी प्रतीत होता है।

षष्ठ अंक में लव और चन्द्रकेतु में युद्ध होता है। राम के आगमन से युद्ध रुक जाता है। लव और कुश के प्रति उनके हृदय में प्रेम की भावना उमड़ पड़ती है।

सप्तम अंक में 'गर्भाङ्क' की योजना है। प्रजा के सामने एक दिव्य नाटक का अभिनय होता है। उसमें निर्वासित सीता की दुरवस्था देखकर राम शोकावेग से मूर्च्छित हो जाते हैं। सीता अपनी परिचर्या से उन्हें स्वस्थ करती है। वाल्मीकि भी लव-कुश को राम के लिए समर्पित करते हैं। इस प्रकार सीता और राम के मिलन से नाटक का सुखद पर्यवसान होता है।

मूल कथानक में अन्तर—'उत्तररामचरित' का मूल कथानक 'रामायण' से गृहीत है, किन्तु भवभूति ने उसे नाटकीय रूप देने के लिए उसमें अनेक परिवर्तन किए हैं। 'रामायण' का कथानक दुःखान्त है। वहाँ सीता पृथ्वी में समा जाती है, किन्तु भारतीय नाट्यकला के आदर्शानुसार नाटक का दुःखान्त होना वर्जित है। अतः भवभूति उत्तररामचरित के अन्त में राम-सीता का मिलन कराकर नाटक को सुखान्त बना देते हैं। इसके अतिरिक्त अनेक वर्णित घटनाएँ भवभूति की

मौलिक कल्पनाशीलता के प्रमाण हैं। उनमें प्रथम अंक में चित्रदर्शन, द्वितीय अंक में राम का पुनः दण्डकारण्य में आना तथा वनदेवता वासन्ती से मिलन, तृतीय अंक में दण्डकारण्य में छाया सीता की उपस्थिति एवं उसके द्वारा मूर्च्छित राम की मूर्च्छा दूर करना, चतुर्थ अंक में वाल्मीकि आश्रम में जनक, कौशल्या, वशिष्ठ तथा अरुन्धती का आगमन, पञ्चम अंक में लव और चन्द्रकेतु का युद्ध, षष्ठ अंक में लव और कुश से सीता के बारे में राम की जिज्ञासा तथा सप्तम अंक में गर्भाङ्क नाटक—ये सभी कवि की विलक्षण प्रतिभा से प्रसूत चमत्कारी उद्भावनाएँ हैं।

उत्तररामचरित की नाटकीय विशेषताएँ—अपनी काव्य-सर्जना के आरम्भिक काल में भवभूति को अपेक्षित सम्मान नहीं मिला था, जिसकी प्रतीति उनकी दूसरी रचना 'मालतीमाधव' के 'ये नाम केचिदिह' इस पद्य से होती है। 'मालतीमाधव' में उनकी नाट्यकला प्रौढ़ता की ओर अग्रसर हुई। समाज में उनकी प्रतिष्ठा बढ़ी, किन्तु लोकभावना के अनुसार यह दूसरी कृति भी उत्कृष्ट कोटि की नहीं हो सकी। सम्भवतः इसीलिए अपनी तीसरी रचना में आक्रोश व्यक्त करते हुए उन्होंने लिखा है कि स्त्रियों के सतीत्व तथा वाक्य-साधुत्व के प्रति लोग दुष्ट ही होते हैं, अर्थात् सदा निन्दा ही करते रहते हैं—

'सर्वथा व्यवहर्तव्यं कुतो ह्यवचनीयता।
यथा स्त्रीणां तथा वाचां साधुत्वे दुर्जनो जनः॥[1]

'उत्तररामचरित' में उनकी प्रतिभा का प्रकर्ष देखा जाता है। प्रथम अंक की प्रस्तावना में ही कवि ने नट के मुख से 'सर्वथा ऋषयो देवताश्च श्रेयो विधास्यन्ति' यह कहलाकर नाटक के सुखान्त होने की सूचना दी है। यहाँ राम में लोकोत्तर कर्तव्यपरायणता की भावना परिव्याप्त है। प्रजानुरंजनार्थ सचेष्ट रहने हेतु वशिष्ठ का संदेश पाकर राम कहते हैं—

स्नेहं दयां च सौख्यं च यदि वा जानकीमपि।
आराधनाय लोकस्य मुञ्चतो नास्ति मे व्यथा॥[2]

इस प्रकार कवि ने सीता-निर्वासन की घटना उपस्थित करने से पूर्व एक ऐसी पृष्ठभूमि बनाई है, जिससे प्रेक्षकों के हृदय में राम के प्रति सम्वेदना तथा सीता के प्रति करुणा की भावना पूर्ण रूप से जाग्रत हो उठती है।

प्रथम अंक की चित्र-दर्शन-प्रस्तुति भी कवि के उक्त उद्देश्य की पूर्ति में सहायक है। आगे घटने वाली प्रायः सभी घटनाओं का बीजांकुर इस चित्रदर्शन में वर्तमान है। पत्नी-परित्याग के बाद राम के अत्यन्त शोकाकुल होने का आभास भी यहाँ मिलता है।

द्वितीय और तृतीय अंक में राम दण्डकारण्य में आकर वहाँ के पूर्व परिचित दृश्यों को देखने पर तीव्र वेदना से आक्रान्त हो जाते हैं। करुणरस की धारा वहाँ फूट पड़ती है। कुछ आलोचकों का कथन है कि तृतीय अंक में नाटकीय गतिशीलता शिथिल पड़ गई है। उसमें केवल करुणरस की अतिरंजित व्यञ्जना मात्र है। विचार करने पर यह कथन पूर्ण सत्य नहीं जँचता, क्योंकि यहाँ बाह्य क्रियाशीलता नहीं रहने पर भी आन्तरिक क्रियाशीलता बनी रहती है। कवि ने राम की आँखों

१. उत्तररामचरित १।५

२. उत्तररामचरित १।१२

से इतने आँसू व्यर्थ ही नहीं बहवाये हैं। इन आँसुओं से सीता के परित्याग-जन्य परिताप का पूर्णतया प्रक्षालन किया गया है। राम की इस कारुणिक दशा को देखकर सीता कहती है—

'अहो उत्खातमिदानीं में परित्यागलज्जाशल्यमार्यपुत्रेण।

अहो, 'आर्य पुत्र के द्वारा मेरा परित्यागजनित लज्जारूप-शल्य (कील) उखाड़ दिया गया है।'

पत्नी के वियोग में रोते हुए राम जब उसके गुणों का आख्यान करते हैं तब सीता अपने सभी दुःखों को भूलकर कहती है—

'धन्या खलु सा यैवमार्यपुत्रेण बहुमन्यते।'

'वस्तुतः वह धन्य है जो आर्यपुत्र से इस प्रकार सम्मानित की जाती है। राम की करुण अश्रुधारा में सीता का सारा क्षोभ धुलकर बह जाता है। सीता के हृदय में शनैःशनैः श्रद्धा और आत्मसमर्पण की भावना संचरित होती है। अपने प्रति राम के प्रगाढ़ प्रेम के विषय में वह आश्वस्त होती है। सीता की विरह-ज्वाला में दग्ध राम दूसरा विवाह नहीं करेंगे—यह जानने पर सीता श्रद्धावसिक्त होकर कहती है—

'नमो नमोऽपूर्वपुण्यजनितदर्शनाभ्यामार्यपुत्रचरणकमलाभ्याम्।'

करुण रस के दीर्घ प्रवाह के बाद चौथे तथा पाँचें अंक की घटनाएँ विविधता और रोचकता से पूर्ण हैं। पाँचवें अंक में वीररस का चित्रण भी प्रभावोत्पादक है। अश्वमेध के घोड़ा को देखकर उसे लव के द्वारा पकड़ लिया जाना तथा इसके परिणामस्वरूप लव के साथ चन्द्रकेतु का युद्ध आरम्भ होना एवं छठे अंक में राम के वहाँ आ जाने पर युद्ध बन्द हो जाना—ये सभी घटनाएँ स्वाभाविक एवं मनोरम हैं। सातवें अंक का गर्भाङ्क नाटक भी नाट्यकला की दृष्टि से विलक्षण एवम् अभूतपूर्व है। नाटक को सुखान्त बनाने में यह अंक विशेष महत्त्वपूर्ण है।

न्यूनताएँ—इस प्रकार 'उत्तररामचरित' में एक अच्छे नाटक के सभी गुण विद्यमान हैं, किन्तु आलोचकों ने इस नाटक में घटनाओं की गतिशीलता में शिथिलता का दोष मँढ़ा है। उनके अनुसार इसमें वर्णनात्मक प्रसंगों की अधिकता और घटनाओं की न्यूनता देखी जाती है। द्वितीय, तृतीय तथा पंचम अंकों में कथानक का प्रवाह अवरुद्ध-सा हो गया है। एक आलोचक तो द्वितीय तथा पंचम अंक निकाल दिए जाने पर भी नाटक की कथावस्तु में कोई अन्तर नहीं देखते हैं। वर्णनात्मक प्रसंगों के विस्तार के कारण ही मैक्डोनल महोदय 'उत्तररामचरित' को नाटक कहने की अपेक्षा नाट्यकाव्य कहना ज्यादा उचित मानते हैं। उन आलोचकों के कथन में चाहे जो भी सच्चाई हो, इतना तो निश्चित है कि 'उत्तररामचरित' में बाह्य घटनाओं का घात-प्रतिघात गौण है और भावों का अन्तर्द्वन्द्व ही प्रधान है। भारतीय आलोचकों ने तो भवभूति को उत्कृष्ट कोटि का नाटककार माना है। धनपाल ने अपनी 'तिलकमञ्जरी' में भवभूति की नाट्यकला की प्रशंसा में लिखा है—

स्पष्ट भावरसाचित्रैः पदन्यासैः प्रवर्तिता।
नाटकेषु नटस्त्रीव भारती भवभूतिना॥

अब यहाँ हम भवभूति के बारे में कही गई इस विशिष्टता पर विचार करेंगे–

उत्तरे रामचरिते भवभूतिर्विशिष्यते

अर्थात् 'उत्तररामचरित' में भवभूति विशिष्ट हो गए हैं। इस कथन के दो अलग-अलग अर्थ किए गए हैं—

(१) 'उत्तररामचरित' में भवभूति अपने दो नाटकों (महावीरचरित और मालतीमाधव) से आगे बढ़ गए।

(२) 'उत्तररामचरित' में भवभूति समग्र संस्कृत-नाट्य-साहित्य' में विशिष्ट ख्याति प्राप्त हो गए हैं।

प्रथम में तो कोई आपत्ति नहीं उठायी जा सकती, क्योंकि उत्तरोत्तर प्रौढ़ता या विशिष्टता स्वाभाविक है, तथा यह भवभूति के लिए कोई बड़ी विशिष्टता या उपलब्धि नहीं है। जहाँ तक दूसरे अर्थ की बात है, यह बहुत बड़ा विचारणीय विषय उपस्थित हो जाता है कि संस्कृत नाट्य-साहित्य में एक से एक बढ़कर नाटककार और नाटक हैं तो उन सबों में 'उत्तररामचरित' के कारण भवभूति की विशिष्टता कैसे सहज स्वीकार्य हो सकती है ? अतः हमें यहाँ कुछ तुलनात्मक विचार करना होगा।

भवभूति ने 'उत्तररामचरित' के कथानक के लिए भारतीय जनमानस में सर्वाधिक पूजनीय, पवित्र और गरिमामय रामकथा का आश्रय लिया है। इसके नायक उदात्तचरित राम हैं और नायिका जगज्जननी सीता है। जानकी के प्रति राम का प्रेम अगाध और असीम है, फिर भी लोकानुरंजन के लिए अपने सुख और आनन्द की स्रोतस्विनी पावनचरित सीता का उन्होंने परित्याग कर दिया। यह उनके राजधर्म की कसौटी है, किन्तु इससे दाम्पत्य भाव की दरिया शुष्क नहीं हो जाती, बल्कि शम्बूकवध के सन्दर्भ में पञ्चवटी के दृश्यों को देखकर सीता की याद से उसमें उफान आ जाता है। सीता के वियोग में राम का हृदय फट रहा है, देह का बन्धन जीर्ण हो रहा है, जगत् सूना लग रहा है, अविश्रान्त ज्वालाओं के भीतर वे जल रहे हैं। अवसाद युक्त हुआ विकल अन्तःकरण गाढ अन्धकार में डूब रहा है। चारों ओर से मूर्च्छा घेर रही है। वे अपने को यहाँ मन्द भागी कहते हैं।[१]

कहाँ वह दृढ़व्रत पत्नीत्यागी राजा और कहाँ प्रेयसी के विरह में विलाप करता हुआ पति? दोनों अलग-अलग भावों का एकल संयोग राम के अतिरिक्त अन्यत्र दुर्लभ है। तभी तो वहाँ वासन्ती कहती है—

> वज्रादपि कठोराणि मृदूनि कुसुमादपि।
> लोकोत्तराणां चेतांसि को हि विज्ञातुमर्हति ।।[२]

---

१. हा हा देवि स्फुटति हृदयं ध्वंसते देहबन्धः
शून्यं मन्ये जगदविरतज्वालमन्तर्ज्वलामि।
सीदन्नन्धे तमसि विधुरो मज्जतीवान्तरात्मा
विष्वङ्मोहः स्थगयति कथं मन्दभाग्यः करोमि।। –उ० रा० ३।३८

२. उ० रा० २।७

लोकोत्तर पुरुषों के चरित को, जो वज्र से भी कठोर और फूल से भी कोमल होता है, कौन जानने में समर्थ हो सकता है?

यह है 'उत्तररामचरित' के नायक का लोकोत्तरचरित। नायिका सीता तो प्रेम की साक्षात् देवी ही है। उसके कठोर निर्वासन पर वनदेवता वासन्ती राम को 'कठोर' कहती है, उनमें दोष दिखलाती है, परन्तु सीता के हृदय में राम के प्रति विकार का भाव भी नहीं आता। वह अपने निर्वासन में राम की विवशता बतलाती है। राम को रुलाने वाली वासन्ती को वह प्रतिकूल आचरण करने वाली कहती है।

संस्कृत के अन्य श्रेष्ठ नाटकों पर दृष्टिनिक्षेप करते समय हमारा ध्यान सबसे पहले कालिदास के रम्य नाटक 'अभिज्ञानशाकुन्तलम्' पर जाता है, किन्तु इसके नायक हस्तिनापुर सम्राट् बहुपत्नीक दुष्यन्त हैं जिनके प्रेम में आखेटक रूप प्रबल है, नायिका मेनकासुता शकुन्तला अपने अनुपम सौन्दर्य के बल पर ही दुष्यन्त को अपनी ओर आकृष्ट करती है। अपने उद्दाम यौवनमद के कारण वह बिना सोचे-समझे उस राजा को अपना दिल दे बैठती है तथा चोरी-छिपे उससे विवाह भी कर लेती है। इस अपराध का दण्ड उसे भुगतना पड़ता है। शूद्रक के 'मृच्छकटिक' का नायक दरिद्र ब्राह्मण चारुदत्त अपनी पतिपरायणा ब्राह्मणी के रहते हुए भी गणिका से प्रेम करता है और उससे विवाह भी कर लेता है। विशाखदत्त के 'मुद्राराक्षस' में तो नायिका है ही नहीं। उसका नायक चाणक्य कूटनीतिविशारद और प्रपञ्चविद्या पारङ्गत है, जो अपने अभीष्ट की सिद्धि के लिए गर्हित से गर्हित साधनों को भी अपनाने में सोच-विचार नहीं करता है। भट्टनारायण के 'वेणीसंहार' की नायिका पाँच पतियों वाली द्रौपदी है, जिसमें ईर्ष्या एवं क्रोध की ज्वाला धधकती रहती है। रामकाव्य के अन्य नाटकों में भी श्रीराम और जानकी के चरित्र में वह उत्कर्ष नहीं दीखता जो भवभूति के 'उत्तररामचरित' में है। अतः मैकडोनल का कथन बिल्कुल सही है कि राम और सीता के पवित्र एवं उदात्त पक्ष का चित्रण जिस चातुरी से भवभूति ने किया है, वैसा अन्य कोई नाटककार नहीं कर सका।

इनके अतिरिक्त और भी कई प्रकार के वैशिष्ट्य भवभूति में देखे जाते हैं। यथा—

प्रकृतिचित्रण—संस्कृत के सभी कवियों ने अपने काव्य में प्रकृति का वर्णन किया है, किन्तु कालिदास एवम् अश्वघोष आदि प्रकृति के सौम्य रूप का ही निरूपण करते हैं, जबकि भवभूति प्रकृति के रौद्ररूप की भी झाँकी प्रस्तुत करते हैं। 'उत्तररामचरित' के द्वितीय अंक में प्रकृति के रौद्र तथा प्रभावोत्पादक रूप का स्वाभाविक चित्रण दर्शनीय है—

> निष्कूजस्तिमिताः क्वचित्क्वचिदपि प्रोच्चण्डसत्त्वस्वनाः
> स्वेच्छासुप्तगभीरभोगभुजगश्वासप्रदीप्ताग्नयः।
> सीमानः प्रदरोदरेषु विलसत्स्वल्पाम्भसो यास्वयं
> तृष्यद्भिः प्रतिसूर्यकैरजगरस्वेदद्रवः पीयते॥[1]

'उत्तररामचरित' में प्रकृति के सौम्य रूप के वर्णन की दृष्टि से अग्रलिखित पद्य प्रेक्षणीय है—

---

१. उ० रा० २।१६

एते त एव गिरयो विरुवन्मयूरा-
स्तान्येव मत्तहरिणानि वनस्थलानि।
आमञ्जुवञ्जुललतानि च तान्यमूनि
नीरन्ध्रनीलनिचुलानि सरित्तटानि।।[१]

रसनिरूपण—'उत्तररामचरित' का प्रधान रस करुण है। भवभूति ने मुख्य रूप से करुणरस की गंगा को प्रवाहित कर नाट्यसाहित्य को एक नई दिशा दी है। सिद्धान्त रूप से उन्होंने एक रस करुण को ही स्वीकार किया है, अन्य रस उसके विवर्तमात्र हैं—'एको रसः करुण एव।[२]

भवभूति का करुणरस अत्यन्त गम्भीर एवं मर्मस्पर्शी है। वह पुटपाक के समान है, जो ऊपर से पङ्कलिप्त होने के कारण परम शान्त, किन्तु भीतर से तीव्र अन्तर्वेदना से उत्तप्त रहता है।[३] भवभूति के करुण रस के विलक्षण चमत्कार को देखकर ही तो गोवर्द्धनाचार्य ने उसकी प्रशंसा मुक्तकण्ठ से की है।[४] इनके अतिरिक्त वीर, वीभत्स एवं रौद्र रस के भी सजीव वर्णन में भवभूति अत्यन्त निपुण हैं।

प्रेमचित्रण—भवभूति ने 'उत्तररामचरित' में उज्ज्वल दाम्पत्य प्रेम का चित्रण किया है। राम और सीता का प्रेम समस्त सुख-दुःखों का अद्वैत रूप है। कवि सच्चे प्रेम को दैवी वरदान मानता है—

'अद्वैतं सुखदुःखयोरनुगतं सर्वस्ववस्थासु यद्'।[५]

इस प्रेम की ज्योति सुख के समीर और दुःख की आँधियों में समान रूप से प्रज्वलित रहती है। कवि की स्पष्ट धारणा है कि प्रेम पर बाह्य सुन्दरता का ही प्रभाव नहीं पड़ता, अपितु एक हृदय का दूसरे से मिलने के लिए कोई आन्तरिक कारण होता है—

'व्यतिषति पदार्थानान्तरः कोऽपि हेतु—
र्न खलु बहिरूपाधीन् प्रीतयः संश्रयन्ते।[६]

पति-पत्नी के उत्कृष्ट प्रेम-चित्रण में भवभूति अद्वितीय हैं। उनकी दृष्टि में पत्नी घर की लक्ष्मी है, आँखों में अमृत की शलाका है, इसका स्पर्श शरीर में गाढ़ा चन्दन का रस है—

इयं गेहे लक्ष्मीरियममृतवर्तिनयनयो—
रसावस्याः स्पशो वपुषि बहलश्चन्दनरसः।
अयं बाहुः कण्ठे शिशिरमसृणो मौक्तिकसरः
किमस्या न प्रेयो यदि परमसह्यस्तु विरहः।।[७]

---

१. उ० रा० २।२३

२. वही ३।४७

३. अनिर्भिन्नो गंभीरत्वादन्तर्गूढघनव्यथः।
पुटपाकप्रतीकाशो रामस्य करुणो रसः।। वही ३।१

४. भवभूतेः सम्बन्धाद् भूधर भूरेव भारती भाति।
एतत्कृतकारुण्ये किमन्यथा रोदिति ग्रावा।।

५. वही १।३९

६. उ० रा० ६।१२

७. वही १।३५

इन विशिष्टताओं के अतिरिक्त सौन्दर्य-वर्णन, भाषा प्रयोग, रीति-निर्वहण आदि दृष्टियों से भी भवभूति की अलग पहचान है। भवभूति की इन्हीं सब विशेषताओं पर मुग्ध होकर किसी भावुक समालोचक ने कहा है—

'कवयः कालिदासाद्याः भवभूतिर्महाकविः।'

भवभूति की नाट्यशैली—महाकवि भवभूति संस्कृत-साहित्य जगत् की विलक्षण विभूति हैं, जिन्होंने अपनी प्रतिभा एवं कला के द्वारा काव्य भारती का आकर्षक शृङ्गार किया है। उनकी कविता-वनिता कला और भाव-दोनों पक्षों से समलंकृत है। उनकी नाट्यशैली की यह विशेषता है कि प्रथमतः तो उसमें कलात्मक ढंग से भावपक्ष की संरचना है, पुनश्च उसके सौन्दर्य सन्दोह के संवर्धन के लिए कलापक्ष की संसृष्टि है। उनके नाटकों की इतनी लोकप्रियता का प्रमुख कारण भाव के अनुरूप सुललित एवं परिष्कृत भाषा का प्रयोग है। वस्तुतः सुन्दर भाव की अभिव्यञ्जना के लिए तदनुरूप भाषा भी आवश्यक है।

भवभूति ने भावपूर्ण हृदय की गम्भीर एवं सच्ची अनुभूति की अभिव्यक्ति सरलतम शब्दों में की है। सीता के शीतल स्पर्श से उत्पन्न आह्लादमयी अनुभूति का वर्णन करते हुए राम कहते हैं—

विनिश्चेतुं शक्यो न सुखमिति वा दुःखमिति वा
प्रमोहो निद्रा वा किमु विषविसर्पः किमु मदः।
तव स्पर्शे स्पर्शे मम हि परिमूढेन्द्रियगणो
विकाश्चैतन्यं भ्रमयति च सम्मीलयति च॥[1]

इस प्रकार भाषा पर कवि का असाधारण अधिकार है। वे जहाँ जिस भाव को प्रस्तुत करना चाहते हैं, उसे उनकी भाषा सहज ही मूर्तरूप दे देती है। उनकी भाषा की अपूर्व विशिष्टता यह है कि शब्दों की ध्वनि ही अर्थ का द्योतन करती जाती है। शब्द सामर्थ्य से ही प्रसंग और अर्थ का उद्बोधन कराकर चित्र खड़ा करने में भवभूति नितान्त दक्ष हैं। उनके कथोपकथन यथावसर छोटे, गम्भीर तथा रसीले एवं चटकीले होते हैं। संस्कृत भाषा कितनी गाढ़ी और गम्भीर हो सकती है, इसका चरम निदर्शन भवभूति के उत्तररामचरित की भाषा है। वास्तव में, भाषा एक दासी की भाँति उनके संकेत पर चलती है। जैसा कि उत्तररामचरित के आरम्भ में ही उन्होंने गर्वोक्ति की है—

'यं ब्राह्मणमियं देवी वाग्वश्येवानुवर्तते।'[2]

यह अक्षरशः सत्य है। उनका शब्दशोधन अद्वितीय है।

भवभूति ने अपने नाटकों में तीनों ही गुणों का प्रयोग किया है। वीररस प्रधान होने के कारण 'महावीरचरित' में ओजोगुण का, शृंगाररसप्रधान 'मालतीमाधव' में माधुर्य गुण का और करुणरसप्रधान होने से उत्तररामचरित' में प्रसादगुण का प्राधान्य है। जगद् वन्दनीया सीता के प्रति अरुन्धती के द्वारा प्रयुक्त पदावलियों में प्रसाद की छटा दर्शनीय है—

१. उ० रा० १।३५
२. वही/१।२

शिशुर्वा शिष्या वा यदसि मम तत्तिष्ठतु तथा
विशुद्धेरुत्कर्षस्त्वयि तु मम भक्तिं द्रढ़यति।
शिशुत्वं स्त्रैणं वा भवतु ननु वन्द्यासि जगतां
गुणाः पूजास्थानं, गुणिषु न च लिङ्गं न च वयः ।।[१]

रीतियों के गुम्फन में भी भवभूति नितान्त प्रवीण हैं। वैदर्भी, गौड़ी एवं पाञ्चाली–इन तीनों रीतियों के दर्शन उनकी रचनाओं में होते हैं। 'उत्तररामचरित' में कवि ने कोमल विषय के अनुरूप कोमल शैली का प्रयोग तथा गम्भीर विषय के अनुरूप गम्भीर शैली का प्रयोग किया है। कालिदास की शैली गम्भीर भावों के लिए उपयुक्त नहीं है, तो माघ की शैली प्रायः करुण जैसे अतिकोमल भावों को व्यक्त करने में अक्षम है। संस्कृत साहित्य में भवभूति एक ऐसे कलाकार हैं, जो दोनों शैलियों के सफल प्रस्तोता हैं। दोनों का एक उदाहरण यहाँ उपस्थापित है। भवभूति की सानुप्रासिक समासान्त पदावली का एक रूप यह है—

कूजत्कुञ्जकुटीरकौशिकघटाघूत्कारवत्कीचक–
स्तम्बाडम्बर मूक मौकुलिकुलः क्रौञ्चावतोऽयं गिरिः।
एतस्मिन् प्रचलाकिनां प्रचलतामुद्वेजिताः कूजितै
रुद्वेल्लन्ति पुराणरोहिणतरुस्कन्धेषु कुम्भीनसाः ।।[२]

यहाँ क्रौञ्चावत पर्वत का कठोर वर्णन कवि की गम्भीर शैली का नमूना है।

भवभूति की कोमल वैदर्भी का एक रूप अधोलिखित पद्य में अवलोकनीय है—

वितरति गुरुः प्राज्ञे विद्यां यथैव तथा जडे
न च खलु तयोर्ज्ञाने शक्तिं करोत्ययहन्ति वा।
भवति हि पुनर्भूयान् भेदः फलं प्रति तद् यथा
प्रभवति शुचिर्बिम्बग्राहे मणिर्न मृदां चयः ।।[३]

भवभूति ने अपनी कविता वनिता को विभिन्न अलंकारों से सजाया है, क्योंकि कहा भी है—

'न कान्तमपि निर्भूषं विभाति वनिताननम्।'

उनकी रचनाओं में अलंकारों की सुन्दर छटा छिटक रही है। यथावसर उचित अलंकारों का प्रयोग कर उन्होंने काव्य की कमनीयता में श्री वृद्धि की है। उपमा अलंकार की सुन्दरता एवं मौलिकता यहाँ अवलोकनीय है—

किसलयमिव मुग्धं बन्धनाद्विप्रलूनं
हृदयकुसुमशोषी दारुणो दीर्घशोकः
ग्लपयति परिपाण्डु क्षाममस्याः शरीरं
शरदिज इव घर्मः केतकीगर्भपत्रम् ।।[४]

१. उत्तररामचरित ४।११
२. वही २।२९
३. वही २।४
४. वही ३।५

हृदय कुसुम को सुखाने वाला एवं कठोर तथा दीर्घ शोक डाल से तोड़े गए कोमल किसलय के समान अतिशय पाण्डुवर्ण वाले तथा कृश, इस सीता के शरीर को इस प्रकार म्लान बना रहा है, जैसे शरद् ऋतु में उत्पन्न घाम (धूप) केतकी पुष्प के भीतर की कोमल पंखुरियों को।

उपमाप्रयोग में भवभूति की यह विशेषता है कि वे द्रव्य की उपमा किसी गुण से देते हैं अथवा मूर्त्त वस्तु की उपमा किसी अमूर्त्त भाव से। विरह-विधुरा जानकी करुण-रस की साक्षात् मूर्ति है अथवा मूर्तिमती विरह व्यथा ही—

'करुणस्य मूर्तिरथवा शरीरिणी।
विरहव्यथेव वनमेति जानकी॥'[१]

प्रथम अंक में जब सीता राम की गोद में सिर रखकर सो जाती है तो राम उसे सम्बोधित करते हुए एक ही पद्य में चार रूपकों का प्रयोग करते हैं (१।३८)।

इसके अतिरिक्त महाकवि ने उत्प्रेक्षा, अर्थान्तरन्यास, अनुप्रास, स्वभावोक्ति आदि अलंकारों का मनोरम प्रयोग सफलतापूर्वक किया है।

भवभूति के नाटकों में विषय के अनुकूल सरस और रोचक छन्दों का प्रयोग हुआ है। उत्तरामचरित में सर्वाधिक नवासी पद्यों की रचना अनुष्टुप् छन्द में हुई है। इसके बाद शिखरिणी छन्दात्मक पद्य तीस हैं उनकी शिखरिणी रोचक, हृदयावर्जक और प्रभावोत्पादक है, जिसकी प्रशंसा में क्षमेन्द्र ने कहा है—

भवभूतेः शिखरिणी निरर्गलतरङ्गिणी।
रुचिरा घनसन्दर्भे या मयूरीव नृत्यति॥[२]

शिखरिणी के अतिरिक्त शार्दूल विक्रीड़ित भी उनका प्रिय छन्द रहा है।

भवभूति की गम्भीर शैली में हास्य के लिए विशेष अवकाश नहीं था, फिर भी अपने नाटकों में उन्होंने जहाँ कहीं हास्य का सन्निवेश किया है, वहाँ उनका हास्य बड़ा ही संयत, शिष्ट एवं परिष्कृत रुचि का परिचायक है। उनका गम्भीर हास्य स्मित की सीमा का अतिक्रमण नहीं करता—हृदय में एक कोमल गुदगुदी पैदा करके अपनी विदग्धता से मुग्ध कर देता है। उनके शिष्ट हास्य के कुछ उदाहरण द्रष्टव्य हैं। सीता चित्र में उर्मिला की ओर संकेत करके लक्ष्मण से विनोद करती है—'वत्स, इयमपरा का ?' किन्तु इस परिहास में सीता की मातृत्व-भावना अभिव्यक्त होती है। चौथे अंक के विष्कम्भक में दाण्डायन और सौधातकि का वार्तालाप विनोदपूर्ण है।

भवभूति व्याकरण, न्याय, मीमांसा आदि शास्त्रों के प्रकाण्ड पण्डित थे (पदवाक्यप्रमाणज्ञः)। उन्होंने 'उत्तररामचरित' में 'आकूत' (५-३५) उत्पीड (१.९), तथा 'कुम्भीनस' आदि ऐसे अप्रत्याशित शब्दों का प्रयोग किया है जो अमरकोष में भी नहीं मिलते। उन्होंने कुछ वाक्यों की रचना वैदिक शैली में भी की है। जैसे—''परं ते ज्योतिः प्रकाशताम्। अयं त्वा पुनातु देवः परोरजा य एष तपति।'' (उ० च० अंक ४)

---

१. वही ३।४

२. सुवृत्ततिलक ३३।३

भवभूति ने अपनी शैली का आदर्श बताते हुए कहा है कि भाषा का प्रौढत्व, व्यञ्जना प्रणाली का औदार्य तथा अर्थगौरव ही पाण्डित्य और वैदग्ध्य (कलात्मक प्रतिभा) के परिचायक हैं—

यत्प्रौढत्वमुदारता च वचसां यच्चार्थतो गौरवम्।
तच्चेदस्ति ततस्तदेव गमकं पाण्डित्यवैदग्ध्ययोः॥

भवभूति ने अपनी कृतियों में स्वयं इस आदर्श का पूर्णतः पालन किया है। इस कसौटी पर उनकी शैली खरी उतरती है।

वस्तुतः भवभूति के नाटकों में भाषा की प्रौढ़ता, शब्दविन्यास की प्राञ्जलता, भावों की गरिमा, ये सभी गुण सर्वत्र समान रूप से संलक्षित होते हैं। अतः यह निःसन्दिग्ध रूप से कहा जा सकता है कि भवभूति की शैली में पाण्डित्य और कवित्व दोनों का अपूर्व मणिकाञ्चन संयोग हुआ है।

'एको रसः करुण एव'

महान् व्यक्ति या कवि कभी लीक अथवा परम्परा के दास नहीं होते, घिसी पिटी लीक उन्हें अपनी सीमा में बाँध कर नहीं रख पाती। 'एक एव भवेदङ्गी शृङ्गारों वीर एव वा'—नाटक के इस आवश्यक शर्त से अलग हटकर कविता-विभूति भवभूति ने करुणरसप्रधान अपने नाटक 'उत्तररामचरित' की रचना की। उन्होंने इसमें न केवल करुण रस को प्रधान रस के रूप में निरूपित किया, अपितु करुण को ही एकमात्र रस माना तथा अन्य रसों को उसका विवर्त बताते हुए यह घोषणा की—

एको रसः करुण एव निमित्तभेदाद्
भिन्नः पृथक् पृथगिवाश्रयते विवर्तान्।
आवर्त्तबुद्बुदतरंगमयान् विकारान्
अम्भो यथा सलिलमेव हि तत्समस्तम्॥[1]

एक ही करुण रस (विभावादि) निमित्तों के भेदों से भिन्न होता हुआ, मानो, (शृंगाररादि के रूप में प्रतीत होने वाले) अलग-अलग अवास्तविक परिणामों (विवर्तों) का आश्रय होता है; जैसे एक (अभिन्न) जल ही (वायु क्षोभादि के निमित्त भेद से) भँवर बुद्बुद तथा तरङ्गरूप विकारों (परिवर्तनों) का आश्रय होता है, फिर भी वह सब (यथार्थतः) जल ही है।

यह पद्य समस्त 'उत्तररामचरित' नाटक में बीज-मन्त्र जैसा है। वस्तुतः 'उत्तररामचरित' के सभी अङ्ग किसी-न-किसी रूप में प्रेक्षकों के हृदय में कारुण्य का ही संचार करते हैं। नाटक के आरम्भ में ही जनक के गमन के उपरान्त खिन्न सीता को मनाने के लिए राम की उक्ति में करुणा ही झलकती है।[2] चित्र-दर्शन के समय भी राम और सीता अपने अतीत के उन दुःखों का स्मरण करते हैं, जिनसे पत्थर भी रोता है और वज्र का भी हृदय फट जाता है—

---

१. उ० रा० ३।४७

२. वही १।८

अपि ग्रावा रोदित्यपि दलति वज्रस्य हृदयम्।[1]

इस चित्र-दर्शन वाले दृश्य में पति-पत्नी में उस प्रगाढ़ अनुराग के भी दर्शन हम करते हैं,[2] जो निकट भविष्य में आने वाले शोक की गरिमा को और भी असह्य बना देता है। जब राम प्रेम के निर्भर भाव का आनन्द लेते हुए उसकी सुखद अनुभूति में तल्लीन हो जाते हैं और चित्र-दर्शन से श्रान्त सीता पति की अभयदान देनेवाली भुजा पर चिन्तामुक्त होकर सो जाती है, उसी समय दुर्मुख प्रवेश कर सीता के सन्दर्भ में जनापवाद की सूचना देता है। आनन्द-मधु का प्याला राम के होठों तक आया ही था कि[3] निष्ठुर विधि ने उसे छीनकर फेंक दिया।[4]

दूसरे अङ्क में राम अपने चिर-परिचित दण्डकारण्य एवं पञ्चवटी में प्रवेश करते हैं। इन्हीं वनों में सीता के साथ अनुभूत अपने अतीत के सुखों को स्मरण कर राम की व्यथा उमड़ पड़ती है। वे निश्चय नहीं कर पाते हैं कि सीता से विरहित वे अकेले पञ्चवटी को कैसे देखें अथवा बिना देखे कैसे लौट जायें—

यस्यां ते दिवसास्तया सह मया नीता यथा स्वे गृहे
यत्सम्बन्धिकथाभिरेव सततं दीर्घाभिरास्थीयत।
एकः सम्प्रति नाशितप्रियतमस्तामद्य रामः कथं
पापः पञ्चवटीं विलोकयतु वा गच्छत्वसंभाव्य वा॥[5]

जिस (पञ्चवटी) में उस (सीता) के साथ मैंने उन दिनों को बिताया जिनमें अपने घर में उस (पञ्चवटी) से सम्बन्धित लम्बी-लम्बी कथाओं की चर्चा से हमेशा (हम दोनों) रहा करते थे। वैसी प्रियतमा को नष्ट कर देने वाला पापी राम आज उस पञ्चवटी को अकेला कैसे देखे, अथवा बिना सत्कार किए कैसे चला जाय?

तृतीय अङ्क तो करुण रस का मानो अगाध सागर ही है। करुण रस की जैसी तीव्र, गम्भीर तथा मर्मस्पर्शिनी व्यञ्जना इसमें हुई है, वैसी शायद ही कहीं और हुई हो। करुण रस में ही सभी रसों को अन्तर्भूत मानने वाले भवभूति के उद्घोष—'एको रसः करुण एव' इसी अङ्क में है। भवभूति की वाणी यहाँ **'करुणस्य मूर्तिरथवा शरीरिणी'** हो उठी है।

चौथे अङ्क में जनक और कौशल्या एक ओर भूतकाल की सुखद स्मृतियों को याद करते हैं, तो दूसरी ओर सीता को मृत मानकर विलाप करते हैं।[6] ब्रह्मज्ञानी जनक और राम जननी कौशल्या को इस प्रकार प्राकृत मानव की भाँति शोकाभिभूत देखकर प्रेक्षकों के हृदय में उनके प्रति हार्दिक सम्वेदना स्वतः जाग्रत हो उठती है।

पाँचवें अङ्क में चन्द्रकेतु तथा उनके सारथि सुमन्त्र लव को देखकर रघु के किसी अज्ञात वंशज

---

१. उ० रा० १।२८

२. वही १।२०, १।३६

३. वही १।३८, ३९

४. वही १।४०

५. वही २।२८

६. वही ४।३, २३

की कल्पना करते हैं[1], पर सीता का स्मरण कर इस आशा को दुराशा मानते हुए महान् शोक में निमग्न हो जाते हैं।[2]

छठे अंक में राम लव-कुश से मिलकर अपूर्व वात्सल्य का अनुभव करते हैं, पर उनकी आकृति में सीता के सौन्दर्य को झाँक कर[3] तथा निर्वासन के समय सीता की गर्भ भरालसा अवस्था का स्मरण कर वे शोकाभिभूत हो जाते हैं।[4] राम की यह करुण-वाणी कितनी हृदयस्पर्शी है—

चिरं ध्यात्वा ध्यात्वा निहित इव निर्माय पुरतः
प्रवासेऽप्याश्वासं न खलु न करोति प्रियजनः।
जगज्जीर्णारण्यं भवति च विकल्पंव्युपरमे
कुकूलानां राशौ तदनु हृदयं पच्यत इव॥[5]

प्रवास (वियोग) के समय भी दीर्घ काल तक ध्यान करते करते प्रिय की मूर्ति मानो सामने स्थापित हो जाती है और वह प्रेमपात्र सान्त्वना नहीं देता है ऐसी बात नहीं है (अर्थात् सान्त्वना देता ही है)। परन्तु ज्योंही उसकी कल्पित मूर्ति ध्यान से हट जाती है, त्योंही यह सारा संसार सूनसान जंगल की भाँति लगने लगता है और हृदय मानो धधकते हुए अंगारों पर रख दिया जाता है।

सातवें अंक में सीता और राम का पुनर्मिलन होता है, किन्तु इस मिलन के मूल में 'सीता-निर्वासन' का वह करुण अभिनय है, जिसे देखकर राम 'क्षुभित वाष्पोत्पीडनिर्भर' होकर अनेक बार मूर्च्छित हो जाते हैं। यह अंक वस्तुतः तीसरे अंक का ही नैसर्गिक चरमोत्कर्ष है। उसमें एक विलक्षण भाव की अभिव्यक्ति के साथ करुण की ही सुखद-मधुर परिणति है।

करुण भाव की अभिव्यंजना में भवभूति की भावुकता सर्वत्र भावित होती है। वे इस तथ्य से अभिज्ञ हैं कि शोकातिरेक की दशा में जी भरकर रो लेने से ही हृदय हल्का होता है—तालाब के लबालब भर जाने पर नालियों द्वारा बाढ़ के जल को बहा देना ही हितकर है—

पूरोत्पीडे तडागस्य परीवाहः प्रतिक्रिया।[6]

इस प्रकार हम देखते हैं कि 'उत्तररामचरित' में जो करुण-रस की मन्दाकिनी भवभूति ने प्रवाहित की है, वह वास्तव में संस्कृत साहित्य की एक अभूतपूर्व एवम् अमूल्य निधि है। इस मन्दाकिनी की अविरल धारा में सीता का परित्याग-जन्य मालिन्य सदा के लिए धुल जाता है और दो हृदयों का अनुपम सुखद पुनर्मिलन होता है। भवभूति के करुण रस का ही उत्कर्ष है कि जड़ भी चेतन और चेतन जड़ हो जाते हैं—

जडानामपि चैतन्यं भवभूतेरभूद् गिरा।
ग्रावाप्यरोदीत् पार्वत्याः हसतः स्म स्तनावपि॥

---

१. उ० रा० ५।३, ४
२. वही ५।२०, २५
३. वही ६।२६, २७
४. वही ६।२८
५. वही ६।३८
६. वही ३।२९

मुरारि-अनर्घराघव

संस्कृत काव्यजगत् में अपने को पूर्ववर्ती कवियों से श्रेष्ठतर सिद्ध करने की प्रखर प्रवृत्ति अनेक काव्य-निर्माताओं में देखी जाती है। सम्भवतः जिस प्रकार भारवि से अपने को महत्तर बताने में माघ उन्हीं (भारवि) के मार्ग पर चलकर उनसे बढ़े-चढ़े सिद्ध होना चाहते हैं, उसी प्रकार मुरारि भी भवभूति का ही अनुसरण कर उनसे अधिक यशस्वी बनने की आकांक्षा रखते हैं। अपने नाटक 'अनर्घराघव' की प्रस्तावना में मुरारि ने सूत्रधार के मुख से कहलाया है कि रौद्र, वीभत्स तथा भयानक रस जैसे उग्र रसों के निरन्तर आस्वादन से ऊबे हुए प्रेक्षक अब 'अभिमत रस' से युक्त नाटक का अभिनय देखना चाहते हैं। इस कथन के द्वारा भवभूति के नाटकों पर व्यंग्य किया गया है। मुरारि ने अपने नाटक द्वारा इस कथन को चरितार्थ बनाने का प्रयास अवश्य किया है, किन्तु आलोचकों की दृष्टि में यह प्रयास खोखला है, सफल नहीं। भवभूति के पश्चात् रामकथा पर नाटक लिखना बाएँ हाथ का खेल नहीं था। 'उत्तररामचरित' से उत्कृष्टतर नाट्य रचना करने के लिए अपेक्षित विलक्षण प्रतिभा मुरारि में बिल्कुल नहीं थी। कथानक का अनावश्यक विस्तार करना कवि को विशेष प्रिय प्रतीत होता है। मुरारि की शब्द-राशि विशाल है। उनके पाण्डित्य में कोई सन्देह नहीं, किन्तु नाटक के क्षेत्र में वह गौण है।

परिचय—मुरारि के बारे में उनकी रचना 'अनर्घराघव' से ज्ञात होता है कि वे मौद्गल्य गोत्री थे। उनके पिता का नाम श्रीवर्धमानक था और उनकी माता तनुमती थी। उनकी उपाधि थी—'बाल वाल्मीकि'। उनका काव्य अमृत की वर्षा करने वाला था।

काल—मुरारि ने 'उत्तररामचरित' के दो श्लोकों (६।३०, ३२) को अपनी रचना (१।६,७) में उद्धृत किया है। अतः वे निश्चय ही भवभूति (७०० ई०) के परवर्ती थे। रत्नाकर (८५० ई०) ने अपने 'हरविजय' (३८।६८) में मुरारि की ओर इंगित किया है। इनके आधार पर मुरारि का समय ८०० ई० के आसपास माना जाना उचित है।

रचना—मुरारि की एकमात्र रचना **'अनर्घराघव** है, जिसके सात अंकों में 'रामायण' के इतिवृत्त के अनुसार तारकावध से आरम्भ कर रामराज्याभिषेक तक की घटनाएँ वर्णित हैं। कवि ने मूल कथा में रोचक परिवर्तन किए हैं। यहाँ परशुराम से युद्ध के लिए उद्यत राम के धनुष की टंकार सुनते ही सीता डर जाती है कि कहीं राम किसी दूसरी स्त्री से विवाह के लिए पुनः धनुर्भंग तो नहीं कर रहे हैं। वाली वध के लिए भी नूतन कल्पना की गई है। कबन्ध को मारने के दरम्यान लक्ष्मण उस वृक्ष को गिरा देते हैं, जिस पर दुन्दुभि का कंकाल लटक रहा था। इससे उत्तेजित वाली राम को युद्ध के लिए ललकारता है। विवश होकर राम युद्ध में उसे मार डालते हैं। सप्तम अंक में लंका से चलकर राम विमान के द्वारा सुमेरु पर्वत, चन्द्रलोक, उज्जयिनी, माहिष्मती, गंगा, यमुना, वाराणसी, प्रयाग तथा मिथिला आदि के दर्शन करते हुए अयोध्या पहुँचते हैं।

मुरारि ने गुरुचरणों में बैठकर परिश्रमपूर्वक सरस्वती की आराधना की थी। इस प्रकार उन्होंने रामकाव्य के गाम्भीर्य और मर्म को समझा था। बन्दर की भाँति उन्होंने रामकाव्य-जलधि का लंघन मात्र नहीं किया था—

देवीं वाचमुपासते हि बहवः सारं तु सारस्वतं
जानीते नितरामसौ गुरुकुलक्लिष्टो मुरारिः कविः।
अब्धिर्लंघित एव वानर भटैः किन्त्वस्य गम्भीरता
मापातालनिमग्नपीवरतनुर्जानाति मन्थाचलः।।

सरस्वती की उपासना तो अनेक कवि करते हैं, किन्तु विद्या का सार तो मुरारि कवि ही जानते हैं, क्योंकि उन्होंने गुरु के घर रहकर विद्याग्रहण में कठोर परिश्रम किया है। वानरों ने महासमुद्र को पार भले ही किया है, परन्तु उसकी वास्तविक गहराई की जानकारी पाताल तक डूबने वाले विपुलकाय मन्दराचल पर्वत को ही है।

मुरारि की शब्दराशि विशाल है। उनकी पदशय्या प्रौढ़ एवं गम्भीर है। उन्होंने अपने वैदुष्य एवं वर्णन वैलक्षण्य प्रदर्शन के लिए पद्यों का बहुल प्रयोग किया है जिससे यह रचना नाटक नहीं होकर नाटकीय प्रारूप में काव्य बन गयी है। उन्होंने स्वयं स्वीकार किया है कि उनका हृदय शुक्ति शास्त्रामृत का पान कर अक्षर-मोती को उत्पन्न करती है। मोतियों से गूँथी गई यह अक्षर-माला, जिसमें नायक के रमणीय गुण एवं गर्व झलकते हैं, सहृदयों के गले में झूलती है—

चेतः शुक्तिकया निपीय शतशः शास्त्रामृतनि क्रमा–
द्वान्तैरक्षरमूर्तिभिः सुकविना मुक्ताफलैर्गुम्फिताः।
उन्मीलत्कमनीयनायेकगुणग्रामोपसंवल्गन–
प्रौढाहंकृतयो लुठन्ति सुहृदां कण्ठेषु हारस्रजः।।

कहा जाता है कि जो अपनी प्रशंसा आप नहीं करेगा, उसके गुणों के बारे में लोग जानेंगे कैसे? फिर दूसरा भी उसका गुनगान कैसे करेगा ? मुरारि द्वारा अपनी प्रशंसा किए जाने पर अन्य लोगों ने भी उन्हें भवभूति से श्रेष्ठ बता दिया है। शारङ्गधरपद्धति में श्लेष के माध्यम से सम्भवतः इसी ओर संकेत किया गया है—

भवभूतिमनादृत्य निर्वाणमतिना मया।
मुरारिपदचिन्तायामिदमाधीयते मनः।।

मुक्ति (शाश्वत आनन्द) की कामना करने वाले मेरे द्वारा संसार की सम्पत्ति (भवभूति) को छोड़कर भगवान् (मुरारि) में मन को लगा दिया गया है।

एक दूसरे समालोचक ने भी कुछ ऐसा ही कहा है—

मुरारिपदचिन्तायां भवभूतेस्तु का कथा।
भवभूतिं परित्यज्य मुरारिमुररीकुरु।।

मुरारि (भगवान् कृष्ण, मुरारि कवि) के पद (चरण, पदशय्या) के चिन्तन में भवभूति (संसार की सम्पत्ति, कवि भवभूति) की क्या कथा ? अतः भवभूति को छोड़कर मुरारि को अपना लो।

मुरारि अपनी प्रशंसा आप करें या दूसरे लोग ही जितनी प्रशंसा उनकी करें, किन्तु भवभूति की वह गम्भीरता और भावुकता मुरारि में दुर्लभ है।

'मुरारेस्तृतीयःपन्थाः' इस लोकोक्ति का सम्बन्ध, आचार्य बलदेव उपाध्याय के मत में, कवि

मुरारि से न होकर मीमांसक मुरारि से है, जिन्होंने मीमांसा दर्शन के प्रख्यात सम्प्रदाय द्वय भाट्टमत और गुरुमत का तिरस्कार कर मीमांसा के तत्त्वविवेचन में नवीन मार्ग का उद्घाटन किया। मुरारि ने अपने 'त्रिपादनीतिनयन' में भवनाथ भट्ट के 'नयविवेक' में निर्दिष्ट मतों का खण्डन किया है तथा गंगेशोपाध्याय के द्वारा मुरारि का मीमांसक मत निर्दिष्ट है। 'अनर्घराघव' में कहीं भी मीमांसा दर्शन या तत्त्वविवेचन का संकेत न होना भी इस तथ्य की पुष्टि करता है। अतः मुरारि कवि निश्चय ही मीमांसक मुरारि से भिन्न हैं। दोनों के काल में भी भिन्नता है। इसलिए दोनों को एक मानना ऐतिहासिक भूल होगी।[१]

शक्ति भद्र : आश्चर्यचूड़ामणि

रामकथाश्रित रूपकों में **'चूड़ामणि' का उल्लेखनीय महत्त्व है। इसके रचयिता** शक्तिभद्र केरल के निवासी थे। कहा जाता है कि इन्होंने अपने गुरु आदि शङ्कराचार्य (७८८ ई०–८२० ई०) को यह नाटक सुनाया था। बाद में किसी दुर्घटना में इस नाटक के जल जाने पर शंकराचार्य ने अपनी स्मृति से इसे पुनः लिखवा दिया था। अतः इस नाटक का समय नवीं शताब्दी माना जा सकता है।

इस रचना के सात अंकों में शूर्पणखा प्रसंग से लेकर लंका-विजय और सीता की अग्नि परीक्षा तक की कथा वर्णित है, किन्तु मूल कथानक में अनेक परिवर्तन नाटकीय रमणीयता को बढ़ा देते हैं। इसमें पंचवटी में स्वर्ण मृग का पीछा करते हुए राम के जाने के बाद सीता के आदेश पर लक्ष्मण भी राम को देखने जाते हैं। इसी बीच राम का रूप धारण कर रावण पर्णकुटी में आता है। उसका सारथि लक्ष्मण के वेष में वहाँ आकर कहता है कि तपस्वियों से मैंने सुना है कि अयोध्या में भरत दुश्मनों के जाल में फँस गए हैं। अतः सीता-सहित आपका वहाँ जाना आवश्यक है। सीता विश्वास करके रथ पर सवार हो जाती है। उधर शूर्पणखा सीता का वेष धारण कर राम को धोखा देती है। इस प्रकार सीता का अपहरण होता है। बाद में मणियों के स्पर्श से रावण और शूर्पणखा की वंचना का भेद प्रकट होता है। इसके अतिरिक्त राम के जीवन की अनेक अद्भुत घटनाओं का वर्णन इस नाटक में होने से इसका प्रधान रस अद्भुत है। यह इस नाटक की खास विशेषता है। महामहोपाध्याय कुप्पुस्वामी शास्त्री 'उत्तररामचरित' के बाद इसे सर्वोत्कृष्ट महानाटक बताते हैं।

इस ग्रन्थ की भाषा सरल, आडम्बर शून्य तथा अर्थगर्भित है। कुछ उदाहरण द्रष्टव्य है—

'न समाधिः स्त्रीषु लोकज्ञः'

× × ×

'किं स्नेहस्तुलयति गुणदोषान्।'

शक्तिभद्र की पदरचना वैदर्भी रीति-आश्रित है। उनके पद्यों में प्रसाद और माधुर्य का सन्निवेश है। दुर्गम वन में सुन्दरी वेष में शूर्पणखा को देखकर लक्ष्मण कह उठते हैं—कहाँ वनवासियों के लिए

---

१. संस्कृत साहित्य का इतिहास, पृ० ५५९

यह दुर्गम वन और कहाँ यह कमलों की भी शोभा चुराने वाले नेत्रों से युक्त रमणी? यह कौन मानेगा कि स्वर्ण कमलों के मकरन्द-रस का पान करने वाली कलहंसी खारे जल में निवास करेगी—

क्वेदं वनं वनचैरपि दुर्विगाहं
क्वेयं वधूः कुवलयच्छविचोरनेत्रा।
हेमारबिन्दमकरन्दरसोपयोगां
कः श्रद्दधीत जलधौ कलहंसकन्याम्॥[१]

दामोदरमिश्र : हनुमन्नाटक

रामकथा पर आधारित नाटकों में **हनुमन्नाटक** अनेक दृष्टियों से महत्त्वपूर्ण है। दीर्घ-विस्तार के कारण इसे महानाटक भी कहते हैं। यह प्रायः पद्यों में ही रचित है, गद्यभाग स्वल्प है। इसमें प्राकृत भाषा का प्रयोग नहीं हैं तथा विदूषक और सूत्रधार का अभाव है। पाश्चात्य विद्वानों के विचार में यह अभिनय की दृष्टि से रचित नहीं है तथा दृश्य की अपेक्षा पाठ्य अधिक है।

'हनुमन्नाटक' के दो संस्करण उपलब्ध हैं। पहले और प्राचीनतर संस्करण के रचयिता दामोदर मिश्र हैं। इसमें चौदह अंक हैं। दूसरे संस्करण के कर्ता मधुसूदनदास हैं। इसमें केवल नौ अंक हैं। दामोदर मिश्र-रचित 'हनुमन्नाटक' के अन्तिम पद्य (१४।९६) से ज्ञात होता है कि प्राचीन काल में हनुमानजी ने रामकथाश्रित नाटक को शिलालेखों पर लिखा था, परन्तु जब वाल्मीकि ने अपनी रामायण की रचना की, तब उन्हें बोध हुआ कि इस अमृत के सामने मेरी कृति को कौन पढ़ेगा? अतः उन्होंने (वाल्मीकि ने) हनुमानजी की प्रार्थना करके उनकी आज्ञा से इस महानाटक को समुद्र में स्थापित करा दिया। कालान्तर में राजा भोज ने इसे समुद्र से निकलवाया और जो कुछ मिला उसे उनके सभापण्डित दामोदर मिश्र ने संगतिपूर्वक संगृहीत किया—

रचितमनिलपुत्रेणाथ वाल्मीकिनाब्धौ
निहितममृतबुद्धया प्राङ्महानाटकं यत्।
सुमतिनृपति भोजेनोदधृतं तत्क्रमेण
ग्रथितमवतु विश्वं मिश्रदामोदरेण॥

ध्वन्यालोक में आनन्दवर्द्धन (८५० ई०) ने 'हनुमन्नाटक' का उल्लेख किया है। अतः इसकी रचना उसके पहले अवश्य हो चुकी थी।

इस नाटक में भावों के अनुकूल भाषा का प्रयोग मनोहारी है। हनुमानजी की प्रशंसा में राम का कथन प्रसादगुण से युक्त है—

कूर्मं क्लेशयितुं दिशः स्थगयितुं सेतुं धरित्रीधरान्
सिन्धुं धूलिभरेण कर्दमयितुं तेनैव रोद्धं नभः।
नासीदेषु पुरः पुरश्चलवलालापस्य कोलाहलात्
कर्तुं वीरवरुथिनी मम परं जैत्रं पुनस्त्वद् भुजैः।

१. आश्चर्यचूड़ामणि १।११

हे हनुमान, अग्रगामियों से भी आगे चलनेवाली यह मेरी वीर वानरी सेना वार्त्तालाप-कोलाहल से कच्छपराज को क्लेश देने, दिशाओं में छा जाने, पर्वतों को तोड़ने, धूलि-भार से समुद्र को कीचड़मय बना देने और उसी धूलि से आकाश मार्ग को रोक देने एवं जय पाने के लिए समर्थ है, फिर तुम्हारी भुजाओं के बल का कहना ही क्या?

राजशेखर : रूपक–चतुष्टय

संस्कृत-जगत् में राजशेखर उन अपवादस्वरूप विरल कवियों में गण्यमान हैं, जिन्होंने अपनी रचनाओं में अपना विस्तृत परिचय दिया है। उसके अनुसार राजशेखर महाराष्ट्र के यायावर कुल में उत्पन्न हुए थे। इनके पिता का नाम दुर्दुक और माता का नाम शीलवती था। उनके पिता 'महाराष्ट्र-चूड़ामणि' अकाल जलद थे। पत्नी अवन्तिसुन्दरी थी, जो चाह्वान (चौहान) कुल में उत्पन्न सुशिक्षित महिला थी। संस्कृत के साथ प्राकृत भाषा में भी उसे विद्वत्ता प्राप्त थी। इन्हीं के आदेश से 'कर्पूरमञ्जरी' का प्रथम अभिनय किया गया था। इस प्रकार वैदुष्यपूर्ण पारिवारिक परिवेश के कारण राजशेखर की प्रतिभा का काफी विकास हुआ। बालरामयण (१।१६) में उन्होंने अपने को वाल्मीकि भर्तृमेण्ठ तथा भवभूति[१] का अवतार बताया है। कर्पूरमञ्जरी में उनकी दो उपाधियों—'बालकवि' और 'कविराज' का उल्लेख हुआ है।

काल—राजशेखर ने अपने नाटकों में लिखा है कि वे महेन्द्रपाल या निर्भयराज नामक राजा के गुरु थे। आफ्रेक्ट ने इन दोनों को समान व्यक्ति बताया है। ये महेन्द्रपाल कान्यकुब्ज के प्रतिहारवंशी राजा थे। सियदोनी के शिलालेख में महेन्द्रपाल की ९०३-४ ई० और ९०७-८ ई० ये तिथियाँ निर्दिष्ट हैं। अतः राजशेखर का स्थितिकाल ९०० ई० के आसपास था। राजशेखर के द्वारा उद्भट (८०० ई०) तथा आनन्दवर्धन (८५० ई०) के उल्लेख एवं यशस्तिलकचम्पू (९५० ई०) और तिलकमञ्जरी (१००० ई०) में राजशेखर की प्रशंसा से भी उनका समय दसवीं शताब्दी का आरम्भ ही निश्चित होता है।

रचनाएँ—अपने ग्रन्थ 'बालरामायण' की प्रस्तावना में राजशेखर ने समालोचकों को अपने छः प्रबन्धों[२] को जानने की बात कही है। इससे ज्ञात होता है कि बालरामायण से पहले राजशेखर छः ग्रन्थों की रचना कर चुके थे। उनमें चार नाटक हैं—'कर्पूरमञ्जरी', विद्धशालभञ्जिका, 'बालरामायण' और 'बालभारत' या 'प्रचण्डपाण्डव'। पाँचवाँ 'काव्यमीमांसा' नामक अलंकार ग्रन्थ है। छठा हेमचन्द्र के अनुसार 'हरविलास' नामक महाकाव्य है जबकि 'काव्यमीमांसा' में राजशेखर ने अपने 'भुवनकोष' नामक एक भौगोलिक ग्रन्थ का उल्लेख किया है।

कर्पूरमञ्जरी—यह प्राकृत भाषा में लिखित चार अंकों का एक 'सट्टक' है। इसमें राजा चण्डपाल और कुन्तल राजकुमारी कर्पूरमञ्जरी की प्रणयकथा वर्णित है। यद्यपि इसका कथानक लघुकाय है, फिर भी कई दृष्टियों से यह एक महत्त्वपूर्ण नाटक है—(१) यह केवल प्राकृत भाषा में रचित है। (२) इसमें नान्दी पाठ के बाद सूत्रधार या नटी का आगमन न होकर स्थापक का प्रवेश होता

---

१. एतत्सम्बन्धी पद्य, पृ० १२९ पर द्रष्टव्य-बभूव वल्मीक भवः

२. विद्धि नः षट् प्रबन्धान्। बा०रा० १।१२

है। (३) यहाँ 'प्रवेशक' और 'विष्कम्भक' का प्रयोग नहीं है। (४) इस नाटक की प्रस्तावना से ज्ञात होता है कि उस समय स्त्री पात्रों का अभिनय स्त्रियाँ ही करती थीं। (५) इसके प्रत्येक अंक का नाम जवनिकान्तर है। (६) 'जवनिका' शब्द का प्रयोग रंगमंच के पर्दे के अर्थ में सर्वप्रथम यहीं देखा जाता है। (७) इस नाटक में 'चर्चरी' नामक नृत्य का भी प्रयोग है, जिसमें हाव-भाव ही प्रधान होता है। (८) इसमें भाषाविज्ञान, पुरातत्त्व[1] तथा ग्राम गीतों[2] के लिए भी पर्याप्त सामग्री है।

'कर्पूरमञ्जरी' में प्राकृत की स्वाभाविक मधुरिमा के कारण पदलालित्य बड़ा मनोरम है। राजशेखर ने तो यहाँ तक कहा है कि सुकुमारता की दृष्टि से प्राकृत और संस्कृत में उतना ही भेद है जितना महिला और पुरुष में।[3] 'कर्पूरमञ्जरी' में हास्य-रस का भी आकर्षक चित्रण हुआ है। तृतीय अंक में विदूषक का स्वप्नवर्णन अत्यन्त सरस और विनोदपूर्ण है। राजा की कामपीड़ा और विदूषक की विनोदप्रियता का एक साथ चित्रण बहुत रोचक और परिहासपूर्ण है।

कर्पूरमञ्जरी के पद्य महाराष्ट्री और शौरसेनी प्राकृत में हैं। यहाँ लोकोक्तियों का भी मनोरम प्रयोग है—'दक्खारक्खो वा मुहुरिज्जदू सक्कराए' (द्राक्षारसो न मधुरायते शर्कराभिः), 'एदं तं सीसे सप्पो देसन्तरे वेज्जो' (इदं तत् शीर्षो सर्पो देशान्तरे वैद्यः), तडंगदाए वि णावए न वीससीअदी (तटं गतायामपि नावि न विश्वस्यते)।

विद्धशालभञ्जिका—यह चार अंकों की नाटिका है। इसकी भी कथा-वस्तु 'कर्पूरमञ्जरी' के समान ही रमणीय है। इसमें विद्याधरमल्ल नामक राजा के साथ मृगांकावली का प्रेम एवं विवाह वर्णित है।

बालरामायण—यह दस अंकों का महानाटक है। सीता-सवयम्वर से लेकर जंगल से राम के अयोध्या लौटने तक की कथा इसमें वर्णित है। कवि ने इसमें नाटकीयता लाने के लिए 'रामायण' की मूलाकथा से कुछ परिवर्तन दिखाए हैं। 'बालामायण' की कथा अनावश्यक रूप से विस्तृत हो गई है। प्रस्तावना ही पूरे अंक के समान है। प्रत्येक **अंक** प्रायः एक नाटिका के बराबर है। सारे नाटक में शार्दूलविक्रीड़ित और स्रग्धरा जैसे विशालकाय छन्दों में निर्मित ७४१ पद्य हैं।

बालचरित—इसके केवल दो अंक प्राप्त होते हैं। इनमें द्रौपदीस्वयम्वर, द्यूतक्रीड़ा और द्रौपदी-वस्त्र-हरण की घटनाएँ वर्णित हैं।

राजशेखर की वर्णन-प्रतिभा अद्भुत है, किन्तु यह वर्णन नाटकीयता के अनुकूल न होकर प्रबन्ध-काव्य की रचना के लिए ज्यादा उपयुक्त है। उनके नाटकों में प्रवाह की शिथिलता तथा नाट्यकौशल का स्पष्ट अभाव देखा जाता है, फिर भी पात्रों की सजीवता निश्चित ही चमत्कारिणी है। उन्होंने अपने नाटकों में 'भणितिगुण' की प्रशंसा की है, 'नाट्यगुण' की नहीं। वे शब्दकवि हैं तथा इनके शब्दों की रमणीय शय्या रसिकों को बहुत आकृष्ट करती हैं। उनका छन्दः कौशल

---

१. कर्पूरमञ्जरी १।३६; ४।१०,१९

२. " " २। ३

३. पुरुषाः संस्कृतगुम्फाः प्राकृतगुम्फोऽपि भवति सुकुमारः।
पुरुषमहिलानां यावदिहान्तरं तेषु तावत्॥ वही १।८

भी 'अनुपम' है। स्रगधरा और शार्दूलविक्रीड़ित जैसे दीर्घकाय छन्दों के प्रयोग में वे बहुत प्रवीण हैं। उनके पद्यों का रमणीय गीति-सौन्दर्य, चारु शब्द-विन्यास और ध्वन्यर्थक अनुप्रास अत्यन्त मनोहारी है। उनका भाषा-कौशल अद्भुत है। 'सर्वभाषा-विचक्षण', 'सव्वभासचदुर' ये विशेषण उनके लिए ही प्रयुक्त हैं। उनकी सुधास्यन्दिनी उक्ति के विषय में उन्हीं के दरबारी कवि शंकरवर्मन ने ठीक ही कहा है—

पातुं श्रोत्ररसायनं रचयितुः वाचः सतां सम्मता
व्युत्पत्तिं परमामवाप्तुमवधिं लब्धुं रसस्रोतसः
भोक्तुं स्वादुफलञ्च जीविततरोर्यद्यस्ति ते कौतुकम्
तद् भ्रातः ! शृणु राजशेखरकवेः सूक्तीः सुधास्यन्दिनीः ।।

कर्णाञ्जलि से सुधातुल्य रसायन पीने के लिए, सज्जन या विद्वज्जन सम्मत काव्य की रचना के लिए, रसस्रोत की परमावधि रूप व्युत्पति प्राप्ति के लिए, जीवन रूपी वृक्ष का सुस्वादु फल चखने का कौतूहल है तो हे भाई ! राजशेखर कवि की अमृत प्रवाहिनी सूक्तियों को सुनो।

क्षेमीश्वर : रूपकद्वय

राजशेखर के समकालीन कवियों में क्षेमीश्वर का उल्लेखनीय स्थान है। ये कन्नौज के राजा महीपाल के आश्रित थे। अतः इनका समय नवमी शताब्दी मान्य है। इनके दो नाटक हैं— **'नैषधानन्द'** तथा **'चण्डकौशिक'**। नैषधानन्द में सात अंकों में नल-दमयन्ती की कथा चित्रित है। चण्डकौशिक में सत्यवादी राजा हरिश्चन्द्र का जीवन-चरित निरूपित है। इसकी भाषा सरल है, किन्तु कथानक एवं वस्तु-विन्यास में कोई आकर्षण नहीं है।

दिङ्नाग : कुन्दमाला

रामकथाश्रित रूपकों में **'कुन्दमाला'** की अच्छी ख्याति है। इसमें सीता के परित्याग से लेकर सीता के पुनर्मिलन तक की घटनाएँ वर्णित हैं। इसमें छः अंक हैं। उत्तररामचरित की भाँति इसके भी तीसरे अंक में छाया सीता की कल्पना की गई है। इस अंक में राम तथा लक्ष्मण गोमती के किनारे टहलते समय जलधारा में कुन्द पुष्पों की बहती हुई माला को देखकर उसे सीता द्वारा गुम्फित जानकर सीता के विरह में करुण विलाप करते हैं। सीता पास ही कुंज में खड़ी होकर इस करुण-दृश्य को देखती रहती है। छठे अंक में पृथ्वी स्वयं प्रकट होकर सबके सामने सीता की पवित्रता घोषित करती है। अन्त में राम और लक्ष्मण के साथ सीता एवं लव-कुश का मिलन होता है।

कुन्दमाला के रचयिता दिङ्नाग हैं। कुछ लोग इन्हें मेघदूत के इस पद्य—**'दिङ्नागानां पथि परिहरन् स्थूलहस्तावलेपान्'** के आधार पर कालिदास का समकालीन मानते हैं। मल्लिनाथ ने इस दिङ्नाग को कालिदास का विरोधी बताया है। इस आधार पर दिङ्नाग का समय ई० पू० प्रथम

---

१. शार्दूलविक्रीडितैरेव प्रख्यातो राजशेखरः।
शिखरीव परं वक्रैः सोल्लेखैरुच्चशेखरैः ।।

शताब्दी आता है। इस आधार पर यह भी कहा जाता है कि भवभूति (७०० ई०) अपने 'उत्तररामचरित' की रचना में 'कुन्दमाला' से प्रभावित हुए हैं।

आधुनिक शोधों के आधार पर ये दिङ्नाग बौद्ध-दार्शनिक-दिङ्नाग से भिन्न व्यक्ति हैं क्योंकि 'कुन्दमाला' में आर्ष वैदिक धर्म का ही दिग्दर्शन कराया गया है, जो एक बौद्ध-कवि या दार्शनिक द्वारा कथमपि सम्भव नहीं। वास्तव में, 'कुन्दमाला' के निर्माता कोई दूसरे दिङ्नाग या धीरनाग हैं। 'कुन्दमाला' का सर्वप्रथम उल्लेख रामचन्द्र गुणचन्द्र-कृत 'नाट्यदर्पण' (११०० ई०) में मिलता है। भवभूति के पूर्ववर्ती साहित्य में कहीं भी 'कुन्दमाला' का उल्लेख नहीं मिलता है। अतः इस दिङ्नाग का समय ११०० ई० के आसपास मानना ही संगत है।

दिङ्नाग की 'कुन्दमाला' और भवभूति के 'उत्तररामचरित' में काफी समानता देखी जाती है। दोनों का कथानक 'रामायण' के उत्तरकाण्ड की कथा पर आधारित है। दोनों में छाया सीता की कल्पना की गई है तथा दोनों सुखान्त हैं। दोनों के तुलनात्मक अध्ययन से स्पष्ट होता है कि 'कुन्दमाला' में उत्तररामचरित का बहुत-कुछ अनुकरण किया गया है, फिर भी दिङ्नाग में भवभूति की जैसी मार्मिकता और भाव-प्रचुरता नहीं है और न वे भवभूति की भाँति मानव-मनोभावों के सूक्ष्म पारखी ही हैं। 'उत्तररामचरित' में दाम्पत्य जीवन के जो उदात्त स्वरूप चित्रित हैं उनका अभाव 'कुन्दमाला' में स्पष्ट दीखता है।

मनुष्य की सच्ची अनुभूतियों को कलाकार की तूलिका से रंगकर प्रस्तुत करने में दिङ्नाग निपुण हैं। उनकी शैली प्रासादिक और सरल है एवं भाषा बोधगम्य है। लम्बे समासों का प्रायः अभाव है। करुणरस की मनोरम अभिव्यञ्जना इसमें की गई है। परित्यक्ता सीता को देखकर शोकाकुल वन्यप्राणियों का वर्णन कितना करुणापूर्ण है—

एते रुदन्ति हरिणा हरितं विमुच्य
हंसाश्च कोकविधुराः करुणं रुदन्ति।
नृत्तं त्यजन्ति शिखिनोऽपि विलोक्य देवीं
तिर्यग्गता वरमयीं न परं मनुष्याः॥

जयदेव : प्रसन्नराघव

रामकथा पर आधारित नाटकों में **'प्रसन्नराघव'** का उल्लेखनीय महत्त्व है। इसमें भवभूति के नाटकों की भाँति हृद्गत भावों का चित्रण नहीं है और न राजशेखर के 'बालरामायण' की तरह वर्णन का विस्तार ही है, किन्तु इतनी मंजुल पदावली है कि पढ़ते ही पूरा चित्र आँखों के सामने आ जाता है। प्रसादमयी कविता के कारण इसका 'प्रसन्नराघव' नाम यथार्थ है।

'प्रसन्नराघव' के कर्ता जयदेव हैं, जो गीतगोविन्द के रचयिता जयदेव से सर्वथा भिन्न हैं। 'प्रसन्नराघव' की प्रस्तावना से ज्ञात होता है कि जयदेव विदर्भ-देश के कुण्डिननगर के निवासी थे। उनके पिता का नाम महादेव तथा माता का नाम सुमित्रा था। उन्होंने 'चन्द्रालोक' नामक प्रसिद्ध अलंकारग्रन्थ की भी रचना की थी। कवि होने के साथ ही वे उच्च कोटि के तार्किक भी थे। 'प्रसन्नराघव' की प्रस्तावना में वे स्वयं कहते हैं—

येषां कोमलकाव्यकौशलकलालीलावती भारती
तेषां कर्कशतर्कवक्रवचनोद्गारेऽपि किं हीयते।
यैः कान्ताकुचमण्डले कररुहाः सानन्दमारोपिता
स्तैः किं मत्तकरीन्द्रकुम्भशिखरे नारोपणीयाः शराः॥[१]

जिनकी वाणी काव्य की कोमल-कान्त पदावली की रचना करने में सहज ही समर्थ है, वही तर्कशास्त्र के कठोर वक्र वाक्यों की रचना में भी क्या असमर्थ होती है ? जो लोग आनन्दपूर्वक अपनी प्रिया के कुचमण्डल पर अङ्गुलियों से आघात करते हैं क्या वे ही बड़े-बड़े हाथियों के मस्तक पर उन्हीं अंगुलियों से बाण-सन्धान नहीं करते ?

प्रसन्नराघव—प्रसन्नराघव' के सात अंकों में रामायण की कथा अनेक परिवर्तनों के साथ गुम्फित है। प्रथम अंक में बाणासुर और रावण दोनों सीता की याचना कर उपहास के पात्र बनते हैं। द्वितीय अंक में अपनी सखियों के साथ फुलवारी में भ्रमण करती हुई सीता का राम से साक्षात्कार होता है। दोनों में परस्पर अनुराग उत्पन्न होता है। तृतीय अंक में सीता-स्वयम्वर तथा चतुर्थ अंक में राम एवं परशुराम का युद्ध वर्णित है। पंचम अंक में नदियों के सम्वाद द्वारा राम वनगमन से लेकर सीताहरण तक की घटनाओं की जानकारी पाठकों को दी जाती है। षष्ठ अंक में दो विद्याधर अपनी माया के द्वारा विरही राम को लंका की घटनाएँ दिखाते हैं। रावण के प्रणय-प्रस्ताव की सीता द्वारा भर्त्सना किए जाने पर रावण क्रोधवश उन्हें मारने के लिए प्रवृत्त होता है, तभी उसके हाथ में उसके पुत्र अक्षय का कटा हुआ सर आ जाता है। सप्तम अंक में रावणवध के बाद राम विमान से अयोध्या आते हैं।

'प्रसन्नराघव' के अध्ययन से स्पष्ट होता है कि इसमें नाटकीय तत्त्व की अपेक्षा कवित्व ही अधिक है। द्वितीय अंक में वाटिका वर्णन, जो कवि की निजी कल्पनाशक्ति का प्रौढ़ उदाहरण है, इसका प्रमाण है। षष्ठ अंक में राम का विरही रूप बड़ा ही करुणाजनक है, जब वे जंगल की प्रत्येक वस्तु से सीता का समाचार पूछते एवं विलखते हुए घूमते हैं। प्रभात तथा चन्द्रोदय का वर्णन भी प्रतिभापूर्ण है। यहाँ जयदेव का यह पद्य रमणीय है, जिसमें सीता के विरह में व्यथित राम पूर्वदिशा में पूर्णचन्द्र को उदित होते देखकर लक्ष्मण से कहते हैं—

सौमित्रे, ननु सेव्यतां तरुतलं चण्डांशुरुज्जृम्भते
चण्डांशोर्निशि का कथा रघुपते, चन्द्रोऽयमुन्मीलति।
वत्सैतद्विदितं कथं नु भवता धत्ते कुरङ्गं यतः
क्वासि प्रेयसि हा कुरङ्गनयने चन्द्रानने जानकि॥[२]

हे लक्ष्मण, प्रचंड सूर्य उदित हो रहा है। अतः किसी पेड़ के नीचे चलें।

लक्ष्मण—हे राघव, रात में सूर्य कहाँ से आएगा? यह तो चन्द्रमा उदित हो रहा है।

राम—हे वत्स, तुम्हें यह कैसे मालूम हुआ?

लक्ष्मण—क्योंकि यह मृग के चिह्न को धारण करता है। लक्ष्मण के मुख से मृग नाम सुनते

१. प्रसन्नराघव १।१८
२. वही ६।१

ही मृगनेत्री सीता का स्मरण कर राम कह उठते हैं—हे प्रियतमे, मृगनयनी, चन्द्रमुखी जानकी! तुम कहाँ हो?

अपने विशिष्ट काव्य-सौन्दर्य के कारण यह नाटक काव्यशास्त्रियों और साहित्य-प्रेमियों के लिए अत्यन्त ग्राह्य हुआ। इसके पद्य 'शारङ्गधरपद्धति', 'रसार्णव सुधाकर' और 'साहित्यदर्पण' जैसे ग्रन्थों में उद्धृत हुए हैं। 'साहित्यदर्पण' में अर्थान्तरसंक्रमित वाच्यध्वनि के उदाहरण में प्रसन्नराघव के अग्रलिखित पद्य को उद्धृत किया गया है—

कदली कदली करभः करभः करिराजकरः करिराजकरः।
भुवनत्रितयेऽपि बिभर्ति तुलामिदमूरुयुगं न चमूरुदृशः॥[१]

इसमें सीता की जंघा की तुलना के लिए प्रस्तुत कदली (केला का थम) करभ (हथेली) तथा हाथ की सूंड़ में जाड्य आदि गुणों की अधिकता का बोध प्रयोजनवती लक्षणा से व्यङ्ग्य है।

जयदेव की शैली बहुत प्राञ्जल, प्रासादिक तथा परिष्कृत एवं मधुर है। उनकी उपाधि पीयूषवर्ष सर्वथा उचित है। उनके काव्य-सौन्दर्य पर मुग्ध होकर गोस्वामी तुलसीदास ने अपने 'मानस' के अनेक काण्डों में 'प्रसन्नराघव' से छाया ग्रहण की है। कुछ उदाहरण यहाँ प्रस्तुत हैं—

१. प्रसन्नराघव—

कस्याख्याय व्यतिकरमिमं मुक्तदुःखो भवेयं
को जानीते निभृतमुभयोरावयोः स्नेहसारम्।
जानात्येकं शशधरमुखि, प्रेमतत्त्वं मनो मे
त्वामेवैतत् चिरमनुगतं तत् प्रिये किं करोमि॥[२]

रामचरितमानस—

कहेहू ते कछु दुख घाटि होई। काहि कहौं यह जान न कोई॥
तत्त्व प्रेमकर मम अरु तोरा। जानत प्रिया एकु मनु मोरा॥
सो मनु सदा रहत तोहि पाहीं। जानु प्रीति रसु एतेनेहि माहीं॥[३]

२. प्रसन्नराघव—

चन्द्रहास, हर मे परितापं रामचन्द्रविरहानलजातम्।
त्वं हि कान्तिजितमौक्तिकचूर्णं। धारयावहसि शीतलमम्भः॥[४]

रामचरितमानस—

चन्द्रहास हरु मम परितापं। रघुपति विरह अनल संजातं॥
सीतल निसित बहसि वर धारा। कह सीता हरु मम दुख भारा॥[५]

---

१. प्रसन्नराघव १।३७

२. वही ६।४४

३. रामचरितमानस ५।१४।५-७

४. प्रसन्नराघव ६।३३

५. रामचरितमानस ५।९।५-६

वत्सराज : विविध प्रकार के रूपक

रूपक के दस भेदों में नाटकों की संख्या सर्वाधिक हैं। अन्य विधाओं के रचयिता बहुत कम रूपककार हैं। उन अंगुलिगण्य रचनाकारों में वत्सराज का नाम सर्वाधिक चर्चित है, जिन्होंने भाण, प्रहसन तथा डिम आदि की रचना की है।

वत्सराज कालिंजर नरेश परमर्दिदेव (११६३-१२०३) के मन्त्री थी। ये परमर्दिदेव ही 'परमाल' के नाम से प्रसिद्ध थे, जिनके पृथ्वीराज द्वारा पराजित होने की घटना का वर्णन चन्दवरदाई के 'रासो' में मिलता है। अतः वत्सराज का समय बारहवीं सदी का उत्तरार्द्ध तथा तेरहवीं सदी का पूर्वार्द्ध है।

वत्सराज के छः रूपक उपलब्ध हैं—

(१) **किरातार्जुनीय**—यह व्यायोग है जो एक अंक का होता है। भारवि के 'किरातार्जुनीय' महाकाव्य के आधार पर रचित इस एकांकी में अर्जुन और शिव का युद्ध दिखलाया गया है।

(२) **कर्पूरचरित**—यह एक अंक का 'भाण' है, जिसमें एक द्यूतकर की द्यूतक्रीड़ा तथा वेश्या के साथ उसके प्रणयप्रसंग का मनोरम वर्णन है।

(३) **हास्यचूड़ामणि**—यह एकांकी प्रहसन है। इसमें एक आचार्य की 'ज्ञानराशि' का मजाक उड़ाया गया है, जो अपनी केवली विद्या के बल पर गड़े हुए धन तथा भूली हुई वस्तुओं का पता लगाया करता था।

(४) **त्रिपुरदाह डिम**—इस डिम में चार अंक हैं। इसकी कथा पौराणिक है, जिसमें भगवान् शंकर के द्वारा त्रिपुरासुर की नगरी के विध्वंस का वर्णन है। रौद्र रस का आकर्षक परिपाक इसमें देखा जाता है।

(५) **समुद्रमन्थन**—यह तीन अंकों का समवकार है। इसमें देवताओं तथा राक्षसों के द्वारा समुद्र के मन्थन, समुद्र से चौदह रत्नों की प्राप्ति तथा विष्णु एवं लक्ष्मी के प्रेम और विवाह आदि की घटनाएँ वर्णित हैं।

(६) **रुक्मिणी-हरण**—यह चार अंकों का 'ईहामृग' है। इसमें कृष्ण के साथ शिशुपाल तथा रुक्मी से युद्ध करने तथा छलपूर्वक युद्ध रोकने का वर्णन है।

वत्सराज की रचना शैली सरल सशक्त और ललित है। उसमें दीर्घ समासों तथा दुर्बोध वाक्यों का प्रयोग नहीं है। उनकी शैली का दृष्टान्त यहाँ अवलोकनीय है—

सिध्यन्ति कामाः बलिनां वलेन लोकस्थितिः किन्तु न लंघनीया।
दृष्ट्यैव संहर्तुमलं गिरीशः शत्रुच्छिदे सज्जयति त्रिशूलम्॥[1]

भास के बाद वत्सराज ही ऐसे रूपककार हुए हैं, जिन्होंने इतने विविध-विध रूपकों का प्रणयन किया है। इनके छोटे-छोटे रूपकों में नाटकीय क्रियाशीलता, रोचकता और घटनाओं की गतिशीलता आकर्षक है।

१. रुक्मिणीहरण २।१२

प्रतीकनाटक

संस्कृत साहित्य में कुछ ऐसे भी रूपक हैं, जिनमें श्रद्धा, भक्ति, विवेक, मैत्री तथा करुणा आदि भावों को पात्रों के रूप में मंच पर उपस्थापित किया गया है। वैसे रूपकों को 'प्रतीक नाटक' की संज्ञा दी गयी है।

प्रतीकनाटकों में **'प्रबोधचन्द्रोदय'** का महत्त्वपूर्ण स्थान है। इसके प्रणेता कृष्णमिश्र जेजाकभुक्ति के राजा कीतिवर्मा के शासनकाल में हुए थे। १०९८ ई० में रचित एक अभिलेख में कीर्तिवर्मा का वर्णन है। अतः कृष्णमिश्र का समय ११०० ई० के आसपास माना जाता है।

'प्रबोधचन्द्रोदय' एक रूपात्मक नाटक है, जिसमें वेदान्त के अद्वैतवाद का रोचक रूप में प्रतिपादन है। अतः इसका प्रमुख रस शान्त है। नाटक में अमूर्त भावों को पात्रों के रूप में चित्रित करने का सर्वप्रथम प्रयास भास के 'बालचरित' में देखा जाता है। इस प्रयास की सफल और चरम परिणति 'प्रबोधचन्द्रोदय' में देखी जाती है। इसमें कवि ने विवेक, बुद्धि, ज्ञान, विद्या, श्रद्धा, भक्ति तथा मोह आदि अमूर्त भावों को पुरुष एवं स्त्री पात्रों के रूप में कल्पित कर अध्यात्म विद्या का सुन्दर निवेश किया है। दार्शनिक दृष्टि से यह नाटक अत्यन्त महत्त्वपूर्ण है। इसमें ज्ञान और भक्ति का अपूर्व समन्वय है। इसके दार्शनिक पद्यों की वानगी यहाँ द्रष्टव्य है—

शान्तेऽनन्तमहिम्नि निर्मलचिदानन्दे तरङ्गावली
निर्मुक्तेऽमृतसागराम्भसि मनाङ् मग्नोऽपि नाचामति।
निः सारे मृगतृष्णिकार्णवजले श्रान्तोऽपि मूढः पिब
त्याचामत्यवगाहतेऽभिरमते मज्जत्यथोन्मज्ञति ॥[१]

इस ब्रह्मरूपी शान्त महासागर में कहीं विकार रूपी तरङ्गे नहीं उठतीं, सर्वत्र अनन्त महिमा व्याप्त हो रही है, सांसारिक विषय वासनाओं से शून्य निर्मल ज्ञानरूपी आनन्द प्रसार पा रहा है। ऐसे अमृतमय जल में सदा निमग्न रहने पर भी यह मूढ मानव उसका जरा भी आस्वादन नहीं करता, किन्तु दूसरी ओर बार-बार निराश होने पर भी जगत के मृगतृष्णा रूप निस्सार जल का पुनः-पुनः पान करता है, आस्वादन करता है, उसमें डुबकी लगता है, रमण करता है तथा डूबता-उगता है।

क्रोध का निरूपण इस रूप में है—

अन्धीकरोमि भुवनं बधिरीकरोमि
धीरं सचेतनमचेतनतां नयामि।
कृत्यं न पश्यति न येन हितं शृणोति
धीमानधीतमपि न प्रतिसंदधाति ॥[२]

मैं जगत को अन्धा और बहरा बना देता हूँ, विद्वान को अधीर तथा मूर्ख कर देता हूँ, जिससे वह न तो कर्तव्य को समझता है और न हितैषी बातें सुनता है, विद्वान होकर भी पढ़ी हुई बातों को व्यवहार में नहीं लाता है।

१. प्रबोधचन्द्रोदय ४।६

२. प्रबोधचन्द्रोदय २।२९

'प्रबोधचन्द्रोदय' के अनुकरण पर परवर्ती युग में अनेक रूपकों की रचना हुई। जैन लेखक यशपाल (१२२८-३२ ई०) ने अपने धर्म के प्रचार के लिए पाँच अंकों में **'मोहराजपराजय'** रूपक की रचना की। इसमें गुजरात के चालुक्य वंशी राजा कुमार पाल द्वारा हेमचन्द्र की प्रेरणा से जैनधर्म अपनाना, पशुवध का निषेध करना तथा निःसन्तान की मृत्यु होने पर उसकी सम्पत्ति को राज्याधीन नहीं करना आदि विषयों का वर्णन है। १४वीं शताब्दी के पूर्वार्द्ध में वेदान्तदेशिक ने **'संकल्पसूर्योदय'** नामक प्रतीकनाटक लिखा। इसके दस अंकों में वेदान्त की विशिष्टाद्वैत शाखा के सिद्धान्तों को प्रतिपादित किया गया है। विष्णु भक्ति के निरूपण से इसमें सुखद अन्त की उद्भावना की गई है। महाप्रभु चैतन्यदेव के जीवनवृत्त को रूपायित करने के लिए **'कर्णपूर'** की उपाधि से विभूषित परमानन्ददास (१५७९ ई०) ने **'चैतन्यचन्द्रोदय'** की रचना की। इसमें दस अंक हैं। इसके अमूर्त पात्रों में भक्ति, विराग तथा अधर्म आदि हैं जबकि मूर्तपात्रों में चैतन्य और उनके प्रसिद्ध शिष्य हैं। तंजोर के राजा शाहजी (१६८४-१७१० ई०) के प्रधानमंत्री वेदकवि ने दो प्रतीक नाटक लिखे—**विद्यापरिणयन** और **जीवानन्दन**। शिव भक्ति के द्वारा मोक्ष की प्राप्ति कराना ही इस नाटक का प्रधान उद्देश्य है। मिथिला के गोकुलनाथ द्वारा प्रणीत **'अमृतोदय'** नाटक बहुत पाण्डित्यपूर्ण है। यह १६९३ ई० की रचना माना जाता है। इसमें श्रुति, आन्विक्षिकी आदि पात्रों के माध्यम से आत्मज्ञान का उदय दिखाया गया है। भूदेव शुक्ल का **'धर्मविजयान्तक'** (१७३७ ई०) रूपक अपने समय के धार्मिक मतों तथा प्रथाओं का विशद चित्रण प्रस्तुत करता है। इस सन्दर्भ में वरदाचार्य का **'यतिराजविजय'** भी उल्लेखनीय हैं। इसमें विशिष्टाद्वैत मत का प्रतिपादन है।

छाया रूपक

संस्कृत में छायानाटक के आविर्भाव के बारे में निश्चित रूप से कुछ कहना कठिन है, फिर भी इतना तो तय है इसकी परम्परा बहुत प्राचीन नहीं है। इसीलिए प्राचीन नाट्यशास्त्रीय ग्रन्थों में उसका उल्लेख नहीं मिलता है। छायानाटक से अभिप्राय उन नाटकों से है जिनके पात्र वस्तुतः रङ्गमञ्च पर नहीं आते, किन्तु उनकी छाया ही पुतलियों के द्वारा पर्दे के ऊपर चलती-फिरती दिखाई पड़ती है। डा० पिशल के अनुसार छायानाटक ही नाटक का सबसे प्राचीन तथा आदिम रूप है।

छाया के द्वारा अभिनय नाटक का प्रथम उदाहरण मेघप्रभाचार्य का **'धर्माभ्युदय'** नामक रूपक है। इसकी प्रस्तावना में इस 'छायानाटक' कहा गया है। इस रूपक का रचनाकाल अज्ञात है। ऐसे रूपकों में सुभट-विरचित और १२४३ ई० में अभिनीत **'दूताङ्गद'** अधिक प्रसिद्ध है। इसमें अंगद के द्वारा रावण के पास संदेश ले जाने की कथा निरूपित है। इस कोटि के नाटकों में १५वीं शती में रायपुर के कलचुरि राजा के दरबारी कवि व्यास श्रीरामदेव के **'सुभद्रापरिणय'**, **'रामाभ्युदय'** तथा **पाण्डवाभ्युदय** भी उल्लेखनीय है।

सोलहवीं शती में बंगलोर के पास कल्य नामक स्थान में उत्पन्न महाकवि कल्य लक्ष्मी नृसिंह ने वाल्मीकिरामायण की कथा पर आधारित **'जनकजानन्दम्'** नाटक पाँच अंकों में लिखा इसमें रघुवंशियों के साथ लव और कुश के युद्ध का वर्णन है।

भारतीय-स्वतन्त्रता-प्राप्ति के बाद भी संस्कृत के विद्वानों में काव्य-लेखन की रुचि जाग्रत रहने

के कारण बहुसंख्यक नाटकों की रचना हो रही है। भारत जैसे विशाल देश के सभी भागों में रचित नाटकों का विवरण देना दुष्कर है तथा स्थानाभाव के कारण यहाँ सम्भव भी नहीं है, फिर भी अधिक चर्चित कुछ नाटकों का विवरण प्रस्तुत है।

स्वतन्त्र भरत में रचित नाटक मुख्य रूप में इन चार वर्गों में रखे जा सकते हैं—

१. ऐतिहासिक।

२. जीवन चरित पर आधारित।

३. आधुनिक विषयों एवं समस्याओं पर आधारित।

४. विविध।

इनमें तीसरे वर्ग के अन्तर्गत अधिक नाटक आते हैं। यौतुक (दहेज),अन्तर्जातीय विवाह, धनी-गरीब युवक-युवतियों का प्रेम, नारी व गोवध आदि की समस्याओं को लेकर बहुसंख्य नाटक लिखे गए। इन नाटकों की नवीनता न केवल विषय-वस्तु में, अपितु रचना-विधान एवं तकनीक तथा रुझान में भी आधुनिकता को प्रतिबिम्बित करती है। ऐसे नाटकाकारों तथा नाटकों का विवरण अग्रलिखित है—

आचार्य वनेश्वर पाठक—राँची स्थित संत जेवियर कॉलेज में संस्कृत विभागाध्यक्ष के पद से सेवानिवृत्त पाठक जी जीवन के आरम्भिक काल से ही संस्कृत के प्रचार में संलग्न रहते हुए काव्य रचना में भी गहरी रुचि रखते हैं। उनकी बहुसंख्य रचनाओं में **'रक्तदान'** आधुनिक समस्या यौतुक पर आधारित है। उनकी नाटिका **'चाण्डालिका'**, स्त्रियों की समस्या को उजागर करती है। उनके अन्य नाटकों में **'कालिदास'**, **'विक्रान्तकर्णम्'** तथा **'विक्रान्तनारदम्'** आदि मनोरम हैं।

डा० रामविलास चौधरी—पटना विश्वविद्यालय के बी० एन० कॉलेज में संस्कृत विभागाध्यक्ष डा० चौधरी की अभिरुचि संस्कृत लेखन तथा संस्कृत के प्रचार में भी काफी रही है। प्रान्तीय और अन्तर्राष्ट्रीय संस्कृत-प्रचारिणी संस्था के कार्यक्रमों में सक्रिय भाग लेते हुए उन्होंने अनेक काव्य रचनाएँ की हैं। आधुनिक विषय पर आधारित उनके नाटक **अद्भुतपाणिग्रहणम्'** में अन्तरजातीय और धनी-निर्धन युवक-युवतियों के बीच प्रेम-विवाह का वर्णन है। इस नाटक का भरत वाक्य अत्यन्त मनोरम है—

अनुरागयुता युवतिर्युवकमनुरूपगुणं जनकाभिमतम्।
तरुणस्तरूणीं विनयावनतां कुलजां लभतामिति मेऽनुनयः॥

अनेक अवसरों पर इसका मंचन भी हुआ है।

डॉ० मिथिलेशकुमारी मिश्रा—बिहार में संस्कृत के प्रचार और अन्यान्य कार्यक्रमों में अग्रणी भूमिका निभाने वाली तथा संस्कृत, हिन्दी, अंग्रेजी एवं तमिल भाषाओं की विदुषी और इनमें अप्रतिहत काव्य-रचना करने में निपुण मिथिलेश कुमारीजी की संस्कृत नाटिका **'आम्रपाली'** की कथावस्तु तथापात्र ऐतिहासिक हैं, फिर भी इसमें नारी-चेतना और साहित्य भावना को अधिक उजागर किया गया है।

डा० रामाशीषपाण्डेय—राँची विश्वविद्यालय के माड़वारी कॉलेज में संस्कृत विभागाध्यक्ष डॉ०

पाण्डेय काव्य-लेखन-कला में बहुत पटु है। उनके अनेक संस्कृत काव्यों में **'शिखाबन्धनम्'** आधुनिक परिवेश का नाटक है, जबकि **'कर्णार्जुनीयम्'** नाटक महाभारत की कथा पर आधारित है।

पण्डित शिवजी उपाध्याय—सम्पूर्णानन्द संस्कृत विश्वविद्यालय में साहित्य विषय के उपाचार्य पडित उपाध्यायजी दृश्यश्रव्य काव्यों की रचना में नितान्त कुशल है। इनकी नाट्य रचनाओं में **'विपरिणयनम्'** विषम विवाह पर आधारित है, जबकि **'यौतुकम्'** दहेज प्रथा पर तथा **'कालकूटम्'** मादकद्रव्यसेवन की समस्या पर निरूपित है।

डा० भगीरथ प्रसाद त्रिपाठी 'वागीश शास्त्री'—सम्पूर्णानन्दसंस्कृत विश्वविद्यालय के पूर्व अनुसन्धान निदेशक और सुर भारती के अनन्य सेवक वागीश शास्त्री जी ने कथा, रूपक, कविता तथा समीक्षा आदि विविध विधाओं में रचनाएँ की हैं। कृषकों की समस्याओं को लेकर उन्होंने 'कृषकाणां नागपाशः' इस रूपक की रचना की है। उनकी अन्य काव्य रचनाएँ हैं—'कथासंवर्तिका', नर्मसप्तशती' आदि।

कुछ अन्य आधुनिक नाटकों का विवरण इस प्रकार है—यतीन्द्रविमल चौधरी ने भारत की नदी जल समस्या पर **'महिममयं भारतम्'** नाटक लिखा। नारी समस्या और गोवध-समस्या पर गोपालशास्त्रिदर्शन केसरी ने क्रमशः **'नारी जागरणम्'** और **'गोमहिमा'** नामक रूपक लिखे। श्रीरामचन्द्रडु का **'सुसंहत भारतम्'** भारत की एकता और अखण्डता को रूपायित करता है। इसी से मिलते-जुलते कथानक को आधार बनाकर ई० वी० भरत पिशोरोडी ने **'एकभारतम्'** लिखा। कुछ चरित-कथानक आधारित रूपक भी रचित हुए। उनमें श्रीधर भास्कर वर्णेकर का **'विवेकानन्द विजय'** वेंकटरत्न का **'इन्दिरा विजय'**, डा० रमाकान्त मिश्र का **'जवाहरलाल नेहरू विजय'**, वायुनन्दन पाण्डेय का **'आरुणिचरितम्'** और **'याज्ञवल्क्यीयचरितम्'** आदि उल्लेखनीय हैं। पौराणिक कथाओं और हास्य-विषयों को आधार बनाकर संस्कृत के प्रचार को लक्ष्य में रखते हुए सार्वभौम संस्कृत प्रचार कार्यालय वाराणसी के संचालक पण्डित वासुदेव द्विवेदी शास्त्री ने बहुसंख्य बाल नाटक लिखे हैं। इनके अतिरिक्त गौरी प्रसाद झाला का **'नचिकेता'**, नारायणशुक्ल का **'वैनायक'**, अशोक कुमार कालिया का **'सुधा भोजनम्'** तथा बी० वेंकटाचलम् का **'विकट भोजनम्'** (हास्य नाटकम्) भी मनोरम हैं। नाटिका-ग्रन्थों में चन्द्रभानु त्रिपाठी की **'उर्वशी'** एवं **'सुजाता'**, वासुदेव आचार्य की **'मधुलिप्सा'** और डा० रेवाप्रसाद द्विवेदी की **'यूथिका'** भी उल्लेखनीय है।

संस्कृत नाटकों की उत्पत्ति और विकास का संक्षिप्त परिचय

नाटक दृश्यकाव्य होने के कारण काव्य विधा का सर्वाधिक मनोरम अंग है। इसकी उत्पत्ति के विषय में अनेक पाश्चात्य एवं भारतीय मत प्रचलित हैं। पाश्चात्य मतों में वीरपूजा सिद्धान्त, पुत्तलिका नृत्य सिद्धान्त, नेपोल नृत्य-सिद्धान्त तथा प्रकृति-परिवर्तन सिद्धान्त आदि प्रमुख हैं, किन्तु सूक्ष्मता से विवेचन करने पर ये मत तार्किक नहीं लगते हैं। पाश्चात्य चिन्तकों को भी ये सिद्धान्त विश्वसनीय नहीं जँचते हैं।

नाटकों की उत्पत्ति के सन्दर्भ में भारतीय मत नाटक को भारत भूमि में उत्पन्न काव्यविधा

मानता है। उनके अनुसार ऋग्वेद में अनेक संवादसूक्त हैं। इनमें पुरुरवा-उर्वशी संवाद, तथा यम-यमी-संवाद आदि प्रमुख हैं। यहीं से नाटक का प्रारम्भ मानना उचित है। इसी मत का समर्थन आचार्य भरत अपने 'नाट्यशास्त्र' में करते हैं। उनके अनुसार देवताओं की प्रार्थना पर ब्रह्मा ने सभी वर्णों के मनोविनोद के लिए ऋग्वेद से पाठ्य (कथावस्तु), सामवेद से गान, यजुर्वेद से अभिनय और अथर्ववेद से रस लेकर 'नाट्यवेद' नामक पंचम वेद की रचना की—

जग्राह पाठ्यमृग्वेदात् सामभ्यो गीतमेव च।
यजुर्वेदादभिनयान् रसानाथर्वणादपि॥

इसके बाद ब्रह्मा के कथनानुसार भरत मुनि ने अपने पुत्रों को अभिनय की शिक्षा दी और इन्द्रध्वज महोत्सव के अवसर पर नाटक का सर्वप्रथम अभिनय हुआ।

'रामायण' में 'नट', 'नर्तक' आदि शब्द उस काल में नाटकों की स्थिति को सूचित करते हैं। पाणिनि के **'पराशर्य-शिलालिभ्यां भिक्षुनटसूत्रयोः'** इस सूत्र से नाटकों का प्रचलन ज्ञात होता है।

इस प्रकार संस्कृत नाटक की उत्पत्ति के बीज वेद में हैं, किन्तु उसके क्रमिक विकास में इतिहास-पुराणों, कुछ लोकगीतों तथा धार्मिक उत्सवों का बहुत योगदान है, इसका पूर्ण विकसित रूप कई शताब्दियों की जीवन-यात्रा का प्रतिफल है।

विकास

संस्कृत साहित्य में कविता कामिनी के हास महाकवि **भास** प्रथम नाटककार के रूप में विख्यात हैं। इनके १३ नाटकों की कथावस्तु रामायण, महाभारत, पुराण एवं लोक परम्परा से गृहीत है। उनमें सर्वश्रेष्ठ नाटक 'स्वप्नवासवदत्तम्' उदयन कथा पर आधारित है। 'प्रतिमानाटक' और 'अभिषेक नाटक' की कथा का आधार रामायण है, जबकि 'दूतवाक्यम्' तथा 'दूतघटोत्कच' आदि महाभारत पर आश्रित हैं।

कालिदास (ई० पू० प्रथम शताब्दी) द्वारा उल्लिखित होने से भास का काल ई० पू० तृतीय शतक में ही गणपति शास्त्री मानते हैं। इनकी शैली प्रासादिक है तथा सम्वाद बड़े रोचक हैं।

कालिदास—विक्रमादित्य के सभा-व्योम के सर्वातिशायी भास्वर कवि-नक्षत्र के रूप में कालिदास की कीर्ति अक्षुण्ण है। उनके तीन नाटक हैं—'मालविकाग्निमित्र', 'विक्रमोर्वशीय' और 'अभिज्ञानशाकुन्तल'। इन सभी में प्रेम और विवाह का वर्णन होने से इसका मुख्य रस शृंगार है। इनमें अन्तिम नाटक न केवल कालिदास के नाटकों में, अपितु समग्र संस्कृत-नाटकों में सर्वश्रेष्ठ है। महाभारत से गृहीत दुष्यन्त और शकुन्तला की सामान्य कथा में कवि ने अनेक उद्भावनाओं का समावेश कर उसे नाट्यकला का चूड़ान्त निदर्शन बना दिया है। वे प्रकृति, सौन्दर्य और प्रेम के अनुपम चितेरे हैं। उनकी प्रकृति आन्तर और बाह्य दोनों रूपों में सम्पूर्ण नाटक में मनोरम रूप में व्याप्त हैं। कालिदास वासनात्मक और स्वच्छन्द एवं अमर्यादित प्रेम के पक्षपाती नहीं हैं। सच्चा प्रेम पाने के लिए चिर-कठिन तपस्या करनी पड़ती है। अन्त में वह प्रेम अग्नि में तप्त कुन्दन की भाँति दमकने लगता है।

पाश्चात्य कवि गेटे इसे स्वर्गिक सुषमा और लौकिक ऐश्वर्य का समवेत रूप मानते हैं। भारतीय आलोचक भी कहते हैं—

'काव्येषु नाटकं रम्यं तत्र रम्या शकुन्तला'।

अश्वघोष—बौद्ध धर्म के प्रचार को ध्यान में रखकर अश्वघोष ने **'शारिपुत्रप्रकरण'** की रचना की, इसमें भगवान् बुद्ध के उपदेश से शारिपुत्र तथा मौद्गलायन के बौद्धधर्म में दीक्षित होने का वर्णन है।

शूद्रक—संस्कृत साहित्य में मध्यम और निम्न वर्ग के पात्रों को लेकर सर्वप्रथम शूद्रक ने **'मृच्छकटिक'** की रचना की। १० अंकों के इस प्रकरण में चारुदत्त एवं वसन्तसेना का अपूर्व प्रेम चित्रित है। चारुदत्त दरिद्र है और उसकी विवाहिता पत्नी भी है तथापि वह वसन्तसेना वेश्या से प्रेम करता है। फिर भी दोनों का अविरल प्रेम-प्रसंग निर्बाध है। उस युग का यह अकेला यथार्थवादी नाटक अत्यन्त लोकप्रिय है।

हर्षवर्धन—विद्याव्यसनी महाराज हर्षवर्धन ने तीन नाट्यकृतियों की रचना की—**रत्नावली, प्रियदर्शिका** और **नागानन्द**। इनमें आरम्भिक दो नाटिका शृंगार प्रधान हैं और अन्तिम कृति में शान्तरस मुख्य है।

भट्टनारायण—नाट्यशास्त्रीय नियमों को ध्यान में रखकर भट्टनारायण ने महाभारत की कथा पर आधारित **'वेणीसंहार'** की रचना की। इसमें द्रौपदी द्वारा अपनी प्रतिज्ञा के अनुसार दुःशासन के रुधिर से वेणी (जूड़ा) के संहार (समेट कर बाँधने) का वर्णन है।

विशाखदत्त—संस्कृत नाट्य जगत में विशाखदत्त रचित **'मुद्राराक्षस'** ऐतिहासिक होने के साथ कूटनीतिपरक होने से अद्वितीय है। इसमें न तो कोई नायिका है और न विदूषक ही। वीर रस की प्रधानता होने पर भी इसमें कहीं अस्त्र-शस्त्रों से युद्ध एवं रक्तपात नहीं होता। इसमें चाणक्य अपनी कूटनीतिक चाल से राक्षस को वश में करके उसे चन्द्रगुप्त का मन्त्री बना देता है।

भवभूति—रामकथाश्रित रूपककारों में मूर्धन्य कवि भवभूति के तीन रूपक हैं—**'मालतीमाधव', महावीरचरित** और **'उत्तररामचरित'**। इनमें क्रमशः शृंगार, वीर और करुण रस प्रधान हैं। **'एको रसः करुण एव'** का उद्घोष करने वाले भवभूति ने उत्तररामचरित में सीता के वियोग में राम की वेदना को करुण रस की धारा के रूप में प्रवाहित कर दिया है।

मुरारि—भवभूति से अपने को श्रेष्ठतर सिद्ध करने के लिए मुरारि ने **'अनर्घराघव'** की रचना की। रामायण की कथा पर आश्रित इस नाटक में तारकावध से आरम्भ कर रामराज्यभिषेक तक की घटनाएँ वर्णित हैं। इसका प्रधान् रस अद्भुत है।

राजशेखर—महाराष्ट्र के यायावर कुल में उत्पन्न राजशेखर की चार नाट्य-कृतियाँ हैं। उनमें **'कर्पूरमञ्जरी'** प्राकृत में रचित होने के कारण 'सट्टक' है। इसमें राजा चण्डपाल और राजकुमारी 'कर्पूरमञ्जरी' की प्रेमकथा वर्णित है। दूसरी रचना **विद्धशालभञ्जिका** संस्कृत में है, किन्तु कथा प्रणयात्मक ही है। **'बालरामायण'** में सीता स्वयम्वर से लेकर जंगल से वापस लौटने तक की घटनाएँ

वर्णित हैं। **'बालभारत'** में 'महाभारत' की कथा पर आधारित द्रौपदी-स्वयम्वर, द्यूतक्रीड़ा और द्रौपदी-चीरहरण की घटनाएँ वर्णित हैं।

जयदेव—विदर्भदेशवासी जयदेव ने 'रामायण'' की कथा पर आधारित 'प्रसन्नराघव' की रचना की। इसमें नाटकीयता की अपेक्षा कवित्व ही अधिक है।

संस्कृत साहित्य में श्रद्धा, भक्ति, विवेक आदि भावों को पात्रों के रूप में प्रतीक नाटकों में चित्रित किया गया है। ऐसे नाटकों में **प्रबोधचन्द्रोदय** तथा **अमृतोदय,** आदि प्रधान है।

इनके बाद भी संस्कृत-नाट्य रचना की परम्परा चलती रही है जिनमें मनोरम कवित्व एवं नाटकीयता है। स्वतन्त्र भारत में भी आधुनिक विषयों–अन्तरजातीय-विवाह, दहेज तथा पर्यावरण आदि को लेकर अनेक नाटक रचे गए हैं।

●

षष्ठ प्रलम्ब

गद्य-साहित्य

गद्य का उद्भव—सामान्यतः विचारों की अभिव्यक्ति का माध्यम गद्य ही होता है, किन्तु साहित्यिक रचना का आदिम रूप पद्यात्मक पाया जाता है। भारतीय वाङ्मय का प्रथम ग्रन्थ 'ऋग्वेद' पद्य में है। 'सामवेद' भी पद्यमय है, जबकि गद्य के प्रथम दर्शन 'यजुर्वेद' में होते हैं। सम्भवतः गद्यात्मक होने के कारण ही इस भाग को 'कृष्ण यजुर्वेद' कहते हैं। 'अथर्ववेद' में भी पद्यों का ही आधिक्य है, केवल छठा भाग गद्यात्मक है। संहिता ग्रन्थों के बाद रचित 'ब्राह्मण' और 'उपनिषद्' के अधिकांश भाग गद्य में लिखे गए हैं। वैदिक साहित्य के अनन्तर वेदाङ्ग-ग्रन्थों में 'निरूक्त' की रचना गद्य में हुई है। तत्पश्चात् गद्य का प्रयोग महाभारत में देखा जाता है। पौराणिक साहित्य के अन्तर्गत 'विष्णुपुराण' और 'भागवत पुराण' में भी कहीं-कहीं गद्य का प्रयोग देखा जाता है। पतञ्जलि का महाभाष्य गद्य में है।

काव्य माध्यम की दृष्टि से पद्य की अपेक्षा गद्य का स्थान ऊँचा है। गद्य को कवियों की कसौटी कहा गया है—

गद्यं कवीनां निकषं वदन्ति—इस आभाणक से यह व्यक्त होता है कि पद्यकाव्य की अपेक्षा गद्यकाव्य की रचना अधिक दुष्कर है। काव्य के अनेक लक्षण दिए गए हैं। मम्मट ने कहा—

'तददोषौ शब्दार्थौ सगुणावनलंकृती पुनः क्वापि।'

दोषरहित, गुणसहित और कहीं-कहीं अलंकार से हीन भी शब्द और अर्थ काव्य होता है।

विश्वनाथ ने कहा—**'वाक्यं रसात्मकं काव्यम्॥'**

रसप्रधान वाक्य को काव्य कहते हैं।

पण्डितराज जगन्नाथ का मत है—

'रमणीयार्थप्रतिपादकः शब्दः काव्यम्।'

लोकोत्तर आह्लादक जनक अर्थ को प्रतिपादित करने वाले शब्द को काव्य कहा जाता है।

उपर्युक्त लक्षणों से स्पष्ट है कि काव्य के लिए रमणीय रसात्मक पदावली की अपेक्षा होती है। वह पदावली गद्यात्मक या पद्यात्मक कुछ भी हो सकती है। आह्लादक पदों से युक्त गद्य भी काव्य कहा जाता है, जबकि आह्लादकता विहीन पद्य भी काव्य-पदवी को प्राप्त नहीं करता, वह तुकबन्दी मात्र होता है।

पद्यों के छन्दोबद्ध होने से लघु-गुरु तथा यति का नियम सुदृढ़ होता है। अतः पदों के प्रयोग में बहुत स्वतन्त्रता कवि को नहीं होती। अपने भावों की अभिव्यक्ति में समुचित शब्दों के चयन के लिए उसकी परिधि सीमित होती है। फलतः पद्यों के माध्यम में वह अपने को नियन्त्रित तथा

परिमित अनुभव करता है। इसी कारण इसका लाभ भी उसे प्राप्त होता है। पद्य में लयात्मकता होने से यह आसानी से लोकग्राह्य हो जाता है। इसे याद करने में सुविधा होती है। इसके काव्यगत दोष भी सहजता से नजर अन्दाज कर दिए जाते हैं। कुछ पद्यों के रसात्मक होने से ही सम्पूर्ण प्रबन्ध को रसयुक्त मान लिया जाता है। इस प्रकार पद्यकाव्य में कल्पना, अनुभूति, भणिति भङ्गी, छन्द और संगीतात्मकता के समन्वय से चमत्कार का प्रादुर्भाव हो जाता है।

दूसरी ओर गद्य में कवि को लघु-गुरु वर्ण तथा यति आदि का बन्धन न होने के कारण उसे अपनी पूर्ण प्रतिभा के प्रदर्शन का पूरा मौका रहता है। उसके साधारण से दोष भी कामिनी के कूबड़ के समान सहज ही पाठकों एवं दर्शकों को खटक जाते हैं। भणिति भङ्गी, छन्द और लय के अभाव के कारण गद्य काव्य में प्रत्येक पद एवं वाक्य में माधुर्य, प्रसाद या ओजगुण की अपेक्षा होती है। अलंकारों का सम्मिश्रण, ध्वनि अथवा वक्रोक्ति का समुचित उपयोग, कल्पना का उत्कर्ष एवं अनुभूति का गाम्भीर्य यहाँ सर्वत्र आवश्यक होता है। इनके रहने से ही गद्य में आह्लादकता आती है। इनके अभाव में वह नीरस भोजन की भाँति हेय तथा अनुपादेय हो जाता है। भावों की विशिष्टता, कल्पना की विचित्रता, प्रौढ़ एवं प्राञ्जल शैली, सरस कथावस्तु, शब्द-सौष्ठव तथा अभिव्यक्ति की रमणीयता से ही गद्यकाव्य में सहृदय-हृदय-आह्लादकता का सन्निवेश हो पाता है। ये सभी गुण किसी विशिष्ट प्रतिभाशाली कवियों की वाणी में ही स्फुटित होते हैं। इसलिए रमणीय गद्य काव्यों की रचना करने वाले कवियों की संख्या अतिस्वल्प है। ऐसे विरल कवियों में सुबन्धु, बाण एवं दण्डी का नाम ही अधिक ख्यातिप्राप्त हो सका है, अतः ठीक ही कहा गया है—'गद्यं कवीनां निकषं वदन्ति।'

गद्य का विकास—शास्त्रीय ग्रन्थों में गद्य का समुचित विकास देखा जाता है। ये गद्य बड़े ही प्रौढ़ एवं प्राञ्जल हैं। महाभाष्य में कथोपकथन की शैली में भाषा बोलचाल की प्रतीत होती है—

''यथा घटेन कार्यं करिष्यन् कुम्भकारकुलं गत्वाऽऽह-कुरु घटं कार्यमनेन करिष्यामीति। न तद्वच्छब्दान् प्रयुयुक्षमाणो वैयाकरणकुलं गत्वाऽऽह—कुरु शब्दान् प्रयोक्ष्य इति।''

शंकराचार्य के गद्य का सौन्दर्य अद्भुत है। उनके गद्य में वीणा की झंकृति का अनुभव होता है— **'नहि पद्भ्यां पलायितुं पारयमाणो जानुभ्यां रंहितुमर्हति।'**

लौकिक साहित्य में गद्य काव्य का सर्वप्रथम दर्शन सुबन्धु की रचना में देखा जाता है, किन्तु उनसे पूर्व साहित्यिक गद्य का प्रचलन हो चुका था। कात्यायन (३०० ई० पू०) ने अपने एक 'वार्तिक' में 'आख्यायिका' का उल्लेख किया है।[१] पतञ्जलि के महाभाष्य में तीन आख्यायिकाओं का संकेत है—**'वासवदत्ता'**, **'सुमनोत्तरा'** और **'भैमरथी'**[२]। बाणभट्ट ने भी भट्टारहरिचन्द्र नामक किसी प्रौढ़ गद्य लेखक का उल्लेख करते हुए उनके मनोहारी पदबन्ध की प्रशंसा की है।[३]

---

१. 'लुब्धाख्यायिकाभ्यो बहुलम्'।

२. 'अधिकृत्य कृते ग्रन्थे' बहुलं लुग्वक्तव्यः। वासवदत्ता, सुमनोत्तरा न च भवति भैमरथी।
महाभाष्य ४।३।८७

३. पदबन्धोज्ज्वलो हारी कृतवर्णक्रमस्थितिः।
भट्टारहरिचन्द्रस्य गद्यबन्धो नृपायते।। (हर्षचरित, १३)

दुर्भाग्यवश ये सभी ग्रन्थ काल-कवलित हो गए। कतिपय उपलब्ध अभिलेखों से भी गद्यकाव्य-परम्परा की जानकारी होती है। रुद्रदामन (१५० ई०) के गिरनार अभिलेख में अलंकृत गद्य शैली का मनोरम प्रयोग है। हरिषेण (चतुर्थ शताब्दी) द्वारा रचित समुद्रगुप्त प्रशस्ति के आलंकारिक गद्य की तुलना बाणभट्ट की गद्यशैली से की जा सकती है। इस प्रकार स्पष्ट है कि गद्यकाव्य की कला का प्रचार सुबन्धु, दण्डी और बाण से अनेक शताब्दी पूर्व में हो चुका था, जिसका चरम विकास इनकी रचनाओं में देखा जाता है।

कथा और आख्यायिका में अंतर—संस्कृत गद्य साहित्य के मुख्य रूप से दो भेद किए गए हैं—कथा और आख्यायिका। आचार्य दण्डी ने इनमें अग्रलिखित अन्तर बताए हैं।

(१) 'कथा' कवि-कल्पित होती है, जबकि 'आख्यायिका' ऐतिहासिक इतिवृत्त पर अवलम्बित होती है। अमरकोष में कहा गया है—

'आख्यायिकोपलब्धार्था' 'प्रबन्धकल्पना कथा[1]।'

(२) कथा में वक्ता या तो स्वयं नायक होता है अथवा अन्य कोई पात्र, किन्तु आख्यायिका को हम एक प्रकार से आत्मकथा कह सकते हैं क्योंकि इसमें नायक स्वयं वक्ता होता है।

(३) आख्यायिका का विभाजन 'उच्छ्वासों' में होता है तथा उसमें 'वक्त्र' और अपवक्त्र' छन्द के पद्यों का समावेश रहता है, पर कथा में ऐसा कुछ नहीं होता है।

(४) कथा में कन्याहरण, युद्ध, सूर्योदय, चन्द्रोदय तथा वियोग आदि का वर्णन होता है, जबकि आख्यायिका में ये सब आवश्यक नहीं होते।

(५) कथा में लेखक कुछ विशिष्ट सांकेतिक शब्दों (catch word) का प्रयोग करता है, किन्तु आख्यायिका में ऐसे शब्द प्रयुक्त नहीं होते।

कथा और आख्यायिका में यद्यपि उपर्युक्त अन्तर बताए गए हैं, किन्तु इनका पूर्णतः पालन संस्कृत गद्य लेखकों ने नहीं किया है। दण्डी स्वयं ही कहते हैं कि कथा और आख्यायिका में कोई खास भेद नहीं है। इतना समझ लेना पर्याप्त है कि ये गद्यकाव्य के दो नाम मात्र हैं।

सुबन्धु : वासवदत्ता

संस्कृत के प्रौढ़-गद्य ग्रन्थकारों में सुबन्धु प्रथम हैं। हर्षवर्धन (६०६-६४७ ई०) के सभापण्डित बाणभट्ट ने अपने हर्षचरित में सुबन्धु की रचना 'वासवदत्ता' की प्रशंसा की है।[2] अतः ये बाण से पूर्ववर्ती सिद्ध होते हैं। इसलिए सुबन्धु का समय ६००-६२५ ई० के बीच माना जाता है।

सुबन्धु की यशोलता उनकी एक मात्र गद्य रचना **'वासवदत्ता'** पर पल्लवित है। यह ग्रन्थ संस्कृत गद्य काव्य के उस युग का प्रतिनिधित्व करता है, जिसमें कथानक स्वल्प होता है, वर्णन विस्तार का ही प्राधान्य होता है और पाण्डित्य की जगह कल्पना हावी हो जाती है। वासवदत्ता

---

१. १।५।५,६

२. कवीनामगलद्दर्पो नूनं वासवदत्तया
शक्त्येव पाण्डुपुत्राणां गतया कर्णगोचरम्। हर्षचरितम् ११

के वर्ण्य-विषय के अनुसार चिन्तामणि-नामक राजा के पुत्र कन्दर्पकेतु स्वप्न में एक सुन्दरी को देखता है तथा उसे खोजने हेतु निकल पड़ता है। घूमते-घूमते वह एक रात एक वृक्ष के नीचे आराम करते समय वृक्ष पर बैठी हुई सारिका से सुनता है कि पाटलिपुत्र की राजकुमारी ने स्वप्न में कन्दर्पकेतु को देखा है और उसे खोजने के लिए अपनी सारिका तमालिका को भेजा है। बाद में उस सारिका के प्रयास से दोनों का मिलन होता है। वासवदत्ता के पिता उसका विवाह एक विद्याधर राजकुमार से करना चाहते हैं। फलतः वासवदत्ता को लेकर कन्दर्पकेतु एक जादू के घोड़े पर बैठकर भाग निकलता है। विन्ध्याटवी के वन में कन्दर्पकेतु को सोते हुए छोड़कर वासवदत्ता घूमने चली जाती है। वहाँ उसे अपनाने के लिए दो किरातों के झुंडों में युद्ध होता है, जिसमें एक ऋषि का आश्रम विनष्ट हो जाता है। ऋषि इस विनाश का कारण वासवदत्ता को मानकर उसे पत्थर होने का शाप दे देते हैं। उधर जागने पर कन्दर्पकेतु प्रिया के वियोग में आत्महत्या करने को उद्यत होता है, परन्तु आकाशवाणी उसे रोक देती है। वह जंगल में वासवदत्ता को खोजने निकलता है। एक शिला उसका स्पर्श पाते ही वासवदत्ता बन जाती है। दोनों में पुनर्मिलन होता है तथा वे राजधानी लौट आते हैं।

इस कथावृत्त से स्पष्ट है कि इसकी घटनाएँ स्वल्प तथा सामान्य हैं, किन्तु कवि ने अपनी प्रतिभा के बल पर सुन्दर काव्यात्मक वर्णन के द्वारा इसमें प्राण फूँक दिए हैं। यहाँ नायक-नायिका के सौन्दर्य-निरूपण, गुणकीर्तन, विरह एवं मिलन दशा का मार्मिक चित्रण अत्यन्त मनोरम है। कथावृत्त को कवि-कौशल से समलंकृत और विशेष चमत्कृत बनाना ही कवि का लक्ष्य है। इसलिए आचार्य आनन्दवर्धन ने सुबन्धु के विषय में कहा है—

''दृश्यन्ते च कवयोऽलंकारनिबन्धनैकरसा अनपेक्षितरसाः प्रबन्धेषु।''

अर्थात् कविगण बहुधा कथावस्तु के प्रवाह और रस की अभिव्यक्ति का ध्यान नहीं रखते किन्तु अपना शब्द कौशल दिखाने में ही मग्न रहते हैं।

सुबन्धु की शैली—सुबन्धु की रचना समास प्रधान गौड़ी शैली में है। उसमें अनुप्रास, यमक तथा अतिशयोक्ति का साम्राज्य है। उनकी यह गर्वोक्ति सत्य है कि मैंने एक ऐसे विलक्षण काव्य की रचना की है, जिसके प्रत्येक अक्षर में श्लेष है—

प्रत्यक्षरश्लेषमयप्रपञ्चविन्यासवैदग्ध्यनिधिं प्रपञ्चम्।
सरस्वतीदत्तवरप्रसादश्चक्रे सुबन्धुः सुजनैकबन्धुः॥

प्रत्येक अक्षर में श्लेष विन्यास के कारण सुबन्धु की रचना बहुत दुर्बोध हो गई है। श्लेषगुम्फित शब्दाडम्बर के महाकान्तार में बड़े-बड़े विद्वानों की बुद्धि का भी व्यायाम हो जाता है। कहीं-कहीं तो बिना कोश की सहायता से पाठक एक पग भी आगे बढ़ा नहीं पाता और उसके लिए 'कोशं पश्यन् पदे पदे' की उक्ति सर्वथा चरितार्थ होती है, किन्तु उसमें प्रसन्नश्लेषमयी रचना का भी अभाव नहीं है, जो अत्यन्त रोचक एवं कमनीय है—

''नन्दगोप इव यशोदयान्वितः, जरासन्ध इव घटित सन्धिविग्रहः, भार्गव इव सदान-भोगः, दशरथ इव सुमित्रोपेतः सुमन्त्राधिष्ठितश्च, दिलीप इव सुदक्षिणान्वितो रक्षितगुश्च।''

यशोदा से युक्त नन्दगोप के समान वह राजा यश और दया से युक्त था। जरा नामक पिशाची के द्वारा संगठित अंग वाले राजा जरासन्ध के समान वह सन्धि और विग्रह (युद्ध) का सम्पादक था। सदा नभ (आकाश) में गमन करने वाले शुक्राचार्य के समान वह दान तथा भोग से युक्त था। रानी सुमित्रा और मन्त्री सुमन्त्र से युक्त दशरथ की तरह अच्छे मित्रों एवं मन्त्रणाओं से युक्त था। सुदक्षिणा से युक्त (वशिष्ठ की) गौ की रक्षा करने वाले दिलीप के समान कुशल विद्वानों से युक्त तथा पृथ्वी की रक्षा करने वाला था।

उपर्युक्त गद्य-सन्दर्भ पर विचार करने से स्पष्ट होता है कि इसमें उपमामूलक श्लेष के कारण शब्दगत चमत्कार है, हृदय को छूने वाले रस की झाँकी के लिए इसमें कोई स्थान नहीं है। इस प्रकार वासवदत्ता के वर्णन में कलापक्ष का ही प्राधान्य है, भावपक्ष बिल्कुल गौण है। उनमें न तो दण्डी का हास, ओज और वैचित्र्य है और न बाण की सी कल्पनाशक्ति और वर्णन-प्रतिभा ही। उनकी समास-बहुल भाषा में सौष्ठव, प्रसाद और माधुर्य कम है, आडम्बर, कृत्रिमता तथा असंगति अधिक है। इन सबों के बावजूद उनके समासों में एक प्रकार का स्वर माधुर्य है तथा उनके अनुप्रासों में संगीत है। वामनभट्ट बाण ने सुबन्धु की प्रशंसा में कहा है—

प्रतिकविभेदनबाणः कवितातरुगहनविहरणमयूरः।
सहृदयलीकसुबन्धुर्जयति श्रीभट्टबाणकविराजः॥

दण्डी : दशकुमारचरित

संस्कृत के गद्य-कवियों में दण्डी का स्थान इस दृष्टि से अद्वितीय है कि उन्होंने अत्यधिक अलंकृत कृत्रिम गद्य शैली तथा सामान्य स्वाभाविक गद्य शैली के बीच एक मध्यम मार्ग की शैली में रचना करने का सफल प्रयास किया है। उनका सुप्रसिद्ध गद्यकाव्य है—**'दशकुमारचरित'**। इसमें दस राजकुमारों के विदेश-भ्रमण तथा उस क्रम में उनके अनुभवों एवं पराक्रमों का मनोरञ्जक वर्णन है।

'शार्ङ्गधरपद्धति' में राजशेखर के नाम से एक पद्य उद्धृत किया गया है—

त्रयोऽग्नयस्त्रयो देवास्त्रयो वेदास्त्रयो गुणाः।
त्रयो दण्डिप्रबन्धाश्च त्रिषु लोकेषु विश्रुताः॥

इस कथन के अनुसार दण्डी की तीन रचनाएँ हैं। **काव्यादर्श** और **दशकुमारचरित**—ये दोनों उनकी बहुमान्य कृतियाँ हैं। 'काव्यादर्श' अलंकारशास्त्र का ग्रन्थ है तथा 'दशकुमारचरित' गद्यकाव्य है। 'काव्यादर्श' में गद्यकाव्य की कथावस्तु एवं शैली के नियमों के लिए जो निर्देश हैं उनकी कसौटी पर 'दशकुमारचरित' पूर्णतः खरा नहीं उतरता है। अतः कुछ समालोचकों की धारणा है कि ये दोनों रचनाएँ दो अलग-अलग लेखकों द्वारा रचित हैं, किन्तु इन दोनों का रचनाक्रम जान लेने पर यह धारणा खण्डित हो जाती है। ऐसा प्रतीत होता है कि दण्डी ने 'दशकुमारचरित' की रचना अपने साहित्यिक जीवन के आरम्भिक काल में की थी तथा 'काव्यादर्श' की रचना प्रौढ़ प्रतिभा की प्राप्ति के बाद की। यही कारण है कि 'काव्यादर्श' में निर्दिष्ट नियमों का समुचित

पालन 'दशकुमारचरित' में नहीं हो पाया है। दण्डी की तीसरी रचना के सम्बन्ध में विद्वानों में मतभेद है। 'काव्यादर्श' में 'छन्दोविचिति' का उल्लेख होने से कुछ लोग इसे ही दण्डी का तीसरा ग्रन्थ मानते हैं, किन्तु यह निश्चय करना कठिन है कि यह शब्द किसी ग्रन्थ विशेष का नाम है या छन्दःशास्त्र का कोई प्रकरण है। प्रसिद्ध विद्वान् पिशेल ने 'लिम्पतीव तमोऽङ्गानि' वाला प्रख्यात पद्य 'काव्यादर्श' (२।२२६) तथा 'मृच्छकटिक' (३।४) में समान रूप से देखकर तथा 'मृच्छकटिक' और 'दशकुमारचरित' के सामाजिक चित्रण में पर्याप्त समानता के आधार पर 'मृच्छकटिक' को ही दण्डी की तीसरी रचना सिद्ध करने का प्रयास किया है। परन्तु 'लिम्पतीव तमोऽङ्गानि' वाला पद्य भास के चारुदत्तम् (१।१९) में भी विद्यमान है। अतः इस आधार पर 'चारुदत्तम्' को भी दण्डी से सम्बद्ध कहा जा सकता है, किन्तु यह बात किसी के गले नहीं उतरती। इसलिए 'मृच्छकटिक' को दण्डी की रचना नहीं माना जा सकता। कुछ पण्डितों ने 'मल्लिकामारुत' नामक नाटक को दण्डी की कृति माना है, किन्तु कीथ ने इसे निश्चित रूप से मालावार प्रान्त के उद्दण्ड रङ्गनाथ (१५०० ई०) की रचना के रूप में सिद्ध किया है। सन् १९२४ ई० में एम० आर० कवि महोदय ने **'अवन्तिसुन्दरीकथा'** नामक आख्यायिका का प्रकाशन किया और इसे दण्डी की तीसरी रचना बताया है। 'अवन्तिसुन्दरीकथा' और 'दशकुमारचरित' की कथावस्तु में समानता है। अन्तर केवल शैली में है। अतः 'अवन्तिसुन्दरीकथा' को ही अधिकांश विद्वानों ने दण्डी की तीसरी रचना कहा है। 'काव्यादर्श' की जंघालकृत टीका में भी 'अवन्तिसुन्दरी' नामक आख्यायिका का उल्लेख इस मत का समर्थन करता है।

परिचय–दण्डी का परिचय 'अवन्तिसुन्दरीकथा' में दिया गया है। उसके अनुसार महाकवि दण्डी 'किरातार्जुनीय' के रचयिता कविवर भारवि के प्रपौत्र थे। कुछ विद्वान भारवि के मित्र दामोदर को दण्डी का प्रपितामह बताते हैं। अन्य विद्वान् भारवि और दामोदर को एक ही व्यक्ति मानते हैं। दण्डी के पितामह का नाम मनोरथ और पिता का नाम वीरदत्त था। वीरदत्त अपने चार भाइयों में सबसे छोटे होने पर भी दर्शनशास्त्र के महान् पण्डित थे। इनकी पत्नी गौरीदेवी थी। इन्हीं दोनों से दण्डी उत्पन्न हुए थे, किन्तु बचपन में ही ये मातृ-पितृ विहीन हो गए। ये काञ्चीपुर में निराश्रय ही रहते थे। एक समय काञ्चीपुर में विप्लव होने पर वहाँ से निकल कर दण्डी जंगलों में भटकते रहे। बाद में शान्ति स्थापित होने पर पल्लव नरेश की सभा में आ गए और वहीं रहने लगे। एम० रंगाचार्य ने एक किम्वदन्ती का उल्लेख किया है कि दण्डी ने पल्लव राजा के पुत्र को शिक्षित करने के लिए 'काव्यादर्श' की रचना की थी। कई विद्वानों के मतानुसार 'काव्यादर्श' में वर्णित राजवर्मा काञ्ची के शासक पल्लव नरेश ही हैं। पल्लव नरेश शैव धर्मावलम्बी थे और उसके प्रचारक भी थे। इनका शासनकाल ६९०-७२५ ई० माना गया है। अतः इनका समसामयिक होने से महाकवि दण्डी का समय सातवीं शताब्दी का अन्तिम चरण ज्ञात होता है। इस मत का समर्थन इस तथ्य से भी होता है कि काव्यादर्श में कालिदास एवं बाण के वर्णनों के समान वर्णन पाया जाता है। प्रोफेसर तथा इतिहासवेत्ता पाठक के कथनानुसार 'काव्यादर्श' में 'निवर्त्य' तथा 'विकर्य' एवं 'प्राप्य' हेतु का विभाजन भर्तृहरि (६५० ई०) द्वारा रचित 'वाक्यपदीय' के अनुसार हुआ है। अतः दण्डी का समय सप्तम शताब्दी मानना समुचित है।

दूसरी ओर समालोचकों का एक वर्ग 'अवन्तिसुन्दरीकथा' को ऐतिहासिक प्रमाण के रूप में

मानने के विरुद्ध है। काणे महोदय ने 'साहित्यदर्पण' की अपनी भूमिका में अनेक प्रमाणों का उदाहरण देकर सिद्ध किया है कि कविवर दण्डी भामह (६०० ई०) के पूर्ववर्ती थे।

दण्डी और बाण में पूर्ववर्ती कौन थे? यह भी विवादस्पद है। पीटरसन और याकोबी के विचार में 'काव्यादर्श' के एक पद्य[1] में 'कादम्बरी' के शुकनासोपदेश की झलक मिलती है। दण्डी ने बाण और मयूर की प्रशंसा की है।[2] 'अवन्तिसुन्दरीकथा' में 'कादम्बरी' का वर्णन बाण की प्रसिद्ध कथा से साम्य रखता है। इस आधार पर बाण पूर्ववर्ती सिद्ध होते हैं, किन्तु दण्डी की शैली के अध्ययन से प्रतीत होता है कि वे बाण से पहले हुए थे। 'दशकुमारचरित' की सरल एवं प्रासादिक शैली बाण की श्लिष्ट शैली से प्रभावित नहीं जान पड़ती है। यदि दण्डी बाण से परवर्ती होते तो उनकी शैली बाण की शैली की भाँति श्लेष, वक्रोक्ति एवं विरोधाभास जैसे अलंकारों से अवश्य आक्रान्त होती। इसके अतिरिक्त 'दशकुमारचरित' में वर्णित भौगोलिक और राजनैतिक विवरण हर्षवर्धन के पूर्वकालीन भारतीय स्थिति की ओर संकेत करता है। अतः दण्डी का समय ६०० ई० के आसपास मानना संगत प्रतीत होता है।

'दशकुमारचरित' और 'काव्यादर्श' के अध्ययन से ज्ञात होता है कि दण्डी दाक्षिणात्य थे और विदर्भ देश के निवासी थे। उन्होंने 'काव्यादर्श' में महाराष्ट्रीय प्राकृत तथा वैदर्भी शैली की प्रशंसा की है। 'दशकुमारचरित' में वर्णित विवरण से स्पष्ट होता है कि दण्डी एक सम्पन्न व्यक्ति थे और उन्होंने हर प्रकार के सांसारिक अनुभव प्राप्त किए थे।

गद्य-काव्य जगत् में दण्डी की महती ख्याति का आधार उनका 'दशकुमारचरित' है। यह तीन भागों में विभाजित है—(१) पूर्वपीठिका, इसमें पाँच उच्छ्वास हैं (२) दशकुमारचरित, इसमें आठ उच्छ्वास हैं तथा (३) उत्तरपीठिका, इसमें कोई विभाजन नहीं है। इनमें से केवल मध्य भाग अर्थात् 'दशकुमारचरित' को ही दण्डी की वास्तविक रचना माना जाता है। इतना तो स्पष्ट है कि आरम्भ में दण्डी ने सम्पूर्ण 'दशकुमारचरित' की रचना स्वयं की होगी, किन्तु कालक्रम से इस ग्रन्थ के आदि तथा अन्त भाग नष्ट हो गए। बाद में दण्डी के किसी मेघावी भक्त ने, जो मूल ग्रन्थ की शैली और कथावस्तु से अभिज्ञ रहा होगा, पूर्वपीठिका और उत्तरपीठिका जोड़कर ग्रन्थ को पूरा कर दिया। एम० आर० कवि महोदय ने एक और कारण बताया है। उनके अनुसार १२५० ई० के आसपास दण्डी के मूल गन्थ का तेलगू में अनुवाद प्राप्त हुआ था। उसके आधार पर किसी कुशल लेखक ने बाद मे नष्ट हुए भागों का तेलगू से संस्कृत में पुनः रूपान्तरण कर दिया।

केवल 'दशकुमारचरित' की तीन टीकाएँ हैं—शिवराम पण्डितकृत 'भूषण', कवीन्द्राचार्य

---

१. अरलालोकमसंहार्यमवार्यं सूर्यरश्मिभिः।
दृष्टिरोधकरं यूनां यौवनप्रभवं तमः॥ काव्यादर्श २।१९७
केवलं च निसर्गत एवाभानु भेद्यमरत्नालोकोच्छेद्यमप्रदीप-
प्रभापनयेमति गहनं तमो यौवनप्रभवम्।–कादम्बरी–शुकनासोपदेश पृ० ४

२. भिन्नतीक्ष्णमुखेनापि चित्रं बाणेन निर्व्यथः।
व्यवहारेषु जहौ लीलां न मयूरः।

पण्डित की 'पदचन्द्रिका' और पण्डित भानुचन्द्र की 'लघुदीपिका'। ये सभी टीकाएँ 'पूर्वपीठिका' और 'उत्तरपीठिका' पर नहीं हैं। अतः ये भाग बहुसंख्य विद्वानों की सम्मति में दण्डी-रचित नहीं हैं।

'दशकुमारचरित' में वर्णित वृत्त इस प्रकार है—पुष्पपुरी (पटना) का शासक राजहंस युद्ध में मालवा-नरेश मानसार को पराजित कर उसका राज्य हड़प लेता है। बाद में तपस्या के बल से पराक्रमशाली बनकर मानसार पाटलिपुत्र के राजा को हरा देता है। राजहंस भागकर जंगल में रहने लगता है और वहीं राजवाहन नामक पुत्र उसे उत्पन्न होता है। उसके मन्त्रियों के भी पुत्र होते हैं। सभी साथ-साथ रहते हैं तथा बड़े होने पर परिभ्रमण के लिए प्रस्थान करते हैं, किन्तु भाग्यवश अलग-अलग देशो में पहुँच जाते हैं। वहाँ वे जीवन के विविधतापूर्ण रोचक अनुभव प्राप्त करते हैं। कालान्तर में राजवाहन के साथ पुनर्मिलन होने पर वे सभी अपने साहसिक यात्रावृत्त का वर्णन करते हैं। इन्हीं साहसी कुमारों के साहसपूर्ण घटनाओं का आकर्षक वर्णन प्रस्तुत करने वाला आख्यान ग्रन्थ 'दशकुमारचरित' कहा जाता है।

'दशकुमारचरित' में वर्णित दस कुमारों का परिचय इस प्रकार है—

१. **राजवाहन**—मगध नरेश राजहंस का पुत्र।
२. **सोमदत्त**—राजहंस के मन्त्री सितवर्मा के कनिष्ठ पुत्र सत्यवर्मा का पुत्र
३. **पुष्पोद्भव**—पद्मोद्भव के पुत्र रत्नोद्भव का पुत्र
४. **अपहार वर्मा**—मिथिलाधीश प्रहार वर्मा का पुत्र
५. **उपहार वर्मा**—मिथिलाधीश प्रहारवर्मा का द्वितीय पुत्र
६. **अर्थपाल**—धर्मपाल के सबसे छोटे पुत्र कामपाल का पुत्र
७. **प्रमति**—सितवर्मा के पुत्र सुमति का पुत्र
८. **मित्रगुप्त**—धर्मपाल के बड़े लड़के सुमन्त्र का पुत्र
९. **मन्त्रगुप्त**—धर्मपाल के मध्यम पुत्र सुमित्र का पुत्र
१०. **विश्रुत**—परमोद्भव के ज्येष्ठ पुत्र सुश्रुत का पुत्र

'दशकुमारचरित' में दस राजकुमारों के परिभ्रमण के क्रम में उनके विचित्र अनुभवों और पराक्रमों के मनोरंजक वर्णन को 'धूर्तों का रोमांस' कहना ही उचित है। छल-कपट, मार-काट तथा प्रेम-प्रसंगों से ओत-प्रोत यह एक सजीव कृति है। व्यंग्य और विनोद के साथ तत्कालीन समाज का बड़ा ही पारदर्शी चित्रण यहाँ किया गया है। साहस-प्रेमी राजकुमारों द्वारा उचित-अनुचित का विचार छोड़कर अपने उद्देश्य की सफलता के लिए किए गए प्रयत्नों का वर्णन एक आकर्षक व्यंग्यात्मक शैली में किया गया है। यहाँ दम्भी तपस्वी, कपटी ब्राह्मण, व्यभिचारी स्त्रियों और हृदयहीन वेश्याओं का व्यंग्यात्मक, किन्तु सही चित्रण किया गया है। लौकिक और अलौकिक घटनाओं का बाहुल्य इसमें है।

दण्डी की गद्यशैली : 'दण्डिनः पदलालित्यम्'।

संस्कृत गद्य-साहित्य की एक उदात्त रचना 'दशकुमारचरित' का प्रणयन कर महाकवि दण्डी ने अक्षय यश पाया। दण्डी की गद्यशैली बड़ी ही सुबोध, सरल तथा प्रवाहमयी है। उनकी

वर्णन प्रणाली नैसर्गिक एवं प्रासादिक है। वे अपनी भाषा को अलंकारों के आडम्बर से बोझिल बनाने का प्रयास नहीं करते। इसी कारण वह स्वाभाविक, प्रवाहपूर्ण तथा मंजी हुई है। दण्डी के गद्य में अपनी विशिष्टता है। सुबन्धु के गद्य की भाँति न तो वह प्रत्यक्षर श्लेषमय है और न बाण के गद्य की तरह 'सरसस्वरवर्णपद' से सुशोभित साहित्यिक गद्य का आदर्श है। वे शब्द और अर्थ पर पूर्ण अधिकार रखते हैं। उपर्युक्त शब्दों की मीनाकारी द्वारा ये ऐसी आकर्षक लघुमाला निर्मित करते हैं जो अपनी अभिव्यक्ति, चारुता और सरसता में अनुपम है। उदाहरण के लिए यहाँ देखें—

'इह जगति हि न निरीहं देहिनं श्रियः संश्रयन्ते।'

× × ×

'कामस्तु विषयासक्तचेतसोः स्त्रीपुंसयोर्निरतिशय सुखस्पर्शविशेषः।'

× × ×

'तस्य वसुमती नाम सुमती लीलावती कुलशेखरमणिर्रमणी बभूव।'

उत्तरपीठिका का सम्पूर्ण सप्तम उच्छ्वास ओष्ठवर्णरहित है। ऐसा पदबन्ध सम्भवतः विशाल विश्व वाङ्मय में अपूर्व और अदृष्टचर है। ओष्ठवर्णों से रहित होने पर भी इन पदों में शब्दसौष्ठव तथा पदलालित्य का अभाव नहीं है। जैसे—

'सखे नैषा सज्जनाचरिता सरणिः, यदणीयसि कारणेऽनणीयानादरः संदृश्यते।'

× × ×

असत्येन नास्यास्यं संसृज्यते

× × ×

कष्टा चेयं निःसङ्गता, या निरागसं दासजनं त्याजयति

दण्डी की वर्णनशैली अलंकारों के अनावश्यक भार से मुक्त और बोलचाल की पद्धति में पाठकों का हृदयहार बनी है, किन्तु अलंकारों का स्वाभाविक प्रयोग अत्यन्त मनोहारी है। श्लेष के माध्यम से राजहंस के समान राजवाहन को सम्बोधित करती हुई 'अवन्तिसुन्दरी कहती है—

'राजहंसकुलतिलक, विहारवाञ्छया केलिवने मदन्तिकमागतं भवन्तमकाण्ड एव विसृज्य मया समुचितमिति जनन्यनुगमनं क्रियते।'

अनुप्रासालंकार का स्वाभाविक सन्निवेश देखें—

'राजहंसस्य महिषी वसुमती ललनाकुलललामभूताऽभूत्।'

दण्डी का वाक्यविन्यास आयासजनक नहीं, अपितु ओजस्वी, ललित एवं सुव्यक्त है। वह तो बहुत कुछ दैनिक प्रयोग में आनेवाले व्यावहारिक गद्य की बानगी है। मुहावरे का प्रयोग उसकी शोभा में चार चाँद लगा देता है। कुछ उदाहरण प्रस्तुत हैं—

'जीवितं हि नाम जन्मवतां चतुः पञ्चाप्यहानि।'
(जीवन है दो चार दिनों का)

× × ×

'स्वदेशो देशान्तरमिति नेयं गणना विदग्धपुरुषस्य।'

(यह देश अपना और यह पराया—ऐसी भावना बुद्धिमान् पुरुषों की नहीं होती।)

'अभवदीयं हि नैव किञ्चिद् मत्सम्बद्धम्।'

(मेरा सब कुछ आपका ही है)

इस प्रकार अर्थ की स्फुटता, रस की हृदयहारी अभिव्यक्ति तथा वर्णों की झंकृति एवं पदों में लालित्य के कारण समालोचकों में प्रचलित यह आभाणक नितान्त समुचित है—

'दण्डिनः पदलालित्यम्'।

'दशकुमारचरित' में कथा की रोचकता की अभिवृद्धि के लिए कहीं शिष्ट हास्य, कहीं मधुर व्यंग्य तथा कहीं गम्भीर वर्णन का आश्रय लिया गया है। कथाओं का क्रम श्लाघनीय है। मुख्य कथा के स्रोत में अवान्तर कथाएँ रुकावट नहीं डालती हैं। व्याकरण की दृष्टि से भी दशकुमारचरित त्रुटि रहित है। इसमें लिट् और लुङ् लकार के प्रयोग पाणिनीय व्याकरण के अनुसार हैं। अतः एक प्रौढ़ वैयाकरण होने के साथ दण्डी उच्च कोटि के कवि हैं। इसलिए एक भारतीय आलोचक ने दण्डी को एकमात्र कवि के रूप में निरूपित किया है—

'कविर्दण्डी कविर्दण्डी कविर्दण्डी न संशयः।'

एक दूसरे आलोचक का मत है कि वाल्मीकि के आविर्भाव के बाद 'कवि' शब्द का एकवचन में प्रयोग हुआ करता था। बाद में व्यास के आने पर द्विवचन में 'कवी' तथा दण्डी के बाद बहुवचन में 'कवयः' होने लगा—

जाते जगति वाल्मीकौ कविरित्यभिधयाऽभवत्।
कवी इति ततो व्यासे कवयस्त्वयि दण्डिनि॥

बाणभट्ट : हर्षचरित और कादम्बरी

लौकिक संस्कृत गद्य साहित्य में अभिलेखों के बाद जिस अलंकृत तथा कृत्रिम गद्यशैली को सुबन्धु ने पल्लवित किया उसका प्रौढ़ एवं प्राञ्जल रूप बाणभट्ट की कृतियों में सहज उपलब्ध है। सुबन्धु के पथ के पथिक होने पर भी बाणभट्ट में ऐसी अनेक निजी खूबियाँ हैं, जो उन्हें गद्य सम्राट् के सिंहासन तक पहुँचा देती हैं।

बाण का परिचय—सौभाग्य से बाण संस्कृत साहित्य के उन विरल कवियों में हैं, जिन्होंने अपने ग्रन्थ में अपना परिचय विस्तार से दिया है। उनकी रचना 'कादम्बरी' में उनके पूर्वजों का विवरण है। उसके अनुसार उनके पूर्व पुरुष कुबेर थे, जो उच्च कोटि के वेदज्ञ थे। उनके घर वेदाभ्यासी बटुओं का जमघट रहा करता था। वहाँ पिंजरे में बंद तोते भी अशुद्ध वेदपाठ करनेवाले उन बटुओं को टोक दिया करते थे।[१] कुबेर के चार पुत्र हुए–अच्युत, ईशान, हर और पाशुपत। पाशुपत के पुत्र अर्थपति हुए जिनके ग्यारह पुत्रों में से चित्रभानु के पुत्र बाण हुए। बाण की

---

१. जगुर्गृहेऽभ्यस्तवाङ्मयैः संसारिकैः पञ्जरवर्तिभिः शुकैः।
निगृह्यमानाः बटवः पदे-पदे यजूंषि सामानि च यस्य शङ्किताः॥ –कादम्बरी १२

माता का नाम राज्यदेवी था। अपनी रचना 'हर्षचरित' में बाण भट्ट ने जो अपना परिचय दिया हैं, उसके अनुसार उनके वंश के प्रवर्तक दधीच तथा सरस्वती के पुत्र सारस्वत के चचेरे भाई वत्स थे। उन्हीं के कुल में कुबेर का जन्म हुआ। इनकी पाँचवीं पीढ़ी में बाण उत्पन्न हुए। बाल्यावस्था में ही मातृ-विहीन बाण का पालन पोषण पिता ने ही किया। जब बाण चौदह वर्ष के थे, पिता भी परलोकवासी हो गए। धन से सम्पन्न तथा पूर्ण-यौवन प्राप्त बाण योग्य अभिभावक के अभाव में उच्छृंखल हो गए। पर्याप्त मौज-मस्ती के बाद अन्तरंग मित्रों के साथ वे देशाटन के लिए निकल पड़े। इस क्रम में वे बहुत स्थानों में गए, विद्वानों की संगति की, अनेक योग्य गुरुओं से विद्या पाई, अनेक राजदरबारों को देखा और विविध प्रकार के काफी अनुभव प्राप्त होने पर परिपक्व बुद्धि और उदार विचारों के साथ घर लौटे।

अब वे विवाह के बाद व्यवस्थित जीवन बिताने लगे। एक दिन राजा हर्षवर्धन के भाई कृष्ण ने अपने दूत के माध्यम से उन्हें सूचना दी कि कुछ लोगों ने तुम्हारी शिकायत राजा से की है। अतः तुम शीघ्र आकर राजा से मिलो। बहुत सोच-विचार के बाद बाण हर्षवर्धन के दरबार में पहुँचे। पहले तो राजा उनसे मिलना ही नहीं चाहते थे, किन्तु बाद में उन्हें देखते ही कह दिया— 'महानयं भुजङ्गः' अर्थात् यह बड़ा लम्पट है। बाण भी कब चूकने वाले थे अपनी सफाई देते हुए उन्होंने कहा—**दारपरिग्रहादाभ्यगरिकोऽस्मि। का मे भुजङ्गता? .... चापलैः .... शैशवमशून्यमासीत्।**'' अर्थात् ''विवाह करके मैं गृहस्थ हूँ। इसमें लम्पटता क्या है ? बचपन मेरा चपलता से युक्त था।'' उन्होंने आगे कहा कि राजा को ठोस आधार पर ही ऐसी बातें कहनी चाहिए। राजा भी झेंप गए और कहा कि ऐसा मैंने सुना था। कुछ दिनों तक दरबार में रहने पर बाण के चरित्र एवं विद्वत्ता से प्रसन्न होकर राजा ने उन पर कृपादृष्टि की और 'वश्यवाणी कविचक्रवर्ती' की उपाधि से सम्मानित किया।

कुछ समय बाद बाण अपने निवासस्थान प्रीतिकूट लौटकर जब आए तो वहाँ भी उनका खूब स्वागत हुआ। अपने चचेरे भाई के आग्रह पर उन्होंने 'हर्षचरित' के माध्यम से हर्षवर्धन के वृत्तान्त को सुनाया। इस आख्यायिका के प्रणयन के बाद बाणभट्ट ने 'कादम्बरी' नामक कथा लिखी, किन्तु उसकी समाप्ति के पूर्व ही बाण का देहावसान हो गया। अब तक वे 'कादम्बरी' का पूर्वार्द्ध ही लिख पाए थे। ग्रन्थ को अधूरा देखकर उनके पुत्र 'पुलिन्द' अथवा 'पुलिन' ने इसका उत्तरार्द्ध लिखकर इसे पूरा किया। उत्तरार्द्ध के आरम्भ में वे इसके प्रयोजन का उल्लेख इस रूप में करते हैं—

याते दिवं पितरि तद्वचसैव सार्द्धं विच्छेदमाप भुवि यस्तु कथाप्रबन्धः।
दुःखं सतां तदसमाप्तिकृतं विलोक्य प्रारब्ध एष च मया न कवित्वदर्पात्॥

पिताजी के परलोकवासी हो जाने पर यह कथा प्रबन्ध भी उनकी वाणी के साथ संसार से विच्छिन्न हो गया। इसके विच्छिन्न होने से सज्जनों के कष्ट को देखकर ही मैंने इसका आरम्भ किया है, कवित्व के अहंकार से नहीं।

वे आगे विनम्रता प्रदर्शित करते हुए कहते हैं—

कादम्बरीरसभरेण समस्त एव मत्तो न किञ्चिदपि चेतयते जनोऽयम्।
भीतोऽस्मि यन्न रसवर्णविर्जितेन तच्छेषमात्मवचसाप्यनुसंदधानः॥

यह जन (मैं) कादम्बरी (मदिरा) के रस के आस्वादन से बिल्कुल मतवाला हो गया है। इसे (मुझे) कुछ भी चेतना (प्रबन्ध लेखन की क्षमता) नहीं है। मुझे भय है कि रसाभिव्यक्ति से रहित अपने वचनों से उस प्रबन्ध को पूरा करने में विद्वानों की निन्दा का पात्र न बनूँ।

बाण के कितने पुत्र थे, यह तो स्पष्ट रूप से ज्ञात नहीं है, किन्तु एक प्रसिद्ध किम्वदन्ती के आधार पर उनके कई पुत्रों का होना स्पष्ट है। किवदन्ती है कि बाण को अपने जीवन के अन्तिम समय में 'कादम्बरी' को पूरा करने की चिन्ता लगी हुई थी। उन्होंने अपने पुत्रों को बुलाया और उनकी साहित्यिक-प्रतिभा की परीक्षा लेने के लिए 'आगे सूखा काठ पड़ा है' इस वाक्य का संस्कृत में अनुवाद करने को कहा। इस वाक्य के अनुवाद में उनके ज्योतिषी पुत्र ने कहा—'शुष्कं काष्ठं तिष्ठत्यग्रे।' दूसरे साहित्यमर्मज्ञ पुत्र ने कहा—'नीरसतरुरिह विलसति पुरतः।' इस पुत्र की कवित्व-प्रतिभा से उल्लसित पिता ने इसे ही कादम्बरी को पूरा करने का भार सौंपा। सम्भवतः ये ही पुलिन्द भट्ट थे। धनपाल की 'तिलकमञ्जरी' से भी इस पुत्र का नाम 'पुलिन्द' या पुलिन्ध्र होना सिद्ध होता है—

केवलोऽपि स्फुरन् बाणः करोति विमदान् कवीन्,
किं पुनः क्लृप्तसन्धानः पुलिन्ध्रकृतसन्निधिः।

हर्षवर्धन की सभा में बाण के साथ 'मयूरशतक' या 'सूर्यशतक' के प्रणेता मयूर कवि और 'भक्तामरस्तोत्र, नामक जैनस्तोत्र काव्य के कर्ता दिवाकर मानतुंग के रहने का उल्लेख राजशेखर ने किया है।[१] एक किम्वदन्ती के अनसार बाण मयूर के जामाता थे। 'सूर्यशतक' तथा 'चण्डीशतक' की रचना के बारे में एक रोचक घटना सुनी जाती है। वह इस प्रकार है कि एक बार मयूर अपने जामाता बाण से मिलने के लिए उषाकाल में पहुँचे। बाण की पत्नी रातभर 'मान' किए रही और उषाकाल तक भी राजी नहीं हुई। उसे मनाने के लिए बाण पद्य बनाने लगे। तीन चरण तो बन गए, किन्तु चौथा चरण स्फुरित नहीं हो रहा था। वे तीन चरण इस तरह हैं—

'गतप्राया रात्रिः कृशतनुशशी शीर्यत इव
प्रदीपोऽयं निद्रावशमुपगतो घूर्णत इव।
प्रणामान्तो मानस्तदपि न जहासि क्रुधमहो

(रात बीत गई, मलिन कान्ति चन्द्रमा मानो मन्द होता जा रहा है, यह दीपक भी नींद के वश होकर तन्द्रिल हो रहा है। कामिनियों का मान मनौती करने तक रहता है। मेरी मनौती के बावजूद तुम क्रोध नहीं छोड़ रही हो) बाण के द्वारा इन तीन चरणों को बार-बार गुनगुनाते सुनकर वहाँ उपस्थित मयूर ने झट से चौथा चरण इस प्रकार जोड़ दिया—

'कुचप्रत्यासत्या हृदयमपि ते चण्डि कठिनम्।'

(हे चण्डि, कठोर स्तनों के पास रहने से तुम्हारा हृदय भी कठोर हो गया है।)

इसे सुनते ही बाण क्रुद्ध हो गए और उन्होंने मयूर को कोढ़ी होने का शाप दे दिया। अपने

१. अहो प्रभावो वाग्देव्या यन्मातङ्गदिवाकरः।
श्रीहर्षस्याभवत्सभ्यः समो बाणमयूरयोः।।

को निरपराध बताते हुए मयूर ने भी बाण को शाप दिया। सुना जाता है कि मयूर ने शाप से मुक्ति के लिए सूर्य की स्तुति में 'सूर्यशतक' लिखा और सूर्य की कृपा से उनका कोढ़ दूर हो गया। बाण ने भी चण्डी की स्तुति में 'चण्डीशतक' की रचना कर शाप से मुक्ति पायी।

काल—सम्राट हर्षवर्धन के सभापण्डित होने के कारण बाणभट्ट का काल विवाद से परे है। हर्ष का राज्याभिषेक अक्तूबर, ६०६ ई० में हुआ था और उनका देहावसान ६४८ ई० में हुआ था। इसका उल्लेख ताम्रदानपत्रों में किया गया है। चीनी यात्री ह्वेनसांग ने भी ६२९ ई० से ६४५ ई० तक के अपने यात्रा वृत्तान्त के संस्मरणों में इसकी चर्चा की है। अतः बाण का समय सातवीं सदी का पूर्वार्द्ध निश्चित है।

अनेक अन्तरङ्ग तथा बहिरङ्ग प्रमाणों से भी बाण का उपर्युक्त काल सिद्ध होता है। बाण ने अपने 'हर्षचरित' के आरम्भ में व्यास, वासवदत्ता, भट्टार हरिचन्द्र, सातवाहन, कालिदास, बृहत्कथा और आढ्यराज आदि का उल्लेख किया है। ये सभी सातवीं शताब्दी के पूर्व ही हुए थे।

बहिरङ्ग प्रमाण भी अनेक हैं। धनञ्जय (१००० ई०) ने 'दशरूपक' में बाण का उल्लेख इस प्रकार किया है—

'यथा हि महाश्वेतावर्णनावसरे बाणभट्टस्य।'

आनन्दवर्धन (८५० ई०) के 'ध्वन्यालोक' में बाण की दोनों गद्यरचनाओं का उल्लेख हैं। वामन (८०० ई०) ने अपने ग्रन्थ 'काव्यालंकार सूत्रवृत्ति' में कादम्बरी के 'अनुकरोति भगवतो नारायणस्य' इस वाक्य को उद्धृत किया है इस प्रकार आठवीं शताब्दी तथा उसके बाद के आचार्यों द्वारा उल्लिखित होने से बाण का समय सप्तम शताब्दी का पूर्वार्द्ध सहज ही मान्य है।

रचनाएँ—**'हर्षचरित'** तथा **'कादम्बरी'** इन दोनों गद्यरचनाओं के अतिरिक्त भगवती चण्डी की स्तुति में १०० पद्यों का 'चण्डीशतक' भी इनकी कृति है। 'नलचम्पू' के टीकाकारद्वय चण्डपाल और गुणविनयगणि के अनुसार बाण ने 'मुकुटताडितक' नामक नाटक लिखा था, किन्तु यह ग्रन्थ अब उपलब्ध नहीं है। क्षेमेन्द्र ने अपनी 'औचित्य विचारचर्चा'[१] में बाण-रचित एक पद्य को उद्धृत किया है। इसमें चन्द्रापीड की प्रेयसी कादम्बरी की विरहदशा का निरूपण है। इससे अनुमान किया जाता है कि बाण ने पद्य में भी 'कादम्बरी' की कथा लिखी थी, जो कालक्रम से नष्ट हो गई।

हर्षचरित—यह बाण की प्रथम गद्यरचना है और आख्यायिका के लक्षणों से युक्त है।[२] इसमें आठ उच्छ्वास हैं। प्रथम तीन उच्छ्वासों में बाण की आत्मकथा वर्णित है तथा शेष में हर्षवर्धन का जीवन चरित। इसके अतिरिक्त हर्ष के आदि वंशज पुष्पभूति, पिता प्रभाकरवर्द्धन, अग्रज

१. 'यथा वै बाण भट्टस्य
हारो जलार्द्रवसनं नलिनीदलापि प्रालेयशीकरमुचुस्तुहिनांशु भासः।
यस्येन्धनानि सरसानि च चन्दनानि निर्वाणमेष्यति कथं स मनो भवाग्निः।
अत्र विप्रलम्भभरभग्नधैर्यायाः कादम्बर्या विरहव्यथावर्णना।'

२. तथापि नृपतेर्भक्त्या भीतो निर्वहणाकुलः।
करोम्याख्यायिकाम्भोधौ जिह्वाप्लवनचापलम्॥ –हर्षचरित् १९

राज्यवर्धन और अनुजा राज्यश्री का जीवनवृत्त निरूपित है। चतुर्थ उच्छ्वास में स्थाण्वीश्वर, प्रभाकर वर्धन तथा उनकी महिषी यशोवती के काव्यमय यशोगान के बाद उनके पुत्र राज्यवर्धन, तथा हर्षवर्धन और पुत्री राज्यश्री के जन्म का वर्णन है। रानी यशोवती का भाई अपने पुत्र भण्डि को राज्यवर्धन और हर्षवर्धन का नर्मसखा बनाता है। बाद में राज्यश्री का विवाह मौखरि ग्रहवर्मा के साथ वर्णित है। पञ्चम उच्छ्वास में हूणों को जीतने के लिए राज्यवर्धन और हर्षवर्धन प्रयाण करते हैं, किन्तु पिता की बीमारी की बात सुनकर रास्ते से ही लौट आते हैं। पति को मरणासन्न देखकर रानी यशोवती सती हो जाती है। बाद में सम्राट की मृत्यु हो जाने पर शोकाकुल प्रजा का करुण क्रन्दन वर्णित है। षष्ठ उच्छ्वास में राज्यवर्धन के लौटने, श्रीहर्ष को शासनतंत्र सौंपने,ग्रहवर्मा की हत्या एवं मालवनरेश द्वारा राज्यश्री के बन्दी बनाए जाने का समाचार सुनकर मालव नरेश से बदला लेने के लिए प्रस्थान करने तथा मालव-नरेश को पराजित करने के बाद शशाङ्क के द्वारा राज्यवर्धन के छल से मारे जाने के अनन्तर श्रीहर्ष द्वारा इन सबों से बदला लेने की गम्भीर प्रतिज्ञा का निरूपण है।

सप्तम उच्छ्वास में श्रीहर्ष की विजययात्रा, मालवराज पर विजय तथा भण्डि द्वारा मालवराज की सेना की पराजय के बाद वहाँ के खजाने पर अधिकार का वर्णन है। अष्टम उच्छ्वास में श्रीहर्ष विन्ध्याटवी में प्रवेश कर एक शबर युवक की सहायता से राज्यश्री को खोजने के क्रम में दिवंगत राजा ग्रहवर्मा के बालसखा एवं महान् तपस्वी दिवाकर मित्र के आश्रम में पहुँचता है। वह आश्रम सभी धर्मों, सम्प्रदायों तथा शास्त्रों का संगमस्थल है। सत्य और अहिंसा की प्रतिमूर्ति उस बौद्धसंन्यासी दिवाकर मित्र से श्रीहर्ष राज्यश्री के बारे में पूछते हैं। उसी समय एक वैखानस बटु पास ही निसर्गसाध्वी और दीपशिखा-सी दमकती एक तपस्विनी के अग्नि में प्रवेश के लिए प्रवृत्त होने की सूचना देता है। सभी वहाँ पहुँचकर तथा अनेक प्रकार से सान्त्वना देकर राज्यश्री को प्राणत्याग से बचा लेते हैं। दिवाकरमित्र श्रीहर्ष को एक दिव्य मणि प्रदान करते हैं जो न केवल शरीरगत पीड़ा को दूर करता है, अपितु उसके मनमन्दिर में एक अमोघ ज्योति प्रज्ज्वलित कर देता है। राज्यश्री को साथ लेकर श्रीहर्ष गंगा तट पर अपने शिविर में लौटते हैं। वहाँ परस्पर वार्तालाप के क्रम में ही ग्रन्थ की समाप्ति होती है।

'हर्षचरित' के अध्ययन से स्पष्ट होता है कि बाणभट्ट न केवल आगमों और शास्त्रों के पारदृश्वा थे, अपितु चौसठ कलाओं के मर्मज्ञ और समस्त विद्याओं में पारंगत होने के साथ विविध रसों के वर्णन में सिद्धहस्त भी थे। 'हर्षचरित' के स्कन्धावार-वर्णन, विन्ध्याटवी-वर्णन, प्रभाकरवर्धन और यशोवती के दाम्पत्य वर्णन, प्रभाकरवर्धन के दिवंगत होने पर शोक-निरूपण, युद्धचित्रण, तथा दिवाकरमित्र के शान्त आश्रम के वर्णन आदि के पर्यवेक्षण से श्रीहर्ष की बहुमुखी प्रतिभा ज्ञात होती है। सोड्ढल ने 'हर्षचरित' की प्रशंसा में यथार्थ ही कहा है—

बाणस्य हर्षचरिते निशितामुदीक्ष्य
शक्तिं न केऽत्र कवितास्त्रमदं त्यजन्ति।

कादम्बरी—'बाणभट्ट को उत्कृष्ट काव्य-गुणों से सम्पन्न **'हर्षचरित'** की रचना से अक्षय यश प्राप्त हुआ, किन्तु कवित्व के उत्तुङ्ग शिखर पर वे **'कादम्बरी'** की रचना के बाद ही पहुँच सके।

'कादम्बरी' न केवल बाणभट्ट की, अपितु सम्पूर्ण संस्कृत साहित्य की सर्वोत्कृष्ट गद्य रचना है। इसका कथासार इस प्रकार है—विदिशा के राजा शूद्रक की सभा में एक परम सुन्दरी चाण्डाल कन्या वैशम्पायन नामक प्रतिभासम्पन्न शुक को लाती है। अनेक चामत्कारिक गुणों से सम्पन्न वह शुक मनुष्य की वाणी में विन्ध्याटवी में अपने जन्म से लेकर महर्षि जाबालि के आश्रम में पहुँचने तक का वृत्तान्त सुनाता है। वहाँ अपने अनेक जीवन की कथा, जो जाबालि से उसने सुनी थी, राजा को बताता है। वह कथा इस प्रकार है—

उज्जयिनी के राजा तारापीड ने अपनी पत्नी विलासवती के साथ अनेक व्रतोपासना आदि के बाद चन्द्रापीड नामक पुत्र पाया। विद्याध्ययन की समाप्ति के बाद चन्द्रापीड अपने पिता के महामात्य शुकनास के पुत्र और अपने परम सखा वैशम्यायन के साथ दिग्विजय के लिए निकल पड़े। उस क्रम में अपने घोड़े इन्द्रायुध पर आरूढ़ चन्द्रापीड एक किन्नर-युगल का पीछा करते हुए अच्छोद नामक परम रमणीय जल से पूर्ण सरोवर पर जा पहुँचे। वहाँ महाश्वेता नामक एक शुभ्रवर्णा तपस्विनी से राजकुमार की भेंट होती है। परस्पर परिचय के सन्दर्भ में महाश्वेता अपनी इस हालत के बारे में बताती है कि वह एक गन्धर्व-कन्या थी, जिसके हृदय में एक बार पुण्डरीक-नामक तापस युवक को देखकर प्रेम उत्पन्न हो गया था, किन्तु मिलन से पूर्व ही पुण्डरीक मेरे प्रेम में स्मरपीडा से व्याकुल होकर दिवंगत हो गया। मैं उसके विरह में तपस्विनी-वेष धारण कर उसके साथ मिलन के लिए तपस्यारत हूँ। मेरी सखी कादम्बरी ने जब यह सब सुना तो उसने भी कौमार्य-व्रत धारण करने का निश्चय कर लिया। अब चन्द्रापीड को साथ लेकर महाश्वेता सखी कादम्बरी को समझाने जाती है। प्रथम दर्शन में ही चन्द्रापीड और कादम्बरी में परस्पर अनुरक्ति जग जाती है। किन्तु प्रेम की पूर्ण अभिव्यक्ति हो भी नहीं पायी थी कि उज्जयिनी से चन्द्रापीड के लिए पिता की बुलाहट आ जाती है। वह वैशम्पायन को सेना के साथ लौटने का आदेश देकर स्वयं शीघ्र उज्जयिनी वापस आता है। बहुत समय बीत जाने पर भी वैशम्पायन के नहीं लौटने के कारण व्याकुल चन्द्रापीड उसे खोजते हुए अच्छोद सरोवर जाते हैं। वहाँ महाश्वेता उन्हें बताती है कि वैशम्पायन मुझ पर अनुरक्त होकर मुझसे बार-बार प्रेम प्रस्ताव करने लगा, इस पर मैंने उसे शुक हो जाने का शाप दे दिया। अपने अभिन्न सखा की दुर्गति का समाचार सुनकर चन्द्रापीड के प्राण तत्काल ही निकल जाते हैं। इसी समय कादम्बरी वहाँ आती है और अपने प्रियतम को निष्प्राण देखकर स्वयं भी प्राण त्यागने के लिए तैयार हो जाती है, किन्तु एक आकाशवाणी उसे ऐसा करने से रोकती हुई उसे आश्वस्त करती है कि निकट भविष्य में महाश्वेता और कादम्बरी का अपने-अपने प्रेमी से मिलन निश्चित है। यहाँ जाबालि की कथा समाप्त हो जाती है।

इसके बाद शुक ने राजा से कहा कि जाबालि से अपने पूर्व जन्म का वृत्तान्त सुनकर मेरे हृदय में महाश्वेता के प्रति अपने पूर्व प्रेम की स्मृति उमड़ आई और उसे पाने के लिए आतुर होकर मैं आश्रम से उड़ा, किन्तु इस चाण्डाल कन्या ने मुझे पकड़ लिया और आपको समर्पित कर दिया। इसके बाद चाण्डाल कन्या ने राजा शूद्रक से निवेदन किया कि मैं पुण्डरीक (जिसका पुनर्जन्म वैशम्पायन के रूप में हुआ था) की माता लक्ष्मी हूँ और अब आप (शूद्रक) के तथा इस (शुक) के शाप की अवधि समाप्त हो गई है। इतना सुनते ही शूद्रक (जो अपने पूर्व जन्म में चन्द्रापीड थे) को कादम्बरी के प्रति अपने प्रेम की स्मृति आ गई। उनके प्राण तुरन्त निकल गए और उधर चन्द्रापीड जीवित हो उठे।

चाण्डाल कन्या ने जिस शाप की ओर संकेत किया, उसका रहस्य इस प्रकार है। पुण्डरीक ने चन्द्रमा को बार-बार जन्म लेने का शाप दिया। चन्द्रमा ने भी पुण्डरीक को ऐसा ही शाप दे दिया। इसके परिणामस्वरूप चन्द्रमा चन्द्रापीड के रूप में तथा पुण्डरीक वैशम्पायन के रूप में उत्पन्न हुए। पुनः इन दोनों ने क्रमशः शूद्रक तथा शुक के रूप में जन्म लिया। शुक की कथा की समाप्ति के बाद शाप की अवधि समाप्त होने पर पुण्डरीक एवं महाश्वेता तथा चन्द्रापीड एवं कादम्बरी का सुखद मिलन हुआ और वे दोनों प्रेमी-युगल सुखपूर्वक रहने लगे।

'कादम्बरी' के इस कथानक से प्रतीत होता है कि बाण ने इसका कथा बीज गुणाढ्य की बृहत्कथा' से लिया है। 'बृहत्कथा' सम्प्रति उपलब्ध नहीं है, किन्तु उसके जो संस्कृत रूपान्तरण मिलते हैं, उनमें आई सुमनस् की कथा एवं 'कादम्बरी' की कथा में कुछ समता अवश्य है। सम्भव है, बाण ने अपनी इस रचना के मूल-कथानक 'बृहत्कथा' से ग्रहण किया हो, किन्तु यह भी निर्विवाद है कि उन्होंने अपनी प्रतिभा का पुट चढ़ाकर इसे सर्वथा नवीन एवं मौलिक रूप दे दिया है।[1]

समीक्षा—'कादम्बरी' संस्कृत साहित्य की सर्वोत्कृष्ट कथा है, जो उपन्यास-विद्या के रूप में लिखी गई है। अतः इसे संस्कृत का सर्वश्रेष्ठ उपन्यास कहा जा सकता है। इसके कथावृत्त का मूल आधार पुनर्जन्म की मान्यता है जिसमें दोनों नायकों (चन्द्रमा और पुण्डरीक) को तीन-तीन जन्मों का भोग भोगना पड़ता है। दूसरी ओर इसकी नायिकाएँ (महाश्वेता और कादम्बरी) अनेक जन्मों का भोग नहीं भोगतीं, अपितु अपने इसी जन्म में रहती हैं। इसके साथ ही बाण ने जन्म-जन्मान्तर सम्बद्ध प्रेमभाव का निरूपण किया है। बाण से पूर्व कालिदास ने भी 'जननान्तर सौहृद' में विश्वास व्यक्त किया है।[2] पुनर्जन्म की मान्यता भारतीय संस्कृति की अपनी खास विशेषता है। पुनर्जन्म में विश्वास नहीं रखने वालों को 'कादम्बरी' की कथा असंगत लग सकती है, किन्तु भारतीय मानसिकता का व्यक्ति ऐसे वर्णन में रस जरूर लेता है।

'कादम्बरी' के कथानक में उपकथाओं के समावेश से कुछ जटिलता जरूर आ गई है, किन्तु उसके स्वाभाविक विकास तथा कुतूहलमय रोचकता की अभिवृद्धि में कवि को काफी सफलता मिली है। घटनाक्रम के प्रति पाठकों की रुचि और उत्सुकता उत्तरोत्तर बढ़ती जाती है। प्रधान नायिका कादम्बरी का उल्लेख कथा के मध्य भाग में महाश्वेता की प्रणय-कथा के सन्दर्भ में आता है। शूद्रक की राजसभामें चाण्डाल कन्या द्वारा अद्भुत शुक वैशम्पायन को लेकर प्रवेश करने तथा शुक द्वारा मानवी वाक् में राजा की स्तुति के बाद रोचक कथा का आरम्भ करने के साथ पाठक का कुतूहल बढ़ता ही जाता है, जिसका रहस्योद्घाटन कथा के अन्त में पहुँचने पर होता है। वहाँ शूद्रक को प्रधान नायक के रूप में देखकर अद्भुतरस की अभिव्यक्ति होती है।

'कादम्बरी' में पुंण्डरीक एवं महाश्वेता और चन्द्रापीड एवं कादम्बरी के अनेक जन्मों की

---

१. स्व० चन्द्रशेखर पाण्डेय : संस्कृत साहित्य की रूपरेखा, पृ० २०७

२. रम्याणि वीक्ष्य मधुरांश्च निशम्य शब्दान्
पर्युत्सुकी भवति यत्सुखितोऽपि जन्तुः।
तच्चेतसा स्मरति नूनमबोधपूर्वं
भावस्थिराणि जननान्तरसौहृदानि॥ –(अभिज्ञानशाकुन्तल ५-२)

प्रेमकथा वर्णित है। अतः इसका मुख्य रस शृङ्गार है। बाण ने शृङ्गार के दोनों पक्षों—संयोग और वियोग का वर्णन अत्यन्त रमणीय तथा हृदयस्पर्शी रूप में किया है। कादम्बरी और चन्द्रापीड के प्रथम मिलन के वर्णन में कवि ने नायिका के हृदय में उत्पन्न मूक रागात्मक भावनाओं को मुखर वाणी देने का अत्यन्त मनोहारी एवं सफल यत्न किया है। उसकी उत्कण्ठापूर्ण चेष्टाओं और सात्त्विक भावों का वर्णन करते हुए कवि कहते हैं—

"अथ तस्याः कुसुमायुध एव स्वेदमजनयत् ससम्भ्रमोत्थानश्रमो व्यपदेशोऽभवत्। ऊरुकम्प एव गतिं रुरोध, नूपुररवाकृष्टहंसमण्डलमपयशो लेभे। निःश्वासप्रवृत्तिरेवांशुकं चलं चकार चामरानिलो निमित्ततां ययौ। अन्तःप्रविष्टचन्द्रापीडस्पर्शलोभेनैव निपपात हृदये हस्तः, स एव करः स्तनावरणव्याजो बभूव।"[1]

चन्द्रापीड के अभिनव रूप को देखते ही कादम्बरी का हृदय मदन-बाण से बिद्ध हो गया। उस समय कादम्बरी को देखने से लगता था कि चन्द्रापीड के सम्मान में एकदम खड़ा होने के श्रम के कारण उस कोमलाङ्गी को पसीना आ गया है, किन्तु पसीने (स्वेद) का मूल कारण कामदेव ही था, जिसने अपने पुष्पबाण से उसके हृदय को छेदकर स्वेद उत्पन्न कर दिया था। रति भाव के कारण कादम्बरी की जांघों में कम्पन हो रहा था। अतः उसकी चाल स्थिर-सी हो गई थी, पर लगता था कि कादम्बरी के मणिनूपुरों की झंकार को सुनकर निकट आए हुए हंसों ने उसकी गति रोक दी थी। उसके श्वास के तेज चलने के कारण उपरिवस्त्र हिल रहे थे, किन्तु देखने वाले लोग चँवर की हवा को अंशु की चंचलता का कारण समझ रहे थे। अपने अन्तःकरण में प्रविष्ट चन्द्रापीड के स्पर्शसुख पाने के लिए ही उसका हाथ वक्षःस्थल पर चला गया, परन्तु उस युवक के प्रथम दर्शन से लज्जित कादम्बरी के स्तनों को ढँकने के लिए वह हाथ बहाना बन गया।

चन्द्रापीड भी नवयौवना कादम्बरी से आँख चार होते ही अत्यन्त भावुक हो उठता है। उसने कादम्बरी के आभूषण रत्नों की आभा को ही छिपकर देखने का तिरोधान माना, उसके हृदय में प्रवेश करने को ही आवास स्थान गिना, उसके आभरणों की झनझनाहट को ही संलाप समझा, उसके द्वारा सभी अपनी इन्द्रियों के अपहरण को अनुग्रह माना तथा उसकी देहकान्ति के साथ सम्पर्क को भी सुरतसमागम सुख माना—

"तथाहि असावपि तस्या रत्नाभरणद्युतिमपि तिरोधानममंस्त, हृदयप्रवेशमपि परिग्रहमगणयत् भूषणरवमपि संभाषणममन्यत, सर्वेन्द्रियाहरणमपि प्रसादमचिन्तयत् देहप्रभा सम्पर्कमपि सुरतसमागम-सुखमकल्पयत्।"[2]

विरह वर्णन—संयोग की पुष्टि वियोग के बिना नहीं होती—इस तथ्य को ध्यान में रखते हुए बाण ने विप्रलम्भ शृंगार का करुण एवं मार्मिक वर्णन किया है। पुण्डरीक के विरह में बिलखती हुई महाश्वेता आर्त्तनाद करती है—

"हा नाथ जीवितनिबन्धन, आचक्ष्व। क्व मामेकाकिनीमशरणामकरुणं विमुच्य यासि। पृच्छ तरलिकां त्वत्कृते मया यानुभूतावस्था। युगसहस्रायमाणः कृच्छ्रेण नीतो दिवसः। प्रसीद। सकृदप्यालप।"[3]

---

१. कादम्बरी, पूर्व भाग, पृ० ६२५

२. कादम्बरी पूर्व भाग, ६२६

३. कादम्बरी पूर्व भाग, ५५९

इसी प्रकार चन्द्रापीड के विरहानल में दग्ध होती हुई कादम्बरी कहती है—

''कथय, महतां किमयमाचारः, किं परिचयस्येदं फलम्, यदेवमभिनव बिसकिसलयतन्तुसुकुमारं मे मनः परिभूयते। अपरिभवनीयो हि कुमारिकाजनो यूनाम्। प्रायेण प्रथमं मदनानलो लज्जां दहति, ततो हृदयम्, आदौ विनयादिकं कुसुमेषुशराः खण्डयन्ति, पश्चान्मर्माणि।''[१]

बाण ने प्रेम के उदात्त एवं परिष्कृत स्वरूप का ही निरूपण किया है। उनके द्वारा निरूपित प्रेम का उद्दाम वेग कुल और सामाजिक मर्यादा का अतिक्रमण नहीं करता। कवि असंयत एवम् उच्छृंखल प्रेम को प्रश्रय नहीं देता। इसीलिए महाश्वेता के प्रेम में पागल पुण्डरीक के इस आचरण की भर्त्सना कपिञ्जल के द्वारा कराकर कवि यह शिक्षा देते हैं कि अमर्यादित प्रेम शारीरिक एवं मानसिक परेशानी को ही जन्म देता है। सच्चा प्रेम सत्य की भाँति चिरन्तन है। काल की काली छाया उसे दूषित नहीं कर सकती है। समय का प्रवाह उसे विस्मृति के गर्त में नहीं डाल सकता है। तपस्या की कठोरता अथवा राजसी वैभव की विलासिता उसकी उत्कट भावना में व्यवधान नहीं डाल सकती। प्रेम की ज्योति अनुकूल आशा और अटल विश्वास से नवीन जीवन धारण करती है।[२]

वर्णन की विदग्धता में बाण की कला अनुपम है। स्त्रियों के सौन्दर्यवर्णन में उनकी तूलिका की पटुता देखते ही बनती है। तापसी महाश्वेता और गन्धर्वराजपुत्री कादम्बरी के ही नहीं, अपितु ताम्बूलकरंकवाहिनी पत्रलेखा और चाण्डाल कन्या के भी रूप-सौन्दर्य बाण की लेखनी की तूलिका के संस्पर्श से विलक्षण बन गए हैं। इस वर्णन में कवि की भावना और कल्पना की उदात्तता के कारण विविध अलंकार और रस अहमहमिकया स्वयम् रमणीयता का आधान करने लगते हैं। काली कलूटी चाण्डाल कन्या का चित्रण जिस उत्कृष्टता से किया गया है, वह सहृदय पाठक को मुग्ध कर देता है। उसे आशंका होने लगती है कि बाण की यह मानस कन्या सामने मूर्त रूप में आ जाय, तो क्या वह 'मूर्च्छा के समान मनोहारिणी (**मूर्च्छामिव मनोहारिणीम्**) हो सकेगी ? बाण को इस बात का अफसोस जरूर है कि 'वह चित्रगत सुन्दरी की भाँति (चाण्डाल कन्या होने के कारण) केवल दर्शन का ही विषय रह गई है, स्पर्श आलिंगनादि का नहीं (**आलेख्यगतामिव दर्शनमात्रफलाम्**)।

तपोमूर्ति महाश्वेता का रूपांकन इस रूप में है कि जैसे कलियुग के धर्म लोप से दुःखी होकर स्वयं वेदत्रयी ही तपस्विनी बन गई हो, मुनियों की ध्यानसम्पत्ति स्वयं मूर्त रूप में सामने आ खड़ी हो तथा जैसे वह धर्म के हृदय से निकल कर आई हो।[३] शुभ्रवर्णा यथानाम्नी 'महाश्वेता', जो शुक्लवसना होने के कारण बिल्कुल तुषारधवला-सी दीखती है, के चित्रण में कवि ने एक से एक उदात्त कल्पना की झड़ी लगा दी है, जैसे उसे शंख से कुरेद दिया गया हो, जैसे वह मोतियों से निकाली गई हो, चन्द्रमा की किरणों की कूँची से उसे स्वच्छ बनाया गया हो, चाँदी के घोल

---

१. कादम्बरी, पूर्व भाग, पृ० ७४५

२. स्व० चन्द्रशेखर पाण्डेयः संस्कृत साहित्य की रूप रेखा, पृ० २०९

३. त्रयीमिव कलियुगध्वस्तधर्मशोकगृहीतवनवासाम्, देहवतीमिव मुनिजनध्यानसंपदम्, धर्महृदयामिव विनिर्गताम्। –(कादम्बरी पृ० ४४२)

से मार्जन किया गया हो। इस प्रकार सारी कल्पनाओं के चुक जाने पर भी जब उन्हें सन्तोष नहीं होता तो वे उसे धवलिमा की इयत्ता (अन्तिम सीमा) घोषित कर देते हैं।[1]

कादम्बरी के नख-शिख-वर्णन में बाण ने समस्त कल्पनाओं को उड़ेल दिया है। कादम्बरी के शरीर में यौवन को प्रवेश करते देखकर बाण कहते हैं उसके समस्त अङ्गों में अनुराग भरे यौवन के लक्षण उदित हो गए थे, वह बचपन को पुण्यरहित जानकर छोड़ रही थी, कामदेव के आधार पर वशीभूत यौवन के द्वारा वह माता-पिता से अनुमति न दिये जाने पर भी भोग के अधीन की जा रही थी—

''लक्षणैरपि रागाविष्टैरिवाधिष्ठितसर्वाङ्गाम्, अकृतपुण्यमिव मुञ्चन्तीं बालभावम्, अदत्तामपि मन्मथावेशपरवशेनेव गृह्यमानां यौवनेन।''[2]

स्त्रियों के नखशिख के अविकल वर्णन की भाँति पुरुषों की आकृति के वर्णन में भी बाण बहुत पटु हैं। न केवल शूद्रक और चन्द्रापीड के राजोचित शरीर के वर्णन में, अपितु जाबालि तथा पुण्डरीक एवं कपिञ्जल के तपस्विजनोचित वर्णन में भी बाण की सूक्ष्मेक्षिका पाठकों को विस्मित कर देती है। शबरसेनापति मातङ्ग का भीषण रूप भय और जुगुप्सा उत्पन्न किए बिना नहीं रहता।

बाण एक उत्कृष्ट कोटि के कवि होने के साथ महान् चिन्तक भी थे। राजा के चरित को उन्होंने निकट से देखा था और राजदरबार में चिरकाल तक निवास करने के कारण लक्ष्मी की प्रकृति से भी भलीभाँति परिचित हो चुके थे। अतः इन दोनों सन्दर्भों को लेकर शुकनास के द्वारा चन्द्रापीड को जो उपदेश दिए गए हैं, वे आज के बड़े चिन्तकों के दीक्षान्त भाषणों से अधिक शिक्षापूर्ण होने के साथ उपयोगी भी हैं।

बाण की शैली—बाण संस्कृत साहित्य के सर्वश्रेष्ठ गद्य लेखक माने जाते हैं। अपनी गद्यशैली का आदर्श सूचित करते हुए बाण ने हर्षचरित के आरम्भ में कहा है—

नवोऽर्थो जातिरग्राम्या श्लेषोऽक्लिष्टः स्फुटो रसः।
विकटाक्षरबन्धश्च कृत्स्नमेकत्र दुष्करम्॥[3]

अर्थात् मौलिक उद्भावना, सुरुचिपूर्ण स्वभावोक्ति, अक्लिष्ट श्लेष, स्फुट रूप में अभिव्यक्त रस तथा दृढबन्ध युक्त पदावली—इन सकल गुणों का एकत्र सन्निवेश दुष्कर है। इस प्रकार दूसरे के मन के भावों का यथातथ्य चित्रण और अभिनव अर्थ की कल्पना (**उत्कृष्टकविगद्यमिव विविधवर्णश्रेणिप्रतिपाद्यमानाभिनवार्थसञ्चयम्**), बाण के अनुसार, उत्कृष्ट गद्यशैली का लक्षण है।

बाण के गद्य की रीति पाञ्चाली है, जिसमें अर्थ के अनुरूप ही शब्दों का गुम्फन होता है। राजशेखर के मत में बाण की शैली पाञ्चाली रीति का भव्य निदर्शन है—

शब्दार्थयोः समो गुम्फः पाञ्चाली रीतिरिष्यते।
शिला भट्टारिकावाचि बाणोक्तिषु च सा यदि॥

---

१. शंखादिवोत्कीर्णा, मुक्ताफलादिवाकृष्टाम्, इन्दुकरकूर्च कैरिवाक्षलिताम्, रजतद्रवेणेव निमृष्टाम्। –(कादम्बरी ४४४)

२. कादम्बरी, पृ० ६१३

३. हर्षचरित, पद्यसंख्या ८

बाण की शैली में शब्द और अर्थ, भाषा और भाव तथा प्रवाह और प्रभाव में अतुल सामञ्जस्य है। शब्द के ऊपर अखण्ड साम्राज्य बाण की अन्यतम विशिष्टता है। शब्दों पर उनकी अद्भुत प्रभुता है तो गद्य में अविरल प्रवाह भी। कहीं उनका गद्य कल्लोल करने वाली बरसाती नदियों के समान बड़े वेग से प्रवाहित होता है, तो कहीं शरत् की शान्त सरिता की भाँति मन्दगति होकर अनुपम सौन्दर्य से संचालित होता है। वास्तव में बाण संस्कृत भाषा के सम्राट् हैं। अतः गोवर्धनाचार्य ने कहा है कि पूर्व काल में अधिक प्रगल्भता प्राप्त करने के लिए जैसे शिखण्डिनी शिखण्डी बन गई थी, उसी प्रकार पुरुष रूप में अधिक चमत्कार पाने के लिए ही वाणी (सरस्वती) ने बाण का अवतार लिया—

जाता शिखण्डिनी प्राक् यथा शिखण्डी तथाऽवगच्छामि।
प्रागल्भ्यमधिकमाप्तुं वाणी बाणो बभूव हि॥

जिस भाषा में बाण ने अपनी कृतियों की रचना की है, उसके पण्डितों ने उनकी शैली की मुक्तकण्ठ से प्रशंसा की है। 'विदग्धमुखमण्डन' के रचयिता धर्मदास अत्यन्त विलक्षण रूप में बाण की प्रशंसा करते हुए कहते हैं—

रुचिरस्वर्णपदा रसभाववती जगन्मनो हरति।
सा किं तरुणी ? नहि नहि वाणी बाणस्य मधुर शीलस्य॥

बाण की शैली विविध स्वरूपा है। उसे किसी कोटि विशेष में रूपायित नहीं किया जा सकता है। 'कादम्बरी' के वर्णनात्मक स्थलों में वे कई प्रकार की शैलियों का प्रयोग करते हैं। कहीं वाक्यावली संक्षिप्त कर भावों का द्रुत गति से उन्मेष करना आवश्यक प्रतीत होता है, तो कहीं भाषा का प्रलोभन संवरण भी दुस्साध्य हो जाता है। जहाँ विषय भाव प्रधान, मार्मिक तथा गम्भीर होता है, वहाँ उनकी शैली बड़ी ही सशक्त और प्रभावोत्पादक होती है। वाक्य छोटे होते हैं और दीर्घ समासों का अभाव होता है तथा विशेषण पद न्यून होते हैं।

मदन भावना से पीड़ित पुण्डरीक को उपदेश देता हुआ कपिञ्जल इसी शैली में कहता है—

'सखे पुण्डरीक, नैतदनुरूपं भवतः। क्षुद्रजन-क्षुण्ण एष मार्गः। धैर्यधना हि साधवः, किं यः कश्चित्प्राकृत इव विकली भवन्तमात्मानं न रुणत्सि............ क्व ते तद्धैर्यम्, क्वासाविन्द्रियजयः।''[1]

उपदेश देते समय तथा शिष्टाचार दिखाते समय भी सरल शैली प्रयुक्त हुई है। चन्द्रापीड के प्रति शुकनास के उपदेश के माध्यम से लक्ष्मी के वर्णन में कवि कहते हैं—

न ह्येवंविधमपरमपरिचितमिह जगति किञ्चिदस्ति यथेयमनार्या। .... न परिचयं रक्षति। नाभिजनमीक्षते। न रूपमालोकयते। न कुलक्रममनुवर्तते। न शीलं पश्यति न वैदग्ध्यं गणयति। न लक्षणं प्रमाणीकरोति।''[2]

दूसरी ओर, राजवैभव, ग्रीष्मकाल तथा विन्ध्याटवी आदि के वर्णन में उनकी शैली अलंकृत, अपेक्षाकृत क्लिष्ट एवं प्रगाढ़ हो जाती है। दीर्घकाय समास, लम्बे वाक्य तथा विकट एवं श्लिष्ट पदावली का प्रयोग यहाँ देखा जाता है। विन्ध्याध्वी के वर्णन का एक छोटा-सा नमूना प्रस्तुत है—

१. कादम्बरी, पृ० ४९८
२. वही, पृ० ३५५-५६

'वनकरिकुलमदजलसेकसंवर्धितैरतिविकचधवलकुसुमनिकरमत्युच्चतया तारकागणमिव शिखरप्रदेशसंलग्नमुद्वहद्भिः पादपैरूपशोभिता।'[1]

बाण की शैली में अलंकारों का समुचित प्रयोग अपूर्व रमणीयता का आधान करता है। उनके लम्बे-लम्बे समास यदि गिरि-नदी के उद्दाम प्रवाह की भाँति हैं, तो उनकी श्लिष्ट उपमाएँ इन्द्रधनुष की छाया की तरह उसे रंगीन बना देती है। उनके अनुप्रास भाषा में विलक्षण स्वर माधुर्य का संचार करते हैं—

'आसीदशेषनरपतिशिरः समभ्यर्चितशासनः'[2]

× × ×

'मधुकरकुलकलंककालीकृतकालेयककुसुमकुड्मलेषु।'

उनके श्लेष-प्रयोग जूही की माला में पिरोये गये चम्पक पुष्पों की भाँति हैं—

'निरन्तरश्लेषधनाः सुजातयो महास्रजश्चम्पककुड्मलैरिव॥[3]

उनकी रशनोपमा का एक उदाहरण देखें—

क्रमेण च कृतं मे वपुषि वसन्त इव मधुमासेन, मधुमास इव नवपल्लवेन, नवपल्लव इव कुसुमेन, कुसुम इव मधुकरेण, मधुकर इव मदेन नवयौवनेन पदम्।[4]

विरोधाभास का भी बहुल प्रयोग बाण ने किया है। यहाँ लक्ष्मी के चरित में विरोधाभास देखें—

'उन्नतिमादधानापि नीचस्वभावतामाविष्करोति। तोयराशिसम्भवापि तृष्णां संवर्धयति। ईश्वरतां दधानाप्यशिवप्रकृतित्वमातनोति।'[5]

बाणभट्ट परिसंख्या अलंकार के तो सम्राट् ही हैं। संस्कृत साहित्य में परिसंख्या का इतना अधिक और ऐसा मनोरम प्रयोग अन्यत्र नहीं मिलता है। एक उदाहरण प्रस्तुत है—

'यस्मिंश्च राजनि जितजगति पालयति महीं चित्रकर्मसु वर्णशङ्कराः, रतेषु केशग्रहाः काव्येषु दृढबन्धाः, शास्त्रेषु चिन्ता, स्वप्नेषु विप्रलम्भाः....॥[6]

बाण के इन बहु आयामी कवित्व गुणों पर विमुग्ध होते हुए श्री चन्द्रदेव कहते हैं कि कुछ लोग श्लेष में, कुछ शब्दों के उपयुक्त गुम्फन में, कुछ रसाभिव्यक्ति में, कुछ अलंकार, अर्थ व्यक्ति अथवा कथा-वर्णन में कुशल होते हैं, किन्तु बाण तो कविता की विन्ध्याटवी में कुंजरों के गण्डस्थल को विदीर्ण कर देने वाले सिंह हैं—

---

१. कादम्बरी, पृ० ६४

२. वही, पृ० १

३. वही, पदसंख्या ९

४. वही, पृ० ४७१

५. वही, पृ० ३५९

६. वही, पृ० १७

श्लेषे केचन शब्दगुम्फविषये केचिद्रसे चापरे–
लंकारे कतिचित्सदर्थविषये चान्ये कथावर्णने।
आः सर्वत्र गभीरधीरकविताविन्ध्याटवीचातुरी–
संचारी कविकुम्भिकुम्भभिदुरो बाणस्तु पञ्चाननः॥

इस प्रकार बाण की शैली में सूक्ष्म निरीक्षण-शक्ति, अलंकृत वर्णन प्रणाली, प्रकृष्ट प्रकृति प्रेम, विपुल शब्दराशि, मौलिक अर्थों की उद्भावना और उर्वर कल्पना—ये सभी गुण सर्वत्र समान रूप से पाए जाते हैं। इसीलिए त्रिलोचन कवि की दृष्टि में बाण की रस-भाव संवलित कविता के सामने अन्य कवियों की रचना केवल चपलता मात्र है—

हृदि लग्नेन बाणेन यन्मन्दोऽपि पदक्रमः।
भवेत्कविकुरंगाणां चापलं तत्र कारणम्॥

न्यूनताएँ—इतनी उत्कृष्टताओं के बावजूद बाण की शैली में अनेक खटकने वाली बातें भी हैं। उनके वर्णन प्रायः बहुत लम्बे हो जाते हैं। अतः पाठक ऊबने लगता है। अगले घटनाक्रम के लिए उसकी जिज्ञासा शिथिल पड़ने लगती है। उनकी निरन्तर मुक्तहस्त कल्पना अस्थान और अपात्र में भी अपनी सम्पदा की अजस्त्र वर्षा करती है। ये ही कारण हैं कि वेबर आदि आलोचकों को बाण की शैली रुचिकर प्रतीत नहीं हुई। उनके लिए तो बाण का गद्य ऐसा कान्तार भीषण अरण्य है, जिसकी शब्दाडम्बर-रूपी बीहड़ वनस्पतियों एवं कन्दराओं में से होकर निकल सकना पाठक के लिए अत्यन्त दुष्कर है। किन्तु भारतीय विद्वान बाण की कथनशैली की प्रशंसा करते-करते नहीं अघाते। वे बाण की शैली को गद्य-लेखन के आदर्श के रूप में देखते हैं। इस कवि के भाषा कौशल, अक्षय शब्द भण्डार और कल्पना वैचित्र्य उनके कवित्व के लिए भूषण है, दूषण नहीं। इन्हीं कारणों से उनकी कृतियाँ इतनी आकर्षक और लोकप्रिय हुई हैं।

भारतीय आलोचकों की मान्यता है कि बाण की रचनाओं 'हर्षचरित' और 'कादम्बरी' को पढ़ लेने के बाद किसी नूतन भाव एवं कल्पना-चातुर्य की उपलब्धि करनी बच ही नहीं जाती। अतः आभाणक है—

'बाणोच्छिष्टं जगत्सर्वम्'

अर्थात् सम्पूर्ण काव्य-जगत् बाण का अवशिष्ट या जूठन है। तात्पर्य यह है कि धरती एवम् अम्बर का कोई तत्त्व 'ऐसा नहीं जो बाण की प्रतिभा से अछूता रह गया है या जिसे बाण ने अपने वर्ण्य-विषय के रूप में नहीं लिया है। एक ओर जहाँ भाव पक्ष में इस कलाकार ने ब्रह्माण्ड के सभी मनोरम तत्त्वों का सार खींच कर अपनी 'कादम्बरी' में भर दिया है, वहाँ दूसरी ओर कविता के शब्द पक्ष पर भी इस रचना में उसने अभूतपूर्व आधिपत्य प्रदर्शित किया है। वर्णन-विषयों की विविधता यहाँ देखते ही बनती है। कहीं विन्ध्याचल की विकट अटवी का रोमांचकारी दृश्य है, कहीं जाबालि के शान्त और पावन आश्रम की सात्त्विक सुषमा है उस आश्रम का विस्तृत वर्णन करते हुए अन्त में परिसंख्यालंकार के माध्यम से कहते हैं—यत्र च मलिनता हविर्धूमेषु न चरितेषु, मुखरागः शुकेषु न कोपेषु, चञ्चलता कदलीदलेषु न मनःसु, चक्षूरागः कोकिलेषु न कलत्रेषु, कण्ठग्रहः कमण्डलेषु न सुरतेषु।''[1]

१. कादम्बरी, पृ० १४१

कहीं शूद्रक और तारापीड के राजकीय विलास और वैभव हैं, तो कहीं अच्छोद सरोवर और हिमालय की छटा है। कहीं वीणावादिनी, विरहविधुरा, महाश्वेता की तपो मूर्ति के दर्शन हैं, तो कहीं कमनीय कलेवरा कादम्बरी के प्रणयोन्माद और सलज्ज कौमार्य का स्निग्ध चित्रण है। कहीं मदनव्यथा से पीड़ित तपस्वी पुण्डरीक के प्राण छूटने का मार्मिक वर्णन है, तो कहीं कामविकार से रहित एवं तपस्यारत कपिञ्जल की सात्विक भावना का विवरण है। कहीं शुकनास द्वारा राजलक्ष्मी तथा नवाभिषिक्त राजा की प्रकृति का विश्लेषण है, तो कहीं विरक्तिनिष्ठ मुनि हारीत की परोपकार भावना का दिग्दर्शन है। द्रविड़ यति का वर्णन इस बात का साक्षी है कि उपहास योग्य विषयों के सफल अङ्कन में भी बाण अत्यन्त निपुण हैं। इन्द्रायुध अश्व के सजीव वर्णन के कारण बाण को 'तुरंग-बाण' की उपाधि मिली थी। उनकी रचना में नगर, प्रासाद, वन तथा आश्रमों का साङ्गोपाङ्ग एवं रोचक वर्णन सर्वथा अनुपमेय है। सम्पूर्ण 'कादम्बरी' एक चित्रशाला है—'इस कुञ्जवन की गली में नये-नये रंगों के अनेक लता वितान है, प्रलोभनीय अंशों की बहुलता है।'[1]

बाण की वर्णन क्षमता अतुलनीय है। जिस किसी वस्तु या विषय का वर्णन वे आरम्भ करते हैं, उसके हर पक्ष एवं पहलू का साङ्गोपाङ्ग उद्घाटन करते हैं। उस प्रसंग को वे तब तक नहीं छोड़ते जब तक वह पूर्णतया आलोड़ित न हो जाय। कोई पर्यायवाची विशेषण बाकी न रह जाता, कोई श्लिष्ट या क्लिष्ट प्रयोग शेष नहीं रह जाता। विशद चरित्र चित्रण, वर्णन की प्राज्य पेशलता, भाषा के अतुल वैभव और मानव हृदय में स्थित भावों के यथार्थ अङ्कन में बाण निश्चय ही अपनी सानी नहीं रखते। अतः उन्हें कवियों में चक्रवर्ती कहा गया है—

'बाणः कवीनामिह चक्रवर्ती।'

प्रेम को इस जगत और जीवन का सार कहा गया है। कादम्बरी में चित्रित प्रेम विशुद्ध, वासनादोषमुक्त, परिष्कृत एवम् उदात्त है। एक कन्या के हृदय में प्रथम बार प्रेमाङ्कुर उत्पन्न होने पर उसके नव यौवन की भावनाओं और कन्योचित लज्जा भाव के संघर्ष का जो सजीव और सरस चित्रण बाण ने किया है उसकी प्रशंसा जितनी भी की जाए, थोड़ी है। चन्द्रापीड के प्रथम दर्शन के समय कादम्बरी की अवस्था का वर्णन है—

मदनशरप्रथमप्रहारवेदनैव सीत्कारमकरोत्, कुसुमप्रकरकेतकीकण्टकक्षतिः साधारणतामवाप। वेपथुरेव करतलमकम्पयत्, निवेदनोद्यतप्रतीहारी निवारणं कपटमभूत्—तथा च कादम्बरीं विशतो मन्मथ इवाभूत् द्वितीयः। तया सह यो विवेश चन्द्रापीड हृदयम्[2]

कादम्बरी और चन्द्रापीड एवं महाश्वेता और पुण्डरीक का रस-भीना प्रेमवर्णन, उसमें कुछ पात्रों का मरना जीना, किन्तु फिर भी प्रेम तत्त्व को अपने सीने में अमिट बनाये रखना, निश्चय ही इस रचना में प्रेम तत्त्वों का अलौकिक वितान है, जिसकी परिधि में प्रेम का पराग जिधर भी सञ्चरित होता है उधर ही प्रकृति को सुगन्ध से भर देता है।[3] प्रेम का ऐसा वितत व्योम अन्यत्र देखने को नहीं मिलता है। प्रेम की दशों अवस्थाओं—अभिलाषा, चिन्ता, स्मृति, गुणकथन, उद्वेग,

---

१. स्व० चन्द्रशेखर पाण्डेयः संस्कृत साहित्य की रूपरेखा, पृ० २०८

२. कादम्बरी, पृ० ६२६

३. सूर्यकान्त, संस्कृत वाङ्मय का इतिहास, पृ० २८४

संप्रलाप, उन्माद व्याधि, जड़ता और मृत्यु का विवरण काव्यशास्त्र में मिलता है, किन्तु 'मृत्यु' का वर्णन 'कादम्बरी' के अतिरिक्त सम्पूर्ण संस्कृत साहित्य में कहीं उपलब्ध नहीं है।

बाण का प्रकृति चित्रण भी अनुपमेय है। यह कादम्बरी ही है जिसमें तारे ग्रहमण्डल नहीं, अपितु सूर्यदेव के समुद्र में गिर जाने से उछले क्षीर सागर के धवल बिन्दु हैं। यह कादमबरी ही है, जिसके जाबालि आश्रम में अन्ध तापसों को छड़ी पकड़कर बन्दर आश्रम से ले जाते और वहाँ लौटा लाते हैं (**परिचितशाखामृगकराकृष्टिनिष्कास्यमानप्रवेश्यमानजरदन्धतापसम्**, कादम्बरी पृ० १३६) किं बहुना, उषःकाल तथा सान्ध्यवेला का जैसा मनोरम एवं यथार्थ वर्णन कादम्बरी में मिलता है, वैसा विश्वसाहित्य में शायद ही कहीं सुलभ है।

यह विशेष रूप से ध्यातव्य है कि 'कादम्बरी' के विषय-वैविध्य की परिधि अनन्त है, इस 'कादम्बरी' की झूम में सारा ही जगत् आपे को भूल चुका है, इसे 'आपे'को भुलवा देने में ही इस रचना की इतिकर्त्तव्यता है, क्योंकि संसार का आपा क्लेशों से विंधा हुआ है, यातनाओं से जकड़ा हुआ है.। 'कादम्बरी' इस धरातल से पाठक को ऊपर उठाकर स्वर्गीय धरातल पर पहुँचा देती है। ऐसा करने में इस कलाकार को विश्व के सभी तत्त्वों को अपनी प्रतिभा से रंग देना पड़ा है।[१]

इन तथ्यों के आलोक में किसी आलोचक की यह उक्ति नितान्त संगत है—

'बाणोच्छिष्टं जगत्सर्वम्'

यहाँ एक प्रश्न मन में उभर कर आता है कि बाण से परवर्ती कविगण की रचनाओं में बाण की नकल या प्रभाव को तो देखा जा सकता है, किन्तु बाण से पूर्ववर्ती कालिदास, अश्वघोष आदि पर बाण का प्रभाव भला कैसे हो सकता है? यदि ऐसा सम्भव नहीं है तो फिर सम्पूर्ण काव्यजगत् को बाण का 'उच्छिष्ट' कहने से क्या तात्पर्य है?

वास्तव में विचार करने पर यह उक्ति बाण की प्रशंसा में अतिशयोक्ति-सी प्रतीत होती है, फिर भी इतनी यथार्थता तो है कि कालिदास, अश्वघोष आदि सरल, स्वाभाविक एवं सुगम भाषा एवं शैली के रचनाकार हैं तो भारवि, माघ आदि कठोर, कृत्रिम तथा दुर्गम शैली के कवि हैं। पूर्व के कवियों ने शृंगार, करूणा एवं शान्त जैसे सुकुमार रसों के वर्णन में ख्याति पाई, तो बाद के कवियों का मन रौद्र वीर एवं भयानक जैसे उग्र रसों के चित्रण में अधिक लगा। बाणभट्ट की भाषा एवं शैली में सरलता एवं कठोरता तथा स्वाभाविकता और कृत्रिमता दोनों के दर्शन होते हैं। इसी तरह बाणभट्ट शृंगार, शान्त, वीभत्स तथा भयानक आदि सभी रसों के चित्रण में निपुण हैं।

इस प्रकार विभिन्न कवियों की अलग-अलग विशिष्टताएँ बाण में एक साथ दृष्टिगत होती है। बाण की रचनाओं में उन सभी विषयों का वर्णन है जो अन्य कवि की रचना में उपलब्ध नहीं होता, जिनका विस्तृत विवरण ऊपर दिया जा चुका है। सम्भवतः यही अभिप्राय या समाधान इसका हो सकता है।

---

१. सूर्यकान्त : संस्कृत वाङ्मय का इतिहास, पृ० २८४

बाणोत्तरकालीन गद्यकवि

बाणभट्ट ने गद्य साहित्य को हिमालय जैसी ऊँचाई और सागर जैसी गहराई तक पहुँचाया, किन्तु उनके परवर्ती कवियों में वैसी प्रतिभा का पूर्ण अभाव रहा। यद्यपि बाण के बाद भी गद्यकाव्यों की रचना होती रही, किन्तु उनमें प्रायः बाण की कृतियों का ही अनुकरण है। कुछ कवियों एवं उनकी कृतियों का परिचय यहाँ प्रस्तुत है।

धनपाल : तिलकमञ्जरी

दण्डी एवं बाण की परम्परा को आगे बढ़ाते हुए धनपाल ने **'तिलकमञ्जरी'** की रचना की। 'कादम्बरी' की भाँति ही इस गद्यकाव्य-का नामकरण इसकी नायिका तिलकमञ्जरी के आधार पर हुआ है। **'प्रबन्धचिन्तामणि'** के अनुसार धनपाल उज्जयिनी के काश्यप गोत्रीय सर्वदेव नामक विद्वान् ब्राह्मण के पुत्र थे। धारा-नरेश मुञ्ज (९७५-१०२२ ई०) तथा उनके उत्तराधिकारी राजा भोज के दरबार में इनकी भूयसी प्रतिष्ठा होने से इनका समय ग्यारहवीं शताब्दी निश्चित हैं।

तिलकमञ्जरी में समरकेतु के साथ तिलकमञ्जरी का प्रेम मनोरम रूप में वर्णित है। इस ग्रन्थ की खास विशेषता यह है कि इसमें चित्रकला, प्रस्तरकला तथा अन्य कलाकौशलों का विशद वर्णन होने के कारण तत्कालीन भारत में विविध कलाओं के अनुशीलन के लिए यह रचना विशेष महत्त्वपूर्ण है।

वादीभसिंह—वादीभसिंह (१०वीं-११वीं शताब्दी) ने अलंकृत शैली में रोचक गद्यकाव्य **'गद्यचिन्तामणि'** की रचना की। इसमें उन्होंने जिनसेन के महापुराण (८९७ ई०) में वर्णित जीवन्धर की कथा का वर्णन ११ लम्बों मे किया है। इसकी रीति और भाव-भङ्गिमा पर बाण की छाप स्पष्ट है।

सोड्ढल—सोड्ढल (११वीं शताब्दी) ने **'उदयसुन्दरी कथा'** की रचना की। इसमें मलयवाहन के साथ उदयसुन्दरी की प्रेमकथा वर्णित है।

वामनभट्टबाण—वामन भट्टबाण (१५वीं शताब्दी) ने 'हर्षचरित' का अनुकरण करते हुए **'वेम भूपालचरित'** की रचना की। इसमें उन्होंने अपने आश्रयदाता राजा वेम भूपाल के उज्ज्वल चरित का वर्णन रुचिकर रूप में किया है। इस ग्रन्थ का पदविन्यास मधुर है तथा अलंकार योजना सरस है।

विश्वेश्वर पाण्डेय—विश्वेश्वर पाण्डेय (१८वीं शताब्दी का पूर्वार्द्ध) ने 'कादम्बरी' की शैली का अनुकरण करते हुए **'मन्दारमञ्जरी'** की रचना की। इसमें मगध के पुष्पपुर में राजशेखर नामक राजा के शासन प्रबन्ध का वर्णन मनोरम रूप में हुआ है। बाण की भाँति परिसंख्या अलंकार का विपुल सन्निवेश इसमें दर्शनीय है।

अम्बिकादत्तव्यास : शिवराजविजय

बाण के उत्तरवर्ती गद्यकवियों में पण्डित अम्बिकादत्तव्यास (१८५८-१९०० ई०) द्वारा रचित **'शिवराजविजय'** सर्वाधिक लोकप्रिय गद्यकाव्य है। उन्होंने हिन्दी तथा संस्कृत में कुल मिलाकर ७८

पुस्तकें लिखीं, किन्तु उनकी संस्कृत में सर्वोत्तम रचना 'शिवराजविजय' ही है। यह काशी से १९०१ ई० में प्रकाशित हुई।

व्यासजी के पूर्वज जयपुर राज्य के निवासी थे, किन्तु इनके पितामह काशी में आकर बस गए थे। वहीं इनका शिक्षण हुआ, परन्तु इनका कर्म क्षेत्र बिहार था। बिहार के उत्कृष्ट शिक्षा संस्थान पटना कॉलेज में ये प्राध्यापक रहे। संस्कृत के विकास के लिए इनहोंने १८८७ ई० में 'बिहार-संस्कृत-सञ्जीवन समाज' की स्थापना की थी। वहाँ से संस्कृत पत्रिका का प्रकाशन भी होता था।

व्यासजी की सर्वाधिक लोकप्रिय कृति 'शिवराजविजय' एक आख्यायिका अथवा ऐतिहासिक उपन्यास है। इसमें बारह निःश्वासों में छत्रपति शिवाजी की विजयगाथा का बड़ा ही ओजपूर्ण वर्णन हुआ है। मुगलों के अन्तिम सर्वाधिक शक्तिशाली सम्राट् औरंगजेब के साथ महाराष्ट्र रत्न शिवाजी के युद्धकौशल, नीतियों एवं कार्यकलापों के घात-प्रतिघातों से इस उपन्यास की कथा आगे बढ़ती है। इन दोनों प्रधान चरित्रों के अतिरिक्त गौरसिंह, श्यामसिंह, रघुवीरसिंह, पण्डित गोपीनाथ अफजल खाँ, शाइस्ता खाँ आदि के चरित भी वर्णित हैं।

'शिवराजविजय' वर्णनप्रधान नहीं होकर घटनाप्रधान रचना है। युद्ध की प्रधानता के कारण इसका अङ्गी रस वीर है, किन्तु आश्रमों के वर्णन में शान्तरस तथा यवनों के भोजन-वस्त्रादि के वर्णन में वीभत्स रस और रघुवीर एवं सौ वर्णी के मिलन में शृंगार रस अङ्ग रूप में अभिव्यक्त है।

उन्नीसवीं सदी के अन्त में भारतीय स्वातन्त्र्य-संग्राम की लहर जोर पकड़ रही थी। इसमें भारतवासियों को सर्वविध सहयोग अर्पित करने हेतु प्रेरित करने के लिए इसके महानायक शिवाजी के चरित को आदर्श रूप में उपस्थापित कर व्यासजी ने इस आन्दोलन की गति को तीव्र बनाने में महत्वपूर्ण भूमिका अदा की है। इसीलिए 'शिवराजविजय' का महत्त्व और अधिक बढ़ जाता है।

इस काव्य में तीनों गुणों एवं तीनों रीतियों का समावेश देखा जाता है। इसमें उत्तमोत्तम शब्दावली, ओजस्विनी गतिमयता, अर्थपूर्ण वाक्य-विन्यास और वर्ण्य-विषय के अनुसार रचनाशैली प्रगाढ़ एवं सरल है। उनकी भाषा अत्यन्त प्रवाहपूर्ण है। यथा—

"महात्मन्। क्वाधुना विक्रमराज्यम् ? वीरविक्रमस्य तु भारतभुवं विरहय्य गतस्य वर्षाणां सप्तदशशतकानि व्यतीतानि। क्वाधुना मन्दिरे मन्दिरे जय-जय ध्वनिः? क्व सम्प्रति तीर्थे तीर्थे घण्टानादः।"[1]

व्यासजी के प्रिय अलङ्कारों में अनुप्रास उपमा, रूपक, उत्प्रेक्षा आदि प्रमुख हैं। वस्तुतः उनकी वर्णन चातुरी और भाषा-वैदग्ध्य का पर्यालोचन करने पर उन्हें 'अभिनव बाण' कहना उपयुक्त प्रतीत होता है।

इनके पश्चात् आधुनिक गद्यलेखकों में विदुषी क्षमाराव (१८९०-१९५४) का उल्लेखनीय स्थान है। इनकी कृतियों में **'कथामुक्तावली'** सर्वाधिक प्रसिद्ध है। साथ ही इन्होंने **'सत्याग्रह गीता'**, **उत्तरसत्याग्रह-गीतः**, **'मीरा लहरी'**, **'रामदासचरित**, **'कथापञ्चक'**, **विचित्र-परिषद्यात्रा'**, **'शङ्करजीवनाख्यान'**, **'श्रीतुकारामचरित'**, तथा **'ग्रामज्योति'** आदि की भी रचना की है। ये उत्कृष्ट

---

१. शिवराजविजयः प्रताम निःश्वास पृ० ३१

गद्य-लेखिका थीं, इनके अतिरिक्त श्रीनिवास शास्त्री की **'चन्द्रमहीपति' (तिलस्मी उपन्यास) तथा हरिदास सिद्धान्त वागीश की 'सरला'** (सामाजिक लघु उपन्यास) का भी अपना स्थान है।

भारतीय स्वतन्त्रता के पचास वर्षों में संस्कृत काव्य-रचना-सम्पदा में प्रभूत वृद्धि हुई। पुराने तथा नए सुधी जनों ने रचना-प्रकाशन में केन्द्रीय सरकार से आर्थिक अनुदान की सुलभता देखकर इसमें काफी रूचि ली। काव्यकार भी इसमें पीछे नहीं रहे, किन्तु प्राचीन सर्जना-पद्धति यहाँ भी प्रभावी एवं हावी रही। इस अवधि में पद्यकाव्यों, खासकर महाकाव्यों का लेखन सबसे अधिक हुआ। गद्यकाव्यों की रचना स्वल्प ही हुई। उनमें दृष्टिपथ को प्राप्त कुछ अंगुलिगण्य गद्यकृतियों और उनके निर्माताओं का विवरण यहाँ प्रस्तुत है।

डॉ० रामकरणशर्मा—सर्वाभिमुखी प्रतिभा से पूरित श्रद्धास्पद शर्माजी में एक ओर प्रकाण्ड वैदुष्य और मनमोहक कवित्व है, तो दूसरी ओर अद्भुत प्रशासनिक क्षमता भी अनेक अवसरों पर (दो संस्कृत विश्वविद्यालयों के कुलपति के रूप में) प्रमाणित हो चुकी है। अतिशय विनयशीलता, अत्यन्त मधुर भाषिता और श्रोताओं को अभिभूत कर देने वाली वाग्मिता—इन सबों का समवेत संगम डॉ० शर्मा की खास पहचान है। संस्कृत, हिन्दी, बंगला, अंग्रेजी तथा जर्मन आदि बहुसंख्य भाषाओं में, अप्रतिम वक्तृता और अनुपमेय लेखन-क्षमता में ये अपनी सानी नहीं रखते। इनकी बहुविध रचनाओं में कवियों की निकष भूत संस्कृत-गद्य काव्य कृति 'सीमा' वास्तव में वैदुष्य और कवित्व की सीमा है।

'सीमा' की कथावस्तु ऐतिहासिक या पौराणिक न होकर कवि कल्पित है। इसमें कवि-मानस-उद्भावित ऐन्द्र-कौवेर-वारुण-दुर्ग-वासव–ये पाँचों देश अपनी राजनैतिक, सामाजिक, धार्मिक, आर्थिक और सांस्कृतिक सीमाओं से मुक्त होकर समरस, स्वतन्त्र और परस्पर-आश्रय भाव से 'मनोहर' राष्ट्र के रूप में एकीकृत हो जाते हैं।

यह उत्कृष्ट रचना वस्तुतः आपसी संघर्षों और संकीर्णताओं की सीमा से ऊपर उठकर विश्व को एक 'मनोहर' राष्ट्र के रूप में परिणत हो जाने के लिए आदर्श संदेश है। यहाँ **'वसुधैव कुटुम्बकम्'** की उत्कृष्ट संकल्पना है। इसमें ऋषि वचनों का आदर्श मूर्त रूप में अवतीर्ण है–

'यत्र विश्वं भवत्येकनीडम्'

'सीमा' की भाषा अत्यन्त परिनिष्ठित और प्रौढ़ है। वाक्य छोटे-छोटे और अल्पसमास वाले हैं। इसकी प्रवाहपूर्ण व्यास-शैली मन को मोह लेती है। एक उदाहरण देखें–

''समागमदाश्रमपदं राजा यथाप्रतिश्रुतम्। अपूजयद् ब्रह्मर्षिचरणौ स सादरम्। स्वीचकार तत्पूजां ब्रह्मर्षिप्रवर इति सोऽपि विसिष्मिये।''

डॉ० शर्मा आज भी अन्तरराष्ट्रीय-संस्कृत अध्ययन-संघ के अध्यक्ष के रूप में ये विश्व-विश्रुत है।

डा० प्रभुनाथ द्विवेदी—काशी विद्यापीठ में उपाचार्य के पद पर कार्यरत डा० द्विवेदी साहित्य शास्त्र में निष्णात है। इनके दो गद्यकाव्य हैं—

'कथाकौमुदी' और **'श्वेतदूर्वा'**।

आचार्य रमेशचन्द्रशुक्ल—इनका एक गद्यकाव्य **'नव भारतपुराण'** ११ अध्यायों में रचित है। इसमें पराधीन भारत की दुर्दशा वर्णित है। भारत की वन्दना मनोरम रूप में इसमें निरूपित है।

आचार्य मनोरञ्जनशास्त्री—गुहाटीवासी शास्त्रीजी ने ९ उच्छ्वासों में **'प्रकामकामरूपम्'** नामक

गद्यकाव्य लिखा। इसमें कामरूप का वर्णन, कामरूप के माहात्म्य का वर्णन और भार्गवक्षेत्र का मनोरम वर्णन है।

श्रीकान्त आचार्य—इन्होंने 'शिवराज विजय' के अनुकरण पर **'प्रतापविजय'** की रचना १५ निःश्वासों में की है।

विश्वनारायण शास्त्री—गौहाटी निवासी इस शास्त्रीजी की गद्यरचना **'अविनाशी'** एक ऐतिहासिक उपन्यास है। इसमें कामरूप और प्राग्ज्योतिष (आसाम) का सामाजिक एवं धार्मिक वर्णन ऐतिहासिक रूप में किया गया है।

केशवचन्द्रदास—जगन्नाथ संस्कृत विश्वविद्यालय, पुरी, के प्राध्यापक श्री दासजी ने 'ॐ शान्तिः' नामक संस्कृत उपन्यास में 'शान्ति' की परिभाषा और उसकी महत्ता पर प्रकाश डाला है। इसके दो अन्य भाग हैं—अरुणा और आवर्तनम्।

निबन्ध लेखन

संस्कृत साहित्य में निबन्ध-लेखन की परम्परा लाहौर के पं० हृषीकेशशास्त्री भट्टाचार्य (१८५०-१९१३ ई०) से आरम्भ होती है। उन्होंने **'विद्योदय'** नामक संस्कृत पत्रिका का ४४ वर्षों तक सम्पादन किया। इस पत्रिका में सामयिक समस्याओं तथा आधुनिक विषयों पर सरल और विनोदपूर्ण शैली में निबन्ध प्रकाशित होते थे। इन निबन्धों का एक संग्रह **'प्रबन्ध मञ्जरी'** १९३० ई० में प्रकाशित हुआ है। इनकी भाषा प्राञ्जल तथा धारावाही है। संस्कृत में व्यंग्य शैली (Satire) का प्रथम प्रादुर्भाव इन्हीं निबन्धों में देखा जाता है। भट्टाचार्य की भाषा में भी बाण की शैली का काफी प्रभाव है। इनके विषय में म० म० पं० गिरिधर शर्मा चतुर्वेदी की उक्ति है—

मुद्रयति वदनविवरं मृतभाषावादिनां मुहेराणाम्।
स्मरयति च भट्टबाणं भट्टाचार्यस्य सा वाणी॥

भारतीय स्वतन्त्रता-प्राप्ति के बाद अधिकांश राज्यों से बहुशः संस्कृत पत्रिकाओं का प्रकाशन होता है। इनमें अनेकानेक अर्द्धवार्षिक, त्रैमासिक, मासिक, साप्ताहिक और दैनिक पत्रिकाएँ हैं। अर्द्ध वार्षिक पत्रिकाओं में साहित्य एकादमी, दिल्ली से प्रकाशित **'संस्कृत प्रतिभा'** बहुत स्तरीय पत्रिका है। बिहार के आरा से **'आरण्यकम्'** अर्धवार्षिक शोधपत्रिका है। त्रैमासिक पत्रिकाओं में **'विश्वसंस्कृतप्रतिष्ठानम्'** वाराणसी, की **'विश्वभाषा'**, कामेश्वरसिंह दरभङ्गा संस्कृत विश्वविद्यालय की **'मनीषा'**, पटना से प्रकाशित **'संस्कृत सञ्जीवनम्** तथा **'संस्कृत सम्मेलनम्'** प्रमुख हैं। मासिक पत्रिकाओं में गुरुकुल महाविद्यालय, ज्वालापुर से प्रकाशित **'भारतोदयः', कलकत्ता से** 'सत्यानन्दम्' भारतीय विद्याभवन से **'संविद्'**, वैद्यनाथधाम से **'रावणेश्वरकाननम्'** तथा मुजफ्फरपुर से **'संस्कृतदर्शनम्'** उल्लेखनीय हैं। सम्पूर्णानन्द संस्कृत विश्वविद्यालय, वाराणसी से साप्ताहिक पत्रिका के रूप में 'गाण्डीवम्' की बहुत ख्याति है। दैनिक पत्र के रूप में कानपुर से प्रकाशित **'नवप्रभातम्'** बहुत सुरुचिपूर्ण है।

गद्यकाव्य के उद्भव और विकास का संक्षिप्त परिचय

लौकिक साहित्य की प्रत्येक रचनाविधा के समान गद्य-विधा का भी उद्भव वैदिक साहित्य से है। गद्य से मिश्रित होने के कारण ही यजुर्वेद का कृष्णत्व (कृष्णयजुर्वेद नाम) प्रसिद्ध है।

अथर्ववेद का छठा भाग गद्यात्मक ही है। इसके बाद ब्राह्मण-साहित्य की रचना गद्य में हुई। आरण्यक और उपनिषद् में भी गद्य की प्रचुरता है।

वैदिक साहित्य के बाद पुराणों में गद्य की सत्ता है। विष्णुपुराण और भागवत पुराण का गद्य आलंकारिक तथा प्रासादिक है। शास्त्रीय ग्रन्थों के गद्य अत्यन्त प्रवाहपूर्ण हैं। निरूक्त का वचन है—

''चत्वारि पदजातानि नामाख्यातोपसर्गनिपाताश्च।
भावप्रधानमाख्यातं सत्वप्रधानानि नामानि।''

शंकराचार्य के गद्य का सौन्दर्य अद्भुत है। उसमें वीणा की झंकृति सुनाई पड़ती है—

'नहि पद्भ्यां पलायितुं पारयमाणो जानुभ्यां रंहितुमर्हति'

रुद्रदामन (१५० ई०) के शिलालेख में मनोरम गद्य का प्रयोग है, किन्तु प्रौढ गद्यकाव्य के प्रथम दर्शन सुबन्धु (६००-६२५ ई०) के गद्यकाव्यात्मक ग्रन्थ '**वासवदत्ता**' में होते हैं। इसमें राजकुमार कन्दर्पकेतु स्वप्न में एक परम सुन्दरी (वासवदत्ता) को देखने के बाद उसे खोजने के लिए निकल पड़ता है और अन्त में उसे प्राप्त होने पर उससे प्रेम एवं विवाह कर लेता है। इस प्रकार इसका प्रधान रस शृंगार है। यहाँ नायक-नायिका के सौन्दर्य-निरूपण, गुणकीर्तन, विरह एवं मिलन दशा का मार्मिक चित्रण अत्यन्त मनोरम है, परन्तु सुबन्धु ने अपनी प्रतिज्ञा '**प्रत्यक्षरश्लेषमयप्रपञ्चम्**' के अनुसार इस काव्य में प्रत्येक अक्षर में श्लेष अलंकार का सन्निवेश किया है। अतः रचना बहुत दुर्बोध हो गई है, फिर भी प्रसन्न श्लेष मूलक उपमामयी रचना कहीं-कहीं अत्यन्त कमनीय है। यथा—

'नन्दगोप इव यशोदयान्वितः, जरासन्ध इव घटित सन्धिविग्रहः, दिलीप इव सुदक्षिणान्वितः।'

यशोदा से युक्त नन्दगोप के समान वह राजा यश और दया से युक्त था। जरा नामक पिशाची के द्वारा संगठित अंग वाले राजा जरासंध के समान वह सन्धि और विग्रह (युद्ध) का सम्पादक था, सुदक्षिणा से युक्त राजा दिलीप के समान वह कुशल विद्वानों से युक्त था।

उपर्युक्त गद्यसन्दर्भ पर विचार करने से स्पष्ट होता है कि इसमें श्लेषमूलक उपमा के कारण 'शब्दगत चमत्कार है, किन्तु हृदय को छूने वाली रसप्रवणता कहीं नहीं है। अतः यहाँ कलापक्ष का प्राधान्य होने पर भी भावपक्ष बिल्कुल गौण है। इसके कारण तथा दुर्बोधता के चलते भी यह ग्रन्थ लोकप्रिय नहीं हो सका।

सुबन्धु के बाद संस्कृत-गद्य-क्षितिज पर दण्डी (७वीं शती) जैसे जाज्वल्यमान कवि-नक्षत्र का प्रादुर्भाव होता है। वे अपने गद्यकाव्य '**दशकुमारचरित**' में मनोरम पदलालित्य के लिए प्रसिद्ध है—

'दण्डिनः पदलालित्यम्'।

'दशकुमारचरित' दो भागों में विभक्त है—पूर्व पीठिका और उत्तरपीठिका। इसमें दस राजकुमार अपने-अपने भ्रमण-वृत्तान्तों, विचित्र अनुभवों तथा पराक्रमों का मनोरंजक वर्णन करते हैं। इसे 'धूर्तों का रोमांस' कहना अनुचित नहीं होगा। इसमें तत्कालीन समाज का गोचर चित्रण है। इसकी रचना-शैली नैसर्गिक, प्रवाहपूर्ण और मुहावरेदार है।

संस्कृत साहित्य में गद्यकाव्य का चरमोत्कर्ष बाण (७वीं शती का मध्य) की कृतियों में देखा

जाता है। बाण ने दो गद्यकाव्य लिखें—**'हर्षचरित'** और **'कादम्बरी'**। 'हर्षचरित' आख्यायिका है। इसके आरम्भिक तीन उच्छ्वासों में कवि ने अपने वंश तथा माता-पिता और निजी जीवन का वर्णन किया है। बाद के पाँच उच्छ्वासों में वर्धनवंश के राजाओं–प्रभाकरवर्धन, राज्यवर्धन, हर्षवर्धन और राजकुमारी राज्यश्री का वर्णन है।

'हर्षचरित' में ऐतिहासिक विषय पर गद्यकाव्य लिखने का प्रथम बार प्रयास किया गया है। इसकी रचना शैली' **ओजः समास भूयस्त्वमेतद् गद्यस्य जीवितम्'** इस मान्यता के अनुरूप है।

'कादम्बरी' बाण भट्ट की ही नहीं, समग्र संस्कृत साहित्य की सर्वोत्कृष्ट गद्य रचना है। यह कथा ग्रन्थ है। इसमें नायिका कादम्बरी, नायक राजकुमार चन्द्रापीड तथा तपस्विनी महाश्वेता एवं मन्त्री-पुत्र वैशम्पायन के तीन जन्मों की कथा अत्यन्त सरस एवं मनोरम शैली में लिखी है। इसका प्रधान रस शृंगार है। संयोग एद् वियोग दोनों के चित्रण में कवि नितान्त निपुण हैं। 'कादम्बरी' संस्कृत साहित्य का सर्वोत्कृष्ट उपन्यास है। सारी कथा कुतूहलपूर्ण रोचकता से ओतप्रोत है।

कादम्बरी की शैली वर्ण्य-विषय के अनुरूप है। प्रचण्ड ग्रीष्म और घनघोर विन्ध्याटवी के वर्णन में उनकी शैली समासबहुल, ओजःपूर्ण और कठोर है जबकि शुकनासोपदेश की रचना सरल, सुबोध एवं मनोहर है। लक्ष्मी के वर्णन में कवि कहते हैं—

'न परिचयं रक्षति, नाभिजनमीक्षते, न शीलं पश्यति न वैदग्ध्वं गणयति... न लक्षणं प्रमाणी करोति।

भाषा पर बाण का अखण्ड साम्राज्य और अतुलित अधिकार उनकी अन्यतम विशिष्टता है। अतः कहा कहा है—**वाणी बाणो वभूवेति**। वर्ण्य विषयों में उनकी विविधता और विदग्धता के कारण ही यह उक्ति प्रसिद्ध है—**'बाणोच्छिष्टं जगत्सर्वम्**।

बाण के बाद भी गद्यकाव्य लिखे जाते रहे, किन्तु उनमें बाणभट्ट की शैली का अनुकरण ही था। उनमें उल्लेखनीय हैं—धनपाल की **तिलकमञ्जरी**, वादीभसिंह का गद्य **चिन्तामणि,** वामन भट्ट बाण का **वेम भूपालचरित**। १९वीं शती में अम्बिका व्यास का **शिवराजविजय** उत्कृष्ट गद्य काव्य है। बीसवीं शताब्दी में भी संस्कृत गद्य काव्यों की रचना-धारा अविरल रूप से प्रवाहित है।

●

सप्तम प्रवलम्ब

गीतिकाव्य

परिचय—अलंकारशास्त्र में पद्यकाव्यों के दो भेद बताए गए हैं—महाकाव्य और खण्डकाव्य। महाकाव्य में जीवन की समग्रता का वर्णन होता है, किन्तु खण्डकाव्य में जीवन के एक पक्ष का चित्रण होता है। यह महाकाव्य के एक देश का अनुसरण करने वाला होता है। कहा भी है—

'खण्डकाव्यं भवेत्काव्यस्यैकदेशानुसारि यत्। –साहित्यदर्पण ६।३२९

साहित्यदर्पण में खण्डकाव्य के उदाहरण में कहा गया है यथा–मेघदूतादि। कालान्तर में इसे गीतिकाव्य कहा जाने लगा।

यह 'गीतिकाव्य' शब्द अंग्रेजी के Lyric Poetry का अनुवाद है। वहाँ यूरोप में Lyre एक वाद्य होता है। उस पर गाए जाने वाले काव्य को Lyric poetry कहते हैं। संस्कृत के गीतिकाव्य में गेयता होती है, किन्तु यह केवल गीत नहीं होता है। गीतिकाव्य से यहाँ तात्पर्य उस काव्य से है जिसमें कवि के निजी भावों तथा कल्पनाओं का अकृत्रिम प्रवाह हो, जिसमें कवि की वैयक्तिकता, उसके निजी सुख-दुःख, हास-अश्रु, उल्लास-विलास की तरलता हो, जहाँ कवि अपने आपको कविता के माध्यम से रख रहा हो।[1]

गीतिकाव्य में काव्यशास्त्रीय रूढ़ियों और परम्पराओं से मुक्त होकर कवि अपनी वैयक्तिक चेतना और आनन्दवेदना की अभिव्यक्ति करता है। अतः गीतिकाव्य महाकाव्य की अपेक्षा अधिक मनोरम बन जाता है। स्वच्छ आत्मगीति होने से गीतिकाव्य में निरीक्षण की सूक्ष्मता एवं नवीनता, कल्पना की कमनीयता, भावों की सुकुमारता और पद्यों की हृदयहारिणी गेयता का अभिनव सामञ्जस्य उदित होता है।[2]

मानव जीवन के किसी एक ही पक्ष का उद्घाटन अथवा अन्तरात्मा के किसी एक ही पटल का चित्रण गीतिकाव्य का प्रमुख प्रतिपाद्य होता है। इसमें प्रधानतया श्रृंगारिक, धार्मिक अथवा नैतिक विषयों का वर्णन रहता है। अतः इसमें लालित्य एवं माधुर्य का विशेष पुट दीख पड़ता है।

उद्भव—गीतिकाव्य के बीज सर्वप्रथम ऋग्वेद में उपलब्ध होते हैं। वहाँ मनोहारी उषस्-सूक्त में गीतिकाव्य की प्रथम झलक दृष्टिगत होती है। सुन्दर परिधान से सुसज्जित होकर पति के पास जाती हुई उषा का वर्णन अत्यन्त रमणीय है—

अभ्रातेव पुंस एति प्रतीची गर्त्तारुगिव सनये धनानाम्।
जायेव पत्ये उशती सुवासा उषा हस्रेव निरिणीते अप्सः।[3]

---

१. भोलाशंकर व्यास : संस्कृत कवि दर्शन, पृ० ८७

२. सूर्यकान्त : संस्कृत वाङ्मय का इतिहास, पृ० २४४

३. ऋ० १।१२४।७

यह उषा सुन्दरी भ्रातृ-रहित बहन की भाँति अपना दाय भाग लेने के लिए पितृ-स्थानीय सूर्य के पास जाती है। कभी अपने पति को प्रेम-पाश में आबद्ध करने के लिए सुन्दर वस्त्र धारण की हुई रमणी की भाँति प्रस्थान करती है।

सुभाषित ग्रन्थों में पाणिनि के नाम से भी कुछ गीति-पद्य प्राप्त होते हैं। कालिदास ने 'ऋतुसंहार' एवं 'मेघदूत' लिखकर इस परम्परा का सम्यक् आरम्भ किया है। गीतिकाव्य के दो भेद होते हैं—**प्रबन्धगीति** और **मुक्तक गीति**। प्रबन्ध गीति में एक छोटे से कथासूत्र को लेकर कवि अपनी कल्पना और सहज अन्तः प्रेरणा के द्वारा उसे विस्तृत आयाम देता है। प्रबन्धात्मक गीतिकाव्य के दृष्टान्त कालिदास का 'मेघदूत' तथा उसी के अनुकरण पर लिखे गए सन्देश काव्य हैं।

'मुक्तक' से तात्पर्य उस काव्य से है जो सन्दर्भ आदि बाह्य उपकरणों से मुक्त होकर स्वयं रसपेशल होता है। उसमें एक ही पद्य में रस की पूर्ण अभिव्यक्ति अथवा किसी किसी विषय का सांगोपांग चित्रण होता है। प्रत्येक पद्य अपने में स्वतन्त्र होता है। उसे समझने के लिए पूर्वापर प्रसंग की अपेक्षा नहीं होती—

पूर्वापरनिरपेक्षेणापि हि येन रसचर्वणा क्रियते तदेव मुक्तकम् (ध्वन्यालोक)

इस कोटि में 'नीतिशतक, 'अमरुकशतक' एवं 'आर्यासप्तशती' आदि आते हैं।

गीतिकाव्य के विकास में अग्रलिखित कवियों का बहुमूल्य योगदान है—

कालिदास : ऋतुसंहार और मेघदूत

गीतिकाव्य के आरम्भिक कवियों में कवि कुलगुरु कालिदास का नाम अग्रगण्य है। इनके दो गीतिकाव्य प्रसिद्ध हैं—'ऋतुसंहार' और 'मेघदूत'। इनका विवेचन यहाँ प्रस्तुत है—

ऋतुसंहार—इसमें छः सर्ग और १४४ पद्य हैं। कतिपय विद्वान् इसे कालिदास की कृति नहीं मानते, क्योंकि इसमें कालिदास की अन्य कृतियों की अपेक्षा कम परिष्कार है तथा प्रसिद्ध टीकाकार मल्लिनाथ ने इस पर टीका नहीं लिखी है। इन आपत्तियों का खण्डन करते हुए अन्य विद्वानों का मत है कि 'ऋतुसंहार' कालिदास की प्रथम काव्य-रचना है। अतः यदि उसका भाषा और भाव में पर्याप्त परिष्कार न दीख पड़े तो इसमें आश्चर्य ही क्या? मल्लिनाथ के द्वारा इस ग्रन्थ पर टीका न लिखे जाने में इस रचना की सरलता ही कारण है। अतः आधुनिक विद्वान् 'ऋतुसहार' को कालिदास की ही रचना स्वीकार करते हैं।

'ऋतुसंहार' के छः सर्गों में क्रमशः ग्रीष्म, वर्षा, शरद्, हेमन्त, शिशिर और वसन्त ऋतुओं का वर्णन है। महाकाव्यों तथा नाटकों में भी यथास्थान ऋतुओं का वर्णन आया है, किन्तु सम्पूर्ण संस्कृत साहित्य में ऋतुओं के सांगोपांग वर्णन में प्रवृत्त 'ऋतुसंहार' एकमात्र काव्य है। एक के बाद दूसरी ऋतु के आगमन से जहाँ प्रकृति के बाह्य रूप में नवीनता या विचित्रता आती है, वहाँ युवक-युवतियों के अन्तःकरण में विविध प्रणय-क्रीड़ओं और शृंगारिक चेष्टाओं का उदय होता है। प्रत्येक ऋतु अपनी विशेषताओं से प्रेमियों के हृदय को विविध रूपों में आन्दोलित करती है। ग्रीष्म ऋतु में प्रेमीजन सुगन्धित जल, धुले हुए और मनोहर भवन-तल, प्रियतमा के मुख की भाप

से उफनती हुई मदिरा और सुन्दर वीणा के साथ गाये हुए गीत को रात में काम को उभारने वाली वस्तु के रूप में अनुभव करते हैं—

सुवासितं हर्म्यतलं मनोहरं प्रियामुखोच्छ्वासविकम्पितं मधु।
सुतन्त्रिगीतं मदनस्य दीपनं शुचौ निशीथेऽनुभवन्ति कामिनः।[१]

वर्षा ऋतु की महिमा है कि दूसरी प्रेमिका के पास जाने के अपराध करने वाले प्रेमी से मान करके प्रेमिकाएँ मुँह घुमाकर सो जाती हैं, किन्तु बादलों की घोर कड़क और बिजली की तड़पन से चौंककर वे सोते समय दोषी प्रेमियों से भी लिपट जाती है—

पयोधरैर्भीमगभीरनिस्वनैस्तडिद्भिरुद्वेजितचेतसो भृशम्।
कृतापराधानपि योषितः प्रियान्परिष्वजन्ते शयने निरन्तरम्॥[२]

इसी प्रकार सभी ऋतुओं में प्रेमी-प्रेमिकाओं की प्रणय-लीला का मनोरम वर्णन 'ऋतुसंहार' के प्रत्येक सर्ग में निरूपित है। इस काव्य का शब्द-विन्यास अनुप्रासमय है तथा भाषा सरल है।

मेघदूत

'मेघदूत' संस्कृत के गीतिकाव्य-साहित्य का परम उज्वल रत्न है, जिसकी आभा समय के प्रवाह से और भी अधिक भास्वर होती जाती है। इसमें १२१ पद्यों में कवि ने एक विरही यक्ष की मनोव्यथा का मार्मिक चित्रण किया है। इस छोटे से काव्य के ग़ागर में कवि ने अपनी भावना के सागर को उड़ेल दिया है। इसके दो भाग है—पूर्वमेघ और उत्तरमेघ। कुबेर के शाप के कारण एक वर्ष तक अपनी प्रियतमा से अलग रहने के लिए विवश कोई यक्ष अलका से दूर जाकर रामगिरि पर रहने लगा। एक दिन आकाश में छाये हुए मेघ को देखकर यक्ष उससे प्रार्थना करता है कि वह (मेघ) आलकापुरी जाकर उस (यक्ष) की प्रियतमा के पास उसका कुशल-संदेश पहुँचा दे। पूर्वमेघ में वह रामगिरि से अलका तक के मार्ग का सरस तथा मनोरम वर्णन करता है एवम् उत्तरमेघ में अलकापुरी तथा अपने भवन और अपनी पत्नी की विरह दशा का विवरण देकर अन्त में अपना मधुर संदेश सुनाता है। इस प्रकार पूर्वमेघ में बाह्य प्रकृति का विशद वर्णन है, तो उत्तर मेघ में अन्तः प्रकृति का रमणीय उद्‌घाटन है। पूर्वमेघ में कल्पनापक्ष की प्रधानता है, तो उत्तरमेघ में भावनापक्ष सहृदय-हृदय संवेद्य है।

संदेश-प्रेषण की प्रवृत्ति प्राचीन ग्रन्थों पुराण, रामायण और महाभारत में भी देखी जाती है। नलचरित में हंस के द्वारा सम्वाद भेजा गया है। युधिष्ठिर ने कृष्ण के द्वारा तथा राम ने हनुमान के द्वारा संदेश भेजा था। इस प्रकार कालिदास ने रामायण का अनुसरण कर 'मेघदूत' की रचना की, यह बात सत्य है। कालिदास स्वयं भी इस तथ्य को व्यक्त करते हैं—

'इत्याख्याते पवनतनयं मैथिलीवोन्मुखी सा।'[३]

यहाँ पर ध्यातव्य है कि 'रामायण' तथा 'महाभारत' में चेतन पदार्थों से ही दौत्य-कार्य सम्पन्न

---

१. ऋतुसंहारम् १-३

२. वही २-११

३. उत्तरमेघ–४२

कराया जाता है, जबकि कालिदास ने अचेतन मेघ को सन्देश-वाहक बनाया है। इस पर विचार करते हुए आदिम आलंकारिक भामह ने बोलने की क्षमता नहीं रखने वाले (अवाचः), अस्पष्ट बोलने वाले (अव्यक्तवाचः) तथा दूर देश में विचरण करने वाले (दूर देशविचारिणः) मेघ, शुक, चन्द्र तथा पवन आदिको दूतकार्य के लिए अयुक्त बताते हुए, यहाँ 'अयुक्तिमत्' दोष माना है—

"अवाचोऽव्यक्तवाचश्च दूरदेशविचारिणः।
कथं दूत्यं प्रपद्येरन्निति युक्त्या न युज्यते॥"[1]

कालिदास को भी ऐसी आपत्ति का आभास था। अतः उन्होंने बड़ी भावुकता के साथ पहले ही कह दिया है—

'कामार्ता हि प्रकृतिकृपणाश्चेतनाचेतनेषु।'[2]

काम से पीड़ित व्यक्ति में चेतन और अचेतन के भेद का विवेक नहीं रह जाता। वह तो व्यग्रता एवम् उत्कण्ठा से ग्रस्त हो जाता है। दूसरी बात कि मेघ तो सन्तप्त प्राणियों का शरण है। वह सूखते पौधों को भी जल से सिक्तकर जीवन्त बना देता है। यहाँ यक्ष एक संवेदनशील प्राणी है, जो कुबेर के शाप के कारण अपनी प्रियतमा से वियुक्त होकर दूर देश में समय बिता रहा है। अतः मेघ की अनुकम्पा का भाजन वह है ही। कालिदास की भावना से सहमति जताते हुए भामह 'सुमेधा' से प्रयुक्त इस कल्पना को ग्राह्य मानते हैं—

यदि चोत्कण्ठया यत्तद् उन्मत्त इव भाषते।
तथा भवतु भूम्नेदं सुमेधोभिः प्रयुज्यते॥[3]

इस प्रकार किसी विरह विधुरा प्रेयसी के पास मेघ को कुशल-संदेश वाहक बनाकर भेजने की कल्पना विश्व साहित्य में अपूर्व, मनोहर तथा अत्यन्त रमणीय है। बाह्य प्रकृति की मनमोहक झाँकी प्रस्तुत करने में तथा अन्तस्तल में उदीयमान भावों के चित्रण में यह काव्य अपनी सानी नहीं रखता।

इस छोटे से काव्य में कवि ने विप्रलम्भ शृङ्गार के कारुण्य एवं माधुर्य का, नारी-सौन्दर्य की मोहकता का और हृदय की कोमल कान्त भावनाओं का जो अनुपम चित्रण किया है, वह सचमुच सम्पूर्ण साहित्य में बेजोड़ है। कहीं माधुर्य की व्यंजक स्निग्ध सुकोमल पदावली है, तो कहीं भावपूर्ण पदों द्वारा प्रेमिका की अतिसुकुमार हृदयकली का आभास कराया गया है—

आशाबन्धः कुसुमसदृशं प्रायशो ह्यङ्गनानां
सद्यः पाति प्रणयि हृदयं विप्रयोगे रुणद्धि।[4]

कहीं शब्दों की नादात्मक ध्वनि से ही वर्णित विषय का चित्र उपस्थित कर दिया गया है, तो कहीं शुभग शब्दमैत्री द्वारा छन्द में रमणीयता का संचार किया गया है—

---

१. काव्यालंकार–१।४३

२. पूर्वमेघ–५

३. काव्यालंकार, १।४४

४. पूर्वमेघ ९

तस्माद् गच्छेरनुकलखलं शैलराजावतीर्णां
जह्नोः कन्यां सगरतनयस्वर्गसोपानपंक्तिम्।[१]

रामगिरि से उत्तर की ओर बढ़ता हुआ मेघ कहीं आकाश में उड़ती बलाकाओं की गिनती में तल्लीन सिद्धाङ्गनाओं को अपने गर्जन से डराकर उनके प्रियतमों को आलिंगन का रोमांचक आनन्द प्रदान करेगा[२], तो कहीं नायिका रूपी वेत्रवती नदी के मुख रूपी जल का पान कर कामुकता का अविकल फल प्राप्त करेगा।[३] उज्जयिनी में पहुँचकर वह महाकाल के दर्शन करेगा और शाम तक वहाँ ठहरकर आरती के समय गर्जन का नगाड़ा बजाकर अपने मन्द गम्भीर गर्जन का पूरा-पूरा लाभ उठाएगा।[४] वहाँ वह रात के अंधेरे में अभिसरण करती नायिकाओं को 'सोने की रेखा के समान चमकती' बिजली से आलोक दिखाएगा, किन्तु जलवर्षण और मुखर गर्जन करके उन अभिसारिकाओं को डाराएगा नहीं।[५] इसके बाद 'विवृतजघना' गंभीरा नदी के रस का 'ज्ञातास्वाद' रसिक की भाँति पानकर, वह ब्रह्मावर्त तथा क्रौंच आदि मार्ग से होता हुआ कैलास पर्वत पर पहुँचेगा। वहाँ प्रियतम की गोद में बैठी प्रियतमा की भाँति कैलास की गोद में अलकापुरी दमकती होगी। वहाँ से निकली हुई गंगा की धारा ऐसी लगती है, मानो उस कामिनी के तन से सरकी हुई उसकी साड़ी हो। ऊँची-ऊँची अटारियों वाली अलका पर वर्षा के दिनों में बरसते हुए बादल ऐसे छाये रहते हैं, जैसे कामिनियों के माथे पर मोती गुथे हुए जूड़े हों, ऐसी अलका नगरी को देखकर तुम उसे पहचान न पाओ, ऐसा नहीं हो सकता।[६]

कालिदास ने मेघ को धुआँ, आग, हवा और पानी का केवल समूह नहीं बताया है, किन्तु एक सजीव प्राणी के रूप में चित्रित किया है, जिसमें विनोदप्रियता और रसिकता के साथ यक्ष के समान प्रणयशीलता भी है। कभी वह नानाविध क्रीडाओं में आसक्त होकर गिरि-शृङ्गों पर विहार करता है, तो कभी मयूर पंख के समान इन्द्रधनुष के सम्पर्क से कृष्ण की छवि धारण कर लेता है। कभी वह उज्ञयिनी की ललनाओं के चंचल चितवन पर रीझता है, तो कभी देर तक चमकने

---

१. पूर्वमेघ ५४

२. अम्भोबिन्दुग्रहणचतुराँश्चातकान्वीक्षमाणाः श्रेणीभूताः परिगणनया निर्दिशन्तो बलाकाः।
त्वामासाद्य स्तनितसमये मानयिष्यन्ति सिद्धाः सोत्कम्पानि प्रियसहचरीसंभ्रमालिङ्गितानि॥ पूर्वमेघ, २३

३. तेषां दिक्षु प्रथितविदिशालक्षणां राजधानीं गत्वा सद्यः फलमविकलं कामुकत्वस्य लब्धा।
तीरोपान्तस्तनितसु भगं पास्यसि स्वादु यस्मात् सुभ्रूभङ्गं मुखमिव पयो वेत्रवत्याश्चलोर्मि॥ वही, २६

४. अप्यन्यस्मिञ्जलधर महाकालमासाद्य काले स्थातव्यं ते नयनविषयं यावदत्येति भानुः।
कुर्वन्सन्ध्यावलिटहतां शूलिनः श्लाघनीयामामन्द्राणां फलमविकलं लप्स्यसे गर्जितानाम्॥ वही, ३८

५. गच्छन्तीनां रमणवसतिं योषितां तत्र नक्तं रुद्धालोके नरपतिपथे सूचिभेद्यैस्तमोभिः।
सौदामन्या कनकनिकषस्निग्धया दर्शयोर्वीं तोयोत्सर्गस्तनितमुखरो मास्म भूर्विकलवास्ताः॥ वही, ४१

६. तस्योत्सङ्गे प्रणयिन इव स्रस्तगङ्गादुकूलां
न त्वं दृष्ट्वा न पुनरलंकां ज्ञास्यसे कामचरिन्।
या वः काले वहति सलिलोदगारमुच्चैर्विमाना
मुक्ताजालग्रथितमलकं कामिनीवाभ्रवृन्दम्॥ वही, ६७

के कारण थकी हुई अपनी प्रियतमा बिजली के साथ सुन्दर महलों की छतों पर रात बिताकर मार्गश्रम को दूर करता है।

उत्तरमेघ में कालिदास ने यक्ष और उनकी प्रेयसी की विरहावस्था का वर्णन कर उनकी अन्तः प्रकृति का मार्मिक चित्र उपस्थित किया है। विरह-चिन्ता के कारण मौन धारण करने वाली यक्षिणी उस यक्ष का दूसरा प्राण ही है। प्रियतम से दूर वह यक्षिणी सहचर से वियुक्त चक्रवाकी की भाँति विरह का दुःख सह रही होगी। उस वियोगिनी कान्ता की दशा उस कमलिनी के समान होगी जो पाला पड़ जाने के कारण बिल्कुल मुरझा गई हो—

तां जानीथाः परिमितकथां जीवितं मे द्वितीयं
दूरीभूते मयि सहचरे चक्रवाकीमिवैकाम्।
गाढोत्कण्ठां गुरुषु दिवसेष्वेषु गच्छत्सु बालां
जातां मन्ये शिशिरमथितां पद्मिनीं वान्यरुपाम्॥[१]

सौन्दर्य के उत्कृष्ट चित्रकार महाकवि कालिदास ने यक्षिणी के रूप-लावण्य का जो अनुपम वर्णन किया है, वह आधुनिक युग में भी सुन्दरता की कसौटी के रूप में स्वीकृत है। वह यक्ष-पत्नी दुबली-पतली, श्यामा, नुकीले दाँतों वाली, पके हुए बिम्ब फल के समान ओठवाली, पतली कमर वाली, डरी हुई हरिणी के समान चंचल आँखोंवाली, गहरी नाभि वाली, नितम्बों के भार से धीरे-धीरे चलती हुई, स्तनों के भार से कुछ झुकी-सी तथा युवतियों में विधाता की प्रथम रचना ही है—

तन्वी श्यामा शिखरिदशना पक्वबिम्बाधरोष्ठी
मध्ये क्षामा चकितहरिणी प्रेक्षणा निम्ननाभिः,
श्रोणीभारादलसगमना स्तोकनम्रास्तनाभ्यां
या तत्र स्याद्युवति विषये सृष्टिराद्येव धातुः॥[२]

प्रकृति के अनन्य पुजारी कवि पूर्वमेघ में प्रकृति के विभिन्न रूपों का वर्णन करते हुए भी जब नहीं अघाते, तो उत्तर मेघ में उस यक्षिणी के हर अंग में प्रकृतिगत पदार्थों की छवि देखते हैं। यक्ष कहता है कि प्रियङ्गु लताओं में तुम्हारे शरीर की, भयभीत हरिणी की आँखों में तुम्हारी चितवन की, चन्द्रमा में तुम्हारी मुखशोभा की, मोरपंखों के गुच्छे में तुम्हारे बालों की और पतली-सी नदियों की लहरों में तुम्हारे भ्रू-भङ्गों की सम्भावना करता हूँ, किन्तु खेद है कि हे चण्डि, किसी एक ही वस्तु में तुम्हारे सभी अंगों के अनुपम सौन्दर्य की समानता नहीं है—

श्यामास्वङ्गं चकितहरिणीप्रेक्षणे दृष्टिपातं
वक्त्रच्छायां शशिनि शिखिनां बर्हभारेषु केशान्।
उत्पश्यामि प्रतनुषु नदीवीचिषु भ्रूविलासान्
हन्तैकस्मिन् क्वचिदपि न ते चण्डि ! सादृश्यमस्ति॥[३]

---

१. उत्तरमेघ–२३

२. वही, २१

३. वही, ४३

प्रियतमा के विरह में अत्यन्त उदास और उससे मिलन के लिए बहुत व्याकुल यक्ष अन्य उपाय न देखकर भावना के वशीभूत होकर यक्षिणी को प्रेम में कुपित अवस्था में पर्वत की शिला पर गेरु आदि धातुओं से चित्रित कर उसे मनाने के लिए अपने आपको उसके पैरों पर गिराना चाहता है, किन्तु सहसा उसकी दृष्टि बार-बार उमड़े हुए आँसुओं से ढँक जाती है और इस प्रकार सचमुच निष्ठुर विधाता उन दोनों का चित्रगत मिलन भी सहन नहीं कर पाता—

त्वामालिख्य प्रणयकुपितां धातुरागैः शिलाया—
मात्मानं ते चरणपतितं यावदिच्छामि कर्तुम्।
अस्रैस्तावन्मुहुरूपचितैर्दृष्टिरालुप्यते मे
क्रूरस्तस्मिन्नपि न सहते सङ्गमं नौ कृतान्तः।[१]

कालिदास भारतीय संस्कृति के प्रतिष्ठापक होने के कारण आशावादी कवि हैं। अतः उनका यक्ष भी पुनर्मिलन की आशा में ही विरह के शेष चार महीनों को आँखें मूँदकर धैर्य से बिता डालने की सलाह यक्षिणी को देता है।[२] वह उसे आश्वस्त करता है कि विरह की अवधि शीघ्र बीत जाने की बात सोचकर मैं अपने को स्वयं ढाढस बँधा लेता हूँ। इसलिए हे कल्याणि। इसी प्रकार तुम भी अधिक कातर मत हो जाना, क्योंकि सदा सुख-ही-सुख या सदा दुःख-ही-दुःख किसे रहा। ये सुख और दुःख की अवस्थाएँ तो पहिये के किनारों की भाँति ऊपर-नीचे होती रहती हैं—

नन्वात्मानं बहु विगणयन्नात्मनैवावलम्बे
तत्कल्याणि! त्वमपि नितरां मा गमः कातरत्वम्।
कस्यात्यन्तं सुखमुपनतं दुःखमेकान्ततो वा
नीचैर्गच्छत्युपरि च दशा चक्रनेमिक्रमेण।।[३]

प्रकृति के परिसर में विचार-मग्न यक्ष अपनी प्रियतमा के अतीत एवं भावी मिलन-सुख का सपना सँजोता है। प्रकृति की अलौकिक प्रेरणा यक्ष के प्रेम को संकीर्णता की परिधि से बाहर निकाल कर विश्व-प्रेम में परिणत कर देता है। असंगता विश्व-प्रेम का प्रधान कारण है। संगम का परिच्छिन्न प्रेम विरह में अपरिच्छिन्न हो जाता है।[४] इसी कारण अलका की उत्तुंग अटारी में आसीन यक्ष-पत्नी यक्ष को प्रासाद और पथ में ही नहीं, अपितु आगे-पीछे, सर्वत्र दिखाई देती है—

प्रासादे सा पथि पथि च सा पृष्ठतः सा पुरा सा।
सा सा सा सा जगति सकले कोऽयमद्वैतवादः।।

साहित्यदर्पणकार ने भी संगम और विरह में विरह को ही वांछनीय माना है, क्योंकि संग में वह (प्रियतमा) अकेली साथ में रहती है, जबकि विरह में सम्पूर्ण जगत् ही प्रियतमामय प्रतीत होता है—

---

१. वही ४४

२. शेषान्मासान् गमय चतुरो लोचने मीलयित्वा। –उत्तरमेघ–५३

३. उत्तरमेघ–५२

४. चन्द्रशेखर पाण्डेय : संस्कृत साहित्य की रूपरेखा, पृ० २३३

संगमविरहविकल्पे वरमिह विरहो न संगमस्तस्याः।
संगे सैव तथैका विरहे तु तन्मयं जगत्॥[1]

इस प्रकार 'मेघदूत' वास्तव में एक विरह-पीड़ित, उत्कण्ठित हृदय की मर्मभरी आह है, प्रत्येक पद्य में उसकी विकलता, विह्वलता, कातरता, आतुरता तथा उसके क्रन्दन और स्पन्दन एवं आशा की झलक साफ तौर पर दीखती है। तभी तो किसी रसिक-हृदय ने अपनी पूरी जिन्दगी 'मेघदूत' के रसास्वादन में लगा दी थी—**'मेघे माघे गतं वयः।'**

'मेघदूत' की अतिशय लोकप्रियता का ही यह प्रमाण है कि इस पर सर्वाधिक टीकाएँ लिखी गईं हैं। विख्यात टीकाओं की संख्या पचास के आसपास है। इनमें मल्लिनाथ, वल्लभदेव, जिनसेन सरस्वतीतीर्थ, सुमतिविजय और हरिदास सिद्धान्तवागीश के नाम विशेष रूप से उल्लेखनीय हैं।

'मेघदूत' की लोकप्रियता विदेशों में भी इतनी फैली कि संसार की प्रमुख भाषाओं में इसके अनुवाद प्रकाशित हुए। एच० एच० विल्सन ने १८१३ ई० में 'मेघदूत' का अंग्रेजी में अनुवाद किया। उसके बाद इस काव्य के अनुवाद की होड़ लग गई। मैक्समूलर ने १८४७ ई० में जर्मन में तथा बोन और गिल्ड मिस्टर ने १८४१ और १८४७ ई० में लेटिन में इसका अनुवाद प्रकाशित किया। सिंहली में इसके प्राचीन अनुवाद को लंका के टी० वी० पानवोटे ने १८८३ ई० में सम्पादित किया। इसी प्रकार तिब्बती, चीनी, जापानी, अमरीकी आदि भाषाओं में यह ग्रन्थ अनूदित हुआ। आचार्य ललिता प्रसाद शुक्ल के 'मेघदूत' की भूमिका से ज्ञात होता है कि इसका अनुवाद फ्रेंच, इटालियन, स्वेडिश तथा डेनिश आदि भाषाओं में भी हो चुका है। इस सन्दर्भ में यह कहा जा सकता है कि विश्व की विभिन्न भाषाओं में अनूदित होने वाली कृतियों में 'बाइबिल' और 'पञ्चतन्त्र' के बाद 'मेघदूत' का ही स्थान है। इस रचना से भारत का काव्य-सौरभ दुनिया के कोने-कोने में व्याप्त हो गया। मोनोफ्रोज नामक एक विदेशी विद्वान् ने तो यहाँ तक कह दिया कि यूरोप में क्या, संसार में 'मेघदूत' के जैसा काव्य मिलना दुर्लभ है।

'मेघदूत' के प्रति रसिक कवियों में इतना अनुराग और सम्मान उदित हुआ कि इसके अनुकरण पर 'दूतकाव्य' लिखने की परम्परा ही चल पड़ी। इनमें 'पवनदूत' 'हंसदूत' 'नेमिदूत' आदि का नाम विशेष उल्लेखनीय है। इनका विवरण आगे दिया जाएगा।

मन्दाक्रान्ता छन्द की मन्द-मन्द गति से आगे बढ़ने वाला यह काव्य काल के ज्योति-पटल पर महाकवि की अक्षय कीर्ति की गाथा को आज भी उजागर कर रहा है। यदि महाकवि ने 'रघुवंश' न भी लिखा होता, यदि 'कुारसम्भव' न भी लिखा होता, 'अभिज्ञानशाकुन्तल' न भी लिखा होता, तो भी वे इसी 'मेघदूत' के कारण विश्व के अमर कवियों में सदा विश्रुत परिगणनीय होते, इसमें सन्देह नहीं।[2]

घटकर्पर

कालिदास के 'मेघदूत' के अनुकरण पर अनेक कवियों ने दूतकाव्य की रचना की, इस परम्परा में कालिदास के समकालीन एवं महाराज विक्रमादित्य के नवरत्नों में अन्यतम घटकर्पर कवि ने

१. साहित्यदर्पण १०।३६

२. डा० वचनदेवकुमार : संस्कृत साहित्य का इतिहास, पृ० २०५-२०६

'घटकर्परकाव्य' की रचना की। इस काव्य में एक नवोढा वधू वर्षा-ऋतु के आगमन पर मेघ के माध्यम से अपने दूरस्थ पति के पास संदेश भेजती है। इसमें यमक अलंकार की छटा भरपूर है। 'घटकर्पर' नाम से कवि की प्रसिद्धि सम्भवतः उनके इस पद्य के कारण हुई, जिसमें उनकी प्रतिज्ञा है कि जो कोई भी यमक अलंकार के प्रयोग में उनसे बाजी मार लेगा, उसके यहाँ वे घड़े के कर्पर अर्थात् खप्पर में पानी भरेंगे। सम्भवतः इसी कारण कवि का नाम घटकर्पर पड़ गया और उसका असली नाम विस्मृत हो गया। पद्य इस प्रकार है—

आलम्ब्य वाम्बु तृषितः करकोशपेयं
भावानुरक्त-वनितासुरतैः शयेयम्।
जीयेय येन कविना यमकैः परेण
तस्मै वहेयमुदकं घटकर्परेण॥

पार्श्वाभ्युदय

'मेघदूत' के पद्यों के चरणों को लेकर समस्यापूर्ति के रूप में काव्यरचना की एक परम्परा चल पड़ी। इसी परम्परा में जैन कवि जिनसेन ने 'पार्श्वाभ्युदय' नामक दूतकाव्य लिखा। इसमें 'मेघदूत' के पद्यों के सभी चरणों की समस्यापूर्ति करते हुए मन्दाक्रान्ता छन्द में ३६४ पद्यों में २३वें तीर्थकर पार्श्वनाथ का चरित्र रोचक रूप में वर्णित है। इसमें कवि का समय १३वीं शती बताया गया है। इस काव्य में कवि के प्रतिभावलोकन हेतु एक पद्य उद्धृत है—

तीव्रावस्थे तपति मदने पुष्पबाणैर्मृदङ्गं
तल्पे नाल्पं दहति च मुहुः पुष्पभेदैः प्रक्लृप्ते।
तीव्रापायत्वदुपगमनं स्वप्नमात्रेऽपि नापं
क्रूरस्तस्मिन्नपि न सहते सङ्गमं नौ कृतान्तः॥

पवनदूत—दूतकाव्य की परम्परा में बंग देश के राजा लक्ष्मणसेन (१११६ ई०) के सभापण्डित कवि धोयी ने 'पवनदूत' की रचना की। इसमें मन्दाक्रान्ता छन्द में १०४ पद्यों में गन्धर्वकन्या कुवलयवती ने पवन को दूत बनाकर राजा लक्ष्मणसेन के पास संदेश भेजा है। इसमें मनोरम वाक्य-विन्यास तथा कवित्व का स्वाभाविक प्रवाह और भावों का सौष्ठव दर्शनीय है।

चन्द्रदूत—यह विमलकीर्ति की रचना १६८१ विक्रम सम्वत् की है। इसमें १४१ पद्यों में चन्द्र को शत्रुञ्जय जाकर ऋषभदेव की वन्दना के निमित्त भेजा गया है। इसमें 'मेघदूत' के अन्तिम चरणों की समस्यापूर्ति की गई है।

नेमिदूत—यह विक्रम कवि (१४वीं शताब्दी) की रचना है। इसमें कवि ने जैन धर्म के चौबीसवें तीर्थंकर नेमिनाथ तथा उनकी पत्नी राजीमती का चरित्र उपस्थित किया है। इसमें 'मेघदूत' के अन्तिम चरण की समस्यापूर्ति के रूप में १२६ पद्यों में विरहविधुरा राजीमती द्वारा अपने वियोग का करुणापूर्ण वर्णन किया गया है।

पादपदूत—श्री गोपेन्द्रनाथ स्वामी (१४वीं शती) ने नीलशैल नामक राजा के परदेश-गमन के बाद उसकी पत्नी के द्वारा आंगन के निम्बवृक्ष को दूत बनाकर भेजने की घटना का वर्णन किया है।

शीलदूत—इसमें चरित्रसुन्दरगणि (पन्द्रहवीं शताब्दी) के द्वारा मेघदूत के अन्तिम चरण की समस्या पूर्ति के रूप में १२५ पद्य रचित हैं। इसमें विरक्त एवं दीक्षितस्थूलभद्र अपने शील के द्वारा अपनी पत्नी को भी जैनधर्म में दीक्षित कर लेता है।

बकदूत—अपूर्ण रूप में उपलब्ध इस रचना में महामहोपाध्याय कविश्री अजितनाथ ने मधुकर को खोजने के लिए मधुकरी द्वारा बक को दूत बनाकर भेजने की कथा वर्णित की है।

हृदयदूत—भट्टश्री हरिहर ने हृदय को ही नायक का दूत बनाकर नायिका के पास भेजने की घटना को लेकर 'हृदयदूत' की रचना की है। सन्देश भेजने की घटना को लेकर कुछ सन्देशकाव्य भी लिखे गए हैं। उनमें से प्रमुख काव्यों का संक्षिप्त विवरण इस प्रकार है—

कोकिल संदेश—इसकी रचना उदण्ड कवि ने पन्द्रहवीं शती में की थी। इस काव्य में कांची निवासी नायक ने कोयल के माध्यम से अपनी केरलवासिनी नायिका के पास संदेश भेजा है।

कोकसंदेश—इस रचना में विष्णुदास (सोलहवीं शताब्दी) ने विराटपुर के राजकुमार के द्वारा अपनी पत्नी के पास कोक (चक्रवाक पक्षी) के माध्यम से संदेश भेजे जाने का वर्णन किया है।

चकोरसंदेश—अज्ञातनामा कविके द्वारा रचित इस काव्य में एक चकोर ने प्रेमी-प्रेमिका के बीच संदेशवाहक का कार्य किया है।

भृङ्गसंदेश—कवि श्री वासुदेव (अठाहरवीं शती) द्वारा रचित इस काव्य में एक पति ने अपनी पत्नी के पास भृङ्ग के माध्यम से संदेश भेजा है।

मयूरसंदेश—इसके रचयिता कवि श्री रङ्गाचार्य हैं। इस काव्य में एक नायिका ने अपने नायक के पास मयूर के द्वारा संदेश भेजा है।

हंससंदेश—कवि श्री वामन भट्ट (अठारहवीं शती) द्वारा निर्मित इस काव्य में एक शापग्रस्त नायक ने अपनी नायिका के पास हंस के माध्यम से संदेश भेजा है।

संस्कृत साहित्य में कुछ दूतकाव्य रामकथा से सम्बद्ध हैं। उनका विवरण अग्रलिखित हैं।

भ्रमरदूत—इस काव्य की रचना श्री रुद्र वाचस्पति ने ग्यारहवीं शताब्दी में की थी। इसमें एक भ्रमर राम का विरह संदेश सीता के पास ले जाता है।

चन्द्रदूत—श्री कृष्ण तर्कालंकार (१२वीं शताब्दी) द्वारा रचित इस काव्य में श्रीराम ने लंका में सीता के पास चन्द्र के द्वारा संदेश भेजा है।

पद्मदूत—श्री सिद्धनाथ (तेरहवीं शताब्दी) द्वारा रचित इस काव्य में अशोक वाटिका में निवास करती हुई सीता समुद्र तट पर आए श्रीराम के पास पद्म (कमल) के द्वारा अपना संदेश भेजती है।

वातदूत—श्री कृष्णनाथ पंचानन (चौदहवीं शताब्दी) ने वियोगिनी सीता द्वारा श्रीराम के पास वात (हवा) के माध्यम से संदेश भेजने का वर्णन इस काव्य में किया है।

हंससंदेश—श्रीवेंकटेश द्वारा विरचित इस काव्य में श्रीराम सीता के पास हंस के माध्यम से अपना संदेश भेजते हैं।

कुछ दूतकाव्य कृष्णकथापरक हैं। इनमें कृष्ण के विरह में व्याकुल गोपी अपना संदेश उनके (कृष्ण) पास भेजती है। इन कृतियों का विवरण इस प्रकार है—

अनिलदूत—यह अप्रकाशित रचना रामदयाल तर्करत्न (तेरहवीं शताब्दी) की है। इसमें निर्मला नामक गोपी मथुरा निवासी श्रीकृष्ण के पास अनिल (हवा) के द्वारा संदेश भेजती है।

पदांकदूत—श्रीकृष्ण सार्वभौम (चौदहवीं शताब्दी) द्वारा रचित इस काव्य में गोपी यमुना नदी के तट पर श्रीकृष्ण के पद चिह्न को देखकर उसी के माध्यम से अपना संदेश भेजती है।

तुलसीदूत—इसके प्रणेता त्रिलोचन अथवा वैद्यनाथ भट्टाचार्य हैं। चौदहवीं शताब्दी में रचित इस काव्य में विरह व्याकुल गोपी वृन्दावन में तुलसी-पौधा को देखकर उसी के द्वारा श्रीकृष्ण को संदेश भेजती है।

उद्धवदूत—श्रीमाधव कवीन्द्र भट्टाचार्य (पन्द्रहवीं शताब्दी) द्वारा रचित इस काव्य में श्रीकृष्ण का संदेश लेकर उद्धवजी व्रज में जाते हैं।

पान्थदूत—यह श्री भोलानाथ (पन्द्रहवीं शताब्दी) की रचना है। इसमें कोई गोपी यमुना के किनारे श्रीकृष्ण को नहीं पाकर विरह-व्याकुल हो जाती है और उधर से गुजरते हुए पान्थ के द्वारा अपना प्रणय संदेश श्रीकृष्ण के पास भेजती है।

पिकदूत—श्री रुद्र न्यायवाचस्पति (सोलहवीं शती) द्वारा रचित इस काव्य में वियोगिनी राधा पिक को दूत बनाकर श्रीकृष्ण के पास अपना संदेश भेजती है।

काकदूत—इस रचना में श्री गौरी गोपाल शिरोमणि (सोलहवीं शताब्दी) ने वियोगिनी राधा के द्वारा काक के माध्यम से श्रीकृष्ण के पास संदेश भेजने का वर्णन किया है।

उद्धव संदेश—सत्रहवीं शताब्दी में चैतन्य महाप्रभु के शिष्य श्री रूप गोस्वामी ने 'उद्धवसंदेश' की रचना की। इसमें विरही श्रीकृष्ण उद्धव को दूत बनाकर मथुरा से अपना वियोग-संदेश वृन्दावन में गोपियों के पास भेजते हैं। इसमें गोपाङ्गनाओं के भक्तितत्त्व का बड़ा ही सरस तथा रुचिर विवरण प्रस्तुत है।

हंसदूत—यह रूप गोस्वामी का दूसरा दूत काव्य है। इसमें राधाकी वियोग दशा से द्रवित उसकी प्रधान सखी ललिता हंस को दूत बनाकर श्रीकृष्ण के पास भेजती है। श्रीकृष्ण के सामने वृन्दावन की दयनीय दशा और राधिका की मनोव्यथा का बड़ा ही भावुक चित्रण इस काव्य में हुआ है। सम्पूर्ण काव्य शिखरिणी-वृत्त में रचित एक पूर्ण शतक है। कृष्ण का सतत चिन्तन करते रहने से राधा स्वयं कृष्ण बन गई है, किन्तु फिर भी उसके हृदय की बाधा कथमपि कम नहीं होती है। भावों की अभिव्यंजना तथा कोमल पदावली का प्रयोग इस काव्य की चारुता का द्योतक है।

कुछ अध्यात्मपरक दूतकाव्य हैं। इनमें आध्यात्मिक विषयों का वर्णन है। इनका विवरण अग्रलिखित है—

मनोदूत—इस नाम से कई दूतकाव्य हैं, जिनके कवि अलग-अलग हैं। उनमें बारहवीं शती के विष्णुदास का प्रथम 'मनोदूत' है। कोई भक्त अपने द्वारा किए गए पापों और उसके परिणामों को सोचकर मन को ही दूत बनाकर भगवान् के पास भेजता है।

इन्दुदूत—इस रचना में जैन कवि श्री विजय विनयाग्नि (सोलहवीं शताब्दी) ने चन्द्रमा को दूत बनाकर जोधपुर से अपने गुरु के पास भेजा है।

चेतोदूत—अज्ञातनामा कवि के इस काव्य में चित्त को दूत बनाकर एक शिष्य ने गुरु के पास भेजा है।

इस प्रकार दूत काव्यों के माध्यम से संस्कृत के कवियों ने अपनी हार्दिक भावनाओं की मधुर अभिव्यंजना की है। ये काव्य उत्कृष्ट कल्पना की मधुर अभिव्यक्ति होने से रसिकों के लिए विमुग्धकारी हैं। गीतिकाव्य के इतिहास में अपनी मृदुलता और कमनीयता की दृष्टि से इनका खास महत्त्व है।

भर्तृहरि : शतकत्रय

महाकवि भर्तृहरि का कवित्व जितना ही विख्यात है, उनका व्यक्तित्व उतना ही अज्ञात है। जनश्रुति के आधार पर वे राजा थे और विक्रमादित्य के बड़े भाई थे। उनकी रानी पिङ्गला थी, जिसके चरित्र को दूषित जानकर उन्होंने वैराग्य ले लिया था। अधिकांश विद्वान् उन्हें महावैयाकरण भर्तृहरि से अभिन्न मानते हैं, जिनकी रचना 'वाक्यपदीय' है। कीथ भी इस मत के समर्थक हैं इत्सिंग के अनुसार भर्तृहरि की मृत्यु ६५० ई० में हुई थी।

भर्तृहरि के जीवन-वृत्त पर आधारित और लोक में प्रचलित नाट्य-वृत्त के अनुसार राजा भर्तृहरि अपनी पत्नी पिङ्गला को सतत प्यार करते थे, किन्तु वह (पिङ्गला) किसी दूसरे (राजदरबारी अश्वपाल) को चाहती थी। वह (अश्वपाल) भी दूसरी (वेश्या) के प्रति आसक्त था और कोई दूसरी (वह वेश्या) भर्तृहरि के प्रति अनुरक्त थी। इसीलिए राजा कहते हैं धिक्कार है, उस रानी को, उस पुरुष को, कामदेव को, उस वेश्या को और मुझको—

यां चिन्तयामि सततं मयि सा विरक्ता
साऽप्यन्यमिच्छति जनं स जनोऽन्यसक्तः।
अस्मत्कृते च परितुष्यति काचिदन्या
धिक् ताञ्च तञ्च मदनञ्च इमाञ्च माञ्च॥

भर्तृहरि द्वारा रचित तीन शतक हैं—नीतिशतक, शृङ्गारशतक और वैराग्यशतक। नाम के अनुसार ही इनमें वर्ण्य-विषय हैं। इस प्रकार नीतिशतक में परोपकार, विद्या, धन, उदारता, दुर्जन, सज्जन, मूर्ख, मनस्वी आदि का अत्यन्त उपयुक्त एवं व्यावहारिक वर्णन है, तो शृङ्गारशतक में कामिनियों के विविध आकर्षण पाश के विवरण हैं एवं वैराग्यशतक में नश्वर संसार के मोह-मद से मुक्ति के निर्देश हैं।

भर्तृहरि ने जीवन और जगत् का काफी अनुभव प्राप्त किया था और उस अनुभव के मार्मिक पक्ष के ग्रहण में वे सर्वथा कृतकार्य थे। जो कवि संसार के बीच रहकर अपने अनुभव द्वारा उसके मर्म को समझने और उसे कविता में उतारने में समर्थ होता है वही सच्चा लोकप्रिय कवि होता है। इस दृष्टि से भर्तृहरि वास्तव में जन-कवि हैं, जिनकी सूक्ष्म दृष्टि संसार की छोटी-सी-छोटी वस्तु को निरख कर उसका निचोड़ सामने प्रस्तुत कर देती है।

नीतिशतक—कवि उन उदात्त गुणों के ग्रहण के प्रति आग्रही हैं जिनका परिशीलन मानव-समाज के लिए परम मंगल-साधक है। उनकी अवधारणा है कि कान की शोभा कुण्डल से नहीं होती, किन्तु शास्त्र-श्रवण से होती है, हाथ की सार्थकता दान करने में है, कंगन धारण में नहीं। इसी प्रकार करुणाशील व्यक्ति का शरीर परोपकार से कृतकार्य होता है, चन्दन से नहीं—

श्रोत्रं श्रुतेनैव न कुण्डलेन दानेन पाणिर्न तु कङ्कणेन।
विभाति कायः करुणापराणां परोपकारैर्न तु चन्दनेन।[१]

भर्तृहरि की दृष्टि में सच्चा मित्र वह है जो पाप से बचाता है, हितकारी कार्य में लगाता है, गोपनीय बात को गुप्त रखता है, गुणों को विज्ञापित करता है, आपत्ति में साथ रहता है और समय पर भरपूर मदद देता है—

पापान्निवारयति योजयते हिताय गुह्यं निगूहति गुणान्प्रकटी करोति।
आपद्‌गतं च न जहाति ददाति काले सन्मित्रलक्षणमिदं प्रवदन्ति सन्तः॥[२]

उनके विचार में तेजस्विता आयु की अपेक्षा नहीं करती, तभी तो एक सिंह-शावक बड़े-बड़े मतवाले हाथियों पर टूट पड़ता है। ये कवि बड़े स्वाभिमानी थे। दीनता उन्हें जरा भी कबूल नहीं थी। दैन्य-ग्रस्त मनुष्य को वे अन्योक्ति के माध्यम से कहते हैं—

रे रे चातक सावधानमनसा मित्रक्षणं श्रूयता–
मम्भोदा बहवो वसन्ति गगने सर्वे च नैतादृशाः।
केचिद् वृष्टिभिरार्द्रयन्ति वसुधां गजन्ति केचिद् वृथा
यं यं पश्यसि तस्य तस्य पुरतो मा ब्रूहि दीनं वचः॥[३]

'प्रिय मित्र चातक, क्षण भर मेरी बात ध्यान देकर सुनो। आकाश में बहुत प्रकार के बादल हैं, किन्तु वे सभी तुम्हारी चाह पूरी करने वाले नहीं हैं। उनमें कुछ तो जमीन पर पानी बरसाते हैं, पर कुछ व्यर्थ ही गरजते रहते हैं। अतः जिस-जिस को तुम देखो, उसी के सामने दीन वचन मत बोलो।

भर्तृहरि साहित्य, संगीत और कला से विहीन मनुष्य को बिना सींग और पूँछ के उस पशु के समान मानते हैं, जो अन्य पशुओं के भाग्य से घास नहीं खाता है—

साहित्यसंगीतकलाविहीनः साक्षात्पशुः पुच्छविषाणहीनः।
तृणं न खादन्नपि जीवमानस्तद् भागधेयं परमं पशूनाम्॥[४]

ऐसे सज्जनों की संख्या विरल है, जिनके मन-वचन-कर्म पुण्यरूपी अमृत से पूर्ण हैं, जो सारे संसार को अपने सत्कार्यों से प्रसन्न रखते हैं और जो दूसरों के परमाणु तुल्य गुण को भी पर्वत के समान बृहदाकार देखते हैं—

---

१. नीतिशतक, ७१

२. वही, ७२

३. वही, ५१

४. वही, १२

मनसि वचसि काये पुण्यपीयूषपूर्णा–
स्त्रि भुवनमुपकारश्रेणिभिः प्रीणयन्तः।
परगुणपरमाणून्पर्वतीकृत्य नित्यं
निजहृदि विकसन्तः सन्ति सन्तः कियन्तः॥[१]

'नीतिशतक' की बहुसंख्य सूक्तियाँ सार्वत्रिक और सार्वकालिक रूपमें किसी भी जाति या धर्म के मनुष्य के लिए प्रेरणाप्रद हैं। उनमें से कुछ सूक्तियाँ उल्लेख्य हैं—

विभूषणं मौनमपण्डितानाम्। –७

(मूर्खों का आभूषण चुप रहना ही है)

सत्संगतिः कथय किं न करोति पुंसाम्। –२३

(बताओ, सत्संगति मनुष्यों के लिए क्या नहीं करती ?)

मूर्खस्य नास्त्यौषधम्।

(मूर्खों की कोई दवा नहीं होती)

प्रारब्धमुत्तमजनाः न परित्यजन्ति। –२७

(श्रेष्ठ जन आरम्भ किए हुए कार्य को नहीं छोड़ते हैं)

मनस्वी कार्यार्थी न गणयति दुःखं न च सुखम्। –८२

(कार्यार्थी जो मनस्वी होते हैं, वे सुख या दुःख की परवाह नहीं करते हैं)।

सर्वे गुणाः काञ्चनमाश्रयन्ते।

(सभी गुण कांचन (धन) का ही आश्रय लेते हैं)

न्याय्यात्पथः प्रविचलन्ति पदं न धीराः।

(धीर पुरुषों के पग न्याय के पथ से कभी विचलित नहीं होते।)

विधिरहो बलवानिति मे मतिः।

(भाग्य ही बलवान है—ऐसा मेरा मत है।

शृङ्गारशतक में कवि रमणियों के मोहक सौन्दर्य से तथा पुरुष को आकृष्ट करने के लिए उनके विभिन्न हाव-भावों से परिचय कराता है। कवि का कथन है कि कामदेव वह लुटेरा बटमार है जो कामिनियों के सौन्दर्य रूपी कानन में दुर्गम कुच-पर्वतों की ओट में छिपकर मन-रूपी पथिक को लूट लेता है—

कामिनीकायकान्तारे कुचपर्वतदुर्गमे।
मा संचर मनः पान्थ तत्रास्ति स्मरतस्करः।[२]

भाग्यवान् पुरुष ही सौन्दर्य-सम्पन्न कान्ताओं के अधरमधु का पान करते हैं—

---

१. नीतिशतक ७८

२. शृङ्गारशतक ५४

उरसि निपतितानां स्रस्तधम्मिल्लकानां
मुकुलितनयनानां किञ्चिदुन्मीलितानाम्।
सुरतजनितस्वेदैः सार्द्रगण्डस्थलीनां
अधरमधु वधूनां भाग्यवन्तः पिबन्ति॥[१]

यहाँ यह ध्यान देने योग्य तथ्य है कि 'शृङ्गारशतक' में कवि का उद्देश्य रमणी-सौन्दर्य तथा उसकी मादकता को सर्वोच्च बताकर उसका चित्रण करना नहीं है, अपितु उनके आकर्षण एवं सम्मोहन में निःसारता का बोध कराकर उसकी दुःखान्त परिणति का सम्यग् ज्ञान करा देना है। कवि का कथन है कि इस भव-सागर से मनुष्य का निस्तार शीघ्र हो जाता, यदि बीच में रोकने वाली प्रमदाएँ नहीं होतीं—

संसार ! तव निस्तारपदवी न दवीयसी।
अन्तरा दुस्तरा न स्युर्यदि ते मदिरेक्षणाः॥[२]

इसीलिए कवि वनिताओं के चाकचिक्य से सावधान करता हुआ आर्य पुरुषों से पूछता है कि बतलाइये, पर्वतों की गुफाओं में जाकर निवास करना अच्छा है अथवा विलासिनियों के नितम्बों का सेवन करना—

मात्सर्यमुत्सार्य विचार्य कार्यमार्याः समर्यादमुदाहरन्तु।
सेव्या नितम्बाः किमु भूधराणामुत स्मरस्मेरविलासिनीनाम्।[३]

वैराग्यशतक में कवि ने सांसारिक वस्तुओं के प्रति प्रेम और उसके भोग को क्षणिक एवं निस्सार बताकर वैराग्य को ही चिर कल्याणकारी रूप में प्रतिपादित किया है। वे सन्तोष को परमसुख और वैराग्य को इसका एकमात्र साधन मानते हैं। इसके लिए समदृष्टि को आवश्यक समझकर कवि अभिलाषा करते हैं कि चाहे सर्प हो या हार, प्रबल शत्रु हो या मित्र, मणि हो या मिट्टी का ढेला, फूलों की शय्या हो या पत्थर, तिनका हो अथवा सुन्दरियों का समूह—इन सबों में मेरी समदृष्टि रहे तथा किसी पवित्र वन में शिव-शिव जपते ही मेरे दिन व्यतीत हों—

अहौ वा हारे वा बलवति रिपौ वा सुहृदि वा
मणौ वा लोष्ठे वा कुसुमशयने वा दृषदि वा।
तृणे वा स्त्रैणे वा मम समदृशो यान्तु दिवसाः
क्वचित्पुण्येऽरण्ये शिव-शिव शिवेति प्रलपतः॥[४]

कवि की अवधारणा है कि हमने भोगों को क्या भोगा, हम ही भोग लिए गए; तपस्या हमने नहीं की, अपितु हम ही (दुःखादि से) तप गए; समय तो नहीं बीता, हम स्वयं ही बीत (समाप्त हो) गए; तथा तृष्णा जीर्ण नहीं हुई, किन्तु हम स्वयं ही जीर्ण हो गए—

---

१. शृङ्गारशतक २५
२. " " ३३
३. " " ३६
४. वैराग्यशतक १०३

भोगा न भुक्ता वयमेव भुक्ता-
स्तपो न तप्तं वयमेव तप्ताः।
कालो न यातो वयमेव याता-
स्तृष्णा न जीर्णा वयमेव जीर्णाः ॥[१]

भर्तृहरि की दृष्टि में तपस्वी जीवन ही अतिशय श्रेयस्कर है। मुनि के लिए पृथ्वी ही रमणीय शय्या है, भुजाएँ ही तकिया हैं, आकाश ही चँदवा है, अनुकूल हवा ही पंखा है, शरत् का चन्द्रमा दीपक है, विरति उसकी प्रियतमा है। शान्त मुनि ऐश्वर्यशाली सम्राट् के समान सुख का अनुभव करता हुआ आनन्द पाता है—

मही रम्या शय्या विपुलमुपधानं भुजलता
वितानं चाकाशं व्यजनमनुकूलोऽयमनिलः।
शरच्चन्द्रो दीपो विरतिवनितासङ्गमुदितः
सुखी शान्तः शेते मुनिरतनुभूतिर्नृप इव ॥[२]

काव्य प्रतिभा एवम् आध्यात्मिकता का ऐसा मणिकाञ्चन योग अन्य किसी साहित्य में कदाचित् ही उपलब्ध हो।

वैराग्य शतक की अन्य सूक्तियाँ भी चित्ताकर्षक हैं—

मनसि च परितुष्टे कोऽर्थवान् को दरिद्रः।

× × ×

संदीप्ते भवने तु कूपखननं प्रत्युद्यमः कीदृशः।

× × ×

नार्यः श्मशानघटिका इव वर्जनीयाः।

× × ×

संसारे रे मनुष्या वदत यदि सुखं स्वल्पमप्यस्ति किञ्चित्।

× × ×

चलाचले च संसारे धर्म एको हि निश्चलः।

अमरु : अमरुकशतक

प्रेम और शृङ्गार के भावों की जैसी व्यापक अभिव्यक्ति महाकवि अमरु अथवा अमरुक के शतक में हुई है, वह अन्यत्र दुर्लभ है। महाकवि अमरु की कविता जितनी प्रख्यात है, उनका व्यक्तित्व उतना ही अज्ञात है। एक प्रचलित दन्तकथा के अनुसार मण्डन मिश्र की पत्नी भारती द्वारा पूछे गए कामशास्त्र-विषयक प्रश्नों का उत्तर देने के लिए स्वयं शंकराचार्य ने अमरुक नामक राजा के मृत शरीर में अपनी आत्मा को प्रवेश कराकर उस राजा की पत्नियों के सहवास में उन प्रश्नों का उत्तर पाया था और 'अमरुकशतक' की रचना की थी। बाद में राजकर्मचारी तथा रानियों

१. वैराग्यशतक १२

२. वही ७९

का सन्देहात्मक रुख देखकर अपने पूर्व शरीर में उन्होंने अपनी आत्मा को प्रवेश करा दिया था जिससे राजा अमरुक का शरीर पुनः निष्प्राण हो गया।

अमरुक के देश और काल की निश्चित जानकारी नहीं है फिर भी, आनन्दवर्धनाचार्य (८५० ई०) ने 'ध्वन्यालोक' में अमरुक की चर्चा इस रूप में की है—

'मुक्तेषु हि प्रबन्धेष्विव रसबन्धाभिनिवेशिनः कवयो दृश्यन्ते। तथा ह्यमरुकस्य कवेर्मुक्तकाः शृङ्गाररसस्यन्दिनः प्रबन्धायमानाः प्रसिद्धा एव।'

रीतिकार वामन (७५० ई०) ने भी 'अमरुकशतक' के तीन पद्यों को उद्धृत किया है। अतः अमरुक का समय ७०० ई० के आसपास माना जाता है।

आनन्दवर्धन के उपर्युक्त कथन के अनुसार अमरुक के मुक्तक इतने रस और भाव से भरे हुए हैं कि अल्पकाय होने पर भी वे प्रबन्ध से समता रखते हैं। तात्पर्य यह है कि रस-भाव तथा अर्थ का जितना सन्निवेश एक समूचे प्रबन्धकाव्य में किया जा सकता है, उतना अमरुक के एक-एक पद्य में समाहित है। उन्होंने अपने पद्य के गागर में रस-भाव का सागर उड़ेल दिया है। फिर भी कहीं दुरूहता नहीं है। शार्दूलविक्रीड़ित जैसे विशाल छन्दों का प्रयोग करने पर भी उनकी कविता में दीर्घकाय समासों का अभाव है।

'अमरुकशतक' में प्रेम का सजीव चित्रण है। उसमें कामि-कामिनियों की विभिन्न मनोवृत्तियों का उनके हर्ष और विषाद का, कोप और अनुराग का, मान और मनोविनोद का हृदयहारी विवरण है। पति को परदेश जाते देखकर हृदय-विह्वल पत्नी अपने प्राणों को भी प्राणनाथ के साथ प्रयाण करने की सलाह देती है—

प्रस्थानं वलयैः कृतं प्रियसखैरस्रैरजस्रं गतं
धृत्या न क्षणमासितं व्यवसितं चित्तेन गन्तुं पुरः।
यातुं निश्चितचेतसि प्रियतमे सर्वे समं प्रस्थिता
गन्तव्ये सति जीवि तप्रिय सुहृत्सार्थः किमु त्यज्यते॥[1]

दुर्बलता के कारण हाथों से चूड़ियाँ गिर पड़ीं, ये प्यारे आँसू भी निरन्तर बह चले, धैर्य क्षणभर भी नहीं टिका, चित्त पहले से ही जाने को तैयार है, प्रियतम के परदेश जाने का निश्चय करते ही ये सबके-सब उनके साथ ही चल पड़े हैं। तब फिर, हे मेरे प्राण, यदि तुम्हें भी जाना ही है तो अपने इन मित्रों का साथ क्यों छोड़ रहे हो? तुम भी इनके साथ ही चल दो।

पति से मिलन की चिर-प्रतीक्षा के बाद उनके आगमन का समाचार सुनते ही नायिका का हर्ष उसके अंग-प्रत्यङ्ग से टपकने लगता है। मंगल-कार्य-सम्पादन में उसके सभी अङ्ग ही जुट गए हैं—

दीर्घा वन्दनमालिका विरचिता दृष्ट्यैव नेन्दीवरैः
पुष्पाणां प्रकरः स्मितेन रचितो नो कुन्दजात्यादिभिः।
दत्तस्वेदमुचा पयोधरयुगेनार्घ्यो न कुम्भाम्भसा
स्वैरेवावयवैः प्रियस्य, विशतस्तन्व्या कृतं मङ्गलम्॥[2]

---

१. अमरूकशतकम्, ३५
२. " " ४५

पति के स्वागत के लिए नायिका ने अपनी मधुर दृष्टि से ही वन्दनवार सजा दी, कमलों से नहीं, अपितु मुस्कुराहट से पुष्प बिखेर दिए; कुन्द तथा चमेली आदि फूलों से नहीं, किन्तु उरोजों से झर रहे पसीने से ही अर्घ्य-दान किया, कलश के जल से नहीं। इस प्रकार उस कृशाङ्गी ने प्रियतमा के प्रवेश करने पर अपने अंगों से ही सारा मंगल कार्य सम्पादित कर दिया।

अमरुक ने संयोग और वियोग शृङ्गार की भिन्न-भिन्न दशाओं एवं परिस्थितियों का अत्यन्त मार्मिक चित्रण किया है। अपराधी नायक और मानिनी नायिका का रुचिर सम्वाद अग्रलिखित पद्य में अत्यन्त अनूठा है—

बाले, नाथ, विमुञ्च मानिनि रुषं, रोषान्मया किं कृतम्।
खेदोऽस्मासु, न मेऽपराध्यति भवान्, सर्वेऽपराधा मयि।
तत्किं रोदिषि गद्‌गदेन वयसा, कस्याग्रतो रुद्यते,
नन्वेतन्मम, का तवास्मि, दयिता, नास्मीत्यतो रुद्यते॥[१]

(एक (१) से चिह्नित नायक की उक्ति है और दो (२) से अङ्कित नायिका की)—

१ बाले, २ हे नाथ, १ मानवति, क्रोध छोड़ दो, २ क्रोध करके मैंने क्या कर लिया? १. तुमने मेरे हृदय में क्रोध जो उत्पन्न किया। २. इसमें आपका कोई दोष नहीं है, सभी अपराध मेरे हैं। १ तो फिर गद्‌गद होकर रोती क्यों हो? २ किसके सामने रो रही हूँ? १ क्यों, मेरे सामने। २ मैं तुम्हारी कौन हूँ ? १ प्रियतमा। २ यही तो नहीं हूँ, इसीलिए रो रही हूँ।

'साहित्य दर्पण' में उपर्युक्त पद्य को 'धीराधीरा मध्या नायिका' के उदाहरण रूप में उपस्थित किया गया है। अमरु के पद्य अत्यन्त लोकप्रिय रहे हैं और आलंकारिकों ने उन्हें उदाहरण के रूप में उद्धृत किया है। यही कारण है कि 'अमरुकशतक' के टीकाकार वेम भूपाल ने इस ग्रन्थ को एक 'काव्यशास्त्रीय ग्रन्थमात्र' कहा है। उनके अनुसार इसमें नायिकाओं के भेद तथा प्रणय-मुद्राओं की विविधता का चित्रण है। अन्य टीकाकार रविचन्द्र के अनुसार अमरु के पद्य द्व्यर्थक हैं। उनसे शृङ्गारिक तथा दार्शनिक दोनों अर्थों का बोध होता है। यह इस काव्यग्रन्थ की लोकप्रियता का ही प्रमाण है कि इस पर एक दर्जन से अधिक टीकाएँ लिखी गई हैं।

अमरुक इस काव्य में शब्द-चयन के प्रति सचेष्ट दीख पड़ते हैं, किन्तु वे शब्द-कवि नहीं होकर, रस-कवि हैं। उनके पद्य शृङ्गाररस से लवालव भरे मुक्तककाव्य के सरस नमूने हैं तथा ध्वनि काव्य के उत्कृष्ट उदाहरण हैं। हिन्दी के रीतिकालीन कवियों में बिहारी एवं पद्माकर आदि की कविता में अमरुक के अनेक पद्यों की स्पष्ट छाया है।

बिल्हण : चौरपञ्चाशिका

कश्मीर निवासी कवि बिल्हण ने ग्यारहवीं शती के उत्तरार्द्ध में 'चौरपञ्चाशिका' नामक गीतिकाव्य की रचना की। चौर्यरत प्रेम पर आधारित पचास पद्यों से युक्त होने के कारण ही इस रचना का यह नाम पड़ा है। इस काव्य-रचना के सन्दर्भ में किंवदन्ती है कि किसी राजकुमारी से गुप्त प्रेम करने के कारण राजा ने उन्हें प्राणदण्ड दे दिया था। वधस्थल के लिए जाते समय

१. साहित्यदर्पण ३।६१

उन्होंने अपने प्रेम की स्मृति में ५० श्लोकों की रचना की। इस काव्य का प्रत्येक पद्य 'अद्यापि' (अब भी) शब्द से आरम्भ होता है और उसमें कवि भाव व्यक्त करता है कि अब भी (जबकि अपने गुप्त प्रणय के कारण उसे प्राणदण्ड मिलने वाला है) उसे अपनी प्रिया के दर्शन, मिलन एवं मधुरालाप आदि की रोमाञ्चकारी स्मृति बनी हुई है। इससे प्रभावित होकर राजा ने क्षमा-प्रदान कर राजकुमारी के साथ उसका विवाह कर दिया। कीथ इस जनश्रुति को कपोल-कल्पित मानते हैं।

शृङ्गाररस प्रधान इस रचना की भाषा सरल और प्रवाहपूर्ण है। शैली सरस और मधुर है, किन्तु शृङ्गारवर्णन कहीं-कहीं उच्छृङ्खल हो गया है, जैसे—

अद्यापि तां प्रणयिनीं मृगशावकाक्षीं
पीयूषपूर्णकुचकुम्भयुगं वहन्तीम्।
पश्याम्यहं यदि पुनर्दिवसावसाने
स्वर्गापवर्गनरराज्यसुखं त्यजामि॥

आज भी अगर प्रेम करने वाली इस मृगनैनी को, जो अमृत से पूर्ण स्तन-युगल-रूपी दो घटों को धारण करती है, मैं पुनः दिन के अन्त अर्थात् रात में देख लूँ तो स्वर्ग, अपवर्ग एवं नरलोक के राज्यसुख का त्याग कर दूँ।

गोवर्धनाचार्य : आर्यासप्तशती

बंगाल के राजा लक्ष्मण सेन (११९६ ई०) के सभापण्डित और 'पवनदूत' के प्रणेता कवि धोयी एवं 'गीतगोविन्द' के निर्माता जयदेव के समकालीन गोवर्धनाचार्य ने कवि हाल के प्राकृत काव्य 'गाथा-सप्तशती' के अनुकरण पर 'आर्या-सप्तशती' का प्रणयन किया। आर्या छन्द में रचित इसके ७०० पद्यों में प्रेमी-प्रेमिकाओं की विविध प्रणय-लीलाओं का सरस चित्रण है। इन पद्यों की रचना अकारादि वर्णानुक्रम से की गई है। शृङ्गार के दोनों पक्षों-संयोग और वियोग का इसमें मनोमुग्धकारी वर्णन है। नागर ललनाओं के उद्दाम यौवन की विलास-चेष्टाओं तथा ग्राम-तरुणियों की सरल मनोहर लीला भङ्गियों—इन दोनों रूपों का कवि ने सजीव चित्रण किया है।

गोवर्धन 'आर्या' की रचना में नितान्त निपुण हैं। इनसे पहले दामोदरगुप्त के अतिरिक्त किसी कवि ने इस छन्द में इतने मनमोहक रूप में नहीं लिखा था। इस कवि ने आर्या जैसे छोटे छन्द में विपुल भावों को भरकर 'गागर में सागर' भरने की लोकोक्ति चरितार्थ की है। एक उदाहरण देखें—

सा सर्वथैव रक्ता रागं गुञ्जेव न तु मुखे वहति।
वचनपटोस्तव रागः केवलमास्ये शुकस्येव॥

नायिका नायक के प्रति पूर्णतः अनुरक्त है, किन्तु अपने अनुराग को वह मुख से प्रकट नहीं करती। अतः वह उस गुंजाफल के समान है, जो मुख को छोड़कर सर्वाङ्ग में रक्तवर्ण है। दूसरी

ओर वचन चातुरी में दक्ष नायक हैं, जो मुख मात्र से ही अपने प्रेम को स्थापित करता है। अतः वह उस हरे शुक के समान है जिसका केवल मुख ही लाल होता है।

एक अत्यन्त सुकुमार भाव की कल्पना देखें—

पिब मधुप वकुलकलिकां दूरे रसनाग्रमाधाय।
अधरविलेपसमाप्ये मधुनि मुधा वदनमर्पयसि॥

हे भ्रमर, इस वकुल-कलिका के मकरन्द रस का पान करते समय तुम दूर से ही केवल अपनी जिह्वा के नोक से उसका स्पर्श करना, क्योंकि यदि तुम अपना पूरा मुँह उस पर रख दोगे तो उसका वह अत्यल्प मधु-बिन्दु तुम्हारे ओठों में ही पुत कर रह जाएगा।

विरह से सन्तप्त नायिका का यह वर्णन कितना चमत्कारी है—

न सवर्णो न च रूपं न संस्क्रिया कापि नैव सा प्रकृतिः।
बाला त्वद्विरहादपि जातापभ्रंशभाषेव॥

नायक से विरह के कारण नायिका में आश्चर्यजनक परिवर्तन हो गया है। अब उसका रंग शोभन नहीं रहा, न वह रूप है, न वह संस्कार (अंग-प्रत्यंग का परिष्कार) है, न वह स्वभाव ही है। उसकी सुन्दरता बिल्कुल बदल गई है—अपभ्रंश भाषा के समान, जिसमें न सवर्ण होता है, न रूप होता है (संस्कृत भाषा की भाँति), न संस्कार होता है (व्याकरण सम्बन्धी), न उसमें संस्कृत की प्रकृति (धातु आदि) ही होती है।

यहाँ श्लेष के चमत्कार के साथ कवि का भाषा-ज्ञान भी मनोरम रूप में व्यक्त हुआ है। उनकी भाषा उनकी आर्याओं की भाँति ही मसृण, सरस, विशद और सज्जनों के हृदय को चमत्कृत कर देने वाली है—

मसृणपदरीतिगतयः सज्जनहृदयाभिसारिकाः सुरसाः।
मदनाद्वयोपनिषदो विशदा गोवर्धनस्यार्याः॥

जयदेव : गीतगोविन्द

काव्य को संगीत की स्वर-माधुरी के साँचे में ढालकर साहित्य और संगीत का अपूर्व समन्वय उपस्थित करने वाले अद्वितीय कवि के रूप में महाकवि जयदेव का नाम सदा कीर्तनीय रहेगा। उनकी इस अप्रतिम विलक्षणता के कारण उनका एकमात्र यह अनुपम ग्रन्थ 'गीतगोविन्द' एक ओर कवियों और साहित्यिकों के गले का हार बना हुआ है, तो दूसरी ओर संगीतज्ञों की वीणा के द्वारा मुखरित हो उठी है। इतना ही नहीं, जयदेव ने अपनी कविता के लिए जिन नायक-नायिकाओं को चुना और उन्हें इस विलक्षण रूप में प्रस्तुत किया वे आगे चलकर एक ओर शृङ्गारी कवियों और रसिकों के कण्ठहार बन गए तो दूसरी ओर माधुर्य-सम्प्रदाय के भक्तों के लिए अलौकिक रस की व्यञ्जना कराने वाले आराध्य के रूप में प्रकट हुए। कवि ने अपनी इस रचना को ऐसा स्वरूप प्रदान करने में अलौकिक प्रतिभा का भरपूर उपयोग किया है। अपनी इस रचना का लक्ष्य स्पष्ट करते हुए वे स्वयं कहते हैं—

यदि हरिस्मरणे सरसं मनो
यदि विलास कलासु कुतूहलम्।
मधुरकोमलकान्तपदावलीं
शृणु तदा जयदेवसरस्वतीम्।।[१]

'गीतगोविन्द' के रचयिता जयदेव का जन्म बंगाल के किन्दुविल्व ग्राम में हुआ था। उनके पिता का नाम भोजदेव तथा माता का नाम रामादेवी या राधादेवी था। उनकी पत्नी पद्मावती थी जो अपने पति के गीतों के ताल पर नृत्य करती थी (पद्मावतीचरणचारण-चक्रवर्ती)। बंगाल के राजा लक्ष्मण (१११६ ई०) के सभारत्न होने से इनका समय बारहवीं शताब्दी का पूर्वार्द्ध माना जाता है। गोवर्धनाचार्य और धोयी कवि उनके समसामयिक थे।[२]

'गीतगोविन्द' की रचना-विधा भी कुछ ऐसी विलक्षण है कि विभिन्न आलोचकों ने उसे अलग-अलग रूप में निर्दिष्ट किया है। विलियम जोन्स इसे ग्राम्य नाटक (Pastoral drama), लैसन इसे गीतिनाट्य (Lyric drama), पिशेल इसे संगीतरूपक (Melo drama) तथा फॉन श्रोडर इसे परिष्कृत यात्रा (Refined Yatra) बताते हैं। किन्तु जयदेव ने 'गीतगोविन्द' को सर्गों में विभाजित किया है। इसमें प्रस्तावना, अंक आदि नहीं हैं। कुछ लोग उसे शृङ्गार महाकाव्य की संज्ञा देते हैं। फिर भी 'गीतगोविन्द' को संगीत नाटक (opera) का एक पूर्वरूप कहा जा सकता है, जिसका श्रेष्ठ परिपाक १६वीं शती की श्री तीर्थनारायण स्वामीकृत 'कृष्णलीलातरंगिणी' में देखा जाता है। भारतीय काव्यशास्त्र की दृष्टि से इस सर्गबद्ध रचना को खण्डकाव्य की संज्ञा प्रदान की जा सकती है।

वस्तुतः १२ सर्गों में रचित 'गीतगोविन्द' गीतिकाव्य की मुकुटमणि है। गीतिकाव्य के सभी उपादानों–भावप्रधानता, अनुभूति प्रवहणता और सांगीतिकता से यह ओतप्रोत है। ताल-लय से समन्वित होने के कारण यह पूर्णतः गेय है। श्लोक, गद्य और गीत–इन तीनों के समन्वित प्रयोग से इसमें अनुपम माधुर्य व्याप्त है।

राधाकृष्ण की केलि-कथाएँ तथा उनकी अभिसार-लीलाएँ 'गीतगोविन्द' को एक अनुपम शृङ्गाररत्न बना देती हैं। आशा, निराशा, उत्कण्ठा, कोप, मानत्याग और मिलन प्रेम की इन विविध दशाओं का राधा और कृष्ण के प्रणय में मनोरम चित्रण हुआ है। राधा के प्रेमासिक्त वचनों से प्रेरित श्रीकृष्ण स्वयं अपने कर-कमलों से उसका शृङ्गार करते हैं।

कृष्ण तथा गोपिकाओं के शृङ्गारी वर्णन की परम्परा का परिपाक श्रीमद्भागवत के दशम स्कन्ध में उपलब्ध होता है। जयदेव तथा परवर्ती कृष्ण भक्त कवियों को यही विरासत मिली है। गोपिकाओं के साथ की गई रासलीलाओं और जलक्रीड़ाओं का अत्यन्त सरस वर्णन श्रीमद्भागवत में देखा जा सकता है। एक उदाहरण यहाँ द्रष्टव्य है—

---

१. यदि हरि चिन्तन रस आतुर मन, यदि रति-भाव हुलासे।
तो मधुकोमल कान्त पदावलि, सुनो स्वर्ग-सुख भासे।। गीतगोविन्द, अनुवादक विनयमोहन शर्मा

२. वाचः पल्लवयत्युमापतिधरः सन्दर्भशुद्धिं गिरां
जानीते जयदेव एव शरणः श्लाध्यो दुरूहद्रुतेः
शृङ्गारोत्तरसत्प्रमेयरचनैराचार्यगोवर्धन–
स्पर्धी कोऽपि न विश्रुतः श्रुतिधरो धोयी कविक्ष्मापतिः।

सोऽम्भस्यलं युवतिभिः परिषिच्यमानः
प्रेम्णोक्षितः प्रहसतीभिरितस्ततोऽङ्ग।
वैमानिकैः कुसुमवर्षिभिरीड्यमानो
रेमे स्वयं स्वरतिरत्र गजेन्द्रलीलः॥ १०।३३।२४

हँसती हुई गोपिकाओं के द्वारा प्रणय पूर्वक देखे गए और इधर-उधर जल से सींचे हुए आत्माराम-कृष्ण–जो फूलों की वर्षा करते देवताओं के द्वारा संस्तुत हो रहे थे—यमुना के जल में उसी तरह रमण कर रहे थे, जैसे हाथी हथिनियों के साथ जल-क्रीड़ा करता है।

परदाराओं के साथ की गई कृष्ण की क्रीड़ाओं को कुछ लोगों ने अनैतिक आचरण कहा है। परीक्षित के द्वारा ऐसा ही प्रश्न[१] किए जाने पर शुकदेव कृष्ण जैसे तेजस्वी के लिए ऐसे आचरण को दोषपूर्ण नहीं मानते।[२] दूसरी ओर माधुर्य सम्प्रदाय के भक्तों ने कृष्ण और गोपियों के प्रेम को आध्यात्मिक प्रेम का व्यंजक मानकर इस विवाद को ही विराम दे दिया। 'मधुर भाव से भजने वाले भक्त के लिए भगवान् की लीलाएँ ही स्मर्तव्य हैं, उनकी शृङ्गार चेष्टाएँ उनकी विलास लीलाएँ, उनकी प्रेम गाथाएँ ही गेय है। कृष्ण का गोपियों के साथ क्रीड़ा करना मानो परमात्मा का अगणित जीवात्माओं में रमण करना है, जिसका परिणाम है गोपी प्रेम अर्थात् जीव और आत्मा का अभेद। यहाँ यह ज्ञातव्य है कि सम्पूर्ण श्रीमद्भागवत में 'राधा' शब्द का प्रयोग कहीं नहीं है।

'गीतगोविन्द' में इतनी रस पेशलता और श्रुतिमधुरता है कि इसकी तुलना में पूरे संस्कृत साहित्य में शायद ही कोई ग्रन्थ प्रस्तुत किया जाय। संस्कृत भाषा में जो व्यक्ति निष्णात नहीं है वह भी इसकी कर्णपेय पदावली को सुनते ही आनन्दविभोर हो उठता है। उदाहरण के लिए—

ललितलवंगलतापरिशीलनकोमलमलयसमीरे।
मधुकर निकरकरम्बित कोकिल कूजितकुंजकुटीरे।' प्रथम सर्ग ३११

(हे सखी, यह मलयवात लवंगलता के निकुंज वन को आलिंगित कर रहा है, भ्रमर और कोकिलादिक पक्षीगण अपनी-अपनी मधुर ध्वनि से क्या ही मन को आनन्द न दे रहे हैं।)

यहाँ दीर्घसमास होने पर भी शैली में रमणीयता और प्रवाह है। ऐसी कोमल कान्त पदावली संसार में दुर्लभ है। ललित छन्द और कोमल-कान्त-पदावली का ऐसा मञ्जुल संयोग स्थापित किया गया है कि गीतों के पाठमात्र से सहृदयों के हृदय में तदनुरूप रस का आविर्भाव हो उठता है। शृङ्गार की व्यञ्जना के लिए यह अनूठी शैली है।

कृष्ण के पास राधा को जाने के लिए उसकी सखी प्रेरित कर रही है। कैसी प्रासादिक और रागात्मिका शैली है—

---

१. कथं स धर्मसेतूनां वक्ता कर्त्ताऽभिरक्षिता।
प्रतीपमाचरद् ब्रह्मन् परदाराभिमर्शनम्॥ भाग–१०।३३।२८

२. धर्मव्यतिकरो दृष्ट ईश्वराणां च साहसम्।
तेजीयसां न दोषाय वह्नेः सर्वभुजो यथा॥ भाग–१०।३३।३०

रतिसुखसारे गतमभिसारे मदनमनोहरवेशम्।
न कुरु नितम्बिनि, गमनविलम्बमनुसर तं हृदयेशम्।
धीरसमीरे यमुनातीरे वसति वने वनमाली।
गोपीपीनपयोधरमर्दनचञ्चलकरयुगशाली॥

'गीतगोविन्द' की रचना कर जयदेव ने संस्कृत में एक अभिनव रचना प्रणाली का आरम्भ किया। इसके अनुकरण पर 'अभिनवगीतगोविन्द', 'गीतराघव', 'गीतगंगाधर' 'कृष्णगीता' जैसेअनेक गीतिकाव्यों का प्रणयन हुआ। चैतन्य महाप्रभु ने जयदेव के पदों को विशेष महत्त्व दिया तथा वे पद उनके कीर्तन के अंग बन गए। 'गीतगोविन्द' की लोकप्रियता का ही यह प्रमाण है कि इसपर तीन दर्जन के करीब टीकाएँ लिखी गईं। भारतेन्दु हरिश्चन्द्र ने 'गीतगोविन्द' का तदनुरूप सरस पदावली में ब्रजभाषा में अनुवाद किया है। रुकर्ट (Rucket) ने इसका जर्मन में अनुवाद किया है। आज भी कृष्ण काव्य के प्रथम मान्य ग्रन्थ के रूप में 'गीतगोविन्द' का नाम अमर है।

रूपगोस्वामी : स्तवमाला

रूपगोस्वामी प्रतिभा के धनी वैष्णव कवि थे, जिनका अन्तस्तल श्रीकृष्ण की विमल भक्ति के चिन्तन से नितान्त निर्मल था। राधा और कृष्ण की स्तुतियों का एक संग्रह 'स्तवमाला' के नाम से उपलब्ध है। इस माला में अनेक अष्टपदियाँ काव्य की शोभा बढ़ा रही हैं, जिनके ऊपर जयदेव के 'गीतगोविन्द' का प्रभाव नितान्त स्पष्ट है।

राधाकृष्ण की ललित लीलाओं तथा केलियों का सान्द्र-स्निग्ध वर्णन रसिक जनों का मनमोह लेता है। इन गीतों में रूपगोस्वामी ने अपना नाम न देकर अपने अग्रज 'सनातन' का ही नाम दिया है, जिसके कारण बहुत से आलोचक उन गीतों को रूपगोस्वामी की रचना मानने में आनाकानी करते हैं।

'स्तवमाला' के गीतों की भाषा एवं शैली दोनों रस से सिक्त हैं। यहाँ एक गीत प्रस्तुत है, जिसमें राधा की सखी कृष्ण के सामने विरहिणी राधा की दयनीय दशा का वर्णन करती है—

अनधिगताकस्मिकागदकारणम् अर्पितमन्त्रौषधिनिकुरम्बकम्,
अवितरुदितविलोहितलोचनमनुशोचति तामखिलकुटुम्बम्।
देव हरे भव करुणाशाली।
सा तव निशितपटाक्षशराहतहृदया जीवतु कृशतनुराली।
हृदि बलवदविकल-संज्वर-पटली-स्फुटदुज्जवल-मौक्तिक समुदाया।
शीतल-भूतल-निश्चल-तनुरियमवसीदति सम्प्रति निरूपाया॥

पण्डितराज जगन्नाथ

अलंकारशास्त्र के उद्भट आचार्य होने के साथ उत्कृष्ट कोटि के कवि होने का महान् गौरव सम्पूर्ण संस्कृत साहित्य में पण्डितराज जगन्नाथ को ही प्राप्त है। उनके पद्यों में काव्य की माधुरी और सरस पद-विन्यास दोनों ही उपलब्ध होते हैं। तैलंग ब्राह्मण पेरु भट्ट और श्रीस्वरूपा लक्ष्मीदेवी

के पुत्र जगन्नाथ का जन्म तो विद्वद्भूमि काशी में हुआ, किन्तु उनकी जवानी के दिन गुजरे मुगलबादशाहों की राजधानी दिल्ली में (दिल्लीवल्लभपाणिपल्लवतले नीतं नवीनं वयः)। वे प्रसिद्ध मुगल सम्राट् शाहजहाँ (१६५०-८०) के सभापण्डित होने के साथ उसके ज्येष्ठ पुत्र दाराशिकोह के संस्कृत अध्यापक भी रहे। उनकी प्रखर विद्वत्ता से प्रसन्न होकर शाहजहाँ ने उन्हें पण्डितराज की उपाधि से विभूषित किया था। कहते हैं कि वहाँ उन्हें किसी यवन-युवती से प्यार हो गया था जिसके साथ उन्होंने विवाह भी कर लिया। इस बारे में उनके द्वारा रचित यह पद्य बहुप्रचलित है—

न याचे गजालिं न वा वाजिराजिं न वित्तेषु चित्तं मदीयं कदाचित्।
इयं सुस्तनी मस्तकन्यस्तकुम्भा लवङ्गी कुरङ्गी दृगङ्गीकरोतु॥

पण्डितराज अपनी गर्वोक्तियों के लिए भी संस्कृत साहित्य में प्रख्यात हैं। एक पद्य में उनकी साभिमान घोषणा है कि वाग्देवी सरस्वती वीणा बजाते समय हाथ रोककर जिसकी मधुर वाणी के अमृतमय रस का आकण्ठ पान करने लगती है, उस पण्डितराज के श्रवण-सुभग पद्यों को सुनकर जो व्यक्ति वाह-वाह करता हुआ सिर न हिलाने लगे वह या तो नरपशु है अथवा वीतराग पशुपति (शंकर) है—

गिरां देवी वीणागुणरणनहीनादरकरा
यदीयानां वाचाममृतमयमाचामति रसम्।
वचस्तस्याकर्ण्य श्रवणसुभगं पण्डितपते—
रधुन्वन् मूर्धानं नृपशुरथवाऽयं पशुपतिः॥

पण्डितराज के इस दर्प-उद्घोष के मूर्त्त प्रमाण एवं काव्यगुणों से सम्पृक्त गीतात्मक पद्यों के सुन्दर संग्रहरूप प्रमुख मुक्तक ग्रन्थों का विवरण यहाँ प्रस्तुत है—

भामिनीविलास—पण्डितराज जगन्नाथ की शृङ्गारपरक गीतिकाव्यमालिका का एक सुन्दर सुमन है—'भामिनीविलास'। इसमें चार विलास हैं—प्रास्ताविक विलास, शृङ्गार विलास, करुणविलास तथा शान्त विलास। इसके पद्य अत्यन्त सरस, सुन्दर, भावपूर्ण एवम् परम मनोहारी हैं। संस्कृत के गीतिकाव्यों में यह ग्रन्थ अत्यन्त रमणीय है। पण्डितराज जगन्नाथ की शैली नितान्त मधुर, उदार और लालित्यपूर्ण है। प्राञ्जल पदशय्या, अभिनव विचारधारा और सुललित छन्दोमाधुर्य—ये गुण पण्डितराज के पद्यों में सर्वत्र दीख पड़ते हैं। उदाहरणस्वरूप दो पद्य यहाँ प्रस्तुत हैं—

तीरे तरुण्या वदनं सहासं नीरे सरोजं च मिलद्विकासम्।
आलोक्य धावत्युभयत्र मुग्धा मरन्दलुब्धालिकिशोरमाला॥

शृंगारविलास–२२

एक ओर तट पर तरुणी का सस्मित मुखकमल है, तो दूसरी ओर जल में विकसित कमल है। इन दोनों कमलों के बीच मकरन्द के लोभी भोले भौरों का समूह कभी इस ओर तथा कभी उस ओर चक्कर काटता है।

अग्रलिखित पद्य में कविता और प्रियतमा की तुलना श्लेषपूर्ण शैली में अत्यन्त मनोरम है—

निर्दूषणा गुणवती रस भावपूर्णा
सालंकृतिः श्रवणकोमलवर्णराजिः।
सा मामकीनकवितेव मनोभिरामा
रामा कदापि हृदयान्मम नापयाति॥

श्रुतिकटुत्व आदि दोषों से रहित, माधुर्य आदि गुणों से युक्त, रस एवं भाव से संवलित, अलंकारों से विभूषित तथा श्रुतिमधुर सुकुमार वर्णों से सुशोभित मेरी कविता उसी प्रकार मेरे हृदय से दूर नहीं हो सकती, जैसे दुःशीलत्व आदि दोषों से शून्य, दयादाक्षिण्य आदि गुणों से युक्त, प्रणय और विलास से समन्वित, आभूषणों से अलंकृत तथा सतत मधुर वचन बोलनेवाली मेरी प्रियतमा।

इस प्रकार उनके पद्यों में काव्य की माधुरी और सरस पदविन्यास दोनों ही एक साथ विद्यमान हैं। उनकी नूतन कल्पना मन को मोह लेती है।

बीसवीं शती के गीतिकाव्य—पण्डितराज जगन्नाथ के बाद वैसा कोई विलक्षण प्रतिभा का धनी नहीं हो सका, फिर भी संस्कृत की अन्य विधाओं की भाँति गीतिकाव्यों का लेखन परवर्ती काल में भी होता रहा और भारतीय स्वतंत्रता-आन्दोलन तथा स्वतन्त्रता प्राप्ति के बाद भी बहुशः गीतिकाव्यों की रचना हुई है। उनका विवरण यहाँ प्रस्तुत है—

मेघदूत' के अनुकरण में प्राचीन कवियों की भाँति आधुनिक कवियों ने भी बीसवीं शती के उत्तरार्द्ध में अनेक दूतकाव्य लिखे। उड़ीसावासी आचार्य रामचन्द्र (हरिशरण) शाण्डिल्य ने **'कामदूत'** की रचना पूर्वकाम और उत्तरकाम इन दो भागों में मन्दाक्रान्ता छन्द में की। भारत के भौगोलिक स्थलों तथा प्रकृत-सुषमा संवलित स्थानों का वर्णन बहुत मनोरम है।

मित्रदूत—इसकी रचना राँची विश्वविद्यालय के संस्कृत विभागाध्यक्ष डा० दिनेश प्रसाद पाण्डेय ने १९७२ ई० में की थी। एक छात्र अपनी प्रेमिका एवं सहपाठिनी, जो अध्ययन-समाप्ति के बाद कश्मीर चली गई है, के पास अपने मित्र के द्वारा संदेश भेजता है।

पत्रदूत—श्री मुरारीलाल गोस्वामी ने १९७३ ई० में 'पत्रदूत' की रचना की। अपनी पत्नी के मायके चले जाने पर उसके विरह में व्याकुल कवि पत्र के माध्यम से अपना संदेश भेजता है।

प्लवङ्गदूत—राँची विश्वविद्यालय के प्राध्यापक डा० वनेश्वर पाठक की रचना 'प्लवङ्गदूत १९८५ ई० में प्रकाशित हुई। इसमें एक सरकारी कर्मचारी किसी कार्यवश पेशावर से वाराणसी आता है, किन्तु उसी समय भारत-पाकिस्तान के बीच युद्ध छिड़ जाने के कारण वह वापस नहीं लौट पाता है। विश्वनाथ मन्दिर के पास प्रवचन में वह श्रीराम के द्वारा सीता के पास हनुमान के माध्यम से संदेश भेजे जाने की कथा सुनता है। उसे अपनी पत्नी की स्मृति हो आती है और सामने बैठे हुए प्लवंग यानी बन्दर से वह अपनी पत्नी के पास संदेश ले जाने का निवेदन करता है।

उत्तरप्रदेश के मैनपुरी वासी इच्छाराम द्विवेदी 'प्रणव' ने अपने मित्र डा० रमाकान्त शुक्ल के साथ निर्धारित यात्रा पर न जा सकने के अपराध के मार्जन के लिए **'मित्रदूत'** की रचना कर उन्हें समर्पित किया है। इसमें दिली से यमुनोत्री तक की प्राकृतिक सुषमा का रम्य वर्णन है। वाराणसी के शिवप्रसाद द्विवेदी का **'शुकदूत'** भी मनोरम है। वाराणसी के वसन्तकन्या महाविद्यालय में उपाचार्या कमला पाण्डेय ने दो गीतिकाव्य लिखे हैं—**'जागरण गीत'** और **'गङ्गाप्रदूषण'**।

आधुनिक काल में अनेक शतक ग्रन्थ लिखे गए। कुछ काशीवासी कवियों द्वारा रचित इन ग्रन्थों का विवरण प्रस्तुत हैं—

संन्यास आश्रम में दीक्षित पण्डित महादेव पाण्डेय ने मनोहर खण्डकाव्य '**भारतशतक**' में भारत के तीर्थ, नदी, पर्वत आदि प्राकृतिक पदार्थों का वर्णन किया है। काव्यकला निपुण पण्डित रतिनाथ झा ने तीन कालजयी विभूतियों के जीवन पर आधारित तीन शतक लिखे। वे हैं—'**मालवीयशतक**', '**गान्धिशतक**' और '**अरविन्दशतक**'। आर्या छन्द में अप्रतिहत काव्य निर्माण के लिए प्रख्यात डा० शिवदत्तशर्मा चतुर्वेदी के बहुसंख्य शतकग्रन्थों में '**सुविधाशतक**', '**वाहनशतक**', '**अथवाशतक**', '**राजनीतिशतक**', '**गालीगाथाशतक**', **गङ्गाशतक**' तथा '**गुरुशतक**' आदि प्रमुख हैं। विविध शास्त्रों में निष्पात और साहित्य शिरोमणि डा० कैलाशपति त्रिपाठी के विविध खण्ड काव्यों में 'त्रिदण्डिदेवशतक' अत्यन्त मनोरम है। कविवर श्रीकृष्णदत्तशर्मा शास्त्री ने भारतीय सैनिकों के वर्णन में 'सैनिकशतकम्' लिखा है। राँची के डा० रामाशीष पांडेय ने 'इन्दिराशतक' और 'प्रहेलिकाशतक' लिखे हैं।

इनके अतिरिक्त कुछ और भी खण्डकाव्य लिखे गए हैं। विभिन्न काव्य-विधाओं की रचना में निपुण श्रीवसन्तत्र्यम्बकशेवडे ने तीन चरितकाव्य लिखे, जो खण्डकाव्य है। वे हैं—'**मोतीबाबाजामदारचरित**', '**रघुनाथतार्किक शिरोमणिचरित**' और '**श्रीकृष्णचरित**'। कवि शिरोमणि शिवजी उपाध्याय ने अयोध्या के मन्दिर मस्जिद विवाद से सम्बद्ध '**आयोध्याकम्**' तथा यक्ष-युधिष्ठिर-सम्वाद से सम्बद्ध '**पुराणवार्ता**' ये दो खण्ड काव्य रचे। बहुविधप्रतिभा सम्पन्न आचार्य रेवाप्रसाद द्विवेदी ने '**शतपत्र**', **श्रीरेवाभद्रपीठ**' '**सरसी**' तथा '**मालतिका**' आदि सात खण्डकाव्यों की रचना की है। राँची के डा० वनेश्वर पाठक का 'तवास्मि दासः' यह खण्ड काव्य बहुत मनोरम है।

गीतिकाव्य के उद्भव एवं विकास का संक्षिप्त विवरण

'गीतिकाव्य' यह शब्द अंग्रेजी साहित्य के 'Lyric Poetry' का अनुवाद है। वहाँ Lyre एक बाजा होता है, जिस पर गाए जाने के कारण यह Lyric Poetry कहा जाता है। संस्कृत के गीतिकाव्य में भी गेयता सहज रूप में होती है, किन्तु, गीतिकाव्य हम उसे कहते हैं, जिसमें कवि के निजी भावों और कल्पनाओं का अकृत्रिम प्रवाह हो, जिसमें कवि की वैयक्तिकता, उसके निजी सुख-दुःख, हास-अश्रु, उल्लास-विलास की तरलता हो, जहाँ कवि अपने आपको कविता के माध्यम से रख रहा हो।

भारतीय काव्यशास्त्र में पद्य काव्य के दो भेद बताए गए हैं—महाकाव्य और खण्डकाव्य। महाकाव्य में किसी के प्रायः सम्पूर्ण जीवन-चरित का वर्णन होता है, जबकि खण्डकाव्य में एक पक्ष का चित्रण होता है। इसे महाकाव्य का एक देशानुसारी कहा गया है—

खण्डकाव्यं भवेत्काव्यस्यैकदेशानुसारि यत्।

इसी को बाद में गीतिकाव्य कहा जाने लगा।

संस्कृत साहित्य का अत्यन्त रमणीय यह विधा द्विविध है—प्रबन्ध और मुक्तक। प्रबन्धगीति में एक छोटे से कथासूत्र को लेकर कवि अपनी सहज अन्तः प्रेरणा और कल्पना के द्वारा उसे विस्तृत आयाम देता है। इसका विषय शृङ्गार होता है। जैसे—मेघदूत। मुक्तक काव्य के पद्य सन्दर्भ

आदि बाह्य उपकरणों से मुक्त होकर अपने में स्वतन्त्र और स्वयं रसपेशल होते हैं। इसके विषय शृंगार, नीति, भक्ति और वैराग्य होते हैं। जैसे—अमरुकशतक, नीतिशतक आदि।

सर्वप्रथम ऋग्वेद की ऋचाओं में गीतिकाव्य के अंकुर देखे जाते हैं। ऋषि की वाणी अन्तर्दर्शन और अनुभूत भावनाओं से भरित एवम् अन्तःप्रेरणा से उद्दीप्त होकर कवित्वमयी बन गई है। राग भरी उषा की लाली को देखकर वैदिक कवियों की आर्ष चेतना रागोच्छ्वसित हो उठी है—

'जायेव पत्ये उशती सुवासा उषा हस्रेव नि रिणीते अप्सः;'

गीतिकाव्य का यह अंकुर 'रामायण' और 'महाभारत' में परम्परागत रूप में संबंधित होता हुआ महाकवि कालिदास के काव्य में अपने विकास के चरमोत्कर्ष को प्राप्त हुआ प्रतीत होता है। उनके दो गीतिकाव्य हैं—'ऋतुसंहार' और 'मेघदूत'। 'ऋतुसंहार' में ग्रीष्म से लेकर छः ऋतुओं के वर्णन में एक ओर जहाँ प्रकृति के बाह्य रूप में नवीनता और विचित्रता का आधान है, तो दूसरी ओर युवक-युवतियों के अन्तःकरण में विविध प्रणय-क्रीड़ाओं और शृंगारिक चेष्टाओं के संचरण का मनोरम चित्रण है।

'मेघदूत' सम्पूर्ण गीति-साहित्य का मुकुटमणि है। यह वस्तुतः कान्ताविरह पीड़ित और अत्यन्त उत्कण्ठित हृदय की मर्म भरी वेदना है। प्रबन्ध गीति होने से इसमें यक्ष द्वारा मेघ के माध्यम से अपनी प्रियतमा के पास प्रेम-संदेश भेजे जाने का वृत्तान्त तो है, किन्तु उस कथा वृत्त की अहमियत न होकर मन्दाक्रान्ता छन्द में रचित इस रचना के प्रत्येक पद्य में प्रेम की विह्वलता, आन्तरिक स्निग्धता, मधुर भावातिशयता और उत्कृष्ट कल्पनाशीलता के मनोरम चित्रण का प्राधान्य है। कितना हृदयहारी है उज्जयिनी की ललनाओं का यह सौन्दर्य वर्णन—

विद्युद्दामस्फुरितचकितैस्तत्र पौराङ्गनानां
लोलापाङ्गैर्यदि न रमसे लोचनैर्वञ्चितोऽसि॥

मेघदूत की हृदयग्राहिता और अतिशय लोकप्रियता के कारण इसके अनुकरण पर बहुसंख्य दूतकाव्य रचे गए जिनमें धोयी कवि का पवनदूत, रूप गोस्वामी का हंसदूत, सिद्धनाथ का पद्मदूत तथा रुद्र वाचस्पति के भ्रमरदूत आदि प्रमुख हैं।

अन्य उल्लेखनीय गीतिकाव्यों का संक्षिप्त विवरण इस प्रकार है—

घटकर्परकाव्य—कालिदास के समकालीन कवि घटकर्पर के इस काव्य में एक नवोढा वधू वर्षा ऋतु के आगमन पर मेघ के द्वारा अपने पति के पास संदेश भेजती है।

भर्तृहरि (६२० ई०) ने अपने शतकत्रय–**नीति, शृंगार** और **वैराग्य** में इन विषयों का बड़ा मनोरम वर्णन किया है। इनकी सूक्तियाँ सुधीजनों का कण्ठहार बन गई हैं—

साहित्यसंगीतकलाविहीनः साक्षात्पशुः पुच्छविषाणहीनः।

× × ×

भोगा न भुक्ता वयमेव भुक्ताः
कालो न यातः वयमेव याताः।

अमरुक (७०० ई०) कवि की रचना **'अमरुशतक'** में प्रेम और शृंगार के मधुर भावों की

मनोरम अभिव्यक्ति हुई है। उन्होंने अपने पद्य के गागर में रस-भाव का सागर उड़ेल दिया है। कामी-कामिनियों की विभिन्न मनोवृत्तियों का चित्रण यहाँ देखते ही बनता है।

बिल्हण (११वीं शती) की कृति **'चौरपञ्चाशिका'** के ५० पद्यों में शृंगार रस की सरिता प्रवाहित है। 'अद्यापि' सेआरम्भ होने वाले प्रत्येक पद्य में प्रिया के दर्शन, मिलन एवं मधुरालाप की रोमाञ्चकारी स्मृति वर्णित है।

गोवर्धनाचार्य (१२वीं शती) ने अपने काव्य 'आर्यासप्तशती' की रचना हाल कवि के प्राकृत काव्य 'गाहा सत्तसई' के अनुकरण पर की। इसमें आर्या छन्द में रचित ७०० पद्यों में प्रेमी-प्रेमिकाओं की विविध प्रणय लीलाओं का सरस चित्रण है।

जयदेव (१२वीं शती) ने पहली बार काव्य को संगीत की स्वरमाधुरी के साँचे में ढालकर साहित्य और संगीत का अपूर्व समन्वय अपनी रचना 'गीतगोविन्द' में प्रस्तुत किया है। इसी विलक्षणता के कारण उनका यह काव्य कवियों और साहित्यिकों का कण्ठहार बनने के साथ संगीतज्ञों की वीणा में भी मुखरित है। इसके नायक श्रीकृष्ण के वर्णन में कवि ने शृंगार और भक्ति की रस-सरिता एक साथ प्रवाहित की है, इसकी कर्णपेय पदावली प्रासादिक रागात्मक शैली में अत्यन्त मनोहारी है। यथा—

धीरसमीरे यमुनातीरे वसति वने वनमाली।
गोपीपीनपयोधरमर्दनचञ्चलकरयुगशाली ।

पण्डितराज जगन्नाथ (१७वीं शती) में उत्कृष्ट कवित्व और उद्भट, आचार्यत्व का अपूर्व संगम है। उनके गीतिकाव्य 'भामिनीविलास' में शृंगार, करुण और शान्त रस का अनुपम विलास है। इनके पद्य अत्यन्त सरस, सुन्दर एवं भावपूर्ण हैं। अग्रलिखित पद्य में तट पर तरुणी के सस्मित मुखकमल और जल में विकसित कमल के बीच भ्रमरसमूह का चक्कर काटना नितान्त मनोरम रूप में वर्णित है—

तीरे तरुण्या वदनं सहासं नीरे सरोजञ्च मिलद्विकासम्।
आलोक्य धावत्युभयत्र मुग्धा मरन्दलब्धालिकिशोरमाला॥

इस प्रकार कालिदास से लेकर जगन्नाथ तक गीतिकाव्य की मनोरम धारा अविरल रूप में प्रवाहित रही है। इनके बाद भी गीतिकाव्यों की रचना होती चली आ रही है। बीसवीं शती में भी अनेक मनोरम गीतिकाव्य लिखे गए हैं।

अष्टम प्रलम्ब

स्तोत्र-साहित्य

उद्भव—संस्कृत वाङ्मय में स्तोत्र-साहित्य की परम्परा अत्यन्त प्राचीन होने के साथ समृद्ध और सरस भी है। किसी देवता विशेष को लक्षित कर उनके प्रति नमन और प्रार्थना या स्तुति ही स्तोत्र है। स्तोत्र के प्रसङ्ग में भावों की अभिव्यक्ति के लिए कवियों द्वारा कवित्वमय रचना किए जाने के कारण इसे भी काव्य कहते हैं। इस स्तोत्रकाव्य का आदिम रूप वैदिकसाहित्य में सहज ही उपलब्ध है। यजुर्वेद के रुद्राध्याय में रुद्र का नमन इस रूप में करते हैं—

नमस्ते रुद्र मन्यव उतो त इषवे नमः।
बाहुभ्यामुत ते नमः॥[१]

रुद्र की प्रार्थना करते हुए ऋषि कहते हैं—

मा नस्तोके तनये मा न आयुषि मा नो गोषु मा नो अश्वेषु रीरिषः।
मा नो वीरान् रुद्र भामिनो वधीर्हविष्मन्तः सद्मित्त्वा हवामहे॥[२]

वैदिक साहित्य के बाद पुराण तो स्तुतियों के भाण्डागार ही हैं। श्रीमद्भागवतपुराण में श्रीकृष्ण की स्तुति और मार्कण्डेय पुराण में भगवती का स्तोत्र अत्यन्त मनोरम है। इसी प्रकार 'रामायण' में ब्रह्मा के द्वारा राम की स्तुति तथा महाभारत में श्रीकृष्ण एवं शिव की स्तुति अत्यन्त भावुकतापूर्ण है।

पौराणिक स्तुतियों के बाद विभिन्न धर्मावलम्बियों ने अपने-अपने सम्प्रदाय के इष्टदेव को ध्यान में रखकर स्तोत्रों का निर्माण किया है। जैसे शिव के भक्तों ने शैव-स्तोत्र, शक्ति के आराधकों ने शाक्तस्तोत्र तथा विष्णु के उपासकों ने वैष्णवस्तोत्र की रचना की। इसी प्रकार सूर्य, गणेश, दुर्गा तथा लक्ष्मी आदि के भी स्तोत्र हैं। हिन्दुओं के स्तोत्रों से प्रभावित होकर बौद्धों एवं जैनों ने भी स्तोत्र काव्य लिखे। इस प्रकार स्तोत्र-साहित्य के अग्रलिखित विभाग मुख्य रूप से किए गए हैं—

शैव-स्तोत्र, वैष्णव स्तोत्र, शाक्त-स्तोत्र, जैन-स्तोत्र तथा बौद्ध-स्तोत्र।

शैव-स्तोत्र—शैव-स्तोत्रों में सर्वप्रथम उल्लेखनीय उत्पलदेव (नवमी शती) द्वारा रचित 'शिव स्तोत्रावली' है, किन्तु महत्ता एवं लोकप्रियता की दृष्टि से 'शिवमहिम्नस्तोत्र का स्थान सबसे ऊँचा है। इस ग्रन्थ के आदि में 'महिम्नः' पद का प्रयोग होने से इसका 'महिम्नस्तोत्र' नाम प्रचलित है। इसके रचयिता पुष्पदन्त हैं, जिनका कोई विशेष परिचय प्राप्त नहीं होता है। अनुमान किया जाता है कि दशम शताब्दी के आसपास कश्मीर में शैवागम शास्त्र का विपुल प्रचार था। उसी समय पुष्पदन्त ने इसे लिखा होगा। कुछ लोग इसे अष्टम शताब्दी की रचना मानते हैं।

इस स्तोत्र के सम्बन्ध में एक कथा प्रसिद्ध है कि पुष्पदन्त महादेव का गण था, किन्तु किसी

---

१. यजुर्वेद १६।१

२. वही १६।१६

अपराधवश शिव ने उसे गन्धर्व हो जाने का शाप दे दिया। बाद में इस स्तोत्र की रचना कर पुष्पदन्त ने शिव को प्रसन्न किया। तब वह पुनः शिव का गण बन गया।

'शिवमहिम्नस्तोत्र' की रचना शिखरिणी छन्द में होने के कारण यह नितान्त संगीतमय है। आज भी अनेक शिव मन्दिरों में वीणा के ऊपर यह स्तोत्र गाया जाता है। स्तोत्र के भीतर ईश्वर की सत्ता आदि अनेक दार्शनिक विषयों पर गम्भीर विचार उपस्थित किए गए हैं। कुछ ऐसे पद्य हैं जो शास्त्रीय पद्धति से व्याख्या के बिना दुर्बोध हैं। यथा—

त्रयीं तिस्रो वृत्तीस्त्रिभुवनमथो त्रीनपि सुरा-
नकाराद्यैर्वर्णैस्त्रिभिरभिदधत्तीर्णविकृतिः।
तुरीयं ते धाम ध्वनिभिरनुरुन्धानमणुभिः
समस्तं व्यस्तं त्वां शरणद गृणात्योमिति पदम्॥[1]

हे शरणदाता। अकारादि तीन (अ, उ, म्) अक्षरों से तीन वेदों (ऋक्, यजुः, साम), तीन अवस्थाओं (उदात्त, अनुदात्त, स्वरित) एवं तीन लोकों (स्वर्ग, मर्त्य, पाताल) को और उसके बाद तीन देवताओं (ब्रह्मा, विष्णु, महेश) का वर्णन करता हुआ सब प्रकार के विकारों से रहित एवं तीन अवस्थाओं से परे आपका अखण्ड तेज रूप ओंकारपद, जो अत्यन्त छोटी ध्वनियों से व्याप्त और विस्तृत है, आपकी ही स्तुति करता है।

अपनी पदरचना और काव्य सौन्दर्य की दृष्टि से यह स्तोत्र नवीन भावों (आह्लाद) की सृष्टि करता है। यथा—

हरिस्ते साहस्रं कमलबलिमाधाय पदयो–
र्यदेकोने तस्मिन् निजमुदहरन्नेत्रकमलम्।
गतो भक्त्युद्रेकः परिणतिमसौ चक्रवपुषा
त्रयाणां रक्षायै त्रिपुरहर जागर्ति जगताम्॥[2]

हे त्रिपुरनाशक। तुम्हारे चरणों पर पूजा के लिए एक हजार कमलों को रखकर विष्णु ने जब उनमें एक कमल कम देखा तब अपने ही कमलनयन (नेत्र) को देकर उसे पूरा किया। उनकी इस दृढ़ भक्ति के कारण उन्हें सुदर्शन चक्र मिला जो (चक्र) तीनों लोकों की रक्षा के लिए जाग्रत (सावधान) रहता है।

इस स्तोत्र के ३२ श्लोक **'पुष्पदन्तमुखपङ्कजनिर्गत** (४०) हैं और इनके बाद प्रायः ११ श्लोक फलस्तुति वाले हैं। इस स्तोत्र की महनीयता और लोकप्रियता का ही यह प्रमाण है कि इस पर अबतक बीस से अधिक टीकाएँ हो चुकी हैं तथा अनेक शोधकार्य भी सम्पादित हुए हैं।

शैव स्तोत्रों में जगद्धर भट्ट (१४वीं शती) की **'स्तुतिकुसुमांजलि'** बहुत प्रसिद्ध रचना है। ३९ स्तोत्रों के २४०० श्लोकों के द्वारा कवि ने भावविभोर होकर शिव की स्तुति की है। उनका अग्रलिखित पद्य अत्यन्त भावुकतापूर्ण है—

स्वैरेव यद्यपि गतोऽहमधः कुकृत्यैस्तत्रापि नाथ तव नास्त्यवलेपपात्रम्।
दृप्तः पशुः पतति यः स्वयमन्धकूपे नोपेक्षते तमपि कारुणिको हि लोकः॥

शैव-स्तोत्रों में **नीलकण्ठ दीक्षित** (१७वीं शती) की **'शिवोत्कर्षमञ्जरी'** का उल्लेखनीय महत्त्व

१. शिवमहिम्नस्तोत्र, २७
२. " " १९

है। दुर्वासा ने **'परशम्भुमहिम्नः स्तव'** की रचना तेरह प्रकरणों में की है। यह स्तोत्र तान्त्रिकतथ्यबहुल और गम्भीर अर्थ का प्रकाशक है। शंकराचार्य ने अनेक शैवस्तोत्र लिखे हैं जिनमें स्रग्धरा छन्द में निबद्ध दो स्तोत्र बड़े महत्त्व के हैं। एक हैं **'शिवपादादि-केशान्तवर्णनस्तोत्र** (४१ पद्य) तथा दूसरा है **'शिवकेशादिपादान्तवर्णनस्तोत्र'** (२९ पद्य)। इनमें शंकर के अङ्गों का मनोरम वर्णन है। इन ग्रन्थों के नाम से ही विषय स्पष्ट है।

'राजतरंगिणीकार **कल्हण** (१२वीं शती) का **'अर्धनारीश्वरस्तोत्र'** १८ पद्यों में रचित है। लघुकाय होने पर भी यह अत्यन्त हृदयस्पर्शी एवं भक्तिपूर्ण होने से महत्त्वपूर्ण है। इसमें भगवान् शंकर तथा भगवती पार्वती के समवेत विग्रह की रमणीय छटा का रोचक वर्णन है।

वैष्णव स्तोत्र

भगवान विष्णु की स्तुतियों में विपुल साहित्य की रचना की गई है। कुछ कवियों ने विष्णु के विविध आयुधों की स्तुति लिखी है, तो कुछ ने उनके केश से लेकर पाद तक के विभिन्न अंगों का भक्तिपूर्ण वर्णन किया है। इन स्तोत्रों में काव्य-सौन्दर्य एवं भावमाधुर्य की अविरल धारा प्रवाहित है। प्रधान स्तोत्रों का विवरण यहाँ अग्रलिखित है—

कुलशेखर—वैष्णव स्तोत्रों में केरल के राजा कुलशेखर (७०० ई०) द्वारा रचित **'कुन्दमाला'** प्राञ्जल, सरस एवं सुबोध शैली में निबद्ध है। ३४ श्लोकों के इस स्तोत्र में कवि कभी अपनी दीन-हीन दशा का वर्णन करते हुए आत्मविभोर हो जाते हैं, तो कभी भगवान् के विराट् रूप के दर्शन से चमत्कृत हो उठते हैं।

एक उदाहरण प्रस्तुत है—

दिवि वा भुवि वा ममास्तुवासो नरके वा नरकान्तकप्रकामम्।
अवधीरित-शारदारविन्दौ चरणौ ते मरणेऽपि चिन्तयामि॥

मेरा निवास भूतल पर हो या स्वर्ग में या नरक में हो। हे नरक को दूर भगाने वाले भगवन्। शरद ऋतु के खिले कमलों की शोभा को तिरस्कृत करने वाले आपके चरणों को मैं मरण में भी सदा स्मरण किया करता हूँ।

यामुनाचार्य—ये वैष्णव मत के प्रतिष्ठापक रामानुजाचार्य के परम गुरु थे। इनका समय दशवीं शती है। इनके दो काव्य हैं **'चतुश्लोकी'** तथा **स्तोत्ररत्न**। प्रथम में चार पद्य लक्ष्मी की स्तुति में है तथा दूसरे में ६५ पद्यों में विष्णु की वन्दना है।

लीलाशुक—इनका दूसरा नाम विल्वमङ्गल था। मालावार के इस कवि ने कृष्ण की बाललीला पर आधारित **'कृष्णकर्णामृत'** नामक स्तोत्र काव्य लिखा। यह तीन भागों में विभक्त ३१० पद्यों की रचना है। कुछ विद्वान् इस कवि का काल आठवीं शती का उत्तरार्द्ध मानते हैं, किन्तु दूसरे विद्वान् उन्हें बारहवीं शती में रखते हैं। कृष्ण को अपने प्रियतम रूप में उपास्य बतलाकर कवि ने माधुर्य भक्ति का उज्ज्वल दृष्टान्त प्रस्तुत किया है। बंगाल के चैतन्य सम्प्रदाय की उत्पत्ति तथा प्रगति पर 'कृष्णकर्णामृत' का बहुत प्रभाव है।

आनन्दतीर्थ अथवा मध्वाचार्य—द्वैत शाखा के प्रसिद्ध प्रवर्तक मध्वाचार्य (११९९-१२७७) ने अनेक ग्रन्थों के साथ **'द्वादशस्तोत्र'** नामक गीतिकाव्य की भी रचना की थी।

वेदान्तदेशिक—इनके द्वारा रचित स्तोत्रों की संख्या पचीस से अधिक है। वेदान्तदेशिक (१२६८-१३८९) के स्तोत्र काव्यों में **'पादुकासहस्र'**, **'गुरुड़दण्डक'**, **'रघुवीरगद्य'** एवं **'अच्युतशतक'** आदि प्रमुख हैं। इनमें सर्वाधिक ख्याति **'पादुकासहस्र'** की है। इस कृति में राम की पादुकाओं की १००० पद्यों में स्तुति है। अलौकिक काव्यसम्पदा से मण्डित यह ग्रन्थ ३२ पद्धतियों में विभक्त है।

श्रीवत्सांक—ये विशिष्टाद्वैत दर्शन के प्रवर्तक रामानुज के शिष्य थे। इन्होंने अपने 'पञ्चस्तव' नामक काव्य ग्रन्थ में **'श्रीस्तव'**, **'अतिमानुषस्तव'**, **'वरदराजस्तव'**, **'सुन्दरबाहुस्तव'** तथा **'वैकुण्ठस्तव'** का संकलन किया है। इनके पद्य अत्यन्त परिष्कृत एवं प्राञ्जल हैं। कल्पनाशीलता भी मनोरम है।

सोमेश्वर—इस कवि ने राम के समग्र जीवन को आधारित कर उनकी स्तुति में **'रामशतक'** की रचना की। इस काव्य में सोमेश्वर ने स्रग्धरा छन्द में प्रसादगुण सम्पन्न १०० पद्य लिखें हैं। यह शतक भक्ति भाव और सहृदयता से पूर्णतः ओतप्रोत है। एक उदाहरण देखें—

सन्दोहे पादपानां विकिरति कुसुमस्तोममुच्चैः पिकानां
गीते नृत्यं श्रितासु व्रततिषु मरुता कीचकेषु ध्वनत्सु।
संगीतं काननेन प्रथितमिव मुदा यत्र नाथे त्रयाणां
लोकानामभ्युपेते स भवदवभयात् पातु पीताम्बरो वः।।

तीनों लोकों के स्वामी जिन रामचन्द्र के वन में प्रवेश करते ही वृक्ष समूहों ने फूल बिखेरे, कोयलों ने उच्च स्वर से गीत गाए, लताओं ने नृत्य किया, पवन ने बांसों (कीचकों) में धुन (बाँसुरी) बजाई, और इस प्रकार मानो जंगल संगीतमय हो गया, वे पीताम्बरधारी संसार-दावानल के भय से तुम सव की रक्षा करें।

रामभद्रदीक्षित—राम की भक्ति में अनेक स्तोत्रों की अर्चना करने वाले रामभद्रदीक्षित (सत्रहवीं शती का अन्त) तंजोर के शासक शाहजी प्रथम (१६८४ ई०–१७११ ई०) के सभा पण्डित एवं नीलकण्ठ दीक्षित के योग्य शिष्य थे। इनके पाँच स्तोत्रों का विवरण इस प्रकार हैं—

(१) **रामचापस्तव**—इसमें शार्दूलविक्रीड़ित छन्द के १११ पद्यों में राम के धनुष का प्रौढ़ तथा उत्तेजक वर्णन है।

(२) **रामबाणस्तव**—इसमें शार्दूलविक्रीडित छन्द में १०८ पद्यों में राम के बाणों का वीररसमय वर्णन है।

(३) **विश्वगर्भस्तव**—जानकीजानि स्तोत्र के नाम से यह प्रख्यात है, क्योंकि इसके १२५ पद्यों के अन्तिम चरण में **'तस्मै प्राञ्जलिरस्मि दाशरथये श्रीजानकीजानये'** समस्या की पूर्ति की गई है। जगत् के कठोर दुःखों से पीड़ित मानव को कवि ने यहाँ जानकीनाथ के शरण में जाने की प्रेरणा दी है।

(४) **वर्णमालास्तोत्र**—इसमें ५० पद्यों की रचना वर्णमाला के अक्षरक्रम से की गई है। इसकी भाषा सरल होने के साथ सरस और प्रसादगुण सम्पन्न है।

(५) **रामाष्टप्रास**—इसमें शार्दूलविक्रीड़ित छन्द में ११६ पद्य हैं और प्रत्येक पाद में दो-दो अनुप्रास होने से पद्यों में आठ-आठ अनुप्रास होने के कारण ही इस ग्रन्थ का ऐसा नामकरण हुआ है।

मधुसूदन सरस्वती—प्रख्यात अद्वैतवादी मधुसूदन सरस्वती (१६वीं शती) बड़े भावुक कवि

भी थे। उन्होंने १०२ पद्यों में रचित **'आनन्द मन्दाकिनी'** में विष्णु के स्वरूप का नितान्त स्निग्ध वर्णन किया है। इनके पद्य अत्यन्त सरल, माधुर्य से मण्डित और भक्तिरस से पेशल हैं।

नारायण भट्ट—केरलवासी नारायण कवि द्वारा इष्टदेव नारायण की स्तुति में लिखे गए ग्रन्थ का **'नारायणीय'** नाम सर्वथा अन्वर्थक है। नारायण भट्ट (१६वीं शती का अन्त) ने अनेक काव्यकृतियों के साथ ही मीमांसा एवं व्याकरण-विषयों पर भी विविध ग्रन्थ लिखे। नारायण भट्ट की काव्यप्रतिभा का मेरुदण्ड है—**'नारायणीय काव्य'**। गुरुवायूर केरल का सर्वप्रख्यात तीर्थक्षेत्र है, जहाँ मन्दिर में बाल कृष्ण की प्रतिमा स्थापित है। यहीं रहकर नारायण कवि ने अपने वात रोग से निवृत्ति के लिए इस महनीय स्तोत्र की रचना की। फलतः उस रोग से वे मुक्त हो गए। स्कन्धानुक्रम से भागवत की कथा को लेकर १०३६ पद्यों में रचित यह काव्य सरस सुबोध एवं प्रसाद गुण की सुषमा से संवलित होने के कारण कृष्णपरक काव्यों का मुकुटमणि है। काव्य-सौन्दर्य एवं भावमाधुर्य की उत्कृष्टता के लिए अग्रलिखित पद्य अवलोकनीय है, जिसमें रास के इच्छुक होने पर भी कारणवश बाहर न जाने वाली गोपियों को कृष्ण के चिन्तन से ही मोक्ष प्राप्त हुआ—

काश्चित् गृहात् किल निरेतुमपारयन्त्य—
स्त्वामेव देव! हृदये सुदृढं विभाव्य।
देहं विधूय परचित् सुखरूपमेकं
त्वामाविशन् परमिमा ननु धन्यधन्याः।

अप्पय दीक्षित—शैवदर्शन के प्रसिद्ध आचार्य अप्पयदीक्षित ने काञ्ची के भगवान् वरदराज की स्तुति में **'वरदराजस्तव'** की रचना की। पण्डितराज जगन्नाथ के विरोधी एवं समकालीन होने से इनका समय १७वीं शती मान्य है। दार्शनिक होने के साथ उदार भक्त दीक्षित ने १०६ रमणीय पद्यों में भगवान् वरदराज की स्तुति में यह ग्रन्थ सुगम शैली में लिखा है।

पण्डितराज जगन्नाथ—परम वैष्णव पण्डितराज ने **'भामिनीविलास'** में अपनी प्रगाढ़-कृष्ण भक्ति की मनोहर झाँकी प्रस्तुत की है। उनके पाँच लहरी-ग्रन्थों में **'करुणालहरी'** भगवान् विष्णु के चरणारविन्द में कवि की विनम्र प्रार्थना प्रस्तुत करती है। यहाँ छः पद्यों में भावों की कोमलता तथा पदों के सरस विन्यास द्वारा कवि का हृदयोद्गार मनोरम शैली में अभिव्यक्त है।

पण्डितराज के अन्य स्तोत्रकाव्य लहरीग्रन्थों का विवरण इस प्रकार है—

सुधालहरी—स्रग्धरा छन्द के ३० पद्यों में निबद्ध इस रचना में सूर्य की स्तुति की गई है। इसकी पदावली समासबहुल होने पर भी हृदयावर्जक है।

अमृतलहरी—इस लघुकाय ग्रन्थ में ११ पद्यों में यमुना की स्तुति है।

लक्ष्मीलहरी—शिखरिणी वृत्त के ४१ पद्यों में भगवती लक्ष्मी की भावपूर्ण स्तुति है। इसमें कवि की नूतन कल्पना सहृदयों के मन को मोह लेती है।

गंगालहरी या **पीयूषलहरी**—इसमें शिखरिणी छन्द के ५२ पद्यों में भगवती भागीरथी की कमनीय स्तुति की गई है। ये पद्य अत्यन्त भावनापूर्ण और सुगम्य हैं। प्रसिद्धि है कि यवन सुन्दरी के साथ विवाह करने के कारण पण्डितराज को अप्पयदीक्षित आदि पण्डितों ने जाति से बहिष्कृत कर दिया था। इससे क्षुब्ध पण्डितराज अपना शरणागत बना लेने के लिए 'गंगालहरी' के पद्यों से उसकी स्तुति करने लगे। उससे प्रभावित होकर गंगाजी ने उन्हें अपने अंक में समाहित कर लिया।

शाक्तस्तोत्र

आदि शक्ति भगवती की आराधना में अनेक प्रतिभाशाली कवियों ने अपनी रचनाएँ प्रस्तुत की हैं। सम्पूर्ण 'देवी भागवतपुराण' और 'मार्कण्डेय पुराण' तथा 'ब्रह्मवैवर्तपुराण' में देवी की स्तुति एवं माहात्म्यवर्णन है। लौकिक साहित्य में प्रौढ रचना की दृष्टि से बाण भट्ट (सप्तम शती) के **'चण्डीशतक'** का उल्लेखनीय महत्त्व है। इसमें बाण ने स्रग्धरा छन्द के सौ पद्यों में दुर्गा की स्तुति प्रौढ शैली में की है। प्रसिद्धि है कि यह स्तुति बाण ने अपने श्वसुर मयूर द्वारा दिए गए शाप से निवृत्ति के लिए लिखी थी। महर्षि दुर्वासा द्वारा रचित **'ललितास्तवरत्न'** में ललिताम्बा के त्रैलोक्य-सौन्दर्य का वर्णन है। उनकी दूसरी कृति **'त्रिपुरसुन्दरीमहिम्नस्तोत्र'** ५८ पद्यों से युक्त है तथा शाक्तसम्प्रदाय के अन्तस्तत्त्व के उद्‌घाटन में पूर्ण समर्थ है।

शंकराचार्य के दादा गुरु गौडपादाचार्य ने तान्त्रिक तथ्यों से युक्त **'सुभगोदयस्तुति'** की रचना की। इसमें श्रीचक्र का विस्तृत वर्णन है।

शङ्कराचार्य—केरल के कालड़ी नाम स्थान में आठवीं शताब्दी में आविर्भूत एवं प्रतिभा के धनी शङ्कराचार्य (७८८–८२० ई०) अद्वैत वेदान्त के प्रवर्तक होने के साथ अद्भुत कवित्व-शक्ति और अटूट धार्मिक निष्ठा से मण्डित थे। इसके फलस्वरूप उन्होंने अनेक स्तोत्रकाव्य लिखे। **'द्वादशपञ्जरिकास्तोत्र'** ('भजगोविन्दम्' अथवा 'मोहमुद्‌गर') उनकी उत्कृष्ट वैष्णव भावना के प्रतीक हैं तो **'देव्यपराधक्षमापणस्तोत्र'** तथा **'भवान्यष्टक'** एवं **सौन्दर्यलहरी'** आदि भगवती के प्रति दृढ़ भक्ति के प्रमाण हैं। ये स्तोत्र उनकी ललित पदावली, सरल शैली, गहन भक्ति और वैराग्य-भावना के लिए प्रख्यात हैं। उनके शाक्तस्तवों में सर्वोत्तम हैं—**'सौन्दर्यलहरी'**। भगवती के दिव्य सौन्दर्य की छटा शिखरिणी-पद्यों में यहाँ जितने मनोरम रूप में प्रस्फुटित हुई है, अन्यत्र शायद ही कहीं मिले। भाषा तथा भाव, रस एवम् अलंकार, साहित्य और तन्त्र—हर दृष्टि से इसकी विलक्षणता पदे-पदे दृष्टिगत होती है। 'सौन्दर्यलहरी' इस नामकरण का बीजभूत एक पद्य उनके काव्य-सौन्दर्य को प्रकट करने के लिए पर्याप्त है। यथा—

वहन्ती सिन्दूरं प्रबलकबरी भारतिमिर–
त्विषां वृन्दैर्वन्दीकृतमिव नवीनार्ककिरणम्।
तनोतु क्षेमं नस्तव वदन वदनसौन्दर्यलहरी–
परीवाहस्रोतः सरणिरिव सीमन्तसरणिः ॥[१]

मूककवि—इनके द्वारा प्रणीत पाँच शतकों का एक पुंज है जिसे **'मूकपंचशती'** कहते हैं। ये पञ्चशतक हैं—**कटाक्षशतक, मन्दस्मितशतक, पादारविन्दशतक, आर्याशतक** और **स्तुतिशतक**। इनके नाम से ही वर्ण्यविषय स्पष्ट है। प्रसिद्धि है कि कवि जन्म से ही मूक थे। काञ्ची की भगवती कामाक्षी के दर्शन करते ही शारदा की अलौकिक कृपा से कवि की अन्तर्निहित भक्ति-भावना अविरत प्रवाह में वाणी के रूप में प्रस्फुटित हो गई जिससे इन शतकों का निर्माण हुआ। कोमल कान्त पदावली के विन्यास और अलंकारों के विलास की दृष्टि से ये शतक अत्यन्त रमणीय हैं।

---

१. सौन्दर्यलहरी, ४४

आनन्दवर्धन—'ध्वन्यालोक' के कर्ता आनन्दवर्धन (नवम शती का पूर्वार्द्ध) ने चित्रकाव्य की शैली में **'देवीशतक'** की रचना की। इस कृति में कवि के कला-पक्ष-नैपुण्य का अनुपम प्रदर्शन है, जबकि भावपक्ष की दृष्टि से यह सामान्य रचना है। उदाहरणार्थ यह पद्य प्रस्तुत है—

सर-स्वति प्रसादं मे स्थितिं चित्तसरस्वति।
सरस्वति कुरु क्षेत्रकुरुक्षेत्रसरस्वति॥

हे सरस्वति, आप अतिशय (स्वति) प्रसाद को धारण कीजिए और मेरे चित्तरूपी समुद्र (सरस्वान्) में आप स्थिति बनाइये। शरीर (क्षेत्र) रूपी कुरुक्षेत्र में आप सरस्वती के समान सदा विराजमान रहने वाली हैं। 'सरस्वति' के विभिन्न चतुष्टय प्रयोग के कारण यह पद्य यमकालंकार का सुन्दर उदाहरण है।

अन्य शाक्त-स्तोत्रों में नीलकण्ठदीक्षित का (१०वीं शती) **'आनन्दसागरस्तव'** महाराष्ट्र के लक्ष्मण कवि का **'चण्डीकुचपञ्चाशिका'**, कश्मीरवासी कृष्णक पण्डित का **महाराज्ञीस्तोत्र,** काशीनिवासी लल्लादीक्षित (१८०२ ई०) द्वारा देवी संकटा की स्तुति में रचित **'आनन्दमन्दिरस्तोत्र'** आदि उल्लेखनीय हैं।

जैनस्तोत्र

शैव और वैष्णव कवियों की भाँति जैन कवियों ने भी अपने आराध्य तीर्थंकरों की स्तुति में भक्तिरस से पूर्ण तथा आत्मनिवेदन से युक्त मनोरम स्तोत्रों की रचना की है। इनकी संख्या कई सौ हैं। जैनियों की धर्मभाषा प्राकृत होने के कारण प्राचीन स्तुतियाँ इसी भाषा में लिखी गई थीं। बाद में संस्कृत में ये स्तुतियाँ लिखी जाने लगीं। द्वितीय शती में आचार्य समन्त भद्र ने **स्वयंभूस्तोत्र, देवागमस्तोत्र** एवं युक्त्यनुशासन तथा जिनशतक (या जिनशतकालंकार) रचे। भक्तिरस से स्निग्ध इन स्तोत्रों की भाषा सरल एवं भापूर्ण है। इनमें कलापक्ष के साथ भावपक्ष का भी मधुर समन्वय है। पाँचवीं शताब्दी में सिद्धसेन दिवाकर ने **'कल्याणमन्दिर स्तोत्र'** लिखा। यह स्तोत्र काव्यात्मक सौन्दर्य के साथ ही आध्यात्मिक तथ्यों से भी मण्डित है। षष्ठ शताब्दी में देवनन्दिपूज्यपाद ने **'सिद्धभक्ति'** एवं **'योग भक्ति'** आदि बारह भक्तियों का प्रणयन किया। इनमें अध्यात्म, नीति तथा स्तुति से युक्त पद्य हैं। इसी समय पात्रकेसरी ने **'जिनेन्द्रगुणसंस्तुति'** नामक स्तोत्र ५० पद्यों में लिखा। इसमें वीतरागी के संयम एवं ज्ञान आदि को लक्ष्य कर स्तुति की गई है।

सप्तम शती में मानतुंग आचार्य ने **'भक्तामरस्तोत्र'** नामक ग्रन्थ लिखा, जो दिगम्बर तथा श्वेताम्बर दोनों सम्प्रदायों के लिए सर्वथा मान्य एवं ग्राह्य हैं। इसमें ४४ पद्य हैं। नवम शती में धनञ्जय कवि ने ४० पद्यों में 'विषापहारस्तोत्र' का निर्माण किया। ग्यारहवें शतक में वादिराज ने **'एकीभावस्तोत्र'** या **'कल्याणकल्पयुग'** की रचना मन्दाक्रान्तावृत्त के २५ पद्यों में की है। स्रग्धरा वृत्त के एक सौ श्लोकों में जम्बू कवि ने **'जिनशतक'** लिखा। इसी प्रकार हेमचन्द्राचार्य ने भगवान् महावीर स्वामी की स्तुति में दो प्रौढ़ दार्शनिक स्तोत्रों का प्रणयन किया—**'अन्ययोग-व्यवच्छेदिका द्वात्रिंशिका'** और **'अयोगव्यवच्छेदिका द्वात्रिंशिका'**।

बौद्धस्तोत्र

बौद्धधर्म का महायान-सम्प्रदाय अपने धर्म में भक्ति को प्रधान मानने लगा। अतः इसके अनुयायियों ने संस्कृत में सुन्दर स्तोत्रों की रचना की। शून्यवाद के प्रधान प्रतिष्ठापक आचार्य नागार्जुन के चार भक्तिपूर्ण स्तोत्र प्राप्त हुए हैं जो चतुःस्तव के नाम से प्रख्यात हैं। इनमें दो संस्कृत में उपलब्ध हैं—**'निरौपम्यस्तवः'** तथा **'अचिन्त्यस्तवः'**। राजा हर्षवर्धन के भी दो स्तोत्र है—**सुप्रभातस्तोत्र'** और **'अष्टमहाश्रीचैत्यस्तोत्र'**। तारादेवी की स्तुति में सर्वज्ञमित्र ने **'स्रग्धरास्तोत्र'** लिखा है।

बीसवीं शताब्दी में भी अनेक स्तोत्रकाव्य लिखे गए। स्वतन्त्रता प्राप्ति के बाद रचे गए कुछ स्तोत्रकाव्यों का विवरण यहाँ प्रस्तुत है—

काशीविद्यापीठ में उपाचार्यपद से सेवानिवृत डा० लीलाधर पन्त की अनेक उत्कृष्ट कृतियों में **'शिवामृतम्'** स्तोत्रकाव्य है। इसमें १९५ पद्य भगवान् शिव की स्तुति में लिखे गए हैं। सम्पूर्णानन्द संस्कृत विश्वविद्यालय में वेदान्त विभागाध्यक्ष पण्डित श्री रघुनाथशर्मा के दो स्तोत्रकाव्य हैं— **'पराम्बास्तुतिकुसुमाञ्जलि'** और **स्तोत्रवल्लरी**। काशी हिन्दू विश्वविद्यालय के पण्डित मधुसूदनशास्त्री ने अपने गुरु पण्डित बालकृष्णमिश्र की स्तुति में **'गुरुशतक'** नामक सुन्दर स्तोत्रकाव्य लिखा है। श्रीवसन्तत्र्यम्बकशेवडे ने शिव की अर्द्धांगिनी का ललित स्तवन करते हुए स्तोत्रकाव्य **'स्तवमञ्जूषा'** का प्रणयन किया। महादेव पाण्डेय की अनेक उत्कृष्ट कृतियों में **'पूर्णास्तव'** स्तोत्रकाव्य है। इसमें भगवती त्रिपुरसुन्दरी का स्वरूप वर्णन तन्त्रशास्त्र के अनुरूप किया गया है। साथ ही उनकी अमृतोपमा मधुर स्तुति भी है। विन्ध्यवासिनी देवी क़ी स्तुति में पण्डित शिवजी उपाध्याय का स्तोत्रकाव्य **'श्रीविन्ध्येश्वरीस्तवः'** भी बहुत मनोरम है।

स्तोत्र साहित्य के उद्भव एवं विकास का संक्षिप्त परिचय

संस्कृत वाङ्मय में स्तोत्र-सहित्य की परम्परा अत्यन्त प्राचीन होने के साथ समृद्ध और सरस है। किसी देवता के सम्मान में उनका नमन और उनकी प्रार्थना या स्तुति ही स्तोत्र है। अपने स्तोत्र में कवियों द्वारा भावपूर्ण एवं कवित्वमय पदरचना किए जाने के कारण इसे काव्य भी कहते हैं। इस स्तोत्रकाव्य का आदिम रूप वैदिक साहित्य में सहज ही उपलब्ध है। ऋग्वेद के प्रथम सूक्त में ही अग्नि को नमन करते हुए कवि कहते हैं—

उपत्वाग्ने दिवे दिवे दोषावस्तर्धिया वयम्।
नमो भरन्त एमसि॥

वैदिक साहित्य के बाद पुराण तो स्तुतियों के भाण्डागार ही हैं। **'श्रीद्भागवतपुराण'** में कृष्ण की स्तुति और **'मार्कण्डेयपुराण** में भगवती का भावपूर्ण स्तोत्र अत्यन्त मनोरम है। रामायण और महाभारत में भी राम तथा कृष्ण के स्तोत्र हैं।

इनके बाद विभिन्न धर्मावलम्बियों ने अपने इष्टदेवों की आराधना के लिए स्तोत्रों का निर्माण किया। जैसे शिव के भक्तों ने शैवस्तोत्र, शक्ति के उपासकों ने शाक्तस्तोत्र तथा विष्णु के आराधकों ने वैष्णव-स्तोत्र की रचना की। इनसे प्रभावित होकर जैनों एवं बौद्धों ने भी स्तोत्र-काव्य लिखे हैं। इन स्तोत्रों का विभाग एवं विवरण इस प्रकार है—

शैवस्तोत्र—शैवस्तोत्रों में सर्वप्रथम उल्लेखनीय उत्पलदेव (नवमीं शती) द्वारा रचित **'शिवस्तोत्रावली'** है, किन्तु महत्ता, विद्वत्ता और लोकप्रियता की दृष्टि से **'शिवमहिम्नस्तोत्र'** का स्थान सबसे ऊँचा है। इस ग्रन्थ के आदि में **'महिम्नः'** पद रहने से इसका **'महिम्नस्तोत्र'** नाम पड़ा है। इसके रचयिता **पुष्पदन्त** हैं, जिनका कोई विशेष परिचय नहीं मिलता है। अनुमानतः कश्मीर में शैवागम शास्त्र के प्रचार के समय १०वीं शती में इसे पुष्पदन्त ने लिखा।

इस स्तोत्र की रचना शिखरिणी छन्द में होने के कारण यह नितान्त संगीतमय है। स्तोत्र के भीतर दार्शनिक विषयों पर भी गंभीर विचार प्रस्तुत किए गए हैं।

इनके बाद शैवस्तोत्रों में **जगद्धरभट्ट** (१४वीं शती) की **'स्तुतिकुसुमांजलि'** प्रसिद्ध रचना है। इसमें ३९ स्तोत्रों में अत्यन्त भावुकतापूर्ण २४०० श्लोक हैं। **नीलकण्ठदीक्षित** (१०वीं शती) की **'शिवोत्कर्षमञ्जरी'** तथा दुर्वासा की **'परशम्भुमहिम्नः'** भी उल्लेखनीय हैं। **शंकराचार्य** द्वारा स्रग्धरा छन्द में निबद्ध दो स्तोत्र बड़े महत्त्व के हैं—**'शिवपादादि केशान्तवर्णनस्तोत्र'** (४१ पद्य) और **'शिवकेशादिपादान्तवर्णनस्तोत्र'** (२९ पद्य)। इनमें शंकर के अंगों का मनोरम वर्णन है। कल्हण (१२वीं शती) के **'अर्धनारीश्वर स्तोत्र'** (१८) में शंकर तथा पार्वती के मिश्रित विग्रह का रम्य वर्णन है।

वैष्णवस्तोत्र—भगवान् विष्णु की स्तुतियों में रचित स्तोत्र-साहित्य-भाण्डार विपुल है। इनमें केरल के राजा कुलशेखर (७०० ई०) द्वारा रचित **'कुन्दमाला'** प्राञ्जल एवं सरस है। रामानुजाचार्य के गुरु **यामुनाचार्य** (१०वीं शती) ने विष्णु की स्तुति में ६५ पद्यों में **रत्नस्तोत्र** लिखा। मालावार के **लीलाशुक** या विल्वमंगल ने कृष्ण की बाल-लीला पर आधारित ३१० पद्यों में **'कृष्णकर्णामृत'** रचा। द्वैतशाखा के प्रवर्तक मध्वाचार्य (११९९-१२७७ ई०) ने **'द्वादश स्तोत्र'** की रचना की। वेदान्तदेशिक (१२६८-१३८९) द्वारा प्रणीत स्तोत्रों की संख्या २५ से अधिक है। उनमें सर्वाधिक ख्यात **'पादुकासहस्र'** में राम की पादुकाओं की स्तुति १००० पद्यों में है। सोमेश्वर ने राम के समग्र जीवन का उल्लेख कर उनकी स्तुति में 'रामशतक' लिखा। इसमें प्रसादगुणयुक्त स्रग्धरा छन्द है। **रामभद्रदीक्षित** (१०वीं शती) ने पाँच स्तुति ग्रन्थों में राम की स्तुति की है। अद्वैतवादी **मधुसूदन सरस्वती** (१६वीं शती) ने विष्णु के स्निग्ध स्वरूप का चित्रण **'आनन्दमन्दाकिनी** में १०२ पद्यों में किया है। नारायण भट्ट (१६वीं शती) का 'नारायणी काव्य' १०३६ पद्यों में रचित एवं प्रसादगुण सम्पन्न है। **पण्डितराज जगन्नाथ** ने अपने **'भामिनीविलास'** में प्रगाढ़ कृष्ण भक्ति की झाँकी प्रस्तुत की है।

शाक्तस्तोत्र—आदि शक्ति भगवती की आराधना अनेक पुराणों में की गई है। लौकिक सहित्य में प्रौढ़ रचना की दृष्टि से बाणभट्ट (७वीं शती) रचित **चण्डीशतक** का उल्लेखनीय महत्त्व है। इसमें बाण ने स्रग्धरा छन्द में दुर्गा की स्तुति प्रौढ शैली में की है। महर्षि दुर्वासा के **'ललितास्तवरत्न'** में ललिताम्बा के त्रैलोक्य-सौन्दर्य का वर्णन है। उनकी दूसरी कृति **'त्रिपुरसुन्दरीमहिम्नस्तोत्र'** शाक्त-सम्प्रदाय के अन्तस्तत्त्व का उद्घाटन करता है।

विलक्षण प्रतिभा के धनी **शंकराचार्य** ने भगवती की स्तुति में **'भवान्यष्टक'**, **'देव्यपराधक्षमापणस्तोत्र'** और **'सौन्दर्यलहरी'** की रचना की। 'सौन्दर्यलहरी' में भगवती के दिव्य सौन्दर्य की छटा शिखरिणी पद्यों में अत्यन्त मनोरम और काव्यात्मक रूप में वर्णित है।

काञ्ची में भगवती कामाक्षी के दर्शन करते ही जन्म से मूक बने मूक कवि की अन्तर्निहित भावना वाणी के रूप में फूट पड़ी और उन्होंने **'मूकपञ्चशती'** की रचना की। इनमें कटाक्ष, मन्दस्मित, पादारविन्द, आर्या और स्तुति नामक पाँच शतक हैं।

अन्य शाक्तस्तोत्रों में आनन्दवर्धन का **'देवीशतक'** नीलकंठ दीक्षित का **'आनन्दसागरस्तव'** महाराष्ट्र के लक्ष्मण कवि का **'चण्डीकुचपञ्चाशिका'** काशीवासी लल्लादीक्षित का **'आनन्दमन्दिरस्तोत्र'** आदि विशेष महत्त्व के हैं।

जैन कवियों ने भी अपने आराध्य तीर्थंकरों की स्तुति में मनोरम स्तोत्रों की रचना की। उनमें आचार्य समन्तभद्र के **'स्वयम्भूस्तोत्र'** तथा **देवागमस्तोत्र'** मुख्य हैं। सिद्धसेन दिवाकर का **'कल्याण मन्दिरस्तोत्र'**, पात्रकेसरी का **'जिनेन्द्र गुणसंस्तुति'**, मानतुंगाचार्य का **भक्तामरस्तोत्र** जैनधर्म के दोनों सम्प्रदायों में मान्य हैं। अन्य रचनाओं में वादिराज का **'एकी भावस्तोत्र'** जम्बू कवि का **'जिनशतक'** और हेमचन्द्राचार्य द्वारा महावीर की स्तुति में रचित **'अन्य योग व्यवच्छेदिका' द्वात्रिंशिका'** और **'अयोगव्यवच्छेदिका द्वात्रिंशिका'** विशेष महत्त्व के हैं।

बौद्धधर्म के महायान-सम्प्रदाय के अनुयायियों ने सुन्दर स्तोत्रों की रचना की। उनमें शून्यवाद के प्रतिष्ठापक आचार्य नागार्जुन ने चार भक्तिपूर्ण स्तोत्र लिखें। उनमें **'निरौपम्यस्तवः'** तथा **'अचिन्त्यस्तवः'** उपलब्ध हैं। राजा हर्षवर्धन ने **'सुप्रभातस्तोत्र'** तथा **'अष्टमहाश्रीचैत्यस्तोत्र'** लिखे। सर्वमित्र ने **'स्रग्धरास्तोत्र'** की रचना की।

इनके बाद भी आज तक अगणित स्तोत्रकाव्य लिखे जाते रहे हैं।

●

नवम प्रलम्ब

आख्यान या कथा-साहित्य

परिचय—संस्कृत के कथा-साहित्य, जिसे आख्यान साहित्य भी कहते हैं, का विश्व-साहित्य में उल्लेखनीय स्थान है। इसका इतिहास भी अत्यन्त प्राचीन है। मौलिकता, रचना-निपुणता और विश्व-व्यापकता की दृष्टि से यह अनुपम और अद्वितीय है। इन आख्यानों में नाटक या महाकाव्यों की तरह प्रसिद्ध पौराणिक या ऐतिहासिक पात्रों या कथानकों को नहीं लिया गया है, अपितु वे सभी यहाँ काल्पनिक हैं। इतना ही नहीं, कौआ, गीदड़, साँप, नेवले जैसे साधारण पशु-पक्षियों को लेकर उनकी कथाओं को मनोरंजक रूप में प्रस्तुत किया गया है। इसलिए उनमें कहीं कुतूहल है, तो कहीं घटना-वैचित्र्य है। कहीं हास्य-विनोद है, तो कहीं गम्भीर उपदेश है।

कथा-साहित्य (Fable) को दो भागों में विभाजित किया जा सकता है—नीतिकथा (Didactic Tale) और लोक-कथा (Popular Tale)।

नीतिकथा—नीतिकथाओं में मुख्य पात्र पशु-पक्षी होते हैं। वे मनुष्यों के समान ही बोलते हैं, व्यवहार करते हैं तथा आपस में प्रेम, कलह और युद्ध या सन्धि करते हैं। पशु-पक्षियों की रोचक कहानियों के माध्यम से सदाचार और राजनीति के गूढ़ सिद्धान्तों का बोध सरलता से कराया जाता है। नीति-कथाओं का लक्ष्य मनोरंजक कहानियों द्वारा त्रिवर्ग (धर्म, अर्थ और काम) के तत्त्वों का उपदेश देना है। यह उपदेश मोक्ष या अध्यात्मक-विद्या से सम्बन्ध नहीं रखता है। नीतिकथाओं का प्रतिपाद्य विषय सदाचार, राजनीति और व्यावहारिक ज्ञान है। दैनिक जीवन में सफलता और उन्नति पाने के लिए जिन-जिन बातों का पद-पद पर ध्यान रखना आवश्यक है और जिनके न जानने से मनुष्य अनायास ही धूर्तों के चंगुल में फँस जाता है, उन्हीं बातों का उपदेश नीतिकथाओं में सन्निविष्ट किया गया है। इन रुचिकर कहानियों की सहायता से सुकुमार-मति बालक भी अनायास ही इन सिद्धान्तों को हृदयंगम कर लेते हैं।

नीतिकथाओं की भाषा अत्यन्त सरल और शैली बहुत रोचक है। इसलिए नीतिशास्त्र के उपदेश के साथ संस्कृत भाषा के ज्ञान के लिए भी वे उपयोगी हैं। कहानी का कथन प्रायः गद्य में होता है, किन्तु उससे मिलने वाली शिक्षा या नैतिक उपदेश को पद्य के माध्यम से उपस्थापित किया जाता है। चुभते हुए मुहावरे, अनूठी लोकोक्तियाँ और रोचक दृष्टांत सर्वत्र भरे पड़े हैं। नीति-कथाओं की सबसे प्रमुख विशेषता यह है कि उनमें एक प्रधान कथा के अन्तर्गत अनेक गौण कथाएँ सन्निविष्ट रहती हैं। मुख्य कथा के पात्र अपनी बात के समर्थन में बीच-बीच में अनेक उपकथाएँ कहने लगते हैं।

उद्भव—पशु-पक्षियों के माध्यम से व्यावहारिक उपदेश देने की प्रथा भारत में अत्यन्त प्राचीन है। 'ऋग्वेद' में मनुष्य और मछली की एक कथा आती है। छान्दोग्य उपनिषद् में उद्‌गीथ श्वान

की कहानी है। रामायण में कुछ नीति कथाएँ उल्लिखित हैं और कुछ उपमाओं द्वारा संकेतित हैं। महाभारत में भी विदुर के मुख से अनेक नीतिकथाएँ कहलवाई गई हैं। पुराण तो नीतिकथाओं के भण्डार ही हैं। तृतीय शती ई० पू० के भारतहुत स्तूप पर अनेक नीतिकथाओं के नाम खुदे हुए हैं।[1] पतञ्जलि (१५० ई० पू०) ने अपने 'महाभाष्य' में 'अजाकृपाणीय' और 'काकतालीय' आदि लोकोक्तियों का और सर्प तथा नकुल एवं काक तथा उलूक की जन्मजात शत्रुता का उल्लेख किया है। जैनों तथा बौद्धों ने भी अनेक नीति-कथाएँ लिखीं। बौद्धों का 'जातक' नामक कथासंग्रह ३८० ई० पू० के आसपास विद्यमान था। इन सब प्रमाणों के आधार पर स्पष्ट है कि ईसा के कई सौ वर्ष पहले भारत में नीतिकथाओं का पर्याप्त प्रचार था।

पञ्चतन्त्र—'पञ्चतन्त्र' संस्कृत नीतिकथा-साहित्य का सर्वप्राचीन और महत्त्वपूर्ण ग्रन्थ है। इसके रचयिता नीतिविशारद विष्णुशर्मा हैं। इसमें नीति की अत्यन्त मनोहर एवं शिक्षाप्रद कहानियाँ हैं। इसका लक्ष्य महिलारोप्य नगर के राजा अमरशक्ति के तीन दुर्बुद्धि पुत्रों को थोड़े समय में ही व्यवहारकुशल बना देना था। विष्णुशर्मा ने इन राजकुमारों को मात्र छः महीने में न केवल नीतिशास्त्र में निपुण बनाया, अपितु संस्कृत भाषा का भी अधिकारी बना दिया। इसमें लगभग ७७ कथाएँ हैं। 'पञ्चतन्त्र' की महत्ता का अनुमान इसी बात से लगाया जा सकता है कि बाइबिल के बाद इसी का सर्वाधिक प्रचार-प्रसार पूरे विश्व में हुआ। 'पञ्चतन्त्र' के सम्पादक डा० हर्टल के कथनानुसार इसके दो सौ से अधिक संस्करण लगभग पचास भाषाओं में हुए, जिसमें तीन-चौथाई भाषाएँ विदेशी हैं।

'पञ्चतन्त्र' की इतनी ख्याति होने पर भी इसका रचनाकाल अज्ञात ही है। इसका एक कारण यह है कि विष्णुशर्मा-रचित यह पुस्तक अपने मूल रूप में उपलब्ध नहीं है। बादशाह अनुशेरवां (५३१–५७९ ई०) के आदेश से फारस के हकीम बुरजोई ने ५३३ ई० में पहलवी भाषा में 'पञ्चतन्त्र' का प्रथम अनुवाद किया था। इसके कुछ समय बाद ५६० ई० में बुद नामक एक ईसाई पादरी ने पहलवी भाषा से सीरियन भाषा में अनुवाद किया। उसने इसका नाम 'पञ्चतन्त्र' के प्रथम तन्त्र के दो प्रधान पात्रों 'करकट' और 'दमनक' के आधार पर 'कलिलग' और 'दमनगं' रखा। बाद में अब्दुल्ला बिन हबाजी नामक एक विद्वान् ने इसका अनुवाद ७५० ई० में 'कालीलह और दिमनह' नाम से अरबी भाषा में किया।

उपर्युक्त अनुवादों से मूल 'पञ्चतन्त्र' के काल-निर्धारण में सहायता मिलती है। इससे यह स्पष्ट है कि पहलवी में अनुवाद (५३३ ई०) से कई सौ वर्ष पहले से 'पञ्चतन्त्र' की ख्याति फैल चुकी थी। 'पञ्चतन्त्र' में चाणक्य का नामोल्लेख है और इस पर उनके 'अर्थशास्त्र' का व्यापक प्रभाव भी है। इससे यह सिद्ध होता है कि 'पञ्चतन्त्र' की रचना ३०० ई० पू० के बाद हुई होगी। 'पञ्चतन्त्र' में 'दीनार' शब्द प्रयुक्त है। डा० कीथ के अनुसार इस 'दीनार' शब्द के आधार पर 'पञ्चतन्त्र का रचनाकाल ईशा के बाद ही ठहरता है। ऐतिहासिक प्रमाणों से ज्ञात होता है कि द्वितीय शताब्दी के आसपास राजसभाओं में संस्कृत को प्रधानता मिलने लगी थी। राजकाज में संस्कृत भाषी ब्राह्मणों का आदर बढ़ गया था। अतः ऐसे ग्रन्थ की आवश्यकता थी, जो संस्कृत

१. मैक्डोनल : इण्डियाज पास्ट, पृ० ११७

बोध के साथ-साथ राजनीति की शिक्षा भी सरल रूप से दे सके। इस बात को लक्ष्य कर 'पञ्चतन्त्र' की रचना हुई होगी। अतः 'पञ्चतन्त्र' का रचनाकाल ईसा की तीसरी शताब्दी माना जा सकता है।

विषयवस्तु—'पञ्चतन्त्र' के नाम से ही स्पष्ट है कि इसमें पाँच तन्त्र या भाग हैं—मित्रभेद, मित्रलाभ, सन्धिविग्रह,लब्धप्रणाश और अपरीक्षितकारक। प्रत्येक तन्त्र में मुख्य कथा के भीतर अवान्तर कथाओं का समावेश किया गया है। उनमें पशु-पक्षियों के बीच सदाचार नीति और लोक-व्यवहार के विषय में बातचीत होती है। लेखक की विनोदप्रियता सर्वत्र देखी जाती है। चाँदनी रात में बाघ की खाल ओढ़े गधे द्वारा गीत गाया जाना और संगीतशास्त्र की महत्ता पर वक्तृता देने के पुरस्कारस्वरूप पीठ-पूजा पाना बड़ा ही विनोदपूर्ण है। ब्राह्मणों के लोभ और पाखण्ड, चाटुकारों की कपटवृत्ति तथा त्रियाचरित्र एवं मानवीय दोषों का व्यंग्यपूर्ण उद्घाटन भी इसमें किया गया है।

कथा-प्रस्तुतीकरण की अपूर्व शैली 'पञ्चतन्त्र' की खास विशेषता है, जो किसी भी विश्व-साहित्य में नहीं है। एक कथा समाप्त होनेपर श्लोक के माध्यम से उसकी प्रथम पंक्ति में सामान्य-सिद्धान्त-प्रतिपादन और दूसरी पंक्ति में सूत्र रूप में उदाहरण-कथन इसकी अपनी प्रणाली है। एक साथ सिद्धान्त और उदाहरण को सुनते ही श्रोता कह उठता है—'कथमेतत्' अर्थात् यह कैसे ? फिर दूसरी कहानी शुरू हो जाती है। कुछ उदारण देखें—

बुद्धिर्यस्य बलं तस्य निर्बुद्धेस्तु कुतो बलम् ?
वने सिंहो मदोन्मत्तः शशकेन निपातितः ।।

(पञ्चतंत्र, मित्रभेद, पद्य–२३७)

जिसके पास बुद्धि है, उसी के पास बल भी होता है। बुद्धिहीन व्यक्ति के पास बल कहाँ होता है? क्योंकि वन में रहने वाला एक मदोन्मत्त सिंह निर्बल शशक (खरहा) के द्वारा मारा गया।

इसके अनन्तर 'कथमेतत्' के बाद खरगोश के द्वारा मदभत्त शेर को बुद्धि के बल से मारने की कथा कही गई है।

दूसरा उदाहरण देखें—

अपरीक्ष्य न कर्त्तव्यं कर्त्तव्यं सुपरीक्षितम्।
पश्चाद्भवति सन्तापो ब्राह्मणी नकुले यथा ।।

'पञ्चतन्त्र' की शैली सरल, मनोहर और मुहारेदार है। इसमें समास कम-से-कम और भाषा सरल से सरल है। मुख्यतः बालकों के लिए रचित होने के कारण उसका गद्य अत्यन्त सुबोध है, वाक्य-विन्यास में किसी प्रकार की दुरूहता नहीं है। कथानक का वर्णन गद्य में किया गया है, किन्तु उपदेशात्मक सूक्तियाँ पद्य में है। ये पद्य कई प्राचीन ग्रन्थों से लिए गए हैं। 'महाभारत' से तथा पाली के 'जातक-संग्रह' से भी अनेक पद्य गृहीत हैं। इन पद्यों के चयन और यथास्थान उनके निवेशन में लेखक की निपुणता मनोहारी है।

हितोपदेश—नीतिकथाओं में 'पञ्चचन्त्र' के बाद 'हितोपदेश' का ही उल्लेखनीय महत्त्व है। इसके रचयिता नारायण पण्डित बंगाल के राजा धवलचन्द्र के आश्रित थे। इस ग्रन्थ की एक

पाण्डुलिपि १३७३ ई० की पाई गई है। अतः चौदहवीं शताब्दी से पूर्व इसकी रचना हो चुकी थी। डा० कीथ के अनुसार इसकी रचना ग्यारहवीं शताब्दी के बाद की नहीं हो सकती, क्योंकि इसमें रुद्रभट्ट का एक पद्य उद्धृत है।

'हितोपदेश' की रचना बहुत कुछ 'पञ्चतन्त्र' के आधार पर हुई है। उसकी प्रस्तावना में यह उल्लिखित भी है—

'पञ्चतन्त्रात्तथाऽन्यस्माद् ग्रन्थादाकृष्य लिख्यते।'

हितोपदेश की ४३ कथाओं में से २४ तो 'पञ्चतन्त्र' से ही ली गई हैं। इस रचना का उद्देश्य भी बहुत कुछ 'पञ्चतन्त्र जैसा ही है। पाटलिपुत्र के राजा सुदर्शन के अल्पमति पुत्रों को नीतिकथा की शिक्षा प्रदान करने के लिए ही 'हितोपदेश' लिखा गया था। लेखक का मानना है कि 'हितोपदेश' को सुनने अथवा पढ़ने से संस्कृत भाषा में पटुता, वाणी में विदग्धता और नीतिविद्या में निपुणता होती है—

'श्रुतो हितोपदेशोऽयं पाटवं संस्कृतोक्तिषु।
वाचां सर्वत्र वैचित्र्यं नीतिविद्यां ददाति च॥'

'हितोपदेश' के चार परिच्छेद या खण्ड हैं—मित्र लाभ, सुहृद्भेद, विग्रह और सन्धि। प्रथम दो परिच्छेद प्रायः 'पञ्चतन्त्र' से ही लिए गए हैं। 'पञ्चतन्त्र' की अपेक्षा इसमें पद्यों की संख्या अधिक है तथा भाषा भी सरलतर है। ये पद्य अत्यन्त उपदेश पूर्ण, सूक्तिपरक और कण्ठाग्र करने योग्य हैं। संस्कृत सीखने वालों के लिए 'हितोपदेश' आरम्भिक ग्रन्थ माना जाता है। यही कारण है कि भारत में 'हितोपदेश' का पठन-पाठन पञ्चतन्त्र की अपेक्षा अधिक है। शिक्षा के महत्त्व पर तथा विश्वबन्धुत्व की भावना से ओतप्रोत एक-एक पद्य यहाँ प्रस्तुत हैं—

माता शत्रुः पिता बैरी येन बालो न पाठितः।
न शोभते सभामध्ये हंसमध्ये बको यथा॥

वह माता शत्रु है तथा वह पिता बैरी है, जिसने अपने बच्चे को नहीं पढ़ाया। अशिक्षित बालक सभा में उसी तरह शोभित नहीं होता, जैसे हंसों के बीच में बगुला।

इस पद्य की आज भी महती प्रासंगिता है। निरक्षरता-निवारण के लिए जन-जागरण में यह पद्य अत्यन्त उपयोगी है।

विश्व-नागरिक होने की प्रेरणा देने वाला यह पद्य अवलोकनीय है—

अयं निजः परो वेति गणना लघुचेतसाम्।
उदारचरितानां तु वसुधैव कुटुम्बकम्॥

यह अपना है और यह पराया है, ऐसी बात अल्पबुद्धि व्यक्ति ही सोचते हैं। उदार लोगों के लिए सम्पूर्ण विश्व ही अपना परिवार है।

लोक-कथा

नीति-कथाएँ उपदेश प्रधान होती हैं, जबकि लोक-कथाओं का उद्देश्य मनोरञ्जन रहता है। साथ ही, लोक-कथाओं के पात्र पशु-पक्षी न होकर प्रायः मनुष्य ही होते हैं। इनका विवरण यहाँ प्रस्तुत है—

बृहत्कथा—लोक-कथाओं का प्राचीनतम संग्रह गुणाढ्यकृत **'बृहत्कथा'** है, जो अब मूल रूप में उपलब्ध नहीं है। यह पैशाची प्राकृत में लिखी गई थी और इसमें एक लाख पद्य थे, किन्तु 'काव्यादर्श' में दण्डी ने उसे गद्यात्मक बताया है।[1]

गुणाढ्य के काल के बारे में विद्वानों में मतभिन्नता है। कुछ विद्वान् उन्हें आन्ध्र भृत्य सातवाहन का आश्रित कवि कहते हैं, तो दूसरे लोग उन्हें 'गाथासप्तशती' के विख्यात रचयिता महाराज हाल के आश्रित मानते हैं। डा० ब्यूलर ने बृहत्कथा को प्रथम या द्वितीय शती ई० की रचना बताया है।

जिस प्रकार नीतिकथाओं में 'पञ्चतन्त्र' का स्थान सर्वोपरि है, उसी प्रकार लोक-कथाओं में 'बृहत्कथा' का नाम अग्रगण्य है। प्राचीन काल से ही 'बृहत्कथा' भारतीय साहित्य का एक उपजीव्य-ग्रन्थ रहा है। इस दृष्टि से इसका स्थान 'रामायण' और 'महाभारत' के साथ आता है। इसकी कथा के आधार पर संस्कृत के अनेक काव्यकारों ने अपनी रचनाएँ प्रस्तुत कीं। उनमें भास, हर्ष तथा शूद्रक आदि प्रमुख हैं। बाण[2] ने 'बृहत्कथा' को हरलीला के समान विस्मयकारिणी कहा है जबकि सोड्ढल[3] ने इसकी लोकप्रियता की प्रशंसा की है।

'बृहत्कथा' की मूल कथावस्तु इस प्रकार है—महाराज उदयन के राजकुमार नरवाहनदत्त हैं। इस राजकुमार की पत्नी मदनमंजूषा को मानसवेग हर ले जाता है। नरवाहनदत्त ने अपने विश्वासपात्र मन्त्री गोमुख की सहायता से रानी का उद्धार कर विद्याधरों के साम्राज्य पर अपना अधिकार कायम कर लेता है।

इस प्रकार 'बृहत्कथा' के मूल में यद्यपि राजकुमार की प्रणयकथा है, किन्तु यह कथावस्तु दरबारों तक सीमित नहीं है। इसमें सामान्य मानव-जीवन की अनेक कथाएँ तथा चित्र प्राप्त होते हैं।

मूल 'बृहत्कथा' अब उपलब्ध नहीं है, किन्तु उसके तीन संस्कृत रूपान्तर मिलते हैं—

(१) **बृहत्कथा-श्लोक-संग्रह**—इसके रूपान्तरकर्ता नेपाल के बुद्धस्वामी थे। इनका समय ८वीं या ९वीं शताब्दी माना जाता है। इसके कुछ ही अंश उपलब्ध हैं जिनमें २८ सर्ग और ४, ५२४ श्लोक हैं। इसमें यत्र-तत्र प्राकृत रूप भी मिलते हैं, जो सम्भवतः मूल ग्रन्थ से लिए गए हैं।

(२) **बृहत्कथामञ्जरी**—इसके रचयिता क्षमेन्द्र हैं, जो कश्मीरी नरेश अनन्त (१०२९-१०६४ ई०) के आश्रित कवि थे। इस रचना में ७५०० श्लोक हैं। यह 'बृहत्कथा' का ही संक्षिप्त रूप है। इसकी भाषा में प्रांजलता और प्रवाह का अभाव है।

(३) **कथासरित्सागर**—इसके प्रणेता सोमदेव हैं, जो क्षेमेन्द्र के समसामयिक थे। इस ग्रन्थ में २४,००० श्लेक है। 'बृहत्कथा' के सभी संस्करणों में यह संस्करण सर्वाधिक प्रसिद्ध है। संसार में इसके अतिरिक्त अन्य कोई इतना प्राचीन और इतना विशाल कथासंग्रह नहीं है।

---

१. काव्यादर्श, १।२३; ३८

२. समुद्दीपितकन्दर्पा कृतगौरीप्रसाधना।
हरलीलेव नो कस्य विस्मयाय बृहत्कथा।। –हर्षचरित १७

३. कविर्गुणाढ्यः स च येन सृष्टा बृहत्कथा प्रीतिकरी जनानाम्।
सा संविधानेषु सुसन्धिबन्धैर्निपीड्यमानेव रसं प्रसूते।।

'बृहत्कथा' तथा उसके रूपान्तरों के अतिरिक्त संस्कृत में और भी अनेक कथासंग्रह प्राप्त होते हैं, जिनका विवरण अग्रलिखित है—

वेतालपञ्चविंशतिका—इसमें उज्जैन के राजा विक्रमादित्य को एक वैताल (भूत) २५ रोचक कहानियाँ पहेलियों के रूप में सुनाता है। प्रहेलिकामय प्रश्नों के रूप में ये कहानियाँ कौतूहलपूर्ण हैं। जैसे, एक राजकुमारी का विवाह उसके तीन प्रेमियों में से किससे किया जाय, जबकि उन तीनों ने मिलकर उसे एक राक्षस के पंजे से छुड़ाया है ? इसे ग्रन्थ के शिवदास तथा जम्भलदत्त-कृत दो संस्करण मिलते हैं।

सिंहासन-द्वात्रिंशिका अथवा द्वात्रिंशत्पुत्तल्किा—इस ग्रन्थ में राजा विक्रमादित्य विषयक ३२ कथाएँ हैं। राजा भोज (१०१८-१०६३ ई०) को खुदाई के क्रम में राजा विक्रमादित्य का राजसिंहासन मिला। इसमें ३२ पुतलियाँ जड़ी हुई थीं। जब राजा भोज उस पर बैठने लगता है, उनमें से प्रत्येक पुतली विक्रमादित्य के पराक्रम से सम्बद्ध एक-एक कहानी सुनाती है तथा भोज में वैसे पराक्रम का अभाव बताकर उसे उस सिंहासन पर बैठने से रोकती है। ३२ कहानियाँ सुनाने के बाद सिंहासन के साथ पुतलियाँ उड़ जाती हैं। दक्षिण भारत में 'सिंहसान-द्वात्रिंशिका' का नाम 'विक्रमार्कचरित' अधिक प्रसिद्ध है।

शुकसप्तति—इसमें ७० रोचक कथाएँ हैं। उपर्युक्त दोनों कथा-संग्रहों की अपेक्षा यह अधिक मनोरंजक है। इसके रचयिता के बारे में कुछ ज्ञात नहीं है। इसकी रचना १४वीं शताब्दी के पूर्व हो चुकी थी, क्योंकि उसी समय इसका एक अनुवाद फारसी में हुआ था। इसमें मदनसेन नामक युवक अपनी पत्नी पर अत्यधिक अनुरक्त है। कार्यवश उसे अन्यत्र जाना पड़ता है। पति की विरहजन्य पीड़ा को उसकी पत्नी असह्य मानकर रात में अभिसार के लिए बाहर जाने को उद्यत होती है, किन्तु स्वामी भक्त शुक उसे पतिव्रता स्त्री की एक कहानी सुनाकर रोकता है। इस प्रकार ७० कथाओं में ७० रातें बीत जाती हैं और अन्त में मदनसेन घर लौट आता है।

इन कलाकृतियों के अतिरिक्त संस्कृत के कथा-संग्रहों में विद्यापति (१४वीं शताब्दी) द्वारा रचित **'पुरुष परीक्षा'** का नाम उल्लेखनीय है। इसमें ४४ कथाओं का संग्रह है। शिवदास-कृत **'कथार्णव'** में चोरों और मूर्खों की ३५ कथाएँ हैं। वीरकवि ने १५वीं शताब्दी में 'यूसूफ और जुलेखा' की कथाओं के आधार पर 'कथा-कौतुक' लिखा। 'भरटकद्वात्रिंशिका' नामक कथा-संग्रह में ब्राह्मणों पर व्यंग्य कसा गया है। इस पर जैन प्रभाव प्रतीत होता है। १४वीं शती के जैन लेखक मेरुतुङ्ग तथा राजशेखर द्वारा प्रणीत **'प्रबन्धचिन्तामणि'** तथा **'प्रबन्धकोश'** में लेखकों तथा अन्य प्रमुख व्यक्तियों से सम्बद्ध अनैतिहासिक, किन्तु मनोरंजक कथाओं का संग्रह है। १६वीं शताब्दी में वल्लालसेन ने 'भोजप्रबन्ध' की रचना की। इसमें संस्कृत के प्रमुख कवियों की अनेक रोचक दन्तकथाएँ दी गई हैं। इसमें संगृहीत कथाओं में कवि-कौशल का परिचय तो अवश्य मिलता है, किन्तु ऐतिहासिक दृष्टि से इसे प्रामाणिक नहीं माना जा सकता। १७वीं शताब्दी में हेमविजयगणि द्वारा रचित **कथा-रत्नाकर**' में २५८ लघु कथाएँ संगृहीत हैं।

संस्कृत के कथा साहित्य के सम्वर्धन में बौद्ध और जैन लेखकों ने भी काफी योगदान किया है। बौद्ध रचनाओं में अज्ञात लेखक का **'अवदानशतक'**,क्षेमेन्द्र की **'अवदानकल्पलता'** और आर्यशूर की **'जातकमाला'** का उल्लेखनीय महत्त्व है। जैन लेखकों में हेमचन्द्र का **'परिशिष्ट पर्वन्'** प्रमुख है।

इस प्रकार संस्कृत कथा-साहित्य के पर्यालोचन से स्पष्ट होता है कि इसका भण्डार बहुत समृद्ध रहा है। इन रचनाओं के माध्यम से भारतीय सभ्यता और संस्कृति का प्रचार विदेशों में बड़े पैमाने पर हुआ है।

भारतीय स्वतंत्रता के बाद भी अनेक कथा-ग्रन्थों की रचना हुई है। उनमें कुछ का विवरण यहाँ उपस्थापित है—

डा० रामकिशोर मिश्र ने अपने कथासंग्रह **'किशोरकथावलि'** में स्वरचित बीस कथाओं का संग्रह किया है। इसके विषय बिल्कुल आधुनिक हैं। इसमें **'बलात्कार'**, **''अपहरण'**, **'प्रतिशोध'** तथा **'बलिदान'** आदि कथा शीर्षक हैं। सार्वभौम-संस्कृत कार्यालय के संचालक आचार्य वासुदेव द्विवेदी जी ने बच्चों के संस्कृत-बोध के लिए छोटी-छोटी कथाओं के अनेक संग्रह प्रकाशित किए हैं। पटना से डा० मिथिलेश कुमारी मिश्रा के दो कथासंग्रह—**'आधुनिका'** तथा **लघ्वी** प्रकाशित हैं। इनके नाम से ही स्पष्ट है कि प्रथम रचना में आधुनिक महिलाओं और विषयों का निरूपण है, तो दूसरी पुस्तक में उपदेशात्मक छोटी-छोटी कहानियाँ हैं।

कथा-सहित्य के उद्भव एवं विकास का संक्षिप्त परिचय

संस्कृत के कथा-साहित्य या आख्यान साहित्य का विश्व साहित्य में उल्लेखनीय स्थान है। साहित्य की अन्य विधाओं की भाँति इसका उद्गम भी वेदों से है। ऋग्वेद में नर और मत्स्य की कथा है। 'छान्दोग्य उपनिषद्' में 'उद्गीथ-श्वान' की कहानी है। 'रामायण' और 'महाभारत' में भी अनेक कथाएँ हैं। पुराण तो कथाओं के भण्डार ही हैं।

लौकिक साहित्य में कथा-भाग को दो वर्गों में विभक्त किया जा सकता है—**नीतिकथा और लोककथा।**

नीतिकथा—नीतिकथाओं में मुख्य पात्र पशु-पक्षी होते हैं। वे मनुष्यों के समान ही बोलते, व्यवहार करते और युद्ध या सन्धि करते हैं। नीति-कथाओं का लक्ष्य मनोरंजक कहानियों द्वारा त्रिवर्ग (धर्म, अर्थ और काम) के तत्त्वों का उपदेश देना है। इनका प्रतिपाद्य विषय सदाचार, राजनीति और व्यावहारिक ज्ञान है। इन रुचिकर कहानियों की सहायता से सुकुमार मति बालक भी अनायास ही इन सिद्धान्तों को हृदयंगम कर लेता है। इन कहानियों की सबसे प्रमुख विशेषता यह है कि उनमें एक प्रधान कथा के अन्तर्गत अनेक गौण कथाएँ सम्मिलित रहती हैं। गद्यात्मक कथाओं में शिक्षा या उपदेश के लिए पद्य का प्रयोग किया जाता है।

नीतिकथा का सर्वप्राचीन और महत्त्वपूर्ण ग्रन्थ **'पञ्चतन्त्र'** है। इसके रचयिता नीति-विशारद विष्णुशर्मा हैं। उन्होंने इस रचना की ७७ कथाओं के द्वारा महिलारोप्य नगर के दुर्बुद्धि राजकुमारों को छः महीने में नीतिशास्त्र में निपुण और संस्कृत भाषा का अधिकारी बना दिया था।

'पञ्चतन्त्र' में पाँच तन्त्र या भाग हैं—मित्रभेद, मित्रलाभ, सन्धिविग्रह, लब्धप्रणाश और अपरीक्षितकारक। इनमें अन्तिम भाग अधिक लोकप्रिय है। इनमें कथा के भीतर कथा का नमूना यहाँ देखें।

अपरीक्ष्य न कर्तव्यं कर्तव्यं सुपरीक्षितम्।
पश्चाद् भवति सन्तापो ब्राह्मणी नकुलं यथा।

पूरे विश्व में 'बाइबिल' के बाद 'पञ्चतन्त्र' का ही सर्वाधिक प्रचार प्रसार एवम् अनुवाद इसकी लोकप्रियता का प्रमाण है। इसका रचनाकाल तीसरी शती माना जाता है।

'पञ्चतन्त्र' के बाद नीतिकथा-साहित्य में 'हितोपदेश' का स्थान है। इसके रचयिता नारायण पण्डित बंगाल के राजा धवलचन्द्र के आश्रित थे। अतः इनका काल १४वीं शती मान्य है।

'हितोपदेश' का लक्ष्य पाटलिपुत्र के राजा सुदर्शन के अल्पमति पुत्रों को नीति की शिक्षा प्रदान करना था। उनका कथन है कि हितोपदेश को पढ़कर संस्कृत भाषा में पटुता, वाणी में विदग्धता और नीति विद्या में दक्षता प्राप्त हो जाती है—

श्रुतो हितोपदेशोऽयं पाटवं संस्कृतोक्तिषु।
वाचां सर्वत्र वैचित्र्यं नीतिविद्यां ददाति च॥

हितोपदेश के चार खंड हैं—मित्रलाभ, सुहृद्भेद, विग्रह और सन्धि। इनमें मित्रलाभ अधिक प्रचलित है। पूरे ग्रन्थ की ४३ कथाओं में २५ पञ्चतन्त्र से ली गई हैं। इसका गद्य अत्यन्त सरल है और पद्य भी सहज ग्राह्य है। यथा—

माता शत्रुः पिता वैरी येन बालो न पाठितः।
न शोभते सभामध्ये हंसमध्ये बको यथा॥

लोककथा

लोककथाओं का उद्देश्य उपदेश न होकर मनोरंजन होता है तथा इनके पात्र पशु-पक्षी न होकर प्रायः मनुष्य ही होते हैं। इनका विवरण अग्रलिखित है—

बृहत्कथा—लोककथाओं का प्राचीनतम संग्रह गुणाढ्य कृत **'बृहत्कथा'** है जो अब मूल रूप में उपलब्ध नहीं है। यह पैशाची प्राकृत में एक लाख श्लोकों में लिखी गई थी। इसकी मूलकथा के अनुसार महाराज उदयन के राजकुमार नरवाहनदत्त की पत्नी मदनमंजूषा को मानसवेग हर लेता है जिसे राजकुमार अपने मन्त्री की सहायता से वापस लाता है और विद्याधरों के साम्राज्य को जीत लेता है।

बृहत्कथा के तीन संस्कृत रूपान्तर मिलते हैं—

(१) बुद्धस्वामी कृत **'बृहत्कथा-श्लोक-संग्रह'**, क्षेमेन्द्र-कृत **'बृहत्कथामञ्जरी'** और सोमदेव का **'कथासरित्सागर'**।

वेतालपञ्चविंशतिका—इसमें उज्जैन के राजा विक्रमादित्य को एक वैताल (भूत) २५ रोचक कहानियाँ पहेलियों के रूप में सुनाता है। प्रहेलिकामय प्रश्नों के रूप में ये कहानियाँ कौतूहलपूर्ण है।

सिंहासन द्वात्रिंशिका अथवा द्वात्रिंशत्पुत्तलिका

इन ग्रन्थ में राजाविक्रमादित्य के दान एवं पराक्रम विषयक ३२ कथाएँ हैं। खुदाई में प्राप्त विक्रमादित्य के सिंहासन पर जब राजा भोज बैठना चाहते हैं तो सिंहासन में जुड़ी ३२ पुतलियाँ विक्रमादित्य के पराक्रम की कहानी को एक-एक कर सुनाती है और भोज में वैसा पराक्रम न होने से उन्हें सिंहासन पर बैठने से रोकती हैं और अन्त में सिंहासन के साथ वे उड़ जाती हैं।

शुकसप्तति—इसमें ७० रोचक कथाएँ हैं। इसका कर्ता ज्ञात नहीं है। अपने पति के वियोग में व्याकुल और कामार्त प्रेयसी रात में अभिसार के लिए बाहर जाने को उद्यत होती है, किन्तु स्वामी भक्त शुक उसे पतिव्रता की एक कहानी सुनाकर रोकता है। इस प्रकार ७० रातों में वह ७० कहानियाँ सुनाता है तबतक उसका पति लौट आता है।

इन कथाकृतियों के अतिरिक्त विद्यापति द्वारा रचित ४४ कथाओं का संग्रह **'पुरुष-परीक्षा'** उल्लेखनीय है। शिवदासकृत **कथार्णवन** में चोरों और मूर्खों की ३५ कथाएँ हैं। बल्लालसेन के **'भोजप्रबन्ध'** में संस्कृत के प्रमुख कवियों की अनेक दन्तकथाएँ हैं।

संस्कृत के कथासाहित्य के सम्वर्धन में बौद्ध और जैन कवियों का भी बहुत योगदान है। इनमें अज्ञात लेखक का **'अवदानशतक'** तथा आर्यशूर की **जातकमाला** का उल्लेखनीय महत्त्व है। जैन लेखक हेमचन्द्र का **'परिशिष्ट पर्वन्'** प्रमुख है।

भारतीय-स्वतंत्रता के बाद भी संस्कृत में कथा-साहित्य का विकासक्रम चल रहा है इनके माध्यम से भारतीय सभ्यता और संस्कृति का प्रचार विदेशों में बड़े पैमाने पर हुआ है।

●

दशम प्रलम्ब

चम्पूकाव्य : उद्भव और विकास

परिचय

संस्कृत काव्य जगत् में पद्यकाव्य और गद्यकाव्य के अतिरिक्त चम्पूकाव्य का विपुल साहित्य है। चम्पू में गद्य और पद्य का प्रयोग मिश्रित रूप में होता है। जैसा कि साहित्यदर्पणकार विश्वनाथ ने कहा है—

'गद्यपद्यमयं काव्यं चम्पूरित्यभिधीयते।'

गद्यकाव्य अर्थ के गौरव तथा वर्णन की विदग्धता की दृष्टि से महत्त्व रखता है, तो पद्यकाव्य अपनी छन्दोबद्धता के कारण गेयता और लयात्मकता के कारण अधिक हृदयहारी होता है। इन दोनों का मिश्रण वस्तुतः एक नवीन चमत्कार और रमणीयता की सृष्टि करता है। अतः इसका अपना ही स्वारस्य है।

'वासवदता', 'कादम्बरी' तथा 'हर्षचरित' आदि ग्रन्थों में भी यत्र-तत्र पद्यों के दर्शन होते हैं, किन्तु वहाँ गद्य की प्रधानता होने से वे गद्य-काव्य कहे जाते हैं। नीति-कथाओं में भी गद्य-पद्य का सम्मिश्रण पाया जाता है, परन्तु उनमें पद्यों का प्रयोग एक विशेष प्रयोजन से किया जाता है। उनके पद्य या तो कथा से प्राप्त होने वाली शिक्षा के रूप में है या किसी कथन की पुष्टि में प्रमाणरूप में उद्धृत हैं। दूसरी ओर चम्पूकाव्य के पद्य किसी प्रयोजन-विशेष से प्रयुक्त नहीं होते। वे तो वहाँ गद्य के समान ही कथानक के अंगीभूत होते हैं। 'रामायण चम्पू' के रचयिता भोज का मत है कि चम्पू में गद्य और पद्य का वही पारस्परिक सम्बन्ध है, जो संगीत में गीत और वाद्य का—

गद्यानुबन्धरसमिश्रितपद्यसूक्तिः
हृद्याति वाद्यकलया कलितेव गीतिः।

संस्कृत की चम्पू-शैली की आह्लादकता एवं चम्पू-ग्रन्थों की लोकप्रियता को लक्ष्य कर कहा गया है—

उदात्तनायकोपेता गुणवद्वृत्तमुक्तका।
चम्पूश्च हारयष्टिश्च केन न क्रियते हृदि॥

गद्य-पद्य मिश्रित शैली का आरम्भिक स्वरूप वैदिक साहित्य में देखा जाता है। कृष्ण यजुर्वेद से सम्बद्ध तैत्तिरीय, मैत्रायणी तथा काठक-संहिताओं में गद्यपद्यात्मक शैली का प्रयोग है। अथर्वसंहिता में भी यत्र-तत्र यह शैली विद्यमान है। ब्राह्मण, आरण्यक तथा उपनिषद् ग्रन्थों में भी गद्यपद्यात्मक रचना-शैली है। पुराणसाहित्य में भी पद्य के साथ गद्यमयी रचना हुई है।

बौद्धसाहित्य का जातक तथा अवदान साहित्य इसी शैली में निबद्ध है। जैन साहित्य में सर्वप्रथम हरिभद्रसूरि (७००-७७० ई०) की 'समराइच्चकहा' नामक ग्रन्थ में गद्यपद्यमिश्रित प्राकृत रचना देखी जाती है। यहाँ ध्यातव्य है कि गद्य-पद्य-मिश्रित शैली से सम्पन्न ये रचनाएँ चम्पूकाव्य के अग्रदूत नहीं हैं। चम्पूकाव्य के लिए गद्य-पद्यों का मिश्रण ही पर्याप्त नहीं है, अपितु उसमें चमत्कारपूर्ण शब्दावली, सुन्दर कल्पना, रसपेशलता और अलंकारों का विन्यास—ये सभी अपेक्षित होते हैं[1], जो न तो वैदिक वाङ्मय में दृष्टिगत हैं और न पुराण या पालि जातकों में ही। अतः उपर्युक्त ग्रन्थों में चम्पूकाव्य का आदिम रूप नहीं माना जा सकता।

ऐतिहासिक दृष्टि से यह कहा जा सकता है कि दशम शताब्दी से पूर्व तक गद्यपद्यात्मक रचना चम्पूकाव्य के रूप में साहित्यिक धरातल पर अवतीर्ण नहीं हो सकी थी। यद्यपि सप्तम शती में दण्डी ने अपने 'काव्यादर्श में[2] चम्पू का लक्षण दिया है, किन्तु वैसी कोई काव्यात्मक कृति उपलब्ध नहीं है।

काव्यशास्त्रीय लक्षणों से युक्त चम्पूकाव्य का आरम्भ दशवीं शताब्दी में देखा जाता है। प्रमुख चम्पूकाव्यों का विवेचन अग्रलिखित है—

त्रिविक्रमभट्ट : नलचम्पू

चम्पूकाव्य का प्रथम उपलब्ध ग्रन्थ है त्रिविक्रमभट्ट द्वारा रचित 'नलचम्पू'। इसे **'दमयन्तीकथा'** भी कहा जाता है। इसमें 'महाभारत' के वनपर्व में वर्णित नल-दयमन्ती की कथा सात उच्छ्वासों में आकर्षक रूप में उपस्थापित की गई है। इस ग्रन्थ में कुल ६३ पात्र हैं—३३ पुरुष, २९ स्त्रियाँ तथा १ किन्नरमिथुन। कवि की उत्कृष्ट-कल्पना-निपुणता यहाँ पद-पद पर देखी जा सकती है।

त्रिविक्रम भट्ट शाण्डिल्यगोत्री श्रीधर के पौत्र तथा नेमादित्य के पुत्र थे। ये राष्ट्रकूटवंशी राजा कृष्ण तृतीय के पौत्र एवं जगत्तुंग के पुत्र इन्द्रराज के आश्रित कवि थे। इन्द्रराज तृतीय का राज्याभिषेक करंडक नामक नगर में ९८२ वि० सं० (९१५ ई०) में हुआ था। अतः त्रिविक्रम भट्ट का समय दशम शताब्दी का पूर्वार्द्ध सिद्ध होता है। प्रख्यात नाटककार राजशेखर के ये समसामयिक हैं।

'नलचम्पू' में सरस, रमणीय और आह्लादपूर्ण श्लेष की प्रचुरता है। त्रिविक्रम संस्कृत साहित्य के उत्कृष्ट श्लेष कवि माने जाते हैं। उनके जैसे सरल-सभङ्ग-श्लेष संस्कृत में अन्यत्र उपलब्ध नहीं होते। उनकी श्लेषपूर्ण शैली के कुछ उदाहरण अवलोकनीय हैं—

प्रसन्नाः कान्तिहारिण्यो नानाश्लेषविचक्षणाः।
भवन्ति कस्यचित्पुण्यैर्मुखे वाचो गृहे स्त्रियः॥

(सौभाग्य से किसी व्यक्ति के मुख में ऐसी वाणी और घर में ऐसी स्त्री का वास होता है,

---

१. बलदेव उपाध्याय, संस्कृत साहित्य का इतिहास, पृ० ४१३

२. १।३१

जो प्रसादगुण से युक्त हो (अथवा जो प्रसन्नचित्त हो), जो सुन्दर पदावली के कारण हृदयहारी हो (अथवा जो अपने कान्तियुक्त शरीर से मनमोहक हो), जो चारों प्रकार के श्लेषों का उद्घाटन करती हो (अथवा जो बारह प्रकार के आलिङ्गनों में निपुण हो)।

श्लिष्ट प्रयोग का एक अन्य उदाहरण प्रस्तुत है जहाँ कवि ने कुछ कवियों को बालकों के समान कहा है—

अप्रगल्भाः पदन्यासे जननी-रागहेतवः।
सन्त्येके बहुलालापाः कवयो बालका इव ॥

जिस प्रकार बालक पदन्यास-पैर रखने में अप्रगल्भ-अनिपुण होते हैं, अपनी जननी-माता के राग-प्रेम का कारण बनते हैं, बहुलालाप (बहु+लाला+प)—बहुत लाला (लार) पीने वाले होते हैं; उसी प्रकार ये कवि लोग भी पदन्यास-कविता के पद जोड़ने में अनिपुण होते हैं, जिन लोगों के नीराग-राग के अभाव का कारण बनते हैं अर्थात् इन कवियों की कविता लोगों को पसन्द नहीं आती है तथा बहुत आलाप (बहुल + आलाप) वाले होते हैं। इनके काव्यों में चमत्कार तो होता नहीं, किन्तु वे बहुत-सी अनर्गल बातें लिखते रहते हैं।

'नलचम्पू' के श्लेषगर्भित गद्य का एक स्थल देखा जाय—

''यस्यां च दिव्यदेवकुलालंकृता स्वर्गा इव मार्गाः, सततमपांसु-वसनाः सागरा इव नागराः,समत्तवारणानि वनानीव भवनानि, सुरसेनान्विताः स्वर्ग भूपा इव कूपाः।''

आर्यावर्त देश के सुरम्य मन्दिरों से सुशोभित मार्ग दिव्य देवताओं से विभूषित स्वर्ग के समान हैं, शुभ्र धवल वेष धारण करने वाले नागरिक निरन्तर जल से परिपूर्ण महासागर के समान हैं, बड़े-बड़े दालानों वाले महल मतवाले हाथियों से भरे जंगल के समान हैं। शीतल स्वच्छ जल से युक्त कूप देवताओं की सेना के साथ स्वर्ग के राजाओं के समान हैं।

त्रिविक्रम की दूसरी रचना भी चम्पूकाव्य है—**'मदालसाचम्पू'**। इसकी कथावस्तु 'मार्कण्डेय पुराण' से गृहीत है। इसमें राजा कुवलयाश्व और उसकी रानी मदालसा का प्रणय-वृत्तान्त वर्णित है।

सोमदेवसूरि : यशस्तिलकचम्पू

'यशस्तिलकचम्पू' के प्रणेता जैनकवि सोमदेवसूरि राष्ट्रकूट के राजा कृष्णराजदेव (१०वीं शती) के समकालीन थे। इस ग्रन्थ की रचना ९९५ ई० में हुई। इसमें सात आसवों में अवन्ति नरेश यशोधर की कथा वर्णित है। अपनी रानी के कपटपूर्ण आचरण से क्षुब्ध एवं विरक्त राजा के द्वारा जैनधर्म स्वीकार करने के बाद उनके वध और पुनर्जन्म की घटनाओं का इसमें सरस वर्णन है। उदाहरण के लिए एक पद्य प्रस्तुत है—

अवक्तापि स्वयं लोकः कामं काव्यपरीक्षकः।
रसपाकानभिज्ञोऽपि भोक्ता वेत्ति न किं रसम् ॥

काव्य के आलोचक भले ही स्वयं काव्य-निर्माण न करते हों, फिर भी काव्य के मर्म-ज्ञान में वे सर्वथा समर्थ होते हैं। क्या स्वयं सुन्दर भोजन न बना सकने वाला व्यक्ति उसके स्वाद का आनन्द नहीं ले सकता ?

कवि ने इस रचना में यह प्रतिपादित किया है कि मनुष्य जैनधर्म का पालन करने पर किस प्रकार अपना कल्याण कर सकता है।

इस चम्पू की भाषा प्राञ्जल है एवं शैली प्रौढ़ तथा आकर्षक है। 'कादम्बरी' की भाँति वर्णन विदग्धता में यह रसाभिषिक्त है। रूढिवादी धारणा पर चोट करने में कवि अत्यन्त निपुण हैं। एक उदाहरण देखें—

सरित्सरोवारिधिवापिकासु निमज्जनोन्मज्जनमात्रमेव।
पुण्याय चेत्तर्हि जलेचराणां स्वर्गः पुरा स्यादितरेषु पश्चात्॥

नदी, तालाब, समुद्र या बावली में स्नान-मात्र से यदि पुण्य की प्राप्ति होती हो तो सभी जलचर जीव पहले ही स्वर्ग पहुँच जायँ। दूसरे तो बाद में जायेंगे।

हरिचन्द्र : जीवन्धरचम्पू

'जीवनन्धरचम्पू' की रचना हरिचन्द्र ने ९०० ई० में की थी। हरिचन्द्र 'धर्मशर्माभ्युदय' के रचयिता हरिचन्द्र से अभिन्न माने जाते हैं। यह रचना गुणभद्र के 'उत्तरपुराण' पर आधारित हैं.। जैनधर्म के सिद्धान्तों को कथानक के माध्यम से उपस्थापित करने में कवि को पूर्ण सफलता मिली है। हरिचन्द्र ने माघ और वाक्पतिराज का अनुकरण इस पुस्तक में किया है।

सोड्ढल : उदयसुन्दरीकथाचम्पू

'उदयसुन्दरीकथाचम्पू' की रचना लाट देश के वालभ कायस्थ सोड्ढल (१०६० ई० के आसपास) ने गुजरात के शासक चालुक्य नरेश वत्सारज की प्रेरणा से की थी। इस ग्रन्थ में छः उच्छ्वासों में प्रतिष्ठान नगर के राजा मलयवाहन एवं नागराज शिखण्डतिलक की कन्या उदय सुन्दरी के प्रेम एवं विवाह की कथा मनोरम रूप में वर्णित है। कवि ने बाण के अनुकरण पर अपने वंश का परिचय यहाँ दिया है। इस चम्पूकाव्य में भाषा का लालित्य एवं माधुर्य सर्वत्र अवलोकनीय है। आकाश में विखरी चाँदनी के वर्णन में कवि की नूतन कल्पना नितान्त आकर्षक है—

चान्द्रं महीमण्डलभाजनस्य दुग्धं यथा यामवती महिष्याः।
वियोगिना दृग्दहनोग्रतापैरुल्लासितं व्योमतले लुलोठ॥

छिटकती चाँदनी तो महीमण्डल रूपी भाजन में रात्रि रूपी भैंस का चन्द्ररूपी दूध है, जो वियोगियों के जलते हुए नेत्रों से देखे जाने पर उफान लेने वाले दूध के समान आकाश में फैल गया है।

भोज : रामायणचम्पू

'रामायणचम्पू' की रचना धारा नगरी के प्रसिद्ध राजा भोज (१०१८-१०६३ ई०) ने 'रामायण' की कथा के आधार पर की थी। भोज की कृति 'किष्किन्धाकाण्ड' तक ही थी, किन्तु बाद में लक्ष्मण भट्ट ने 'युद्धकाण्ड' एवं वेंकटराज ने 'उत्तरकाण्ड' जोड़कर इस चम्पूकाव्य को पूरा किया। भोजराज कवि होने के साथ आलंकारिक भी थे। उनका सिद्धान्त रसवादी है, किन्तु उनकी इस रचना में शाब्दिक चमत्कार के प्रति आग्रह है।

प्रसादमयी शैली में नूतन भावों के सन्निवेश से सहज ही चमत्कार उत्पन्न होता है। रावण के स्वरूप का विवरण देता हुआ यह पद्य अत्यन्त आकर्षक है—

निःश्रेयसप्रणयिनीं पदवीं निरोद्धुं
त्रैलोक्यपापपरिपाकमिवात्तरूपम्।
सूर्येन्दुपावकमहांसि तपोबलेन
जित्वा यथेच्छमभिषिक्तमिवान्धकारम्॥

रावण ऐसा प्रतीत हो रहा था मानो मुक्ति मार्ग को रोकने के लिए शरीर धारणकर त्रैलोक्य का पाप उपस्थित हो गया हो, अथवा सूर्य, चन्द्र तथा अग्नि रूप तीनों तेजों को तपोबल से अभिभूत कर अन्धकार स्वेच्छा से अभिषिक्त हो गया हो।

आचार्य बलदेव उपाध्याय ने रामायण कथा पर आश्रित अन्य चार चम्पुओं का संकेत किया है, जिनमें मारुतनन्दन हनुमान का चरित्र वर्णित है।

अनन्तभट्ट : भारतचम्पू

'भारतचम्पू' के रचयिता अनन्तभट्ट हैं। इन्होंने महाभारत के कथानक पर आधारित इस ग्रन्थ को १२ स्तवकों में लिखा है। केरल के प्रख्यात कवि नारायण भट्ट (१६०२ ई०) ने 'भारत चम्पू से अपनी रचना में उद्धरण दिए हैं। अतः अनन्तभट्ट का काल १५वीं शती माना जा सकता है।

'भारतचम्पू' में महाभारत के विविध प्रसंगों का चमत्कारी वर्णन देखा जाता है। अनन्त भट्ट वीर रस के कवि हैं। अतः उनका युद्धवर्णन बड़ा प्रभावोत्पादक है, किन्तु अन्य रसों के वर्णन में भी कवि की कुशलता मनोरम है। एक उदाहरण देखें—

कन्याकरं मृद्नति पादपद्मं पुष्यन्ति गात्रे पुलकाङ्कुराणि।
हरे हरे माधव माधवेति हरिस्मृतेरन्यथयां चकार॥

सुभद्रा द्वारा पादसंवाहन के अवसर पर यति-वेषधारी अर्जुन द्वारा शरीर के रोमांच को भगवत्स्मरण से उत्पन्न होने का यह अभिनय भावगोपन का अत्यन्त मनोरम प्रकार है।

अभिनव कालिदास : भागवतचम्पू

भगवान् कृष्ण की सरस-मधुर कथा को लेकर अनेक कवियों ने अपने चम्पूकाव्यों की रचना की है। उनमें अभिनव कालिदास-रचित 'भागवतचम्पू' अधिक प्राचीन और मनोरम है। इसका

रचनाकाल ११वीं शती माना जाता है। कृष्ण के चरित का वर्णन इसमें छः स्तवकों में है। इस चम्पू के लेखन का प्रयोजन कृष्ण के प्रति भक्ति-भावना की अभिव्यक्ति नहीं, अपितु उद्दाम शृङ्गार की अभिव्यञ्जना है। राधा स्वकीया के रूप में चित्रित है तथा अन्तिम स्तवक में राधाकृष्ण का मिलन भौतिक धरातल पर दिखाया गया है।

कृष्ण-कथाश्रित चम्पूकाव्य काफी संख्या में लिखे गए। उनमें कुछ प्रमुख चम्पूकाव्यों का विवरण यहाँ प्रस्तुत है—

आनन्दवृन्दावन चम्पू—इस चम्पूकाव्य के रचयिता कविकर्णपूर (१६वीं शती का मध्यकाल) चैतन्य महाप्रभु के सम्प्रदाय में दीक्षित एवम् अलौकिक प्रतिभा से मण्डित भावुक भक्त कवि थे। इस ग्रन्थ के २२ स्तवकों में कवि ने वृन्दावन, कृष्णजन्म, कृष्ण की बाललीला, पौगण्ड्रलीला, दोला तथा रासलीला आदि का अत्यन्त सजीव, मनोरम और सरस वर्णन किया है।

गोपालचम्पू—इसके प्रणेता जीवगोस्वामी (१७वीं शती) ने अपनी इस रचना में भगवान् कृष्ण की समग्र लीलाओं का रसमय वर्णन किया है। यह केवल काव्यग्रन्थ न होकर गौडीय वैष्णवों का सिद्धान्त ग्रन्थ भी है। इसमें उनके भक्ति तत्त्वों का विवेचन विशद रूप से दृष्टान्त के साथ प्रस्तुत किया गया है।

आनन्दकन्द चम्पू—इस चम्पू की रचना 'वीरमित्रोदय' के प्रख्यात लेखक मित्रमिश्र ने की थी, जो सनाढ्य ब्राह्मण कुल में उत्पन्न एवं ग्वालियर के निवासी थे। कृष्णलीला से सम्बद्ध इस रचना में मथुरा और यमुना का रमणीय वर्णन है। इनके आश्रयदाता ओरछानरेश वीरसिंहदेव (१६०५-१६२७ ई०) का विशिष्ट वर्णन ग्रन्थ के अन्तिम उल्लास में निरूपित है।

कवि का यह कथन ऐतिहासिक महत्त्व रखता है कि इसी राजा ने मथुरा में कृष्ण जन्म (सम्प्रति केशवकटरा के नाम से प्रसिद्ध) स्थान पर एक विशाल मन्दिर बनवाया था, जिसके अवशेष आज भी मौजूद हैं। इस ग्रन्थ की शैली पूर्णतः अलंकृत है।

मुक्ताचरित्र—श्रीचैतन्य महाप्रभु के शिष्य रघुनाथदास ने इस चम्पूकाव्य की रचना की थी। इसमें कृष्ण की एक विचित्र लीला वर्णित है। इसका मुख्य तात्पर्य सत्य भामा से बढ़कर राधा के प्रति श्रीकृष्ण के स्वतन्त्र प्रेम का गौरव दिखलाना है।

पारिजातहरणचम्पू—इस काव्य ग्रन्थ के रचयिता शेषकृष्ण (१६०० ई०) ने भगवान् श्रीकृष्ण द्वारा स्वर्ग से पारिजात पुष्प के लाने का वर्णन किया है। तत्कालीन काशिराज के अनुज नरोत्तम की प्रेरणा से निर्मित इस चम्पू का मुख्य रस-शृंगार है। मानिनी सत्य भामा का चित्रण बड़ा ही रुचिकर है।

पुराणकथाश्रित चम्पुओं की भी संख्या बहुत है। उनमें कुछ उल्लेखनीय ग्रन्थों का विवरण अग्रलिखित है।

नृसिंह चम्पू—यह दैवज्ञ सूर्यकवि की कृति है। ये कवि होने के साथ एक प्रसिद्ध दैवज्ञ थे, जिन्होंने 'ज्योतिष' के मान्य ग्रन्थ 'लीलावती' पर १५४१ ई० में टीका लिखी थी। अतः इनका समय १६वीं शती है। 'नृसिंहचम्पू' के पाँच उच्छ्वासों में कुल ७५ पद्य एवं १९ गद्यखण्ड हैं। कवि ने इस चम्पू में नवों रसों का सन्निबेश बड़ी मार्मिकता से किया है।

मत्स्यावतारप्रबन्ध—केरल के प्रख्यात कवि नारायण भट्ट (१५७५-१६२५ ई०) द्वारा रचित 'मत्स्यावतार प्रबन्ध' में ६७ पद्य तथा १२ गद्य खण्ड हैं। श्रीमद्भागवत पुराण पर आश्रित यह ग्रन्थ मत्स्यावतार की प्रख्यात कथा का रोचक वर्णन प्रस्तुत करता है। प्रलयकाल में नौका की स्थिति और हयग्रीव तथा मत्स्य का युद्ध बड़े मनोरम रूप में चित्रित हैं।

नारायण भट्ट ने पौराणिक वृत्तों पर आधारित १४ प्रबन्धों (चम्पू काव्यों) का प्रणयन किया जिनमें कुछ उलेखनीय हैं—**'राजसूयप्रबन्ध'** (सभा पर्व पर आधारित), **'पाञ्चाली स्वयंवर'** (आदिपर्व पर आश्रित), **'स्वाहा-सुधाकरचम्पू'** (अग्नि की पत्नी स्वाहा एवं चन्द्रमा का प्रेम वर्णन) **कोटिविरह** (नायक-नायिका के मिलन, विरह तथा पुनर्मिलन का वर्णनपरक काव्य) **नृगमोक्ष** (राजा नृग की मोक्षकथा) तथा **अष्टमीमहोत्सवचम्पू**।

नीलकण्ठ विजय—द्रविड़ कवि नीलकण्ठ दीक्षित ने १६३६ ई० में 'नीलकण्ठ विजय' नामक चम्पू का प्रणयन किया। ये कवि भरद्वाजगोत्रीय प्रख्यात दार्शनिक अप्पयदीक्षित के सहोदर अच्चादीक्षित के पौत्र तथा नारायण दीक्षित के पुत्र थे। इस चम्पू में समुद्रमन्थन की कथा वर्णित है। इसमें प्रकृति के साथ ही अध्यात्म एवं शिवस्तुति का भी मनोरम वर्णन है।

वरदाम्बिका परिणय चम्पू—इस चम्पू ग्रन्थ की रचना दक्षिण के विजयनगर के सम्राट् अच्युतराय (शासनकाल–१५२९-४२ ई०) की विदुषी रानी तिरुमलाम्बा ने की थी। परम सुन्दरी वरदाम्बिका को कात्यायनी मन्दिर में देखकर राजा अच्युतराय उससे प्रेम करने लगे और अन्त में दोनों का विवाह सम्पन्न हुआ। यही इस चम्पू का मूल वृत्त है। सम्भव है कि वरदाम्बिका के व्याज से रानी तिरुमलाम्बा ने अपनी ही प्रणय कथा लिखी हो।

यह चम्पू आश्वासों या स्तवकों में विभक्त न होकर एक ही प्रकरण का रुचिकर ग्रन्थ है। पद्यों की अपेक्षा यहाँ गद्य का प्राचुर्य है। वर्णन की कला में यहाँ तिरुमलाम्बा को विशेष सफलता प्राप्त है। इस चम्पूकाव्य की मनोरम शैली प्रमाणित करती है कि रानी तिरुमलाम्बा कितनी सुशिक्षित और कलाओं में पारंगत थी। संस्कृत भाषा पर उनका विलक्षण अधिकार था। उनकी कल्पनाशक्ति उर्वर है। संस्कृत साहित्य की श्रीवृद्धि में महिलाओं के योगदान का यह ज्वलन्त उदाहरण हैं।

आनन्दरंगविजयचम्पू—इस चम्पू की रचना श्रीनिवास कवि ने की थी। इस ग्रन्थ के चरित नायक आनन्दरंग पिल्लै (१७०९-६१ ई०) दक्षिण के शासक थे, जिन्होंने अंग्रेजों के विरुद्ध युद्ध में फ्रांसीसी शासक डूप्ले की भरपूर सहायता की थी। इन्हीं की जीवनी का वर्णन इनके आश्रित सभापण्डित श्रीनिवास ने बड़े विस्तार से यहाँ किया है। आठ स्तवकों में विभक्त इस चम्पूग्रन्थ में आनन्दरंग के जन्म, यौवन, शिक्षा-दीक्षा, विवाह तथा युद्ध आदि का वर्णन प्रसादमयी शैली में अत्यन्त आकर्षक है।

इस ग्रन्थ में ऐतिहासिक तथ्यों का भी प्रामाणिक विवरण है। यह चम्पू बतलाता है कि मद्रास किले में स्थित 'चेन्न केशव' के मन्दिर के कारण ही वह नगर 'चेन्नकेशवपुर' के नाम से अभिहित था। इसी शब्द का विकृत रूप है चेन्नपट्टन' या 'चेन्नपुरी' जो मद्रास का तमिल भाषा में अभिधान है। १९९६ ई० में इसी आधार पर 'मद्रास' का नामकरण 'चेन्नई' हुआ।

आचार्य शङ्कर के दिग्विजय वृत्तान्त को लेकर अनेक चम्पूग्रन्थ लिखे गए। उनके विवरण अग्रलिखित हैं—

(क) **आचार्य दिग्विजयचम्पू**—इसके लेखक बाधूलगोत्रोत्पन्न वल्लीसहाय कवि (१५३९ ई०) हैं। यह रचना अपूर्ण ही प्राप्त होती है।

(ख) **जगद्गुरुविजय**—यह श्रीकण्ठशास्त्री की रचना है, जो मैसूर से प्रकाशित है।

(ग) **शंकरचम्पू**—यह लक्ष्मीपति की कृति है।

(घ) **शंकरमन्दारसौरभ**—यह नीलकण्ठ की कृति है।

(ङ) **शंकराचार्यचम्पूकाव्य**—इसके कर्ता बालगोदावरी हैं, जो दक्षिण के थे।

श्रीवैष्णवमत के मान्य आचार्यों के विषय में कुछ चम्पूग्रन्थ उपलब्ध है—

(क) **नाथमुनिविजय चम्पू**—वैष्णव मतों का प्रतिपादक यह ग्रन्थ चार उल्लासों में रचित है, किन्तु प्रकाशन की प्रतीक्षा में है। इसके रचयिता मैत्रेयगोत्री कृष्णमाचार्य के पुत्र रामानुजदास हैं।

(ख) **रामानुजचम्पू**—रामानुजाचार्य की जीवनी पर आधारित यह रचना दस स्तवकों में विभक्त हैं। ग्रन्थ के आरम्भ में इसके कर्ता रामानुजाचार्य ने अपना जीवन-चरित्र विस्तार से लिखा है। इसका रचना काल १६वीं शती का अन्तिम भाग है।

(ग) **यतिराज विजयचम्पू**—यह अहोवलसूरि (१४वीं शती) द्वारा रचित चम्पू है। इसमें १७ उल्लासों में रामानुज की जयन्ती विस्तार से वर्णित है। इसकी भाषा सीधी-सादी और समास के आडम्बर से सर्वथा मुक्त है।

(घ) **आचार्य विजय** अथवा **वेदान्ताचार्यविजय**—यह चम्पू किसी 'कवि तार्किक सिंह' वेदान्ताचार्य की रचना है। १३वीं शती के सार्वभौम श्रीवैष्णव आचार्य वेदान्तदेशिक के जीवन-चरित पर आधारित यह कृति है। इनकी कथा को कवि 'प्राचीनोक्ति' बतलाता है। अतः इसका काल १५-१६वीं शती होना चाहिए। इसकी रचना शैली प्रौढ़ है तथा ओजगुण समन्वित है।

ऐतिहासिक व्यक्तियों के जीवनवृत्त पर आधारित चम्पुओं का बाहुल्य है। उनमें कुछ प्रमुख चम्पुओं का विवरण अग्रलिखित है—

वीरभद्रदेव चम्पू—इसके निर्माता पद्मनाभमिश्र हैं। इसमें रीवाँ नरेश रामचन्द्रदेव के पुत्र वीरभद्रदेव का चरित छः उच्छ्वासों में वर्णित है। ग्रन्थ के वृत्त के आधार पर इस रचना का काल १५७८ ई० है। ऐतिहासिक तथ्यों से युक्त यह काव्य भाषा की दृष्टि से भी श्लाघनीय है।

वेंकटाध्वरी—ये काञ्ची के समीपस्थ 'अरशाणिपाल' नामक ग्राम के निवासी थे। ये रामानुज सम्प्रदाय के बडकलै मत के अनुयायी श्रीवैष्णव थे। इनके आराध्य लक्ष्मीनारायण थे।

वेंकटाध्वरी की पाँच रचनाओं का परिचय मिलता है—(१) विश्वगुणादर्श चम्पू (२) लक्ष्मीसहस्र (३) वरदाभ्युदय अथवा हस्तिगिरिचम्पू (४) उत्तररामचरितचम्पू तथा (५) यादव राघवीयम्। प्रथम दो रचनाएँ कवि की अलौकिक प्रतिभा के उज्ज्वल प्रतीक हैं।

अन्य चम्पू काव्य

यात्राप्रबन्ध चम्पू—इसके रचयिता समरपुंगव दीक्षित ने अपने भ्राता की तीर्थयात्रा का विस्तार से इस रचना में वर्णन किया है। ये अप्पयदीक्षित के साक्षात् शिष्य थे। अतः इनका काल लगभग १५७४-१६३० ई० मानना उचित है। इसमें उत्तर भारत के तीर्थों की अपेक्षा दक्षिण भारत के तीर्थों का वर्णन विस्तृत है। गद्य की अपेक्षा पद्य का बाहुल्य है। स्तुति की प्रधानता होने पर भी कवित्व-सौन्दर्य मनोरम है।

समरपुंगवदीक्षित की दूसरी कृति **'आनन्दकन्दचम्पू'** आठ आश्वासों में विभक्त है। इसमें शैव सन्तों की जीवनी वर्णित है। इसका रचनाकाल १६१३ ई० है।

मन्दारमरन्दचम्पू—इसके रचयिता कृष्णकवि (१६वीं शती के उत्तरार्द्ध) हैं। यह चम्पू एक लक्षण ग्रन्थ है, जिसमें ११ बिन्दुओं (अध्यायों) में २०२ छन्दों के लक्षण और उदाहरण के साथ अलंकार, गुण-दोष आदि काव्य-तत्त्वों का विवेचन किया गया है।

माधवचम्पू—इस चम्पू के पाँच उच्छ्वासों में माधव श्रीकृष्ण का विवाह किसी कलावती नामक बाला के साथ दिखाया गया है। यह कथा सर्वथा काल्पनिक है, किन्तु शृंगार रस के विविध अंगों का वर्णन अत्यन्त मनोरंजक है। इस चम्पू के रचयिता चिरंजीव भट्टाचार्य हैं। इनका समय १६वीं शती है।

द्रौपदीपरिणयचम्पू—इस चम्पू के रचयिता चक्र कवि (१६५० ई०) है। इसमें द्रौपदी के विवाह की कथा वर्णित है।

चित्रचम्पू—इसकी रचना बंगाली पंडित बाणेश्वर विद्यालंकार ने १८वीं शती में की थी। कवि ने बर्दमान के राजा एवं अपने आश्रयदाता 'चित्रसेन' के नाम पर 'चित्रचम्पू' की रचना की थी। वैष्णवतत्त्वों का प्रकाशक यह ग्रन्थ प्रेमा भक्ति के द्वारा भगवान् की प्राप्ति की धारणा प्रस्तुत करता है।

बाणेश्वरविद्यालंकार ने वारेन हेसिंटग्स के आदेश पर धर्मशास्त्रीय निबन्ध **'विवादार्णवसेतु'** की रचना की थी, जिसकी सहायता से हिन्दू मुकदमों का फैसला अंग्रेजों के समय किया जाता था।

शंकरचेतोविलासचम्पू—शंकर कवि ने इस रचना में वारेन हेस्टिंग्स के समकालीन महाराज चेतसिंह की कथा लिखी है।

'सुलोचनामाधवचम्पू'—उन्नीसवीं शती में आधुनिक मधुवनी जिलान्तर्गत 'नवानी' ग्रामवासी पण्डित बच्चा झा ने 'सुलोचनामाधवचम्पू' की रचना की थी।

विजयविजयाभिधचम्पू—कर्णाटक निवासी लक्ष्मीनृसिंह की यह रचना बहुत पहले लिखी गई थी, किन्तु इसका प्रकाशन १९९४ ई० में बंगलोर से हुआ है। इसमें महाभारत के वनपर्व की कथा पर आधारित गया नामक गन्धर्व की रक्षा के लिए वचनबद्ध अर्जुन द्वारा श्रीकृष्ण के साथ किए गए युद्ध का वर्णन है।

बीसवीं शती में भी अन्य संस्कृत रचना विधाओं की भाँति चम्पूकाव्य-भण्डार में काफी

श्री-वृद्धि हुई, जिनमें अप्रकाशित रचनाएँ भी बहुत हैं। यद्यपि संस्कृत साहित्य में यह विधा देर से विकसित हुई, किन्तु कालान्तर में इसमें प्रचुर साहित्य की सर्जना हुई। विषय-विविधता, जन-जीवन की घटनाओं का समावेश, कल्पना की उर्वरता और भाषा माधुर्य की दृष्टि से संस्कृत साहित्य में चम्पूकाव्य की अपनी खास भूमिका है।

अभिरामचम्पू—वाराणसी-वासी पण्डित शिवजी उपाध्याय ने इस चम्पू ग्रन्थ की रचना कर पट्टाभिरामशास्त्री को समर्पित किया है।

नवरत्नावलीयम्—पण्डित शिव प्रसाद द्विवेदी की यह चम्पूरचना वाराणसी से प्रकाशित हुई है।

चम्पू काव्य का संक्षिप्त परिचय

संस्कृत काव्य-जगत् में पद्यकाव्य और गद्यकाव्य के अतिरिक्त चम्पूकाव्य में इन दोनों का मिश्रित प्रयोग पाया जाता है। साहित्यदर्पण में कहा गया है—

'गद्यपद्यमयं काव्यं चम्पूरित्यभिधीयते।'

गद्यकाव्य में अर्थ का गौरव और वर्णन की विदग्धता होती है, तो पद्यकाव्य गेयता और भावप्रधानता के कारण अधिक हृदयहारी होता है। इन दोनों का मिश्रण वस्तुतः एक नवीन चमत्कार और रमणीयता की सृष्टि करता है। अतः इसका एक अपना अलग ही महत्त्व है।

'वासवदत्ता' तथा 'कादम्बरी' आदि ग्रन्थों में पद्यों की स्थिति रहने पर भी उनमें गद्य की प्रधानता रहने से वे गद्यकाव्य ही कहे जाते हैं। नीतिकथाओं में भी गद्य-पद्य का सम्मिश्रण है, किन्तु उनके पद्य या तो उपदेशात्मक वाक्य हैं अथवा किसी कथन की पुष्टि में प्रमाण रूप में उद्धृत होते हैं, जबकि चम्पूकाव्य में गद्य और पद्य समान रूप से कथानक के अंगीभूत होते हैं। 'रामायणचम्पू' के अनुसार गद्य और पद्य का वही पारस्परिक सम्बन्ध है, जो संगीत में गीत और वाद्य का है।

गद्य-पद्य-मिश्रित शैली का प्रथम प्रयोग यजुर्वेद और अथर्ववेद में देखा जाता है। आरण्यक और उपनिषद् ग्रन्थों में भी गद्यपद्यात्मक रचना-शैली है। पुराणों में पद्य के साथ गद्यमयी रचना हैं, किन्तु गद्यपद्यात्मक रचना चम्पूकाव्य के रूप में दशमी शती से पूर्व की उपलब्ध नहीं होती है।

प्रमुख चम्पूकाव्यों का विवेचन अग्रलिखित है—

नलचम्पू—यह चम्पू काव्य का प्रथम उपलब्ध ग्रन्थ है। इसके रचयिता त्रिविक्रम भट्ट राष्ट्रकूटवंशी राजा इन्द्रराज (राज्यारोहणकाल ९१५ ई०) के आश्रित कवि थे। अतः इनका समय १०वीं शती है। 'नलचम्पू' को 'दमयन्तीकथा' भी कहते हैं। इसमें महाभारत में वर्णित नलदमयन्ती की कथा सात उच्छ्वासों में आकर्षक रूप में निरूपित है।

'नलचम्पू' में सरस रमणीय और श्लेष का बाहुल्य है। इसकी श्लेषपूर्ण शैली का एक उदाहरण प्रस्तुत है, जिसमें कुछ कवियों को बालकों के समान कहा गया है—

अप्रगल्भा पदन्यासे जननी-रागहेतवः।
सन्त्येके बहुलालापाः कवयो बालका इव॥

त्रिविक्रम भट्ट का दूसरा चम्पू काव्य है—**'मदालसाचम्पू'**। इसकी कथावस्तु 'मार्कण्डेयपुराण' से गृहीत है। इसमें राजा कुवलयाश्व और उसकी रानी मदालसा का प्रणय वृत्तान्त मनोहारी रूप में वर्णित है।

यशस्तिलकचम्पू—इसके प्रणेता जैनकवि सोमदेवसूरि राष्ट्रकूट के राजा कृष्णराजदेव (१०वीं शती) के समकालीन थे। अतः इनका समय १०वीं शती है। इस ग्रन्थ में ७ आसवों में अपनी रानी के कपटपूर्ण आचरण से क्षुब्ध अवन्तिनरेश यशोधर द्वारा जैनधर्म में दीक्षित होने का सरस एवं मनोहर वर्णन है।

जीवन्धरचम्पू—इस काव्य की रचना हरिचन्द्र ने ९०० ई० में की थी। यह रचना गुणभद्र के उत्तरपुराण पर आधारित है। जैनधर्म के सिद्धान्तों को कथानक के माध्यम से प्रस्तुत करने में कवि को पूर्ण सफलता मिली है।

उदयसुन्दरीकथाचम्पू—इसकी रचना लाट देश के वल्लभ कायस्थ सोड्ढल ने १०६० ई० के आसपास की थी। इस ग्रन्थ के छः उच्छ्वासों में प्रतिष्ठान नगर के राजा मलयवाहन और नागराज शिखण्डतिलक की कन्या उदयसुन्दरी के प्रेम और विवाह की कथा मनोरम रूप में वर्णित है। इस काव्य में भाषा का लालित्य एवं नूतन कल्पना सर्वत्र मनोरम है।

रामायणचम्पू—इसके कर्ता धारा नगरी के प्रख्यात राजाभोज (१०१८-६३ ई०) हैं। इसकी कथावस्तु 'रामायण' पर आधारित है। इसमें प्रसादमयी शैली में नूतन भावों का सन्निवेश चमत्कारपूर्ण है।

भारतचम्पू—इसके रचयिता अनन्त भट्ट (१५वीं शती) ने महाभारत के कथानक पर आधारित इस ग्रन्थ को १२ स्तवकों में लिखा है। इसमें वीरस की प्रधानता के कारण युद्ध का वर्णन अत्यन्त प्रभावपूर्ण है। अन्य रसों का भी निरूपण मनोहर है।

भागवतचम्पू—यह काव्यग्रन्थ अभिनव कालिदास (११वीं शती) द्वारा छः स्तवकों में रचित है। इसमें राधा और कृष्ण की उद्दाम-शृंगार-लीला का वर्णन है। स्वकीया के रूप में राधा का मिलन कृष्ण के साथ भौतिक धरातल पर वर्णित है।

कृष्ण-कथाश्रित—चम्पूकाव्य बहुल रूप में लिखे गए। उनमें प्रमुख चम्पूकाव्यों का विवरण यहाँ प्रस्तुत है।

आनन्दवृन्दावनचम्पू—इसमें कवि कर्णपूर (१६वीं शती) ने २२ स्तवकों में वृन्दावन, कृष्ण के जन्म और बाललीला तथा रासलीला का सरस एवं मनोरम वर्णन प्रस्तुत किया है।

गोपालचम्पू—इसके प्रणेता जीवगोस्वामी (१७वींशती) ने कृष्ण की समग्र लीलाओं का रसमय वर्णन इसमें किया है। इसमें गौडीय वैष्णवों के भक्तितत्त्वों का भी विशद निरूपण है।

पारिजातहरणचम्पू—इसमें शेष कृष्ण (१६०० ई०) ने भगवान् कृष्ण द्वारा स्वर्ग से पारिजात पुष्प के लाने का वर्णन है। मानिनी सत्यभामा का शृंगाररसात्मक वर्णन बहुत रुचिकर है।

पुराणकथाश्रित चम्पुओं में दैवज्ञ सूर्यकवि का **नृसिंहचम्पू,** केरलदेशीय नारायण भट्ट का **मत्स्यावतारप्रबन्ध,** द्रविड कवि नीलकण्ठदीक्षित (१६३६ ई०) का **नीलकण्ठविजय,** विजयनगर के सम्राट् अच्युत राय (१५२९-४२ ई०) की विदुषी रानी तिरुमलाम्बा का **'वरदाम्बिका-परिणय चम्पूकाव्य'** आदि प्रमुख हैं।

आचार्य शंकर के दिग्विजय वृत्तान्त को लेकर रचित अनेक चम्पूओं में **आचार्य दिग्विजयचम्पू** तथा **शंकरचम्पू** आदि प्रमुख है। वैष्णवमत के मान्य आचार्यों के विषय में **रामानुजचम्पू** एवं **यतिराजविजयचम्पू** आदि ग्रन्थ लिखे गए। ऐतिहासिक व्यक्तियों के विषय में भी अनेक चम्पूकाव्य लिखे गये। १९वीं शती में पण्डित बच्चा झा द्वारा रचित **'सुलोचनामाधवचम्पू'** बहुत मनोरम है। २०वीं शती में भी अनेक चम्पू ग्रन्थ लिखे गये हैं।

●

एकादश प्रलम्ब

अलङ्कारशास्त्र

परिचय—संस्कृत वाङ्मय के आरम्भिक युग से ही काव्यमयी रचना का प्रयास देखा जाता है। ऋग्वेद के उषःसूक्त में एक साथ चार उपमाओं का प्रयोग है।[1] एक दूसरे मन्त्र में रूपक एवं विभावना तथा विशेषोक्ति का मनोरम समावेश है।[2] उपनिषदों में भी उपमा, रूपक एवं रूपकातिशयोक्ति के रमणीय स्थल हैं। लौकिक साहित्य के आदि काव्य 'रामायण' में और उसके बाद 'महाभारत' में भी काव्यात्मक पद्य भरे पड़े हैं, जिनमें अलंकारों का बहुल एवं रम्य सन्निवेश है।

इन अलङ्कारों और काव्य के अन्य तत्त्वों रस, गुण तथा रीति आदि की विस्तृत जानकारी एवं सम्यक् पर्यालोचन के लिए अलङ्कारशास्त्र की रचना की गई। कविता में शब्द एवम् अर्थ की रमणीयता के समावेश करने तथा उसे आह्लादक बनाने में अलङ्कारशास्त्र की महती उपयोगिता है।

नामकरण

काव्य-सम्बन्धी तत्त्वों के विवेचन करने वाले शास्त्र का प्राचीन नाम अलङ्कारशास्त्र है। इस शास्त्र का यह अभिधान (नाम) उस समय पड़ा जब काव्य में अलंकार की सत्ता सबसे अधिक महत्त्वपूर्ण तथा उपादेय मानी जाती थी। काव्य-सम्बन्धी शास्त्र के प्राचीन आचार्य भामह ने अपने अलङ्कार-ग्रन्थ का नामकरण 'काव्यालङ्कार' किया। अलङ्कारयुग ही इस शास्त्र के इतिहास में सर्वप्रथम युग है और उसी युग में यह नामकरण किया गया था। यह नाम उतना समुचित न होने पर भी बहुत प्राचीन होने के कारण आज भी प्रचलित है। राजशेखर ने इस शास्त्र को 'साहित्यविद्या[3]' कहा है। यह नामकरण भामह के काव्यलक्षण[4] के आधार पर किया गया है। काव्य वह है जिसमें शब्द और अर्थ का समुचित सामञ्जस्य हो, साहित्य हो। बाद में इस शास्त्र को साहित्यशास्त्र अथवा काव्यशास्त्र भी कहा जाने लगा है।

अलङ्कारशास्त्र के आचार्य

भरत : नाट्यशास्त्र

अलङ्कारशास्त्र और नाट्यशास्त्र का प्राचीनतम उपलब्ध ग्रन्थ भरत का **'नाट्यशास्त्र'** है। इस

---

१. अभ्रातेव पुंस एति प्रतीची गर्तारुगिव सनये धनानाम्।
जायेव पत्य उशती सुवासा उषा हस्रेव नि रिणीते अप्सः॥ –ऋग्वेद १।१२४।७

२. द्वा सुपर्णा सयुजा सखाया समानं वृक्षं परिषस्वजाते।
तयोरन्यः पिप्पलं स्वाद्वत्त्यनश्नन्नन्यो अभि चाकशीति॥ –वही १।१६४।२०

३. पञ्चमी साहित्यविद्येति यायावरीयः

४. शब्दार्थौ सहितौ काव्यम्।

शास्त्र का विधिवत् विकास भरत से ही माना जा सकता है। आचार्य भरत ने नन्दिकेश्वर, सुवर्णनाभ तथा कुचुमार आदि प्राचीन आचार्यों का उल्लेख किया है। राजशेखर ने **'काव्य मीमांसा'** में नन्दिकेश्वर के विषय में लिखा है—**'रसाधिकारिकं नन्दिकेश्वरः।'** इसके अनुसार नन्दिकेश्वर रससिद्धान्त के प्रतिष्ठापक आचार्य थे। रामकृष्ण कवि की धारणा है कि नन्दिकेश्वर ने 'नन्दीश्वर संहिता' की रचना की थी, किन्तु नन्दिकेश्वर के साथ ही सुवर्णनाभ एवं कुचुमार आदि का भी कोई प्रामाणिक ग्रन्थ उपलब्ध नहीं है।

व्याकरणशास्त्र के मूर्धन्य आचार्य पाणिनि ने अपनी रचना 'अष्टाध्यायी' में शिलालि तथा कृशाश्व द्वारा रचित नटसूत्रों का उल्लेख किया है।[1] नटसूत्रों से तात्पर्य उन ग्रन्थों से है जिनमें रंगमंच पर नटों के अभिनय का विधान किया जाता है। पाणिनि द्वारा उल्लिखित नटसूत्र इस समय उपलब्ध नहीं है। अतः उपलब्ध साहित्य के आधार पर भरत मुनि ही अलंकारशास्त्र के प्रथम प्रतिष्ठापक आचार्य हैं।

नाट्यशास्त्र—भरतमुनि द्वारा रचित 'नाट्यशास्त्र' भारतीय ललित कलाओं अर्थात् नाट्य, संगीत, छन्द और अलंकार आदि का समृद्ध विश्वकोष है। इस ग्रंथ में ३६ अध्याय हैं तथा ६ हजार श्लोक हैं, जो अधिकतर अनुष्टुप् ही हैं। केवल छठे, सातवें और अठाइसवें अध्याय में कुछ अंश गद्य में भी हैं। 'नाट्यशास्त्र' में तीन अंश विद्यमान हैं—(१) **सूत्र और भाष्य**—यह गद्यात्मक अंश ग्रन्थ का मूल एवं प्राचीनतम रूप है। (२) **कारिका**—मूल ग्रन्थ के अभिप्राय को विस्तार से समझाने के लिए इन कारिकाओं की रचना हुई। (३) **अनुवंश्य श्लोक**—गुरु, शिष्य-परम्परा से आने वाले प्राचीन पद्य, जो भरत से भी पहले लिखे गए। नाट्यशास्त्र की टीका में अभिनवगुप्त ने कहा है—

ता एता ह्यार्या एकप्रघट्टकतया पूर्वाचार्यैर्लक्षणत्वेन पठिताः।
मुनिना तु सुखसंग्रहाय यथास्थानं निवेशिताः।।

(अभिनव भारती, अध्याय ६)

भरत रस सम्प्रदाय के प्रवर्तक आचार्य हैं। उनके अनुसार नाटक में रस की ही प्रधानता है। इनके 'नाट्यशास्त्र के छठे अध्याय में रसों का तथा सातवें अध्याय में भावों का विस्तार से विश्लेषण है। अलंकारों का विवेचन गौण रूप में छठे, सातवें और सोलहवें अध्यायों में है।

'नाट्यशास्त्र' की रचना का निश्चित समय अब भी अज्ञात है, किन्तु कालिदास (ई० पू० प्रथम शतक) के द्वारा उल्लेख[2] किए जाने के कारण भरत का समय ई० पू० द्वितीय शतक मानना उचित होगा। पी० वी० काणे इनका समय ई० सन् से पूर्व स्वीकार करते हैं[3], जबकि हरप्रसादशास्त्री २०० ई० पू० मानने के पक्ष में है।[4]

---

१. पराशर्यशिलालिभ्यां भिक्षुनटसूत्रयोः (४-३-११०)

२. मुनिना भरतेन यः प्रयोगो भवतीष्वष्टरसाश्रयो नियुक्तः। (विक्रमोर्वशीय २।१७)

३. साहित्यदर्पण की अंग्रेजी भूमिका, पृ० ८।१०

४. जर्नल आफ दि एशियाटिक सोसायटी आफ बंगाल, १९१३, पृ० ३०७

भामह : काव्यालङ्कार

काव्य में अलंकार को प्रधान तत्त्व मानने वाले आचार्य भामह कश्मीर-निवासी रक्रिल गोमी के पुत्र थे। इनका 'काव्यालंकार' उस युग की सर्वप्रथम मान्य रचना है, जिसने अलंकारशास्त्र को नाट्यशास्त्र से अलग कर स्वतन्त्र शास्त्र के रूप में स्थापित किया। भामह के काल-निर्णय में बौद्धाचार्यों के मतों का विवरण सहायक होता है। भामह के ग्रन्थ में 'प्रत्यक्ष' का लक्षण प्रसिद्ध बौद्ध दार्शनिक दिङ्नाग (५०० ई० के लगभग) के समान (प्रत्यक्षं कल्पनापोढम्) दिया गया है, न कि धर्मकीर्ति (६२० ई०) की भाँति (कल्पनापोढमभ्रान्तं प्रत्यक्षं निर्विकल्पकम्)। अतः भामह का समय दिङ्नाग के बाद और धर्मकीर्ति के पहले अर्थात् षष्ठ शतक का मध्य भाग मानना समुचित है।

'काव्यालंकार' में छः परिच्छेद हैं। प्रथम परिच्छेद में काव्य के साधन, लक्षण तथा भेदों का वर्णन है। दूसरे तथा तीसरे में अलंकारों का विशिष्ट विवेचन है। चौथे में भरत-प्रोक्त दश दोषों का विश्लेषण है। पाँचवें में 'न्याय-विरोधी दोषों' की मीमांसा की गई है। छठे में विवादास्पद पदों के शुद्ध रूप का विवेचन किया गया है। इस ग्रन्थ में चार सौ श्लोक हैं।

भामह के कतिपय विशिष्ट सिद्धान्त हैं—

(क) शब्दार्थयुगल का काव्य होना—शब्दार्थौ काव्यम्।

(ख) भरत द्वारा निर्दिष्ट दस गुणों का माधुर्य, ओज और प्रसाद—इन तीन गुणों में ही समावेश।

(ग) 'वक्रोक्ति' का समस्त अलंकारों का मूल होना, जिसका चरम रूप कुन्तक की 'वक्रोक्तिजीवित' में वर्णित है।

(घ) दस प्रकार के दोषों का सम्यग् विवेचन।

दण्डी : काव्यादर्श

भामह के बाद अलङ्कारशास्त्र पर स्वतन्त्र रूप से ग्रन्थ रचना करने वाले आचार्य दण्डी हैं। इनके व्यक्तित्व, कर्तृत्व एवं काल के सन्दर्भ में पीछे (गद्यकाव्य के प्रसंग में) विवेचन हो चुका है। इनकी रचना 'काव्यादर्श' आलोचकों में लोकप्रिय है। इस ग्रन्थ में चार परिच्छेद हैं तथा श्लोकों की संख्या ६६० है। प्रथम परिच्छेद में काव्य का लक्षण, उसके भेद, रीति तथा गुणों का विवेचन है। दूसरे परिच्छेद में ३५ अलंकारों के लक्षण तथा उदाहरण दिए गए हैं, जिनमें उपमा में अनेक भेद हैं। तीसरे परिच्छेद में शब्दालंकारों, विशेषतः यमक अलंकार का विस्तृत विश्लेषण है। चौथे परिच्छेद में दश प्रकार के दोषों के लक्षण और उदाहरण दिए गए हैं।

दण्डी अलंकार सम्प्रदाय के अनुयायी थे, किन्तु रीतियों के विवेचन के कारण ये रीति-सम्प्रदाय के भी मार्गदर्शक हैं। इनके मत मे अलङ्कारो का मूल अतिशयोक्ति है। जबकि भामह वक्रोक्ति मानने के पक्ष में है। काव्य में वक्रोक्ति से रमणीयता और अतिशयोक्ति से लोकोत्तरता आती है।

वामन : काव्यालंकारसूत्र

अलंकारशास्त्र में रीति को काव्य की आत्मा के रूप में प्रतिष्ठापित करने वाले आचार्य वामन

ने अपने ग्रन्थ 'काव्यालंकार सूत्र' को सूत्रवृत्ति शैली में लिखा है। यहाँ पाँच अधिकरणों में बारह अध्याय और ३१९ सूत्र हैं। इन सूत्रों पर उनकी वृत्ति भी है।

वामन कश्मीर-नरेश जयापीड (७७९ ई० से ८१३ ई०) के मन्त्री थे। अतः उनका समय अष्टम शतक के अन्त और नवम शतक के आरम्भ में माना जाता है।

'काव्यालंकार-सूत्र' के प्रथम (शरीर) अधिकरण में काव्य के प्रयोजन, काव्यनिर्माण के अधिकारी का निरूपण, काव्य की आत्मा के रूप में रीति का उपस्थापन और रीति के भेदों का विवेचन है। दूसरे (दोषदर्शन) अधिकरण में पद, वाक्य एवं वाक्यार्थ के दोषों का विश्लेषण है। तीसरे (गुणविवेचन), में गुण और अलंकार में परस्पर भेद दिखाकर वामन ने दस शब्दगुणों और दस अर्थगुणों को दिखाया है। चौथे (आलंकारिक) में शब्दालंकारों तथा अर्थालंकारों के लक्षण एवम् उदाहरण हैं। पाँचवें (प्रायोगिक) में कतिपय शब्दों की शुद्धि और प्रयोग का विवेचन है।

वामन के विशिष्ट सिद्धान्त ये हैं—

(क) काव्य की आत्मा रीति है (रीतिरात्मा काव्यस्य)।

(ख) रीति के तीन भेद हैं—वैदर्भी, गौड़ी और पाञ्चाली।

(ग) वक्रोक्ति का विशिष्ट लक्षण (सादृश्यात् लक्षणा वक्रोक्तिः)।

(घ) विशेषोक्ति का विशिष्ट लक्षण—

एक गुणहानिकल्पनायां साम्यदार्ढ्यं विशेषोक्तिः।

(ङ) आक्षेप अलंकार के दो भेदों की उद्भावना।

(च) सभी अर्थालंकारों को उपमाप्रपंच के भीतर मानकर उनका विश्लेषण करना।

(छ) गुण और अलंकार में भेद बताना।

उद्भट : काव्यालंकारसारसंग्रह

अलंकारशास्त्र के प्रतिष्ठित आचार्य उद्भट कश्मीर नरेश जयापीड (७७९-८१३ ई०) की राजसभा के पण्डित ही नहीं, अपितु सभापति थे। एक ही राजा के आश्रय में रहने पर भी वामन और उद्भट साहित्य के क्षेत्र में भिन्न मत के थे। वामन रीतिसम्प्रदाय के प्रतिष्ठापक थे, तो उद्भट अलंकार सम्प्रदाय के पोषक थे। उन्होंने भामह के ग्रन्थ पर 'भामह-विवरण' नामक व्याख्याग्रन्थ लिखा था, जो अब अनुपलब्ध है।

उद्भट के ग्रन्थ 'काव्यालंकार सारसंग्रह' का विवेच्य-विषय अलंकार है। इसमें ६ वर्ग हैं, जिनमें ४१ अलंकारों का वर्णन ७९ कारिकाओं के माध्यम से किया गया है। इन अलंकारों में काव्यलिङ्ग, पुनरुक्तवदाभास, छेकानुप्रास, दृष्टान्त और सङ्कर ये पाँच अलंकार ऐसे हैं, जो भामह के 'काव्यालंकार' और दण्डी के 'काव्यादर्श' में भी नहीं पाए जाते हैं। इनके प्रतिष्ठापक आचार्य उद्भट हैं।

उद्भट अलंकार (उपमा, रूपक, उत्प्रेक्षा) की स्थिति वाच्य और व्यङ्ग दोनों में मानते हैं। शब्दश्लेष और अर्थश्लेष दोनों को उद्भट ने अर्थालंकार ही माना है। अन्य अलंकारों के साथ श्लेष

के रहने पर श्लेष की ही महत्ता स्वीकार्य होती है। वाक्य में तीन प्रकार से अभिधा व्यापार और अर्थ की द्विविध कल्पना आदि उद्भट की मौलिकता के निदर्शन हैं।

रुद्रट : काव्यालंकार

अलङ्कारशास्त्र में वैज्ञानिक आधार पर अलङ्कारों का वर्गीकरण प्रस्तुत करने का प्रथम श्रेय कश्मीरी आचार्य रुद्रट को जाता है। उन्होंने अपने ग्रन्थ 'काव्यालङ्कार' में अलङ्कारशास्त्र के समस्त सिद्धान्तों की विस्तृत मीमांसा की है। काव्य के प्रयोजन, उद्देश्य, रीति, रस तथा वृत्ति आदि का विवेचन इसमें होने पर भी इसका मुख्य विषय अलङ्कारों का विश्लेषण है।

'काव्यालंकार' १६ अध्यायों में विभक्त है, जिनमें से ११ अध्यायों में अलंकारों का विवेचन है। पद्यों की संख्या ७३४ है। इन्होंने अनेकानेक नये अलंकारों को भी प्रस्तुत किया है। राजशेखर (९२० ई०) ने 'काव्यमीमांसा' में 'काकुवक्रोक्तिर्नाम शब्दालंकारोऽयमिति रुद्रटः' ऐसा लिखा है। अतः रुद्रट का काल ८५० ई० के आसपास माना जाता है।

आनन्दवर्धन : ध्वन्यालोक

अलङ्कारशास्त्र के इतिहास में ध्वनि-सिद्धान्त के संस्थापक आचार्य के रूप में आनन्दवर्धन का नाम सदा अमर रहेगा। ये कश्मीर के शासक अवन्तिवर्मा (८५५-८८३ ई०) के सभापण्डित थे, जैसा कि कल्हण ने लिखा है—

मुक्ताकणः शिवस्वामी कविरानन्दवर्धनः।
प्रथां रत्नाकरश्चागात् साम्राज्येऽवन्तिवर्मणः॥ राजतरङ्गिणी ५-४

अतः इनका समय नवम शतक मान्य है।

आनन्दवर्धन ने 'विषमबाणलीला', 'अर्जुनचरित', 'देवीशतक', 'तत्त्वालोक' और 'ध्वन्यालोक' इन पाँच ग्रन्थों का निर्माण किया था, किन्तु उनकी विश्व विश्रुत कीर्ति का आधार 'ध्वन्यालोक' ही है। इस ग्रन्थ में काव्य की आत्मा के रूप में ध्वनि को स्थापित करते हुए उन्होंने अलंकारशास्त्र में एक नवीन युग का सूत्रपात किया। उनसे पूर्व भी ध्वनि-सिद्धान्त की चर्चा होती थी और उस (ध्वनि) का विरोध भी होता था। आनन्दवर्धन ने इस बारे में कहा है कि कुछ लोग ध्वनि को मानते ही नहीं हैं, कुछ उसको गौण मानते हैं और कुछ उसको अनिर्वचनीय तत्त्व कहते हैं।[1] आनन्दवर्धन ने इन आक्षेपों का सयुक्ति खण्डन किया है।

'ध्वन्यालोक' में तीन अंश हैं—कारिका, वृत्ति और उदाहरण। इन कारिकाओं की संख्या १२९ है, जिन्हें चार उद्योतों में विभक्त किया गया है। प्रथम उद्योत में ध्वनि-विरोधी मतों का

---

१. काव्यस्यात्मा ध्वनिरिति बुधैर्यः समाम्नातपूर्वः।
तस्याभावं जगदुरपरे भाक्तमाहुस्तमन्ये।
केचिद् वाचां स्थितमविषये तत्त्वमूचुस्तदीयं
तेन ब्रूमः सहृदयमनः प्रीतये तत्स्वरूपम्। —ध्वन्यालोक-१।१

विवेचन एवं खण्डन है। दूसरे और तीसरे में ध्वनि के प्रकारों का विवेचन है। चौथे में ध्वनि की उपयोगिता पर प्रकाश डाला गया है।

'ध्वन्यालोक' के हर पृष्ठ पर ध्वनिकार की मौलिकता, सूक्ष्म विवेचन शक्ति और गूढ विषय ग्राहिता के दर्शन होते हैं। राजशेखर ने ठीक ही कहा है—

ध्वनिनाऽतिगभीरेण काव्यतत्त्वनिवेशिना।
आनन्दवर्धनः कस्य नासीदानन्दवर्धनः ।।

अभिनवगुप्त : अभिनव भारती, ध्वन्यालोकलोचन

आनन्दवर्धन के ध्वनि-सिद्धान्त के पोषण करने वाले आचार्यों में अभिनवगुप्त प्रमुख हैं। 'ध्वन्यालोक' की व्याख्या के रूप में उन्होंने 'ध्वन्यालोकलोचन' लिखा। कश्मीर निवासी अभिनवगुप्त साहित्यशास्त्र में पारङ्गत होने के साथ शैवदर्शन के आचार्य और तन्त्र शास्त्र के रहस्य वेत्ता थे। उन्होंने इन विषयों से सम्बद्ध ४१ ग्रन्थों की रचना की, जिनमें छः ग्रन्थ अनुपलब्ध हैं। उन्होंने अपनी तीन कृतियों 'भैरवस्तोत्र', 'क्रमस्तोत्र' और 'विवृतिविमर्शिनी' का रचनाकाल क्रमशः ९६२ ई०, ९९० ई० और १०१४ ई० संकेतित किया है। अतः उनका स्थितिकाल दशम शतक का अन्तिम भाग और एकादश शतक का प्रारम्भ था।

अभिनवगुप्त की साहित्यशास्त्रीय रचनाओं में 'ध्वन्यालोकलोचन' आनन्दवर्धन के 'ध्वन्यालोक' की टीका है, जबकि 'अभिनव भारती' भरतनाट्यशास्त्र पर गम्भीर व्याख्यान है। उनके ये दोनों ग्रन्थ भारतीय आलोचनाशास्त्र के मेरुदण्ड हैं। व्याख्यारूप में लिखे जाने पर भी ये दोनों यथार्थतः मौलिक ग्रन्थ ही हैं। उनके द्वारा व्याख्यात और विवेचित रस प्रक्रिया अपनी वैज्ञानिकता के कारण भारतीय आलोचनाशास्त्र में बहु समादृत है। उन्होंने रस-प्रक्रिया को व्यञ्जना शक्ति के ऊपर आश्रित रूप में निरूपित किया है। रसप्रक्रिया के प्रमुख तत्त्व के रूप में उन्होंने साधारणीकरण, वासना और संविद्-विश्रान्ति का विश्लेषण किया है। आज भी उनका यह विश्लेषण वैज्ञानिक तथा सार्वभौम होने के कारण बहुमान्य है।

ध्वनिविरोधी आचार्य—आनन्दवर्धन और अभिनवगुप्त द्वारा ध्वनि की सबल स्थापना किए जाने के बावजूद दो कश्मीरी आचार्यों ने एकादश शतक के आरम्भ में ध्वनि-विरोधी तेवर अपनाते हुए अपने प्रौढ ग्रन्थों की रचना की। उनका विवरण अग्रलिखित है—

कुन्तक : वक्रोक्तिजीवित

काव्य की आत्मा के रूप में वक्रोक्ति को स्थापित करने के लिए आचार्य कुन्तक ने 'वक्रोक्तिजीवित' की रचना की। यह ग्रन्थ सम्पूर्ण रूप में उपलब्ध नहीं है। उपलब्ध ग्रन्थ में तीन भाग हैं—कारिका, वृत्ति और उदाहरण। यह ग्रन्थ चार उन्मेषों में विभक्त है। प्रथम उन्मेष में काव्य के प्रयोजन, लक्षण तथा प्रतिपाद्य विषय का विवेचन है। द्वितीय में षड्विध वक्रता में से वर्णविन्यास वक्रता, पदपूर्वार्द्धवक्रता और प्रत्ययवक्रता का विश्लेषण है। तृतीय में वाक्यवक्रता के विवेचन के साथ उसी में अलंकारों का अन्तर्भाव वर्णित है। चतुर्थ में अन्तिम दो अर्थात् प्रकरणवक्रता और प्रबन्धवक्रता का निरूपण है।

वक्रोक्ति की मूल कल्पना भामह की थी, किन्तु उसे व्यापक साहित्यिक महत्त्व प्राप्त कराने का श्रेय कुन्तक को ही जाता है। ये समग्र साहित्यिक तत्त्वों को वक्रोक्ति के अन्तर्गत सम्मिलित कर लेते हैं। ध्वनि की सत्ता अलग नहीं मानकर वक्रोक्ति के अन्तर्गत ही उसे मानने के कारण कुन्तक ध्वनि-विरोधी आचार्य कहे जाते हैं।

महिमभट्ट : व्यक्तिविवेक

ध्वनि की स्वतन्त्र सत्ता का खण्डन कर अनुमान के अन्तर्गत उसका अन्तर्भाव दिखाने के लिए महिमभट्ट ने 'व्यक्तिविवेक' की रचना की। अपने ग्रन्थ के आरम्भ में ही वे कहते हैं—

अनुमानेऽन्तर्भावं सर्वस्यैव ध्वनेः प्रकाशयितुम्।
व्यक्तिविवेकं कुरुते प्रणम्य महिमापरां वाचम्॥

इन्होंने तर्कशास्त्र का आधार लेकर 'ध्वन्यालोक' के सिद्धान्तों के खण्डन का प्रबल प्रयास किया है। इस प्रयास में उन्होंने किसी अन्य ग्रन्थ का साहाय्य नहीं लिया है, जिससे उनके ग्रन्थ की मौलिकता व्यक्त होती है।

'व्यक्तिविवेक' में तीन विमर्श हैं। प्रथम विमर्श में ध्वनि का लक्षण तथा अनुमान में उसका अन्तर्भाव दिखाया गया है। दूसरे में काव्य दोषों का निरूपण किया गया है। उसमें अनौचित्य को काव्य का मुख्य दोष बताया गया है।[१] अन्य दोषों या अनौचित्यों में रसदोष अन्तरंग अनौचित्य है, तो विधेयाविमर्श तथा पौनरुक्त्य आदि बहिरङ्ग अनौचित्य हैं। तीसरे में ध्वनि के ४० उदाहरणों का अनुमान में अन्तर्भाव प्रतिपादित है।

धनञ्जय : दशरूपक

भरतमुनि के 'नाट्यशास्त्र' के बाद नाट्य-तत्त्वों का विवेचन करने वाला प्रसिद्ध एवं महत्त्वपूर्ण ग्रन्थ धनञ्जय-रचित 'दशरूपक' है। धनञ्जय नाटक में रस को प्रधान तत्त्व मानते हैं, किन्तु रस की निष्पत्ति के विषय में ये भावकत्ववादी हैं। व्यञ्जनावाद के खण्डन करने के कारण ये भी ध्वनि-विरोधी आचार्य माने जाते हैं।

धारा नगरी के विद्वान् राजा मुंज (९७४-९९४ ई०) की सभा को धनञ्जय और उनके भाई धनिक सुशोभित करते थे। अतः इनका समय दशम शतक का उत्तरार्द्ध माना जाता है। धनिक ने 'दशरूपक' पर 'अवलोक' नामक टीका लिखी थी। वह आज भी उपलब्ध है।

'दशरूपक' कारिकाओं में निबद्ध है। इसमें प्रायः ३०० कारिकाएँ हैं। ग्रन्थ चार प्रकाशों में विभक्त है। इनमें वस्तु, नेता और रस का सम्यग् विवेचन है। प्रथम प्रकाश में कथावस्तु, द्वितीय में नायक-नायिका, तृतीय में रूपक के भेदों और चतुर्थ में रस का विवेचन है। रस के सन्दर्भ में इनका मत भट्टनायक के मत से निकट है।

---

१. अनौचित्यादृते नान्यद्रसभङ्गस्य कारणम्
प्रसिद्धौचित्यबन्धस्तु रसस्योपनिषत् परा (व्यक्ति पृ० १३३)

राजशेखर : काव्यमीमांसा

संस्कृत-साहित्य की विविध विद्याओं पर ग्रन्थ-रचना करने वाले कविराज राजशेखर कन्नौज के प्रतीहारवंशीय राजा महेन्द्रपाल और उसके पुत्र महीपाल (८८०-९२० ई०) के गुरु एवं सभासद् थे। अतः इनका समय दशम शतक का आरम्भ माना जाता है।

राजशेखर की छः रचनाओं में 'काव्यमीमांसा' अलंकारशास्त्र का ग्रन्थ है। इसमें १८ अध्याय हैं। प्रथम अध्याय का नाम 'शास्त्रसंग्रह' है। इसमें बताया गया है कि 'काव्यमीमांसा' की शिक्षा शिव ने ब्रह्मा को दी और बाद में शिष्य परम्परा से गुजरती हुई यह राजशेखर को प्राप्त हुई।

'काव्यमीमांसा' अपने पूर्ववर्ती ग्रन्थों से इस मामले में बिल्कुल भिन्न है कि यह रस तथा अलंकार आदि का विवेचन परक न होकर उत्कृष्ट काव्य-निर्माण हेतु कवि के लिए अपेक्षित एवम् उपयोगी जानकारी देनेवाला एक विश्वकोश-सा प्रतीत होता है। इसीलिए राजशेखर एक स्वतन्त्र 'कविशिक्षा सम्प्रदाय' के प्रवर्तक माने जा सकते हैं।

भोजराज : सरस्वतीकण्ठाभरण

भारतीय इतिहास में विद्वानों के आश्रयदाता तथा उदार दानी के रूप में धारानरेश भोजराज की महत्ती ख्याति है। उनके एक शिला-दानपत्र में धनपति भट्ट नामक ब्राह्मण को दान देने का वर्णन है। इस दानपत्र का काल संवत् १०७८ (सन् १०२१ ई०) है। अतः भोजराज का समय ग्यारहवीं शती निर्धारित है।

राजा भोज विद्वत्प्रेमी होने के साथ महान् विद्वान् और उत्कृष्ट कोटि के साहित्यिक भी थे। अलंकारशास्त्र से सम्बद्ध उनके दो ग्रन्थ प्राप्त होते हैं—**'सरस्वतीकण्ठाभरण'** और **'शृङ्गारप्रकाश'**। 'सरस्वतीकण्ठा भरण' में ५ परिच्छेद हैं। इसमें दोष, गुण, अलंकार रीति एवं रस का पाण्डित्यपूर्ण विवेचन हुआ है। पूर्ववर्ती आचार्यों की रचनाओं से भी इसमें बहुत से उद्धरण दिए गए हैं। इस ग्रन्थ पर १४वीं शती में तिरहुत के राजा रामसिंहदेव के आग्रह पर म० महोपाध्याय रत्नेश्वर ने 'रत्नदर्पण' नामक टीका लिखी थी। भोजराज के दूसरे ग्रन्थ 'शृङ्गार प्रकाश' में ३६ प्रकाश हैं। इसमें नाट्यशास्त्र सम्बन्धी सभी विषयों के विवेचन के साथ रस का विस्तृत विवेचन है। उन्होंने शृंगार को सर्वप्रधान रस अथवा एकमात्र रस माना है।

ध्वनिमार्ग के आचार्य

आनन्दवर्धन ने ध्वनि की स्थापना अत्यन्त सबल और विस्तृत रूप में की जिससे कालान्तर में ध्वनि-विरोधी स्वर बहुत तीव्र और ग्राह्य नहीं हो सका। फिर बाद के आचार्यों ने ध्वनि-विरोधियों के मत का खण्डन इतने सुचारु रूप से किया कि उनके पश्चात् ध्वनि-विरोध की बात ही दब गई। इन ध्वनि-प्रतिष्ठापकों में सर्वप्रमुख आचार्य मम्मट हैं। इनका विवरण आगे है—

मम्मट : काव्यप्रकाश

अलंकारशास्त्र के इतिहास में वाग्देवतावतार मम्मट और उनके ग्रन्थ **'काव्यप्रकाश'** को महान् गौरव और भूयसी प्रतिष्ठा प्राप्त है। इसका मूल आधार यह है कि भरत से लेकर भोजराज तक लगभग १२०० वर्षों में इस शास्त्र के विवेचन में जिस विशाल साहित्य का निर्माण हुआ उसका

सम्यक् मन्थन कर मम्मट ने उसके सारभूत 'नवनीत' को 'काव्यप्रकाश' के रूप में उपस्थापित किया। नाटकीय-तत्त्वों को छोड़कर काव्यशास्त्रीय सभी विषयों का समावेश 'काव्यप्रकाश' के दस उल्लासों में किया गया है।

मम्मट ने अपने ग्रन्थ में उदात्त अलंकार के उदाहरण के अन्त में 'भोजनृपतेस्तत् त्यागलीलायितम्' (यह सब भोजराज के दान का फल है), इस रूप में भोजराज का उल्लेख किया है। भोजराज का शासनकाल ९९६-१०५१ ई० है। अतः मम्मट का समय ११वीं शती का उत्तरार्द्ध मानना उचित है।

मम्मट ने ध्वनि-सिद्धान्त को एक नई चेतना प्रदान की है। अतः उन्हें 'ध्वनिप्रस्थापनपरमाचार्य' कहा जाता है, यद्यपि उनपर आनन्दवर्धन और अभिनवगुप्त का स्पष्ट प्रभाव है। 'काव्यप्रकाश' में तीन अंश हैं—कारिका, वृत्ति और उदाहरण। कारिका और वृत्ति इनकी अपनी है, किन्तु उदाहरण अन्यतः गृहीत हैं। मम्मट ने अपने इस ग्रन्थ को नवम उल्लास के परिकर अलंकार तक लिखा था। उसके बाद का अंश अल्लट द्वारा रचित है। यह उक्ति प्रसिद्ध है—

'कृतोऽयं मम्मटाचार्यैर्ग्रन्थः परिकरावधिः।
प्रबन्धः पूरितः शेषो विधायाल्लटसूरिणा।'

'काव्यप्रकाश' की महती लोकप्रियता का यह बड़ा प्रमाण है कि इस पर भारत के सभी भागों के लगभग ७० सुधीजनों की टीकाएँ हैं, जिन टीकाकारों में रूय्यक, विश्वनाथ, नागोजि भट्ट, कमलाकर भट्ट, जयन्त, गोकुलनाथ, झलकीकर तथा विश्वेश्वर आदि प्रमुख हैं।

क्षेमेन्द्र : औचित्यविचारचर्चा

काव्य के प्रधान तत्त्व के रूप में औचित्य की स्थापना करने वाले कश्मीरी आचार्य क्षेमेन्द्र प्रसिद्ध आलंकारिक मम्मट के समकालीन थे। श्रेष्ठ कवि होने के साथ ये प्रख्यात आलंकारिक भी थे। कामतत्त्वों के विवेचन से सम्बद्ध इनकी रचना 'औचित्यविचारचर्चा' उत्कृष्ट एवं मौलिक कृति है। इसमें औचित्य के महत्त्वपूर्ण सिद्धान्तों का विस्तृत विवेचन किया गया है। वे काव्य में अलंकार और गुण की महत्ता स्वीकार करते हैं, किन्तु रससिद्ध काव्य का प्राणभूत तत्त्व औचित्य को ही मानते हैं—

अलङ्कारास्त्वलङ्कारा गुणा एव गुणाः सदा।
औचित्यं रससिद्धस्य स्थिरं काव्यस्य जीवितम्।

यह औचित्य काव्य के पद, वाक्य, प्रबन्ध आदि सभी रूपों में विशेष रूप से पालनीय है। वहाँ अनौचित्य आते ही रसभङ्ग हो जाता है। वे अनौचित्य को रसभङ्ग का कारण और औचित्य को रस का परम रहस्य कहते हैं—

अनौचित्यादृते नान्यद् रसभङ्गस्य कारणम्।
प्रसिद्धौचित्यबन्धस्तु रसस्योपनिषत्परा॥ –व्यक्ति पृ० १३३

रुय्यक : अलंकारसर्वस्व

अलंकारशास्त्र के विविध विषयों में से केवल अलंकार का विवेचन करने वाले आचार्य रुय्यक कश्मीर नरेश जयसिंह के मन्त्री मङ्खक के गुरु थे। जयसिंह का समय राजतरंगिणी में ११२८-

११४९ ई० बताया गया है। अतः इनका समय १२वीं शती का मध्य भाग है। मम्मट के 'काव्यप्रकाश' पर उनकी लिखी टीका भी इस काल-संकेत का समर्थन करती है।

रुय्यक की अनेक पुस्तकों में 'अलंकारसर्वस्व' प्रमुख है। अलङ्कार के ऊपर यह बड़ा प्रौढ़ और विस्तृत ग्रन्थ है। रुय्यक ने इस ग्रंथ में अलंकारों की व्याख्या एवं निरीक्षण की वैज्ञानिक पद्धति को अपनाया है। इसके दो भाग हैं—सूत्र और वृत्ति। कुछ विद्वान् वृत्ति भाग को मङ्खक की रचना मानते हैं, किन्तु अधिकांश विद्वान् इसे भी रुय्यक द्वारा ही रचित मानते हैं। इस ग्रन्थ में शब्दालंकारों के साथ ७५ अर्थालंकारों का पाण्डित्यपूर्ण वर्णन है। इस ग्रन्थ पर जयरथ तथा समुद्रबन्ध की टीकाएँ हैं।

हेमचन्द्र : काव्यानुशासन

कश्मीर से भिन्न प्रान्तों में निवास करने वाले कुछ आचार्यों ने भी अलंकार शास्त्र पर ग्रन्थ लिखे हैं। उनमें गुजरात-वासी प्रसिद्ध जैन आचार्य हेमचन्द्र (१०८८-११७२ ई०) का 'काव्यानुशासन' सूत्रपद्धति पर लिखा गया है। इस ग्रन्थ में आठ अध्याय हैं। इनमें काव्य के लक्षण, प्रयोजन, रस, दोष, गुण तथा अलंकार आदि का विवेचन है। यह प्रायः संग्रह ग्रन्थ है जिसमें 'काव्यमीमांसा, 'ध्वन्यालोक', 'अभिनव भारती' तथा काव्यप्रकाश' आदि से उद्धरण दिए गए हैं। इस ग्रन्थ पर 'विवेक' नामक 'वृत्ति' भी स्वयं ग्रन्थकार ने लिखी है।

रामचन्द्र-गुणचन्द्र : नाट्यदर्पण

आचार्य हेमचन्द्र के शिष्यद्वय रामचन्द्र और गुणचन्द्र ने मिलकर नाट्यविषयक ग्रन्थ 'नाट्यदर्पण' की रचना की। इनका समय भी १२वीं शती है। कारिकाशैली में निर्मित इस ग्रन्थ में चार 'विवेक' हैं, जिनमें क्रमशः नाटक तथा प्रकरणादि रूपक, रस, भावाभिनय और रूपक सम्बन्धी विषयों का विवेचन है।

वाग्भट : वाग्भटालंकार

जैन आचार्यों में श्वेताम्बर मतावलम्बी वाग्भट (१२वीं शती) ने 'वाग्भटालंकार' नामक ग्रन्थ लिखा। इस ग्रंथ के ५ परिच्छेदों में काव्य, काव्यरूप, भाषा, गुण, अलंकार, रस और कविसमय का विवेचन किया गया है।

वाग्भट अनहिलपट्टन (गुजरात) के राजा जयसिंह के महामात्य थे, किन्तु इस पद ने उनके जीवन को गर्त में डाल दिया। इनकी एक पुत्री अत्यन्त सुन्दरी होने के साथ परम विदुषी और पिता के समान कवित्वप्रतिभासम्पन्न थी। विवाह योग्य होते ही उसे राजप्रासाद में बलात् ले जाया गया। यह घटना पिता और पुत्री की इच्छा के विपरीत 'अप्रतिहता राजाज्ञा' के कारण हुई। पितृगृह से प्रस्थान करते समय पुत्री ने रोते पिता से जो सान्त्वना वचन कहे, उनमें हृदय को छू लेनेवाली मनमोहकता है—

तात वाग्भट! मा रोदीः कर्मणां गतिरीदृशी।
दुष्धातोरिवास्माकं गुणो दोषाय केवलम्॥

व्याकरण प्रक्रिया के अनुसार 'दुष्' धातु से गुण होने पर 'दोष' शब्द बनता है। 'दुष्' धातु के 'गुण' का परिणाम 'दोष' है। इसी प्रकार हमारे सौन्दर्य-'गुण' का परिणाम यह अत्याचार रूप 'दोष' है। इसलिए हे तात! आप मत रोइये, यह तो हमारे कर्म का फल है कि दुष् धातु के समान हमारा गुण (सौन्दर्य) भी दोषकारक हो गया।

विश्वनाथकविराज : साहित्यदर्पण

अलंकारशास्त्र में महत्वपूर्ण योगदान के क्षेत्र में उत्कल प्रदेश की भी महत्ती भूमिका है। यहाँ के निवासी आचार्य विश्वनाथ का कुल पाण्डित्य के लिए प्रसिद्ध है। इन्होंने अपने को 'अष्टादश भाषावारविलासिनी-भुजङ्गसांधिविग्रहिक'[१] बताया है। इसका तात्पर्य यह है कि वे १८ भाषाओं के ज्ञाता थे और किसी राजा के मन्त्री थे, किन्तु उस राजा का कोई उल्लेख नहीं है। उन्होंने एक स्थान पर 'अल्लावदीननृपतौ न सन्धिर्न च विग्रहः'[२] कहा है। अल्लाउद्दीन खिलजी का शासनकाल १२९६-१३१६ ई० है। अतः विश्वनाथ का समय चौदहवीं शती मान्य है।

आचार्य विश्वनाथ उच्चकोटि के विद्वान् एवं कविराज थे। उनकी विविध रचनाओं में काव्य, महाकाव्य, नाटिका तथा टीकाग्रन्थ (काव्यप्रकाश पर काव्यप्रकाशदर्पण) हैं, किन्तु उनकी कीर्तिलता का सर्वस्व उनका काव्यशास्त्रीय ग्रन्थ 'साहित्यदर्पण' है। इसमें 'काव्यप्रकाश' के समान ही दस परिच्छेद हैं और इन परिच्छेदों में विवेच्य-विषय का क्रम भी प्रायः वही है, किन्तु इसकी अपनी विशेषता यह है कि इसके छठे परिच्छेद में, जो सबसे बड़ा है, नाट्यशास्त्र सम्बन्धी सभी विषयों का विवेचन है। साथ ही तृतीय परिच्छेद में नायक-नायिका भेद का विस्तृत विवरण है। इससे श्रव्य काव्य (महाकाव्य एवं कथा आदि) तथा दृश्यकाव्य (नाटक एवं प्रकरणादि) दोनों से सम्बद्ध सम्पूर्ण विषयों की जानकारी एक ही ग्रन्थ से होने के कारण इसकी उपयोगिता बढ़ गई है। 'काव्यप्रकाश' में नाटक सम्बन्धी अंश नहीं है। साहित्य दर्पण के प्रथम परिच्छेद में विश्वनाथ ने मम्मट के 'तददोषौ शब्दार्थौ सगुणावनलंकृती पुनः क्वापि' इस काव्यलक्षण का खण्डन बड़े आडम्बर के साथ किया है और उसके स्थान पर 'वाक्यं रसात्मकं काव्यम्'[३] को काव्यलक्षण के रूप में प्रस्तुत किया है। काव्य-जगत् में यह लक्षण सूत्र रूप में होने के कारण अत्यन्त लोकप्रिय है। उनका कोई काव्यग्रन्थ उपलब्ध नहीं है।

अप्पय्यदीक्षित : चित्रमीमांसा, कुवलयानन्द

काव्यशास्त्र में दक्षिण भारतीय विद्वानों के योगदान की अभिवृद्धि में अप्पय्यदीक्षित का उल्लेखनीय महत्त्व है। उन्होंने अपने ग्रन्थ 'कुवलयानन्द' का निर्माण विजयनगर के राजा वेङ्कटपति (१५३५ ई०) के अनुरोध पर किया था। अतः उनका समय १६वीं शती है।

'अप्पय्यदीक्षित' ने भक्ति, न्याय तथा वेदान्त आदि शास्त्रों पर १०४ ग्रन्थों की रचना की थी। काव्यशास्त्र पर उनकी दो प्रसिद्ध कृतियाँ हैं—'चित्रमीमांसा' और 'कुवलयानन्द'। 'चित्रमीमांसा' में अलंकारों की वैज्ञानिक समीक्षा की गई है। केवल अतिशयोक्ति अलंकार तक

१. 'साहित्यदर्पण' के प्रथम परिच्छेद के अन्त की पुष्पिका

२. 'साहित्यदर्पण' ४-१४

३. " १।३

विवेचन होने के कारण यह ग्रन्थ अपूर्ण है। पण्डितराज जगन्नाथ ने इसके खण्डन में 'चित्रमीमांसाखण्डन' की रचना की।

'कुवलयानन्द' उनकी सर्वोत्कृष्ट और सर्वाधिक लोकप्रिय रचना है। इसका आधार जयदेव का ग्रन्थ 'चन्द्रालोक' है। 'चन्द्रालोक' में अलंकारों के लक्षण दिए गए हैं। अप्पय्यदीक्षित ने उन्हीं लक्षणों को अन्य काव्यों से उदाहरण लेकर उनके साथ उपस्थित किया है। इसमें आधे श्लोक में लक्षण और आधे में उदाहरण दिए जाने के कारण यह विवरण संक्षिप्त, किन्तु सारवान् है। उदाहरणार्थ अर्थान्तरन्यास को देखें—

उक्तिरर्थान्तरन्यासः स्यात्सामान्यविशेषयोः।
हनुमानब्धिमतरद् दुष्करं किं महात्मनाम्॥[1]

पण्डितराज जगन्नाथ : रसगङ्गाधर

समग्र संस्कृत साहित्य में ऐसी विलक्षण प्रतिभा का धनी पडितराज से भिन्न कोई दूसरा सौभाग्यशाली नहीं हुआ, जिसमें उत्कृष्ट कवित्व एवं उद्भट आचार्यत्व का मनोरम मणिकाञ्चन योग है। पण्डितराज की उपाधि धारण करनेवाले जगन्नाथ (१७वीं शती) की विविधविध रचनाओं में 'रसगङ्गाधर' काव्यशास्त्र का निकष-ग्रन्थ है। इसमें काव्य सम्बन्धी विषयों के लक्षण देकर उसके उदाहरण में उन्होंने स्वरचित पद्य ही प्रस्तुत किए हैं। उनकी गर्वोक्ति है—

निर्माय नूतनमुदाहरणानुरूपं
काव्यं मयात्र निहितं न परस्य किञ्चित्।
किं सेव्यते सुमनसां मनसापि गन्धः
कस्तूरिकाजननशक्तिभृता मृगेण॥[2]

'रसगङ्गाधर' अधूरा ग्रन्थ है। इसमें केवल दो आनन हैं। प्रथम आनन में पूर्ववर्ती काव्यलक्षणों का खण्डन करके उन्होंने अपना काव्यलक्षण दिया है, जो इस प्रकार है—

'रमणीयार्थप्रतिपादकः शब्दः काव्यम्।'[3]

काव्य के हेतुओं में उन्होंने 'प्रतिभा' को ही मुख्य माना है। काव्य के चार भेद उनके अनुसार हैं। द्वितीय आनन में ध्वनि तथा अलंकार का विवेचन है। इसमें ७० अलंकारों का विश्लेषण है।

उपरि निर्दिष्ट अलंकारशास्त्रीय ग्रन्थों के अतिरिक्त भी कुछ उल्लेखनीय ग्रन्थ इस प्रकार हैं–मुकुल भट्ट (९वीं शती) की रचना **'अभिधावृत्ति मातृका'**, भट्टनायक (१०वीं शती) की कृति **'हृदयदर्पण'** (सम्प्रति अप्राप्य), विद्याधर (१४वीं शती) की पुस्तक **'एकावली'**, शारदातनय (१३वीं शती) का **'भावप्रकाशन'**, भानुदत्त (१४वीं शती) की **'रसमञ्जरी'** एवं **'रसतरङ्गिणी'**। १६वीं शती की इन रचनाओं में रूपगोस्वामी की **'उज्ज्वलनीलमणि'**, केशवमिश्र का ग्रन्थ 'अलंकारशेखर' कविकर्णपूर का **'अलंकारकौस्तुभ'**, गोविन्दठक्कुर (१७वीं शती) का **'काव्यप्रदीप'** तथा विश्वेश्वर पण्डित (१८वीं शती) की रचना **'अलङ्कारमुक्तावल्ली'**, **'अलंकारकौस्तुभ'** तथा **'अलंकारप्रदीप'** भी उल्लेख्य हैं।

---

१. कुवलयानन्द, १२२

२. रसगङ्गाधर पद्य सं० ६

३. '' कारिका सं० १

इस प्रकार अलङ्कारशास्त्र विषयक ग्रन्थों की रचना की प्रवृत्ति भरत से आरम्भ होकर विश्वेश्वर पण्डित तक चलती रही। इस बीच मानक ग्रंथों के प्रणयन से अलंकारशास्त्र में भण्डार वृद्धि होती रही है।

अलङ्कारशास्त्र के सम्प्रदाय

संस्कृत वाङ्मय का काव्य भाग अत्यन्त आह्लादक और रमणीय है, किन्तु काव्य किसे कहते हैं और काव्य में प्रधान तत्त्व क्या है अथवा काव्य की आत्मा क्या है—इस विषय में विद्वानों में बहुत मतभिन्नता है। उनकी इस मतभिन्नता के कारण काव्यशास्त्र अथवा अलंकारशास्त्र में अनेक सम्प्रदाय प्रचलित हुए, जो अग्रलिखित हैं—

१. रससम्प्रदाय
२. अलङ्कारसम्प्रदाय
३. रीतिसम्प्रदाय
४. वक्रोक्तिसम्प्रदाय
५. ध्वनिसम्प्रदाय
६. औचित्य सिद्धान्त।

भरत से लेकर पण्डितराज जगन्नाथ तक लगभग दो हजार वर्षों में काव्यशास्त्र के प्रायः सभी आचार्य इन्हीं सम्प्रदायों में से किसी-न-किसी से सम्बद्ध हैं। इन सम्प्रदायों का सामान्य परिचय यहाँ प्रस्तुत है—

रस-सम्प्रदाय—इस सम्प्रदाय के संस्थापक आचार्य भरत हैं। यद्यपि राजशेखर ने अपनी 'काव्य-मीमांसा' में भरत से भी पहले नन्दिकेश्वर को रससिद्धान्त का प्रतिष्ठापक बताया है, किन्तु नन्दिकेश्वर के किसी ग्रन्थ के उपलब्ध नहीं होने के कारण भरत को ही रस सम्प्रदाय का आदिम आचार्य माना जाता है। भरत के समय नाट्य का ही व्यापक प्रचार था। अतः उन्होंने नाट्यरस का ही विस्तृत विवेचन अपने ग्रन्थ 'नाट्यशास्त्र' में किया है। भरत मुनि का रससूत्र है—

'विभावानुभावव्यभिचारिसंयोगाद्रसनिष्पत्तिः।' अध्याय–६

अर्थात् विभाव, अनुभाव और व्यभिचारी भावों के संयोग से रस की निष्पत्ति होती है। परवर्ती आचार्यों ने इसी सूत्र के आधार पर रस का विश्लेषण किया है। इस सूत्र के अनेक व्याख्याकारों में चार आचार्य प्रमुख हैं। वे हैं—भट्टलोल्लट, शंकुक, भट्टनायक तथा अभिनवगुप्त। इन आचार्यों का रसविषयक मत क्रमशः उत्पत्तिवाद, अनुमितिवाद, भुक्तिवाद और अभिव्यक्तिवाद कहलाता है।

इनमें आचार्य अभिनवगुप्त का अभिव्यक्तिवादी रससिद्धान्त अधिक मनोवैज्ञानिक होने के कारण सभी आलंकारिकों द्वारा सम्मानित है। मम्मट, भानुदत्त, विश्वनाथ और जगन्नाथ आदि उच्च कोटि के काव्यशास्त्रियों ने अभिनवगुप्त के मत का पूर्णतः समर्थन किया है। विश्वनाथ कविराज रस को ही काव्य की आत्मा घोषित करते हैं।

रस की संख्या के विषय में आलंकारिकों के मत अलग-अलग हैं। भरत ने आठ रस माने हैं—शृंगार, हास्य, करुण, रौद्र, वीर भयानक, वीभत्स और अद्भुत। आचार्य मम्मट शान्त को भी नवम रस मानते हैं, तो विश्वनाथ दशम रस के रूप में वात्सल्य की स्थापना करते हैं।

अलंकार-सम्प्रदाय—इस सम्प्रदाय के प्रवर्तक आचार्य भामह हैं। उनके ग्रन्थ 'काव्यालंकार' में अलंकारों का विस्तृत विवेचन किया गया है। इस सम्प्रदाय के अनुसार अलंकार ही काव्य का

जीवातु है। जिस प्रकार अग्नि उष्णता से रहित नहीं हो सकती, उसी प्रकार काव्य अलंकार से विहीन नहीं हो सकता—

अङ्गीकरोति यः काव्यं शब्दार्थावनलंकृती।
असौ न मन्यते कस्मादनुष्णमनलं कृती।। जयदेवकृत चन्द्रालोक १-१८

भामह अलंकृति अर्थात् चमत्कृति को ही काव्य का सर्वस्व स्वीकार करते हैं। उन्होंने रस तथा भाव को स्वतन्त्र स्थान न देकर रसवत्, प्रेय, उर्जस्वित् और समाहित इन चार अलंकारों में अन्तर्निविष्ट माना है।

अलंकारों का विकास क्रमशः हुआ है। भरत ने चार अलंकारों—यमक, उपमा, रूपक और दीपक का विवेचन किया है, तो भामह ने ३८ अलंकारों का प्रतिपादन किया है। अप्पय्य दीक्षित के 'कुवलयानन्द' में १२५ अलंकार माने गए हैं। ये अलंकार तीन प्रकार के होते हैं—शब्दालंकार, अर्थालंकार और उभयालंकार।

अलंकारसम्प्रदाय के अन्य प्रमुख आचार्य हैं—दण्डी, उद्भट, रुद्रट, रुद्रभट्ट आदि।

रीतिसम्प्रदाय—इस सम्प्रदाय के प्रतिष्ठापक आचार्य वामन हैं। उन्होंने अपने ग्रन्थ 'काव्यालंकारसूत्र' में रीति को काव्य की आत्मा माना है—**'रीतिरात्मा काव्यस्य।'** रीति का लक्षण देते हुए उन्होंने कहा है—**'विशिष्टा पदरचना रीतिः।'** अर्थात् विशिष्ट प्रकार की पदरचना रीति है। इसमें 'विशिष्ट' पद की व्याख्या करते हुए वे कहते हैं—'विशेषो गुणात्मा।' अर्थात् रचना में माधुर्य आदि गुणों का समावेश ही उसकी विशिष्टता है और यही विशिष्टता रीति है। इस प्रकार इस सिद्धान्त में 'गुण' और 'रीति' में अत्यन्त घनिष्ठ सम्बन्ध बताया गया है।

गुण और अलंकार में भेद को वामन ने पहली बार स्पष्ट रूप से रेखांकित किया। उनका मत है कि काव्य में शोभा को उत्पन्न करने वाले धर्म गुण हैं, जबकि अलंकार केवल उस शोभा में वृद्धि लाते हैं[1]। इस प्रकार काव्य में गुण आवश्यक तत्त्व हैं, किन्तु अलंकार की वह महत्ता नहीं है। वामन ने अलंकारों की महत्ता को गौण बनाकर गुणों की प्रमुखता का प्रतिपादन करते हुए रीति सम्प्रदाय स्थापित किया। उनके अनुसार रीतियाँ तीन हैं—वैदर्भी, गौड़ी और पाञ्चाली, जबकि गुण शब्दालंकार और अर्थालंकार के भेद से बीस हैं।

वामन के परवर्ती आचार्य विश्वनाथ आदि ने रीति की सत्ता को स्वीकार करते हुए भी उसे काव्य की आत्मा मानने से इनकार कर दिया। उनके मत में **'रीतयोऽवयवसंस्थानविशेषवत्'** काव्य में रीतियाँ अङ्ग रचना के सदृश हैं और यह अङ्गविन्यास आत्मा नहीं हो सकती।

इस प्रकार वामन के बाद रीति मत के समर्थक आचार्यों की परम्परा नहीं चल पायी।

वक्रोक्ति-सम्प्रदाय—इस सम्प्रदाय के संस्थापक आचार्य कुन्तक हैं। कुन्तक से पूर्व ही भामह अपने ग्रन्थ में अतिशयोक्ति को वक्रोक्ति कहते हैं और उसे अलंकारों की जीवनी शक्ति मानते हैं—

---

१. 'काव्यशोभायाः कर्तारो धर्माः गुणाः।
तदतिशयहेतवस्त्वलङ्काराः।' –काव्यालंकासूत्र ३।१।१-२

'सैषा सर्वत्र वक्रोक्तिरनयार्थो विभाव्यते।
यत्नोऽस्यां कविना कार्यः कोऽलङ्कारोऽनया विना॥' काव्यालंकार–२।८५

दण्डी ने भी **'भिन्नं द्विधा स्वभावोक्तिर्वक्रोक्तिश्चेति वाङ्मयम्'** (काव्यादर्श, २।३६३) कहकर वक्रोक्ति की महत्ता स्वीकार की है। वामन ने भी 'सादृश्याल्लक्षणा वक्रोक्तिः' (काव्यालंकारसूत्र,४-३-८) ऐसा वक्रोक्ति अलंकार का लक्षण दिया। इस प्रकार इन सभी के मत में वक्रोक्ति को काव्य का जीवन मानते हुए कुन्तक ने कहा है—

'वक्रोक्तिः काव्यजीवितम्।'

इसी आधार पर उन्होंने अपने ग्रन्थ का नाम 'वक्रोक्तिजीवित' रखा है। कुन्तक के शब्दों में **वक्रोक्ति 'वैदग्ध्यभंगीभणितिः'** है। उन्होंने काव्य के शरीर और आत्मा दोनों को ही सुसज्जित कर देने वाले जीवातु-तत्त्व के रूप में वक्रोक्ति को प्रतिपादित किया। उन्होंने रस और ध्वनि को भी वक्रोक्ति के अन्तर्गत घटित होने वाले व्यापार में समाविष्ट माना है। वक्रोक्ति मुख्य रूप से पाँच प्रकार की है—वर्णवक्रता, पदवक्रता, वाक्यवक्रता, अर्थवक्रता और प्रबन्धवक्रता।

कुन्तक अपने पूर्ववर्ती वामन के रीतिसिद्धान्त से परिचित थे और उन्होंने 'रीति' के स्थान पर 'मार्ग' शब्द का प्रयोग किया है। वामन की वैदर्भी रीति को कुन्तक 'सुकुमारमार्ग', गौडी को 'विचित्रमार्ग तथा पाञ्चाली को 'मध्यममार्ग' कहते हैं।

इस प्रकार कुन्तक का 'वक्रोक्तिजीवित' अलङ्कारशस्त्र में मौलिक चिन्तन का भण्डार है, किन्तु परवर्ती आचार्यों ने उस रूप में वक्रोक्ति को स्वीकार नहीं कर उसे एक सामान्य अलंकार का ही दर्जा दिया।

ध्वनि-सम्प्रदाय—ध्वनि-सम्प्रदाय के प्रतिष्ठापक आचार्य आनन्दवर्धन हैं। उन्होंने अपने ग्रन्थ 'ध्वन्यालोक' में ध्वनि को काव्य की आत्मा कहा है—**'काव्यस्यात्मा ध्वनिः'**। यह ध्वनि-सिद्धान्त रस-मत का विस्तृतीकरण है। पहले भी यह मान्यता थी कि 'रस' कभी वाच्य नहीं होता, अपितु व्यंग्य ही होता है। इसी धारणा को परिमार्जित करते हुए आनन्दवर्धन ने व्यंग्य अर्थ या ध्वनि को ही काव्य में प्रधान तत्त्व घोषित कर दिया और इस प्रकार ध्वनि काव्य की आत्मा बन गई। यह ध्वनि व्यञ्जना वृत्ति के द्वारा अभिव्यक्त होती है। ध्वनि तीन प्रकार की मानी गई—वस्तुध्वनि, अलंकार ध्वनि और रसध्वनि। यह रसध्वनि ही काव्य की आत्मा है, जिसे आनन्दवर्धन 'प्रतीयमान' कहते हैं।

ध्वनि-सिद्धान्त का विरोध आनन्दवर्धन से पहले भी होता था, जिसका निर्देश उन्होंने 'ध्वन्यालोक' के आरम्भ में ही किया है। आनन्दवर्धन के बाद भी कुन्तक तथा महिम भट्ट आदि ने ध्वनि को वक्रोक्ति तथा अनुमान में ही अन्तर्भूत बताकर उसकी महत्ता को कम करने का प्रबल प्रयास किया, किन्तु प्रायः सभी परवर्ती आचार्यों ने ध्वनि को प्रतिष्ठित करते हुए उसकी उपादेयता का विवेचन किया। मम्मट ने सबल युक्तियों द्वारा ध्वनि-विरोधी मत का खण्डन कर ध्वनि की संप्रभुता का प्रतिपादन किया। इसलिए मम्मट को 'ध्वनि-प्रतिष्ठापक-परमाचार्य' कहा जाता है। इस प्रकार आनन्दवर्धन से लेकर पण्डितराज जगन्नाथ तक ध्वनि-सिद्धान्त का समर्थन, प्रतिपादन और विवेचन होता रहा है।

औचित्य-सिद्धान्त

काव्य-सम्बन्धी औचित्य को काव्य के जीवन-रूप में प्रतिपादित करने के लिए आचार्य क्षेमेन्द्र ने 'औचित्यविचारचर्चा' नामक ग्रन्थ की रचना की। क्षेमेन्द्र से पहले आनन्दवर्धन ने रसनिष्पत्ति के नियामक तत्त्व के रूप में औचित्य की चर्चा की थी। क्षेमेन्द्र ने वहीं से औचित्य को लेकर उसी के आधार पर न केवल रस की, अपितु गुणों तथा अलंकारों की भी व्यवस्था प्रतिपादित की। उचित का भाव ही औचित्य है—

उचितं प्राहुराचार्याः सदृशं किल यस्य तत्।
उचितस्य च यो भावस्तदौचित्यं प्रचक्षते ॥[१]

जब दो वस्तुएँ परस्पर अनुरूप अर्थात् एक-दूसरे के सदृश होती हैं तो लोग उन्हें एक-दूसरे के लिए उचित कहते हैं। यह अनुरूपता ही औचित्य है। इस 'औचित्य' को उन्होंने पद वाक्य, अर्थ,रस, कारक, लिङ्ग, वचन आदि अनेक स्थलों पर दिखलाया है। इनके औचित्य का पालन नहीं होने पर सम्भावित विरूपता की ओर भी निर्देश किया गया है।

क्षेमेन्द्र ने बड़ी सरलता से समझाया है कि जिस प्रकार गले में मेखला तथा नितम्ब पर हार पहनना उचित नहीं है, क्योंकि उनका उचित स्थान वह नहीं है, अपितु मेखला का उचित स्थान कटि या नितम्ब है और हार का कण्ठ ही है, उसी प्रकार उपमा, रूपक एवं दीपक आदि अलंकारों का समावेश काव्य में औचित्य के आधार पर होने से ही वे सहृदय के हृदय में अलौकिक चमत्कार की सृष्टि करने में समर्थ होते हैं।

आधुनिक समालोचक श्री कुप्पूस्वामी शास्त्री ने अपनी समालोचना में कहा है कि काव्य के सभी सिद्धान्त चाहे वह रस हो, गुण हो, या अलंकार, वक्रोक्ति या रीति हो, एक ऐसे वृत्त के भीतर आते हैं जिसकी परिधि औचित्य ही है।

इतना होने पर भी औचित्य सिद्धान्त की सबसे बड़ी कमजोरी यह है कि वह स्वयं में कोई काव्यतत्त्व नहीं है। दूसरी बात कि गुण, अलंकार एवं रस की तरह औचित्य केवल काव्य का विषय न होकर सकल शास्त्र तथा इतिहास-पुराण सब का विषय है। अतः वही काव्य की आत्मा या जीवन कैसे हो सकता है ? सम्भवतः यही कारण है कि क्षेमेन्द्र द्वारा प्रतिपादित औचित्य-सिद्धान्त का व्यापक रूप में समर्थन किसी भी परवर्ती आचार्य ने नहीं किया। फलतः क्षेमेन्द्र का औचित्य-सिद्धान्त एक सम्प्रदाय का पूर्ण रूप नहीं ग्रहण कर सका।

इस प्रकार हम देखते हैं कि काव्य की आत्मा या मुख्य तत्त्व को निर्धारित करने के सन्दर्भ में अनेक सम्प्रदाय अस्तित्व में आये, किन्तु उनमें से अलंकार, रीति, वक्रोक्ति और औचित्य सिद्धान्त को परवर्ती आचार्यों ने अपेक्षित मान्यता प्रदान नहीं की। अतः वें काव्य की आत्मा के रूप में बहुमान्य नहीं हो सके। रस और ध्वनि मत को व्यापक समर्थन प्राप्त हुआ और वे काव्य की आत्मा के रूप में प्रतिष्ठित भी हुए। बाद में ध्वनि का क्षेत्र अत्यन्त विस्तृत होने के कारण रस भी उसी की परिधि में समाहित हो गया।

---

१. औ० वि० च० १।७

अलंकारशास्त्र के उद्भव एवं विकास का संक्षिप्त विवरण

संस्कृत-वाङ्मय का काव्य भाग अत्यन्त रमणीय है, किन्तु काव्य किसे कहते हैं ? और काव्य में प्रधान तत्त्व अथवा काव्य की आत्मा क्या है—इस प्रश्न के सन्दर्भ में विद्वानों ने अलग-अलग मत व्यक्त किए हैं। उनकी इस मतभिन्नता ने अलंकारशास्त्र अथवा काव्यशास्त्र में अनेक सम्प्रदायों को जन्म दिया। उनका विवरण यहाँ प्रस्तुत है—

१. रस-सम्प्रदाय, २ अलंकार सम्प्रदाय, ३. रीति-सम्प्रदाय, ४. वक्रोक्ति-सम्प्रदाय, ५. ध्वनि-सम्प्रदाय, ६. औचित्य-सिद्धान्त

इनका सामान्य परिचय अग्रलिखित है—

रस-सम्प्रदाय—इस सम्प्रदाय के संस्थापक आचार्य **भरत** हैं। इनके समय नाट्य का व्यापक प्रचार होने से इन्होंने नाट्यरस का ही विस्तृत विवेचन अपने ग्रन्थ **नाट्यशास्त्र** में किया। इनके रससूत्र हैं—**'विभावानुभावव्यभिचारिसंयोगाद्रसनिष्पत्तिः।'**

अर्थात् विभाव, अनुभाव और व्यभिचारी भाव के संयोग से रस की निष्पत्ति होती है। इस सूत्र के प्रमुख चार व्याख्याकार हुए—भट्टलोल्लट, शंकुक, भट्टनायक तथा अभिनवगुप्त। इन आचार्यों का रसविषयक मत क्रमशः उत्पत्तिवाद, अनुमितिवाद, भुक्तिवाद और अभिव्यक्तिवाद कहा जाता है। इनमें अभिव्यक्तिवादी रससिद्धान्त अधिक सम्मानित है। मम्मट, भानुदत्त आदि ने इसी का समर्थन किया है। विश्वनाथ ने रस को ही काव्य की आत्मा घोषित किया—

वाक्यं रसात्मकं काव्यम्।

भरत ने रस की संख्या ८ बतायी है—शृंगार, हास्य, करुण, रौद्र, वीर, भयानक, वीभत्स और अद्भुत। मम्मट ने नवम रस शान्त को माना, तो विश्वनाथ ने वात्सल्य को दसवाँ रस घोषित कर दिया।

अलंकार सम्प्रदाय—इसके प्रवर्तक आचार्य **भामह** हैं। उनके ग्रन्थ **'काव्यालंकार'** में अलंकारों का विस्तृत विवेचन है। इस सम्प्रदाय के अनुसार अलंकार ही काव्य में प्रधान तत्व होता है। जयदेव के अनुसार जैसे अग्नि उष्णता रहित नहीं हो सकती, उसी प्रकार काव्य अलंकार से विहीन नहीं हो सकता।

भामह ने रस को स्वतन्त्र नहीं मानकर रसवत् एवं प्रेय आदि अलंकारों में ही उसे समाहित माना। भरत द्वारा प्रतिपादित चार अलंकारों का विकास भामह के ३८ अलंकारों के रूप में हुआ। आगे चलकर अप्पयदीक्षित ने १२५ अलंकारों का विवेचन किया। इस सम्प्रदाय के अन्य प्रमुख आचार्य हैं—दण्डी, उद्भट, रुद्रट एवं रुद्रभट्ट आदि।

रीतिसम्प्रदाय—इसके प्रतिष्ठापक आचार्य **वामन** हैं। उन्होंने अपने ग्रन्थ **'काव्यालंकारसूत्र'** में रीति को काव्य की आत्मा घोषित किया है—

'रीतिरात्मा काव्यस्य।'

रीति का लक्षण देते हुए उन्होंने कहा—

विशिष्टा पदरचना रीतिः।

अर्थात् विशिष्ट प्रकार की पदरचना रीति है। इसमें विशिष्ट पद की व्याख्या करते हुए वे कहते हैं। **विशेषो गुणात्मा'**। अर्थात् रचना में माधुर्य आदि गुणों का समावेश ही उसकी विशिष्टता है और यही विशिष्टता रीति है। इस प्रकार इस सिद्धान्त में गुण और रीति में अत्यन्त घनिष्ठ सम्बन्ध है।

वामन के अनुसार रीतियाँ तीन हैं—वैदर्भी, गौड़ी और पाञ्चाली, जबकि गुण शब्दालंकार और अर्थालंकार के भेद से २० हैं।

वामन के बाद इस सिद्धान्त का समर्थक कोई आचार्य नहीं हुआ। विश्वनाथ ने **'रीतयोऽवयवसंस्थान विशेषवत्'** कहकर रीति को अङ्गविन्यास बताते हुए वामन के मत का खण्डन कर दिया।

वक्रोक्ति-सम्प्रदाय—इसके संस्थापक आचार्य **कुन्तक** हैं। कुन्तक से पूर्व भामह अतिशयोक्ति को वक्रोक्ति कहकर उसे अलंकारों की जीवनी शक्ति बताते हैं। कुन्तक ने वक्रोक्ति को काव्य का जीवन मानते हुए अपने ग्रन्थ **'वक्रोक्तिजीवित'** में कहा है—

'वक्रोक्तिः काव्यजीवितम्'

कुन्तक विदग्धतापूर्वक भंगिमायुक्त उक्ति को वक्रोक्ति कहते हैं—**'वक्रोक्तिः वैदग्ध्यभङ्गी भणितिः।'** वक्रोक्ति मुख्यतः पाँच प्रकार की है—वर्णवक्रता, पदवक्रता, वाक्यवक्रता, अर्थवक्रता और प्रबन्धवक्रता।

परवर्ती आचार्यों ने वक्रोक्ति को उस रूप में स्वीकार नहीं करके उसे एक सामान्य अलंकार का ही दर्जा दिया।

ध्वनि-सम्प्रदाय—इसके प्रतिष्ठापक आचार्य **आनन्दबर्धन** हैं। उन्होंने अपने ग्रन्थ **'ध्वन्यालोक'** में ध्वनि को काव्य की आत्मा घोषित किया—**'काव्यस्यात्मा ध्वनिः।'** ध्वनि-सिद्धान्त रस मत का विस्तृतीकरण है।

ध्वनि तीन प्रकार की मानी गई है—वस्तुध्वनि, अलंकार ध्वनि और रसध्वनि। यह रसध्वनि ही काव्य की आत्मा है, जिसे आनन्दवर्धन 'प्रतीयमान' कहते हैं।

कुन्तक तथा महिम भट्ट आदि ने ध्वनि का विरोध करते हुए उसे वक्रोक्ति तथा अनुमान में अन्तर्भूत माना, किन्तु मम्मट आदि अनेक आचार्यों ने सबल युक्तियों द्वारा ध्वनि-विरोधी मत का खण्डन कर ध्वनि की सम्प्रभुता स्थापित की। इस प्रकार आनन्दवर्धन से लेकर पण्डितराज जगन्नाथ तक इस मत का प्रतिपादन होता रहा है।

औचित्य-सिद्धान्त—इसका प्रतिपादन आचार्य **क्षेमेन्द्र** ने अपने ग्रन्थ **'औचित्यविचारचर्चा'** में किया है। आनन्दवर्धन ने रसनिष्पत्ति के नियामक तत्त्व के रूप में औचित्य की चर्चा की थी। क्षेमेन्द्र ने उसे विस्तृत करते हुए गुण तथा अलंकारों का भी नियामक बताया। रससिद्ध काव्य का प्राणभूत तत्त्व औचित्य को बताते हुए वे कहते हैं—

अलङ्कारास्त्वलंकारा गुणा एव गुणाः सदा।
औचित्यं रससिद्धस्य स्थिरं काव्यस्य जीवितम्॥

जिसके समान जो है, वह उचित है और उचित का भाव ही औचित्य है। इस औचित्य को पद, वाक्य, अर्थ, रस, लिंग, वचन आदि रूपों में दिखाया गया है।

कुप्पूस्वामीशास्त्री आदि समालोचकों ने रस, गुण आदि को औचित्य की परिधि में रखा है, किन्तु औचित्य स्वयं में कोई काव्यतत्त्व नहीं है तथा रस एवम् अलंकार आदि की भाँति औचित्य केवल काव्य का विषय न होकर सकल शास्त्र तथा इतिहास-पुराण सब का विषय है। अतः यह सिद्धान्त एक सम्प्रदाय का पूर्ण रूप नहीं ग्रहण कर सका, फिर भी काव्य में औचित्य की अपनी भूमिका है, जिसका पूर्णतः पालन होने पर ही काव्य के सौन्दर्य में मनोरम चारुत्व का आधान होता है।

●